A mis padres y a Sofía

阿朗索·德·比耶加斯·塞尔瓦戈的《塞尔瓦希亚喜剧》（1554）的出版与研究

EDICIÓN Y ESTUDIO DE LA *COMEDIA SELVAGIA* (1554) DE ALONSO DE VILLEGAS SELVAGO

李亦玲 著

《暨南外语博士文库》

主　编／宫　齐

副主编／王　琢／蒲若茜

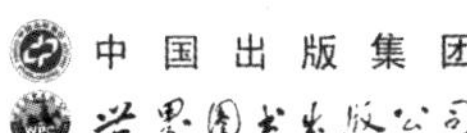

图书在版编目（CIP）数据

阿朗索·德·比耶加斯·塞尔瓦戈的《塞尔瓦希亚喜剧》（1554）的出版与研究：西班牙文/李亦玲著．—广州：世界图书出版广东有限公司，2013.11

ISBN 978-7-5100-6988-8

Ⅰ.①阿…　Ⅱ.①李…　Ⅲ.①喜剧—剧本—文学研究—西班牙—中世纪—西班牙文　Ⅳ.①I551.073

中国版本图书馆CIP数据核字（2013）第239356号

阿朗索·德·比耶加斯·塞尔瓦戈的《塞尔瓦希亚喜剧》（1554）的出版与研究

策划编辑：刘正武
责任编辑：程　静
出版发行：世界图书出版广东有限公司
（广州市新港西路大江冲25号　邮编：510300）
电　　话：（020）84451969　84453623　84184026
http://www.gdst.com.cn　E-mail：pub@gdst.com.cn
经　　销：各地新华书店
印　　刷：广东天鑫源印刷有限责任公司
版　　次：2014年1月第1版
印　　次：2014年1月第1次印刷
开　　本：880mm × 1 230mm　1/32
字　　数：400千
印　　张：14.5
ISBN 978-7-5100-6988-8/I·0282
定　　价：55.00元

咨询、投稿：020-84460251　gzlzw@126.com

总　序

暨南大学创办于1906 年，是我国第一所由国家创办的华侨高等学府，是目前在全国招收港澳台和海外华侨学生最多的高校，是国家“211工程”重点综合性大学。“暨南”二字出自《尚书·禹贡》篇：“东渐于海，西被于流沙，朔南暨，声教讫于四海。”意即面向南洋，将中华文化远播到五洲四海。

暨南大学外国语学院的前身是创办于1927年的外国语言文学系，历史上曾有许多著名专家、学者在该系任教，如叶公超、梁实秋、钱钟书、许国璋等。1978年复办后，外语系在曾昭科教授、翁显良教授的主持下，教学与科研成绩斐然，1981年外国语言文学系获国家第一批硕士学位授予权，成为暨南大学最早拥有硕士授予权的单位之一。当时的英语语言文学硕士点以文学为主、专长翻译，翁显良、曾昭科、张鸾铃、谭时霖、黄均、黄锡祥等一大批优秀学者先后担任硕士研究生导师，他们治学严谨，成绩卓著，为我们今天的发展奠定了坚实的基础。

如今，外国语学院已拥有专任教师138人，其中教授10人，副教授46人，讲师70余人。教授中有博士生导师2人，硕士生导师37人。学院教师中获博士学位者36人，在读博士20余人。现有英语语言文学系、商务英语系、日语系、法语系和大学英语教学部等5个教学单位，有外国文学研究所、应用语言学研究所、跨文化及翻译研究所、日本语言文化研究所及外语教学研究中心等5个专门的研究机构。学院现有外国语言文学硕士学位一级学科授权点，有英语语言文学、外国语言学及应用语言学、日语语言文学3个二级学科，以及翻译硕士专业（MTI）学位授权点。英美文学方向主要为华裔美国文学研究、英美女性文学和英美后现代文学研究；外国语言学及应用语言学方向以理论语言学、功能语言学和音系学为研究特色；日语语言文学方向侧重现当代日本文学、日中比较文学、日语语言及中日文化研究；翻译方向从语言学、文学和文化等多个层面探讨翻译理论与实践，突出翻译的实践性。研究生导师大多数具有海外大学或学术机构从事教学、科研和进修的经历。目前，学院教师主持国家社科基金项目6项，教育部、广东省社科规划项目数十项。

《暨南外语博士文库》丛书（以下简称《文库》）是暨南大学外国语学院部分获博士学位教师的研究成果，它的编纂主要基于以下目的：首先，是对近十几年来我校外语学科获博士学位教师研究成果的梳理；其次，为我校中、青年外语学人搭建展示团队科研成果的平台，以显示本学科发展的集群效应；第三，旨在激励暨南外语学人不断进取，勇攀教学、科研的新高峰，再创新辉煌。《文库》主要收录了2000年以后我校外语学科博士学位获得者尚未正式出版的博士论文，这些论文均经本人反复修改和校对，再经相关方向博士生导师的认真审阅后提交出版社排版付梓。《文库》涵盖了语言学、外国文学、翻译、文化及其他相关学科，涉及语种包括汉语、英语、日语、法语、西班牙语等。《文库》第一批拟出版8部，其他教师的博士论文将在此后陆续编排、出版。

《文库》的成果是新一代暨南外语学人孜孜不倦、努力奋进的结晶，是他们宁静致远、潜心治学的象征。这些成果代表了暨南外语学科的进步与发展，预示着我们的未来和希望，这也是我们献给暨南大学110周年校庆和外国语学院90周年华诞的一份厚礼。

《文库》的出版得到了广东省优势重点学科建设项目和我校重点学科建设项目的支持，此外世界图书出版公司在本套丛书的编辑、设计等方面付出了大量心血，在此我们一并表示衷心感谢！

编　者

2013年12月16日

自　序

早在读本科的时候，我就已经注意到斯文美丽、才华横溢的贡索拉西奥·芭朗达·列图利奥（Consolación Baranda Leturio）教授，希望日后能够成为她的博士生。上世纪90年代初，我终于等到了这个机会。当我战战兢兢地向芭朗达教授提出申请时，她竟欣然应许了，当晚我兴奋地一夜没有合眼。由于芭朗达教授是西班牙塞莱斯蒂娜文学领域的著名专家，而且注释出版了《塞莱斯蒂娜第二部》，也就是西班牙经典名著《塞莱斯蒂娜》的第一部续集，并进行了跟进研究，我决定步其后尘，完成《塞莱斯蒂娜》某部续集的注释出版与研究。谁知，还没开口，芭朗达教授就问我愿不愿意做有关《塞尔瓦希亚喜剧》（即《塞莱斯蒂娜》第五部续集）方面的课题研究，这与我的想法正好不谋而合，于是想也没想就同意了。从此，我开始了漫长的研究生涯，而且陆续发表了一系列有关西班牙文学，尤其是塞莱斯蒂娜文学的学术性文章："Wang Po，la alcahueta más famosa de China"，*Tinta China*，Beijing：Consejería de Educación de la Embajada de España en China，2010（12）；"论《塞莱斯蒂娜》的文体之争（Discrepancias en torno al género literario de *La Celestina*）"，《暨南学报》，广州：暨南大学出版社，2008（6）；"《塞莱斯蒂娜》在中国的传播（Difusión de *La Celestina* en China）"，《外语教学》，西安：西安外国语大学出版社，2008年专刊；"*Personajes principales de La ingeniosa Elena*：*beneficiarios de la ampliación y de La Celestina*"，*Actas del Simposio Internacional de Hispanistas de Beijing*，北京：外语教学与研究出版社，2006；"《塞莱斯蒂娜》续集之一——《塞尔瓦希亚喜剧》中的动物世界（Mundo de los animales en la *Comedia Selvagia*，*una de las continuaciones de La Celestina*）"，《高校外语教学与研究》，长春：吉林大学出版社，2005；"《拉·塞莱斯蒂娜》：影片与原著（*La Celestina*：cine y libro）"，《语言·文化·教学》，广州：中山大学出版社，1999；等等。

芭朗达教授一贯主张推出现代版的《塞尔瓦希亚喜剧》，因此她对本篇博士论文的出版予以了大力的支持，并为之作序。就此版《塞尔瓦希亚喜剧》，她在序言的第VIII页和第IX页这样写道：“《塞尔瓦希亚喜剧》的重要性与质量是不容置疑的，然而，却一直未能有个现代版问世，直到李亦玲教授的出现。在马德里COMPLUTENSE大学，李教授围绕着这本书的研究与出版撰写了一篇博士论文，且在论文答辩时获得了最高分。在研究中她分析了该作品的特点，并将它置于其异常复杂的文学背景之中，在那个年代，前人作品的影响与满足日益喜爱虚构文学的读者们的创新欲望并存。《塞尔瓦希亚喜剧》的文本配有大量的脚注，从文学及语法的角度解释一些目前已经停止使用或改变了含义的用语。李亦玲教授的这个研究成果为拯救西班牙文艺复兴时期的文化遗产作出了自己的贡献。”

借此机会，我要感谢贡索拉西奥·芭朗达·列图利奥教授，感谢她把我带进了如此美妙的《塞尔瓦希亚喜剧》；我要感谢何塞·玛利亚·狄俄斯·波尔格（José María Díez Borque）教授、赫苏斯·莫勒诺·贝尔纳尔（Jesús Moreno Bernal）教授、米格尔·安赫尔·贝勒斯·布里俄戈（Miguel Ángel Pérez Priego）教授、赫苏斯·哥梅斯·哥梅斯（Jesús Gómez Gómez）教授和安娜·毕安·俄勒罗（Ana Vian Herrero）教授，感谢他们给我的博士论文评出了最优异的成绩；我要感谢暨南大学外国语学院，让我圆了博士论文的出版梦，特别是院长宫齐教授，为了本论文能够顺利出版，付出了很多的努力与期待；我要感谢郭本信先生，日以继夜地校对出版文稿；我要感谢蔡玲玲女士，感谢她在我撰写博士论文期间所提供的无微不至的关怀与帮助；最后，我要感谢我年迈的父母，没有他们多年的辛勤培育，就不可能有这本《塞尔瓦希亚喜剧》（现代版）的诞生。

李亦玲（Yiling Li Liang）

于暨南大学外国语学院

ÍNDICE

自序 ······ 1

PRÓLOGO DE CONSOLACIÓN BARANDA LETURIO ······ Ⅲ

INTRODUCCIÓN ······ 1

1. Vida y obras de Alonso de Villegas Selvago ······ 1
2. *Comedia Selvagia* ······ 7

2.1 Discrepancias en torno al ciclo celestinesco ······ 7

2.2 Un eslabón más del ciclo celestinesco ······ 12

2.3 Personajes ······ 25

2.3.1 Galanes ······ 28

2.3.2 Damas ······ 34

2.3.3 Alcahuetas ······ 40

2.3.4 Criados ······ 54

2.3.5 Criadas ······ 64

2.3.6 Prostitutas ······ 66

2.3.7 Padres ······ 68

2.3.8 Otros ······ 71

2.4 Enano ······ 72

2.5 Sueño ······ 78

2.6 Enredo ······ 84

2.7 Lenguaje ······ 86

2.8 Fuentes ······ 90

2.9 Influencias ······ 105

2.10 Ediciones ······ 114

ABREVIATURAS ······ 116

LÁMINAS ······ 120

TEXTO DE LA *COMEDIA SELVAGIA* ······ 125

Título ······ 125
Prólogo del autor al lector ······ 125
Dirige el autor su obra ······ 130
Epigramma ······ 137
Argumento de la comedia ······ 138
Cena primera del primer acto ······ 140
Cena segunda del primer acto ······ 171
Cena tercera del primer acto ······ 195
Cena quarta del primer acto ······ 209
Cena primera del segundo acto ······ 228
Cena segunda del segundo acto ······ 244
Cena tercera del segundo acto ······ 251
Cena quarta del segundo acto ······ 262
Cena primera del tercero acto ······ 277
Cena segunda del tercero acto ······ 291
Cena tercera del tercero acto ······ 300
Cena quarta del tercero acto ······ 316
Cena primera del quarto acto ······ 321
Cena segunda del quarto acto ······ 327
Cena tercera del quarto acto ······ 336
Cena quarta del quarto acto ······ 353
Cena primera del quinto acto ······ 370
Cena segunda del quinto acto ······ 400
Cena tercera del quinto acto ······ 405
Cena quarta del quinto acto ······ 423

BIBLIOGRAFÍA SELECTA ······ 436

PRÓLOGO DE CONSOLACIÓN BARANDA LETURIO

A partir del desarrollo de la imprenta en el siglo XV, los libros se convirtieron en un producto accesible, al alcance de toda clase de lectores, y con ello se produjo una aumento en la demanda de literatura de ficción en las lenguas romances; en España la primera muestra de este efecto fue el éxito de las novelas sentimentales. A pesar de los reproches de humanistas y escolásticos, que consideraban perjudiciales este tipo de obras por razones morales, el gusto por la ficción -por lo que hoy llamamos literatura- se reveló imparable, como señalaba Domingo Ynduráin en su discurso de ingreso en la Real Academia Española, *El descubrimiento de la literatura en el Renacimiento español* (1999). Este contexto favorece el éxito de las continuaciones literarias, un fenómeno que afectó a todas las obras importantes durante más de un siglo: hay continuaciones de la *Cárcel de amor*, el *Amadís de Gaula*, *La Celestina*, el *Lazarillo*, *Los siete libros de la Diana* de Montemayor, el *Guzmán de Alfarache* de Mateo Alemán y el *Quijote*, los textos que en su momento se reconocieron como más innovadores, los best-sellers de la época[1] (que se difundieron también por otros países europeos). Como se puede apreciar, no hay géneros más propensos a ser continuados, sino libros concretos susceptibles de serlo por razones muy diversas, casi siempre asociadas al éxito, a la novedad o a ambas cosas.

¿Qué es una continuación literaria? La continuaciónes una variedad

[1]Puede verse Keith Whinnom, " The problem of the ' best-seller' in Spanish Golden Age Literature", *Bulletin of Hispanic Studies* 57, 3 (1980), págs. 189-198, pág. 193, que menciona en el siguiente orden los grandes éxitos de la literatura de ficción (además de las *Fábulas* de Esopo): *Celestina*, *Amadís* y sus continuaciones, *Guzmán de Alfarache*, *Diana*, y, en el mismo lugar que la *Cárcel de amor*, el *Quijote*.

específica de la imitación consistente en prolongar la trama argumental de una obra previa, obra que tanto el autor como los lectores consideraban terminada[2]. El continuador debe desarrollar una nueva acción a partir de un texto de otro autor que ya era conocido por el público; no es una variante de la misma historia, sino un intento de completar la información sobre los acontecimientos que afectan al pasado o al futuro de unos personajes de ficción que los lectores ya conocían.

Por este motivo, en las continuaciones son imprescindibles las referencias a personajes y sucesos de las obras modelo, los datos que remiten a ellos y confirman que son los ya conocidos por el lector y no otros parecidos. A partir de esta única constricción específica –que no se de en otras variedades de la imitación-, el continuador tiene una amplia gama de posibilidades, la habitual es repetir las características formales del modelo, pero también puede cambiarlas, incluso modificar el género, como hace el autor del *Lazarillo de los atunes* al sacar a Lázaro de Toledo y tras un naufragio convertirle en atún; el anónimo continuador escribe una novela de transformaciones, no una novela picaresca.

La *Tragicomedia de Calisto y Melibea* de Fernando de Rojas se consideró enseguida un modelo con una poética propia y digna de ser imitada; en 1514 aparecieron dos adaptaciones en verso (el anónimo *Romance de Calisto y Melibea* y la *Égloga de Calisto y Melibea* de Jiménez de Urrea) y una primera imitación en la que se mezclaban elementos de la *Tragicomedia* con otros de la novela sentimental (la *Penitencia de amor* de Ximénez de Urrea). Pero, a pesar de su éxito inmediato y de que dejó múltiples huellas en otras obras literarias, la primera continuación de *La Celestina* no se publicó hasta 1534, tardó

[2]Gérard Genette, *Palimpsestos. La literatura en segundo grado*, Madrid, Taurus, 1989, en especial págs. 201-258.

más de tres décadas en aparecer. Este hecho es sorprendente, porque, en general, los continuadores pretenden aprovechar el renombre de libros ajenos y la mayor parte de las continuaciones se publicaron en fechas próximas a las del modelo[3]. Ciertamente, el desenlace de *La Celestina*, con la muerte de todos los personajes principales, parecía impedir cualquier posibilidad de continuar el argumento de la obra; es el recurso que adoptó Cervantes, al hacer morir a don Quijote al final para para evitar que nadie prosiguiera sus aventuras. Feliciano de Silva se atrevió, sin embargo, en la *Segunda Celestina* (Medina del Campo, 1534) a resucitar a la vieja alcahueta, que reaparece y afirma que los criados de Calisto la habían dejado malherida, no la habían matado, por lo que vuelve al mundo a fingir que ha resucitado; con esta argucia interviene como tercera en una nueva historia de amor. La iniciativa de Feliciano de Silva tuvo tal éxito que en un período de 20 años aparecieron 5 continuaciones[4], que establecen con el modelo y entre sí un entramado de relaciones, configurando un ciclo literario.

En los años transcurridos entre la publicación de *La Celestina* y la *Segunda Celestina* se produjeron cambios culturales, políticos y sociales de gran calado; el entorno era muy distinto al de la época de los Reyes

[3] La *Cárcel de amor* se publicó en 1492 y la continuación de Nicolás Núñez en 1496; las continuaciones del *Amadís* (1509) se multiplicaron desde 1510; las primeras ediciones del Lazarillo datan de 1554 –aunque se defiende la existencia de alguna anterior- y la primera continuación de 1555; la continuación de la *Diana* de Montemayor (1559) que hizo Alonso Pérez es de 1563 y la *Diana enamorada* de Gil Polo de 1564; el Guzmán de Alfarache se publicó en dos partes (1599 y 1604), antes de que apareciera la segunda ya se había publicado una continuación, en 1602; otro tanto sucedió con el *Quijote*, cuya continuación incitó a Cervantes a escribir la segunda parte.

[4] La *Segunda Celestina*, se publicó en cuatro ocasiones desde 1534, hasta que fue incluida en el primer Índice de libros prohibidos (1559); posteriormente aparecieron la *Tercera Celestina*, de Gaspar Gómez (1536), la *Tragicomedia de Lisandro y Roselia* de Sancho de Muñón (1542), la *Tragedia Policiana* de Sebastián Fernández (1547 y 1548), la *Comedia Selvagia* de Alonso de Villegas Selvago (1554) y, por último, la *Tragicomedia de Polidoro y Casandrina*, que no llegó a publicarse; su manuscrito fue localizado en la Biblioteca Real por Stefano Arata en 1988.

Católicos y lo eran también los gustos de los receptores. Por lo pronto, los títulos de las obras indican una clara distinción entre comedia y tragedia[5]; para escritores y lectores resultaba indudable que las comedias tenían un final feliz y las tragedias o tragicomedias, como de *Lisandro y Roselia*, desgraciado; el título se corresponde con lo que ofrece el desenlace y con las expectativas de los receptores. Se observa también una progresiva modificación en la estructura de las obras para aproximarlas a la división que se iba abriendo camino en los género dramáticos: mientras Feliciano de Silva divide la *Segunda Celestina* en 40 cenas y la *Tercera Celestina* en 48 actos, la *Policiana* se reduce a 29 actos, la *Tragicomedia de Lisandro y Roselia* está dividida en cinco actos (aunque tienen cinco cenas cada uno de ellos, excepto el último que tiene cuatro), el mismo número que la *Selvagia* (con cuatro cenas cada uno); es decir, algunos continuadores adoptan ya el criterio impuesto por la *Propaladia* de Torres Naharro[6].

La existencia del ciclo celestinesco se debe a Feliciano de Silva, no sólo porque decidiera resucitar a Celestina, su mundo y actividades, sino porque las siguientes continuaciones adoptaron muchas de las novedades que la *Segunda Celestina* había incorporado a la *Tragicomedia* de Rojas. Como consecuencia, las obras del ciclo multiplican el número de personajes secundarios (criados, rufianes y prostitutas), que originan numerosas escenas cómicas; introducen nuevos personajes tomados casi siempre de otros géneros dramáticos contemporáneos (pastores, vizcaínos, negros, estudiantes, etc.) y se manifiesta el gusto por reproducir diferentes hablas y registros lingüísticos. En todas ellas los enamorados utilizan las cartas de amor, además de recurrir a los servicios

[5] En la primera versión, Rojas había cometido un error de bulto al denominar a su obra *Comedia de Calisto y Melibea*, a pesar de que mueren en ella todos personajes principales.

[6] Véase Sancho de Muñón, *Tragicomedia de Lisandro y Roselia*, ed. Rosa Navarro Durán, Madrid, Cátedra, 2009, pág. 22.

de una alcahueta, lo que da lugar a varios episodios secundarios y a una trama más complicada. Los desenlaces presentan también diferencias importantes respecto a *La Celestina*. Algunas tienen un final feliz y los enamorados consiguen su objetivo por medio del matrimonio secreto, que era práctica habitual en los libros de caballerías; en las tragedias, el desenlace dramático no es producto del azar, como en *La Celestina*, sino a causa de la intervención de un familiar, el padre o el hermano de la protagonista; de esta forma en la *Tragicomedia de Lisandro y Roselia* se observan ya todos los ingredientes de los futuros dramas de honor del teatro del siglo de oro. Todas ellas presentan también una perspectiva ideológica distinta de la de la *Tragicomedia*, muestra de que cuando se escribieron el contexto social y cultural se había modificado profundamente. La estratificación social es mucho más acusada, en el sentido de que cada colectivo tiende a agruparse, a distinguirse de los demás –señores, criados y mundo del hampa- sin conflictos entre ellos; los criados hablan como criados y se comportan como tal: son leales, ayudan al protagonista y carecen de la acritud y el resentimiento de los criados de *La Celestina*. Todas las continuaciones eluden las acerbas crítica a la situación de servidumbre, nunca se ponen en cuestión los privilegios de las clases altas. En definitiva presentan una sociedad ordenada, en la que cada cual está conforme con el lugar que ocupa. La *Comedia Selvagia* lo hace explícito en un monólogo del rufián Escalión: “por mi fe, que no trocase mi estado por el del mejor caballero del reino, porque si bien se mira vivo más descansado y más a mi provecho que todos ellos, que sus estados y señoríos no solo no les traen descanso [...] por el contrario, yo contino alegre, contino lleno de placer ...” .

La *Comedia Selvagia* de Alonso de Villegas se publicó en 1554, cuando se está produciendo una enorme transformación en todos los géneros literarios (es la década en que se publican el *Lazarillo* y la *Diana*). Su autor era un estudiante que estaba al tanto de las novedades y supo incorporarlas al esquema de las celestinas. Según Menéndez Pelayo, "es más dramática que todas, excepto la de Rojas, con ingenioso principio e inopinado desenlace, agradables peripecias y con más hábil desarrollo del plan que no lo hicieron Sepúlveda, Lope de Rueda, Timoneda y demás imitadores de los italianos [...] adivinó mejor que ninguno lo que había de ser la futura comedia de capa y espada"[7]. Aunque en el prólogo elogia específicamente a Feliciano de Silva, Villegas retoma con gran habilidad elementos de todas las continuaciones previas: la secuencia del primer acto imita el comienzo de la *Segunda Celestina*, se alude a las críticas de *Tragicomedia de Lisandro y Roselia* sobre la resurrección de Celestina, al desenlace de la *Tercera*, hay un amago de suicido de uno de los protagonistas que recuerda a la *Policiana*, de la que procede también la alcahueta, hija de Parmenia y nieta de Claudina, etc. Escasean, en cambio, las referencias directas a la *Tragicomedia*, los personajes que la relacionan con ella son unos nietos que no vivieron directamente sus acontecimientos.

También presenta motivos y situaciones inéditas en el ciclo celestinesco: la amistad puesta a prueba, la confusión de identidades, una anagnórisis final y, por primera vez, la presencia del personaje del enano. Es la continuación más innovador y de trama más compleja, de ahí que se haya considerado un antecedente de las comedias de enredo del teatro del siglo de oro.

La importancia y la calidad de la *Comedia Selvagia* son indudables, sin embargo no existía ninguna edición moderna hasta la que la

[7] Marcelino Menéndez Pelayo, *Orígenes de la novela*, vol. IV, ed. Enrique Sánchez Reyes, Madrid, CSIC, 1943, pág. 149.

profesora Yiling Li Liang realizó el estudio y la edición de este libro como tesis doctoral en la Universidad Complutense de Madrid; en ella obtuvo la máxima calificación. En el estudio analiza las características de la obra y la sitúa en su contexto literario, un momento de especial complejidad en el que conviven la influencia de obras anteriores con el afán de renovación, de ofrecer novedades a un público progresivamente aficionado a la literatura de ficción. El texto de la *Comedia Selvagia* va acompañado de abundantes notas en las que se aclara el significado de algunos términos que en la actualidad están en desuso o que han cambiado su significado, aclaraciones literarias y gramaticales. La profesora Yiling Li Liang ha contribuido con este trabajo a rescatar una parte del patrimonio cultural del renacimiento español.

Consolación Baranda
Profesora Titular de Literatura Española
Universidad Complutense de Madrid

INTRODUCCIÓN

1. Vida y obras de Alonso de Villegas Selvago

Alonso de Villegas Selvago se llamaba en realidad Alonso de Villegas Fernández[1] y Selvago fue su apellido literario o "sobrenombre meramente poético" [2], tal como sugirió Marcelino Menéndez Pelayo, adoptado únicamente en la *Comedia Selvagia*[3]. Nació en Toledo en la segunda mitad (para ser más exacto, después del 16 de mayo) del año 1533 y murió en la misma ciudad el 23 de enero de 1605[4]. No se sabe

[1] Gracias al estudio de Laurentino María Herrán, se logra conocer el segundo apellido del autor de la *Comedia Selvagia*. Véase Laurentino María Herrán, "Santa María en los *Flos sanctorum* (II parte)", *Scripta de María*, (Anuario, V, 1982), pág.351.

[2] Marcelino Menéndez Pelayo, *Orígenes de la novela*, IV (Santander: Aldus, 1943), pág.147.

[3] *Comedia Selvagia*, Prólogo del autor, n.247 (A lo largo de este estudio, se menciona solamente el título de la obra, el apartado al que pertenece y el número de la nota si se cita algo de la presente edición). En la página 296 de la *Historia de la lengua y literatura castellana*, II y III (Madrid: Gredos, 1972) Julio Cejador y Frauca también menciona la presencia única de dicho sobrenombre de Alonso de Villegas en la *Comedia Selvagia*. En el ciclo celestinesco ésta es la única obra que se denomina *comedia*, aunque no la única en que todos los personajes terminan bien, pues la *Segunda Celestina* también tiene un final feliz. Para más información sobre el género celestinesco, véase Consolación Baranda Leturio y Ana Vian Herrero, "El nacimiento crítico del 'género' celestinesco: historia y perspectivas", *Ediciones del centenario de Menéndez Pelayo. "Orígenes de la novela". Estudios*, eds. Raquel Gutiérrez Sebastián y Borja Rodríguez Gutiérrez (Santander: Sociedad Menéndez Pelayo, 2007), págs.407–481.

[4] En torno a la fecha de nacimiento y de fallecimiento de Alonso de Villegas no hay una opinión unánime: Laurentino María Herrán propone 1534 y ¿1603?, respectivamente (véase art. cit., pág.351); por su parte, Julio Cejador y Frauca sugiere 1534 y posterior a 1615 (véase ob, cit., pág.296); Marcelino Menéndez Pelayo presenta el año 1534 como fecha de nacimiento de Alonso de Villegas, resultado de una serie de deducciones (véase ob. cit., págs.147–163), casi idénticas a las de Cejador y de José Sancho Ray6n, editor del siglo XIX de la *Comedia Selvagia* (Madrid, 1873), y en cuanto a la fecha de la muerte, no aporta nada concreto, igual que este último; Jaime Sánchez Romeralo sólo se limita a proponer el día 23 de enero de 1603 como la fecha de defunción de Alonso de Villegas sin mencionar su fecha de nacimiento (véase "Alonso de Villegas: semblanza del autor de la *Selvagia*", *Actas del Quinto Congreso Internacional de Hispanistas*, II (Bordeaux, 1977), págs.791–792); y, finalmente, a la hora de preparar la tesis doctoral, en un grabado de J. Ballester, conservado en la Biblioteca Nacional de Madrid, descubrí otra fecha de nacimiento y de muerte de Alonso de Villegas:"D. ALFONSO DE VILLEGAS, Sacerdote exemplar, Autor de muchas obras, y conocido por la intitulada *Flos*

nada de sus padres, pero sí el nombre de tres hermanos suyos: Juan López, Diego L6pez y María de Villegas[5].

Según Jaime Sánchez Romeralo[6], parece que Alonso de Villegas terminó sus estudios universitarios en el Colegio de Santa Catalina, que pertenecía a la Universidad de Toledo. Se licenció en Filosofía y Teología. Más tarde, consiguió el título de Maestro en su tierra natal.

A principios del año 1554, ya figuraba como sacristán en la Capilla Mozárabe de Toledo. El 16 de mayo del mismo año llevó a la imprenta su *Comedia Selvagia.* Alrededor de 1557, fue nombrado beneficiado de San Sebastián, una parroquia toledana. El 28 de enero de 1558 era un miembro más del Cabildo de Curas y Beneficiados de Toledo. En 1576 Luis Hurtado escribió, por orden de Felipe II, su conocido "Memorial de algunas cosas notables que tiene la Imperial ciudad de Toledo" en el cual señaló a Alonso de Villegas como uno de los toledanos más calificados. En 1578, cuando Alonso de Villegas publicó la primera parte de su *Flos sanctorum* en Toledo, se denominó capellán en la Capilla de los Mozárabes de la Santa Iglesia de Toledo. El 7 de septiembre de 1583 obtuvo el beneficio de San Marcos gracias al entonces arzobispo de Toledo e inquisidor mayor el cardenal don Gaspar de Quiroga, quien no respetaba mucho la tradición antigua de la Congregación Mozárabe, lo cual causó bastantes problemas a Alonso de Villegas hasta el 29 de agosto

Sanctorum. Nació en Toledo el año 1533, y murió allí mismo el de 1605". A mi juicio, son más fiables las dos fechas aludidas por el grabado: por un lado, si Alonso de Villegas nació en 1533, y después del día 16 de mayo tendría justamente veinte años, tal como insinúa él mismo en los versos acrósticos que anteceden su *Comedia Selvagia* (Versos acrósticos, n.256), publicada el 16 de mayo de 1554; y por otro lado, no resultan convicentes las conjeturas de Jaime Sánchez Romeralo sobre la fecha del fallecimiento de Alonso de Villegas, esto es, ¿cómo pudo tener tanta fuerza para pronunciar un discurso el mismo día en que sería enterrado? Probablemente el testimonio que ha utilizado Jaime Sánchez Romeralo es fidedigno sólo en cuanto al día y al mes de la defunción, pero no lo es respecto al año.

[5] Jaime Sánchez Romeralo, art. cit., pág.786, n.14.

[6] *Ibid.*, págs.783–793.

de 1587 cuando dicha Congregación puso fin a esta Tensión[7]. Como agradecimiento, Alonso de Villegas le dedicó a su protector la segunda parte de su *Flos sanctorum*.

Existen dos hipótesis sobre las intenciones por las que Alonso de Villegas dio a conocer la *Comedia Selvagia* en 1554: en primer lugar, de acuerdo con las insinuaciones de Marcelino Menéndez Pelayo[8], el autor de la *Comedia Selvagia* podría intentar captar la simpatía y el amor de Isabel de Barrionuevo cuyo nombre se asoma entre sus versos acrósticos, dedicándole su única obra profana, y encima, haciéndole desempeñar el papel de la protagonista con el nombre de Ysabela; y, Laurentino María Herrán sugiere que la ambición por el éxito literario fuera la otra fuerza que empujó a Alonso de Villegas a escribir esa obra dramática, continuación de la ya exitosa *Celestina*[9]; y en segundo lugar, teniendo en cuenta que Alonso de Villegas soñaba con la compra de un cigarral[10], podría ser que él aspirara a conseguir ingresos adicionales para hacer realidad sus sueños e ilusiones.

Tras el fracaso editorial de la *Comedia Selvagia*, ya que no volvió a editarse hasta la segunda del siglo XIX, Alonso de Villegas dejó de soñar sus triunfos por vía de la literatura profana y se dirigió al ámbito religioso. Este cambio de rumbo no resultó nada difícil para él puesto que era licenciado en Filosofía y Teología. Su formación literaria y teológica

[7] "La Congregación, al quedar un beneficio vacante, bien fuese simple o curado, elegía por sí misma como nuevo beneficiado al miembro más antiguo entre los que optaban a él, y presentaba su nombramiento al Arzobispo que le confirmaba haciendo la correspondiente colación y canónica institución al designado. Por ello, la Congregación Mozárabe, se negó a aceptar la innovación introducida por Quiroga, que tan inequívocamente iba contra su derecho, respaldado por sus constituciones y costumbre antigua" (Jaime Sánchez Romeralo, art. cit., pág.789, n.21). Para más información sobre la personalidad del cardenal Gaspar de Quiroga, véase Laurentino María Herrán, art. cit., pág.350.

[8] Marcelino Menéndez Pelayo, ob. cit., pág.157.

[9] Laurentino María Herrán, art. cit., pág.351.

[10] Jaime Sánchez Romeralo, art. cit., pág.790.

hace que lograra triunfar con su gran obra *Flos sanctorum*, rebosante de historias sagradas escritas con belleza literaria. De hecho, salvo la *Comedia Selvagia*, toda la producción literaria de Alonso de Villegas está dotada de carácter religioso, lo cual justamente fue lo que le dio mayor fama y satisfacción.

Cuando el *Flos sanctorum* del Padre Rivadeneyra se imprimió una y otra vez, cuando el *Flos sanctorum* de Pedro de la Vega aún estaba en su auge, cuando fuera de España se publicaron la *Historia de vitis sanctorum* de Luigi Lipponmano y *De probatis sanctorum historiis* de Lorenzo Surio, dentro de la España de los Austrias, Alonso de Villegas sacó a la luz, volumen tras volumen, la obra que mayor éxito le proporcionaría: *Flos sanctorum*, obra hagiográfica dividida en seis partes[11]. A partir de 1578, fecha en que Alonso de Villegas publicó su gran obra en Toledo, la reedición del *Flos sanctorum* fue constante y abundante. Es sorprendente que la influencia de dicha obra no se quedara dentro de la Península Ibérica sino que se extendió hasta Francia, Inglaterra, Italia... e incluso llegó a América a pesar del extenso Océano Atlántico que separaba los dos mundos, o sea, el viejo y el nuevo. Antonio Palau ha hecho la cuenta de las ediciones que se conocen actualmente de las distintas partes del *Flos sanctorum*: "... de la primera, 22; de la

segunda, 26; de la tercera, 8; de la cuarta, 7; de la quinta, 5, y de la sexta, una única"[12]. Las abundantes ediciones le proporcionaron a Alonso de Villegas la mejoría de su estado económico y, por consiguiente, convirtieron en realidad su sueño, que era también el de los demás

[11] Las seis partes del *Flos sanctorum* de Alonso de Villegas fueron publicadas por vez primera en 1578, 1586, 1587, 1589, 1594 y 1603, respectivamente. Sobre esta obra existen estudios parciales tales como el artículo ya citado de Laurentino María Herrán y el *Santoral extravagante. Una lectura del Flos Sanctorum de Alonso de Villegas* (Madrid: Editora Nacional, 1978) de Ana Martínez Arancón.

[12] Antonio Palau y Dulcet, *Manual del librero hispanoamericano*, XXVII (Barcelona, 1976), pág.253.

toledanos de su época, es decir, tener un cigarral.

Fue precisamente en ese momento cuando Alonso de Villegas, según Antonio Palau[13], empezó a arrepentirse de su obra juvenil, la *Comedia Selvagia*, y trató de recoger y destruir todos los ejemplares que pudieran encontrar, lo cual, para José Sancho Rayón, "explica fácilmente la rareza de esta obra, de la que apenas ha llegado hasta nosotros alguno que otro contadísimo ejemplar"[14]. Sin embargo, Marcelino Menéndez Pelayo no comparte la opinión en cuestión. Según el estudioso santanderino, "Nada de particular tiene que un eclesiástico tan grave, entregado a ejercicios de piedad y a la composición de obras espirituales, mirase con ceño aquella producción algo liviana de su primera juventud. Pero no hemos de extremar las cosas hasta el punto de creer que se horrorizase de ella, como dice el erudito librero don Pedro Salvá, movido en parte por sus prejuicios anticlericales, y todavía más por el deseo de acrecentar el valor de su mercancía, exagerando la rareza de la *Selvagia*"[15].

Además de las dos obras mencionadas, también se conoce a Alonso de Villegas por otros escritos: en 1592 publicó en Madrid la *Vida de San Isidro Labrador*; en 1594 puso una nota a la vuelta de la primera hoja de un códice titulado *Corónica de las antigüedades de España* y atribuido al padre Juan de Rihuerga; en 1595 dio a conocer en Toledo la *Vida de San Tirso*, acompañada de una carta al corregidor Alonso de Cárcamo; en 1600 tradujo un libro de Florencio Harleman, monje de Lovaina, cuyo título es *Via Vitae*; en 1602 firmó una aprobación de la *Vida, Excelencias, y Muerte del gloriosissimo Patriarca y Esposo de nuestra Señora, San Ioseph*, compuesta por el maestro Ioseph de Valdivielso; también dejó

[13] *Ibid.*

[14] Alonso de Villegas Selvago, *Comedia Selvagia*, ed. cit., pág.VI.

[15] Marcelino Menéndez Pelayo, ob. cit., pág.164. En lo que se refiere al libro de Pedro Salvá, véase Pedro Salvá y Mallen, *Catálogo de la Biblioteca de Salvá*, I (Valencia, 1872), pág.559.

una colección de cuentos cuyo paradero hoy en día es desconocido; durante mucho tiempo le atribuían un sermón, que se recoge en la colección de predicados, publicada en Madrid en 1615, con motivo de la beatificación de la B. M. Teresa de Jesús Virgen, el cual pertenece a un homónimo, el doctor Alonso de Villegas; y se le atribuía también, debido a la equivocación de Nicolás Antonio, dos libros del jesuita Bernardino de Villegas, los cuales se titulan respectivamente *Favores que hace a sus devotos la Virgen nuestra Señora* (Valencia, 1635) y *Soliloquios Divinos* (Madrid, 1637).

Afortunadamente hoy en día todavía se pueden encontrar algunos retratos de Alonso de Villegas: uno, conservado en la Biblioteca Nacional de Madrid, es el que se ha citado al principio de esta introducción[16]; otro, guardado también en la Biblioteca Nacional y utilizado por Alonso de Villegas, a partir de la tercera parte de su *Flos sanctorm*, como firma suya a fin de diferenciarse de las impresiones falsificadas de la citada obra; otro, que figura en la segunda parte del *Flos sanctorum* (Toledo, 1594), probablemente es un retrato suyo; en el Museo de Prado se exhibe un cuadro de Blas de Prado, el cual representa a la Virgen con el Niño Jesús y varios santos, y uno de éstos es Alonso de Villegas[17]; y, finalmente, "En la Capilla Mozárabe de Toledo se conserva otro lienzo antiguo que representa de busto al escritor con expresión en todo semejante a la que tiene en la pintura de Blas de Prado... Muy inferior es el óleo de la Colección Lorenzana, en la Casa de la Cultura de Toledo, indudablemente copia del anterior. Inspirado en esta representación pictórica antigua está

[16] Véase *Comedia Selvagia*, Introducción, n.4, y también *Iconografía hispana. Catálogo de los retratos de personajes españoles de la B. N.*, t. S–Z y adiciones, publicada por la sección de estampas bajo la dirección de Elena Páez Ríos (Madrid, 1966), pág.340.

[17] Pedro de Madrazo, *Catálogo descriptivo e histórico de los cuadros del Museo de Prado*, I (Madrid), págs.518–519.

el retrato de 'Alfonso de Villegas' "[18].

Es una suerte que hayan podido llegar hasta nosotros la letra y la firma del propio Alonso de Villegas, presentes en el manuscrito de la *Crónica de las Antigüedades de España*, compuesta por el padre Juan de Rihuerga y conservada en la Biblioteca Nacional de Madrid[19].

Antes de terminar este apartado, merece la pena recordar que nuestro autor es un escritor con fama reconocida hasta por la autoridad, puesto que su nombre se registra en el *Catálogo de Autoridades de la Lengua* que publicó la Academia Española[20].

2. *Comedia Selvagia*

2.1 Discrepancias en torno al ciclo celestinesco

Con respecto a las obras que forman parte del ciclo celestinesco, no existen opiniones uniformes, ya que cada uno de los estudiosos opta por un parecer diferente sobre el término "continuación".

María Rosa Lida de Malkiel centra su atención en la originalidad artística de Fernando de Rojas, tal como titula su gran estudio. No se preocupa por distinguir las continuaciones de las imitaciones, sino que se limita a agruparlas bajo un rótulo genérico: imitaciones[21]. Así que fácilmente se puede imaginar cuántas obras caben en este grupo teniendo en cuenta que, como consecuencia del éxito de *La Celestina* rojana, son abundantes las obras que la imitan directa o indirectamente.

[18] Jaime Sánchez Romeralo, art. cit., pág.791, n.28.

[19] En la Advertencia Preliminar para la edición de la *Comedia Selvagia* (ed. cit. pág.5, n.1) José Sancho Rayón da a conocer el título completo de la obra del padre Rihuerga y la nota correspondiente de Alonso de Villegas.

[20] Para más información sobre Alonso de Villegas, aparte de los diccionarios de literatura y los estudios ya citados anteriormente, también se puede consultar el *Diccionario de Historia Eclesiástica de España* (Madrid: C.S.I.C., 1972–1975) y la *Bibliografía Madrileña*, III (Madrid, 1891, pág.516) de Cristóbal Pérez Pastor.

[21] María Rosa Lida de Malkiel, *La originalidad Artística de La Celestina* (Buenos Aires: Eudeba, 1970).

Marcelino Menéndez Pelayo es el primer crítico que utiliza la expresión de "género celestinesco" en sus estudios relacionados con la obra de Fernando de Rojas. Según él, las continuaciones de *La Celestina* no son más que tres: la *Segunda Celestina* de Feliciano de Silva, la *Tercera Celestina* de Gaspar Gómez de Toledo y la *Tragicomedia de Lisandro y Roselia* de Sancho de Muñón, pues dichas obras "no sólo imitan deliberadamente la tragicomedia de Rojas, sino que también continúan su arguraento y vuelven a sacar a la escena a algunos de sus personajes"[22]. En cuanto a la *Tragedia Policiana* de Sebastián Fernández, Marcelino Menéndez Pelayo señala que "no se presenta, pues, como continuación, sino más bien como preámbulo de *La Celestina*, pero es cierto que la sigue al pie de la letra, con personajes idénticos, con la misma intriga y a veces con los mismos razonamientos y sentencias" [23].

Stefano Arata, a consecuencia de su descubrimiento, añade una obra más, la *Tragicomedia de Polidoro y Casandrina*, al grupo de las continuaciones de la primitiva *Celestina*. En su artículo "Una nueva tragicomedia celestinesca del siglo XVI" manifiesta el profesor de la Universidad de Roma: "Según una clasificación hoy generalmente aceptada por la crítica, podemos dividir las piezas literarias de los siglos XVI y XVII que se inspiran en la *Tragicomedia*, de Fernando de Rojas en dos grupos bien diferenciados. Por un lado, tenemos el género de la celestinesca, que se desarrolla en España entre 1521 y 1554, y que abarca un conjunto de siete obras: *La comedia Thebaida*, *La segunda comedia de Celestina*, *La tercera parte de la tragicomedia de Celestina*, *La tragicomedia de Lisandro y Roselia*, *La tragedia Policiana*, *La comedia llamada Florinea* y *La comedia Selvagia*. Por otro, el ámbito más

[22] Marcelino Menéndez Pelayo, ob. cit., pág.68.

[23] *Ibid.*, pág.130.

indefinido de lo celestinesco, que incluye, en general, obras más tardías como *La Lena* de Velázquez de Velasco o *La Dorotea* de Lope de Vega. Las piezas del primer grupo se caracterizan no sólo por reproducir el juego de amor, inscrito en un triángulo amoroso entre los nobles amantes y la intermediaria con su camarilla de hijas y rufianes, sino también por proponerse como continuaciones directas de la *Celestina* primitiva, en oposición a las piezas del ámbito celestinesco, que se limitan a desarrollar aspectos parciales del modelo. La reducida familia de la celestinesca se puede ver ampliada, ahora, por el hallazgo de un octavo ejemplar: una pieza manuscrita del siglo XVI que he tenido la ocasión de encontrar en la Biblioteca del Palacio Real de Madrid" [24], y la obra en cuestión tiene como título, propuesto provisionalmente por Stefano Arata debido a la falta del primer folio del manuscrito recién encontrado, *Tragicomedia de Polidoro y Casandrina*.

Tal como apuntan Keith Whinnom[25] y Consolación Baranda[26], Pierre Heugas plantea, por primera vez, las continuaciones de *La Celestina* de forma cronológica en *La Célestine et sa descendence directe*. Además de la *Segunda Celestina*, la *Tercera Celestina* y la *Tragicomedia de Lisandro y Roselia*, incluye la *Tragedia Policiana*, la *Comedia Florinea* y la *Comedia Selvagia*. La razón, por la que Pierre Heugas clasifica así las continuaciones de *La Celestina*, reside principalmente en lo siguiente: sus autores se apropian de los personajes del modelo y de las relaciones que existen entre ellos, de su tema, de su ideología y, a veces, incluso

[24] Stefano Arata, "Una nueva tragicomedia celestinesca del siglo XVI", *Celestinesca*, vol.12, nº1 (mayo, 1988), pág.45.

[25] Keith Whinnom, "El género celestinesco: origen y desarrollo", *Academia Literaria Renacentista. Literatura en la época del emperador* (Salamanca: Universidad, 1988), págs.125-126.

[26] Consolación Baranda, "De 'Celestinas': problemas metodológicos", *Celestinesca*, vol. 16, nº 2 (noviembre, 1992), pág.6, n.9.

de su estilo. Ésta también es una forma de imitación característica de la literatura española. A juicio de Keith Whinnom, el hecho de que la definición de Pierre Heugas excluya la *Comedia Thebayda*, pese a que las obras, ya mencionadas, se parecen a ella en muchos aspectos, se debe a que, "al ensancharla para que abarcase todas las obras en las que se percata alguna influencia de la *Celestina*, tendriamos un catálogo casi interminable" [27].

Para Harry Vélez Quiñones, existen siete obras pertenecientes al género celestinesco: "Anónimo, *Comedia Thebaida* (1521), Feliciano de Silva, *Segunda Comedia de Celestina* (1534), Gaspar Gómez de Toledo, *Tercera parte de la Tragicomedia de Celestina* (1539), Sancho de Muñón, *Tragicomedia de Lisandro y Roselia* (1542), Sebastián Fernández, *Tragedia Policiana* (1547), Juan Rodríguez Florián *Comedia llamada Florinea* (1554), Alonso Villegas Selvago, *Comedia llamada Selvagia* (1554)"[28].

En uno de sus artículos Luis Mariano Esteban Martín manifiesta su parecer alrededor del grupo de las continuaciones de *La Celestina*: "Entiendo por tales, siguiendo a Mª Rosa Lida de Malkiel... y a Pierre Heugas... las siguientes obras: *Segunda Comedia de Celestina*, de Feliciano de Silva; *Tercera parte de la Tragicomedia de Celestina*, de Gaspar Gómez de Toledo; *Tragicomedia de Lisandro y Roselia*, de Sancho de Muñón; *Tragedia Policiana*, de Sebastián Fernández; *Comedia Florinea*, de Joan Rodríguez, y *Comedia Selvagia*, de Alonso de Villegas"[29]. En la revista *Celestinesca* Luis Mariano Esteban Martín

[27] Keith Whinnom, art. cit., pág.126.

[28] Harry Vélez Quiñones, "Celestina 'a lo divino': el caso de la *Tragedia Policiana*", *Celestinesca*, vol.17, nº1 (primavera, 1993), pág.3, n.2.

[29] Luis Mariano Esteban Martín, "Huellas de *Celestina* en la *Tercera Celestina* de Gaspar Gómez de Toledo", *Celestinesca*, vol.11, nº2 (otoño, 1987), pág.16, n.2.

publicó una serie de artículos sobre el ciclo celestinesco[30]: "Huellas de *Celestina* en la *Tercera Celestina* de Gaspar Gómez de Toledo", "Huellas de *Celestina* en la *Tragicomedia de Lisandro y Roselia*, de Sancho de Muñón", "Huellas de 'Celestina' en la 'Tragedia Policiana' de Sebastián Fernández", y "Huellas de 'Celestina' en la 'Comedia Florinea' y en la 'Comedia Selvagia' ". Desde luego, el hecho de que no escribiera las "Huellas de *Celestina* en la *Segunda Celestina* de Feliciano de Silva" indica simplemente que él está totalmente de acuerdo con un artículo de Consolación Baranda sobre este tema[31], o sea, lo considera un eslab6n más de aquella serie de artículos suyos, publicados en torno al ciclo celestinesco.

Consolación Baranda, tras haber estudiado los casos particulares de la literatura celestinesca, aporta una idea un tanto distinta[32]. A su parecer, existen dos grupos de obras que han recibido alguna influencia de la primera *Celestina*: "... aquéllas que continúan la *Celestina* (las que Otálora denomina sus 'subcesoras' y otras que imitan alguna de sus características temáticas o formales" [33]. Teniendo en cuenta que "Una de estas variedades de imitación es la continuación literaria" [34], el corpus del ciclo celestinesco lo forman, empezando por *La Celestina* (1499) de Fernando de Rojas, la *Segunda Celestina* (1534) de Feliciano de Silva, la *Tercera Celestina* (1539) de Gaspar Gómez de Toledo, la *Tragicomedia*

[30] Luis Mariano Esteban Martín, "Huellas de 'Celestina' en la 'Comedia Florinea' y en la 'Comedia Selvagia' ", *Celestinesca*, vol.13, nº2, (noviembre, 1989), pág.37.

[31] Consolación Baranda, "Algunas notas sobre la presencia de la 'Tragicomedia' de Rojas en la 'Segunda Celestina' ", *Dicenda* (Madrid: Universidad Complutense de Madrid, 1984). Según las declaraciones de Luis Mariano Esteban Martín, este artículo de Consolación Baranda constituye precisamente el inicio de la línea que él va a seguir (véase "Huellas de *Celestina* en la *Tercera Celestina* de Gaspar Gómez de Toledo", pág.3).

[32] Consolación Baranda, "De 'Celestinas' : problemas metodo lógicos", págs.7-16.

[33] *Ibid.*, pág.6.

[34] *Ibid.*, pág.7.

de Lisandro y Roselia (1542) de Sancho de Muñón, la *Tragedia Policiana* (1547) de Sebastián Fernández, la *Comedia Selvagia* (1554) de Alonso de Villegas Selvago y la *Tragicomedia de Polidoro y Casandrina* ("entre la última década del siglo XVI y las dos primeras del siglo XVII" [35]) de un escritor anónimo.

Consolación Baranda tiene toda la razón al excluir la *Comedia Thebaida* y la *Comedia Florinea* del ciclo celestinesco ya que ni siquiera vuelve a actuar ningún personaje de dicho ciclo ni aparecer los descendientes de esos personajes, requisito fundamental para comprobar si una obra es una continuación o simplemente una imitación[36].

Para no caer en el defecto de la redundancia, aquí no se exponen, de manera exhaustiva, todas las propuestas respecto a las continuaciones de *La Celestina*. Al fin y al cabo, todos los críticos y estudiosos coinciden en una cosa, esto es, que la *Comedia Selvagia* de Alonso de Villegas es una continuación de la *Celestina* rojana.

2.2 Un eslabón más del ciclo celestinesco

¿Por qué es una continuación la *Comedia Selvagia*? ¿Cuáles son las condiciones imprescindibles para una continuación?

Para contestar a estas dos preguntas, es mejor empezar por la segunda, que constituye la base de un ciclo literario.

La respuesta se encuentra en *Palimpsestos* de Gérard Genette:

> Cuando una obra queda inacabada por muerte de su autor o por cualquier otra causa de abandono definitivo, la continuación

[35] Carmen Solana Segura, "Hacia una datación de la *Tragicomedia de Polidoro y Casandrina*: datos históricos e influencias literarias", *Celestinesca*, vol.33 (2009), pág.229.

[36] Consolación Baranda, "De 'Celestinas' : problemas metodológicos", pág.6, n.9. En esta nota se explica por qué la *Comedia Florinea* no pertenece al ciclo celestinesco. Las explicaciones que da Consolación Baranda sobre la *Comedia Florinea* son válidas también para la *Comedia Thebaida*.

> consiste en terminarla en su lugar, y eso sólo puede hacerlo alguien que no es el autor[37].
>
> Pero la continuación no siempre tiene por función el terminar una obra manifiestamente y, por así decir, oficialmente inacabada. A veces se puede juzgar que una obra, en principio terminada y publicada como tal por su autor, pide, sin embargo, una prolongación y una conclusión[38].

Es decir, un escritor no puede ser el continuador de su propia obra. Aparte de esto, la historia continuada ha de ser considerada como finalizada en su momento por el autor o por el público. La reutilización de la misma materia, muchas veces, tiene que ver con el éxito de la obra modelo, el cual, para los continuadores, suele significar un atajo para la obtención de su propio triunfo. Éste es el caso de las continuaciones de *La Celestina*, de *Lazarillo de Tormes*, de *Amadís de Gaula*, etc.

En otro pasaje, Gérard Genette continúa la exposición de su teoría:

> La continuación no es una imitación como las otras, puesto que debe someterse a un cierto número de coerciones suplementarias: en primer lugar, al estar proscrita, de principio, toda carga satírica, la imitación tiene que ser de una fidelidad y de una seriedad absolutas, lo que raramente sucede en el pastiche corriente. Pero sobre todo el hipertexto debe permanecer constantemente en el prolongamiento de su hipotexto al que debe solamente llevar hasta una conclusión prescrita o congruente, vigilando la continuidad de ciertos datos como la disposición de

[37] Gérard Genette, *Palimpstos. La literatura en segundo grado* (Madrid: Taurus, 1989), pág.201.

[38] *Ibid.*, pág.216.

> los lugares, el encadenamiento cronológico, la coherencia de los caracteres, etc. El continuador trabaja bajo el control constante de una especie de *script* interior que vela por la unidad del conjunto y la imperceptibilidad de los enlaces[39].

En otros términos, los continuadores han de "respetar la configuración física y psicológica de dichos personajes y mantener una coherencia espacio – temporal respecto a su modelo"[40], esto es, apropiarse de algún personaje del modelo imitado y continuado, o crear otros nuevos, pero vinculados a los del modelo. No obstante, dichas condiciones no resultan fáciles de cumplir teniendo en cuenta que los continuadores deben convencer a los lectores de que el personaje sacado del modelo reaparece con las mismas características en la continuación. O sea, los continuadores se ven obligados a relacionar ambos textos haciéndose suyo alguno de los personajes del modelo, o estableciendo cierto tipo de relación entre ellos, lo cual les obliga a respetar determinados rasgos psicológicos, argumentales, espaciales y temporales. Es importante que mantengan la coherencia del argumento, del lugar, del tiempo, etc. La memoria se convierte en un recurso preferido para los continuadores, quienes, por medio de los recuerdos de ciertos personajes, logran vincular sin dificultad las obras a sus respectivos modelos.

Conocidos ya los requisitos primordiales para una continuación, es hora de responder a la primera pregunta, formulada al iniciar este apartado. En otras palabras, hay que comprobar si la *Comedia Selvagia* forma parte del ciclo celestinesco.

---

[39] *Ibid.*, págs.202–203.

[40] Consolación Baranda, "De 'Celestinas': problemas metodológicos", pág.9. Para el desarrollo de dichas ideas, además del artículo arriba citado, se puede consultar la introducción que Consolación Baranda hace a su edición de la *Segunda Celestina* de Feliciano de Silva (Madrid: Cátedra, 1988), págs.43–54.

Consolación Baranda señala que "... aunque en la *Selvagia* no aparecen personajes de la *Celestina*, sí lo hacen otros que son descendientes suyos, como sucedía en los libros de caballerías"[41], y luego, anade lo siguiente:

> En la *Comedia Selvagia*, Escalión, criado del protagonista, propone como intermediaria de los amores de Selvago a una hechicera conocida por él, de la que sabe vida y milagros. Esta resulta ser Dolosina, hija de Parmenia y nieta de Claudina, la maestra de Celestina, que después de haber viajado por Europa "aquí en su propia tierra fue tornada; donde habiendo salido muy niña y fermosa, vieja y disforme volvió". Ella misma recuerda que a su abuela Claudina la mataron los criados de Teophilón, según cuenta la *Poliziana* (p.154), así como su amistad de juventud con Elicia y Areúsa. Los criados Sagredo y Rubino son hijos de Sempronio y Elicia y de Pármeno y Areúsa respectivamente y Escalión es hijo de Brumandilón, el rufián de la *Tragicomedia de Lisandro y Roselia* que mata a Elicia. Se teje así un entramado de relaciones con varias de las continuaciones y no sólo con la obra de Rojas; incluso se alude a la disputa entre la *Segunda Celestina* y la *Tragicomedia de Lisandro y Roselia* sobre si Celestina había muerto realmente o no[42].

En efecto, en pocas palabras Consolación Baranda ha dado con la clave de la relación implícita entre la *Comedia Selvagia* y el resto de las obras del ciclo celestinesco[43].

---

[41] Consolación Baranda, "De 'Celestinas' : problemas metodológicos", pág.6, n.9.

[42] *Ibid.*, pág.15.

[43] El presente estudio no pretende detenerse a analizar el vínculo que hay entre la *Comedia Selvagia* y la

Cuando Flerinardo pide a su criado que cuente a Selvago cómo es Dolosina, Escalión hace una extensa presentación sobre la famosa alcahueta y hechicera a quien se va a encomendar el negocio amoroso del amigo de su amo, en la cual se lee así:

> Avéys, pues, de notar que quando la famosa Claudina bivió, tuvo una hija por nombre llamada Parmenia, que, después de la muerte de su madre, ni gualtería dexó por correr, ni mesón por arrastrar, ni aun muladar ni establo que no provase, passando, pues, su vellaca vida desta forma, una hija le dio la ventura más abundosa de padres propios que moço de convento apelativos. Ésta, pues, es la que entre manos tenemos, que siendo nacida, su madre la baptizó con nombre de Dolosina, conveniéndola para la vejez tanto quanto sus obras dan por testimonio[44].

La misma alcahueta también alude a su propia familia en dos ocasiones: primero, antes de entrevistarse por primera vez con Ysabela:

> ... bueno va todo, quiera Dios no sean badanas, que en este oficio, y en un caso semejante al en que agora voy, dexó mi abuela Claudina la vida por las costillas en manos de los criados de Theofilón; pues mi madre Parmenia indicio ay de que por otro tanto en Milán la mataron a talegazos[45].

Y, después, durante la comida que tiene lugar en su casa:

Tragicomedia de Polidoro y Casandrina; para remediarlo, véase Carmen Solana Segura, *Mujer, amor y matrimonio en las continuaciones celestinescas. Edición y estudio de la Tragicomedia de Polidoro y Casandrina* (tesis doctoral inédita) (Huelva: Universidad, 2009), y Ana Vian Herrero, "La *Tragicomedia de Polidoro y Casandrina*: relación cíclica *y* caminos de la parodia", en "*Estaba el jardín en flor...*" *Homenaje a Stefano Arata*, *Criticón*, 87–88–89 (2003), pág.905.

[44] *Comedia Selvagia*, II, 3.

[45] *Ibid.*, III, 3.

> ¡O mis buenos hijos! por mi salud, que os he de abrazar, ca sabed que no pequeño conocimiento tuve yo con vuestras madres, antes que desta tierra Parmenia mi madre me llevasse, y aun, por mi salud, que quando bolví y supe el desdichado caso que a las dos acaesció, que no fue mi dolor pequeño[46].

En resumen, Claudina es la comadre y la maestra de Celestina, madre de Parmenia[47] y de Pármeno[48], y Parmenia, a su vez, es la madre de Dolosina, alcahueta de nuestra *Comedia Selvagia.* Es decir, Alonso de Villegas se ha apropiado de un personaje relacionado con su modelo *La Celestina*, y con la *Tragedia Policiana*, que es otra de las continuaciones de la obra de Fernando de Rojas.

Del mismo modo, el autor de la *Comedia Selvagia* presenta la genealogía de tres de los criados que aparecen en esta obra suya. Éste es el caso de Sagredo y de Rubino, ambos criados de Selvago, y de Escalión, criado de Flerinardo.

A lo largo de la comida servida en casa de Dolosina, la anfitriona pregunta por los padres de Sagredo y de Rubino. Sagredo, en nombre de los dos, le contesta así a Dolosina:

> Sabe, señora, que yo soy hijo de Sempronio, criado de Calisto, y de Elicia, y este mi compañero es de Pármeno y Areúsa, donde por la familiaridad que nuestros padres tuvieron, ansimesmo por

[46] *Ibid.*, V, 1.

[47] Aparte de las alusiones ya mencionadas de Escalión, en la *Tragedia Policiana* Claudina es uno de los personajes centrales y a su alrededor se mueven activamente dos mujeres: por un lado, Parmenia como hija rebelde a quien no le gusta mucho su oficio, y por otro lado, Celestina como una discípula bien entendida que ha aprendido todas las mañas necesarias para su profesión. Además de esto, la Celestina de Fernando de Rojas también menciona a Claudina como su inolvidable maestra.

[48] En *La Celestina* la alcahueta habla a menudo de la relación madre – hijo entre Claudina y Pármeno, sea para captar su simpatía, sea para destruir su orgullo y lealtad.

> el parentesco que entre nuestras madres [h]ovo, entre nosotros tenemos muy firme amistad y bien querencia[49].

Como todo el mundo sabe, Sempronio y Pármeno son dos criados de Calisto, y Elicia y Areúsa son dos chicas de Celestina, de los cuales, los tres personajes masculinos aludidos no tienen actuaciones más que en *La Celestina*, ya que pierden su vida en ella, y mientras tanto, los tres personajes femeninos mencionados no sólo desempeñan un papel importante en la obra de Fernando de Rojas, sino que también reaparecen en la *Segunda Celestina* y en la *Tercera Celestina.* Esto no es todo, pues Elicia no muere en la obra de Gaspar Gómez de Toledo como Celestina y Areúsa, y por consiguiente, Sancho de Muñón pudo continuar el ciclo celestinesco apropiándose del personaje de Elicia, quien ocupa el puesto de la famosa alcahueta barbuda, su tía, en la *Tragicomedia de Lisandro y Roselia.*

Un poco más adelante, Escalión habla consigo entre dientes:

> Harre noramala, y a todos a metido la vieja en la daça, que, por mi vida, este Brumandilón que a dicho fue mi padre; ya dolor, y si se descubriesse a mis compañeros, cómo tomarían de mí raviosa vengança[50].

De hecho, Brumandilón es el rufián que aparece en la *Tragicomedia de Lisandro y Roselia.* No obstante, ésta no es la primera vez que Escalión hace referencia a su padre, como se puede comprobar en las siguientes quejas suyas, dirigidas a Velmonte:

> Reniego de los huessos de Brumandilón, mi padre, si una

[49] *Comedia Selvagia,* V, 1.

[50] *Ibid.*

> cuchillada en la cara no sufriera mejor que tal ultraje. ¡Cómo! ¿Y hombre soy yo, que tengo de huyr?[51]

Los personajes de la *Comedia Selvagia* recuerdan no sólo quiénes son sus antepasados sino también cómo acaban su vida, lo cual en la mayoría de los casos tiene su desarrollo pleno en *La Celestina* y sus distintas continuaciones.

Dolosina, entre temores, se acuerda de la muerte de su abuela y de la de su madre:

> ... dexó mi abuela Claudina la vida por las costillas en manos de los criados de Theofilón; pues mi madre Parmenia indicio ay de que por otro tanto en Milán la mataron a talegazos[52].

En efecto, Claudina perece en la *Tragedia Policiana*, apaleda por los criados de Theofilón. La muerte de Parmenia no se menciona en ninguna otra obra del ciclo celestinesco excepto en la *Comedia Selvagia*. Por eso, se puede afirmar que es fruto de la creación del propio Alonso de Villegas. El hecho de que éste no recurra a Parmenia para que sea la alcahueta de su obra, haciéndole perder la vida en Milán, tiene que ver con su respeto a la voluntad de Sebastián Fernández, según Luis Mariano Esteban Martín[53].

En otro momento, presumiendo de sus conocimientos, Dolosina rectifica la falsa información que tienen Sagredo y Rubino sobre la muerte de sus padres:

> Pues yo's diré, hijos: sabed de cierto que Pármeno y Sempronio por homicidas de una buena vieja murieron degollados

[51] *Ibid.*, I, 2.

[52] *Ibid.*, III, 3.

[53] Luis Mariano Esteban Martín, "Huellas de 'Celestina' en la 'Comedia Florinea' y en la 'Comedia Selvagia' ", pág.36.

en el mercado, y Areúsa, poco después, en casa de la famosa Celestina, a manos de dos rufianazos, que, si bien me acuerdo, se nombravan Grajales y Barrada. Esso mesmo Elicia, mucho tiempo después, por un panfarronazo llamado Brumandilón; aunque no se fue sin castigo éste, porque degollado murió, y no pensés lo dicho aver muchos días que passó, que de cierto la sangre tienen reziente[54].

Como se recordará fácilmente, por una cadena que Calisto otorga a Celestina Sempronio y Pármeno asesinan, en *La Celestina*, a la alcahueta barbuda después de que ésta se niega a cumplir su promesa de compartir las ganancias con ellos. En la *Tercera Celestina* Grajales, enojado por el abandono y la traición de Areúsa, da muerte a su amante en presencia de su amigo Recuajo, y no de Barrada[55], tal como dice Dolosina. El autor de la *Tragicomedia de Lisandro y Roselia*, ansioso de cerrar el ciclo celestinesco, hace que Elicia, el único personaje que tiene la posibilidad de continuar los oficios de la Celestina rojana, muera a manos de su rufián Brumandilón, quien será ejecutado posteriormente por la justicia. La muerte de Celestina, de Areúsa y de Elicia obliga a los continuadores posteriores a buscar otro modo de entroncar sus obras con el ciclo celestinesco[56].

En lo que se refiere a la muerte de Celestina, lo que aporta Alonso de Villegas ya no es pura información o recuerdo, sino crítica literaria que se desarrolla en torno a la verosimilitud de la resurrección de la alcahueta

[54] *Comedia Selvagia.*, V. 1.

[55] No se trata de un simple fallo la sustitución de Recuajo por Barrada. Véase V, 1, n.1129.

[56] Luis Mariano Esteban Martín, "Huellas de *Celestina* en la *Tragicomedia de Lisandro y Roselia*, de Sancho de Muñón", *Celestinesca*, vol.12, nº2 (otoño, 1988), pág.30, y "Huellas de 'Celestina' en la 'Tragedia Policiana' de Sebastián Fernández", *Celestinesca*, vol.13, nº1 (mayo, 1989), pág. 36.

rojana, inventada por el autor de la *Segunda Celestina*.

Al ver que Escalión lleva a una vieja a la presencia de su amo Selvago, Risdeño, entre las burlas a Escalión, hace alusión a las diferentes opiniones que existen alrededor de la muerte de Celestina:

> Ya, ya, a fe de gentil hombre, que sé ya todo el caso, que tú deves aver sacado del ciminterio del Carmen el cuerpo de Celestina, que este día falleció, y como allí tan presto se consume y come la carne, no hallaste si[no] los huessos que traes contigo; digo esto, si fue verdad que murió de la caýda del andamio de su casa, y no se estuvo, como la otra vez, escondida tras el artesa[57].

En pocas palabras, Risdeño, o mejor dicho, Alonso de Villegas muestra enteramente la disputa literaria que se libra entre Feliciano de Silva, Gaspar Gómez de Toledo y Sancho de Muñón, la cual consiste en lo siguiente: el autor de la *Segunda Celestina* modifica el desenlace de *La Celestina* de Fernando de Rojas, resucitando a la alcahueta barbuda ("no se estuvo, como la otra vez, escondida tras el artesa")[58]; el autor de la *Tercera Celestina*, adopta el parecer de su antecesor inmediato y acepta que la alcahueta rojana no muere en *La Celestina* para poder rematarla en su propia obra tras haberle sacado todo el provecho ("murió de la caýda del andamio de su casa")[59]; y, finalmente, el autor de la *Tragicomedia*

[57] *Comedia Selvagia*, III, 1.

[58] Éste no es exactamente el modo propuesto por Feliciano de Silva para resucitar a la alcahueta barbuda, asesinada ya en *La Celestina* de Fernando de Rojas. En la *Segunda Celestina* el autor se limita a decir, desde luego, por medio de sus personajes, que la Celestina rojana, fingiéndose muerta, logra escaparse de la muerte, y a la vez, castigar a los criados de Calisto; a excepción de la *Comedia Selvagia*, otras continuaciones celestinescas tampoco precisan el modo, por el cual la Celestina barbuda consigue salvar su propio pellejo. Así que lo de esconderse "tras el artesa" no es más que otra invención de Alonso de Villegas, exigida por la necesidad estructural. Véase *Comedia Selvagia*, III, 1, n.855.

[59] En la *Tercera Celestina* de Gaspar Gómez de Toledo Celestina cae de los corredores de su casa debido a la prisa que lleva por cobrar sus albricias y así termina en el acto sus últimos días. El hecho de haber cambiado

de Lisandro y Roselia rechaza la supuesta resurrección de Celestina, modificando el argumento correspondiente de la *Segunda Celestina* y, por supuesto, el de la *Tercera Celestina*, esto es, hace que una amiga de Celestina, usurpadora del renombre de la famosa alcahueta barbuda, se meta en los tratos amorosos de Felides y Polandria, y que Areúsa sea llevada por Centurio a Valencia mientras que Elicia acaba su vida como una profesional del oficio de su tía Celestina ("digo esto, si fue verdad")[60].

Si las alusiones de Risdeño no parecen muy claras para la comprensión de la verdadera actitud de Alonso de Villegas, uno de los pasajes arriba citados puede despejar todas las dudas e incertidumbres. Al hacer que Dolosina diga que "Pármeno y Sempronio por homicidas de una buena vieja murieron degollados en el mercado", el autor de la *Comedia Selvagia* declara abiertamente que él está en la misma línea que Fernando de Rojas.

Desde el punto de vista temporal, se percibe una coherencia absoluta.

El solo hecho de recordar que Dolosina es nieta de Claudina e hija de Parmenia dernuestra que cronológicamente la historia de Selvago – Ysabela y de Flerinardo – Rosiana tiene lugar después de las actuaciones de Claudina y de Parmenia en la *Tragedia Policiana*, donde "la alcahueta es Claudina, madre de Pármeno y maestra de Celestina; la acción transcurre en el mismo lugar que la *Tragicomedia* y en un tiempo anterior al de ésta"[61].

---

los corredores por el andamio tiene sus explicaciones en la opinión que sostiene Alonso de Villegas sobre la verosimilitud. Sin duda, para el autor de la *Comedia Selvagia*, los corredores no son suficientemente altos para poder causar la muerte inrnediata, como la de la Celestina de Gaspar Gómez de Toledo, pero sí resulta posible y verosímil si se trata de un andamio.

[60] Es decir, la burla de Risdeño se basa en la duda, originada por Sancho de Muñón, quien desmorona en su obra todo el artificio inventado por Feliciano de Silva, o sea, la resurrección de la Celestina de Fernando de Rojas.

[61] Consolación Baranda, "De 'Celestinas' : problemas metodológicos", pág.8.

Repasando un poco la información citada anteriormente, que Dolosina da a Sagredo y a Rubino sobre la trágica muerte de sus respectivas madres, se puede notar fácilmente que los acontecimientos, presentes en la *Comedia Selvagia* ocurren también después de los incidentes relatados sucesivamente en *La Celestina*, en la *Segunda Celestina*, en la *Tercera Celestina*, y en la *Tragicomedia de Lisandro y Roselia*.

Según Dolosina, Areúsa muere poco después del asesinato de la Celestina barbuda y de la ejecución de Sempronio y de Pármeno. Como ya se ha visto anteriormente, la muerte de Areúsa tiene lugar en la *Tercera Celestina*, cuya "acción comienza al día siguiente de los sucesos con que termina la *Segunda*"[62], y ésta, a su vez, sitúa su acción "poco tiempo después que la de la *Celestina*"[63]. En cuanto a la muerte de Elicia, sucede mucho después de la de Areúsa. Es decir, lo trancurrido en la *Tragicomedia de Lisandro y Roselia* es posterior a lo pasado en la *Tercera Celestina*, teniendo en cuenta que la tragedia de Elicia, causada por su rufián Brumandilón, es un episodio más de la obra de Sancho de Munón. Antes de finalizar la información, la advertencia de Dolosina ("no pensés lo dicho aver muchos días que passó, que de cierto la sangre tienen reziente"[64]) indica que la acción en la *Comedia Selvagia* se inicia pocos días después de la desgracia que sufren Elicia y Brumandilón.

En cuanto al lugar, se puede decir que no experimenta cambio alguno, a pesar de los viajes de unos personajes por lugares lejanos y durante bastante tiempo, puesto que, al fin y al cabo, todos los que han salido afuera regresan a su tierra, donde se reúnen con otros personajes

[62] *Ibid.*, pág.ll.

[63] *Ibid.*

[64] *Comedia Selvagia*, V, 1.

que se acuerdan perfectamente de lo ocurrido con las diversas "Celestinas". He aquí los pasajes donde se cuenta el regreso de dichos personajes:

Cuando Selvago decide conquistar abiertamente los amores de Ysabela, tras haber resuelto la confusión en torno a la identidad de la dama de su amigo Flerinardo, Escalión hace una larga presentación de la alcahueta que piensa introducir en las conquistas amorosas de su senor, y entre otras cosas dice así:

> No contenta mucho con tal nación, en España pretende tornar, y visitando las principales ciudades della, aquí en su propia tierra fue tornada; donde aviendo salido muy niña y fermosa, vieja y disforme bolvió[65].

La misma Dolosina habla también de su propio regreso al recordar la muerte de Elicia y de Areúsa, madre de Sagredo y de Rubino, respectivamente:

> ... no pequeño conocimiento tuve yo con vuestras madres, antes que desta tierra Parmenia, mi madre, me llevasse, y aun, por mi salud, que quando bolví y supe el desdichado caso que a las dos acaesció, que no fue mi dolor pequeño[66].

Un poco más adelante, Sagredo, a petición de Dolosina, se presenta a sí mismo y a su compañero Rubino, empezando por los viajes que han hecho los dos:

> ... ca los dos de pequeños nos salimos desta tierra, y por gran aventura en Ytalia nos conocimos, donde con desseo de nuestra

[65] *Ibid.*, II, 3.

[66] *Ibid.*, V, 1.

patria aquí tornamos[67].

En conclusión, a través de unos personajes y unos elementos argumentales, temporales y espaciales, Alonso de Villegas logra relacionar la *Comedia Selvagia* con una serie de obras del ciclo celestinesco, es decir, *La Celestina*, la *Segunda Celestina*, la *Tercera Celestina*, la *Tragicomedia de Lisandro y Roselia* y la *Tragedia Policiana*, cogiendo de cada una de ellas lo que le conviene[68]. En otros términos, la *Comedia Selvbagia* de Alonso de Villegas es un eslabón más del ciclo celestinesco.

2.3 Personajes

Marcelino Menéndez Pelayo ya señala, hace tiempo, que existen dos galanes y dos damas en la *Comedia Selvagia*[69]. Más tarde, María Rosa Lida de Malkiel añade la presencia de dos alcahuetas[70]. Pero eso no es todo. En realidad, la duplicación de los personajes tiene un carácter general y estructural en la obra de Alonso de Villegas. En otras palabras, la geminación de los personajes constituye una de las características elementales de la *Comedia Selvagia*. La verdad es que, de una forma u otra, casi todos los personajes pueden encontrar su "doble" entre la multitud, el cual nunca es una simple repetición. Como el alguacil y los dos porquerones que aparecen carecen de dicha dualidad ni son personajes individualizados, este apartado no se ocupa de analizarlos.

He aquí dos esquemas panorámicos, que no sólo sirven para facilitar la comprensión sobre las distintas relaciones que los personajes mantienen

[67] *Ibid.*

[68] Luis Mariano Esteban Martín, "Huellas de 'Celestina' en la 'Comedia Florinea' y en la 'Comedia Selvagia' ", pág.35.

[69] Marcelino Menéndez Pelayo, ob. cit., pág.151.

[70] María Rosa Lida de Malkiel, ob. cit., pág.279.

entre sí, sino también para demostrar la distribución simétrica de los mismos.

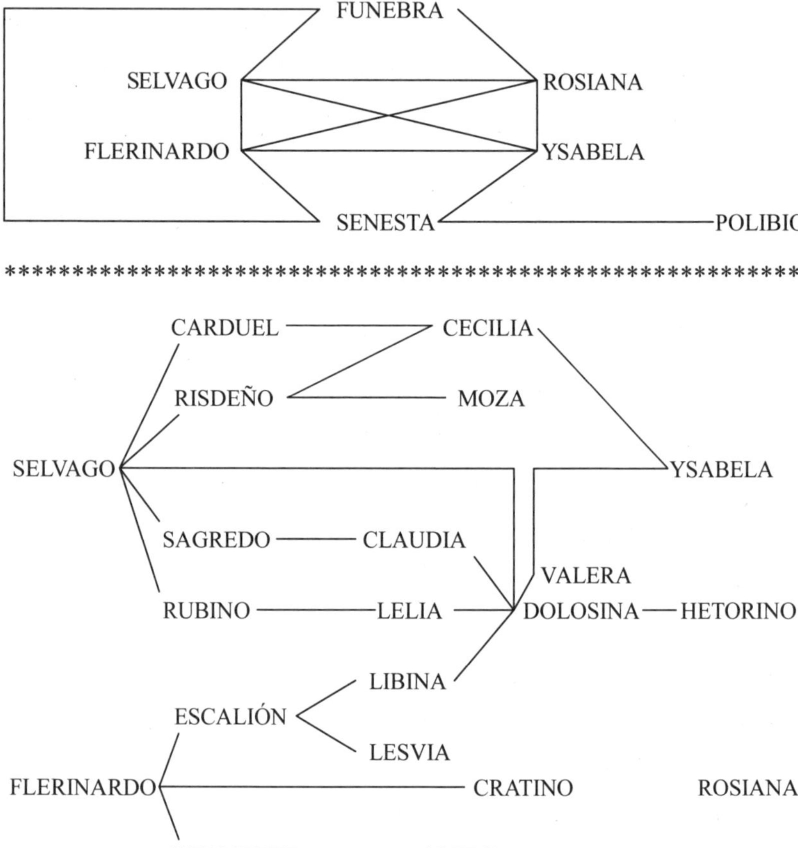

Por lo que se ve en los dos esquemas arriba expuestos, existen tres tipos de dualidades en la *Comedia Selvagia*, y en la siguiente tabla se puede apreciar sus principales manifestaciones desde otra perspectiva:

<table>
<tr><td rowspan="8">mundo aristocrático</td><td rowspan="2">enamorados</td><td>Selvago - Ysabela</td></tr>
<tr><td>Flerinardo - Rosiana</td></tr>
<tr><td rowspan="2">hermanos</td><td>Selvago - Rosiana</td></tr>
<tr><td>Flerinardo - Ysabela</td></tr>
<tr><td rowspan="3">amigos</td><td>Selvago - Flerinardo</td></tr>
<tr><td>Ysabela - Rosiana</td></tr>
<tr><td>Funebra - Senesta</td></tr>
<tr><td>madres</td><td>Funebra - Senesta</td></tr>
<tr><td rowspan="11">mundo plebeyo</td><td>alcahuetas y amigas</td><td>Dolosina - Valera</td></tr>
<tr><td rowspan="3">criados</td><td>Risdeño - Carduel</td></tr>
<tr><td>Sagredo - Rubino</td></tr>
<tr><td>Escalión - Velmonte</td></tr>
<tr><td>criadas</td><td>Alpina - Moza</td></tr>
<tr><td>rufianes fanfarrones</td><td>Escalión - Hetorino</td></tr>
<tr><td rowspan="2">prostitutas</td><td>Lelia - Claudia</td></tr>
<tr><td>Libina - Lesvia</td></tr>
<tr><td>prostitutas cortejadas por un criado</td><td>Libina - Lesvia</td></tr>
<tr><td>criadas cortejadas por un criado</td><td>Cecilia - Moza</td></tr>
<tr><td>mujeres que sirven a una señora</td><td>Cecilia - Valera</td></tr>
<tr><td rowspan="4">ambos mundos mezclados</td><td>maestros</td><td>Cratino - Dolosina</td></tr>
<tr><td>viudas</td><td>Funebra - Valera</td></tr>
<tr><td rowspan="2">matrimonios</td><td>Polibio - Senesta</td></tr>
<tr><td>Hetorino - Dolosina</td></tr>
</table>

Como se presencian relaciones muy complicadas entre los personajes de la obra de Alonso de Villegas, conviene clasificar, de manera menos compleja, a dichos personajes a la hora de analizarlos, esto es, dividirlos en ocho grupos: galanes, damas, alcahuetas, criados, criadas, prostitutas, padres y otros.

2.3.1 Galanes

Tanto Selvago como Flerinardo comparten las características generales de los galanes del ciclo celestinesco. Ambos se vuelven melancólicos al quedarse enamorados. Se quejan, en términos cancioneriles, del sufrimiento producido por la pasión. Se encierran en sí. No hablan con nadie. Prefieren la oscuridad de su cuarto con las ventanas cerradas. Se desesperan ante la superioridad, exagerada por ellos mismos, de sus respectivas damas. Olvidan la hora de la comida. Pasan casi toda la noche en vela sin ganas de acostarse. Reconocen que son distintos de lo que solían ser. Son extremadamente eruditos y retóricos, sobre todo, cuando cortejan a sus respectivas damas, sea hablando, sea escribiendo, etc. Aparte de los rasgos comunes, cada uno de estos dos galanes tiene una personalidad propia que les distingue el uno del otro.

Selvago es un personaje que evoluciona a lo largo de la obra, pues el enamoramiento le convierte en otra persona: antes, aconseja a su amigo Flerinardo apartarse del amor, pero luego él mismo se declara servidor de su dama. Se trata de dos actitudes totalmente diferentes. Selvago, en el fondo, reconoce que experimenta un cambio de personalidad aunque se lo niega a Flerinardo, quien aún guarda rencor a su amigo por haberle hablado mal del amor. Un galán que evoluciona como Selvago es bastante nuevo en el ciclo celestinesco puesto que sus antecesores literarios carecen de oportunidad de cambiar la personalidad por el amor. O sea, Calisto, Felides, Lisandro y Policiano ya están enamorados cuando aparecen por primera vez en la obra.

Normalmente en el ciclo celestinesco el enamoramiento del galán es causado por un encuentro casual con su dama. Por ejemplo, Lisandro se enamora de Roselia, en cuanto la ve a la ventana mientras que él pasa por cierta calle; Policiano, de Philomena, cuando su vista se topa con la dama, quien, acompañada de sus doncellas, se está recreando en su propia huerta. Sin embargo, el caso de Selvago es totalmente diferente, pues él es la víctima de la seducción de su dama Ysabela. Esto supone otra novedad que introduce Alonso de Villegas en el ciclo celestinesco. Con respecto a la iniciativa que toma Ysabela para conseguir su felicidad, se mencionará más adelante al analizar la personalidad de esta dama.

Sin saber que ha sido la víctima de la conquista de Ysabela, Selvago planea con Flerinardo los recursos que le pueden ayudar a conseguir el amor de su dama. Flerinardo le sugiere la intervención de la famosa alcahueta y hechicera Dolosina. Al principio, Selvago se niega a aceptar la proposición de su amigo, pues teme las malas consecuencias que puede conllevar la maldad de Dolosina ("por sola ella ser en él participante, qualquier infortunio que acaezca tenemos bien merecido" [71]). No obstante, termina por aceptar la intervención de Dolosina en sus tratos amorosos debido a la insistencia de Flerinardo. Esto significa que Alonso de Villegas necesita introducir a la figura de Dolosina para que la *Comedia Selvagia* sea una continuación de *La Celestina*. Si no, hubiera adoptado la actitud del autor de la *Comedia de Sepúlveda* haciendo que Alarcón rechace rotundamente la presencia de una alcahueta en sus conquistas amorosas[72]. O mejor dicho, a pesar de las diferencias que muestra a lo largo de la obra respecto a los demás galanes celestinescos, al fin y al cabo, Selvago coincide con ellos en recurrir a una alcahueta para remediar sus penas amorosas.

Una vez refugiado en Dolosina, Selvago se comporta como sus

[71] *Comedia Selvagia*, II, 3.

[72] *Ibid.*, n.775.

antecesores literarios mostrando suma generosidad para con la alcahueta. Hablando sobre la liberalidad de los galanes del ciclo celestinesco Consolación Baranda indica lo siguiente:

> De los protagonistas se suelen acentuar su riqueza y nobleza. Así, las dádivas a la alcahueta rayan en la extravagancia, como forma de enfatizar su situación económica y también su "locura" amorosa. Si Calisto parecía un loco por haber dado a Celestina las cien monedas y la cadena de oro, ¿qué pensar... de Selvago que además de 10 escudos y 50 doblas le regala dos fuentes de plata valoradas en más de 400 ducados? La respuesta es obvia: todos ellos son aún más locos enamorados que Calisto[73].

Por supuesto, Selvago no sólo es generoso con la alcahueta Dolosina, sino que también lo es con su criado de confianza, con el de su amigo, y con la criada de su dama. No hay que olvidar que Selvago regala a Risdeño doscientos escudos; a Escalión, once varas de carisea sin contar otras tantas para su ramera Libina; y, finalmente, a Cecilia, una medalla.

Volviendo a la locura de amor de la que habla Consolación Baranda, efectivamente, Selvago está loco a causa del amor. Al final de la *Comedia Selvagia*, Risdeño critica de la siguiente manera el comportamiento inadecuado de su amo Selvago, causado por el amor, pese a que se trata de una pasión casta:

> ¡O, cómo por este caso de Selvago ha parecido verdadero aquel dicho del sabio que dize que los principios, a buen propósito enderezados, no pueden aver desastrados fines! Aves considerado el fin de los amores tan excesivos, aunque castos, de Selvago, mi

[73] Consolación Baranda, "De 'Celestinas': problemas metodológicos", pág.20.

señor, cómo sin ser el caso descubierto, tan a su honra a conseguido el fin de sus desseos[74].

Lo que declara Risdeño demuestra que Alonso de Villegas es indulgente con los protagonistas de su comedia, porque no los castiga aunque han quebrado la moral cristiana. Para él, si sus personajes respetan las normas sociales, no importa el camino que cojan para llegar a su cumplimiento. En otras palabras, tal como dice aquel sabio al que cita Risdeño, si la intención es buena, pese a un procedimiento inapropiado que se adopta, se puede llegar a un buen fin. Keith Whinnom ve la falta de una lección moral en la actitud tolerante de Alonso de Villegas, y Consolación Baranda lo considera como la vuelta a los planteamientos de Fernando de Rojas[75].

Selvago es un hombre noble y un modelo ejemplar en lo que se refiere a la amistad, tema que logra su máximo desarrollo en el ciclo celestinesco gracias a la dualidad de los galanes de la *Comedia Selvagia*. A fin de respetar los sentimientos amorosos de su amigo Flerinardo, prefiere dejarse morir a luchar por su propia pasión. Su nobleza es tal que ni siguiera menciona el motivo de su mal a su familia, pues Selvago no quiere que nadie se preocupe por sus sufrimientos y que remedie su mal, porque esto supone hacer daño a su amigo. Por la amistad, sagrada para él, está dispuesto a aguantarlo todo, solo y en silencio. Risdeño es la única persona que conoce la desesperación de Selvago por ser testigo casual del enamoramiento de su amo, pero sus sinceros consuelos no sirven para salvar a su amo, que se encierra en su agonía deseando con ansiedad la llegada de la muerte que le libre de sus sufrimientos.

[74] *Comedia Selvagia*, V, 4.

[75] *Ibid.*, n.1219 y n.1220.

Considerándose amigo de Flerinardo, Selvago no se olvida de él en ningún momento. Veamos un ejemplo. Pendiente todavía del logro de su propia felicidad, Selvago se acuerda de su deber como amigo y decide ayudarle a conocer mejor a la gente que le rodea y que le sirve. Por eso, antes de ir a la cita con Ysabela, ya pide permiso a Flerinardo para que éste compruebe con sus propios ojos la cobardía y la fanfarronería de su criado de confianza Escalión. Y, después de la cita, quizá la más importante de su vida, enseguida lleva a cabo lo que tiene pensado, pues manda a Sagredo y Rubino que finjan atacar a Escalión sin darse a conocer, y, como consecuencia esperada, se pone a huir Escalión. Ante los hechos innegables, Flerinardo llega a conocer por fin la verdadera personalidad de Escalión.

Selvago no sólo es un amigo excelente, sino también un hermano comprensivo y cariñoso. Aunque aprecia mucho a su amigo Flerinardo que le ha pedido la mano de su hermana Rosiana y es la autoridad de la familia debido a la viudez de su madre, no pretende imponer su voluntad a su hermana. Tras conseguir el consentimiento de su madre, Selvago desea conocer también la opinión de Rosiana, pues se preocupa por la verdadera felicidad de su hermana y quiere que ésta tenga toda la libertad que haga falta para elegir a su futuro marido. Así que encarga a su madre de hablar sobre ello con Rosiana y se siente feliz por la aprobación de su hermana[76].

En cuanto a Flerinardo, se puede decir que es el contrapunto de Selvago.

Se ha enamorado antes de su primera aparición en la *Comedia Selvagia*. Por consiguiente, no es un personaje que evoluciona como

[76] *Comedia Selvagia,* IV, 3, n.1019.

Selvago, sino más bien como uno de los galanes habituales del ciclo celestinesco, quienes ya se quejan de los sufrimientos producidos por el amor al darse a conocer por primera vez en la obra.

Flerinardo es un hombre que sólo se interesa por lograr lo que se propone y no repara los recursos que utiliza. Lo importante para él es alcanzar su meta y no cómo conseguirlo. Al contrario de lo habitual en el ciclo celestinesco, donde la alcahueta suele ser recomendada por un criado para su amo, en la *Comedia Selvagia* Flerinardo, un señor noble como Selvago, es el responsable de la introducción de Dolosina en los tratos amorosos de éste, porque es quien lo convence para que la acepte. No cabe duda de que él mismo habría recurrido a Dolosina, sin que su criado Escalión lo convenciera siguiendo los pasos habituales de los galanes del ciclo celestinesco, si Rosiana no fuera la hermana de su amigo Selvago. Aquí se nota también el espíritu renovador de Alonso de Villegas.

Al contrario de Selvago, no es un amigo sincero. Oculta el nombre de su dama, no por respetar las normas del comportamiento cortés en beneficio de la honra de la dama, sino por temer que su amigo Selvago pueda convertirse en su rival, lo cual supone un peligro para él. Esta desconfianza o falta de sinceridad se destaca todavía más si se compara con el sacrificio voluntario que Selvago está dispuesto a hacer por él. Su compañía, que ofrece posteriormente a Selvago en su cita nocturna, no puede librarle de la sospecha de ser egoísta, dado que Selvago le ha dicho que piensa celebrar juntas su propia boda y la de Flerinardo. Si Selvago tarda en conquistar a Ysabela, Flerinardo no se podrá casar pronto con Rosiana, pese a que el desposorio ya está confirmado. Desde luego, hay que reconocer que Flerinardo sabe cómo agradecer a su bienhechor, quien le ha remediado los amores otorgándole la mano de su hermana.

Es un hombre rencoroso y quejica. No deja de lamentar el disgusto que le ha dado Selvago cuando éste intenta apartarle de su pasión por la dama con críticas muy duras. Sobre todo, al ver que Selvago cae justamente en lo que ha criticado, se apresura a pedirle justificaciones.

2.3.2 Damas

Consolación Baranda, al hablar de las heroínas del ciclo celestinesco, señala lo siguiente:

> Hay una diferencia crucial respecto a la situación de Melibea; todas ellas forman parte de un núcleo social más amplio, no limitado a la esfera doméstica: salen a la iglesia, se asoman a sus ventanas, reciben misivas de amor y tienen una criada cómplice con quien comparten sus inquietudes amorosas. Existe pues una mayor integración en la vida social, por lo que no es de extrañar que ninguna manifieste la rebeldía de la Melibea enamorada y todas demuestran cierta preocupación por las convenciones sociales[77].

El parecer de Consolación Baranda cuadra perfectamente con el caso de Ysabela, la dama principal de la *Comedia Selvagia*.

En efecto, Ysabela se asoma con frecuencia a la ventana para ver pasar a los caballeros y, como consecuencia, se enamora de Selvago. Arrastrada por la pasión, incluso decide hacer algo que nunca han hecho las heroínas del ciclo celestinesco, es decir, seducir a su galán. El procedimiento que sigue es similar al de los galanes del ciclo en cuestión: recurrir a una hechicera. Lo que pasa es que la hechicera a quien acude no sabe en realidad nada de hechicería, y por lo tanto, el conjuro que le promete hacer sólo consiste en una farsa con intenciones engañosas. No obstante, aunque el falso conjuro no da ningún resultado, como es

[77] Consolación Baranda, "De 'Celestinas': problemas metodológicos", págs.21-22.

de esperar, Ysabela logra seducir a Selvago gracias al consejo práctico que le ha dado la embustera. Resulta irónico que lo que le ha valido a Ysabela precisamente sea lo que hace muy a menudo y con placer, esto es, asomarse por la ventana.

Desde luego, la iniciativa que toma Ysabela se encuentra, al fin y al cabo, dentro de las convenciones de la sociedad, porque lo que pretende conseguir no es solamente un amante, sino también un marido, lo cual se ve claramente en las declaraciones de Ysabela ante Valera, quien le ha pedido que escriba a Selvago y que hable con él: "... que será tan escusado como lo que más lo puede ser, si vínculo de matrimonio no se pone por medio"[78]. En la primera cita con Selvago, Ysabela repite el mismo mensaje a su galán, exigiéndole un amor casto. Sus quejas, causadas por la pérdida de la virginidad, ocurrida en el segundo encuentro con Selvago, son verdaderos gritos lanzados desde el fondo de su corazón, pues al contrario de las quejas disimuladas de algunas damas del ciclo celestinesco, Ysabela siente de verdad su entrega a Selvago antes de casarse, y prueba de ello es su desmayo inmediatamente después de sus lamentaciones. Al volverse en sí, reprocha a su galán haberla poseído a la fuerza, pese a que los dos ya han sido desposados por Cecilia: "Aunque esso assí sea, no era razón que tal passara hasta que las bendiciones de la Yglesia se ayan recebido, y si no mirasse que éstas nos serán dadas presto, yo me diera, en pago de mi pena, la muerte"[79].

Teniendo en cuenta que Ysabela ha penetrado en el campo que habitualmente pertenece a los personajes masculinos, es normal que posea determinado rasgo característico de los galanes enamorados, esto es, la generosidad. "Es tan proverbial en los viejos su avaricia, como la

[78] *Comedia Selvagia*, IV, 2.

[79] *Comedia Selvagia*, V, 3.

liberalidad de los enamorados"[80]. De hecho, Ysabela se comporta como una buena amante liberal: regala a Valera cien monedas de oro, sin contar los objetos valiosos estafados por ella, a Dolosina una sortija, y, finalmente, bastante oro a la futura esposa de Risdeño. Es decir, en este aspecto, es comparable a su galán Selvago.

Además de la generosidad, Ysabela se asemeja a los galanes del ciclo celestinesco por su erudición, manifestada en sus quejas debido al sufrimiento producido por el amor, en su carta a Selvago, y en su conversación retórica con su amado. La carta como recurso para mostrar la formación cortesana de los enamorados, introducida por Feliciano de Silva en el ciclo celestinesco, ya se encuentra en las novelas sentimentales y en los libros de caballerías[81]. En la *Comedia Selvagia* se registran, en total, tres cartas: la carta de Flerinardo para Ysabela, la de Selvago para Ysabela y la de ésta para su galán. La primera es llevada por un criado y las dos restantes, por una alcahueta. Pero ninguna de estas cartas tiene una función trascendental. O mejor dicho, las tres cartas, que se hallan en la *Comedia Selvagia*, sólo sirven para el lucimiento de la erudición y de la retórica de los enamorados, o tal vez, también del propio autor.

Lejos de ser una mujer independiente y segura de sí misma como Melibea, Ysabela se deja llevar por su criada de confianza Cecilia, por su ama de leche Valera, y por la alcahueta profesional Dolosina, una vez enterada de que ésta es la mensajera de Selvago. Ella misma, en una ocasión, reconoce públicamente dicha actitud sumisa. Cuando Valera, instruida por Dolosina, pide que Ysabela escriba una carta a Selvago para

[80] La cita procede de la introducción que Julio Alonso Asenjo hace a su edición de la *Comedia de Sepúlveda* (London: Tamesis, 1990), pág.153, n.180.

[81] *Comedia Selvagia*, I, 3, n.565. Para más información sobre la importancia de la carta en la literatura renacentista, véase Joseph E. Gillet y Otis H. Green, *Torres Naharro and the Drama of the Renaissance* [vol.4 de *Propalladia and Other Works*] (Philadelphia, 1961), págs.228-233.

concederle una cita nocturna, la joven aristócrata se muestra indecisa y vacilante, y finalmente, termina por ordenar a Cecilia: "Pues dame papel y tinta, que más quiero por el consejo de vosotros herrar, que por el mío acertar en el caso"[82].

La piedad de Ysabela que se presencia en la *Comedia Selvagia*, en la que la dama está dispuesta a ayudar a Dolosina a resolver sus problemas antes de darse cuenta de que ella es alcahueta, no se remonta a Melibea, puesto que es un tópico considerar la piedad como una de las condiciones naturales de las mujeres[83].

En la obra de Alonso de Villegas, ambas alcahuetas se admiran por la inteligencia de Ysabela.

Dolosina, tras el fracaso de su primera embajada, reconoce en el fondo perspicacia de la joven:

> ¡Válame Dios, y qué fortaleza y sagacidad de donzella! Sin duda que passé por ello y no lo puedo creer viendo una mochacha aún, como dizen, con la leche en los labrios, y que tan fácilmente a la vieja y astuta Dolosina engañase[84].

Lo de la "fortaleza" resulta irónico, dado que se trata de algo aparente. El rechazo de Ysabela a la primera embajada de Dolosina no es, en realidad, consecuencia de la disimulación ni de la indiferencia por parte de la dama, sino de la falta de comunicación, causada por Dolosina que se hace la misteriosa. Sospechando que el mensaje amoroso viene de parte de Flerinardo, debido a la carta que éste le ha mandado a través de Risdeño, Ysabela rechaza tajantemente la embajada de Dolosina. Pero,

[82] *Comedia Selvagia*, IV, 2.

[83] *Ibid.*, III, 3, n.919.

[84] *Ibid.*, IV, 1.

después, al enterarse de que Selvago es el remitente de la carta que le ha traído la alcahueta, se arrepiente de todo lo que ha hecho, y aconsejada por su criada Cecilia, pide perdón a Dolosina mediante Valera, amiga de la alcahueta ofendida. En otras palabras, la llamada fortaleza de Ysabela se desmorona por sí sola tras la lectura de la carta de Selvago.

Valera, tras haber conseguido estafar a Ysabela, comenta así el modo de ser de ésta:

> Cierto fue grande mi sagacidad y mayor la simpleza de Ysabela, aunque si bien se mira, el amor siempre desecha de su posada toda razón y consejo, que ciertamente no es tal Ysabela que le falte para ser bien entendida, aunque el buen crédito que de mí tiene fue gran parte a que el negocio viniesse a tales términos[85].

Es decir, también Valera, en su fuero interior, opina que Ysabela es una joven "bien entendida". Lo que pasa es que el amor le ha cegado la razón y la inteligencia, volviéndola simple, y aparte de esto, le han traicionado su poca experiencia y la demasiada confianza en su ama de leche. Al fin y al cabo, la pasión inmensa es el origen de todas sus debilidades. En este sentido, es equiparable a Selvago, quien, a su vez, por la pasión excesiva cae en el mismo pecado que ha criticado antes de enamorarse. Tanto el uno como la otra no son locos, pero están locos de amor[86].

El enorme amor hace que Ysabela se convierta en una persona egoísta y reservada. Después de darse cuenta de la confusión que tiene Flerinardo respecto a la identidad de su dama, la reacción de Ysabela

---

[85] *Ibid.*, II, 1.

[86] En la *Tragedia Policiana* de Sebastián Fernández, que se localiza en los *Orígenes de la novela*, III (Madrid: NBAE, 1910), Silvanico explica a su senor Policiano la diferencia entre los amantes y los locos: "... los vnos son locos quando aman e los otros quando hazen locuras" (pág.16).

es bastante decepcionante, es decir, en vez de alegrarse por su amiga Rosiana, se siente triste pensando que dicha confusión le puede fastidiar la empresa amorosa. Es en esta actitud donde reside su mayor egoísmo, y éste, a su vez, pone en tela de juicio la amistad que tiene Ysabela con Rosiana. Enamorada, Ysabela no es ni siquiera capaz de aclarar la confusión en cuestión, lo que está a su alcance, en beneficio de su gran amiga Rosiana y, desde luego, en su propio beneficio, dado que, como resultado de dicha aclaración, desaparecería el único obstáculo que impide a Selvago iniciar su conquista amorosa, porque Ysabela no es la dama de su amigo Flerinardo como creía. En fin, el amor la ha privado del ingenio y del sano juicio. La falta de sinceridad por parte de Ysabela para con su amiga Rosiana se hace más patente en comparación con Selvago, quien prefiere dejarse morir a traicionar la amistad que tiene con su amigo Flerinardo. Para Selvago, lo primero es la amistad y va después de ella su sentimiento amoroso, al contrario de Ysabela, quien antepone su propia pasión a la amistad.

Rosiana es una figura que surge como la contrapartida de Ysabela. Es un estereotipo convencional y carece de características individualizadas, aunque es presentada como una dama más positiva que Ysabela.

Es sincera con su amiga Ysabela, igual que su hermano para con su amigo Flerinardo. La muestra de ello es que confiesa sus pensamientos íntimos a su mejor amiga. Sin embargo, como ya se ha visto, ésta no hace lo mismo. Es decir, la sinceridad entre las dos amigas no es recíproca.

Es pasiva. Probablemente se enamora también de Flerinardo en cuanto éste se queda prendido de su hermosura. Consciente del amor de su galán, no hace nada para acercarse a él. Sólo se limita a comentar lo que ha descubierto a su amiga Ysabela.

Es virtuosa. Salvo las visitas que hace a su amiga Ysabela y las miradas fugaces que lanza a los caballeros por la ventana, no se atreve a transgredir las reglas sociales, decretadas para controlar la libertad de las mujeres.

Es obediente. Se somete a las disposiciones y los mandatos de su madre, y sobre todo, de su hermano Selvago. Ni siquiera hace un poco de comentarios cuando su hermano le pide su opinión sobre su casamiento con Flerinardo. Respeta la autoridad y la voluntad de su hermano y nada más. Está dispuesta a aceptar todo lo que le proponga el único hombre de su familia.

Es devota. Cuando Selvago se pone malo por la pasión, que juzga imposible de satisfacer, Rosiana decide rezar mucho por la recuperación de su hermano. Éste, consciente de la devoción de su hermana, le dice que se encomienda a sus oraciones.

2.3.3 Alcahuetas

Tal como se ha dicho anteriormente, en la *Comedia Selvagia* coexisten dos alcahuetas: Dolosina y Valera. Ellas dos se dedican a remediar los amores de la misma pareja, aunque cada una va por su lado. O sea, Dolosina presta sus servicios a Selvago, enamorado de Ysabela, mientras que ésta recurre a Valera para conquistar el amor de Selvago. En torno a la presencia de dos alcahuetas en la *Comedia Selvagia*, María Rosa Lida de Malkiel plantea la teoría de desdoblamiento, que en realidad es lo mismo que hablar de la dualidad del personaje de la mediadora:

> Algunas de las más felices imitaciones desdoblan el personaje de la tercera: la *Comedia Selvagia* presenta en ese papel a Dolosina, descendiente directa de Claudina y famosa hechicera, pero de hecho necia y torpe, y al ama Valera, mucho más ladina que su colega profesional[87].

[87] María Rosa Lida de Malkiel, ob. cit., pág.574.

Según Mac E. Barrick[88], los imitadores y continuadores de *La Celestina* tienden a reducir la función clave que desempeñan las alcahuetas en el enlace de los jóvenes enamorados. De hecho, Dolosina, alcahueta famosa y profesional, realmente tiene pocas cosas que hacer en la *Comedia Selvagia* puesto que, cuando Selvago requiere su intervención para seducir a Ysabela, ésta ya está enamorada de él. Es significativo que la persona que consigue enlazar a Selvago y a Ysabela sea un ama de leche que nunca ha practicado antes la alcahuetería, pues unos consejos prácticos de Valera para Ysabela proporcionan la clave que hace que Selvago se fije en Ysabela y que se enamore de ella. Hasta la misma Valera reconoce que ha usurpado el oficio de Dolosina ("Antes ando en os hurtar el oficio"[89]). El hecho de que una alcahueta novata tenga mayor eficacia que una alcahueta profesional oscurece mucho la figura de Dolosina y la convierte en un personaje ridículo, lo cual se evidencia aún más si se relaciona la impotencia de Dolosina con su increíble fama, presentada detenidamente por Escalión, y con la solemnidad con que Dolosina realiza su conjuro.

Conforme a la costumbre de aquella época, la hechicería o la brujería solía estar asociada a la alcahuetería como un recurso necesario para las conquistas amorosas[90]. Así que las alcahuetas son también hechiceras o brujas en la mayoría de los casos. Sin embargo, a pesar de formar parte de los diversos oficios de las alcahuetas, muchos continuadores de *La Celestina* desvalorizan la eficacia de la hechicería o brujería que practican las alcahuetas. Éste también es el caso de Alonso de Villegas. A través de la inutilidad total del conjuro que hace Dolosina, el autor de la *Comedia*

[88] Gaspar Gómez de Toledo, *Tercera parte de la Tragicomedia de Celestina*, ed. cit., pág.5.

[89] *Comedia Selvagia*, IV, 1.

[90] Ana Vian Herrero, "El pensamiento mágico en *Celestina*, 'instrumento de lid o contienda' ", *Celestinesca*, vol.14, nº2 (noviembre, 1990), págs.41–91.

Selvagia hace notar su desprecio por ese tipo de prácticas.

Dolosina es una hechicera profesional, y la gente que la conoce la acepta como tal. Escalión la presenta a Selvago como "famosa hechizera"[91]. Valera la considera como el último recurso para cumplir su compromiso con Ysabela, es decir, un conjuro practicado por Dolosina es lo que le valdrá si Selvago ama a otra mujer ("Mas, aunque yo lo del conjuro burlando dezía, no dexa de ser menester si él, como digo, ama en otro cabo"[92]).

Incluso la misma Dolosina es consciente de ello. Cuando promete victoria a Selvago, piensa que la hechicería le va a servir en un caso semejante. De hecho, una vez en casa, se pone a hacer el conjuro. No se sabe si realmente cree en su eficacia o no. De todas maneras, al contrario de lo que hace la falsa hechicera Valera, quien tiene por única finalidad impresionar a los que están presentes en la escena del conjuro, Dolosina prefiere la intimidad para hacer su conjuro. Por lo menos, así parece. De hecho, antes de conjurar a Plutón, ordena que se aparte Lelia y que la deje completamente sola ("que cierres bien la puerta y arriba te subas"[93]).

Sin embargo, el conjuro de Dolosina resulta ridículo teniendo en cuenta que Ysabela, víctima del conjuro, ya está profundamente enamorada de su galán Selvago, quien, a su vez, requiere los servicios de Dolosina, puesto que ignora la verdad. En otros términos, el solemne conjuro de Dolosina no es más que uno de los muchos elementos cómicos que se registran en la *Comedia Selvagia*.

Pese a que no llega a la altura de la Celestina de Fernando de Rojas, desde el punto de vista artístico y literario, debido a su insignificancia

[91] *Comedia Selvagia*, II, 3.

[92] *Ibid.*, 1.

[93] *Ibid.*, III, 2.

en los tratos amorosos de Selvago, causada por la usurpación de Valera, Dolosina es la alcahueta más sabia del ciclo celestinesco gracias a sus constantes viajes dentro y fuera de España. Desde luego, ella no es la única alcahueta del ciclo celestinesco que ha viajado, aunque sí es la que ha viajado más lejos y la que ha visto más regiones y más países. En especial, los viajes a Italia y a Francia le permiten tener más conocimientos profesionales. Esto hace que Dolosina tenga mayor poderío profesional que todas sus antecesoras. Consolación Baranda resume de la siguiente forma lo que es capaz de hacer Dolosina:

> ... en París había tenido como maestro a un nigromántico y su poder diabólico llega al extremo de poder volverse invisible; baste decir que entre sus materiales de trabajo tiene hasta agua del río Leteo[94].

De hecho, por medio de Escalión, Alonso de Villegas declara explícitamente que su alcahueta Dolosina es la mejor del ciclo celestinesco ("Es ansimesmo la vieja la más subtil y taymada alcahueta hechizera que en nuestros tiempos, ni aun creo que en los passados, se hallara"[95]). En esta declaración del autor de la *Comedia Selvagia* se nota la "competición profesional entre los continuadores"[96], a la que alude Consolación Baranda en su artículo "De 'Celestinas' : problemas metodológicos".

No obstante, la intención de Alonso de Villegas va más allá de una simple competición profesional. Dolosina es la mejor alcahueta del ciclo celestinesco, pero su intervención en los tratos amorosos del galán

[94] Consolación Baranda, "De 'Celestinas': problemas metodológicos", pág.22.

[95] *Comedia Selvagia*, II, 3.

[96] Consolación Baranda, "De 'Celestinas': problemas metodológicos", pág.13.

enamorado alcanza la máxima insignificancia. Es decir, toda la función que desempeña Dolosina reside realmente en ser la mensajera de Selvago. Gracias a tal contraste, el autor de la *Comedia Selvagia* logra enfatizar aún más la comicidad de dicha alcahueta.

En realidad, es renacentista la idea de que el saber se aumenta con el viaje. Con respecto a la relación entre los dos, Consolación Baranda señala lo siguiente:

> No es anecdótico el hecho de que varias de estas alcahuetas hayan viajado y ello les haya servido para adquirir nuevos conocimientos "profesionales". Responde a la mentalidad de una época nueva; en el Renacimiento el saber está unido al viaje, al conocimiento de nuevas tierras. La Celestina de Rojas desde esta perspectiva se convierte en una alcahueta pueblerina, cuyos conocimientos se vislumbran más limitados que los de estas nuevas alcahuetas cosmopolitas y en el caso de Dolosina estudiosa de su profesión[97].

Sin ir más lejos, en la misma *Comedia Selvagia* se pueden encontrar varios personajes que han viajado fuera de España, esto es, Cratino, Dolosina, Flerinardo, Sagredo y Rubino. Sin embargo, entre todos ellos, sólo Cratino manifiesta, de modo claro, que él tiene ansia del saber ("con desseo de ver aquella fértil y abundosa tierra, determiné con voluntad gastar algún tiempo en verla, lo que no se pudo hazer tan ligeramente"[98]).

La persuasión es otro recurso que poseen las alcahuetas a fin de realizar su trabajo. Éstas siempre cuentan con la elocuencia erudita y la dejan lucir ante las víctimas de su seducción. Dolosina no es una

[97] *Ibid.*, pág.24, n.42.
[98] *Comedia Selvagia*, V, 4.

excepción. Pero, en la *Comedia Selvagia*, igual que el conjuro, entre otras cosas, es un elemento más que refleja la comicidad del personaje de la alcahueta. Sobre esto María Rosa Lida de Malkiel presenta la siguiente observación:

> La *Comedia Selvagia* satiriza graciosamente esta convención pues cuando, para ablandar a Isabela, Dolosina predica caridad con ejemplos del Evangelio e históricos de Carlos V, la criada nota para sus adentros el impertinente palabrerío de la vieja y su señora sospecha la aviesa intención... el largo exordio edificante de Dolosina despierta el recelo de su víctima y cuando, sin percatarse de la verdadera situación, la vieja se declara y entrega la carta, expía su necedad a almohadillazos de ama y criada... Villegas Selvago se ensaña regocijadamente con su caricaturesca alcahueta: a través de su disfraz, todos lo reconocen...; apabullada por la paliza, se pasará ante el despejo y la virtud de la no excesivamente virtuosa Isabela... y recibe sin chistar la reprimenda de su colega[99].

La codicia y la avaricia son otros rasgos que caracterizan a Dolosina. De entrada, Escalión ya la presenta como una mujer codiciosa y avara:

> Es fama que tiene muy gran tesoro, aunque el lugar está zelado, mas por ello la insaciable hambre de la codicia nunca olvida, antes siempre, confessándose por pobre, por una moneda de plata hará, como dizen, ciribones[100].

A lo largo de la *Comedia Selvagia* hay muchas alusiones al respecto. Por ejemplo, Escalión aconseja a Selvago regalar algún dinero

[99] María Rosa Lida de Malkiel, ob. cit., pág.580 y pág.585.

[100] *Comedia Selvagia*, II, 3.

a Dolosina, porque "si alguna cosa de paga no vee, no la sacarán de casa con garavatos"[101]; Dolosina ni siquiera deja que su discípula Lelia se quede unos días con una sortija de oro, que le ha regalado una desposada, quien ha requerido su trabajo; además de los diez escudos, cincuenta doblas y dos fuentes de plata que le ha ofrecido Selvago, Dolosina insinúa más recompensa a sus servicios quejándose de la paliza que le han dado Ysabela y Cecilia, y por tanto, consigue una pieza de contray; aun después de haber invitado a comer a su casa a Valera y a Escalión, no está dispuesta a gastar nada en absoluto para preparar la comida ("Mi fe, hijo, pienso cómo salir de vergüença contigo y con un ama de Ysabela que tengo combidada, aunque por ti no me daría tanto, pues como en tu casa estás; pero dáseme de la otra, que yo no tengo tanta posibilidad como su persona mereze"[102]).

Además del deseo de acumular el dinero, Dolosina también tiene gran afición al vino, lo cual se manifiesta especialmente a lo largo de la comida celebrada en su casa. Según María Rosa Lida de Malkiel, "Rara es la descendiente de Celestina que no hace gala de su amor al vino"[103]. Las observaciones de Mac E. Barrick llevan más allá el origen de dicha característica de las Celestinas: "Celestina's fondness for wine is a trait which she acquires only in Rojas' later additions to his work, but it was a trait of many of the bawds in Roman literature. In view of the frequent references to Celestina's thirst in the original Celestina, it is not strange that the Celestina – figures of the imitations should also be imbibers"[104]. He aquí un ejemplo: Dipsas, alcahueta que creó Ovidio en sus *Amores*, también es aficionada al vino:

[101] *Ibid.*

[102] *Ibid.*, V, 1.

[103] María Rosa Lida de Malkiel, ob. cit., pág.576.

[104] Gaspar Gómez de Toledo, *Tercera Celestina*, ed. cit., pág.8.

> Pues Dipsas es nombre griego que significa "sedienta", en el sentido de "entregada a la bebida"... Éste es uno de los rasgos de nuestra Celestina, que tiene aquí un buen precedente[105].

La vanidad constituye otra característica de Dolosina. Delante de Selvago, se jacta de su saber y de su poder, prometiéndole la victoria. A solas, incluso después del conjuro, en camino a casa de Ysabela, se muestra preocupada por el riesgo que la espera. Al fracasar su primera embajada, no se atreve a saludar a Valera, su amiga, por no hablar de su fracaso profesional. Cuando Valera le pregunta por su negocio, enseguida, cambia el tema de la conversación. Sólo reconoce su fracaso en cuestión al enterarse de que justamente Ysabela está enamorada de Selvago, su cliente. Lo hace, porque piensa presentarlo como un arma nueva con el objeto de sacar mayor provecho de la pareja enamorada, lo cual lo confirman las quejas de Dolosina de la paliza que le han dado Ysabela y su criada Cecilia. Tal como se ha visto, gracias a semejantes quejas, Dolosina consigue una pieza de contray más como paga a sus servicios.

La vanidad de Dolosina también tiene su manifestación en su rechazo a todo tipo de insinuaciones a su vejez. Sus réplicas, debido a la exageración que las caracteriza, se quedan, sin lugar a dudas, en ridículo. Por ejemplo, Dolosina niega que los colores de su rostro sean producidos por el vino; lamenta que el libro de la parroquia tenga mal anotada su edad, porque para ella no ha cumplido ni siquiera los cuarenta años; dice que su marido admira la frescura de su cuerpo por las noches... La comicidad de las réplicas se evidencian todavía más si se las contrasta con lo que opinan otros personajes de su edad y con su propia confesión:

[105] Publio Ovidio Nasón, *Amores*, ed. Vicente Cristóbal López (Madrid: Gredos, 1989), pág.229, n.45.

Escalión la califica "vieja y disforme"[106]; Risdeño la compara con la anciana Sibila; Cecilia la llama "vieja honrada"[107] e Ysabela la denomina "buena vieja"[108]; Dolosina, en el fondo, también reconoce que ella es "vieja y astuta"[109]; Valera le juzga tener más años de lo que ha dicho ("De la mitad arriba, y aun Dios y ayuda"[110]).

Finalmente, hay que decir que la casa de Dolosina es, entre otras cosas, un burdel donde habitan tres prostitutas encubiertas. La relación entre ellas no se limita al dominio de Dolosina sobre sus muchachas, sino que también se extiende al aprendizaje de éstas de aquélla. En efecto, Dolosina, además de recoger a las muchachas en su casa, les da clase, como maestra, de sus distintos oficios: Libina, en poco tiempo de estar en su casa, ya domina el arte de seducción; Lelia, que es la discípula preferida de la vieja, ya sabe remediar virgos; etc.

En cuanto a Valera, Consolación Baranda opina que "sirve como contrapunto burlesco de los poderes maléficos de Dolosina"[111]. De hecho, Valera, como personaje en sí, ya es muy risible. Pero su presencia hace que Dolosina lo sea todavía más, tal como se ha visto anteriormente. He aquí más detalles.

Valera ha sido ama de leche de Ysabela. Animada por la codicia, roba el oficio de Dolosina, alcahueta profesional. En realidad, pese a su falta de experiencias como alcahueta, Valera es más eficaz y más activa que Dolosina, cuya figura se queda, de esta forma, bastante oscurecida a su lado. Consigue seducir a Selvago para Ysabela sin necesidad de

[106] *Comedia Selvagia*, II, 3.

[107] *Ibid.*, III, 3.

[108] *Ibid.*

[109] *Comedia Selvagia*, IV, 1.

[110] *Ibid.*, V, 1.

[111] Consolación Baranda, "De 'Celestinas': problemas metodológicos", pág.23.

presentarse en casa del galán, tal como Dolosina, alcahueta de Selvago, la cual visita a Ysabela a pesar de los temores. Más adelante, consigue para su amiga Dolosina la carta de Ysabela sin que aquélla aparezca en casa de ésta con su segunda embajada. Es decir, es Valera la que concluye los negocios de Selvago, y no Dolosina, quien los ha comenzado.

Como la gente de aquella época cree de verdad en la eficacia de la hechicería o de la brujería[112], Valera decide aprovecharse de las creencias populares para beneficiarse a sí misma. Aunque no es hechicera, finge saber la hechicería. El conjuro, practicado por esa mujer, resulta risible, pero eficaz, en el sentido de que termina por impresionar a Cecilia, doncella de confianza de Ysabela, lo cual es justamente lo que se ha propuesto conseguir la falsa hechicera con su falso conjuro, y éste enfatiza aún más la comicidad y la ridiculez de la figura de alcahueta en la *Comedia Selvagia*. Por medio del conjuro de la falsa hechicera, quien sabe perfectamente que de ninguna manera eso sirve para las conquistas amorosas, Alonso de Villegas intenta criticar y ridiculizar semejantes prácticas populares, lo cual constituye un buen ejemplo de su estilo satírico que él mismo reconoce tanto en los versos acrósticos como en el prólogo.

Acierta María Rosa Lida de Malkiel cuando afirma que “con su habitual ironía, la *Comedia Selvagia*... muestra al ama Valera conjeturando, merced a su perspicacia nada sobrenatural, la cuita de Isabela y aconsejándola con sentido común, mientras se finge hechicera en provecho propio”[113]. Para Marcelino Menéndez Pelayo, Valera es una de las “dos figuras secundarias trazadas con bastante acierto”[114]. Esto quiere

[112] Ana Vian Herrero, “El pensamiento mágico en *Celestina*, ‘instrumento de lid o contienda’ ”, págs.79-85.

[113] María Rosa Lida de Malkiel, ob. cit., pág.583.

[114] Marcelino Menéndez Pelayo, ob. cit., pág.151.

decir que el estudioso santanderino también se ha dado cuenta de las novedades que se proyectan en este personaje. Sin embargo, se equivoca al considerar que "su papel es muy secundario al lado de la famosa hechicera Dolosina"[115]. En realidad, Valera es la que oscurece la figura de Dolosina en la *Comedia Selvagia*, robando su oficio y protagonismo en las relaciones amorosas entre Selvago e Ysabela, pues, debido a la intervención eficaz de Valera, aunque ésta no es muy consciente de ello, Dolosina deja de funcionar como una alcahueta todopoderosa. De hecho, la alcahueta profesional realmente no tiene mucho que hacer porque todo lo ha hecho ya Valera, un ama de leche.

La verdad es que Valera se parece mucho a los nigromantes de las comedias italianas y de las comedias españolas italianizantes[116]: todos ellos son conscientes de su ignorancia respecto a la nigromancia, pero fingen saberla a fin de sacar provecho de la gente; exageran su poder mágico para impresionar a los que los observan, etc. Véase un pasaje extraído de la *Comedia Cornelia* de Juan de Timoneda:

> PASQUIN. Oye moço, quitaras aquellos fuelles questan al sereno, y los dientes y muelas de barraco questan a remojo con vinagre y sal de las indias, y soltaras aquellos dos familiares de la redoma encantada: y diles que se vayan a trabajar, porque ya he sabido por via del otro familiar, como el mancebo que dezian questaua doliente, ni lo ha estado ni lo esta.
>
> FULUIO. De mi habla sin duda, gran hombre es este[117].

[115] *Ibid.*

[116] Sobre la figura del nigromante en el teatro español prelopista, véase Julio Alonso Asenjo, "El nigromante en el teatro prelopista", *Comedias y comediantes* (Valencia: Universidad de Valencia, 1991), págs.91–105.

[117] *Las tres comedias de Juan Timoneda* (Madrid: La Academia Española, 1936), págs.73–74.

La orden que el nigromante Pasquin da a su criado Longares tiene como finalidad impresionar a Fuluio, igual que el conjuro de Valera, porque la pronuncia justamente tras haberse enterado de que Fuluio ya está en el portal de su casa.

Al contrario de Dolosina, Valera es sólo una mujer pueblerina, porque nunca ha viajado como Dolosina. Toda su vida la ha pasado en su tierra. Se puede decir que todo su saber se remonta a sus experiencias personales, sacadas de la vida. Su eficacia en los amores de Selvago e Ysabela se contrasta con la deficiencia de la sabia y todopoderosa Dolosina, lo cual sirve a Alonso de Villegas para desautorizar el poder maléfico de Dolosina, obtenido gracias a sus constantes viajes fuera y dentro de España, y para convertir a Dolosina en un personaje extremadamente cómico.

La codicia de Valera es más patente que la de Dolosina. Por ella, es capaz de aparentar ser alguien que no es y ejercer un oficio que no es el suyo, lo cual ya se ha visto en otra ocasión. Lo que pide a Ysabela para el llamado conjuro confirma su insaciable codicia: una saya, un manto, un tocado, un joyel, dos vasos de plata, conservas y setenta ducados. Incluso ella misma confiesa, en el aparte, que tiene vergüenza de pedir más ("Por mi vida, que a ti he menester que me quites la vergüença en tanto pedir, aunque no querría que fuesse tanto que nos hallássemos al cabo con nada"[118]. Sin embargo, sigue pidiendo más y más por la buena voluntad de la joven enamorada. No contenta con esto, intenta sacar de Cecilia dos palomas, un cabrito, dos gallinas, dos quesos, dos docenas de huevos de ánsar con algunas aves de la misma especie, dos cangiloncillos de vino famoso y dos monedas de oro. Incluso después de recibir de Ysabela las

[118] *Comedia Selvagia*, I, 4.

cien monedas de oro como recompensa a sus servicios, aún sugiere a Dolosina que demore el gozo de los enamorados ("toda vía fuera mejor alargarles la cura para que alargaran la paga a nosotras"[119]). Quizás los recuerdos de la muerte trágica de sus antecesoras, especialmente la de Elicia, cuya sangre es "reziente"[120] todavía, sirvan de lección a Dolosina para que rechace la proposición de Valera, lo cual, de donde se ve la sabiduría ya citada anteriormente de aquélla, sin duda alguna les ayuda a ella y a Valera a evitar la desgracia como la de la alcahueta rojana, la de la Celestina de Gaspar Gómez de Toledo, la de Elicia en la *Tragicomedia de Lisandro y Roselia*, y la de Claudina en la *Tragedia Policiana*.

Igual que Dolosina, Valera tiene la afición al vino. Durante la comida celebrada en casa de Dolosina, cuando Escalión le pide un jarrillo de vino a la anfitriona, ésta le responde de la siguiente manera:

> ¡Ay hijo, no digas tal! Por tu vida, que me dará desmayo si ansí lo hiziesse. ¿Tú no vees que yo al uno y mi comadre al otro avemos tomado por compañeros?[121]

Por supuesto, Valera no expresa explícitamente su afición al vino como Dolosina. Lo que hace el ama de leche de Ysabela es limitarse a beber todo lo que le da la gana, y en silencio, sin intención de justificarlo como Dolosina, quien defiende a toda costa la idea de tomar vino más de tres veces durante la comida.

La vejez tampoco es algo agradable para Valera, pero en contraste con Dolosina, reconoce que ya es vieja pese a que lo hace en contra de su voluntad ("aunque las muelas se me cayeron, enzías me quedaron, que

[119] *Ibid.*, IV, 1.
[120] *Ibid.*, V, 1.
[121] *Ibid.*

tienen sus vezes"[122]). Esto demuestra que Valera es más inteligente que Dolosina, pues no quiere negar algo tan evidente como su vejez.

Claro que la inteligencia de Valera también se refleja en otros pasajes. Empezando por su planteamiento de la estrategia sobre la seducción de Selvago para Ysabela, los procedimientos que ha adoptado y los que está dispuesta a efectuar en el futuro confirman las observaciones de María Rosa Lida de Malkiel[123]. En efecto, Valera difiere de las demás alcahuetas de los imitadores de *La Celestina*, incluso de Dolosina, alcahueta creada también por Alonso de Villegas, pues cuenta con una estrategia bien planteada, aunque menos complicada que la de la alcahueta barbuda de Fernando de Rojas. Por ejemplo, tiene pensado que, si su consejo para Ysabela no da resultado, le conviene recurrir al conjuro de la hechicera Dolosina, su gran amiga.

Aparte de esto, Valera utiliza estrategias diferentes para sacar partido de Ysabela y de Cecilia. Como Ysabela tiene más confianza en ella, la engaña con mayor deliberación, es decir, le pide cualquier objeto para su llamado conjuro, sin preocuparse demasiado por su justificación. De hecho, ninguna cosa que pide se encuentra en la lista de los ingredientes para un conjuro[124]. En cambio, Valera se muestra más cautelosa con Cecilia, pues los primeros y los últimos objetos que le pide pueden ser realmente substancias empleadas para los conjuros, tales como la paloma, el cabrito, la gallina, el ánsar y la moneda de oro[125], pero en medio de ellos también le pide cosas, como el queso y el vino, que no tienen mucho que ver con los eonjuros. Enumerando así los ingredientes que necesita para su conjuro, a juicio de Valera, se puede dar mayor fiabilidad a sus

[122] *Ibid.*, IV, 2.

[123] María Rosa Lida de Malkiel, ob. cit., pág.583.

[124] Ana Vian Herrero, "El pensamiento mágico en *Celestina*, 'instrumento de lid o contienda' ", págs.49–61.

[125] *Comedia Selvagia*, II, 1, notas 686–696.

palabras aunque Cecilia le muestra poca fe. De hecho, parece que la vieja sí consigue convencerla al final, pero no con la disimulada lista de ingredientes sino con la realización del falso conjuro.

2.3.4 Criados

Risdeño y Escalión

Risdeño sirve a Selvago y Escalión, a Flerinardo. Ambos desempeñan el papel de criados – consejeros. Aunque sus amos mantienen entre sí una gran amistad, Risdeño y Escalión son dos criados enfrentados al principio y amigos después por la orden de sus señores. Estos dos personajes se caracterizan por su comicidad, y por lo tanto, bufoneando o fanfarroneando, logran provocar la risa al público. Alonso de Villegas también señala la comicidad de dichos personajes en sus versos acrósticos[126].

Hay algo realmente distintivo entre Risdeño y Escalión, que resulta ser único en el ciclo celestinesco, esto es, Risdeño y Escalión contrastan por su estatura: Risdeño es un enano mientras Escalión parece un gigante en comparación con él. Marcelino Menéndez Pelayo no se equivoca al señalar como novedad positiva la aparición del personaje del enano Risdeño[127]. La introducción de un enano en una obra dramática resulta ser, en efecto, novedosa, pero la creación del personaje del enano no pertenece a Alonso de Villegas. La verdad es que en la literatura narrativa o novelesca de España ya existe algún que otro personaje con estatura similar. De esto se ocupará un apartado que viene después.

Risdeño es un hombre valiente. Cuando ostenta su valentía, lo hace con toda sinceridad. Antes de acudir a la cita nocturna con Ysabela, Selvago manda que Risdeño se quede en casa a descansar, mientras que

[126] *Ibid.*, Versos acrósticos, n.273, n.274, n.275, n.276 y n.277.

[127] Marcelino Menéndez Pelayo, ob. cit., pág.151.

otros criados suyos lo acompañarán, porque le da pena que al enano le pase algo malo debido a su desventaja corporal. Agradecido del especial cariño que le tiene su amo, Risdeño muestra su valentía para no perder la ocasión de ayudar a su amo:

> Señor, por no obedeceros en esso os pido que me perdonéys; ca sabed que con vos tengo de yr, y lo que de vos fuere será de mí, ni quiero que penséys que, aunque el cuerpo no es muy aventajado, que me faltará coraçón para qualquier caso de afrenta, especialmente en vuestro servicio[128].

Sin ocultar su admiración, Flerinardo elogia la lealtad y, en especial, la valentía de Risdeño a pesar de su estatura pequeña. Marcelino Menéndez Pelayo ve en este diálogo entre Flerinardo y Risdeño la "infantil afectación de valor" del enano[129].

En otro momento, Risdeño se ofrece a hacer por Flerinardo, amigo de su amo Selvago, algo que normalmente se considera empresa peligrosa. En la *Segunda Celestina* Quincia muestra así su miedo cuando Pandulfo le ruega que entregue la carta de Felides a Polandria: "¡Ay, por Dios!; ¿cómo osaré yo fazer esso?, que me matará en boqueárgelo solamente"[130]; y, en la *Tragedia Policiana* Dorotea se queja de Siluanico porque éste le pide el mismo favor: "Ay cuitada de mí, señor de mi coraçon, e quánta dificultad ay en lo que me mandas hazer, porque la honestidad de Philomena mi señora, su graue y estraña condicion, no consienten que yo tenga semejante atreuimiento"[131]. Tanto Quincia como Dorotea son criadas de la familia de la dama, sea de la madre de la dama como Quincia, sea de la

[128] *Comedia Selvagia*, IV, 4.

[129] Marcelino Menéndez Pelayo, ob. cit., pág.153.

[130] Feliciano de Silva, *Segunda Celestina*, ed. cit., pág.216.

[131] Sebastián Fernández, *Tragedia Policiana*, ed. cit., pág.11.

propia dama como Dorotea. Pese a la cercanía y la familiaridad que tienen con las damas, muestran su temor a entregarles la carta de los galanes. En comparación con el miedo de estas criadas, la valentía de Risdeño se evidencia todavía más, porque el enano no es criado de la familia de Ysabela, y por supuesto, el riesgo es indudablemente mayor para él que para Quincia y para Dorotea.

Risdeño está dotado de ingenio y es consciente de ello, pues lo reconoce al final de la obra cuando presenta ante Selvago las ventajas de los hombres con cuerpo pequeño ("Primeramente por la mayor parte los de esta estatura son todos muy bivos, ingeniosos y ardidos"[132]). Sabe decir chistes jocosos para divertir a sus amos y a sus amigos, para alegrar el ambiente, tales como anunciar la hora a Selvago utilizando perífrasis mitológicas[133], hacer burlas despiadadas a enemigos como Escalión y lanzar amenazas temibles a un muchacho como Carduel a fin de conseguir su respeto. Es decir, sabe seleccionar genialmente los vocablos para cada ocasión. Gracias a su perspicacia, muchas veces da enseguida con la clave de las cuestiones que los demás ignoran. Por ejemplo, Risdeño intenta hacerle ver a Selvago la buena cara que le ha mostrado Ysabela al ser cortejada por su señor; y, en otra ocasión, cuando Flerinardo se presenta en casa de Selvago para acompañarle en su cita nocturna, Risdeño advierte a su amo, conmovido por la presencia de su amigo en un lance así, que el principal móvil de su acompañante no es la amistad sino su propio interés.

El personaje de Risdeño se asemeja bastante a la figura del bufón, quien tiene como profesión entretener a sus amos con bromas jocosas o con su agudo ingenio. El cariño muy especial que Selvago muestra por

[132] *Comedia Selvagia*, V, 3.

[133] *Ibid.*, III, 1, n.830.

su enano, el cual se ha visto anteriormente, es propio de los señores por sus enanos, según el testimonio de José Moreno Villa[134]. Más adelante, se retomará más detenidamente este aspecto.

Risdeño es un criado leal y fiel. Se preocupa realmente por el bienestar de su amo y está dispuesto a hacer todo en su beneficio. Aconseja a Selvago luchar por su propia felicidad en lugar de sacrificar su vida por la amistad ("No mires en esso, señor, que más obligado eres a ti que no a otro"[135]). Retrasa el encuentro de Dolosina con su amo al intuir el móvil indecente de la visitante. Acompaña a Selvago a la cita nocturna con Ysabela a pesar de ser consciente del riesgo que corre.

A su parecer, el matrimonio ha de ser la meta final de la vida. Por eso, antes de terminar la *Comedia Selvagia*, Risdeño pide regalos a sus amos para poder casarse solemnemente. Las siete condiciones que impone a su futura esposa indican que el enano lleva ya bien pensado el propósito de formar una familia y que es totalmente serio respecto al matrimonio. Sus cortejos, dirigidos a una moza desconocida y a Cecilia, no son más que ocurrencias ingeniosas para divertir al público, puesto que selecciona cuidadosamente a las personas a quienes corteja, las cuales, para él, han de ser mujeres más o menos decentes, tales como Cecilia, criada de Ysabela, y la moza desconocida, que también es criada aunque no es muy virtuosa. De hecho, jamás se molesta en cortejar a una ramera.

Escalión resulta ser un personaje cobarde, pero vanidoso. A pesar de tener consciencia de su cobardía, pretende mantener la apariencia de un hombre temible. Aprovecha cualquier oportunidad para fanfarronear y pavonearse. Presume de las hazañas que no existen. No repara en la verosimilitud de sus mentiras, que cada día van engañando a menos

[134] José Moreno Villa, *Locos, enanos, ciegos y niños palaciegos* (México: Editorial Presencia, 1939), pág.22.

[135] *Comedia Selvagia*, II, 2.

gente: el alguacil se siente desengañado ante la huida de Escalión; Lesvia se rebela contra él tras conocer su fanfarronería y su cobardía; Lelia y Claudia se quedan sorprendidas por la verdadera personalidad de Escalión ("parece que lo sueño, ca se ha oýdo éste es en toda la ciudad por muy valiente y desembuelto tenido; y verdaderamente dizen que adonde se piensa que hay tocinos no ay estacas, pues tan cobarde y atado al presente se muestra"[136]); y, finalmente, hasta su amo Flerinardo, quien lo ha defendido anteriormente, acaba por conocer la cobardía de su criado. Huye de todo riesgo sea como sea: intenta librarse del compromiso de acompañar a Velmonte al concierto con su amada Alpina, y como no lo consigue, aconseja a Velmonte llevarse consigo a más gente; echa a correr al aparecer un alguacil y dos porquerones; ante la braveza de Libina, quiere abandonar los cortejos; finge que Dolosina lo necesita para no acompañar a Selvago a su cita con Ysabela; se pone a huir cuando Sagredo y Rubino, por orden de Selvago, simulan atacarlo.

El papel que juega Escalión es el de un criado egoísta y desleal. Propone la intervención de Dolosina, primero a su amo Flerinardo, y luego al amigo de éste, con la única finalidad de sacar provecho para sí mismo: pretende comprar el placer con la prostituta Libina a costa de la víctima (o las víctimas) de la locura del amor. Cuando Flerinardo requiere su servicio para Selvago, no se presenta por el peligro que puede suponer, lo cual irrita a su amo, quien no llega a conocer el verdadero ser de su criado Escalión hasta el final de la obra, como se ha dicho anteriormente .

Escalión también se caracteriza por la falta de inteligencia. Si hubiera intentado satisfacer la necesidad de Lesvia en lugar de esconderse, por lo menos ésta no se habría dado cuenta tan pronto de su fingida valentía

[136] *Ibid.*, 4.

y por eso no se habría rebelado contra su antiguo protector negándole la paga habitual. En este caso, Centurio, otro fanfarrón cobarde del ciclo celestinesco, resulta ser más inteligente que él. A fin de eludir el compromiso con Areúsa, Centurio recurre a otros rufianes para que hagan su trabajo: tomar venganza de Calisto y Melibea. De esta forma, logra engañar a Areúsa, aunque no durante mucho tiempo, porque ella descubrirá el engaño de su rufián en la *Segunda Celestina*.

La idea del matrimonio está ausente en Escalión, pues nunca piensa casarse sino pasar bien un rato con alguna prostituta. Su relación con estas mujeres es puramente comercial o carnal. A lo largo de la *Comedia Selvagia* sólo aparecen dos mujeres que mantienen este tipo de relación con él. Por un lado, Escalión visita a Lesvia, ramera pública, con el objeto de sacar dinero para sus juegos por allí, y por otro lado, se humilla ante Libina, cortesana encubierta, prometiéndole hasta lo imposible para él, con la finalidad de satisfacer sus deseos sexuales. En una palabra, Escalión es un hombre mujeriego.

En fin, Escalión no es una invención original de Alonso de Villegas, porque el personaje del fanfarrón ya se halla en el *Miles gloriosus* de Plauto. Dentro del ciclo celestinesco, Centurio podría ser un antecedente de Escalión, pero, salvo ser un fanfarrón y rufián, por supuesto, de una prostituta, no tiene mucho que ver con Escalión. Brumandilón, el fanfarrón creado por Sancho de Muñón, se asimila un poco más a Escalión, pues es un criado del galán además de ser un rufián, aunque no de una joven prostituta, sino de una vieja alcahueta. El Pandulfo de Feliciano de Silva se parece mucho más a Escalión. Igual que éste, Pandulfo es un criado más del galán. Además de esto, también tiene su vida vinculada a dos mujeres. Lo que pasa es que las dos mujeres de Escalión son prostitutas, mientras que en el caso de Pandulfo sólo una de ellas – Palana – lo es, y la otra – Quincia – no, pues ésta es la criada de Paltrana. Así que evidentemente el fanfarrón de la *Segunda Celestina* constituye el modelo directo de Escalión.

Carduel y Velmonte

Carduel es criado de Selvago mientras que Velmonte lo es de Flerinardo. Ambos personajes comparten unos rasgos en común, tales como que ninguno de ellos muestra preocupación por conquistar a su amada, porque su amor ya resulta correspondido desde la primera aparición de estos personajes en la *Comedia Selvagia* y, además, los dos tienen como compañera sentimental a una criada, sea de la dama de su amo, sea de otra familia cualquiera.

Carduel, el más joven de los criados que desfilan en la *Comedia Selvagia*, es el paje de Selvago, tal como apunta Escalión. La adolescencia le hace sentirse inferior a sus compañeros adultos. Además de esto, también se caracteriza por sus cantos de amor. Pese a su adolescencia, ya está enamorado de Cecilia, la criada de confianza de Ysabela.

Cuando habla con su amada, emplea perfectamente el lenguaje culto de amor. En este sentido se muestra tan erudito como su amo. Flerinardo admira la fineza de Carduel tras haber sorprendido la conversación entre el paje de Selvago y la criada de Ysabela ("Agora no me maravillo de lo que a los dos he oýdo hablar, que como dizen, en casa del alboguera todos son albogueros; pues él en vos, y ella en su señora, tenían tales maestros"[137]).

Carduel no solamente domina el lenguaje del amor cortés a la perfección, sino que también se comporta como un perfecto amante cortés, puesto que jamás menciona el nombre de Cecilia ni a sus amos ni a

[137] *Ibid.*, IV, 4.

sus amigos. Sus compañeros sólo saben que él está enamorado, y su amo Selvago, acompañado de Flerinardo, no habría descubierto la identidad de la amada de Carduel si no hubiera sorprendido su charla romántica con Cecilia. Como consecuencia del silencio de Carduel, su relación con Cecilia no es planteada como un posible recurso para ayudar a Selvago a acercarse a Ysabela, a quien sirve la amada de su paje Carduel. Y, de este modo, el virtuoso Selvago se ve obligado a resignarse con la intervención de una alcahueta en sus conquistas amorosas.

El amor que existe entre Carduel y Cecilia es fino y sincero. Todo lo que hacen reside en declarar mutuamente su pasión. Quizás para los dos aún no haya llegado el momento de hablar sobre el casamiento, porque son demasiado jóvenes todavía. Ni siquiera pasa por su mente la idea de disfrutar del máximo fruto de su amor.

En *La Celestina* también aparecen criados jóvenes, es decir, pajes. Sin embargo, éstos – Tristán y Sosia – no saben cantar ni están enamorados. Canarín, el paje de Felides, desde su primera aparición en la *Segunda Celestina*, ya se presenta como un cantante imprescindible para un concierto que da Pandulfo a Quincia. En la *Tercera Celestina* su personalidad adquiere una nueva faceta, o sea, soporta humillaciones debido a su tierna edad. Sin embargo, no conocen todavía el amor ni el Canarín de Feliciano de Silva ni el de Gaspar Gómez de Toledo. El paje de Policiano, cuyo nombre es Silvanico, no sólo es adolescente y domina el arte de cantar, sino que también anda apasionado por una chica, esto es, la criada de Philomena, llamada Dorotea. En conclusión, Alonso de Villegas se ha servido de sus antecesores para la creación de su propio personaje: Carduel.

En cuanto a Velmonte, amante de una criada que se llama Alpina, se puede decir que es el contrapunto de Carduel.

Contrasta con Carduel, en primer lugar, por su edad. Ya no es un chico inexperimentado como Carduel, sino un hombre hecho y derecho. Por eso, en él está ausente el sentimiento de inferioridad de adolescente que se exterioriza en la relación que Carduel mantiene con sus compañeros adultos.

En segundo lugar, Velmonte no es un amante fino como Carduel, pues no sabe cantar canciones de amor ni expresar sus sentimientos con el lenguaje erudito del amor cortés. Lo que hace con Alpina indica que él no actúa como un amante cortés: entra en la casa donde trabaja ella y la posee sin recibir resistencia alguna. Cuando habla con su amo Flerinardo del amor cortés, Velmonte manifiesta con franqueza su ignorancia. Sin embargo, aunque no entiende el comportamiento cortés de su amo, nunca se burla de él, igual que los criados de algunas obras del ciclo celestinesco, por ejemplo, los de *La Celestina*, los de la *Segunda Celestina* y los de la *Tragedia Policiana*. En cambio, termina por reconocer que su amo tiene razón ("Y a la verdad, si bien miramos, no dexavan de tener razón sus palabras"[138]).

Aunque carece de fineza para expresar sus sentimientos, Velmonte no es un hombre insensible. Creyendo que los amigos que lo acompañan a la cita con Alpina corren algún peligro por él, debido a la falsa información de Escalión, abandona inmediatamente a su amante y se lanza a la calle para socorrer a sus amigos, porque su conciencia le dice que no puede dejar que sus amigos sufran ningún daño por él ("mal haría que viniéndome acompañar se viessen en algún peligro y no los favoreciesse"[139]).

[138] *Ibid.*, I, 3.

[139] *Ibid.*, 2.

Sagredo y Rubino

Sagredo es hijo de Sempronio y Elicia, y Rubino lo es de Pármeno y Areúsa. Los dos sirven de criados al mismo señor, cuyo nombre es Selvago. Su creación no tiene otro objetivo que relacionar la *Comedia Selvagia*, de manera más estrecha, con *La Celestina*. No se percibiría ninguna alteración si se intercambiara el nombre de ambos personajes, es decir, Sagredo podría llamarse Rubino y viceversa. Se los puede considerar como un personaje literario con dos nombres distintos, y por eso, analizar sus características como si fueran una sola persona.

A pesar de no tener muchas actuaciones en la *Comedia Selvagia*, cuentan con suficientes rasgos que les caracterizan. La personalidad principal de Sagredo y Rubino puede encontrar su máxima manifestación en el refrán "De tal palo tal astilla". Es decir, Sagredo y Rubino son herederos del modo de ser de sus padres.

A raíz de la muerte de Sempronio y Pármeno, Sagredo y Rubino mantienen entre ellos una amistad tan grande que es imposible separarlos físicamente. Van juntos al concierto de Velmonte y al de Selvago. Comen juntos en casa de Dolosina, tras haber robado juntos la despensa de su amo aprovechándose del descuido de éste. Salen juntos en busca de juerga y de mujeres... En fin, hacen todo juntos.

Lo mismo que sus padres, Sagredo y Rubino requieren respectivamente los amores de Claudia y Lelia, dos prostitutas encubiertas que se someten al dominio de la alcahueta a la que recurre su amo. La relación entre los criados de Selvago y las chicas de Dolosina es de carácter sexual y materialista: Sagredo y Rubino llevan comida a casa de Dolosina para pasar un rato de placer con sus putas, mientras que Claudia y Lelia les venden su cuerpo a cambio de la comida.

En la obra de Fernando de Rojas, Pármeno no se entera de la

verdadera historia de su madre Claudina hasta que se la cuenta Celestina para destruir el orgullo del joven. Sagredo y Rubino tampoco saben cómo han muerto realmente sus respectivas madres. Simplemente creen que su muerte la ha causado la vejez. Dolosina les rectifica la información relatando el asesinato sangriento de Elicia y Areúsa. El propósito de la alcahueta consiste en captar la simpatía y la confianza de los jovencitos inmaduros mediante el conocimiento que tiene de sus difuntas madres.

A pesar de todo, Sagredo y Rubino son dos personajes diferentes de Sempronio y Pármeno. Así que a nadie le puede extrañar que posean algún rasgo que los distingue de los dos personajes rojanos. La verdad es que tanto en Sagredo como en Rubino no se detecta la cobardía que muestran Sempronio y Pármeno cuando acompañan a Calisto a la cita nocturna con Melibea, pues sólo cumplen sus deberes como criados, por ejemplo, acompañan a su amo en sus citas amorosas, asustan a Escalión sin darse a conocer, etc. Se puede decir que en líneas generales Sagredo y Rubino son buenos criados, pues guardan la fidelidad a su amo y jamás cuestionan las órdenes de Selvago. Siendo ya grandes amigos desde hace mucho tiempo, no experimentan por ningún lado el cambio de relación entre ellos dos, como el caso de Sempronio y Pármeno.

2.3.5 Criadas

Cecilia es la criada de confianza de Ysabela y la amada de Carduel. Lo mismo que este último, está en deuda con un personaje de la *Tragedia Policiana*, que en este caso se trata de Dorotea, criada de Philomena y amada de Silvanico. Pero, a decir verdad, Cecilia resulta ser un personaje mejor individualizado y perfilado que Dorotea.

Cecilia se caracteriza ante todo por la absoluta confianza depositada en el amor que Carduel tiene por ella. Cuando Valera, no contenta con las valiosas joyas y dinero que ha sacado de Ysabela mediante el engaño, todavía pretende estafar a su criada prometiéndole asegurar su amor por medio de un conjuro, Cecilia le replica con total seguridad a la vieja codiciosa: "Por la bondad de Dios, agora ni vuestra ayuda ni la agena me puede causar ni mal ni bien, que sé cierto que soy amada en ygual grado que amo"[140]. Sin aceptar su primer fracaso en el intento, Valera lanza nuevos ataques desenvolviendo su poder persuasivo. No obstante, todo resulta vano e inútil ante las fuertes defensas de Cecilia. Al final, Valera reconoce su incapacidad para estafar, mediante la persuasión, a la joven criada, que, según manifiesta ella misma, sólo tiene quince años. Cecilia también es consciente de su victoria sobre la experimentada Valera y se siente orgullosa de ello.

Evidentemente, el ingenio resulta ser otra arma que le ha servido a Cecilia para derrotar a la vieja embustera. La inteligencia de Cecilia tiene su discreta manifestación cada vez que este personaje aparece en el escenario. El ingenio de Cecilia no sólo le ha ayudado a conseguir la confianza de Ysabela, sino que también le ha convertido en la consejera y la casamentera de su joven ama. En efecto, muchas veces Cecilia logra imponer su opinión a su ama hasta tal punto que la arrincona y decide por ella. El desposorio secreto en presencia de Cecilia no deja de ser un buen ejemplo. La gran influencia que ejerce sobre Ysabela hace pensar que Cecilia es una criada que manipula a su ama, pero, en realidad, esta manipulación sólo es parcial. María Rosa Lida de Malkiel también se ha dado cuenta de ese dominio incompleto de Cecilia sobre Ysabela[141]. Por ejemplo, Ysabela no hace caso a las burlas de Cecilia, dejándose llevar por las mentiras de su ama de leche Valera.

Cecilia es tan erudita como su ama Ysabela a la hora de expresar su

[140] *Ibid.*, II, 1.

[141] María Rosa Lida de Malkiel, ob. cit., pág.652.

amor a Carduel. Flerinardo, igual que Selvago, admite con sinceridad que el discurso de amor, pronunciado por Cecilia, es sumamente culto, la cual ya se ha visto anteriormente. La formación literaria de Cecilia no proviene de los estudios, tal como dice ella misma, sino de la influencia de su ama Ysabela.

Teniendo en cuenta todo lo que ha hecho por su ama, Cecilia merece la calificación de criada fiel. Las murmuraciones pasajeras no impiden que Cecilia sirva lealmente a Ysabela. Cuando ésta está arrepentida y desesperada por haber echado a golpes a la mensajera de Selvago, Cecilia la tranquiliza sugiriendo que hable con Valera para que apacigüe a Dolosina porque las dos viejas son amigas. Al ver que su ama no puede controlar la situación y que la pérdida de su virginidad parece ser inevitable, Cecilia se hace voluntariamente defensora de la honra de su ama desposándola con Selvago. En este aspecto, Cecilia se parece mucho a la Poncia de la *Segunda Celestina*, en que, por el bien de su ama, desposa a Polandria con Felides.

Alpina también es criada, aunque no se dice para quién trabaja.

En contraste con Cecilia, Alpina no es erudita ni siquiera cuando corresponde al amor de su amante Velmonte. Hace lo que quiere a escondidas. En ella no se percibe la consciencia de la honra, por ejemplo, al entregarse a su amante, no sólo no se queja, sino que tampoco le pide el matrimonio, lo cual no resulta habitual en el ciclo celestinesco. Parece que este personaje no está muy sometido a las convenciones sociales.

2.3.6 Prostitutas

Libina y Lesvia

Libina es una ramera encubierta que no hace mucho tiempo que convive con Dolosina bajo el mismo techo. Se dedica a la prostitución después de Claudia y Lelia, antiguas chicas de la alcahueta, pero maneja mejor el arte de seducción que ellas. Tras haber sorprendido la conversación entre Libina y Escalión, Claudia reconoce la habilidad y el ingenio de su nueva compañera ("¿No ves, Lelia, lo que passa, y cómo a sabido Libina traer el agua a su molino haziéndole creer del cielo cebolla y que era una religiosa?"[142]). Lelia aprueba la observación de Claudia. Físicamente Libina tiene un defecto, o mejor dicho, es coja. Sin embargo, dicho defecto no disminuye su atractivo, pues de entrada ya capta la atención de Escalión, cosa que causa envidia a sus compañeras.

Lesvia es una prostituta pública como Palana, personaje creado por Feliciano de Silva en su *Segunda Celestina*. Las dos no sólo tienen el mismo oficio, sino que también comparten actuaciones similares: por un lado, Palana se pelea con Pandulfo por negarle la paga habitual, y por otro lado, Lesvia hace lo mismo con Escalión, que le pide dinero. No obstante, esta última es más resuelta que su antecesora porque enseguida decide dejar a su rufián al darse cuenta de que es un fanfarrón cobarde, mientras que Palana, encendida en celos por la traición que cree que le ha hecho Pandulfo, arma escenas de pelea de carácter vengativo, en lugar de abandonar a su rufián que ya ha escogido a otra mujer como su fuente de ingresos.

Lelia y Claudia

Al contrario de Libina y Lesvia, quienes se caracterizan por su gran vitalidad y dinamismo, tanto en lo profesional como en lo personal, Lelia y Claudia, personajes creados para formar pareja con Rubino y Sagredo, respectivamente, carecen de actuaciones impetuosas como las de aquéllas.

Lelia y Claudia son prostitutas encubiertas como Libina. Pese a que también, como ésta, son discípulas de Dolosina, no cuentan con la misma

[142] *Comedia Selvagia*, II, 4.

desenvoltura que su nueva compañera, quien consigue sacar fácilmente de Escalión el mayor beneficio posible.

A diferencia de sus amantes, Lelia y Claudia no son dos personajes idénticos que se puedan intercambiar sin que la obra sufra alteración alguna.

Además de ser más joven que Claudia, Lelia es la mano derecha de Dolosina: cuando ésta quiere hacer algún conjuro, le ayuda a preparar los materiales o sustancias; cuando la vieja se encuentra fuera de casa por los negocios, se encarga de despachar todo lo que puede por ella; y, cuando Dolosina regresa a casa, le da cuenta con todos los detalles. Jamás se atreve a rebelarse contra su maestra, ni a quejarse de su dominio. Muestra una sumisión total ante la vieja. Por ejemplo, incluso después de haber logrado una de sus primeras victorias como remediadora de virgos, renuncia el anillo de oro que le ha regalado la desposada, simplemente porque Dolosina lo ha reclamado.

En lo que se refiere a Claudia, "fresca"[143] y "hermosa"[144], como presenta Escalión, es uno de los personajes poco individualizados de la *Comedia Selvagia*. Todo lo que hace se reduce a sorprender la conversación de Libina con Escalión en compañía de Lelia, y pagar con su cuerpo la comida que les llevan Sagredo y Rubino.

2.3.7 Padres

Polibio

Polibio desempeña el papel de defensor de la honra de la familia. Por eso, siempre anda pendiente de las posibles locuras de amor de su hija, pues teme que ésta no pueda controlar las pasiones juveniles que tarde o temprano va a tener, y que cometa algún error irreparable que manchará

[143] *Ibid.*, V, 1.

[144] *Ibid.*

la buena fama de la familia. Nunca se deja engañar por la aparente virtud de su hija, como su esposa ("No quiero, señora, que penséys que todas las cosas tienen dentro de sí la apariencia que de fuera muestran"[145]). Para quitar de raíz la posibilidad de la deshonra de su querida hija, Polibio hace algo que a ningún antecesor suyo ni siquiera se le ocurre, esto es, escoger de antemano y en secreto un marido apropiado para su hija. Y, por casualidad, el candidato justamente es el mismo galán elegido por Ysabela. Aquí se produce la coincidencia del gusto del padre y de la hija, lo cual evita un posible enfrentamiento entre los dos ya que cada uno de ellos busca lo que quiere por su lado.

En el ciclo celestinesco aparecen tres personajes que juegan el papel del padre: Pleberio de *La Celestina*, Theophilón de la *Tragedia Policiana*, y Polibio de la *Comedia Selvagia*.

De Pleberio ha heredado Polibio la preocupación por ayudar a su hija a encontrar su propia felicidad, es decir, hallar un buen marido. Pero se desvía de él en cuanto a la indulgencia que Pleberio siente por su hija que había deshonrado a la familia debido a su propia deshonra.

El sentido de la honra, ausente en Pleberio, se percibe en Theophilón, quien resulta ser un padre extremadamente rígido, y un defensor intransigente de la honra. La obsesión por la honra le hace poner mucha vigilancia en su hija Philomena. Sin embargo, esto no impide que su hija se enamore de Policiano, y que termine por entregarse a su galán sin recibir la bendición de la Iglesia. Sin darse cuenta, Theophilón prepara la muerte de su hija: manda soltar un león que tiene en casa para que asuste los animales que estropean la huerta. El león mata a Policiano, y luego, Philomena se suicida con la espada de su amado. De esta

[145] *Ibid.*, 2.

manera, Theophilón indirectamente ha impuesto el castigo en su hija. De Theophilón, Polibio ha heredado el sentido de la honra.

En otros términos, Polibio es más ecléctico que sus dos antecesores. Es decir, no se muestra tan indulgente como Pleberio, ni tan rígido como Theophilón. Se preocupa por la honra de la familia, representada por la de su hija Ysabela, igual que Theophilón, pero, al contrario de éste, intenta activamente dar con la solución a fin de evitar la desgracia, tal como Pleberio: busca esposo para su hija.

Senesta y Funebra

El personaje de la madre figura en las obras del ciclo celestinesco, por ejemplo, Alisa de *La Celestina*, Paltrana de la *Segunda Celestina* y de la *Tercera Celestina*, Eugenia de la *Tragicomedia de Lisandro y Roselia*, Florinarda de la *Tragedia Policiana*, y Senesta y Funebra de la *Comedia Selvagia*. Se las puede dividir en tres grupos:

En primer lugar, está la madre que confía ciegamente en la virtud de su hija. Éste es el caso de Alisa, Paltrana de la *Segunda Celestina*, Florinarda, y Senesta. Por una parte, Alisa y Senesta intentan convencer a sus respectivos esposos para que dejen de pensar en casar tan pronto a sus hijas correspondientes, y por supuesto, al final, aceptan la opinión de su pareja; y por otra parte, Florinarda defiende a su hija de los reproches de su esposo, pero acaba por dejar que éste estreche la vigilancia sobre su hija. El caso de la Paltrana de Feliciano de Silva es un tanto diferente, ya que no tiene con quien discutir sobre los asuntos de su hija debido a su viudez. Su confianza en la virtud de su hija se manifiesta en el hecho de que permite quc Celestina, mujer de mala fama, esté sola con su hija Polandria.

En segundo lugar, está la madre activa que ejerce el papel del padre a pesar de su viudez. Éste es el caso de la Paltrana de la *Tercera Celestina*.

Se deja convencer por Celestina y casa a su hija Polandria con Felides.

En tercer y último lugar, está la madre pasiva que, por el fallecimiento de su esposo, se somete a la voluntad de su hijo. Éste es el caso de Eugenia y Funebra: Eugenia deja que su hijo Beliseno tome el mando, y que se ocupe de la honra de la familia y de la de su hermana Roselia; Funebra deja que su hijo Selvago decida con quién va a casarse su hermana Rosiana.

En resumen, lo que hace Alonso de Villegas es simplemente seguir los modelos ya presentes en las obras de sus antecesores, para ser más exacto, el del primer grupo y el del tercero.

2.3.8 Otros

Cratino

Es el maestro de Flerinardo. Va a América en compañía de su alumno. Luego se separa de éste por el afán de conocer nuevas tierras. Finalizados los viajes, se entera de que Flerinardo ya se ha marchado a su tierra natal en busca de su familia. Regresa a España para aclarar la verdadera identidad de su alumno. Aquí se ve claramente la influencia de las comedias eruditas italianas o de las comedias españolas italianizantes, en las cuales, al final de la obra, suele aparecer algún personaje, como Cratino, que conoce la historia del galán o de la dama, cuya identidad verdadera está velada todavía, con la finalidad de anunciar la anagnórisis de dichos personajes.

Hetorino

Se trata de un personaje que desempeña el papel de rufián. Está casado con Dolosina. Sus actuaciones en la *Comedia Selvagia* son mínimas, puesto que sólo se presenta como el pacificador de Escalión y Lesvia. Dado que se va de la ciudad el mismo día cuando Dolosina es visitada por Escalión, mensajero de Selvago, quien requiere sus servicios para la conquista de su dama Ysabela, su presencia en la obra no afecta en absoluto a las actuaciones de la alcahueta profesional.

Moza

Esta criada, cuyo nombre no aparece en la obra, es de una familia desconocida. No parece un personaje muy virtuoso, porque pide a Risdeño, quien la corteja, que no haga daño al hijo menor de su amo por una sortija de plata que le ha regalado. Su presencia, que pasa casi desapercibida en la obra, como la de Hetorino, sirve para demostrar el encanto y el ingenio del enano Risdeño, y por lo tanto, forma parte de la comicidad de la *Comedia Selvagia*.

2.4 Enano

En lo que se refiere al personaje del enano Risdeño, Marcelino Menéndez Pelayo manifiesta lo siguiente:

> El enano Risdeño es creación bastante donosa, que parece sugerida por análogos personajes del *Amadís de Gaula* y otros libros de caballerías, aunque a veces no tengan más carácter cómico que el que nace de la pequeñez de su estatura en contraposición con los gigantes, endriagos y vestiglos que en tales narraciones pululan. La figura poética y aérea de Risdeño; su jovialidad fresca y viva; su infantil afectación de valor, más positivo, sin embargo, que el del rufián Escalión; la sutileza de ingenio con que hace la apología de los de su talla y enumera metódicamente sus excelencias, prestan cierto encanto humorístico a las escenas donde interviene, que son las mejores de la obra[146].

De hecho, en la literatura peninsular tal vez los enanos más antiguos

[146] Marcelino Menéndez Pelayo, ob. cit., pág.153.

se encuentren en el *Amadís de Gaula*, que encabeza toda una serie de libros caballerescas donde es frecuente la presencia de los enanos y de los gigantes. En esta obra narrativa hay dos enanos con rostro feísimo: uno, con identidad desconocida, es un personaje malvado y derrotado varias veces por Galaor, y el otro, que se llama Ardián, se somete al vasallaje de Amadís después de vengar la muerte de su antiguo amo con la ayuda de éste.

Como el enano malicioso aparece pocas veces en el *Amadís de Gaula* y desaparece casi al instante, resulta difícil deducir su personalidad o características. En cambio, no ocurre esto con el enano Ardián. Éste, desde su primera aparición, ya actúa con frecuencia al lado de Amadís, quien precisamente por eso se llama también Caballero del Enano.

Ahora bien, ¿cuáles son los rasgos comunes de Ardián y Risdeño?

En primer lugar, tanto Ardián como Risdeño se caracterizan por la pequeñez corporal. De entrada, ya están en condiciones de provocar risa con su estatura anormal. Henri Bergson muestra una observación semejante en su obra *La Risa*, esto es, "Puede resultar cómica toda deformidad que podría ser remedada por una persona que careciera de toda deformidad"[147]. En la *Comedia Selvagia* Risdeño, ofendido, se enoja por las burlas de Carduel sobre su estatura desventajada. Se vale enseguida de su habitual ingenio para destruir el orgullo que siente Carduel por ser más alto que él. Ésta es la segunda victoria de Risdeño sobre sus gigantes. La primera es sobre Escalión, quien, por orden de su amo Flerinardo, pide solemnemente disculpas al enano besándole la mano por haberse burlado de su pequeñez mediante los diminutivos.

En segundo lugar, Ardián y Risdeño juegan el papel de bufón

[147] Henri Bergson, *La risa* (Madrid: Espasa – Calpe, 1986), pág.29.

además de tener otros oficios. Al editar el *Amadís de Gaula* Juan Manuel Cacho Blecua señala así este rasgo de Ardián: "Es a veces mascota y bufón que divierte y entretiene"[148]. En cuanto a Risdeño, a lo largo de la *Comedia Selvagia* no es nada difícil pillarle bufoneando, en especial, a sus amos. Por ejemplo, cuando Selvago se está preparando para su primera cita con Ysabela, Risdeño le relata graciosamente las ventajas de los enanos; durante las bodas públicas de sus amos recita, no sin gracia, las siete condiciones que impondrá a su futura esposa. El enano Risdeño es el personaje más risueño de toda la *Comedia Selvagia* y su presencia enfatiza una nota bien renacentista, esto es, "El hombre que vive en sociedad debe saber reír y debe saber cómo hacer reír a los demás"[149].

Entonces, ¿cuáles son los rasgos que no comparten el enano del *Amadís de Gaula* y el de la *Comedia Selvagia*?

En primer lugar, Ardián es tremendamente feo. Según Juan Manuel Cacho Blecua, "La fealdad del enano se proyecta sobre una larga tradición"[150]. Es decir, el autor de *Amadís de Gaula* no ha inventado nada al enfatizar la fealdad de sus enanos. En cambio, Alonso de Villegas no explica si Risdeño es feo o no. Es razonable el silencio del autor de la *Comedia Selvagia*, pues, teniendo en cuenta que normalmente se considera que la bondad es equivalente a la belleza[151], Alonso de Villegas no puede dotar a su Risdeño de fealdad, ya que es un personaje positivo y digno de imitar.

En segundo lugar, Ardián "se ha caracterizado desde el primer

[148] Garci Rodríguez de Montalvo, *Amadís de Gaula*, ed. Juan Manuel Cacho Blecua (Madrid: Cátedra, 1987), pág.1282, n.51.

[149] Feliciano de Silva, *Segunda Celestina*, ed. cit., pág.82.

[150] Garci Rodríguez de Montalvo, *Amadís de Gaula*, ed. cit., pág.349, n.15.

[151] *Ibid.*, pág.134.

momento... por su temor"[152]. Sin embargo, en Risdeño no se detecta ningún indicio de miedo. Nunca teme los lances peligrosos. Incluso da la impresión de que a él le gusta arriesgarse. Así que no sólo se ofrece a tareas difíciles, como entregar la carta de amor de Flerinardo a Ysabela, sino que también rechaza el privilegio especial de quedarse en casa que le proporciona su amo Selvago por el miedo de que le pueda suceder algo malo debido a su pequeñez. Aquí se evidencia la valentía del enano de la *Comedia Selvagia.*

En tercer y último lugar, Ardián y Risdeño se diferencian por poseer o no el ingenio. Ardián es ingenuo y, por lo tanto, fácilmente engañado por las apariencias. Como consecuencia, cuando Amadís se despide apresuradamente para socorrer a otra doncella que está en peligro, Ardián le informa a Oriana de que Amadís se ha enamorado de dicha doncella, y de allí nace el malentendido entre Amadís y Oriana. Desde luego, la discreción de los enamorados también contribuye a la ignorancia del enano Ardián, que a su vez desconoce los códigos exigidos por el amor cortés. Sin embargo, Risdeño es agudo y perspicaz gracias a su ingenio, del que es consciente. Por ejemplo, es él quien sugiere entregar la carta de Flerinardo a Ysabela en nombre de su amiga Rosiana para quitar la sospecha; y, es él quien se da cuenta del verdadero motivo por el cual Ysabela cierra la ventana de su cuarto y se va sin oír las declaraciones de amor de Selvago.

Las importantes diferencias que existen entre Risdeño y Ardián hacen pensar en la posibilidad de que haya otros antecedentes más cercanos para el enano de Alonso de Villegas.

De acuerdo con los datos que ofrece José Moreno Villa[153], se remonta

[152] *Ibid.*, pág.1062, n.42.

[153] José Moreno Villa, ob. cit., en especial, págs.18–41. Alfonso E. Pérez Sánchez también habla de los enanos

a Asia la costumbre de tener como criados a los enanos. En los siglos XVI y XVII los hombres de estatura pequeña abundaban, sobre todo, en el Palacio Real y en casa de los nobles. El gusto por los enanos se debía a que el cuerpo chiquito y la agudeza increíble de los enanos eran capaces de causar risa y dar placer a los que les rodeaban, "Porque naturaleza quiso hazer en ellos un juguete de burlas... Y los que escriven libros de cavallerías los introduzen para algunos ministerios, llevando y trayendo mensajes"[154]. Aparte de esto, mirando la pequeñez de los enanos, sus señores se sentían más privilegiados y realzados. En general, existía una relación cariñosa y amena entre los señores y sus enanos. En fin, todo esto indica que el tener enanos a su servicio no era sólo un hecho literario.

El bufón, debido a su importancia en la sociedad española, cuenta con sus máximas manifestaciones en la llamada literatura bufonesca, cuya culminación se encuentra a finales de 1524 y a principios de 1525[155]. Al parecer de Francisco Márquez Villanueva, "Don Francesillo de Zúñiga (1490? – 1532), sastre bejarano, representa, tanto dentro como fuera de España, la más directa expresión literaria del oficio bufonesco"[156]. La risa que provoca Francesillo de Zúñiga con su obra *Crónica burlesca del emperador Carlos V* pertenece a una de las categorías de la risa propuestas por Robert Jammes[157]: lo disparatado. Además de provocar risa, el bufón bejarano también intenta con su obra obtener su dignidad como cualquier ser humano, debido a la marginación que sufre por ser un

como figura bufonesca en su prólogo a *Monstruos, enanos y bufones en la Corte de los Austrias* (Madrid: Museo del Prado, 1986), págs. 9–13.

[154] Sebastián de Covarrubias, *Tesoro de la Lengua Castellana o Española* (Madrid: Turner, 1977), "enano".

[155] Francisco Márquez Villanueva, "Literatura bufonesca o del 'loco' ", *N. R. F. H.*, XXXIV, nº2 (México, 1985–1986), pág.516.

[156] *Ibid.*, pág.515.

[157] Robert Jammes, "La risa y su función social en el Siglo de Oro", *Risa y sociedad en el teatro español del Siglo de Oro* (París: C.N.R.S., 1980), págs.3–11, en especial, págs.6–7.

bufón de corte[158].

Por lo que se ha visto anteriormente, se puede decir que Risdeño desempeña el papel del bufón en la *Comedia Selvagia*, porque su presencia siempre se relaciona con el entretenimiento y con la risa, igual que cualquier bufón[159]. Gran parte de la risa que produce Risdeño puede ser agrupada en la categoría de lo disparatado, tal como la de Francesillo de Zúñiga. Constituyen buenos ejemplos de ello sus alusiones al tiempo mediante paráfrasis mitológicas y su apología a favor de las personas con pequeña estatura como él. También el enano de la *Comedia Selvagia* se asimila al bufón bejarano cuando reivindica fingidamente la dignidad del hombre para hacer la bufonada. Por ejemplo, pese a su desventaja corporal, consigue que Carduel le pida perdón por las burlas que le ha hecho sobre sus defectos físicos; y, aunque es enano, impone solemnemente unas condiciones a su futura esposa, a quien no conoce todavía.

Por desgracia, hoy en día todavía existe la marginación social de los enanos. Por eso, Camilo José Cela, en su prólogo a los *Duendes, entes y mojigangas* de Benito Román llama la atención de todos sobre esta injusticia social:

> Los enanos también comen y aman y lloran, aunque la gente lo ignore. Los enanos también cagan y odian y ríen, aunque la gente simule no darse cuenta; la ignorancia es la más cómoda de todas las virtudes – aún más cómoda que la fe, la esperanza y la caridad – y la gente ha perdido hace ya muchos años su capacidad para enterarse de las cosas. Los enanos no son otra especie animal

[158] Francés de Zúñiga, *Crónica burlesca del emperador Carlos V*, ed. José Antonio Sánchez Paso (Salamanca: Universidad, 1989), pág.41.

[159] Francisco Márquez Villanueva, art. cit., pág.502.

diferente[160].

En resumidas palabras, la presencia del enano Risdeño en la *Comedia Selvagia* demuestra que José Moreno Villa se equivocó al afirmar que no se registraba ningún enano en las comedias[161].

2.5 Sueño

El sueño es una palabra polisémica y aquí sólo se habla de él en su sentido estricto. Es decir, se refiere a "aquel que produce ciertas imágenes que encubren la realidad de las cosas; sobre ellos principalmente se ejerce el arte de la interpretación. Este tipo de ensueños, unas veces se refieren a uno mismo; otras, a otra persona; otras a ambas, y, en ciertas ocasiones, a asuntos públicos o generales. Para dilucidarlo, se presta especialísima atención a la condición de las personas, hechos y circunstancias"[162].

Hay dos tipos de sueños: sueño real o sueño ficticio. Un sueño real es cierta visión o sensación que uno tiene cuando duerme[163]; y, un sueño ficticio es la misma visión o sensación que uno finge haber tenido mientras duerme[164].

El contenido de un sueño real puede ser muy variable. No obstante, se simplifica si se divide en tres grupos: hechos o pensamientos que ocurren en el pasado, en el presente y en el futuro, respectivamente.

Como un sueño ficticio es en realidad un sueño real fingido, en el que el autor "tan sólo ve lo que quiere y puede contarlo a su voluntad"[165],

---

[160] Benito Román, *Duendes, entes y mojigangas*, prólogo de Camilo José Cela (Madrid: Ediservice, 1985), pág.7.

[161] José Moreno Villa, ob. cit., pág.41.

[162] Garci Rodríguez de Montalvo, *Amadís de Gaula*, ed. cit., pág.132.

[163] Miguel Avilés, *Sueños ficticios y lucha ideológica en el Siglo de Oro* (Madrid: Editora Nacional, 1981), pág.33.

[164] *Ibid.*, págs.26–38, en especial, pág.26.

[165] Francisco de Quevedo, *Sueños y discursos*, ed. Felipe C. R. Maldonado (Madrid: Castalia, 1972), pág.15.

su contenido no varía del de un sueño real. Es decir, también abarca determinados hechos o pensamientos que tienen lugar en el pasado, en el presente y en el futuro. Sin embargo, la forma de manifestarlo no es tan simple como la de un sueño real. Puede ser como los cinco famosos sueños, narrados y agrupados bajo el título de los *Sueños y discursos*, de Francisco de Quevedo; puede ser como el sueño de Placerdemivida, que trata de contar detalladamente lo que ha sucedido entre Tirante y Carmesina y entre Diafebus y Estefanía la noche anterior[166]; puede ser como el sueño de Lisandro en la *Tragicomedia de Lisandro y Roselia* de Gaspar Gómez de Toledo, en que ve el galán lo que le va a suceder...

En la *Comedia Selvagia* se pueden localizar dos sueños: el sueño de Flerinardo y el de Selvago.

Empezando por el sueño de Selvago, que es más fácil de entender, porque se trata de un sueño tan corriente como el sueño de Lisandro, en el cual el galán enamorado sueña con lo que le va a suceder. En efecto, este sueño de Selvago ("¿Por ventura no estava yo agora en el reyno de mi señora, lleno de su gracia y gozando de su soberana gloria?"[167]) se convierte, más adelante, en un hecho real.

En cambio, el sueño de Flerinardo, por su carácter alegórico, resulta mucho más complicado y difícil de entender. Dicho sueño no sólo provoca la intriga o suspense en los personajes, sino también en los lectores u oyentes.

Cuando Selvago va a casa de Flerinardo para visitar a su amigo, este último le cuenta un sueño que ha tenido la noche anterior. Se trata de un sueño real desde el punto de vista de Flerinardo, pero ficticio desde el de Alonso de Villegas. Debido a su carácter premonitorio, aquí el sueño

[166] Joanot Martorell y Martí Joan de Galba, *Tirant lo Blanc* (Madrid: Alianza, 1969), págs.467–470.

[167] *Comedia Selvagia*, III, 1.

se identifica con la profecía. Es un sueño tan enigmático que nadie sabe interpretarlo hasta que ocurre lo anunciado. Sucede algo parecido en los libros de caballerías. Generalmente aparece alguien misterioso o especial que ayuda a la persona que ha soñado a descubrir la realidad que está oculta detrás de unas imágenes sin sentido a primera vista[168]. Ya que no hay ningún personaje capacitado para descifrar el sueño de Flerinardo, éste mismo se acuerda del sueño *a posteriori*, o sea, tras haber sucedido ya lo anunciado en él, dándole interpretaciones correctas a una parte de ese sueño.

Al comenzar el sueño, según Flerinardo, él ve a su dama. La dama le explica por qué está enfadada con él. Sus razones son dos. La primera resulta fácil de entender, pues la dama se la dice claramente: le enoja a ella el hecho de que Flerinardo no cumple cierta regla del amor cortés, ya que el galán enamorado no sabe guardar silencio respecto a la dama. La segunda razón la expresa la dama mediante dos animales con sentido simbólico cuyo contenido parece imposible de desvelar. Éste es el tipo de sueños más frecuente en *Amadís de Gaula*[169].

Cuando Selvago confiesa su amor por Ysabela, Flerinardo intenta interpretar el sueño que ha tenido, pero solamente acierta en parte dejando el resto para el final de la obra en cuanto aparece el personaje de Cratino, quien anuncia la verdadera identidad de Flerinardo produciendo así la anagnórisis del joven que ha venido de la Nueva España en busca de su familia.

En el sueño la dama manifiesta con misterio que Flerinardo se ha equivocado del nombre de su dama y que Ysabela, la dama que él cree que es la suya, no es sino su propia hermana. Si se casara con

[168] Garci Rodríguez de Montalvo, *Amadís de Gaula*, ed. cit., págs.131-133.

[169] *Ibid.*, pág.132.

ella, se produciría el incesto, aunque sin saberlo. Ante las lágrimas del inocente Flerinardo, que no conoce la causa de su culpa, la dama se ablanda y le predice, a traves de unos símbolos, el futuro para él y para Selvago. El "mono mofador"[170] se refiere a Selvago, puesto que se ha burlado de Flerinardo al enterarse de que su amigo está enamorado; "el mono mofador muy presto mudará su ser y en manso unicornio será convertido"[171] quiere decir que Selvago se enamorará y se transformará en un humilde amante; "sólo de coraje en el filo de la muerte será puesto, donde por el mesmo que su pena causará, la vida le será restaurada con muy crecido plazer y soberano gozo, de que no pequeña parte te vendrá"[172] indica lo siguiente: por la confusión sobre la verdadera identidad de la dama de Flerinardo, Selvago se da por vencido porque cree que su amor por Ysabela es imposible. La desesperación le hace tomar la decisión de dejarse morir. Cuando ya está en agonía, se entera de que su hermana Rosiana es la dama de su amigo y no Ysabela. Enseguida, se nota la mejoría de su salud gracias a la alegría que le ha producido la buena noticia que le ha dado Flerinardo. Ya que se ha quitado el obstáculo en el camino de su conquista amorosa, Selvago está dispuesto a luchar por su amor. Y, al mismo tiempo, Flerinardo se beneficia también de la aclaración de la confusión producida en torno al verdadero nombre de su dama, pues Selvago promete hablar con Rosiana a fin de conseguir su consentimiento para casarla con su amigo.

El sueño de Flerinardo, de carácter premonitorio, tiene varias funciones, que son más o menos parecidas a las que Juan Manuel Cacho Blecua atribuye a los sueños presentes en *Amadís de Gaula*:

[170] *Comedia Selvagia*, I, 3.

[171] *Ibid.*

[172] *Ibid.*

1.º Intrigan al lector y aumentan su expectación por el desarrollo de los aconteceres. 2.º Anuncian enigmáticamente unos acontecimientos futuros, es decir, sirven de ejes sobre los que se estructura el relato. 3.º Tanto sueños como profecías señalan el carácter apriorístico de los personajes y de los hechos, que por su misma naturaleza son excepcionales. 4.º Al proyectarse bajo un lenguaje más o menos críptico se llama la atención memorística del lector – oyente, que evidentemente prestará una mayor atención sobre estos elementos maravillosos. 5.º Como se utilizan recursos eminentemente literarios, relaciones metafóricas y metonímicas, el lector u oyente puede convertirse – aunque la Iglesia lo prohibiera – en intérprete o desvelador de sueños y profecías ficticio. Se trata de un juego literario[173].

En primer lugar, el sueño de Flerinardo siembra dudas y confusión en él y en su amigo Selvago, y por supuesto, también en los que disfrutan de la *Comedia Selvagia*. Tanto unos como los otros pretenden adivinar los enigmas a su manera. Evidentemente, para dar con la resolución de las intrigas, los lectores u oyentes tienen mayor ventaja que los personajes, gracias al argumento general que antecede a la *Comedia Selvagia*. Aunque Alonso de Villegas desenreda los enredos paulatinamente, tal como prefiere Lope de Vega ("En el acto primero ponga el caso, / en el segundo enlace los sucesos, / de suerte que hasta medio del tercero / apenas juzgue nadie en lo que para"[174]), la presencia de un argumento que anuncia todo lo que va a ocurrir en la obra disminuye bastante el misterio, causado principalmente por el sueño de Flerinardo. José María Díez Borque tiene

[173] Garci Rodríguez de Montalvo, *Amadís de Gaula*, ed. cit., pág.133.

[174] Lope de Vega, *Arte nuevo de hacer comedias. La discreta enamorada* (Madrid: Espasa-Calpe, 1967), pág.17.

razón al señalar lo siguiente:

> ... si la sorpresa, el suspense, el no conocimiento de los hechos han venido a convertirse en mecanismos centrales de la atracción teatral, no parece que siempre fuera así, si pensamos en tantas obras del XVI en que una introducción explica lo que va a suceder, reduciendo o anulando la sorpresa de los hechos[175].

En segundo lugar, los hechos futuros, anunciados en el sueño de Flerinardo, van ocurriendo poco a poco: Selvago se enamora, y su vida corre peligro por ello, Flerinardo se beneficia de la pena de su amigo, pues cuando va a casa de su amigo que está enfermo, ve a la hermana de éste, Rosiana, quien justamente es la mujer que le ha capturado el corazón; y, finalmente, se descubre que Ysabela, que Flerinardo creía que es su amada, resulta ser su hermana.

En tercer lugar, todo lo que anuncia el sueño de Flerinardo es la obra de Dios, quien es la causa de todo lo que acontece en el mundo nuestro y en el de más allá ("gracias al Señor, que de todo a sido la causa"[176]). Por eso, lo que les pasa a los personajes, relacionados con el sueño en cuestión, es excepcional y extraordinario.

En cuarto lugar, Flerinardo se acuerda del sueño enigmático que ha tenido cuando sucede parte de lo anunciado en el sueño ("mas pídoos que dexado esto aparte me digáys si tenés memoria del sueño que este día os manifesté, que cierto al presente se a cumplido"[177]).

En quinto y último lugar, los enigmas, presentados en el sueño de Flerinardo, permiten que los lectores u oyentes interpreten a su

[175] José María Díez Borque, *Los géneros dramáticos en el siglo XVI (El teatro hasta Lope de Vega)* (Madrid: Taurus, 1987), pág.67.

[176] *Comedia Selvagia*, V, 4.

[177] *Ibid.*, II, 3.

manera lo que significa realmente el sueño, sin hacer mucho caso de las interpretaciones que hacen los personajes, puesto que saben más los que leen u oyen que los que actúan.

2.6 Enredo

El sueño enigmático, de carácter profético, que tiene Flerinardo consiste en el preámbulo de todos los enredos que se desarrollan a lo largo de la *Comedia Selvagia*, tal como se ha visto anteriormente. Ya que ni los galanes son capaces de interpretarlo ni aparece una persona entendida para descifrarlo, los enredos ya anunciados en el sueño pueden ser guardados debidamente hasta el momento propicio en que se resuelven.

Se registran tres enredos en la *Comedia Selvagia*:

El primero: en torno a la identidad de la dama de Flerinardo. Cuando Rosiana realiza una de sus habituales visitas a su amiga Ysabela, es vista por casualidad por Flerinardo cuyo corazón es robado inmediatamente por la hermosa dama. Debido a las afirmaciones precipitadas de Selvago, Flerinardo tiene por cierto que la joven desconocida es Ysabela, que es hija única, puesto que la casa donde Flerinardo ha visto a su dama pertenece a Polibio, padre de Ysabela. Así que Selvago, al pasar por la casa de Ysabela y enamorarse enseguida de su joven dueña, se siente desesperado por las obligaciones que exige la amistad, pues no le parece bien quitarle la dama a su amigo. La enfermedad repentina de Selvago logra no sólo reunir a toda la familia – madre y hermana – sino también hacer acudir a su amigo Flerinardo. Al notar la presencia de Rosiana, hermana de Selvago, Flerinardo se da cuenta del error. Entonces se descubre la verdadera identidad de su dama.

El segundo: en torno a la reciprocidad de la pasión entre Selvago e Ysabela. Desde el instante de quedarse enamorado hasta el día de su boda Selvago jamás imagina que haya sido Ysabela la que le enamora a él y no al revés. Al principio, Dolosina, alcahueta contratada por Selvago, piensa lo mismo, y después, en cuanto se topa con Valera, ama de leche de Ysabela y encargada de enamorar a Selvago por la joven, se da cuenta de que no necesita seducir a Ysabela porque ya está enamorada del galán que requiere su servicio. Y, de este modo, desaparece la aparente dificultad que ambas alcahuetas creen que existe en sus trabajos, y de allí empiezan a unir sus fuerzas para sacar el máximo provecho de esos amores juveniles de Selvago e Ysabela.

El tercero: en torno a la genealogía de Flerinardo. Éste es un joven que ha venido de la Nueva España en busca de su familia. No consigue absolutamente nada hasta la llegada de su tutor Cratino, quien descubre a su amigo Polibio el verdadero nombre de Flerinardo devolviéndole así el hijo que cree haber perdido para siempre. De este modo, se completa la felicidad de Polibio y Senesta: por un lado, ya está casada la hija, su gran preocupación, y por otro lado, el hijo perdido ha regresado por fin a casa tras numerosas peripecias.

El enredo es un elemento que ya aparece en las comedias eruditas italianas y en ciertas obras italianizantes de Lope de Rueda. A pesar de que Alonso de Villegas no lo ha inventado, supone una novedad la introducción del enredo en el ciclo celestinesco. De hecho, antes de 1554, año en que Alonso de Villegas publica la *Comedia Selvagia*, a nadie se le ocurre combinar el enredo con la materia celestinesca. La verdad es que la intriga no sólo enriquece dicha materia, que ya se está agotando, sino que también anuncia uno de los recursos primordiales de las comedias de éxito de finales del siglo XVI y todo el siglo XVII, esto es, se trata de las comedias de capa y espada o de enredo. En otra ocasión se analizará este tema con más detenimiento.

2.7 Lenguaje

Sobre el lenguaje de la *Comedia Selvagia* Marcelino Menéndez Pelayo comenta así en sus *Orígenes de la novela*:

> En esto no cabe excusa, pero puede haberla en cuanto a la prosa, que si es enfática y amanerada en los trozos de aparato, como razonamientos y cartas, es viva, natural y sabrosa en la mayor parte del diálogo, sobre todo en boca de los personajes secundarios. Es cierto que hay páginas enteras donde un hipérbaton violento y risible, acompañado de estúpidos juegos de palabras y metáforas incoherentes, enmaraña la sintaxis de Alonso de Villegas y le hace en sus declamaciones digno émulo de Feliciano de Silva[178].

Mientras tanto, Julio Cejador y Frauca opina de la siguiente manera:

> Algo de pedantería en las citas y de énfasis en los trozos aparatosos se le coló al joven estudiante, ya de sus años, ya de los dechados que imitaba; pero los personajes secundarios siguen hablando el idioma castizo y rico del pueblo, fresco, gallardo y natural[179].

Doble estilo: culto y popular

La *Comedia Selvagia* no tipifica a los personajes mediante el lenguaje variado como la *Segunda Celestina*, ni vuelve al lenguaje no muy diferenciado para los personajes de diferentes clases sociales como el de *La Celestina*. La verdad es que el lenguaje que emplea se sitúa entre los dos; esto es, por una parte, los señores y las damas siempre lucen su erudición no sólo al escribir, sino también al hablar mientras que

[178] Marcelino Menéndez Pelayo, ob. cit., pág.154.

[179] Julio Cejador y Frauca, ob. cit., pág.297.

los rufianes y las rameras utilizan un lenguaje popular, o sea, vulgar, y por otra parte, algún criado (o criada) y la alcahueta Dolosina varían su lenguaje según con quien hablan: Carduel y Cecilia hablan entre sí tan cultamente como su amo (o ama), y Dolosina también deja su lenguaje habitual, mostrándose erudita, cuando seduce a Ysabela. En una palabra, conviven dos registros totalmente diferentes en la obra de Alonso de Villegas: culto y popular.

El estilo culto es rico en alusiones eruditas. Cuando Selvago y Flerinardo disputan sobre el amor, salpican constantemente ejemplos y sentencias mitológicas o bíblicas a lo largo de su extensa conversación. Las citas van desde la remota antigüedad hasta la historia reciente para Alonso de Villegas, tales como el cautiverio del rey francés Francisco I, debido a su derrota frente al emperador Carlos I de España (Carlos V de Alemania). Las figuras retóricas son preferidas por los personajes de la nobleza, sobre todo, para expresar sus sentimientos amorosos, por ejemplo, la *adnominatio*, la *gradatio*, la *repetitio*, la *conmutatio*, la *exclamatio*, la *contentio*, la *expolitio*, la *interpretatio*, la *comparatio* y el *exemplum*. Resulta muy significativo un pasaje extraído del largo monólogo de Flerinardo que se comentará en la nota 307 del presente libro, porque en pocas líneas se exhiben juntas cinco figuras retóricas.

Al lado del estilo culto, están presentes las diversas expresiones populares. Alguna que otra vez los personajes de la clase baja emplean también vocablos de la germanía como "gualtería" ('mancebía'), "cantusar" ('robar'), "feria" ('concierto'), "botica" ('burdel'), etc. Los cuentos o historietas les sirven, especialmente durante la comida, de entretenimiento. Aunque no hay más que cuatro cuentecillos en la obra de Alonso de Villegas, son todos sumamente humorísticos. Por ejemplo, con el cuento de un teniente que echa fiestas Risdeño se burla de la gran afición de Dolosina al vino; y con otro cuento, el de dos compañeros de viaje que comen juntos, Risdeño hace burla de otra afición de la vieja alcahueta: la charlatanería.

Refranes

La abundancia de los refranes, que introduce Fernando de Rojas en el ciclo celestinesco con *La Celestina*, constituye otra de las características estilísticas de la *Comedia Selvagia*.

Tal como define Julio Fernández – Sevilla, "el refrán es una acuñación lingüística memorizada como tal, y compartida por los hablantes de un grupo social o de una comunidad lingüística"[180]. "El usuario del refrán sabe que cuando lo aduce no está creando, sino que cita un texto revestido de autoridad"[181].

De hecho, los personajes de la *Comedia Selvagia*, cuando utilizan los refranes, los consideran como la autoridad. Por ejemplo, Velmonte emplea dos refranes ("qual por mí, tal por ti" y "la una mano lava la otra, y las dos al rostro"[182]) con la finalidad de convencer a Escalión para que lo acompañe a su cita con Alpina. Los dos refranes confirman y apoyan, de manera sintética, pero con eficacia, lo que Velmonte intenta demostrar a su compañero: todos han de ayudarse mutuamente si es preciso.

Aunque el uso de los refranes es frecuente en los personajes de la clase baja, no quiere decir esto que los de la alta sociedad se priven de él. Por ejemplo, cuando Ysabela, deprimida por la pasión, no quiere contradecir a su ama de leche con largos discursos respecto a su estado de ánimo, y se limita a decirle un refrán: "no es oro todo lo que reluze"[183].

[180] Julio Fernández – Sevilla, "Presentadores de refranes en el texto de *La Celestina*", *Serta Philologica F. Lázaro Carreter*, I (Madrid, 1983), pág.209.

[181] *Ibid.*, pág.210.

[182] *Comedia Selvagia*, I, 2.

[183] *Ibid.*, 4.

En relación con la calificación, "cara de oro", que le ha puesto Valera, el refrán utilizado por Ysabela cobra un significado más profundo: aparte del sentido literal, con dicho refrán Ysabela insinúa también que la expresión radiante de su cara no es lo que parece, debido a sus inaguantables sufrimientos, que intenta disimular lo mejor que puede.

En los refranes también se observa la geminación o la dualidad, igual que los personajes. He aquí unos ejemplos: "en salvo está el que repica"[184]; "lo que se ha de hazer tarde, que se haga temprano"[185]; "quien quita la causa, quita el pecado"[186]; "a pesar de gallegos"[187]; "la soga en la garganta"[188] y "la soga a la garganta"[189]; "hasta dó llega tu lança"[190] y "dó llega su lança"[191], etc.

Versos intercalados

Marcelino Menéndez Pelayo, igual que otros críticos, no aprueba los versos de Alonso de Villegas, intercalados en la *Comedia Selvagia*:

> Los versos que intercala en su comedia son pocos y malos. En esto tiene razón Gallardo. Sólo merece indulto de la condenación general un romance alegórico – amatorio a estilo de trovadores, con algunas reminiscencias de los viejos y populares[192].

El juicio de don Marcelino Menéndez Pelayo no es del todo cierto. La intercalación de unos pocos poemas en el ciclo celestinesco lleva

[184] *Ibid.*, IV, 1 y V, 1.
[185] *Ibid.*, IV, 2 y V, 3.
[186] *Ibid.*, III, 2 y V, 2.
[187] *Ibid.*, II, 1 y IV, 2.
[188] *Ibid.*, I, 1.
[189] *Ibid.*, III, 1.
[190] *Ibid.*, I, 3.
[191] *Ibid.*, V, 3.
[192] Marcelino Menéndez Pelayo, ob. cit., pág.157.

ya una trayectoria larga cuando llega a Alonso de Villegas. Por eso, la presencia de versos intercalados en la *Comedia Selvagia* no indica que sea original su autor, pues lo que hace es simplemente imitar uno de los recursos utilizados por sus antecesores. No obstante, sí es novedoso alegorizar uno de sus poemas intercalados, por medio del cual Selvago, el galán principal, describe, de manera oscura, la pérdida de su libertad debido al enamoramiento inesperado.

Los otros versos de la *Comedia Selvagia* también tienen sus méritos innegables. Por ejemplo, el poema "Ya mi gozo se ha gozado" está dotado de genialidad gracias al empleo de una serie de palabras derivadas del vocablo "gozar". Y, otro ejemplo, el poema "Ojos garços ha la niña" cuenta con un excelente desarrollo del motivo, anunciado en los dos primeros versos: una mujer puede enamorar a cualquier hombre con sus hermosos ojos. Aunque este poema está en deuda con la poesía popular y con la de Juan del Encina[193], no deja de ser por ello una buena versificación.

2.8 Fuentes

Obras dramáticas del ciclo celestinesco

Hasta aquí resulta fácil afirmar que al menos la *Comedia Selvagia* tiene como fuentes todas las demás obras del ciclo celestinesco que le anteceden.

Empezando por *La Celestina*, la obra de Fernando de Rojas sirve a Alonso de Villegas como una de las principales fuentes para la composición de su *Comedia Selvagia*. He aquí sólo unos ejemplos[194]:

---

[193] Margit Frenk, *Corpus de la antigua lírica popular hispánica (siglos XV a XVII)*, (Madrid: Castalia, 1987), págs.116–117.

[194] Como aquí sólo se limitan a mostrar que la *Comedia Selvagia* está en deuda con las obras precedentes, queda abierta una investigación exhaustiva sobre la influencia que éstas ejercen sobre la obra de Alonso de Villegas.

Calisto, cuando oye el ruido que se produce en la calle, creyendo que sus criados pueden sufrir algún daño, deja a Melibea para ayudarlos. Ocurre lo mismo con Velmonte, criado de Flerinardo y compañero de Escalión. Para no acudir solo a su cita con Alpina, Velmonte pide primero la compañía de Escalión, y luego, la de Risdeño, Carduel, Sagredo y Rubino. En cuanto Escalión le informa que sus otros acompañantes corren peligro, sin pensar, abandona los brazos de su amante a fin de socorrer a sus amigos. Para Alonso de Villegas, un señor tan egoísta como Calisto no es capaz de comportarse heroicamente con sus criados. Sin embargo, un criado, que piensa que la gente ha de prestarse ayuda mutuamente, sí está en condiciones de salvar a sus amigos, sobre todo, si éstos se hallan en peligro por él.

Calisto, por la promesa de la victoria que le hace Celestina, regala a ésta cien monedas de oro. Al callar el tipo de dichas monedas, Fernando de Rojas calla también la precisión geográfica de las acciones realizadas en *La Celestina*[195]. Ysabela regala la misma cantidad de oro a Valera como recompensa a su servicio. A lo largo de la *Comedia Selvagia*, ésta es la única ocasión en que Alonso de Villegas no precisa el nombre del dinero.

En cuanto Melibea, ya rendida totalmente a la pasión, oye el nombre de Calisto, pronunciado maliciosamente por Celestina, se cae desmayada, la cual asusta hasta a la experimentada alcahueta. Selvago también sufre un desmayo por haber oído un nombre. Sin embargo, no se trata del nombre mágico de su dama sino de su amigo Flerinardo. El traslado del nombre de la pareja al de un amigo evidencia la enorme sensibilidad y el gran sufrimiento de Selvago, ya que éste no sólo está atormentado por la pasión sino también por la imposibilidad de lograrla debido al obstáculo

[195] Fernando de Rojas, *La Celestina*, ed. Peter E. Russell (Madrid: Castalia, 1991), págs.40–41.

que supone su amigo Flerinardo.

Tanto en *La Celestina* como en la *Comedia Selvagia* la criada de confianza cuenta lo que ha oído entre puertas a su joven ama, pero la reacción de las dos heroínas es totalmente diferente: Melibea no se alegra por la oportunidad que sus padres piensan darle para que elija como marido a un hombre que le guste, debido a su rechazo del matrimonio, mientras que Ysabela considera como su gran consuelo la decisión que han tomado sus padres: casarla con Selvago, y dicho consuelo es tan grande que llega a evitar su suicidio tras haber perdido la virginidad, porque de la conversación de sus padres ha deducido que no tardará en casarse con Selvago.

Al enterarse de la intención de suicidarse de Melibea, Pleberio pretende persuadirla, pidiéndole su compasión, para que su hija abandone la idea, pero Melibea, desesperada, no considera los razonamientos de su padre y se precipita desde lo alto de la torre; Selvago habría perdido también voluntariamente su propia vida si no se hubiera descubierto a tiempo la verdadera identidad de la dama de Flerinardo, puesto que ni la madre ni la hermana ni el enano son capaces de convencerle para que siga viviendo.

En la obra rojana Pármeno no habría conocido realmente la maldad de su madre Claudina y el castigo público que ha recibido por ello, si Celestina no le hubiera contado la verdad para destruirle su orgullo y su dignidad. En la comedia de Alonso de Villegas Dolosina también rectifica la falsa información que Sagredo y Rubino tienen sobre la muerte de sus respectivas madres. Pero la alcahueta de la *Comedia Selvagia* no se muestra conocedora de más historias del pasado, relacionadas con sus padres, ni amiga de ellos con la misma intencionalidad que la alcahueta barbuda rojana, porque lo hace simplemente para captar la simpatía y la confianza de los dos nuevos clientes.

Tras muchos esfuerzos, Celestina consigue por fin corromper a Pármeno. Lo que hace enseguida es poner paz entre Sempronio y Pármeno. Jamás puede imaginar que la amistad en cuestión entre los dos criados de Calisto, además de facilitar sus negocios tal como se propone, llegue a ser la fuerza mortal que le quita posteriormente la vida. En la *Comedia Selvagia* son los amos los que hacen amigos a los criados, que son Risdeño y Escalión, para ser exacto. Lo que pretenden Selvago y Flerinardo es contar con la ayuda de Risdeño que se ofrece a llevar mensajes de Flerinardo a su presunta dama, pues el enano ha puesto una condición, esto es, que Escalión reciba el castigo por las ofensas que le ha hecho. Teniendo en cuenta que la discordia entre Risdeño y Escalión puede obstaculizar las conquistas amorosas de Flerinardo, éste y su amigo Selvago deciden poner fin a esta relación de enemistad entre sus respectivos criados. Como la amistad entre Risdeño y Escalión no se funda sobre la promesa de compartir las ganancias sacadas de su amo con la alcahueta como la de Celestina, la unión de los dos criados de la *Comedia Selvagia* tampoco está dotada de un carácter destructivo como la de Sempronio y Pármeno: decepcionados por la codicia y por el engaño de Celestina, matan a la alcahueta que se niega a cumplir su promesa. La verdad es que formalmente Risdeño y Escalión ya son amigos, pero el enano no deja por eso sus habituales burlas acerca de la cobardía de su amigo fanfarrón.

Después de haberse resistido un rato, Areúsa decide aceptar a Pármeno como su nuevo amante, porque dice a Celestina: "Que más quiero tener a ti contenta, que no a mí; antes me quebraré un ojo que enojarte"[196]. Este dominio que tiene la alcahueta sobre esta prostituta se

[196] *Ibid.*, pág.381.

refleja también en un episodio de la *Comedia Selvagia*, en el cual Lelia, una de las rameras de Dolosina, entrega la sortija que ha ganado con su trabajo a la vieja alcahueta porque tampoco quiere enojarla, aunque se ve obligada a resignarse por la pérdida de la recompensa a su trabajo, es decir, la sortija. La resignación de Lelia es más sincera que la de Areúsa, puesto que ella vive bajo el techo de Dolosina, y por lo tanto, ha de obedecerle sea lo que sea; y, en cambio, Areúsa no tiene por qué hacerse amante de Pármeno si no quiere, ya que tiene mayor independencia que Lelia por poseer su propia residencia.

Hasta aquí se puede afirmar que Marcelino Menéndez Pelayo tenía razón cuando señaló que *La Celestina* era la fuente primordial de la *Comedia Selvagia*. No obstante, cometió un error al emplear el término "copia" en vez de "imitación"[197].

Aunque Alonso de Villegas admira mucho a Feliciano de Silva, no imita más la *Segunda Celestina* que la *Celestina* primitiva, tal como opinan los editores del siglo XIX de la *Comedia Selvagia*[198]. Sin embargo, aun así, no resulta nada difícil encontrar algunos ejemplos.

Pandulfo, por orden de Felides, intenta enamorar a Quincia, doncella de Paltrana, para poder llevar mensajes a su hija Polandria a través de Quincia. Uno de los recursos que utiliza reside en dar música a Quincia. Entonces pide a sus compañeros que lo acompañen. Con la llegada de un alguacil, huye a todo correr. Escalión también va a dar música a una criada, pero ni él lo hace por voluntad ni ella es su amante. Lo que pasa es que su compañero Velmonte ha recurrido a él para que le acompañe a una cita con su amante. Ya que no puede librarse del compromiso, Escalión propone a Velmonte reunir a más gente para dar música a su amante. La

[197] Marcelino Menéndez Pelayo, ob. cit., pág.151.

[198] Alonso de Villegas Selvago, *Comedia Selvagia*, ed. cit., págs.VI–VII.

aparición de cierto alguacil asusta a Escalión y éste se pone a huir como Pandulfo.

Igual que Pandulfo, Escalión es un criado – rufián. Es decir, no sólo sirve a un señor como criado, sino que también pide dinero regularmente a cierta prostituta que le paga a cambio de su protección. La infracción de la regla por parte de la ramera provoca la riña entre el rufián y su puta.

Poncia, criada de confianza de Polandria, y Cecilia, criada de confianza de Ysabela, comparten la misma actitud respecto a su ama; ambas se preocupan mucho por la honra de su ama. Poncia aconseja a Polandria unirse a Felides mediante el matrimonio secreto, y con el previo consentimiento de su ama, la desposa con Felides antes de que Polandria se entregue a su galán. Al contrario que Poncia, Cecilia no planea de antemano el desposorio clandestino de su ama con Selvago. Lo improvisa por las circunstancias: es evidente que Ysabela no podrá resistir su propia pasión y la de su galán según los indicios de unos comportamientos descontrolados y exhibidos durante la cita nocturna.

Sigeril se queja de no poder conquistar a Poncia debido a su pobreza. Felides se compadece de él y le otorga suficiente dinero para que su criado esté en condiciones de casarse con su amada. Risdeño también pide regalos a sus amos a fin de contraer matrimonio, pese a que todavía no sabe con quién se va a casar. Y, como es de esperar, cada uno de sus amos le hace su regalo por separado.

La *Tercera Celestina* de Gaspar Gómez de Toledo es otra fuente de la *Comedia Selvagia* a pesar de ser poco imitada por Alonso de Villegas:

Pandulfo riñe con Quincia porque ésta se niega a darle la faldilla que le ha pedido. Se presenta un rufián llamado Rodancho quien reconcilia a los dos amantes. En la obra de Alonso de Villegas Escalión deja de pelearse con Lesvia también debido a la intervención de un rufián. Pero éste no es un rufián cualquiera, sino el marido de la alcahueta Dolosina.

La Paltrana de la *Tercera Celestina* tiene miedo de perder un buen marido para su hija Polandria, creyendo que Felides se va a casar con otra mujer, según las informaciones que le ha dado Celestina, y ruega que su hermano Dardano hable con Felides sobre su enlace con Polandria. Ante el mediador, Felides finge ignorar la voluntad de Polandria y sugiere que Dardano hable primero con su sobrina Polandria. Polibio siente el mismo temor que Paltrana, porque el desposorio de Flerinardo le hace ver que Selvago, el otro candidato para su hija Ysabela además de Flerinardo, podrá casarse de un momento a otro. Para agarrar bien una buena oportunidad como tal, Polibio decide plantear el matrimonio de Ysabela con Selvago, encargando también a un pariente suyo – su primo – de desempeñar el papel de mediador. Selvago, desconfiando la buena intención de Polibio, se limita a decir que hablará con su madre. Cuando Ysabela le certifica la veracidad de la intención de Polibio, Selvago manifiesta al mediador su acuerdo respecto a su casamiento con Ysabela. Como se ve fácilmente, la preocupación de Paltrana nace del engaño de Celestina, mientras que la de Polibio, de sus cuidadosas observaciones.

La *Tragedia Policiana* de Sebastián Fernández constituye un modelo primordial para la *Comedia Selvagia* junto con *La Celestina*. La verdad es que se pueden hallar muchos ejemplos para demostrarlo:

Sebastián Fernández y Alonso de Villegas coinciden en dotar a sus respectivas alcahuetas de un pasado públicamente ligado a la familia de las protagonistas: por un lado, Claudina ha sido criada de la casa de Philomena, y por otro lado, Valera ha sido el ama de leche de Ysabela; aparte de esto, tanto en la *Tragedia Policiana* como en la *Comedia Selvagia*, se menciona que el padre de la heroína tiene un hermano, pues Theophilón y Teodosio son hermanos, mientras que lo son también

Polibio y Sergio.

En la *Tragedia Policiana*, antes de encargar a su paje Silvanico de llevar su carta a Philomena, Policiano le pregunta si conoce la casa de ésta. De allí se ve la poca confianza que Policiano tiene en la información que le ha dado Solino con respecto a la relación amorosa entre Silvanico y Dorotea, criada de Philomena. En la obra de Alonso de Villegas, Selvago formula la misma pregunta a su paje Carduel, pues de verdad a él le preocupa si Carduel sabe dónde está la casa de Ysabela, ya que lo quiere mandar ir allí como vanguardia a fin de preparar con su música un ambiente apropiado para su cita amorosa con Ysabela.

Sebastián Fernández hace que Silvanico, criado de Policiano, mantenga una relación sentimental con la criada de Philomena llamada Dorotea. Ocurre lo mismo en la *Comedia Selvagia* en que Carduel, pajecito de Selvago, es el amado de Cecilia, criada de Ysabela. Además de esto, los dos pajes son muy jóvenes y saben cantar versos de amor. Lo que pasa es que las dos parejas adoptan actitudes distintas sobre la pasión: Silvanico no está muy seguro del amor que tiene Dorotea por él, y por lo tanto, expresa sus sentimientos formalmente a través de la alcahueta Claudina; en cambio, Cecilia, muy confiada en el amor mutuo y recíproco entre ella y Carduel, rechaza la ayuda de Valera, la cual resulta ser una estafa más de la codiciosa ama de leche de Ysabela. Es curioso que tanto Claudina como Valera pidan a sus respectivas víctimas para un conjuro una serie de cosas que suenan más a abastecimiento de comida para las alcahuetas que remedios para los amores, tal como manifiesta la perspicaz Cecilia. Silvanico también es consciente del engaño, aunque al fin y al cabo se deja llevar por la astuta vieja.

La *Tragicomedia de Lisandro y Roselia* es una obra rebosante de citas cultas. Sin duda, ha servido al autor de la *Comedia Selvagia*, entre otras cosas, para la elaboración de discursos, donde se recogen alusiones eruditas como historias y sentencias. Es obvio que el parlamento de Selvago en contra del amor está en deuda con el planto extenso de Eubulo, pues se hallan en el discurso de Eubulo casi todos los ejemplos utilizados por Selvago. La presencia de algunas citas poco habituales – por ejemplo, Hemón se enamora de su propia hija; Estello se siente atraído por una yegua; y, Aristo está loco por una asna – confirma todavía más la relación directa entre la obra de Sancho de Muñón y la de Alonso de Villegas.

Obras dramáticas fuera del ciclo celestinesco

Según José Luis Canet Vallés[199], en la primera mitad del siglo XVI la comedia erudita italiana disfrutaba de mucho éxito, sobre todo, en las cortes y las academias literarias. Julio Alonso Asenjo, a su vez, manifiesta la siguiente sobre las tendencias nuevas de la literatura española:

> Parece como si hacia los años cuarenta del siglo XVI se hubiera logrado la fusión de varias prácticas teatrales: la de la comedia humanística, encabezada por *Celestina*; el caudal de la primitiva farsa hispánica y el de la comedia erudita italiana, representada fundamentalmente ésta última por *Nigromante*.
>
> Las dos corrientes eruditas se dan la mano, por ejemplo, en la *Comedia Selvagia*, cuya hechicera, educada por un gran nigromante en París, es también nigromantesa. En realidad, esta fusión de elementos de dos tradiciones teatrales en el nivel de los personajes se da también en otros elementos estructurales de la obra[200].

[199] José Luis Canet Vallés, "Algunas puntuaciones sobre los orígenes del teatro popular en España: el caso de Lope de Rueda", *Comedias y comediantes*, ed. cit., págs.79–90, en especial, págs.86–87.

[200] Julio Alonso Asenjo, "El nigromante en el teatro prelopista", *Comedias y comediantes*, ed. cit., págs.98–99.

Según los testimonios de Miguel Ángel Pérez Priego, se intensificaron las relaciones entre España e Italia en la segunda mitad del siglo XVI[201]. "La difusión de las novedades técnicas y literarias de la 'comedia erudita' sigue en España, gracias a los profesores de retórica"[202].

Desde luego, la fusión de la hechicería o la brujería con la nigromancia sólo indica uno de los aspectos en que se halla la influencia de la comedia erudita italiana. De hecho, en la *Comedia Selvagia* se registran más huellas suyas: las vicisitudes de dos hermanos; la pérdida de un hijo y su recuperación mediante la anagnórisis, lo cual ya se encuentra en el teatro de Terencio[203] y en los libros de caballerías[204]; y, finalmente, una serie de enredos que se van deshaciendo a lo largo de la obra.

Lope de Rueda es un escritor italianizante. Ningún crítico se opone a ella. Aparte de sus editores, Othón Arróniz es un estudioso que se ocupa de su deuda con el teatro italiano. En su obra – *La influencia italiana en el nacimiento de la comedia española* – se analizan detenidamente las imitaciones italianizantes que Lope de Rueda ha realizado al componer sus propias comedias[205].

Aunque es póstuma la publicación de las obras teatrales de Lope de Rueda y no ve la luz hasta el año 1567 gracias al interés de Juan de Timoneda, el escritor sevillano, o mejor dicho, el actor sevillano pudo haber ejercido su influencia sobre el joven Alonso de Villegas, que se pudo encontrar entre los espectadores de sus comedias. Según los datos

[201] Miguel Ángel Pérez Priego, *Teatro renacentista* (Barcelona: Clásicos Plaza & Janés, 1987), pág.52.

[202] Othón Arróniz, *La influencia italiana en el nacimiento de la comedia española* (Madrid: Gredos, 1969), pág.54.

[203] Bartolomé Torres Naharro, *Teatro Selecto de Torres Naharro. Comedia Soldadesca. Comedia Ymenea. Comedia Jacinta. Comedia Calamita. Comedia Aquilana*, ed. Humberto López Morales (Madrid: Escelicer, 1970), pág.37 y pág.42.

[204] Garci Rodríguez de Montalvo, *Amadís de Gaula*, ed. cit., pág.143.

[205] Othón Arróniz, ob. cit., págs.73–134.

ofrecidos por Fernando González Ollé[206], antes del año 1552 Lope ya había actuado con su compañía en Toledo, tierra natal del autor de la *Comedia Selvagia.*

Entre las comedias de Lope de Rueda existen dos obras, *Los engañados* y *Medora*, en que aparecen dos hermanos – un hombre y una mujer – como galán y dama, y el varón, perdido siendo niño, regresa a su ciudad natal y termina por encontrar a sus verdaderos padres. De la comedia *Medora* Alonso de Villegas puede haber cogido el motivo de las intrigas desarrolladas alrededor de dos hermanos, las cuales se acaban con la anagnórisis de uno de ellos, perdido cuando es un niño todavía. Sin embargo, no se limita a ello la influencia de *Los engañados* sobre la *Comedia Selvagia.*

Fabricio y Lelia son hermanos e hijos de Virginio. El chico se pierde durante una guerra, y luego, es recogido por un hombre bondadoso quien le nombra su heredero al morir. Más tarde, regresa a su tierra con la intención de localizar a su familia. Debido a la semejanza entre los dos hermanos por ser gemelos, la presencia de Fabricio complica la aventura amorosa de su desconocida hermana Lelia, que anda, disfrazada de paje, detrás de Lauro para recuperar su amor perdido. Los enredos se van esfumando uno por uno en medio de los vaivenes de los personajes, y la emoción culmina con el descubrimiento de la verdadera identidad de Fabricio, efectuado gracias al ayo de éste que conoce el pasado de su joven amo, y la doble boda de los dos hermanos. Sucede algo parecido en la *Comedia Selvagia*: Flerinardo e Ysabela son hermanos e hijos de Polibio y Sencsta. Flerinardo, adoptado por el hermano de Polibio, pierde el contacto con su verdadera familia debido a la rebelión ocurrida en

[206] Lope de Rueda, Eufemia y Armelina, ed. Fernando González Ollé (Madrid: Anaya, 1967), pág.12.

su nueva patria. Después de la muerte de su primer padre adoptivo, es adoptado otra vez como hijo, y hereda la fortuna de su segundo padre adoptivo cuando éste fallece. Toma el camino de regreso a su tierra natal para reunirse con su familia. Por un descuido confunde la identidad de su dama y se nombra, durante algún tiempo, galán de su desconocida hermana. La llegada de su tutor Cratino juega un papel definitivo, ya que él reconoce al padre de Flerinardo y así logra devolver a Polibio su hijo perdido.

Comparando el argumento de *Los engañados* y el de la *Comedia Selvagia*, enseguida se puede descubrir la gran similitud que hay entre ambas comedias: la pérdida de un hijo (o hermano) debido a una guerra, el regreso de éste a su tierra tras haber heredado toda la riqueza de su padre adoptivo, la confusión producida en torno a la identidad de su propia hermana, la iniciativa tomada por ésta para lograr su felicidad personal, la anagnórisis del forastero realizada por las declaraciones de un hombre viejo que se encarga del cuidado del joven y las bodas celebradas al mismo tiempo de los dos hermanos.

Las dos diferencias importantes que distancian *Los engañados* de la *Comedia Selvagia* residen en que las intrigas, empleadas por Alonso de Villegas, no se basan en la semejanza de los dos hermanos, como las utilizadas por Lope de Rueda, y la boda doble de los hermanos, presente al final de *Los engañados*, es idealizada mediante la simetría en la *Comedia Selvagia*, pues ya no se trata simplemente de las bodas de dos hermanos con sus respectivas parejas, sino con un galán y una dama que a su vez son hermanos entre sí. Esto es, Selvago se casa con Ysabela y Flerinardo, con Rosiana; y, Selvago es hermano de Rosiana y Flerinardo lo es de Ysabela. Esta idealización del amor entre dos hermanos y dos hermanas posiblemente la ha recogido Alonso de Villegas de su propia cosecha, aunque el paralelismo de dos familias con la dualidad de los hijos no lo ha inventado el autor de la *Comedia Selvagia*, porque ya está perfilado en *Gl Inganni* de Secchi (1547)[207], aunque no es simétrico el enlazamiento del amor entre los dos hermanos y las dos hermanas como lo es el de la *Comedia Selvagia*.

La *Comedia Thebaida*, obra que ha influido en el ciclo celestinesco para críticos como María Rosa Lida de Malkiel[208], también ha dejado ciertas huellas suyas en la obra de Alonso de Villegas, en especial, sus burlas con respecto a las referencias al tiempo por medio de alusiones astrológicas. En efecto, el autor de la *Comedia Thebaida* hace que Galterio, hábil en las alusiones mitológicas al anunciar la hora, llame la atención de Cantaflúa, quien lo manda presentarse solamente para divertirse a base de dichas alusiones, que suenan bastante risibles y descabelladas. Aminthas también sabe manejar perífrasis astrológicas para hacer reír a los que le rodean. La abundancia de estas citas, de carácter burlesco, tiene su reflejo en un diálogo entre Selvago y Risdeño, en el cual el enano informa a su señor de la hora por medio de términos astrológicos que desconciertan y, a la vez, entretienen a Selvago.

Obras no dramáticas

Del *Amadís de Gaula* el autor de la *Comedia Selvagia* puede haber extraído la figura del enano, un hombrecito servicial que se dedica a llevar mensajes y a hacer reír a la gente. Desde luego, el enano Risdeño cuenta con características diferentes de las del enano Ardián, tal como se ha visto anteriormente, a pesar de compartir la misma estatura y la misma profesión. Esto se debe a que el autor de *Amadís de Gaula* y el de la *Comedia Selvagia* tienen misiones distintas para sus respectivos

[207] Othón Arróniz, ob. cit., pág.148.

[208] María Rosa Lida de Malkiel, ob. cit.

enanos: Ardián sirve para adornar el mundo fantástico de los héroes de los libros caballerescos, en el que abundan personajes imaginarios – gigantes, enanos, monstruos, etc. – y para destacar el heroísmo de los caballeros leales, sea como vasallos sea como enamorados – por ejemplo, la ignorancia de Ardián sobre la pasión que tiene Amadís por Oriana hace que el enano dé una falsa información a ésta, cuyos celos empeoran la relación entre el héroe y su amada, haciéndole a aquél retirarse de sus actividades habituales y heroicas, y la superación de estas angustias puede enfatizar las virtudes del héroe. Sin embargo, Risdeño tiene otra misión que cumplir, esto es, suavizar la tensión creada por las peripecias de los galanes y sus respectivas damas a través de sus actuaciones cómicas. En otras palabras, lo que le interesa a Alonso de Villegas es hacer hincapié de la comicidad del personaje del enano.

Puede que la versificación de aquel poema alegórico que recita Selvago en la *Comedia Selvagia* se haya inspirado en la *Cárcel de amor* de Diego de San Pedro. Las figuras alegóricas como Cuidado, Pensamientos y Prisión de Amor recuerdan a las imágenes de alegoría que forman parte de la cárcel de amor en la que esta metido Leriano. Además, el simbolismo que dan a los colores muchos autores de las novelas sentimentales, como Diego de San Pedro, y de otras *Celestinas*, como Feliciano de Silva y Gaspar Gómez de Toledo, también se refleja en la *Comedia Selvagia* donde los galanes eligen cuidadosamente su vestimenta de colores aptos para manifestar determinados sentimientos en diversas ocasiones.

Además de la *Cárcel de amor*, el *Decamerón* de Boccaccio constituye otra fuente que utiliza Alonso de Villegas al componer su poema alegórico. En concreto, el cuento relatado por Pánfilo puede ser el modelo de dicho poema. En este cuento se narran dos sueños y la historia que se asoma en uno de ellos se parece muchísimo a la que representa el poema alegórico de Selvago, es decir, en ambos pasajes aparece el motivo de la persecución de una cierva preciosa realizada por un joven[209].

Según declara el mismo Alonso de Villegas en la *Comedia Selvagia*, Boccaccio, junto con Valerio Máximo, le ha servido de inspiración para la redacción de la historia de Candaulos. De hecho, en el *Decamerón* Pánfilo narra un cuento en que un príncipe, por jactarse ante un amigo suyo de tener en su posesión a la hermosa Alatiel, no sólo pierde a su nueva adquisición, sino también su propia vida; y, en los *Hechos y dichos*... de Valerio Máximo, se relata que el rey Caudaulo, orgulloso de la belleza de su esposa, se la muestra desnuda a su compañero Giges quien llega a matar al rey por codiciar a la reina y su reino[210].

Aparte de Boccaccio y Valerio Máximo, el autor de la *Comedia Selvagia* : conoce también que Ovidio y Pedro Mexía le han proporcionado valiosos datos para elaborar el discurso de Selvago sobre el amor. Aquí Alonso de Villegas se refiere a los *Remedios del amor* de Ovidio y la *Silva de varia lección* de Pedro Mexía[211]. Aunque no apunta explícitamente Alonso de Villegas, el *Arte de amar* de Ovidio es otro libro de consulta para el autor de la *Comedia Selvagia*. Por ejemplo, el hecho de que Selvago considere que Ovidio es maestro de los enamorados Flerinardo se vincula a la autodenominación de Ovidio como tal en su *Arte de amar*[212]; y, el hecho de que Risdeño no sólo compare a su señor Selvago con Orfeo, sino que también con Arión y Anfión al elogiar su habilidad artística indica que otra vez la *Comedia Selvagia* se ha

[209] *Comedia Selvagia*, III, 1, n.847.

[210] *Ibid*., I, 1, n.413, y n.415.

[211] *Ibid*., n.385, n.386, n.388, n.389 n.390, n.391, n.392, n.393, n.395, n.398, n.399 y n.402.

[212] *Ibid*., n.384.

alimentado del *Arte de amar* de Ovidio[213].

La poesía de Juan del Encina sirve a Alonso de Villegas para la elaboración de uno de sus poemas intercalados cuyo título es "Ojos garços ha la niña". El villancico de Juan del Encina y el poema de Alonso de Villegas empiezan con el mismo estribillo: "Ojos garços ha la niña, / ¿quién se los enamoraría?". En cuanto a la glosa de dicho estribillo, como es de imaginar, cuenta con procedimientos diferentes. La verdad es que el estribillo en cuestión no tiene su raíz en Juan del Encina, sino en la poesía folklórica[214].

Por último, los refraneros y los libros de sentencias, tales como el *Libro de refranes compilado por el orden de A. B. C.* (Zaragoza, 1549) de Pedro Vallès y la *Primera parte de las sentencias...* (Toledo, 1554), abundantes en aquella época, indudablemente han sido utilizados por Alonso de Villegas para sus citas, sea de carácter popular, sea de carácter erudito. Además de ello, la *Odisea* de Homero, la *Eneida* de Virgilio y las *Metamorfosis* de Ovidio, junto con otros autores greco–romanos de la antigüedad (Platón, Séneca, Petrarca, etc.), también son citados de alguna manera u otra – probablemente a través de florilegios – por el autor de la *Comedia Selvagia.*

2.9 Influencias

Hasta la actualidad la crítica ha dejado bastante arrinconada la *Comedia Selvagia* de Alonso de Villegas. Salvo algún interés dirigido a ella por ser una de las continuaciones de *La Celestina*, los estudiosos normalmente se limitan a citarla como una obra prelopista. Quizás sea Marcelino Menéndez Pelayo quien se ha detenido más en este asunto al

[213] *Ibid.*, III, 1, n.834.

[214] *Ibid.*, I, 2, n.490.

valorar la obra de Alonso de Villegas en sus *Orígenes de la novela*:

> Alonso de Villegas imaginó una fábula propia del teatro, la dió ingenioso principio e inopinado desenlace, la exornó con agradables peripecias y en desarrollar su plan se mostró más hábil que sus contemporáneos Sepúlveda, Lope de Rueda, Timoneda y los demás autores de comedias en prosa influídas por el arte italiano. Puede decirse que adivinó mejor que ninguno de ellos lo que había de ser la futura comedia de capa y espada...
>
> Tenemos aquí, como se ve, los principales incidentes de una comedia de amor e intriga del siglo XVII, que si por la crudeza de algún detalle no cuadraría bien a la severa musa de Calderón, pudiera figurar sin violencia en el repertorio de Tirso de Molina, donde abundan los desposorios clandestinos y los matrimonios consumados entre bastidores. Dos parejas enamoradas, confusión de una dama con otras, galantes coloquios por la ventana, historias novelescas de hijos perdidos y encontrados, intervención de personas que han estado en el Nuevo Mundo[215].

Pese a lo cuestionable que es el criterio de Marcelino Menéndez Pelayo, no deja por ello de ser sugestivo. La verdad es que Alonso de Villegas era un fruto más de la segunda mitad del siglo XVI cuando los escritores, después de tantos tanteos, de tanta experimentación y de tanta búsqueda, dieron con la comedia erudita italiana, y de allí, crearon sus propias obras teatrales italianizantes. El autor de la *Comedia Selvagia* formaba parte del corpus de escritores italianizantes de España – Lope de Rueda, Torres Naharro, Juan de Timoneda, etc. – que incluía no sólo a

[215] Marcelino Menéndez Pelayo, ob. cit., págs.149–151.

escritores contemporáneos suyos, sino también a los del siglo siguiente, sobre todo, en la creación de las comedias de capa y espada o de enredo, que resultaron ser la consecuencia de unas situaciones económicas, sociales y literarias nuevas. Un público variado y nuevo constituía su máxima representación, y fue quien determinaba el nuevo género literario[216].

Juan María Marín define así la comedia nueva lopesca:

> Se debe este nombre a la comedia de asunto contemporáneo debido a que para su representación no se precisaba más que ese vestuario. Modernamente se la llama también comedia de enredo y de intriga por el tipo habitual de acción que desarrolla[217].

Francisco Ruiz Ramón ofrece otra definición de la comedia de capa y espada:

> ... la pieza de intriga donde ocurren incontables lances, se suceden las más equívocas situaciones, se manejan similares conceptos sobre el amor, el honor y la sociedad, se utiliza la palabra como instrumento lírico tanto como dramático, se anuda y desanuda con gran habilidad el enredo y se llega al mismo, o semejante, final feliz, alegre y despreocupado[218].

E. M. Wilson y D. Moir citan así la definición de Francisco Bances Candamo:

---

[216] José María Díez Borque, *Sociedad y teatro en la España de Lope de Vega* (Barcelona: Bosch, 1978), pág.139; y, Lope de Vega, *Arte nuevo de hacer comedias. La discreta enamorada*, ed. cit., págs.11-19, en especial, pág.12.

[217] Juan María Marín, *La revolución teatral del Barroco* (Madrid: Anaya, 1990), Glosario.

[218] Francisco Ruiz Ramón, *Historia del Teatro Español (Desde sus orígenes hasta 1900)* (Madrid: Cátedra, 1988), pág.256.

> Las [comedias] de capa y espada son aquéllas cuyos personajes son sólo caballeros particulares... y los lances se reducen a duelos, a celos, a esconderse el galán, a taparse la dama, y, en fin, a aquellos sucesos más caseros de un galanteo[219].

No obstante, parece más convicente la definición de María Teresa Cattaneo:

> ... los límites de una comedia de enredo, donde la contraposición de los términos "verdadero" y "fingido" constituye el eje de un *plot* amoroso, desencadenando un torbellino de acontecimientos maliciosos y desconcertantes[220].

En la *Comedia Selvagia* se puede encontrar casi todos estos elementos excepto las intrigas o enredos producidos intencionadamente por ciertos personajes, sobre todo, los femeninos, pues en la obra de Alonso de Villegas el suspense no es preparado especialmente por nadie.

Inmediatamente se verán unos ejemplos de la influencia directa que la *Comedia Selvagia* podría haber ejercido sobre el teatro español de los siglos XVI y XVII, aunque sería más apropiado usar el término "semejanza", en lugar de "influencia", dado que la obra de Alonso de Villegas no se ha publicado más que dos veces desde su primera aparición en 1554.

Una de las tres comedias, publicadas en Valencia en 1559 por Juan de Timoneda, concretamente, la *Comedia Cornelia*[221], está muy ligada

[219] E. M. Wilson y D. Moir, *Historia de la literatura española*, 3 (Barcelona: Ariel, 1974), pág.93.

[220] María Teresa Cattaneo, "El desenlace imperfecto. En torno a *La ocasión perdida* de Lope de Vega", *Comedia y comediantes* (Valencia: Colleccio Oberta, 1991), pág.111.

[221] Rinaldo Froldi, a la hora de hablar sobre el ambiente literario de Valencia prelopesco en su *Lope de Vega y la formación de la comedia* (Madrid: Anaya, 1973), menciona la citada obra de Juan de Timoneda como la *Comedia Carmelia* (pág.74). La verdad es que tiene razón porque la protagonista de la obra en cuestión se

a la *Comedia Selvagia* de Alonso de Villegas. Comparando un poco el argumento de las dos obras, resulta fácil darse cuenta de su semejanza.

El argumento principal de la *Comedia Cornelia* es el siguiente: Lupercio, un viudo de Sicilia, tiene un hijo y una hija, y a la vez, un hermano en Valencia. Por los ruegos del hermano, Lupercio le envía la hija para que sea su heredera a pesar de su corta edad. Su hermano se muere cuando se entera de la captura de la niña por los moros. Por casualidad, Lupercio y su hijo Fulvio se trasladan a Valencia, y se instalan justamente al lado de la casa provisional de Cornelia y su ama, disfrazada de hombre. Lupercio quiere casar a su hijo con Cornelia, creyendo que ésta es la hija de Polianteo, para solucionar de una vez por todas las aventuras amorosas de su hijo con la mujer de su criado Cornalla. Según las instrucciones de su amante, Fulvio se finge enfermo a fin de retrasar el casamiento. Entonces todos recurren a un nigromante con la finalidad de arreglar sus problemas: Lupercio lo busca para que cure la enfermedad de Fulvio y para que encuentre a su hija perdida; Fulvio lo busca para que el supuesto nigromante no lo cure; y, finalmente, lo busca Taucio, hijo del ama de Cornelia y recién llegado a Valencia, para que localice a Cornelia con quien se ha casado en secreto. El nigromante, que en realidad no sabe nada de nigromancia, reúne todas las informaciones que le dan sus clientes por separado, y resuelve felizmente todos los problemas: devuelve a Taucio su madre, vestida de hombre, y su esposa Cornelia; hace que Lupercio recupere a su hija perdida Cornelia produciendo el reconocimiento de la verdadera identidad de la hija del vecino Polianteo; y, siendo hermano de Cornelia, Fulvio logra impedir el casamiento no

llama Carmelia y no Cornelia pese a que este nombre se asoma unas cuantas veces en las alusiones de algún personaje, además de coincidirse con el título de la comedia. La falta de coherencia, presente en el nombre de dicha dama, hace pensar un descuido de su autor por escribir de prisa la mencionada obra. E. M. Wilson y D. Moir la llaman simplemente "*Cornelia* (o *Carmelia*)" (ob. cit., pág.56).

deseado.

Dado que el argumento de la *Comedia Selvagia* ya está exhibido detalladamente al comienzo de la misma obra, aquí se lo expone desde otra perspectiva con el objeto de destacar los pasajes parecidos a la *Comedia Cornelia*: Polibio tiene un hijo y una hija. Su hermano, que está en la Nueva España, adopta al hijo de Polibio, siendo niño todavía, para que sea su único heredero. Fallece el hermano y se pierden las noticias del hijo. Cierto día, el hijo regresa a su tierra natal con el nombre de Flerinardo en busca de su familia. Se hace amigo de Selvago y se enamora de su hermana Rosiana. Pero, debido a un descuido, confunde la identidad de su dama con la de su propia hermana Ysabela dejando sin querer en agonía a su amigo, quien se queda enamorado de Ysabela al verla y se desespera pensando que es la dama de Flerinardo. Después de haber aclarado la verdadera identidad de su dama, Flerinardo aconseja a Selvago conquistar el amor de Ysabela mediante la alcahueta Dolosina. Resulta que Ysabela, enamorada ya de Selvago, recurre a su ama de leche Valera para que le ayude a remediar sus amores. Como Dolosina y Valera son amigas, se intercambian las informaciones y, juntas, dan solución a sus clientes, esto es, uniendo en amores a Selvago y a Ysabela. La llegada del tutor de Flerinardo hace posible la anagnórisis de este joven y, como consecuencia, Polibio recupera a su hijo perdido.

En resumen, en ambas obras el padre tiene dos hijos de diferente sexo, y pierde a uno de ellos por la adopción de su hermano que se encuentra en otro sitio. La muerte del hermano conlleva la pérdida de noticias sobre el hijo que ha sido llevado lejos siendo niño. La confusión de una dama con otra lleva a éste al borde de una relación incestuosa con su propia hermana. Al final, se produce el descubrimiento de la verdadera identidad del hijo desaparecido.

La *Comedia de Sepúlveda* es otra obra que está en deuda con la *Comedia Selvagia*. Gracias al valioso estudio de Julio Alonso Asenjo[222], fechando la obra del supuesto Lorenzo de Sepúlveda entre 1565 y 1566, no sólo se demuestra la posterioridad de esta comedia respecto a la de Alonso de Villegas, sino que también se rechaza la sospecha de Othón Arróniz quien ya ha manifestado sus dudas en torno a la influencia que *Gl Inganni*, de Secchi podría ejercer sobre la *Comedia de Sepúlveda*, puesto que estas dos obras llevan el año de 1547 como fecha de publicación[223].

Antes de señalar los rasgos comunes entre la *Comedia de Sepúlveda* y la *Comedia Selvagia* conviene resumir un poco el argumento de aquélla: Montalvo tiene un hijo llamado Alarcón y una hija, perdida en un incendio y llamada posteriormente Violante por su padre adoptivo Natera. Figueroa también tiene dos hijos: el chico se llama Osorio y la chica, Florencia. Ignorando la identidad de Violante, Alarcón se enamora de ella, o mejor dicho, de su propia hermana, y tiene como rival a Osorio, enamorado también de Violante; y, entretanto, Florencia está enamorada de Alarcón y se disfraza de hombre para servir a su galán como paje. Alarcón introduce a Parrado, criado de Natera, en sus tratos amorosos, mientras que Osorio pide ayuda a López, ama de Salazar, o sea, de Florencia. Por el relato de Salazar sobre la adopción de Violante, oído por Parrado, quien a su vez lo ha oído de Natera, Montalvo se da cuenta de que Violante es su hija perdida. De este modo, Florencia logra casarse con Alarcón, obligado a dejar a Violante por el vínculo sanguíneo, y Osorio consigue contraer matrimonio con Violante.

Resulta evidente la influencia de la *Comedia Selvagia* sobre la

[222] *La comedia erudita de Sepúlveda*, ed. Julio Alonso Asenjo (London: Tamesis Books Limited, 1990), págs.15–22.

[223] Othón Arróniz, ob. cit., pág.152.

Comedia de Sepúlveda, pues se registra una relación simétrica de carácter amoroso entre dos hermanos y dos hermanas, y la anagnórisis de uno de ellos logra evitar la unión incestuosa de esa persona con un familiar cercano.

Aunque algunos críticos como Marcelino Menéndez Pelayo[224] hablan de la deuda que tienen las comedias de capa y espada con la *Comedia Selvagia*, no existe tal relación entre las de Lope de Vega y la de Alonso de Villegas, salvo los enredos y las mujeres activas y dispuestas a cualquier precio a fin de lograr el amor de su galán o sacar beneficio de sus lances ingeniosos. Por lo menos, éste es el caso de *La discreta enamorada*, de *El anzuelo de Fenisa*, de *Los melindres de Belisa* y de *Las bizarrías de Belisa*.

Sin embargo, al contrario de lo que opina Marcelino Menéndez Pelayo[225], la *Comedia Selvagia* cuadra muy bien a la "severa musa de Calderón" en ciertas comedias de capa y espada.

Entre tantas comedias de capa y espada de Calderón de la Barca la *Casa con dos puertas, mala es de guardar* es la que se asemeja más a la obra de Alonso de Villegas. Véase el argumento: Félix y Marcela son hermanos; mientras tanto, ésta es amiga de Laura, dama de Félix, y éste es amigo de Lisardo, galán de Marcela. Félix invita a Lisardo a alojarse unos días en su casa, pero al mismo tiempo prohíbe que Marcela haga su aparición en presencia de Lisardo. Por la curiosidad Marcela primero se enamora de Lisardo y luego se aprovecha de la casa con dos puertas de su amiga Laura para conquistar a su galán. El fingimiento y el egoísmo de Marcela causan una serie de intrigas. Por ejemplo, Lisardo cree durante algún tiempo que Marcela es la dama de Félix, y por consiguiente, quiere

[224] Marcelino Menéndez Pelayo, ob. cit., pág.149.

[225] *Ibid.*, págs.150–151.

marcharse para no traicionar a su amigo. Al final, Marcela ve realizada felizmente su ilusión casándose con Lisardo, mientras que Laura y Félix también se unen en matrimonio.

En esta comedia calderoniana no se produce el enlazamiento amoroso simétrico entre dos hermanos y dos hermanas como en la *Comedia Selvagia*, pero sí entre dos amigos y dos amigas, y dos de ellos son hermanos de ambos sexos. No hay que olvidar que en la obra de Alonso de Villegas también figuren dos amigos y dos amigas que se enamoran entre sí. Aparte de esto, se registra la confusión de una dama con otra, los comportamientos no muy virtuosos de las damas y la iniciativa que toman, las visitas de una dama a otra, la preocupación de un galán por temer traicionar la amistad con su amigo por una dama, y el final feliz reflejado en dos bodas.

Como *La Dama Duende* de Calderón de la Barca resulta ser el modelo de la *Casa con dos puertas, mala es de guardar*, consecuencia del éxito alcanzado por la primera[226], es normal que existan elementos parecidos en ambas comedias, y por supuesto, no faltan huellas de la *Comedia Selvagia* en *La Dama Duende* como en la *Casa con dos puertas, mala es de guardar*. Excepto el egoísmo de cierta dama, ausente en *La Dama Duende*, la duplicación de los hermanos de una dama y la enemistad de uno de ellos con el galán de dicha dama, presentes en *La Dama Duende*, el resto de los rasgos comunes entre la *Casa con dos puertas, mala es de guardar* y la *Comedia Selvagia* también se encuentra entre ésta y *La Dama Duende*.

En cuanto a la comedia *Antes que todo es mi dama,* ya está más lejos de la *Comedia Selvagia*. Con excepción del elemento imprescindible –

[226] Calderón de la Barca, *Obras completas*, ed. Ángel Valbuena Briones (Madrid: Aguilar, 1987), pág.273.

el enredo – en este tipo de comedias, y la confusión de una dama con otra, las visitas de una dama a su amiga y el amor entre dos amigos y dos amigas no hay nada más común entre las dos obras arriba mencionadas.

2.10 Ediciones

La *Comedia Selvagia* nunca ha gozado de éxito editorial, es decir, ni en la época de su autor Alonso de Villegas, ni en la nuestra. Desde su primera publicación en 1554 hasta la actualidad han pasado más de cuatro siglos y solamente se registran dos ediciones y un manuscrito.

La primera edición fue realizada en Toledo en 1554 por Juan Ferrer, quien trabajaba como impresor en la Ciudad Imperial toledana durante el tránsito de 1546 a 1560 (¿1561?)[227].

Hoy en día existen al menos cinco ejemplares de dicha edición dentro de España:

> El que poseyó el mismo Salvá, el que fué de don Pascual Gayangos y hoy pertenece a la Biblioteca Nacional, el del Marqués de Pidal, el de don Isidoro Urzáiz y algún otro[228].

Y, fuera de la Península Ibérica, aún se hallan dos ejemplares más: el uno se conserva en el Museo Británico y el otro, en la Biblioteca Nacional de Viena[229].

La segunda edición fue llevada a cabo en Madrid en 1873 por el Marqués de la Fuensanta del Valle José Sancho Rayón, y figura en la *Colección de Libros Españoles Raros o Curiosos*, t. V. El texto que

[227] Jesusa Vega González, *La imprenta en Toledo. Estampas del Renacimiento 1500 – 1550* (Toledo: Instituto Provincial de Investigaciones y Estudios Toledanos, 1983), págs.55–56.

[228] Marcelino Menéndez Pelayo, ob. cit., pág.164, n.4.

[229] Antonio Palau y Dulcet, ob. cit., pág.252.

manejaron es el ejemplar que poseía don Pascual de Gayangos[230].

El manuscrito, mencionado anteriormente, se guarda en la actualidad en la Biblioteca Nacional de Madrid (MS.2487). Resulta ser una copia de cierto ejemplar de la primera edición de la *Comedia Selvagia*. El manuscrito en cuestión es obra de una sola mano y copiado con una sola tinta. Apenas se ven tachaduras. La tachadura más significativa es la que está en la página 109, pues allí se esconden la fecha y el lugar en que ha sido efectuada la copia, el nombre del copista y el del señor que le ha contratado, junto con su profesión. Lo que se percibe con más claridad es justamente lo que importa en este caso: "Copiada en la ciudad de Avila... Julio 11, de 1811". Posiblemente, este manuscrito no es sino una copia de lo ya publicado.

Así que no resulta sorprendente tomar como texto base para la presente edición y estudio el ejemplar de la *Comedia Selvagia* (Toledo, 1554) de Alonso de Villegas Selvago, conservado en la Biblioteca Nacional de Madrid.

Aquí están unas pautas para la preparación de la nueva edición: se respeta el texto de la edición de Toledo a excepción de los errores evidentes de la imprenta o del autor; se moderniza la puntuación, la acentuación y el empleo de mayúsculas y de minúsculas; se descifra las abreviaturas mientras que se conserva determinados conglomerados, tales como "dellos"; se regulariza el uso de la "u" para la vocal y el de la "v" para la consonante; se simplifica la doble "c" y la doble "f"; se pone entre corchetes la "h "que falta en el caso de que su ausencia puede causar confusión; y, finalmente, se aclara las alusiones – históricas, mitológicas, literarias, etc. – para facilitar la comprensión.

[230] Alonso de Villegas Selvago, *Comedia Selvagia*, ed. cit., págs.VI–VII, n.l.

ABREVIATURAS

Alonso	José Luis Alonso Hernández, *Léxico del Marginalismo del Siglo de Oro* (Salamanca: Universidad, 1977).
Amadís	Garci Rodríguez de Montalvo, *Amadís de Gaula*, ed. Juan Manuel Cacho Blecua (Madrid: Cátedra, 1987).
Amores	Publio Ovidio Nasón, *Amores. Arte de amar. Sobre la cosmética del rostro femenino. Remedios contra el amor*, ed. Vicente Cristóbal López (Madrid: Gredos, 1989).
Ana Vian	Ana Vian Herrero, "El pensamiento mágico en *Celestina*, 'instrumento de lid o contienda' ", *Celestinesca*, vol.14, nº2 (noviembre, 1990), págs.41–91.
Arte de amar	Publio Ovidio Nasón, *Amores. Arte de amar. Sobre la cosmética del rostro femenino. Remedios contra el amor*, ed. Vicente Cristóbal López (Madrid: Gredos, 1989).
Cárcel de amor	Diego de San Pedro, *Cárcel de amor*, ed. Enrique Moreno Baéz (Madrid: Cátedra, 1989).
Comedia de Sepúlveda	¿Lorenzo de Sepúlveda?, *La comedia erudita de Sepúlveda*, ed. Julio Alonso Asenjo (London: Tamesis, 1990).
Corominas	J. Corominas – J. A. Pascual, *Diccionario Crítico Etimológico Castellano e Hispánico* (Madrid: Gredos, 1985).

Correas	Gonzalo Correas, *Vocabulario de Refranes y Frases Proverbiales* (Madrid: Visor Libros, 1992).
Covarrubias	Sebastián de Covarrubias, *Tesoro de la Lengua Castellana o Española* (Madrid: Turner, 1977).
D. A.	*Diccionario de Autoridades* (Madrid: Gredos, 1979).
Decamerón	Giovanni Boccaccio, *Decamerón* (Barcelona: Mateu, 1963).
Diálogo	Juan de Valdés, *Diálogo de la lengua*, ed. Juan M. Lope Blanch (Madrid: Castalia, 1981).
D. L. E.	*Diccionario de la Lengua Española* (Madrid: Real Academia Española, 1996).
D. M. G. R.	Pierre Grimal, *Diccionario de Mitología Griega y Romana* (Barcelona: Paidós, 1991).
D. R.	Juana G. Campos–Ana Barella, *Diccionario de Refranes* (Madrid: Espasa–Calpe, 1993).
D. S. M.	José Antonio Pérez–Rioja, *Diccionario de Símbolos y Mitos* (Madrid: Tecnos, 1980).
E. U. I	*Enciclopedia Universal Ilustrada Europeo–Americana* (Madrid: Espasa–Calpe, 1985)
Florinea	Juan Rodríguez Florián, *Comedia Florinea* (Medina del Campo, 1554).
Fundamentos de retórica	Kurt Spung, *Fundamentos de retórica. Literaria y publicitaria* (Pamplona: EUNSA, 1991).
Hechos y dichos	Valerio Máximo, *Hechos y dichos...* (Alcalá de Henares: Universidad, 1529).

Kleiser	Luis Martínez Kleiser, *Refranero general ideológico español* (Madrid: Hernando,1978).
La Celestina	Fernando de Rojas, *La Celestina,* ed. Peter E. Russell (Madrid: Castalia, 1991).
Lapesa, 1955	Rafael Lapesa, *Historia de la lengua española* (Madrid: Escelicer, 1955).
Lapesa, 1995	Rafael Lapesa, *Historia de la lengua española* (Madrid: Gredos, 1995).
Lazarillo, ed. A. Blecua	*Lazarillo de Tormes*, ed. Alberto Blecua (Madrid: Castalia, 1972).
Lazarillo, ed. F. Rico	*Lazarillo de Tormes*, ed. Francisco Rico (Madrid: Cátedra, 1990).
Lisandro y Roselia	Sancho de Muñón, *Tragicomedia de Lisandro y Roselia, llamda Elicia, y por otro nombre cuarta obra y tercera Celestina* (Madrid: Rivadeneyra, 1872).
Menéndez Pidal	Ramón Menéndez Pidal, *Manual de gramática histórica española* (Madrid: Espasa-Calpe, 1985).
Orígenes de la novela	Marcelino Menéndez Pelayo, *Orígenes de la novela*, t.IV (Santander: Aldus, 1943).
Policiana	Sebastián Fernández, *Tragedia Policiana*, en *Orígenes de la novela*, t.III (Madrid: NBAE, 1910).
Propalladia	Bartolomé Torres Naharro, *Propalladia and other works of Bartolomé de Torres Nanarro*, t.III, ed. Joseph E. Gillet (United States of America: Pennsylvania, 1951).

Prosa histórica	Alfonso el Sabio, *Prosa histórica* , ed. Benito Brancaforte (Madrid: Cátedra, 1984).
Remedios	Publio Ovidio Nasón, *Amores. Arte de amar. Sobre la cosmética del rostro femenino. Remedios contra el amor*, ed. Vicente Cristóbal López (Madrid: Gredos, 1989).
Ruiz de Elvira	Antonio Ruiz de Elvira, *Mitología Clásica* (Madrid: Gredos, 1984).
Segunda Celestina	Feliciano de Silva, *Segunda Celestina*, ed. Consolación Baranda (Madrid: Cátedra, 1988).
Silva	Pedro Mexía, *Silva de varia lección*, ed. Antonio Castro (Madrid: Cátedra, 1989 y 1990).
T	Alonso de Villegas Selvago, *Comedia Selvagia* (Toledo, 1554).
Tercera Celestina	Gaspar Gómez de Toledo, *Tercera Parte de la Tragicomedia de Celestina*, ed. Mac E. Barrick (Philadelphia: University of Pennsylvania Press,1973).
Thebaida	*La Comedia Thebaida*, ed. Trotter y Whinnom (London: Tamesis, 1969).

YILING LI

Edición y estudio de la

Comedia Selvagia (1554) de

Alonso de Villegas Selvago

Tesis doctoral bajo la dirección de

CONSOLACIÓN BARANDA LETURIO

Facultad de Filología

Universidad Complutense de Madrid

Madrid

1995

Portada del original de la presente tesis doctoral, leída en 1995, con la firma de la directora de tesis y la de todos los miembros del tribunal

Comedia llamada Sel-
uagia. En q̃ se introduzē los amores dō vn cauallero
llamado Seluago. con vna ylustre dama dicha
ysabela: efetuados por Dolosina alcahueta
famosa. Cōpuesta por Alōso de villegas Seluago. Estudiante.

Portada de la *Comedia Selvagia* (Toledo, 1554), extraída del *Manual gráfico – descriptivo del bibliófilo hispano – americano* de Francisco Vindel (Madrid, 1931)

Retrato de Alonso de Villegas;
grabado, que hizo Pedro Ángel por encargo del mismo
Alonso de Villegas para contraseña de su edición del
Flos sanctorum, y que se conserva en la Sala de Goya de la
Biblioteca Nacional de Madrid (9872 – 1)

Retrato de Alonso de Villegas;

grabado, que hizo J. Ballester, y que se conserva en la

Sala de Goya de la Biblioteca Nacional de Madrid (9872 – 2)

FLOS SANCTORVM
SEGVNDA PARTE.

Y

HISTORIA GENERAL EN QVE SE ESCRIVE LA vida dela Virgen ſacratiſsima madre de Dios y ſeñora nueſtra: y las delos ſanctos antiguos, que fueron antes dela venida de nueſtro Saluador al mundo: collegidas aſsi dela diuina eſcriptura, como delo que eſcriuen a cerca deſto los ſagrados doctores, y otros autores graues y fidedignos. Poneſe al fin de cada vida alguna doctrina moral, al propoſito de lo contenido en ella con diuerſos exemplos. Trataſe delas ſeys edades del mundo: y en ellas los hechos mas dignos de memoria que enel ſucedieron. Pueſto en eſtilo graue y compendioſo.

DIRIGIDO AL ILLVSTRISSIMO SEÑOR DON GASPAR DE QVIroga Cardenal, Arçobiſpo de Toledo, y Inquiſidor mayor.

Por el Maeſtro Alonſo de Villegas Capellan enla capilla Moçarabe dela ſancta yglesia de Toledo beneficiado de ſan Marcos, y natural de la miſma ciudad.

En eſta vltima impreſsion ſe han añadido algunas coſas, y pueſto otras en mejor eſtilo por el miſmo autor.

CON PRIVILEGIO.

¶Impreſſo en Toledo por Iuan Iaure, a coſta de los herederos del doctor Francisco Vazquez. Año de. M.D.XCIIII.

Portada del *Flos sanctorum* (II parte) de Alonso de Villegas (Toledo, 1594)

Comedia llamada Selvagia[231].

En que se introduzen los amores de un cavallero llamado Selvago con una ylustre dama dicha Ysabela efetuados por Dolosina alcahueta famosa. Compuesta por Alonso de Villegas Selvago. Estudiante[232].

PRÓLOGO DEL AUTOR AL LECTOR

Si consideramos el famoso dicho de Plinio el segundo que dize ningún libro aver que bien entendido dexe sin fruto a su letor[233], con muy justa causa esta mi mal limada obra puede vagar y mostrarse por su patria para causar en ella algún pequeño deleyte y moral provecho[234],

[231] En el ciclo celestinesco sólo hay dos obras que llevan la denominación de "comedia": la *Segunda Celestina* (o sea, *Segunda comedia de Celestina*) de Feliciano de Silva y la *Comedia Selvagia* de Alonso de Villegas Selvago. Esto demuestra que éste último sigue la línea de aquél al dotar su obra de carácter totalmente feliz y jocoso.

[232] En la hoja que precede la portada del ejemplar de la primera edición de la *Comedia Selvagia* (T), conservado en la Biblioteca Nacioinal de Madrid, se lee la siguiente nota, copiada a mano:

Personas

Esta comedia es una imitación de *La Celestina.* La escribió su autor siendo mozo, y después más grande deseó recogerla. Fue cura párroco en Toledo y capellán mozárabe. Escríbió muchas obras devotas. Don Alonso de Villegas es su autor.

[233] *ningún libro... sin fruto a su letor*: Existen dos opiniones: por un lado, Alonso de Villegas atribuye esta sentencia a Plinio el Joven, como se ve al principio de este prólogo, igual que la *Primera parte de las sentencias que hasta nuestros tiempos, para edificacion de buenas costumbres, estan por diuersos Autores escriptas, eneste tratado summariamente referidas, en su propio estilo...*, libro editado en el mismo año (1554) que la *Comedia Selvagia*, en el cual figura la sentencia "No hay libro tan sin fruto, que algun fruto no haga" bajo la autoría de Plinio el Mozo, y por otro lado, Francisco Rico opina que "Es sentencia que Plinio el Mozo, *Epístolas*, III, V, 10, atribuye a su tío Plinio el Viejo: *Dicere etiam solebat nullum esse librum tam malum, ut non aliqua parte prodesset*. El dicho fue frecuentemente alegado en el Siglo de Oro" (*Lazarillo*, ed. F. Rico, pág.4, n.5), lo mismo que Alberto Blecua (*Lazarillo*, ed. A. Blecua, pág.87, n.4).

[234] La idea de deleitar aprovechando ya aparece en Horacio "aut prodesse...aut delectare" *(Arte poética*, v.333).

atento a lo que el divino Platón maravillosamente dixo, que no sólo para nosotros nacíamos, sino para la patria y amigos[235], lo que de mí algún tanto ponderado con este pequeño don, aunque en voluntad grande, la pretendo servir. No dexo de considerar, discreto lector, ser grande mi osadía y mayor mi atrevimiento[236], en assí con mi tosca Minerva quererme poner en lo que claros y doctíssimos varones sus excelentíssimos ingenios han mostrado, cuyos altos y maravillosos entendimientos, en el cómico estilo[237] disfraçados, no sólo su profundo saber descubren, mas con urbanos dichos y graciosas palabras, astutamente sus sinceras y limpias vidas declarando, en satírico modo, la nefanda y mala manera de bivir de nuestro siglo con gran astucia reprehenden[238]. Pues entre otros que de semejante sagacidad han usado, como el sol entre las otras luminarias celestes, el magnífico cavallero Feliciano de Silva[239], radiante

---

En el prólogo que Sancho de Muñón hace a la *Tragicomedia de Lisandro y Roselia*, se exhibe una larga lista de escritores, quienes han manifestado su acuerdo con dicho método de enseñanza, es decir, suavizar la amargura de la doctrina con la dulzura de la ficción (*Lisando y Roselia*, pág.VII y ss.). Fernando de Rojas adopta la misma actitud (véase *Comedia Selvagia*, Prólogo del autor, n.249).

[235] *no sólo...la patria y amigos*: Alonso de Villegas atribuye dicha sentencia a Platón. Sin embargo, en la *Primera parte de las sentencias* (véase *Comedia Selvagia*, Prólogo del autor, n.233) aparece la sentencia "No solamente para nos nacimos, por que parte de nos deuemos a la patria, y parte a los amigos" bajo el nombre de Tulio. En *La Celestina* (pág.313) se registra el uso de la misma sentencia en boca de Celestina: "Y pues, como todos seamos humanos, nascidos para morir, [será] cierto que no se puede dezir nacido el que para sí solo nasció; ...".

[236] Alonso de Villegas se siente osado y atrevido ya que su "tosca Minerva" no le permite componer grandes obras. Fernando de Rojas también habla de su osadía en *La celestina* (pág.186). En realidad, se trata simplemente de un tópico.

[237] *cómico estilo*: Aquí se juegan dos de los significados de la palabra "cómico": "Perteneciente o relativo a la comedia" (D. L. E.) y "Que divierte y hace reír" (D. L. E.). Es decir, Alonso de Villegas está dispuesto a presentar una comedia de carácter jocoso. El gusto por la risa y por el ingenio eran renacentistas. En cuanto a la opinión de Feliciano de Silva sobre las comedias, véase la Carta Proemial de la *Segunda Celestina*, pág.105.

[238] Alonso de Villegas declara su intención de satirizar los vicios de su época. Es decir, el autor de la *Comedia Selvagia* emplea la "forma satírica" de Juvenal, término usado por Feliciano de Silva (*Segunda Celestina*, pág.105).

[239] *Feliciano de Silva*: Escritor español del siglo XVI, quien no sólo escribió muchas obras caballerescas sino también una de las continuaciones de *La Celestina*, esto es, la *Segunda Celestina*.

luz y maravilloso exemplar de la española policía[240], mayormente resplandece, y dado que lo dicho sea razón conveniente para yo sin ella en mi temeraria ossadía ser notado, considerando que el sol y la luna comúnmente a todos los entes cuerpos mortales son provechosos, contemplo ansimesmo que una pequeña estrella en particular suele causar provecho en alguno de ellos. También, como por experiencia vemos en el mar que del fruto[241] de su vientre suele dar mantenimiento con abundancia de pescados[242] diferentes a la mayor parte de la tierra, no por esso dexan de ser agradables, esta mi rústica y no madura fructa, cogida en mi pequeño cercado[243], no sea agradable a todos en general, no dexo de tener confiança que alguna preñada por salir a tal tiempo la cobdicie. Y si en esto ansimesmo le faltare gracia, a lo menos, siendo como es fruta nueva, alguno sólo para la traer en la mano la desseará[244]. Atento a lo qual, yo de la incusación[245] en que puedo ser puesto, y ella en la osadía que en se publicar ha tenido, sin otra réplica contraria podremos ser absueltos, de donde no con menor causa que Cayo Lucilio[246], en esta mal cortada obra con razón podré decir que ni a los indoctos deve ser dada ni a los sabios ofrecida, que los unos, entregándose sólo en la paja, que es el sonido de las palabras, no sacarán della algún fructo, y los otros,

[240] *policía*: "Cortesía, buena crianza y urbanidad en el trato y costumbres" (D. L. E.).

[241] *fruto*: Alude a los "pescados diferentes" y , en relación con el famoso dicho de Plinio arriba mencionado, también significa "utilidad y provecho" (D. A.).

[242] *pescados*: Se relacionan con el provecho que el mar ofrece a todos los seres vivos de la Tierra. No obstante, la presencia de la misma palabra en *La Celestina* de Fernando de Rojas (pág.198) apunta la destrucción, en concreto, la guerra o la contienda.

[243] *cercado*: "Jardin, huerto, ú otro lugár ceñido, ú cerrado con tápias, ù otra cosa, para su resguardo" (D. A.).

[244] Véase *Lazarillo,* ed. A. Blecua, pág.87, n.5: "'también las cosas nuevas aplacen' (*Don Florando de Inglaterra*, Lisboa, 1545, Prólogo) ".

[245] *incusación*: *incusar*: "Lo mismo que Acusar, y menos usado" (D. A.).

[246] Alonso de Villegas, citando a Cayo Lucilio, demuestra que él intenta seguir al poeta latino como acusador de los vicios y de ciertos tipos de personas de su época.

no haziendo caso del grano por la abundancia que en sí tienen, [están] ocupados en otros más gustosos y[247] [que] en algunas personas [son] los pequeños pezes de algún manual y chico estanque, por lo qual, dado que evidentemente arduos exercicios ningún provecho les podrá tener, solamente en medio destos dos estremos puede parezer que de lo uno y otro lo que les conviniere sacarán, dando gusto al apetito auditivo con el estilo de sus razones, ansimismo guardando sus sentencias y dichos memorables para su provecho en lo íntimo del entendimiento[248]. Y si por caso algún lugar seco y desaprovechado vieren, podrán proseguir en su propósito, porque los tales casos más son puestos para guardar el decoro y no dexar manco el estilo que por algún vicioso desseo[249]. Su nombre della fue *Selvagia*, no tanto por ser del principal que se introduze, quanto por ser en sí selvagina[250] y rústica. No va debaxo de algún amparo[251] y defensa

[247] *más gustosos y*: en T *más y gustosos*.

[248] *ni a los indoctos... en lo íntimo del entendimiento*: Se trata de la imitación de un pasaje del Prólogo de *La Celestina* (págs.200–201); *ni a los indoctos... les podrá tener*: Está en deuda con Tulio, pues se encuentra en la *Primera parte de las sentencias* (véase *Comedia Selvagia*, Prólogo del autor, n.233): "Lo que escreuimos ni lo lean los muy doctos, ni los ignorantes, porque los vnos no entienden nada, y los otros mas que nos de nos mismos". No obstante, en el Prólogo de *Lisandro y Roselia* (págs.VI–VII) Sancho de Muñón sólo divide a los lectores en dos grupos. De todos modos, se trata de un tópico.

[249] Alonso de Villegas se disculpa de los posibles errores de su obra, lo mismo que Fernando de Rojas (*La Celestina*, págs.188–193). Pero es diferente la razón por la que lo hacen: éste por meter la "píldora amarga... dentro de dulce manjar" mientras aquél por "guardar el decoro".

[250] *selvagina*: Teniendo en cuenta la admiración que tiene Alonso de Villegas por Feliciano de Silva, es posible que haya aquí juego de palabras: *selvagino*: "Dícese de la planta silvestre" (D. L. E.) y también "del animal no doméstico" (D. L. E.), y por eso *selvagina* quiere decir *rústica, sin cultivar*; el apellido del autor de la *Segunda Celestina* es Silva, que es el "nombre latino" de *selva* (Covarrubias); el sobrenombre de Alonso de Villegas, *Selvago*, que sólo aparece en la *Comedia Selvagia*, probablemente procede del apellido de Feliciano de Silva porque, entre las obras de Alonso de Villegas, la *Comedia Selvagia* es la única que figura como imitación de Feliciano de Silva y el escritor toledano pretende enfatizar su deuda con el autor de la *Segunda Celestina* adoptando como apellido *Selvago* que tiene la misma raíz que *Silva*. Sobre el apellido en cuestión, Menéndez Pelayo presenta otra hipótesis: "un sobrenombre meramente poético" (*Orígenes de novela*, vol.IV, pág.147).

[251] Igual que Fernando de Rojas, Alonso de Villegas no busca la protección de ningún señor poderoso dedicándole a éste la *Comedia Selvagia*; pero, a diferencia del autor de *La Celestina*, sí intenta ganar la benevolencia de una persona especial para él: Isabel de Barrionuevo, cuyo nombre se esconde entre los versos

dirigida, no por no averlo menester, mas porque, según son sus defetos, ninguno bastará. Solamente como desahuziada del bivir, a la batalla[252] sale confiada, no en sus armas defensivas, sino en la mucha venivolencia de los lectores, que no se avrán con ella, por ser novel a todo riesgo, sino con grande misericordia y piedad, de que resultará que ella, biviendo agradecida del beneficio recibido, a todos con voluntad entera agradará, y yo, su auctor, hasta la muerte por lo mismo les quedaré en obligación, quedando por su verdadero siervo y criado, sometiéndome assimismo en esto y en lo demás a la corrección de la santa Yglesia y de sus fieles administradores[253]. A quien, si en lo que dixere algún herror se mostrare, por él con humildad pido perdón, pues más mi grande ignorancia que mi pequeña malicia en este caso será la causa[254]. Vale[255].

acrósticos.

[252] La palabra *batalla* indica que ha ejercido su influencia Fernando de Rojas, quien en el Prólogo de *La Celestina* desarrolla hasta la saciedad la idea de la contienda o batalla, "Todas las cosas ser criadas a manera de contienda o batalla" (págs.195). Para Fernando de Rojas, por el simple hecho de haber muchas maneras de entender una obra, ya no se puede negar la existencia de una contienda. Aquí Alonso de Villegas identifica la publicación de su obra con la batalla manifestando así su uniformidad con el autor de la primitiva *Celestina* en este aspecto.

[253] *corrección de la santa Yglesia y de sus fieles administradores*: En la *Segunda Celestina* Feliciano de Silva hace ver su deseo de imitar a "los que hablan en la fe poniéndose debaxo de la corrección de la iglesia" (pág.106).

[254] Alonso de Villegas se disculpa una vez más de los errores que puedan hallarse en la *Comedia Selvagia*, pero esta vez los justifica por la ignorancia. Se trata de otro tópico frecuente en aquella época. Véase también *La Celestina*, pág.367, n.45.

[255] *Vale: en T Valle*; vale por "adiós "(Corominas).

DIRIGE EL AUTOR SU OBRA[256]

A ti, que los túrvidos[257] mares furiosos,
luctando tu barca primeva[258] combaten,
obrando los vientos venéreos sabrosos,
no pierdas aquello con que se rebaten.
Si quieres que cessen y no te maltraten,
ofréceles luego palestra[259] sangrienta,
de donde tu parte, sin culpa ni afrenta,
estrague las fuerças que en contra debaten.

Venciendo tal guerra, tendrás adquerido
inmensos tropheos y claros despojos,
librando tu cuerpo de penas y enojos,
lo qual a sus siervos promete Cupido;
empero, si fueres en ella vencido,
ganando tu mente crecido tormento,
avrás en tu vida muy gran descontento,
sacado del gozo que vino fingido.

[256] Alonso de Villegas imita a Fernando de Rojas (véase *La Celestina*, pág.186, n.21), colocando los versos acrósticos, compuestos en arte mayor, después del prólogo, entre los cuales se oculta su nombre: "Alonso de Villegas Selvago compuso la *Comedia Selvagia*, en servicio de su sennora Ysabel de Varrionuevo, siendo de edad de veynte annos, en Toledo, su patria". En el ciclo celestinesco existen otros dos casos similares: la *Policiana* de Sebastián Fernández y *Lisandro y Roselia* de Sancho de Muñón. No obstante, el segundo tiene una manifestación más compleja, además de poner los versos acrósticos detrás del colofón (véase Luis Mariano Esteban Martín, "Huellas de *Celestina* en la *Tragicomedia de Lisandro y Roselia*, de Sancho de Muñón", art. cit., pág.18 y la carta de José Sancho Rayón, dirigida a D. Juan Eugenio Hartzenbusch e insertada en su introducción a la *Comedia Selvagia*, 1873, págs.XIII–XVI).

[257] *túrvidos*: *túrbido* es "Turbio" (D. A.).

[258] *primeva*: *primevo*: "Primitivo o primero" (D. L. E.).

[259] *palestra*: "Se toma, especialmente entre los Poétas, por la misma lucha" (D. A.).

Si tú, pues, con ánimo fortificado
esperas tal guerra por parte vencer,
los libros en contra pretende leer,
verás cómo sacas provecho sobrado:
aquéste, pues, mira que te es dedicado,
gozando sus dichos, que siendo jocosos,
ofrecen proverbios en sí sentenciosos,
con modo satírico siendo mezclado.

Osado se puede sin dubda llamar,
miradas sus faltas y pocos primores,
pues quiere sin fuerças, con otros mejores,
valer siendo pobre, de baxo lugar.
Sabemos de Cota[260] que pudo empeçar,
obrando su sciencia, la gran Celestina,
labróse por Rojas su fin con muy fina
ambrosia, que nunca se puede estimar[261].

Compuso la parte segunda partida,
osando por causa passar de lo humano,
materia teniendo de Feliciïano,
en quien elegancia no tiene medida.
De norte[262] tan clara tomando seguida,
intento guiarme por esta jornada,

[260] *Cota*: *Rodrigo de Cota*: Poeta español del siglo XV, a quien le atribuye el mismo Fernando de Rojas la autoría del primer acto de la *Celestina* primitiva.

[261] En los últimos cuatro versos de esta estrofa Alonso de Villegas manifiesta su opinión personal respecto a la polémica desarrollada alrededor de la autoría de la primitiva *Celestina*. Pues, según él, Cota escribió el principio de dicha obra y Rojas la terminó. Véase también Luis Mariano Esteban Martín, "Huellas de 'Celestina' en la 'Comedia Florinea' y en la 'Comedia Selvagia'", pág.32.

[262] *norte*: orientación, meta.

a ver si mi cimba[263] pequeña, caxcada[264],
saldrá por buen puerto[265] donde fue regida[266].

En ser terminada con caso gozoso,
la obra no pierde si tiene valor,
viniendo sus fuerças en contra de amor
aquél que por torpe se dize vicioso.
Gozando sus gozos te muestra gozoso,
y goza los gozos que goza su parte,
a donde gozando por gozo tal arte,
en gozos te goza con gozo sabroso[267].

---

[263] *cimba*: "Barquilla cuyos extremos formaban curva hacia arriba. La empleaban los romanos en los ríos" (D. L. E.).

[264] *caxcada*: *cascar*: "Quebrantar, romper, hender algún vaso o cosa cóncava" (Covarrubias); *caxcada* o *cascada* quiere decir *rota*. "La sorda *s* = *x*... en grafía moderna *s* = *j*, es permutación tan frecuente... Sin duda que la influencia morisca... contribuyó mucho a esta serie de sustituciones... tenemos que conceder preponderante papel al arabismo, ya que encontramos abundante el paso de *s* a *x*, mientras el inverso de *x* a *s* es muy raro" (Menéndez Pidal, pág.197). Juan de Valdés habla de este fenómeno lingüístico en el *Diálogo de la lengua* (págs.105–106). Véase también el estudio de Rafael Lapesa (Lapesa, 1955, págs.238–239), la nota de Francisco Rico (*Lazarillo*, ed. F. Rico, pág.34, n.92) y la de Alberto Blecua (*Lazarillo*, ed. A. Blecua, pág.116, n.136).

[265] *buen puerto*: Lazarillo habla de un "buen puerto" (*Lazarillo*, ed. F. Rico, pág.11, n.26), Fernando de Rojas alude a los "puertos seguros" (*La Celestina*, pág189, n.9). Según Peter E. Russell, "presentarse un autor metafóricamente como navegante en busca de puerto seguro era tópico frecuente en el siglo XV". En *Lisandro y Roselia* (pág.213) Lisandro compara a Roselia con un seguro puerto. En la *Policiana* (pág.10) Solino también utiliza la expresión "salir a buen puerto" al hablar con Claudina. No obstante, Alonso de Villegas sólo emplea este tópico a medias porque, en vez de contentarse con un puerto seguro, el autor de la *Comedia Selvagia* sale de él a fin de buscar otro nuevo. El puerto de donde parte Alonso de Villegas es Feliciano de Silva, en concreto, la *Segunda Celestina*; y el puerto en donde entrará es la *Comedia Selvagia*.

[266] En pocas líneas el autor de la *Comedia Selvagia* expresa su gran admiración por Feliciano de Silva y declara ser su seguidor a la hora de componer su propia obra.

[267] *Gozando sus gozos... con gozo sabroso*: En este pasaje la figura retórica que emplea Alonso de Villegas es la que se llama *adnominatio*: "repetición de palabras con el mismo radical pero con terminaciones distintas" (*La Celestina*, pág.577, n.69). Kurt Spang emplea otro término para referirse al mismo recurso retórico: *derivación*: "En la derivación (también designado como figura etimológica) la palabra repetida se distingue por el hecho de mantener la raíz etimológica de su antecedente" (*Fundamentos de retórica*, pág.159). En la *Comedia Selvagia* hay abundantísimos ejemplos de esta figura retórica, tal vez porque ésta es la favorita del autor de la *Segunda Celestina*. La verdad es que tantos *gozos* de Alonso de Villegas suenan a otras tantas *razones* de

Ni quiero que dexes por miembro perdido
sus actos, que tienen no casta sonada,
en donde, si miras, verás matizada
rabiosa contienda del falso Cupido.
Verás assimismo su fin dolorido
y quantos afanes tiene su deleyte
cubiertos encima con un buen afeyte
y son por de dentro manjar desabrido[268].

Ovidio se muestra por parte sacado,
de sus amorosos remedios[269] bien lleno,
en que, si contemplas, podrás a tu seno
sacar gran provecho si fuere penado.
Verás al furioso Citareo[270] privado,
seyendo triforme[271] por tantos efectos,

Feliciano de Silva: "¡Oh amor, que no hay razón en que tu sinrazón no tenga mayor razón en sus contrarios! Y pues tú me niegas con tus sinrazones lo que en razón de tus leyes prometes, con la razón que yo tengo para amar a mi señora Polandria, para ponerte a ti y casarte con la razón que en ti contino falta..." (*Segunda Celestina*, pág.114), por su parte, el autor de la *Comedia Selvagia* pudo haber influido a Lope de Vega en *La ocasión perdida* y otras obras suyas donde, según María Teresa Cattaneo, el verbo *gozar* "salpica con insistencia y malicia" ("El desenlance imperfecto. En torno a *La ocasión perdida* de Lope de Vega", *Comedias y comediantes*, ed. cit., pág.115). No hay que olvidar que don Quijote pierde la razón por este juego enredador de vocablos, practicado frecuentemente por Feliciano de Silva (véase Miguel de Cervantes, *Don Quijote de La Mancha*, ed. John Jay Allen, pág.98), lo cual sirve de base para que Cervantes bombardee las novelas de caballerías en su famoso *Don Quijote de La Mancha* (ed. cit., págs.130−132). En cuanto a la opinión personal de Alonso de Villegas al respecto, véase *Comedia Selvagia*, I, 2, n.500.

[268] Ya en los versos acrósticos, colocados al comienzo de la obra, Alonso de Villegas apunta una idea que se va a repetir a lo largo de toda la comedia, la cual consiste en distinguir al auténtico Cupido del falso Cupido. En otras palabras, el autor de la *Comedia Selvagia*, desde el principio, demuestra su actitud ante el amor: es defensor del verdadero amor.

[269] *amorosos remedios*: juego de palabras: por una parte, alude a los *Remedios de amor* de Ovidio y, por otra parte, apunta los remedios o soluciones que da Ovidio a los enfermos de amor.

[270] *Citareo*: Cupido.

[271] *triforme*: "Lo que tiene tres formas, ò figuras. Es epithéto, que los Poetas dan à la fabulosa Deidad de Diana" (D. A.). Es decir, se refiere a las tres formas de la luna, "El planeta más inferior del cielo de los siete... El

en donde los unos quedando perfectos,
no tienen los otros su fin aplicado.

No menos los otros, con ser muy seguidos,
ofrescen de suyo provecho a sus entes
robados del dote de los excelentes,
a donde se muestran ser brutos perdidos.
Y, siendo risibles, se van convertidos
sus pérfidos ánimos en irracionales,
apenas sabiendo que son inmortales,
biviendo conforme de los escogidos.

En parte se muestran las artes malvadas,
lustrosas por Circes[272], artera famosa,
de Febo salida discreta y hermosa,
en furia de Venus sus tramas obradas.
Verás ansimismo vejezes saladas[273],
auctor de las quales es un epimeo[274],

medio cuerpo de la luna está siempre alumbrado del sol; pero en razón de apartarse o alexarse dél, causa en la tierra diferentes formas y apariencias. Y assí unas vezes nos parece un broquel de fuego, otras una revanada de melón o un medio círculo, y quando es luna nueva, un arco muy delgado. Con estas diferencias fingen los poetas tener tres rostros... Llamáronla con tres nombres: Luna en el cielo, Diana en la tierra y Proserpina en el infierno" (Covarrubias). En este pasaje *triforme* alude a *Citareo* por los distintos efectos que produce en los seres humanos.

[272] *Circes*: o *Circe*: Hechicera famosa, sobre todo, por su aparición en uno de los episodios más importantes de la *Odisea* de Homero (E. U. I.).

[273] *vejezes saladas*: *vejez*: "Se toma tambien por el dicho ù narración de cosa mui sabida, y vulgar" (D. A.); *salado*: "Gracioso, agudo o chistoso" (D. L. E.); *vejezes saladas* significan *dichos divertidos*.

[274] *epimeo*: *pigmeo*: "Cierta nación de hombres pequeños, cuya estatura es un codo. Pelean con las grullas, y su historia está escrita por muchos autores" (Covarrubias); Homero, en el Canto III de su *Ilíada* (Madrid, Espasa − Calpe, 1986, pág.33), relata la guerra entre los pigmeos y las grullas; *epimeo* es la forma innovada de *pigmeo*, exigida por la métrica, la cual reaparecerá más adelante, en concreto, en la Cena IV del Acto IV, y en ese pasaje alude al enano Risdeño. Sobre las coplas de arte mayor, véase Juan de Mena, *Laberinto de Fortuna*, ed. John G. Cummins (Madrid: Cátedra, 1979), págs.35−38.

robustos desgarros[275] de un gran giganteo[276],
rastreras mentiras del mesmo[277] tramadas.

Y todo juntado, verás dibujada,
obrando las fuertes humanas edades,
no menos que todas sus enfermedades
viciosas al ánima limpia criada.
En ello contempla si tienes tocada,
y puede por frágil tu mente caer.
Ofresce tu cuerpo por ella perder,
si sientes que dello será libertada.

Impuso nuestr'alma su gran Acedor
en grado tan alto de ser sustancioso,
no siendo corpórea, que por piadoso
de no la perder se puso en dolor.
Obtuvo ser siervo de grande señor,
doliéndose de ella no fuesse perdida,
en tanto que puso como hombre la vida
en muerte, quiriendo ser su redemptor.

De donde paresce que todos devemos
abrir nuestros ojos, huyendo los vicios,
dexando los torpes y malos indicios,
do[278] siempre metidos y puestos nos vemos.

---

[275] *desgarros*: *desgarro*: "ademán de braveza, fiero, fanfarronáda, afectacion de valentía" (D. A.).

[276] *giganteo*: "gigantesco" (D. L. E.). Aquí carece de sentido esta única acepción documentada, lo cual supone otra invención de Alonso de Villegas, obligado a respetar la métrica de arte mayor (véase *Comedia Selvagia*, Versos acrósticos, n.274). Es sinónimo de *gigante*, y se refiere a Escalión.

[277] *mesmo*: *giganteo*, o mejor dicho, Escalión.

[278] *do*: "Donde" (D. A.); en este pasaje quiere decir *en los cuales*.

En ellos, puescierta la muerte tenemos,
volvamos la rienda sin más tener calma,
en donde se salve y remedie nuestr'alma,
y no se confunda tal bien, pues podemos.

No parte pequeña de nuestro pecar
tomó para sí la carne dañosa,
en ser a los cuerpos cruel y penosa,
andando contino[279] por los trabucar.
No pueden con ella seguros estar,
ni menos alivio pequeño tener,
osando sus fuerças en contra poner,
soborna sus partes a la sustentar.

En estas cibílicas[280] guerras buscamos,
no fuerça, mas arte por nuestra flaqueza,
teniendo con ellos pocos fortaleça,
osando a las vezes con honrra quedamos.
Los hechos estraños por esto buscamos,
en donde sus males se ponen y penas,
do[281] siempre sacamos materias muy buenas;
obrando por ellas muy bien nos hallamos.

Si bien se notase, por esto van dando
varones humanos los tales tratados,

[279] *contino*: "Continuamente ù De continuo" (D. A.).

[280] *cibílicas*: *civil*: "se dice del que es desestimable, mezquino, ruin, y de baxa condición y procedéres" (D. A.); *cibílicas*, que valen por *civiles* o *viles*. En el *Diálogo de la lengua* (pág.181) Juan de Valdés señala: "Usamos también civil en contraria sinificación que lo usa el latín, diziendo en un refrán: *Caséme con la cevil por el florín*, adonde *cevil* stá por vil y baxa".

[281] *do*: de donde; este valor de procedencia es etimológico (<*de ubi*).

por esto yo mando mis cinco cornados[282]
al templo sublime[283] que van levantando.
Teniendo pues pena por irse mostrando
rugosas sus faltas, siendo descubierto
intento con esto surgir en el puerto[284],
a todos por ellas perdón demandando.

ANDREAE ALFONSI PIUM[285] AD LECTOREM EPIGRAMMA

Floribus hoc: plenum: varijs varioque lepore
    nectare et ambrosia: per lege lector opus.
Dat tibi Seluagiam: per doctus Seluagus auctor.
    Nerigidum Nasum rhino cirotis agas.
Panditur hic caecum caeci velamen amoris.
    Si sapis: hic cernis quaeque cauenda tibi.

[282] *cinco cornados*: *cornado*: "fué antiguamente una moneda muy baxa de ley; la qual mandó batir el sobredicho rey Alonso el Onzeno, para remediar la falta de dinero que avía el año de mil y trezientos y treinta y uno, de que se siguió gran carestía y falta de mantenimientos, cessando el trato y comercio por aver adulterado la moneda. Díxose cornado de una corona que tenía por señal, y tres cornados valían una blanca. Por vilipendio se dize: Querríame más un cornado" (Covarrubias).

[283] *templo sublime*: El autor de la *Comedia Selvagia* alude con ironía al templo o lugar dedicado al culto del falso dios de Amor. Este tipo de juego de palabras, basado en la polisemia, "fue especialmente común en las letras españolas gracias a *La Celestina*" (*Lazarillo*, ed. F. Rico, pág.14, n.8).

[284] *puerto*: A diferencia del "buen puerto" que ha mencionado anteriormente Alonso de Villegas, aquí el *puerto* supone el punto final del trayecto del navegante, o sea, de la composición del autor. Concretamente se refiere a la *Comedia Selvagia.* Hay un ejemplo de la misma índole en los *Remedios contra el amor* (o *Remedios de amor)* (pág.511) de Ovidio, pues al final del librito escribe así el poeta: "He terminado esta obra: traed guirnaldas a mi barca fatigada; he alcanzado ya el puerto hacia el que navegaba". Obviamente, ese *puerto* se refiere a los *Remedios de amor*. Véase también *Comedia Selvagia*, Versos acrósticos, n.265.

[285] *ANDREAE ALFONSI PIUM*: Personaje no identificado. Al principio de la *Silva* de Pedro Mexía también se encuentra una dedicatoria, escrita en latín, cuyo destinatario no está identificado tampoco (véase *Silva*, t.I, pág.166, n.61).

Frange leues arcus: crudeles frange sagittas
iam pharetrate puer: si tua damna patent.
Quid precor in sacro numero numerare deorum.
Si tua quis longe numina vana probat.
Edocet Alfonsus: tacite quot vulnera confers.
Iurgia: quod fraudes: et sine lege dolos.
Prodocet et scyllam veneris vastamque charibdin:
quo vebit in firmam parua inuenta ratem.
Vade liber felix totum relegende per orbem:
det rogo terra tibi: det rogo limpha viam.

ARGUMENTO DE LA COMEDIA[286]

Un cavallero llamado Flerinardo, generoso y de abundante patrimonio, vino de la Nueva España en esta cibdad, donde un día por ella ruando[287], como a caso[288] passase por casa de un cavallero anciano llamado Polibio, de una fenestra[289] della vido[290] una fermosa donzella, de la qual excessivamente fue enamorado[291]. Pues como le fue dicho el tal Polibio tener una muy apuesta hija, cuyo nombre era Ysabela, y la tal fenestra fuesse de su aposento, creyendo ser la mesma Ysabela la que

[286] Alonso de Villegas se sitúa en la misma línea que Fernando de Rojas y Gaspar Gómez de Toledo, otros dos autores del ciclo celestinesco, al introducir también un argumento general en su *Comedia Selvagia*.

[287] *ruando*: *ruar*: "Passear los galanes y festear las damas" (Covarrubias).

[288] *a caso*: *caso*: "todo lo que sucede sin prevención de temor o esperança dello, y adverbialmente dezimos a caso" (Covarrubias).

[289] *fenestra*: "ventana" (D. L. E.).

[290] *vido*: "'vio'; forma antigua de la tercera persona singular del perfecto de *ver* (lat. *vidit*) normalmente usada en *LC*" (*La Celestina*, pág.212, n.14).

[291] Keith Whinnom, en su edición a la *Thebaida* (pág.LI), señala: "... not only has love – at – first – sight been a literary cliché for a very long time, but it was also an idea formally acknowledged in the medieval doctrine of love. San Pedro's heroes fall in love in this way".

visto havía, por cavallero de su amor se intitulava. Donde, dando parte a un gran amigo suyo, cavallero de illustre prosapia llamado Selvago, de su crescida pena, sucedió que el mesmo Selvago, teniendo desseo de ver quién a su amigo tan subjecto y captivo tenía, cumpliendo un día su propósito y, viéndola, no pudiendo su libertad someter a lo que a la verdadera amistad de Flerinardo devía, grandes cuytas y mortales desseos a su causa padesce, tanto que fue puesto en grave enfermedad. Pues veniendo su gran amigo Flerinardo, en presencia de su hermana, Rosiana llamada, a visitarle[292], conoció que la tal Rosiana era lo que en la fenestra de Polibio avía visto, y no Ysabela, como se pensava, porque a caso, como huviesse amistad entre las dos donzellas, aquel día se avían juntas recreado; lo qual como a Selvago fuese dicho, con excesivo plazer, porque abiertamente osaría amar a Ysabela, de su tan grave enfermedad fue sano. Donde poniendo en el negocio una vieja astuta, cuyo nombre era Dolosina, cumplieron enteramente sus desseos, siendo primero desposados por palabra de futuro[293], lo que de a poco, con licencia de sus padres, se puso por obra, passando lo mesmo de Flerinardo con Rosiana. Pues estando el día que las bodas se solenizavan con gran regozijo, vino un maestro de la Nueva España, que avié sido de Flerinardo, el qual declaró cómo el mesmo Flerinardo era hijo único de Polibio, padre también de Ysabela, que, de chico, con un tío suyo en aquellas tierras se havié partido, con las quales nuevas, todos muy gozosos, quedando dos hermanos con dos hermanas juntos en matrimonio, se dará fin a la comedia.

[292] *visitarle*: Es decir, *visitarlo*. El uso frecuente de *le* en lugar de *lo* como complemento directo indica que es leísta Alonso de Villegas. Según Francisco Rico, "justamente en el Siglo de Oro son leístas los escritores castellanos y, en general, los del Norte" (*Lazarillo*, ed. F. Rico, pág.30, n.73). El leísmo también se detecta a menudo en *La Celestina*, obra de otro toledano: Fernando de Rojas.

[293] *palabra de futuro*: igual a *palabra de matrimonio*: "La que se dá reciprocamente de contraherle, y se acepta: por la qual quedan obligados al cumplimiento los que la dan." (D. A.).

CENA PRIMERA DEL PRIMER ACTO[294]

En que Flerinardo, noble cavallero, siendo captivo del amor de Rosiana, yllustre donzella, la qual en una fenestra vido, dexando cargo a un su siervo, llamado Escalión, para que se certificase de quién la dama fuesse, él, en su posada, de su ventura gravemente se lamenta, donde a caso, veniéndole a visitar un su gran amigo, cuyo nombre era Selvago, y, sabida la causa de su pena, por evidentes razones y grandes exemplos de su propósito apartarle procura, lo que no pudiendo con él acabar, su fabor le promete en el caso. Escalión viene diziendo ser la fenestra, en que la donzella por su señor havié sido vista, del aposento de Ysabela. Donde se sigue que pensando Flerinardo ser la mesma Ysabela la que su coraçón havía robado, más firme en su propósito, la procura servir, ordenando nuevas invenciones para poner en obra su desseo. Introdúcense:

FLERINARDO. SELVAGO. RISDEÑO. ESCALIÓN.

[FLERINARDO.] Resuenen ya mis enormes y rabiosas querellas, rompiendo el velo del sufrimiento con que hasta oy forzosamente han sido detenidas. Penetren los encumbrados cielos mis fuertes y congojosos clamores, forzando su fuerza sin ella por haver sido forzada con acaescimiento tan desastrado y fuerte. Matizen los delicados aires mis muchas y dolorosas lágrimas, de miserables y profundos sospiros

[294] Entre las obras del ciclo celestinesco, precedentes a la *Comedia Selvagia*, la *Tragicomedia de Lisandro y Roselia* de Sancho de Muñón es la única que se divide en actos y cenas, en concreto, cinco actos y cinco cenas en cada acto salvo en el último donde se registran sólo cuatro cenas, "lo cual supone adoptar la división docta defendida por preceptistas como López Pinciano" (Luis Mariano Esteban Martín, "Huellas de *Celestina* en la *Tragicomedia de Lisandro y Roselia*, de Sancho de Muñón", pág.17).

esmaltadas. Descúbranse los furibundos alaridos, quebrantando los claustros y encerramientos que tanto tiempo han tenido; esparzan con su ligero ímpetu las delicadas exalaciones de que el no domable coraçón solié ser cercado. Apártese de mí todo contento, pues gloria[295] sin ella, por haverla tenido, mis míseros sentidos han gozado. Dolor, angustia y pena procuren de oy más mi compañía, quieran con querer lo que mi contraria ventura no queriendo quiso. Apercíbase mi pequeña fortaleza para tan horrenda batalla como comenzar quiere; descubra sus insignias y estandartes de clemencia, poniéndose los soldados de servicios en alarde de rompimiento. Resuenen los roncos atambores con querellosos zumbidos, los tiros mensajeros penetren con fuertes dislates[296] los turbidos vientos y municiones de magestad contraria; los ligeros dardos y tajantes espadas con desvíos consuman los míseros combatientes; inquira[297] el fuerte caudillo del ingenio nuevas y esquisitas maneras de combates para que pueda venir en algún próspero sucesso su fluctuoso partido. ¡Ay de mí, en quánto dolor y tormento el inhumano Cupido mi no subjetado coraçón tan súbitamente pudo someter! ¡O amor, amor! ¡Cómo jamás creyera que tanta fuerza en forzar los no forzados alcançavas, perdiendo sin perder al no perdido para que del todo recuperar se pueda[298]! ¡Ay de ti, Flerinardo, el más mísero de los míseros, sin que causa en ti se halle para que tal nombre te convenga! Considera en qué estado tu contraria

---

[295] *gloria*: "Término habitual en la literatura cancioneril y sentimental" (*Segunda Celestina*, pág.234, n.19); "en el vocabulario del amor cortés, *gloria* podía ser eufemismo... para denotar la posesión sexual" (*La Celestina*, pág.501, n.16). En la *Comedia Selvagia*, aparte del sentido básico, *gloria* muchas veces alude también al acto sexual. Véase también *Tercera Celestina*, pág.78, n.20.

[296] *dislates*: *deslatar* significaba antiguamente "disparar una arma" (Corominas) y de allí se deriva "hacer algo violento o detonante" (Corominas); en este pasaje *dislate* significa lo mismo que *detonación* o *explosión*.

[297] *inquira*: "Buscar cuidadosa ò solicitamente" (D. A.).

[298] *O amor, amor... se pueda*: En *La Celestina* (pág.603) Pleberio exclama: "¡0 amor, amor! ¡Que no pensé que tenías fuerça ni poder de matar a tus subjetos!".

fortuna[299] te ha traýdo después de te haver libertado de muy muchos y grandes peligros, porque más agora, vuelta su rueda, su contrariedad en tu daño esperimentases. ¡O, cómo mi tan amada libertad sin alguna se halla por haver sido tocada de la pestilencial ponçoña del inconstante Cupido, donde otra cosa no se espera suceder sino que la vida junto con el ánima satisfagan al inviolable precepto de natura, si la causadora de tanto daño no pone la triaca[300] saludable en la infistolada[301] y encurable herida! Mas, ¡ay de mí!, que primero las velozes influencias celestes dexarán su acostumbrado camino que tal medicina en mi crecido mal[302] sea aplicada, pues mi flaco merescimiento, con el grande de mi seráfica dea[303], en ello no da lugar, por lo qual soy forçado a que mi vida, llena de contrarias miserias, en miserias miserablemente perezca; y, aun si esto con brevedad fuesse, no pequeña gloria se me seguiría[304] porque mi mal de todo punto se acabasse. ¡O Cupido, tirano y crudelíssimo juez! Pídote, pues soy

[299] *fortuna*: Es tópica la inconstancia de la rueda de la fortuna. Véase *La Celestina*, pág.208, n.9, pág.417, n.77, y pág.597, n.17; *Tercera Celestina*, págs.196–197; *Silva*, t.I, págs.790–798 y t.II, pág.41, n.6; y, *Amadís*, pág.292, n.41 y pág.1754, n.50.

[300] *triaca*: "es un medicamento eficacíssimo compuesto de muchos simples, y lo que es de admirar los más dellos venenosos, que remedia a los que están emponçoñados con qualquier género de veneno. Díxose del nombre griego... *therion*, bestia venenosa, y por excelencia la vívora, o por ser remedio contra las tales o porque de sus mesmas carnes se haze esta composición, como está dicho para remedio" (Covarrubias).

[301] *infistolada*: Es un derivado de *fístola*: "Llaga angosta, honda y callosa, que no se llega a cerrar, y vá siempre purgando, la qual suele proceder de contusiones ò apostémas" (D. A.); *infistolada* es sinónimo de *infectada*.

[302] *mal*: Aparte de su significado básico, a menudo funciona como eufemismo del deseo sexual en la *Comedia Selvagia*. En *La Celestina* (pág.386) también se registra este uso , "el *mal*... indica la supuesta enfermedad fisiológica, pero también el sufrimiento amoroso, desde su fuente ovidiana" (*Comedia de Sepúlveda*, pág.136, n.107).

[303] *dea*: "Diosa" (D. A.). Aquí se refiere a Rosiana, cuyo nombre es confundido por el momento por el de Ysabela. "La deificación de la amada es habitual en la retórica del amor cortés, libros de caballerías, *La Celestina*, etc." (*Segunda Celestina*, pág.250, n.12); "Otro aspecto del amor cortés era que, a ojos del amante, la amada siempre representaba la perfección, no sólo física sino también espiritual. No era raro en la literatura amorosa que se le aplicase a ella el epíteto 'divina'" (*La Celestina*, pág.58). Para Carlos García Gual, se trata de la "religión del amor"; véase *Primeras novelas europeas* (Madrid: Istmo, 1990), pág.75.

[304] *seguiría*: en T *sigueria*.

impotente para tan crudo tormento como sin te ofender en mí pusiste, o me des manera cómo le pueda sustentar, o del todo, exagerando tu injusticia, consuma ya mi trabajosa y triste vida[305]. ¡O, cruda y desastrada suerte de amadores, que, cresciendo cada día más sus fatigas, las fuerzas para sustentallas[306] se disminuyen, y el sentido para más sentillas se aumenta, y la muerte, por dar más pena, huye de la penosa vida! ¡O vida sin vida, pues biviendo passo vida de muerte! ¡O muerte sin muerte, pues muriendo no muere mi pena! ¡O pena sin pena, pues penando no pena mi dolor! ¡O dolor sin dolor, pues doliendo su dolor es descanso! ¡O descanso de mi pena, remedio de mi cuyta, amparo de mi tribulación, auxilio de mi desconsuelo, vida por quien la mía se conserva, dexa ya de atormentar a quien delante tu clarífico aspecto misericordia postrado demanda[307]!

SELVAGO. ¿Qué es esto, señor Flerinardo, que tan súbito mudamiento al presente en vuestra figura se muestra? ¿Por ventura havéys sabido alguna desastrada nueva de vuestra patria, que tales estremos[308] os

---

[305] *Pídote... triste vida*: es decir, *Pídote... o me des rnanera... o del todo,... consuma ya mi trabajosa y triste vida*; la omisión de la conjunción que "Es fenómeno bastante frecuente... en la mayoría de los textos del siglo XVI" (*Silva*, t II, pág 94, n.5).

[306] *sustentallas*: *sustentarlas*, resultado de la asimilación de la *–r* del infinitivo a la *l–* del enclítico. Véase el artículo de F. A. Lázaro Mora ("rl > ll en la lengua literaria", *Revista de Filología Española*, LX, págs.267–283). Es frecuente este fenómeno lingüístico en la *Comedia Selvagia*.

[307] *O, cruda... demanda*: A lo largo del monólogo de Flerinardo se encuentran muchas figuras retóricas y, especialmente, se aglomeran en el citado pasaje, donde Flerinardo utiliza al mismo tiempo cinco figuras retóricas: *gradatio*: "al exponer un argumento por etapas, se repite la palabra – o una forma de ella – con que se ha terminado la etapa anterior para introducir el próximo aserto" (*La Celestina*, pág.274, n.32); *repetitio*: "'cuando se emplea la misma palabra para introducir una serie de frases que expresa ideas parecidas' (*Ad Herennium*, IV, xiii, 19)" (*La Celestina*, pág.341, n.28); *commutatio*: "cuando dos ideas contradictorias se trasponen" (*La Celestina*, pág.359, n.10); *exclamatio*: "es expresión de los afectos y se refleja en mayor medida en la modificación de la articulación, es decir, mediante una pronunciación y entonación adecuadas" (*Fundamentos de retórica*, pág.205) y sirve, sobre todo, "para indicar pesar o ira" (*La Celestina*, pág.215, n.31); y, finalmente, *adnominatio* (véase *Comedia Selvagia*, Versos acrósticos, n.267). El uso de estas figuras retóricas no es nada raro en la *Comedia Selvagia* y por lo tanto no se las va a señalar en adelante a fin de evitar la prolijidad o la redundancia.

[308] *tales estremos*: en T *estalestremos*.

fuerça a demostrar, o sentísos fatigado con alguna enfermedad inopinada? Por Díos, señor, no me lo tengáys más celado, que bien sé ser algún arduo caso nuevamente en vos acaescido, pues siendo tamaña vuestra amistad aún no soy desto sabidor. Pídoos, mi señor, en quanto puedo, que más con el a[nh]elo del callar vuestras passiones y penas por vos no me sean escondidas, pues que os es manifiesto que siendo vos triste no puedo yo ser alegre, y que teniendo vos pena no tendré yo plazer, y, finalmente, que vuestro mal y bien, como[309] en la verdadera amistad conviene, a de ser por mí ygualmente rescebido. Aliende[310] lo dicho, como el sabio[311] declara diziendo que en los amigos todas las cosas han de ser comunes, y pues por tales yo y vos nos tenemos, justo es que de vuestro dolor me deys parte, por que[312] en ello, si pudiere ser, os dé el remedio[313] más conveniente, con que vuestros afanes algún tanto se disminuyan.

FLERINARDO. Si fuerça en la mía huviesse para en alguna manera demostraros, señor Selvago, el grave dolor que mis sentidos atormenta, ni vos dello seríades ageno, ni yo dexarié de rescebir soberano consuelo

[309] *como*: en T *coma*.

[310] *Aliende: Allende*: "Palabra castellana antigua, vale ultra de, fuera de, fin, y es corrompido de *aliud inde*" (Covarrubias); *Aliende* es el resultado de una corrección basada en *aliud inde* y significa *además de*.

[311] *sabio*: Todavía no se sabe a quién se refiere concretamente. Con respecto a la amistad, es un tema muy explotado en aquella época. Por ejemplo, fray Antonio de Guevara escribe así en sus *Epístolas familiares*, II, 41, ed. José María de Cossío (Madrid: Aldus, 1952) se lee el siguiente pasaje: "Pedirme también como me pedís, que sea vuestro amigo, es pedirme la mayor presea que yo tengo en este mundo: es a saber, obligarme toda mi vida a os amar, y de vuestro coraçón y del mío una sola cosa hazer, porque no se puede llamar verdadera amicicia, si el que ama no se transporta en la que ama. El que ama, y lo que se ama, si verdaderamente se aman, con unos pies han de andar, con una lengua han de hablar, y con un coraçón solo se han de querer: por manera, que una vida los sustente, y una muerte los acabe" (pág.435). En *La Celestina* (pág.361) Celestina también habla con Pármeno de la amistad: "Vosotros soys yguales: la paridad de las costumbres y la semejança de los coraçones es la que más la [amistad] sostiene".

[312] *por que*: "para que" (D. L. E.). En la *Comedia Selvagia* tiene a menudo el valor de conjunción final. Lo mismo ocurre en *La Celestina*, por ejemplo, pág.145).

[313] *remedio*: En la *Comedia Selvagia* no siempre aparece con el sentido recto, pues a veces no es más que el eufemismo del acto sexual. También sucede esto en la *Segunda Celestina* (véase pág.448, n.17).

en manifestar mis cuytas a quien sé que por suyas las tendría; mas, ¡ay de mí!, que no solamente para declarar mi pena me falta poder, mas aun yo mesmo, lo que más en la enfermedad ha de temer[314], la causa del todo ignoro, de que se sigue un tan grave detrimento en mi penosa fatiga que la muerte, en todo mal fin y cabo, en el mío para mayor gloria deseo, ya que tuviesse donde con ella se podrié ganar lo que en la vida por tan perdido tengo.

SELVAGO. Aunque vuestras obscuras razones se muestran tales a mi flaco entendimiento, no por esso dexo de conjecturar de qué pie, como dizen, os sentís[315], por causa de tantos y tan diversos circunloquios y rodeos como en vuestra prática[316] havéys usado, lo que siempre se les dio a los hermanos de semejante confradía[317] como en la que vos, a lo que veo, queréys entrar, pagando la luminaria[318] de muchas y muy diversas

---

[314] *temer*: en T *tener*.

[315] *de qué pie... os sentís*: significa lo mismo que "De qué pie cojea" (Correas), "de qué enfermedad adoleces" (*La Celestina*, pág.220, n.49); Selvago alude a la causa del sufrimiento de su amigo Flerinardo. Así que esta expresión aparece en todas las obras del ciclo celestinesco: aparte de la *Comedia Selvagia*, *La Celestina* (pág.220), *Segunda Celestina* (pág.244), *Tercera Celestina* (pág 85 y pág.350), *Lisandro y Roselia* (pág.194) y *Policiana* (pág.9). Para más información, véase *Propalladia*, págs.747–748, n.63.

[316] *prática*: plática.

[317] *confradía*: "Cofradía, *confraternitas*, hermandad; comúnmente se entiende de los que tienen hermandad en alguna obra pía y religiosa" (Covarrubias).

[318] *luminaria*: "Se llama... aquella luz que arde continuamente en las Iglésias delante del Santíssimo Sacramento" (D. A.); aquí se refiere a la luz que arde en los templos donde se rinde culto al dios de Amor. Según Francisco Rico, "en el Siglo de Oro fue corriente la práctica de asociar a situaciones enteramente profanas, a momentos de comicidad o erotismo, imágenes sacras y analogías con los dogmas centrales del cristianismo...'" (*Lazarillo*, ed. F. Rico, pág.56, n.50). Enrique Moreno Báez también declara: "Esta mezcla de lo sagrado y de lo profano no debe escandalizarnos, pues es muy frecuente en la literatura de aquella época" (*Cárcel de amor*, pág.37). En la *Segunda Celestina* (por ejemplo, pág.520) hay alusiones a las "luminarias de las boticas del burdel". En la *Comedia Selvagia* se hallan frecuentes asociaciones de este tipo. Juan del Encina señala así en su *Poesía lírica y cancionero musical*, ed. R. O. Jones y Carolyn R. Lee (Madrid: Castalia, 1975): "El lenguaje de la religión llega por lo tanto a ser el más apropiado para la expresión del amor. Es ésta una característica constante e insistente de toda la literatura europea del amor cortés, no menos en España, donde abundan las letanías de amor" (pág.27).

passiones adelantada; mas, aunque esto assí passe, no por esso me dexéys de manifestarme si vuestro mal es de amor, porque, de semejantes criados y familiares que vos en vuestro transfigurado rostro demostráys, este perverso señor suele siempre acompañarse[319].

FLERINARDO. Quereros yo, señor, encubrir lo que vos tan fácilmente avéys entendido, poco menos sería que locura; por tanto avéys de saber que, ruando yo este día después de bísperas por la ciudad, la fortuna que lo ordenó, mis hados que lo quisieron y mis ojos que fueron la causa, vi en una fenestra una dama de tanto valor y hermosura que ni las passadas la igualaron, ni las presentes la llegan, ni aun las por venir la podrán en alguna cosa hazer ventaja. Pues yo de tal visión espantado, no menos fuera de mí que los tocados de Circes o los que tocaron sus labrios[320] en el río Lecteo[321], viéndome en otro mundo, nuevas costumbres y nueva manera de bivir desde entonces en mí se ha hallado; de que mi mísero espíritu de tal manera se siente afligido que la vida tiene por muerte y la muerte le sería dichosa vida.

SELVAGO. De gana, señor Flerinardo, si no sintiesse que os dava pena de la vuestra, me reiría viendo la noble condición que tenéys y soberano valor puesto en una tamaña vanidad como en la que poneros queréys o del todo estáys metido. Verdaderamente no pudiera pensar que assí vuestro buen entendimiento y templado juyzio tan presto

[319] Se trata de un tópico: los enamorados nunca consiguen ocultar su pasión, lo cual se puede comprobar en obras como la *Tercera Celestina* (pág.286, n.1008), la *Comedia de Sepúlveda* (pág.160, n.207) y la *Silva* (t.II, pág.93).

[320] *labrios*: *labrio*: "(Del lat. *labrum*, infl. por *labĭum*.) m. desus. **labio**" (*D. L. E.*); *labrios* quiere decir *labios*.

[321] *río Lecteo*: *río Leteo*: Río del infierno o del Olvido, cuyas aguas hacían que las almas de los muertos olvidasen enseguida todo lo relacionado con el pasado (E. U. I.). Véase también Juan Rodríguez del Padrón, *Siervo libre de amor*, ed. Antonio Prieto (Madrid: Castalia, 1986), pág.78, n.28.

perdiéssedes[322] en os dar, las manos atadas y tan de ligero, a este violento robador, cuyo engañoso poderío los vanos sentidos de los simples y soezes hombres de contino señorear procura, dándoles en el fin aquel galardón que su locura tiene merecido. Por vuestra fe, señor, mirá[323] bien lo que hazés[324]. No queráys assí someteros de señor a ser, por vuestra voluntad, siervo y muy abatido. Considerad los daños y desventuras que desde el principio del mundo hasta en nuestros tiempos a cimentado, engañando con su apazible cara y fingidos regalos y caricias a[325] los que en alguna manera a su voluntad halla conformes. Si bien consideráys todos los que han escripto, veréys que por un sendero los más contra éste sus obras enderezan, contando los desastrados acaescimientos que por él fueron urdidos y cimentados. Homero, el principal de los griegos escriptores y poetas, aunque en el proseguir de su hystoria muy ageno, por esso no dexa de le dar sus toques, demostrando por su *Ulixea*[326] la engañosa vida y costumbres de la luxuriosa Circes. También Marón entre los latinos poetas fénix[327] único, todo el quarto libro de su *Eneyda* en decir

---

[322] *perdiéssedes*: A juicio de Rafael Lapesa (Lapesa, 1995, pág.394), va a durar hasta la época de Calderón, o sea, el siglo XVII la conservación de esa *-d-* intercalada como formas esdrújulas de la persona *vosotros*. Se trata de una forma arcaica que coexiste con la forma moderna antes de desaparecer. Para más información, véase *la nota siguiente*.

[323] *mirá*: "la caída de la *-d* final en los imperativos era corriente en el lenguaje popular" (*Lazarillo*, ed. F. Rico, pág.34, n.94); véase también *Silva*, t.I, pág.206, n.38 y *Diálogo*, pág.91-92. Sin embargo, en la *Comedia Selvagia* no hay muchos casos similares.

[324] *hazés*: "Las formas llanas de la persona *vosotros*, conservan la *d*, procedente de *t* latina, hasta el siglo XV; las esdrújulas, hasta el XVII, 'sabedes' por tanto se convirtió en 'sabees', que por reducción de ambas ees dio *sabés*, forma predominante en la primera edición de *La Celestina* y que dialectalmente aún se conserva en el Río de la Plata; también *sabees* se convirtió por disimilación en 'sabéis', forma concurrente que es la que hoy usamos" (*Cárcel de amor*, pág.98, n.62), el caso de *hazés* es idéntico al de *sabés*.

[325] *a*: en T no existe.

[326] *Ulixea*: es decir, *Odisea*; *Ulixea*, versión latina, era mucho más popular en la época de Alonso de Villegas que, *Odisea*, versión griega. "La forma *Vlixía*, hoy inusual, es la derivación de la latina clásica *Vlixes*, *Vlixeus*, de donde proceden en castellano pre-renacentista y renacentista *Vlixes*, como nombre propio... *Vlixea*" (*Comedia de Sepúlveda*, pág.110, n.18).

[327] *fénix*: "Dizen ser una singular ave que nace en el oriente, celebrada por todo el mundo; críase en la felice

sus iniquos[328] hechos ocupó, lo mesmo que[329] Ovidio en su *Metamorfoseos* pareciendo[330]. Salomón le llama pestilencia y lazo en que los ánimos ociosos como en liga se prenden[331]. Tulio dize que ciega los ojos del entendimiento y causa en el cuerpo senetud sin tiempo[332], ansimesmo que de todos deven ser aborrezidos los que del todo se le dan[333]. El divino Platón dize que torna locos y sin sentido a los en quien mora. Valerio Máximo le baptiza por raíz y principio de todos los males[334]. Petrarca con diversos contrarios le blasona diciendo ser un fuego intrínseco, una herida deleytosa, un sabroso veneno, una deleytable dolencia, que causa suave y dulce muerte[335]. Hablando en lo mismo, un autor de nuestros tiempos

---

Arabia, tiene el cuerpo y grandeza de un águila y vive seys cientos y sesenta años" (Covarrubias). "Ave fabulosa, que los antiguos creyeron que era única y renacía de sus cenizas" (D. L. E.). Selvago compara a Virgilio con el fénix ya que considera que tanto el uno como el otro es único en el mundo.

[328] *iniquos*: *iniquo*: "Injusto" (Covarrubias).

[329] *que*: en T *de*.

[330] *pareciendo*: *parecer*: "dar alguna cosa muestras ò señales de lo que es ò incluye" (D. A.).

[331] *pestilencia y lazo... se prenden*: "El sabio Salomon unas veces te llama pestilencia, otras veces red y lazo en que se prenden los ánimos libres..." (*Lisandro y Roselia*, pág.278).

[332] *sin tiempo*: antes de tiempo, "intempestivamente" (D. A.). En la *Segunda Celestina* (pág. 370) Poncia dice a su señora Polandria: "Y por tanto, mi consejo es que, con autos virtuosos exercitando el tiempo, hagas al tiempo que olvide lo que sin tiempo desseó".

[333] *ciega los ojos... se le dan*: "Tulio dice que empide el consejo, y es enemigo de razon, y ciega los ojos del entendimiento, y trae el cuerpo á vejez. El mesmo dice, aquellos acusamos y juzgamos ser dignos, que todos aborrezcan los que dados á los halagos y deleites de la triste vida, no miran ni proveen que dolores y tormentos por ello recibirán" (*Lisandro y Roselia*, pág.279).

[334] *raíz... todos los males*: "Valerio Máximo dice que tú á muchos forzaste á padecer y hacer cosas ilícitas y torpes, y que esta dulzura, comun á todos los otros brutos animales, es la raíz y principio de todos los males, el mesmo dice" (*Lisandro y Roselia*, pág.278).

[335] *ser un fuego intrínseco... dulce muerte*: En *La Celestina* (pág.435) Celestina dice a Melibea: "Es un fuego escondido, una agradable llaga, un sabroso veneno, una dulce amargura, una delectable dolencia, un alegre tormento, una dulce y fiera herida, una blanda muerte"; y, al pie de la misma página, Peter E. Russell ha puesto la nota 52: "esta definición del amor a base de la figura retórica llamada *contentio* ("cuando la oración se construye a base de juntar contrariedades," *Ad Herennium*, IV, xv), es préstamo del diálogo *De gratis amoribus* de Petrarca, *De remediis*, 1496, I, 69, A 2-3 (fol. [e 6] r): Est enim amor latens ignis: gratum uulnus: sapidum uenenum: dulcis amaritudo: detectabilis morbus: iucundum supplicium: blanda mors". La misma sentencia también se encuentra en *Lisandro y Roselia* (pág.278); y, en cuanto a lo que dice Philomena a Dorotea (*Policiana*, pág.30), en torno a su mal, se puede considerar una variación de dicha sentencia.

dize que los enamorados impúdicos, como leprosos, deven ser excluýdos de todo poblado y conversación[336] humana, queriendo demostrar ser el amor deshonesto una lepra, que no solamente a sus señores destruye, mas aun a sus familiares y alegados[337] inficiona[338]. Pues si los males que por él de hecho han sido tramados de palabra los quisiesse demostrar, antes el tiempo que la materia tendría fin determinado; mas aunque esto ansí sea, no dexaré de particularizar algunos para más vuestro propósito confundir y mi razón aprobar. Digo, pues, que las mayores guerras que en el mundo fueron ni serán, si a los autores creemos, que fueron las de los griegos y troyanos[339], por este sacrílego fueron cimentadas, donde tanta gente ylustre pereció quanta el mundo hasta entonces avía criado. No fueron, empero, menores las que los romanos y sabinos[340] en uno truxeron[341], donde, por este cruel, hermano con hermano y padre con hijo atrozmente se matavan. Pues si queremos dezir lo que en nuestra España por intercessión de la Cava[342], discípula de este cruel malvado, pasó, bien creo yo que no faltaría qué, si las grandes y mortales llagas que de ello aún tenemos, del todo siendo guarecidas, en ello nos diessen lugar. En personas particulares es cosa espantosa de ver los daños que hasta oy tiene hechos, pues David por él ofendió a Dios, a quien tanto amava, tan gravemente, haziendo matar al

[336] *conversación*: "Comunicación y plática entre amigos" (Covarrubias).

[337] *alegados*: allegados.

[338] *inficiona*: *inficionar*: "Corromper con mal olor el ayre, o otra cosa" (Covarrubias).

[339] En cuanto a la guerra de los griegos y troyanos, véase *Comedia Selvagia*, I, 1, n.374.

[340] Respecto a la guerra de los romanos y sabinos, véase *Comedia Selvagia*, I, 1, n.376.

[341] *truxeron*: *trajeron*, pues en el Siglo de Oro "Se empleaban indistintamente *traxo* y *truxo*" (Lapesa, 1995, pág.395), y por consiguiente, *truxeron* era igual que *trajeron*.

[342] *la Cava*: Hija única del conde don Julián, gobernador de la Mauritania Tingitana; de acuerdo con la leyenda, sus amores con el rey don Rodrigo causaron la traición de don Julián, quien introdujo a los moros en España para vengar la deshonra de su hija (E. U. I.).

ignocente[343] capitán suyo Urías[344]. Salomón[345] por él, pues, fue idólatra. Su hermano Amón[346] por su causa murió muy desastradamente. Lo mesmo fue del fortíssimo Sansón[347]. El padre de Orestes[348] por él fue privado de la vida a manos de su muger Clitenestra. Tolomeo[349], rey de Siria, por su causa recibió otra semejante pena que Agamenó. Por éste el famoso reyno de Persia perdió el renombre de invencible, que por largos tiempos avía adquirido siendo sucessor Sardanápalo[350], el qual perdió la dignidad de rey en traje femenino. Medea[351] y Prognes[352] por él mataron a sus hijos.

[343] *ignocente*: "A causa de la inseguridad del lenguaje y de la natural aspiración a hablar bien, eran frecuentes los errores de falsa corrección, pues no había idea clara de las formas que debían emplearse. Quienes preferían *límide* a *limde*, solían escribir y pronunciar *cábera* en vez de *cabra*" (Lapesa, 1955, pág.115). Lo mismo ocurre con *ignocente*. Como *digno* (< *dignus*) e *ignorante* (< *ignorans*) llevan la *g* delante de *n*, se puede añadir la *g* a *inocente* que carece de ella etimológicamente (< *innocens*) debido a la ultracorrección. Éste es el caso de Alonso de Villegas.

[344] David era padre de Salomón y rey de Israel, quien cometió el adulterio con Betsabé y el homicidio de su marido Urías (E. U. I.).

[345] *Salomón*: Para complacer a sus esposas y concubinas extranjeras, con quienes celebró la unión en contra de la ley, no sólo les permitía rendir culto a sus dioses sino que también les construyó templos para el culto de aquellos dioses en Jerusalén, convirtiéndose así en idólatra (E. U. I.).

[346] *Amón*: o *Amnón*: Hermano de Salomón e hijo primogénito de David, a quien dio muerte Absalón por haber violado a su hermana Tamar (E. U. I.).

[347] *Sansón*: Hombre de gran fuerza; se enamoró de Dalila y fue traicionado por ella, y al final, murió junto con los principales filisteos, sus enemigos, después de haber derrumbado el templo donde se encontraban (E. U. I.). Hay un refrán que lo comfirma: "Más fuerte era Sansón, y le venció el amor" (D. R.).

[348] *El padre de Orestes*: Se refiere a Agamenón, rey de Micenas y de Argos, quien capitaneó la tropa de los griegos contra Troya a fin de vengar el rapto de Helena por Paris y fue asesinado por Egisto, amante de su esposa Clitemnestra (E. U. I.).

[349] *Tolomeo*: Alonso de Villegas se ha equivocado del nombre del rey de Siria, pues aquí quiere aludir a Antíoco II, Theos, hijo de Antíoco I, Soter y tercer rey de Siria, el cual, para conseguir la paz tras el fracaso militar contra Tolomeo Filadelfo de Egipto, decidió repudiar a su esposa Laodicea y casarse con Berenice, hija de Tolomeo; aquélla, furiosa por el abandono de su esposo, le envenenó en el año 246 antes de J. C. (E. U. I.).

[350] *Sardanápalo*: Rey de Asiria y prototipo de hombre afeminado ya que según la leyenda vivió rodeado de mujeres, se vistió como ellas e incluso se dedicó a las labores femeninas (E. U. I.).

[351] *Medea*: Nieta de Apolo y famosa hechicera; Como Jasón la dejó abandonada por la hija del rey Creonte de Corinto, no sólo quitó la vida a su nueva amada sino que también asesinó a sus propios hijos que había tenido con Jasón (E. U. I.).

[352] *Prognes*: o *Procne*: Hija del rey de Atenas Pandión, hermana de Filomela y esposa de Tereo, rey de Tracia; al enterarse de que Tereo había violado a Filomela y además le había cortado la lengua, mató a su propio hijo Itis con la ayuda de su hermana (E. U. I.). "Nosotros hemos hecho uso en español exclusivamente de la

Semíramis[353], aviendo en hábito de varón regido a la gran Babilonia, por ella edificada, grande tiempo con mucho saber, el mesmo día que tal vestido dexó, ganó para sí la muerte, dada por su hijo, a quien ella en mala parte amava. Haníbal[354] dexó de señorear la gran ciudad de Roma por él. Xerxes[355], a quien los vientos con las mares temían, por viciarse en este pecado perdió su reyno y señoría. Por causa déste se han cometido muy malos y nefandos pecados, como fue el de Passipha[356] con el toro; Pigmalión[357] con una estatua de piedra; Cratis[358], pastor, con una cabra, donde por esta causa por un cabrón de mala muerte fue muerto; Estello[359] con una yegua; Aristeo[360] con una asna; Calígula[361] y Cómmodo[362], siendo

transcripción directa del griego, *Procne*, pero a reserva de que en latín lo más usual es la forma *Progne*" (Ruiz de Elvira, pág.365).

[353] *Semíramis*: Reina de Asiria que cambió las leyes, legalizando el incesto, para ocultar y legalizar su propia pasión nada ejemplar y que fue matada por su hijo cuando éste se enteró de la pretensión incestuosa de su madre (E. U. I.).

[354] *Haníbal*: Célebre caudillo cartaginés, cuando estaba a punto de conquistar Roma, cometió el error de corromper a sus soldados con el vino, los juegos y las mujeres, y de este modo perdió su victoria sobre Roma (E. U. I.).

[355] *Xerxes*: Según Valerio Máximo (*Hechos y dichos*, pág.193), Xerxes dejó de reinar Persia debido a su afición a la lujuria.

[356] *Passipha*: *Pasífae*: Esposa del rey Creta Minos y víctima del castigo de Neptuno; como Minos no cumplió su promesa con el dios del mar, éste hizo que Pasífae se enamorara del toro que Neptuno mandó salir del mar, y de tal unión, conseguida gracias al ingenio de Dédalo, nació el Minotauro, monstruo que tenía cabeza de toro y cuerpo de hombre (E. U. I.).

[357] *Pigmalión*: Escultor de Chipre, que se enamoró de su propia obra, una estatua de marfil, y logró casarse con ella por la intervención de Venus, quien convirtió la estatua en una doncella de carne y hueso (E. U. I.).

[358] *Cratis*: Pedro Mexía cuenta así en su *Silva* la historia de *Cratis*: "También es estraño caso el de Cratis pastor que guardava cabras, que estando seguro en los montes durmiendo, lo mató un cabrón de su hato, por celos que dél tenía de una cabra, porque en la verdad usava abominablemente della" (*Silva*, t.I, pág.346); H. J. Rose menciona a Arcade como "hijo de un pastor llamado Cratis y de una cabra" (pág.168) en su *Mitología Griega* (Barcelona: Labor, 1970).

[359] *Estello*: "Dexo pasar lo que Publio Estello hacia con la yegua, y Aristo Efeseo con una asna" (*Lisandro y Roselia*, pág.277).

[360] *Aristeo*: es decir, *Aristo*; véase *Comedia Selvagia*, I, 1, n.359.

[361] *Calígula*: *Cayo Julio César Germánico*, emperador romano, desenfrenado en las pasiones, llegó a cometer el pecado de incesto con sus hermanas, en especial con Drusila (E. U. I.). De acuerdo con Valerio Máximo, Calígula mantuvo relaciones carnales con tres hermanas suyas y no dos, tal como señala Alonso de Villegas.

[362] *Cómmodo*: *César Lucio Elio Aurelio Cómodo Antonino Augusto*, emperador romano, entregado al placer y

emperadores romanos en un día nascidos, pecaron gravemente con dos hermanas carnales suyas; también Hemón[363] con Ródope, su propia hija; Thereo[364], rey de Tracia, con su cuñada Filomena; Thicthes[365] con Europa, muger de su mesmo hermano; Sother[366], rey de Sicia, con su madrastra Stratonice; Ayax Oleo[367] con la prophetisa Casandra; Dionisio el Tirano[368], con las vírgenes locrenses. Por éste, Tarquino el Supervo[369], no solamente fue homicida, mas la muy hermosa y casta Lucrecia se dio con sus propias manos la cruel muerte, y por esta causa, él con todos los más de su linaje fue afrentosamente de su reyno y estado desterrado. Por éste, nuestro leal enamorado Mazías[370] miserablemente fue muerto. Por el mesmo, Dante y Petrarca, muy famosíssimos y discretos toscanos, también padecieron mil cuytas y mortales desseos. Y finalmente, por esta pestilencial ponçoña, la más que matrona romana doña María Coronel[371], con un tizón de

al crimen, incluso violó a sus propias hermanas (E. U. I.).

[363] *Hemón*: "Hemon tomó por mujer á Rhodope, su hija" (*Lisandro y Roselia*, pág.275).

[364] *Thereo*: *Tereo*. Véase *Comedia Selvagia*, I, 1, n.352.

[365] *Thicthes*: *Tiestes*, hermano gemelo de Atreo y amante de su cuñada Aérope, esposa de Atreo, se vio obligado a dejar su tierra, además de perder a sus hijos, después de que Atreo se enteró de su relación con Aérope (E. U. I.).

[366] *Sother*: *Antíoco I, Soter*, hijo de Seleuco I, Nicator, quien le cedió su segunda esposa Stratónica en 293 a. C. (E. U. I.).

[367] *Ayax Oleo*: o *Ayax Oileo*: Uno de los héroes griegos que participó en la famosa guerra contra Troya, en la cual cometió el sacrilegio arrancando a Casandra del altar de Atenea y arrastrando a la vez la imagen de esta diosa a la que Casandra estaba abrazada; por este sacrilegio fue fulminado en el mar por Atenea (E. U. I.).

[368] *Dionisio el Tirano*: En la *Lisandro y Roselia* (pág.273) se lee lo siguiente: "tú haces corromper las vírgenes,... , Dionisio, el más mancebo, á las vírgenes Locrenses".

[369] *Tarquino el Supervo*: *Lucio Tarquino*, el último rey legendario de Roma (534–510), forzó a Lucrecia, esposa de L. Tarquino Colatino, y la matrona ultrajada se quitó la vida delante de su marido para no sobrevivir a la deshonra (E. U. I.).

[370] *Mazías*: *Macías*: Trovador gallego del siglo XIV; se enamoró de doña Elvira, doncella de la esposa del maestre de Calatrava don Enrique de Aragón, y como no dejó de cortejarla pese al casamiento de dicha dama, fue víctima de los celos del marido de doña Elvira, por lo cual le coronaron amador por excelencia (E. U. I.).

[371] *María Coronel*: Esposa de don Alonso de Guzmán, que vivió durante el reinado de Sancho IV; según la leyenda, atormentada por la tentación de la carne, se mató con un tizón que ardía para guardar la fe a su marido que estaba luchando contra los moros en otra tierra (E. U. I.).

huego[372] por no faltar la fe a su don Alonso, cruelmente se mató. ¡O, pues, quién será tan de poco juyzio, que assí de su voluntad se ponga a padecer semejantes afanes como este tirano de contino a sus súbditos ofrece! Mirad, pues, señor Flerinardo, no tan solamente lo que he dicho, mas lo que pudiera dezir, y veréys muy a la clara quanto mal será para vos poneros en mar donde la salida es incierta y los peligros muy ciertos. Juyzio tenés no tal que al mío aya menester. Mirad con ojos de lince lo que de aquí avéys de sacar, y no solamente seguiréys mi parecer, mas a vos libraréys de muy cierto peligro y rigurosa muerte.

FLERINARDO. Por verdad, señor Selvago, que nunca hallé aquel dicho del cómico tan verdadero como al presente tengo en vos esperimentado, que dize que fácilmente quando estamos sanos y fuertes damos saludables consejos al doliente[373]. Cierto si vos fuéssedes herido con la yerba que yo estoy emponçoñado, de otra manera mudaríades vuestra plática; mas, empero, porque no penséys que contra todo derecho servimos este poderoso señor, por vuestros mesmos exemplos provaré ser sus hechos rectos y justos. Dezís primeramente que los griegos y troyanos, por el robo de Elena[374], tuvieron entre sí tantas batallas. Digo

[372] *huego*: "ant. **fuego"** (D. L. E.).

[373] *nunca hallé aquel dicho... doliente*: En *Lisandro y Roselia* (pág.153), de Sancho de Muñón, Lisandro dice a Eubulo y a Oligides: "Fácilmente todos, cuando sanos, damos buenos consejos á los enfermos, si tu adolecieses de mi mal, otra cosa dirias y sentirias". Esto suena al refrán *El sano al doliente su regla le mete*: "que declara la facilidad, que hai en aconsejar à otros la paciencia y tolerancia en el mal, que no se padece, ò en persuadir à poner medios mui difíciles y ásperos, para librarle de alguno daño, del qual el que los dá está seguro. Lat. Facilè omnes, cum valemus, recta confilia aegrotis damus" (D. A.); pero también puede ser una alusión al refrán *Dice el sano al doliente: Dios te dé salud* (véase *Comedia Selvagia*, II, 2, n.736). Pero aquí Flerinardo lo atribuye al "cómico".

[374] *Elena*: o *Helena*: esposa de Menelao, rey de Esparta, y la más bella de todas las mujeres que Venus prometió a Paris si éste le otorgaba la manzana de oro como muestra de reconocerla como la mujer más hermosa en el famoso Juicio de Paris. El rapto de Elena por Paris, con el consentimiento de Venus, ganadora de la manzana de oro, provocó el sitio y la destrucción de Troya por los griegos (E. U. I.).

que por ello deven mucho a la mesma Elena, pues fue causa a que sus famosos hechos en memoria hasta la fin del mundo quedassen, lo que de otra manera, passando aquellos fortíssimos capitanes su siglo[375] en paz, de ninguna gloria fueran dignos; esso mesmo sus hechos y memorias perecieran con sus vidas, lo que es muy al contrario. Dezís que los sabinos y romanos tuvieron ansimesmo entre sí grandes batallas. Si bien miráys en ello, más fue por robo que los siervos de Rómulo[376] cometieron, que por causa de Cupido; y si dixéssedes que lo uno se siguió de lo otro, digo que si por las donzellas y matronas que los romanos tomaron se cimentó batalla en los que siempre avién sido enemigos, por ellas mismas se ordenó la paz, siendo dende[377] en adelante buenos amigos y juntados en un pueblo, lo que Rórnulo con buenas razones ni grandes poderes jamás avía podido acabar. A lo que replicáys de la destruyzión de España, rebolved los historiadores y verés si todos se concuerdan en que lo tal subcedió por los pecados de los mesmos españoles, y no tanto por lo que la Caba[378] cometió. Dezís que David fue adúltero homicida. Mirad lo que dello se siguió, que fue su mucha contrición por donde fue perdonado, quedando por muy puro amigo de Dios, que tanto como entonces nunca se havía demostrado. Siguióse también dello el nascimiento de aquél que sabio de sabios fue llamado, que fue el grande y sapientíssimo rey Salomón[379]. Por consiguiente, todos vuestros exemplos podrié bolverlos

---

[375] *su siglo*: *siglo*: "Tiempos floridos y felices en que había paz y quietud" (D. L. E.).

[376] *Rórnulo*: Hermano gemelo de Remo y fundador de Roma, quien decidió robar las mujeres a sus vecinos sabinos para poblar la nueva ciudad, lo cual provocó la guerra entre los romanos y los sabinos, que terminaron por firmar un tratado de alianza que unía a los dos pueblos gracias a las persuasiones de las mujeres sabinas (E. U. I.). En *La Celestina* (págs.510–511) también se habla de Rómulo, pero en lugar de emplear su historia para alabar a las mujeres igual que Alonso de Villegas, Fernando de Rojas presenta a Rómulo como ejecutor de justicia que no mira ni la amistad ni el parentesco.

[377] *dende*: "de allí" (Corominas).

[378] *la Caba*: o *la Cava*. Véase *comedia Selvagia*, I, 1 n.342.

[379] *David... rey Salomón*: Véase la n.344; teniendo en cuenta el arrepentimiento de David, Dios no solamente lo

en contra vuestra opinión, si por evitar fastidio se dexara, demostrándoos brevemente los muchos y soberanos provechos que del amor se siguen a los que con fidelidad servirle procuran. Lo primero es que el amor engendra en el soma o cuerpo humano noble y cortés condición, suave y dulce policía, mucha afabilidad en los poderosos, mediana estimación en los no tales, grande curiosidad en todas sus cosas, convenible estimación y gravedad en sus tratos, vida pura y limpia de toda mácula, desseo de ser sabios y virtuosos, grande aborrescimiento de qualquiera libiandad, templada medida en sus passatiempos, gran recato en lo que mano ponen, mucha abilidad en qualquier cosa, voluntad entera de servir a Dios, tanto por lo que les combiene, quanto porque digan delante de quien aman bien dellos, de donde se sigue la pureza del ánima, que es guía de la verdadera veatitud. Allende desto, al que es torpe le buelve avisado, al tosco polido, al supervo humilde, al presuntuoso afable, al avaro liberal, al luxurioso casto, al glotón templado, y finalmente, al amador de todos los vicios le torna siervo de todas las virtudes[380]. Éste haze que los reyes, uno con otro, tengan pazes. Pacifica esso mismo los reynos, engrandece los linages, haze nobles a muchos, combierte dos almas y cuerpos en uno, aplaca los robustos, venze los fuertes, doma los supervos; al cobarde da osadía, al temeroso esfuerzo, al inconstante firmeza; entre los reyes reyna, entre los cavalleros señorea, entre los cibdadanos manda, y entre qualquier otra

perdonó sino que también le dio un hijo sapientísimo, Salomón (E. U. I.).

[380] *al que es torpe... todas las virtudes*: En la *Thebaida* (pág.180) Aminthas dice a Claudia: "el favor de la hembra da esfuerço al cobarde, y haze al [perezoso] despierto, y al tartamudo elocuente, y al nescio discreto, y al parlero templado.Y al grosero haze polido, y al bovo prudente, y al rudo avisado, y del descuidado torna diligente, y del liberal pródigo y del avaro liberal"; y, en la *Policiana* (pág.34), Parmenia exclama: "O amor que hazes hermoso lo feo, e lo nescio auisado, lo torpe que de agudo se despunte, e finalmente todas las faltas encubres". En la *Cárcel de amor* (págs.123–124) también se lee algo parecido. En el *Amadís* (pág.690, n.18) Juan Manuel Cacho Blecua, además de citar un pasaje similar sacado de la obra *De amore* de Andreas Capellanus, escribe lo siguiente: "Amadís ha perdido sus facultades vitales, puesto que parte de la correlación entre amor = virtudes, una de las premisas del amor cortés".

gente es por señor tenido, de todos es amado, de todos acatado, de todos querido, de todos, finalmente, por señor tenido[381]. Mirad, pues, señor, qué es lo que dél siento en lo poco que le he servido, y conocerés qué podrá dél manifestar el que largo tiempo le contrató. Una cosa sola os quiero dezir, y es que más querría morir con amor que bivir sin él[382], porque assí la muerte sería dichosa, y por el contrario la vida del todo desventurada. Y por tanto, pues claro avéys visto cómo también he demostrado mi intención, y sabéys ser lo que digo verdad, pídoos, por el amistad firme que entre nosotros está, que más mal no digáys del amor en mi presencia, porque no será en mí sufrirlo; solamente, si mi vida queréys, me dad algún medio para que la amorosa passión que me atormenta del todo no me consuma, disminuyendo la pena a mi trabajosa vida.

SELVAGO. Por verdad que no me faltavan evidentes razones para del todo confundir las vuestras si no mirasse vuestro expresso mandamiento, y que toda vía, si vos razonáys en favor del amor casto y honesto, no tengo yo por qué vituperalle, por ser en sí loable y bueno[383]. Mas, si esto es assí no sé cómo pedís remedio a vuestra pena, puniéndola tal nombre, salvo si es alguno de los que vuestro maestro Ovidio[384] y otros

[381] Este pasaje, lleno de figuras retóricas, recuerda parte del planto de Eubulo en *Lisandro y Roselia* (págs.269-272). Desde luego, la idea que se desarrolla es totalmente distinta, pues aquí Flerinardo habla a favor del amor mientras que Eubulo lo hace en su contra.

[382] *más querría morir... sin él*: Tópico del amor cortés. Por ejemplo, en la *Cárcel de amor* (pág.69) Leriano escribe a Laureola: "muy mejor es morir por tu causa que bevir sin tu esperança". Al hablar de la fuerza del amor que atormenta a Berintho, José Luis Canet Vallés también señala algo parecido en su artículo "*La Comedia Thebayda*, una *reprobatio amoris*", publicado en la *Celestinesca*, vol.10, nº2 (otoño, 1986): "Describe la pasión que le embarga y vemos cómo desea la muerte como única alternativa frente a los tormentos que sufre" (pág.3).

[383] Selvago es consciente de que existen amor bueno y amor malo y él solamente está en contra del amor deshonesto. Esta postura la mantiene desde el principio hasta el final, o sea, ni siquiera su enamoramiento podrá hacerle cambiar de actitud. Mientras tanto, Flerinardo, herido por el flechazo de Cupido, se limita a alabar el amor sin fijarse en la existencia de diferentes tipos de pasiones.

[384] *vuestro maestro Ovidio*: Selvago habla aquí con ironía. En el *Arte de amar* (pág.349 y pág.463) Ovidio se

tales han instituido, en lo qual, porque creáys que en todo hago vuestro ruego, no dexaré de señalar algunos a vuestra passión más convenibles. Es, pues, uno de ellos que todo amador deve, como capital enemigo, huyr la ociosidad, poniéndose en arduos y grandes negocios, con que poco a poco pierdan la memoria de lo que aman[385]. Assimismo leer libros sanctos y buenos, darse a los estudios, usar la caça, ya con canes, ya con volatería, porque estando el cuerpo cansado el día en semejantes cosas, la noche en dormir gastará sin de más tener memoria[386]. También dizen ser cosa provechosa partirse a otras tierras, desviarse de su vista en quanto ser pueda, pues vemos claramente por experiencia que mientra[387] más lexos se hallan del fuego, más seguridad se tiene dél[388]. También es provechoso abstenerse del vino y manjar espléndidos, macerando el cuerpo con ayunos y abstinencias, con que mucho se refrena y resiste la luxuria[389]. Esso mismo, quando se sintieren muy penados, deven de

titula a sí mismo "maestro en el arte del tierno Amor"; no sólo enseña el arte de amar con su *Arte de amar* sino también el arte de desamar con sus *Remedios de amor*. Para Selvago, el hecho de ser amador convierte a Flerinardo en discípulo de Ovidio y lo normal sería que pudiera curarse solo mediante las enseñanzas de Ovidio y no pedir remedio a su amigo.

[385] "Así que, cuando te sientas preparado para ser curado mediante mi arte, procura – siguiendo mis consejos – rehuir la ociosidad, tan pronto como se te presente. Ella es la que provoca tu enamoramiento y, por haberlo provocado, lo defiende; ella es el origen y el sustento de la deleitosa enfermedad. Si suprimes la ociosidad, acabóse el arco de Cupido y yacen sus antorchas por el suelo despreciadas y sin luntbre" (*Remedios*, pág.481). En *Lisandro y Roselia* (págs.235–239) Eubulo también ofrece diez remedios de amor a su señor Lisandro aunque unos coinciden con los de Selvago y otros, no.

[386] "O bien aficiónate a la caza:... muchas veces Venus se retiró vencida afrentosamente por la hermana de Febo [Diana, diosa de la caza]... El sueño – y no el desvelo por una mujer – se apodera por la noche del que está fatigado y reconforta sus miembros con un sabroso descanso. Hay un entretenimiento más inocente, pero, a pesar de todo, entretenimiento: el de conseguir pequeños trofeos con la caza de aves, ya sea con red, ya con caña" (*Remedios*, pág.484).

[387] *mientra*: *mientras*: "En el siglo XVI, *mientra* es ya forma arcaica, por más que, por ejemplo, Jerónimo de Arbolanche la emplee repetidamente en sus *Abidas* (1566)" (*Lazarillo*, ed. F. Rico, pág.67, n.93). En la *Comedia Selvagia* coexisten las dos formas mientras que en *La Celestina* predomina la forma arcaica *mientra*.

[388] "Sobre todo, aunque ataduras firmes te retengan, márchate lejos y proponte el emprender largos caminos" (*Remedios*, pág.484).

[389] "... no menos conveniente te será evitar el lascivo jaramago y todo lo que predispone nuestros cuerpos para

tomar pláticas con otras mugeres, mas no de tal manera que por huyr de un peligro caygan en otro mayor[390]. Deven también procurar de despedir de sí todas las senales de enamorado, porque de lo fingido suelen venir a lo verdadero[391]. Dizen también ser cosa provechosa no estar mucho tiempo empleados en un cabo, porque el árbol de dos días puesto, más fácil se destruye que el de muchos años[392]. Deve también el que dessea ser libre desta passión desechar de sí a los tales como él que cumplieron sus desseos[393]. Assimismo deven huyr la compañía do ay copia de mugeres, y sobre todo, no las ver baylar y tañer, porque entonces tienen la propiedad de basilisco[394], después, si acaso la dexare, deve no tener memoria de los passatiempos y plazeres que con ella tuvo, que es cierto la recayda

Venus... El vino predispone el espíritu para Venus, siempre que no lo tomes en gran cantidad, de forma que te deje atontado el celebro, ahogado por mucho alcohol" (*Remedios*, pág.511).

[390] "Os exhorto también a que tengáis dos amigas al mismo tiempo (más fortalecido está aquel que puede tenerlas en mayor número). Cuando el corazón corre dividido en dos hacia uno y otro lado, cada uno de ambos amores quita fuerzas al otro" (*Remedios*, pág.495).

[391] "Me he reído del engañado que simulaba estar enamorado y que, siendo pajarero, cayó en sus propias redes. El amor penetra en los espíritus a fuerza de costumbre" (*Remedios*, págs.497–498).

[392] "El árbol que ofrece una extensa sombra a los paseantes, antaño, cuando lo plantaron, era sólo una vara; entonces se le podía arrancar de la superficie del suelo con las manos, ahora yérguese firme, una vez que su propio vigor lo ha hecho crecer sin límites" (*Remedios*, pág.479).

[393] "Un joven había cumplido todo lo que mi Musa prescribía y casi estaba en el puerto de su salvación. Pero recayó cuando vino a parar entre amantes apasionados y el Amor volvió a tomar los dardos que había guardado... Mientras los ojos están mirando a los heridos, son heridos también ellos mismos, y muchas enfermedades afectan a los cuerpos por contagio" (*Remedios*, pág.502).

[394] *basilisco*: "Una especie de serpiente, de la qual haze mención Plinio, lib.8, cap.21. Críase en los desiertos de África, tiene en la cabeça cierta crestilla con tres puntas en forma de diadema y algunas manchas blancas sembradas por el cuerpo; no es mayor que un palmo, con su silvo ahuyenta las demás serpientes y con su vista y resuello mata. Llamóse régulo, o por la diadema que tiene en la cabeça, o por la excelencia de su veneno e imperio que tiene en todas las demás serpientes ponçoñosas" (Covarrubias). Selvago dota a las actrices del teatro de las propiedades del basilisco para que su amigo Flerinardo se aleje de ellas. Fernando de Rojas también menciona este animal fabuloso en *La Celestina* (pág.198), pero su intención es totalmente diferente de la de Selvago, o mejor dicho, de Alonso de Villegas, pues para el autor de *La Celestina* el basilisco es un ejemplo más que apoya su teoría: todas las cosas son criadas a manera de contienda. En cuanto a la presencia de este animal en la *Policiana* (pág.3), no se trata más que de una mera alusión.

peor que la caýda[395]. Dize después desto el mismo Ovidio, alguno dirá estos preceptos ser duros y no de sufrir, pero ha de mirar que ninguna cosa grande costó poco y que quien algo quiere, algo ha de hazer; porque muchas vezes vemos al enfermo tomar cosas muy agras[396] y malas, y que lo que pide no se lo dan, y que le constriñen a que tome lo que no querría por ventura ver, y todo lo sufre por[397] ser sano; por lo mismo consiente barrenar su cuerpo con hierros abrasados y otras cosas semejantes[398]. Otro remedio cuenta para el amor el magnífico cavallero Pero Mexía en su *Silva*, con el qual sanó Faustina[399], muger de Marco Aurelio, la qual[400], como excesivamente amasse a un esgrimidor de los que hazían los regozijos públicos, y viéndose en peligro de muerte por esta causa, los médicos mandaron matar y quemar al esgrimidor, y los polvos bebidos en vino por Faustina, fue libre de su amor inhonesto[401]. El mismo da

[395] "En cambio sí que debe ser importante para ti el no asistir a los teatros, hasta que el amor se retire por completo de tu corazón, dejándolo vacío. Enervan el espíritu las cítaras, flautas y liras, y la voz y el movimiento rítmico de los brazos. Allí bailan constantemente actores que interpretan el papel de amantes. El actor, con su placentero arte, enseña de qué debes precaverte" (*Remedios*, págs.508−509).

[396] *agras*: *agro*: "desus. De sabor ácido" (D. L. E.).

[397] *por*: "... tiene aquí valor final. Keniston 29.464" (*Segunda Celestina*, pág.122, n.23).

[398] "Alguien dirá que son duros mis consejos; confieso que lo son, pero para recuperarte, tendrás que soportar muchos dolores. A menudo, cuando he estado enfermo, he bebido por obligación jarabes amargos, y se me ha negado el alimento cuando lo pedía; para curar el cuerpo, soportarás hierro y fuego y cuando tengas sed, no refrescarás con agua tu boca reseca; para que estés sano de espíritu, ¿habrá cosa alguna que te niegues a soportar?, además esa parte de ti tiene más valor que el cuerpo" (*Remedios*, pág.485).

[399] *Faustina*: *Annia Faustina*, esposa del emperador romano Marco Aurelio Antonino Vero (E. U. I.), "Fue mujer de vida licenciosa y costumbres impúdicas, a pesar de lo cual su marido se mostró siempre indulgente con ella" (*Silva*, t.II, pág.89, n.1). "Y es, assí, que ella se enamoró de un gladiator; y se afficionó a él deshonestamente... lo qual todo... fue sabido y entendido por el emperador, su marido... El qual luego juntó muchos géneros de hombres médicos y hechizeros astrólogos y otros muchos maestros y sabios... Los quales assí juntos... dizen que, de los paresceres y consejos de todos, se vinieron [a] acordar en uno; y fue que el gladiator de quien Faustina estava enamorada, fuesse muerto y, tomada parte de su sangre, la diessen a bever a Faustina, y luego, en aviéndola bevido, su marido, el emperador, y ella durmiessen juntos y que quedaría ella sana. Fue esto assí hecho... se le quitó totalmente el affición y passión que del amor padescía y nunca [más] se le acordó del gladiator" (*Silva*, t.II, pág.90).

[400] *la qual*: Se trata de un anacoluto.

[401] *inhonesto*: "p. us. Falto de honestidad" (D. L. E.).

otro remedio, a mi ver el más provechoso que se puede hallar, el qual es que quando uno está de amor muy penado, que le casen y junten con quien ama y assí será libre[402]. Vos, mi buen señor, mirad si alguno destos os hazen al caso y luego por obra se ponga; catad que con la brevedad podría aver remedio en lo que de otra manera sería escusado. Assimismo os suplico que me digáys qué sentís de mis palabras, y si os he con ellas dado la pena que en mi porfía verdadera poco ha recebistes.

FLERINARDO. Son tan diversas vuestras razones, señor Selvago, que bien en ellas se muestra lo mucho que de mi propósito estáys ageno, porque si muy bien mis palabras entendiérades, el trabaxo que con tan larga plática havéys rescebido fuera escusado, mas porque del todo no creáys que avéys dado palabras al biento, sabed que el remedio postrimero que señalastes, o la muerte, lo puede ser de mi pena, que en lo demás no os pido yo cómo del amor fuesse apartado, que, como otra vez he dicho, tendrié por mejor la muerte, sino manera alguna para en el largo tiempo permanescer.

SELVAGO. Tampoco yo quiero que penséys, señor Flerinardo, que por falta de inteligencia repliqué no a vuestro propósito, porque sabed que toda vía por veros fuera de semejante pena, aunque más gloria por vos sea llamada, os truxe a la memoria la doctrina de Nasón[403], desseando que, siendo de vos seguida, saliéssedes de la tenebregura[404] y oscuridad en que puesto estáys, porque claramente pudiéssedes ver la diferencia que de mis

[402] "... al que assí estuviere apassionador le den y junten con la muger por él amada. Y desta manera curó Erasístrato, médico, a Antíoco, hijo del rey Seleuco, estando enamorado de la reyna, su madrastra, y determinado de se dexar morir antes que descubrir su dolor, por ser la causa la muger de su padre" (*Silva*, t.II, págs.91–92).

[403] *Nasón*: Se refiere a *Publio Ovidio Nasón*.

[404] *tenebregura*: *tenebregoso*: "Cubierto de tinieblas, tenebroso" (D. L. E.); *tenebregura* vale por *tinieblas* u *oscuridad*.

buenos consejos a vuestras escusas no justas se señala. Mas, pues tan duro y tenaz en vuestro propósito os mostráys, y veo ser por demás la cítola en el molino si el molinero es sordo[405], no con poca pena avré de seguir vuestra voluntad, poniendo por obra vuestro querer. Una cosa os pido eficazmente que me señalés, quien assí fue bastante tan repentinamente a subjetar vuestro coraçón nunca domado, para del todo ver si la tal pena con razón sustentáys.

FLERINARDO. Plázeme, señor, en que os he convencido a lo que tanto desseava, y por el auxilio que me prometéys os doy soberanas gracias, quedando en deuda para quando en semejante negozio estéys puesto.

SELVAGO. En otra cosa me lo podéys pagar si algo fuere, que en esso a buen seguro estoy de no os haver menester. Y porque veáys en qué lo estimo, os prometo[406] que tomarié quantos juros y rentas[407] me trugessen pagados a cient mil el millar para quando fuesse enamorado y vos[408] fiador, que no se cumpliesse tan presto el término como el del

---

[405] *ser... el molinero es sordo*: *cítola*: "Es una cierta tablilla que cuelga de una cuerda sobre la rueda del molino, y sirve de que en no sonando, echan de ver que el molino está parado; de donde nació el proverbio: 'Por demás es la cítola en el molino, si el molinero es sordo'" (Covarrubias). Correas presenta dos variantes de este refrán: "Por demás es la citola en el molino, cuando el molinero es sordo; o por demás es la taravilla, si el molinero es sordo" (Correas). Selvago se compara con la cítola por los consejos que da a su amigo; y, compara a Flerinardo con un molinero sordo puesto que éste no hace caso a sus avisos. En *La Celestina* (pág.535) Melibea dice a Lucrecia: "Pues mándoles yo trabajar en vano, que por demás es la cítola en el molino..."; en *Lisandro y Roselia* (pág.109) Celestina (Elicia) reprocha a Drionea: "creo que por demas es la citola en el molino".

[406] En realidad, Selvago está bromeando con su amigo Flerinardo. Se trata de la ironía teatral, pues su actitud mofadora respecto al amor ocasionará el castigo de Cupido. De hecho, se enamorará de Ysabela y estará a punto de perder la vida por este amor que creerá imposible durante algún tiempo debido a la confusión de la verdadera identidad de la amada de Flerinardo. Todo esto se anunciará con antelación en el sueño enigmático de Flerinardo.

[407] *juros y rentas*: *juro*: "Cierta calidad de renta real, situada en las ciudades, villas y lugares del reyno" (Covarrubias); *renta*: "Utilidad o beneficio que rinde anualmente una cosa, o lo que de ella se cobra" (D. L. E.).

[408] *vos*: en T *yo*.

otro que mercó el sayo[409] de seda en Granada por gran precio, pagando un real por cada azotado que sacasse la justicia hasta que la postura[410] se cumpliesse[411]. Mas, dexado agora esto, decidme ya, si querés, quién la señora sea, que lo desseo en estremo saber.

FLERINARDO. Primero os quiero traer a la memoria una historya antigua para más asegurado satisfaga[412] a vuestra petición. Sabed, pues, que, como recita Bocacio[413] y antes dél Valerio, Candaulo, rey de los lidoros, demostrando[414] su muger, que muy hermosa dama era, a un gran amigo suyo, llamado Gigis, por avérselo rogado mucho, vino aquel Gigis muy enamorado de su hermosura; buscó manera para cumplir sus desseos, y viendo ser impossible en vida del rey, le mató alevosamente, y siendo él poderoso señor, alcançó lo que tanto desseava juntamente con el reyno[415]. Bien veo ser esto para con vos escusado, mas, porque es de

[409] *sayo*: "Vestidura, que recoge y abriga el cuerpo y sobre ella se pone la capa para salir fuera de casa" (Covarrubias), "especie de chaqueta, con mangas o sin ellas, que se vestía sobre el jubón" (*Lazarillo*, ed. F. Rico, pág.84, n.55).

[410] *postura*: "el precio que el compradór pone à alguna casa, que se vende ò arrienda, particularmente en almonéda ò por justicia" (D. A.).

[411] Es el primer cuento intercalado en la *Comedia Selvagia*. Tal como señala Consolación Baranda en la introducción a la *Segunda Celestina* (págs.84−88), se registran tres cuentos intercalados − dos breves y uno algo extenso − en esta obra de Feliciano de Silva. Imitando al autor de la *Segunda Celestina*, el primer autor que introduce cuentos en el ciclo celestinesco, Alonso de Villegas Selvago también intercala cuentos − tres cortos y uno largo − en la *Comedia Selvagia*, pero con finalidades un tanto diferentes: el cuento más extenso, aparte de servir para entretener a los que comen en casa de Dolosina, funciona como explicación a un comportamiento determinado de Risdeño, mientras que los tres relatos breves tienen como objeto reírse de cierto tema o situación mediante la chispa del ingenio de los personajes que los cuentan.

[412] *para más asegurado satisfaga*: es decir, *para más asegurado satisfacer*.

[413] *Bocacio*: *Juan Bocacio* o *Giovanni Boccaccio*; La historia de Candaulo, contada por Boccaccio, se recoge en el Cuento VII de la Jornada II del *Decamerón* (págs.102−104): el príncipe de Morea, orgulloso de la hermosura de su dama Alatiel, la muestra a su amigo y pariente, el duque de Atenas, quien termina por asesinar al príncipe a fin de quedarse con Alatiel.

[414] *demostrando*: mostrando, exhibiendo; en T *Demostrondo*.

[415] Según Valerio Máximo, "ante de Cresso vuo muchos reyes en lidia que son minorables por los casos mucho diuersos que les acontecieron: mas no vuo alguno que fuesse de comparar a Candaulo: el qual vuo tan hermosa muger que estaua perdido de sus amores y hablaua en todas partes de su belleza y no contento delos

sabios prevenir con tiempo a lo que acaescer puede, lo digo. La senora que de sola su vista me captivó, sabed que quién sea aún yo lo ignoro por causa que lugar para sabello me faltó; mas di el cuydado desto a mi criado Escalión, que a caso comigo entonces, como suelo, le llevava, y como él sea un hombre que en este caso o para una quistión[416] en el reyno dubdo que se halle otro tal, muy confiado en su buena industria[417], por no dar causa de sospecha a los que passassen, a mi posada me vine, dexándole a él allá, de[418] donde no ha buelto.

SELVAGO. Pues assí es, embía un page a saber en qué se detiene y sea Risdeño, mi enano[419], que muy entendido en qualquier casa le hallo.

FLERINARDO. Muy bien me parece. Hazelde[420] venir aquí.

---

deleytes que son priuados el los dezia publicamente que los deuiera tener muy secretos de propia honestidad: y finalmente porque mayor fe a sus palabras le fuesse dada: la mostro desnuda a su compañero Giges: el qual fue luego mouido a codiciar la dicha dama: por lo qual dentro de muy poco tiempo ella lo amo y assi el mato a Candaulo y la gentil reyna dio su cuerpo y reyno a Giges" (*Hechos y dichos*, pág.150). En el mismo libro (*Hechos y dichos*, págs.149–150) Valerio Máximo ofrece otra versión diferente de la historia del rey Candaulo: el pastor Giges, por esquivar una tormenta, se metió en una cueva donde encontró un anillo mágico, y gracias a la invisibilidad que otorgaba éste a su portador, Giges consiguió matar al rey Candaulo para poder casarse con la hermosa reina. Pedro Mexia (*Silva*, t.II, págs.315–316) sólo recoge la leyenda del anillo de Giges, sin preocuparse por presentar una visión completa de dicha historia, tal como hace Valerio Máximo, y Antonio Castro lo remedia con la siguiente anotación: "*Giges*: Pastor convertido luego en favorito del rey de Lidia Candaulo o Candaules (último monarca de la dinastía de los Heráclidas...). Candaulo, orgulloso de la belleza de su esposa Nisia, quiso que su favorito la contemplase desnuda; irritada por esto, Nisia incitó a Giges para que matase a Candaulo, ocupando su lugar en el trono y casándose con ella, hecho que se produjo en el 718 a. C." (*Silva*, t.II, pág.315, n.68).

416 *quistión*: "Lo mismo que Qüestion, que es como ahora se dice" (D. A.).

417 Entre las alabanzas de Flerinardo, hechas a Escalión, se esconde la ironía del autor, pues en adelante se verá que Escalión no las merece por ser cobarde y fanfarrón, o simplemente son muestra de la "falta de sentido" de su señor.

418 *de*: en T no existe.

419 La introducción del personaje del enano en la *Comedia Selvagia* supone una novedad en la literatura celestinesca aunque ya tiene su fugaz aparición en *Amadís de Gaula*, el padre de las novelas de caballerías. Según Consolación Baranda (*Segunda Celestina*, pág.42), se trata de la contaminación de géneros en el ciclo celestinesco.

420 *Hazelde*: es decir, *Hazedle*: "La metátesis entre la *–d* del imperativo y la *l–* del enclítico está documentada

SELVAGO. ¡Risdeño, Risdeño!

RISDEÑO. ¿Señor?

SELVAGO. Mira dó te manda que vayas el señor Flerinardo.

RISDEÑO. Es para matar a alguien[421], por ventura sea, que mi buena disposición a más que esso me combida.

FLERINARDO. Ven acá, amigo Risdeño. Tú as de yr por el Monesterio de la Trinidad y adelante, a do este día estuvo el que bolteó en la maroma[422], mira a caso si vees a mi criado Escalión por allí y diráslc que mucho espacio[423] es el suyo para en la priessa[424] que estoy puesto.

RISDEÑO. No más, señor, que yo se lo diré. Y si fuere necessario le daré una fraterna[425], que sin dubda en algún bodegón con alguna dama quintañona[426] se deve aver detenido como suele.

FLERINARDO. Anda, que no es de los que piensas[427]; mas escusado

desde los orígenes del idioma" (*Lazarillo*, ed. F. Rico, pág.34, n.95); "La metátesis *ld* pervive hasta el siglo XVIII" (*Lazarillo*, ed. A. Blecua, pág.103, n.86).

[421] En la *Segunda Celestina* (pág.117) Pandulfo pregunta a Sigeril cuando éste le dice que Felides lo necesita: "¿Quiere matar alguno, o para qué tiene necessidad de mí?".

[422] *bolteó en la maroma*: "Andar sobre la maroma, es una galantería, que algunos hazen bolteando sobre ella" (Covarrubias).

[423] *espacio*: "Tardanza, lentitud" (D. L. E.).

[424] *priessa*: *priesa*: "p. us. **prisa**" (D. L. E.).

[425] *fraterna*: "Correccion y reprehension áspera. Es término usado por anthítesis, y tomado de la correccion fraterna, que es suave y amorosa, como entre hermanos" (D. A.).

[426] *en algún bodegón con alguna dama quintañona*: *quintañón*: "regularmente se toma por el sugeto que es sumamente viejo" (D. A.); *quintañona* quiere decir *muy vieja*.

[427] *no es de los que piensas*: Expresión frecuente en el ciclo celestinesco y enriquecida por el autor de la *Comedia Selvagia*, donde se halla gran variedad de esta expresión; en la mayoría de los casos es puesta en boca de los personajes cuya intención es elevar su propio valor sin importarle en absoluto si es mentira o no. Por ejemplo, Areúsa dice a Pármeno: "¡Quítate allá, que no soy de aquéllas que piensas!" (*La Celestina*, pág.380); Quincia dice a Pandulfo: "¡Ay, por Dios!, no tornes a essas cosas, que no soy déssas que tú piensas" (*Segunda Celestina*, pág.131); Elicia dice a Sigeril: "Pues sábete Sigeril, que no soy de las que se pican de vsar palacio"

es, que ves, allí viene.

RISDEÑO. ¡O hi de puta, y qué color trae el gentil odre[428]! Parece que entró a matar el huego de Sant Francisco según viene de sudando y tiznado. ¿Qué es esto, Escalión? ¿Avéys andado a moxinetes[429] y más ruyn soys vos con alguna legión de sartenes o calderas? Que por cierto, que parecéys poco menos que moharrache[430] con vuestra cara de membrillo assado en horno de pastelero.

ESCALIÓN. Ea, peonçuelo de axedrez[431], calla, que por el terrible baladro de Merlín[432] de os dar un puntapié por essos vientos, que quando acordéys a caer no valga el real de a quatro[433] en el reyno.

SELVAGO. Tente, Escalión, ¿no vees que es mi criado?

ESCALIÓN. ¡O pesar de la gruta de Ércules[434]! ¿Y no miráys las

(*Tercera Celestina*, pág.189), etc. Sin embargo, aquí esta frase pierde su carácter primitivo. Es decir, cuando Flerinardo pronuncia tales palabras, no pretende fingir nada en absoluto ya que no habla de sí mismo sino de otra persona a quien cree que conoce muy bien. De esta manera Flerinardo queda en ridículo sin darse cuenta por defender algo que no es cierto.

[428] *odre*: "Se toma festivamente por el borracho" (D. A.).

[429] *moxinetes*: *moxinete*: "Tejadillo de los muros" (D. L. E.). En la *Segunda Celestina* (pág.154) Pandulfo dice a Palana: "para andar por iglesias y monasterios, a sombra de tejados, que no se puede hazer la bolsa vazía".

[430] *moharrache*: o *moharracho*: "El que se disfraza ridiculamente en alguna función, para alegrar y entretener à otros, haciendo gestos, ademanes, y muecas ridículas" (D. A.).

[431] *peonçuelo de axedrez*: En el uso de este término del ajedrez probablemente se puede percibir la influencia de Fernando de Rojas quien recurre a ciertos términos del ajedrez en su obra tales como "xaques", "casa" y "mate" (*La Celestina*, págs.369-370). En *Lisandro y Roselia* (pág.152) Lisandro también utiliza un término parecido – "pieza de axedrez" – para quejarse de Roselia, quien no ha acudido a la cita con él. Los motes que Escalión da a Risdeño suelen aparecer en forma de diminutivo, lo cual es muy significativo teniendo en cuenta la pequeña estatura de éste.

[432] *baladro de Merlín*: *baladro*: "Grito, alarido o voz espantosa" (D. L. E.); *Merlín*: Personaje legendario y encantador famoso que según la tradición, vivía a principios del siglo VI como auxiliar del rey bretón Arturo.

[433] *no valga el real de a quatro*: *real de a quatro*: "Monéda de plata del valor de la mitad del real de á ocho" (D. A.); *no valer el real de a cuatro* significa *no valer algo (o alguien) un real (o ni un real)*: "Valer muy poco o no valer nada" (D. L. E.).

[434] *O pesar de la gruta de Ércules*: quizá esté inspirado en un juramento pronunciado por Traso el Coxo: "que

afrentas que en la cara[435] me ha dicho el ratoncillo de monja? Que juro por el azerado mazafrusto[436] de Sócrates, por menos que esto suelo yo poblar un nuevo ciminterio y dar un mes qué hazer a todos los clérigos de un arçobispado.

FLERINARDO. No aya más, Escalión, que bien se vee lo que tú vales; mas dime, yo te ruego, lo que concluýdo dexas y si conociste a la causadora de mi pena.

ESCALIÓN. ¡O pesar de las que en la cara tengo, y tal dezís! Pues ¿era yo por ventura algún niño, que una nonada[437] que me mandávades, no avía de cumplir? Sabed que supe quién[438] eran sus padres y cómo la donzella se llama, y antejuro por la fantasma de la rearpada[439] de una su familiar, que no poco obligada a mi servicio queda.

FLERINARDO. Dime ya, ¡o por tu fe!, mi buen amigo Escalión, lo que tanto desseo, en dos palabras; no uses de tantas circunferencias con quien, la soga en la garganta[440], la nueva está esperando.

ESCALIÓN. Pues assí lo quieres, así sea: sabrás que como de ti me

yo voto a la gruta de Hércoles" (*Segunda Celestina*, pág.540); en la *Policiana* (pág.8) Solino dice a Policiano: "O, señor, descreo de la bruta de Hércules, que soy más conoscido ya por aquel barrio que tauernero en aldea" y esa "bruta" debe ser una errata.

[435] *cara*: en T *cama*.

[436] *mazafrusto*: Término no identificado.

[437] *nonada*: "Cosa de insignificante valor" (D. L. E.). En la *Segunda Celestina* (pág.308) Elicia contesta a Crito: "De nonada, que estoy burlando"; aunque la palabra es la misma, varía el significado, puesto que en la obra de Feliciano de Silva *nonada* quiere decir *nada*.

[438] *quién*: *quien*: "en el siglo XVI se usa *quien* por el moderno *quienes*" (*Lazarillo*, ed. F. Rico, pág.83, n.53); y, como consecuencia, en aquella época *quién* equivale a *quiénes*.

[439] *rearpada reorpada*; *arpado*: "rasgado, arañado" (*Lazarillo*, ed. A. Blecua, pág.110, n. 115); *rearpada* significa *rearañada*.

[440] *la soga en la garganta*: *estar con la soga a la garganta*: "El que está en apretura y estrechez, por algo que le falta, o dinero, o tal cosa" (Correas). En *Lisandro y Roselia* (págs.108–109) Oligides dice a Brumandilón: "mi amo queda con la soga á la garganta esperando su salud ó desastrado fin en la respuesta de Celestina".

aparté, yo me lancé en su posada de un buelo, y sin aver quién cuenta me pidiesse yo me voy en la cozina, donde, aguardando tiempo, detrás de una artesa un rato estuve escondido.

RISDEÑO. ¡O, cómo miente el panfarronazo[441]! Y aquí el quarto[442] viene todo tiznado y dice que estuvo detrás de una artesa.

ESCALIÓN. Landrezuela[443], ¿aún no querés callar? ¿Qué estáys murmurando entre dientes?

FLERINARDO Déxale, hermano, prosigue en tu plática.

ESCALIÓN. Pues sabréys, señor, que no mucho después que allí entré, vino a la cozina una dueña honrada, con quien yo otro tiempo tuve conocimiento, que, como yo la vi, salgo a raso, donde después de muchas pláticas la pregunto quién allí bivié, y quién era una hermosa donzella que a la fenestra que salié a la plaçuela avrié una hora estava en ella puesta, entonces con muy buena voluntad me respondió que la casa era de Polibio.

SELVAGO. Ya, ya, ya, no más, por vida de todo el mundo, señor Flerinardo, que soys enamorado de Ysabela, hija del mismo Polibio, que mi hermana Rosiana muchas vezes me ha dicho que es la más gentil dama deste pueblo, con quien ella tiene mucha conversación y amistad.

[441] *panfarronazo*: "*panfarrón*: variante de fanfarrón, frecuente en el texto (Cor.)" (*Segunda Celestina*, pág.118, n.9); *panfarronazo* es el aumentativo de *panfarrón*, forma única en la *Comedia Selvagia*. El hecho de utilizar el aumentativo o palabras parecidas para aludir a Escalión por parte de Risdeño demuestra que éste es consciente de su desventaja de estatura frente a aquél. Aparte de esto, dicho empleo está dotado de un valor despectivo.

[442] *quarto*: *quartos*: "los miembros del cuerpo del animál robusto y fornido" (D. A.); aquí el *quarto* se refiere al *cuerpo de Escalión*, tan robusto como el de los animales gracias a su ventaja corporal sobre Risdeño.

[443] *Landrezuela*: diminutivo de *Landre*; "'landre' con el sentido de 'tumor' se asociaba con las bubas características de la peste; con este sentido se convirtió en corriente maldición de tipo popular" (*La Celestina*, pág.255, n.211).

ESCALIÓN. Voto a rus, bien se a ordenado, que juro a mi vida sólo pude saber que bive allí Polibio y lo demás era compuesto[444].

FLERINARDO. ¿Qué es lo que estás diziendo contigo, Escalión?

ESCALIÓN. Digo, señor, que assí es como el señor Selvago dize.

SELVAGO. Pues más os hago saber que tiene muy gran patrimonio para ella, que otro hermano que tiene, de muy niño, con un tío suyo que le prohijó fue en unas naos a cierta provincia de la Nueva España, donde yva por governador, y nunca del uno ni del otro hasta oy se supo[445]; mas de su mucho recogimiento os[446] hago saber que, según de mi hermana sé, es muy grande, por lo qual este negocio pongo en grandíssima dubda.

FLERINARDO. ¡O alto y poderoso Dios! ¡Cómo son grandes tus maravillas! Que yo desseava en estremo esta nueva, pensando que algún descanso en mi afligido coraçón pondría, y a lo que veo a de ser para mi mayor tormento, sabiendo del soberano valor de mi seráfica dea, de mucha castidad adornado, y mi baxo merecimiento de inmensas passiones esmaltado. ¡Ay de mí sin mí! Pues lo soy de quien teniéndome en sí convertido, memoria de mí ninguna tiene, ni en mi poder se halla, por su crecido merecimiento, para que mi trabajosa fatiga manifestada le sea.

RISDEÑO. Señor Flerinardo, por el amor que mi señor os tiene,

[444] Este aparte de Escalión sirve de premonición para la confusión surgida en torno a la verdadera identidad de la dama de quien está enamorado Flerinardo, pues al oír hablar a Selvago, Escalión se da cuenta enseguida de que éste ha cometido el error de sacar la conclusión precipitadamente. En la *Comedia Armelina* (ed. José Moreno Villa, pág.126) de Lope de Rueda también se siembra la duda sobre la verdadera identidad de Armelina, pues Beltranico duda si ella es la hija del herrero Pascual Crespo, mientras que Justo, enamorado de la dama, no da mucha importancia al tema.

[445] El tema de un hermano perdido desde muy niño apunta la influencia de la comedia erudita italiana. El autor de la *Comedia Selvagia* está preparando la anagnórisis de Flerinardo, la cual tendrá lugar al final de la obra.

[446] *os*: en T *hos*.

haré por vos lo que por otro que él no hiziera, esto es, que yo voy algunas vezes con recaudos de mi señora Rosiana para ella, yo os manifestaré la primera vez que haga este camino y podréys comigo embialle a dezir vuestro propósito, que yo me profiero, atento a lo ya dicho, de por obra ponello. Y esto ha de ser con tal de que[447] hagáys a Escalión alguna afrenta o le nalgueéys bien porque me quiso denantes[448] tragar, y me llamó peón de axedrés, ratón de monja[449] y otras dos mil sabandijas; si no, de otra manera será escusado.

SELVAGO. Juro de verdad que mi Risdeño a dado el mejor camino que en esto puede aver. No resta sino que assí se determine, que yo seré en que presto se haga.

FLERINARDO. Tan usado[450] soy toda mi vida a sufrir desventuras que dubdo si soy yo a quien tanto bien se le concede. A vos, señor Selvago, doy las gracias por las mercedes que sin yo merecello de contino me hazéys; y a ti, hermano Risdeño, prometo que de mí no vayas descontento.

RISDEÑO. No quiero otra casa sino lo que he dicho.

SELVAGO. Por mi fe, Risdeño, que la afrenta que le harán ha de ser hazelle amigo tuyo.

RISDEÑO. Amigo sea él de Barrabás, que mío no por agora.

---

[447] *con tal de que*: en T *con que*.

[448] *denantes*: "antes" (D. L. E.); "El que acaba de passar, ò passó proximadamente à la que se está diciendo" (D. A.).

[449] El hecho de que Risdeño quite la forma de diminutivo de los motes que le ha dado Escalión indica que el enano se niega a reconocer la inferioridad producida por su cuerpo menudo. En efecto, más adelante Risdeño va a defender las prioridades de las personas tan bajas como él.

[450] *usado*: *usar*: "tener uso, ù costumbre de alguna cosa, ò estár acostumbrado à ella" (D. A.); *usado* quiere decir *acostumbrado*.

SELVAGO. Cierto que lo as de hazer.

FLERINARDO. Ea, Risdeño, hazed lo que vuestro señor os manda y yo os mucho ruego.

RISDEÑO. Agora, pues todos me la rogáys, sea con tal condición que me pida perdón de lo passado.

FLERINARDO. Cumple con él, Escalión, por tu fe, que bien sabes lo que en ello me va.

ESCALIÓN. Aún él piensa que lo tiene todo acabado.

FLERINARDO. Dexa esso. Haz lo que te digo, que ninguna honra pierdes.

ESCALIÓN. Quiero, pues. Señor Risdeño, yo os pido perdón de las descortesías que os dixe.

RISDEÑO. Levantaos, hijo, Dios os dexe lograr.

ESCALIÓN. ¡Hi, hi, hi![451] Gracioso está por mi vida, y la mano me da que le bese. Quita, Risdeño, que esso no quedó en postura[452].

RISDEÑO. Anda, que bien la puedes besar, que una vez llevé el acetre[453] al cura quando un domingo echava agua bendita, y aún os prometo que esta mano os vengue de quien os enojare.

[451] *¡Hi, hi, hi!*: "Modo de interjección con que hacemos vér algun gozo del alma, explicandole con la risa" (D. A.); "expresión de risa aguda" (*La Celestina*, pág.235, n.121).

[452] *postura*: "Significa assimismo la condición ò calidad que se pacta ò concierta entre dos ò mas persónas" (D. A.).

[453] *acetre*: "El hisopo con que se echa agua bendita, por la semejança que tiene con el cetro; aunque se toma comúnmente por el caldero del agua bendita" (Covarrubias).

SELVAGO. ¿Estás ya contento, Risdeño?

RISDEÑO. Sí, y muy pagado[454].

SELVAGO Alto, pues bien será que yo me vaya a mi posada, que se haze hora de acostar. Por la mañana nos juntaremos en la yglesia, señor Flerinardo, y daremos una buelta cavalgando por essa calle, que gran desseo tengo de a vuestra señora ver por las nuevas que della tengo.

FLERINARDO. Si poder para salir fuera tuviere, assí se hará.

SELVAGO. Hazeos al trabajo, que no es tiempo de regalo, y a Dios quedéys.

FLERINARDO. Con él vays[455], mi señor.

RISDEÑO. ¿No me habláys, amigo Escalión, que me voy?

ESCALIÓN. San Christóval os acompañe, gentil hombre.

RISDEÑO. El pagezico de Sant Bartholomé con vos quede.

CENA SEGUNDA DEL PRIMER ACTO[456]

En que Velmonte, criado de Flerinardo, dize a Escalión, compañero suyo y gran panfarrón, que le acompañe essa noche en un concierto que

[454] En la *Tercera Celestina* (págs.214–216) Sigeril se burla de la cobardía de Perucho, y su señor Felides les pone a los dos en paz.

[455] *vays*: "En la primera mitad del siglo XVI la conjugación ofrecía muchas inseguridades" (Lapesa, 1995, pág.393); "A principios del siglo XVII la lengua había elegido ya las formas que habían de prevalecer en casi todos estos casos" (Lapesa, 1995, pág.394); "el subjuntivo del verbo *ir* podía ser *vayamos*, *vayáis*, o *vamos*, *vais*" (Lapesa, 1995, pág.395). La forma *vays* se repite mucho a lo largo de la *Comedia Selvagia*.

[456] Esta escena es la imitación de gran parte de la Cena IV de la *Segunda Celestina* (págs.137–146), pero el motivo de la huida de cierto criado cobarde por la aparición de un alguacil también se encuentra en el Auto XII de *La Celestina* (págs.469–471) y en el Aucto XVII de la *Tercera Celestina* (pág.195).

con una moça tinié, donde no pudiendo con razones escusarse, acuerdan los dos de llevar en su compañía tres criados de Selvago. Lo que assí acordado, aviendo dado algunas músicas y topado un alguazil[457] que los puso en alboroto, a sus posadas tornan a dormir. Introdúzense:

VELMONTE. ESCALIÓN. SAGREDO. RUBINO. CARDUEL. RISDEÑO. ALPINA. ALGUAZIL. MOÇA.

[VELMONTE.] Haréysme merced, señor Escalión, por otra tal, que me guardéys el cuerpo esta noche, porque tengo de hablar[458] a cierta yça[459]. Que ya sabéys que obras son vezes, y que qual por mí, tal por ti[460], y que aunque uno sea rey, a vezes ha menester a un rústico labrador. Dígolo porque, aunque yo para con vos sea muy poco, algún día me avréys menester[461]. Y también, si tenéys memoria, avréys oýdo dezir que la una mano lava la otra, y las dos al rostro[462], lo qual significa que los que de una comunidad son, en el tiempo necessario, se han de favorecer.

---

[457] *alguazil*: "Todos estos se diferéncian del Alguacíl menor y ordinario, por el título de mayor; pero en el uso común y vulgar de la léngua, por Alguacíl se entiende el menor y ordinario" (D. A.).

[458] *tengo de hablar*: "La fórmula perifrástica *tener de + infinitivo*, común en aquella época, se utilizaba, entre otras, para expresar obligación o necesidad" (*Silva*, t.I, pág.177, n.43). En la *Segunda Celestina* también hay usos de este tipo, por ejemplo, pág.229, pág.230...

[459] *yça*: "prostituta, en germanía" (Alonso). Esta palabra también se localiza en otras obras del ciclo celestinesco tales como la *Segunda Celestina* (pág.520), la *Tercera Celestina* (pág.130) y la *Policiana* (pág.9, pág.24 y pág.44).

[460] *qual por mí, tal por ti*: variante del refrán "cuál por ti, tal por mí" (Correas); en el *Diálogo* (pág.151) se ve otra variante del mismo refrán: "Oy por mí y cras por ti", y dicha variante también aparece en la *Comedia Thebaida* (pág.165).

[461] El procedimiento de explicar la aplicación del refrán a una situación determinada no es frecuente en la *Comedia Selvagia* aunque se repite en la *Segunda Celestina*. Véase *Segunda Celestina*, pág.122, n.22.

[462] *la una mano lava la otra, y las dos al rostro*: variante del refrán "Una mano a la otra lava, y las dos a la cara" (Correas); "Una mano lava la otra y ambas la cara" (D. A.).

ESCALIÓN. ¡O señor Velmonte, y qué mal viage sería el nuestro de essa manera! No estéys en que más seguro yréys solo que en mi compañía[463], que yo juro por la metafísica de Aristótiles, el menor de toda la cibdad no sabría mi salida quando en el camino nos pusiessen treynta celadas[464] de parientes y amigos de hombres que yo he privado de la vida, pues viéndose mi vigoroso braço en tal aprieto, ¿qué ha de hazer sino despedaçar dos o tres dozenas dellos, de do se siga alguna rebuelta, que fuera mejor avernos estado en casa? De mí, que diga que no, toda vía me pesa embiar tantas ánimas de fieles al purgatorio. Demás desto, mi confessor otra cosa no me encarga sino que tenga conciencia de los huérfanos y biudas que por mi causa padecen gran lazeria[465] en toda Europa[466].

VELMONTE. Para esso buen remedio: no se dé cuenta de nuestra salida, y assí no avrá lugar lo que dezís.

ESCALIÓN. ¡O, qué donoso caso! Por el santo martilojo de pe a pa[467], el diablo se trasformaría en alguna persona y lo manifestaría quando otro faltasse, por el provecho que dello le podrié venir. Mas mejor será,

---

[463] *No estéys en... en mi compañía*: En la *Policiana* (pág.40) Solino sugiere a Policiano: "Todo está a punto, señor; quién mandas que te acompañe? porque a mi parescer antes deues yr solo que muy acompañado".

[464] *celadas*: *celada*: "la emboscada que se haze para asaltar al enemigo repentinamente" (Covarrubias); *celadas* quiere decir *emboscadas*.

[465] *lazeria*: "Vale tanto como miseria, mezquindad, desarrapamiento, pobreza exterior, trabajo, necessidad" (Covarrubias).

[466] *que tenga conciencia... en toda Europa*: En la *Segunda Celestina* (pág.544) Centurio dice a Albacín: "Digo's qu'eso es lo que rezan por mi alma las biudas y huérfanos que tengo hechos en este mundo".

[467] *Por el santo martilojo de pe a pa*: *martilojo*: "El catálogo de los mártiles" (Covarrubias); *Por el santo martilojo de pe a pa* es un dicho que aparece con frecuencia en los juramentos y cuenta con formas reducidas que valen lo mismo. Por ejemplo, en *La Celestina* (pág.554) Centurio dice a Elicia: "Yo te juro por el sancto martilogio, de pe a pa"; en la *Segunda Celestina* (pág.513) *Centurio* dice a Celestina: "Pues voto al martilojo de pe a pa"; en *Lisandro y Roselia* (pág.63) Brurnandilón dice: "Por el santo Martirolojo de Peapa..."; en la *Policiana* (pág.3) Solino dice.a Policiano: "Yo juro al sancto martilojo, que has topado con alguna putilla".

pues toda vía estáys en que hagamos este camino, que fuéssemos sin espadas, porque no aya, aunque se ofrezca, causa en algún rompimiento.

VELMONTE. Tan de culpar es por cierto dar cinco de corto como de muy largo[468], que desa manera en manifiesto peligro nos pondríamos, especialmente en semejante negocio. De mi parte os digo que mi espada de noche me es buena compañía, la qual en ningún tiempo dexaré.

ESCALIÓN. Pues que assí os parece, hágase otra cosa que se me representa acertada, la qual es que nos vamos por la posada de Selvago y llevaremos los dos criados con Carduel, su paje, que llevando su guitarra[469], mientras vos habláys con la dama, no sonará mal un chistezico de aquel rapaz, que, según he sabido, canta maravillosamente.

VELMONTE. Pues, ¿y los dos criados a qué han de yr allá? Que es dañoso tanta gente en tal caso.

ESCALIÓN. Anda, que todos somos amigos, y mientras más moros, más ganancia[470], quando más que serán menester para que me tengan a que no haga tajadas a todos los que passaren, que vos y el paje érades poco para rnis grandes fuerças.

---

[468] *dar cinco de corto como de muy largo*: "Dar cinco de corto, se dize del que ha hecho falta, y cinco de largo el que ha sido demasiado" (Covarrubias); esta frase quiere decir *tanto falta como exceso*.

[469] *guitarra*: "Los señores (Calisto, Sigeril...) tocan la vihuela o el laúd; en cambio, la guitarra 'no es más que un cencerro, tan fácil de tañer... que no hay moço de caballos que no sea músico de guitarra' (Cov.). Recuérdese la afición del negro a la guitarra, en *El celoso extremeño*" (*Segunda Celestina*, pág.138, n.3). Según Pedro Mexía, existe una relación amistosa entre el hombre y la música (*Silva*, t.II, pág.88).

[470] *mientras más moros, más ganancia*: variante del refrán "A más moros, más ganancia" (Correas); en *La Celestina* (pág.377) Celestina utiliza el mismo refrán para convencer a Areúsa aceptar los amores de Pármeno; en la *Segunda Celestina* se registran varios empleos de dicho refrán, por ejemplo, Celestina dice a Elicia: "Déxalos hija, que ya sabes que cuanto más moros, más ganancia" (pág.189); Claudina habla consigo misma de Cornelia y de Orosia: "mientras más déstas, más caudal en mi tienda, e mientras más moros más ganancia" (*Policiana*, pág.35).

VELMONTE. No me medre Dios si éste no es un gran panfarrón cobarde, que porque no le asienten el guante[471], si tiene algún enemigo, pone tantas escusas.

ESCALIÓN. ¿Qué dizes, Velmonte? Que no te entiendo.

VELMONTE. Digo que sea como te parece.

ESCALIÓN. Alto, pues, vamos luego[472].

VELMONTE. Pues toma tu espada y mira si quieres una rodela[473], que allí están dos.

ESCALIÓN. No quiero sino el espada, que ella y la capa harán lo que convenga.

VELMONTE. Alto, pues, sin detenernos, vamos fuera.

ESCALIÓN. Con pie derecho, que el coraçón me da que tengo de rebanar alguno antes que a la posada buelva.

VELMONTE. Por aquí, por San Christóval echemos, que es el mejor camino.

ESCALIÓN. Sea por do quisiéredes; mas, dezid, ¿quién son los que están a la puerta?

VELMONTE. Buelve, buelve, no huygas[474], Escalión, que no es

[471] *le asienten el guante*: "Assentar la mano o el guante es castigar a uno severamente" (Covarrubias).

[472] *luego*: "al instante, sin dilación, prontamente" (D. A.). En la *Comedia Selvagia* aparece bastantes veces esta palabra con el mismo significado.

[473] *rodela*: "Escudo redondo que cubre el pecho; arma española, que con ella y con la espada se suele pelear animosamente" (Covarrubias).

[474] *huygas*: "Estos verbos con –*g*– en las siete formas con yod tuvieron fuerza para asimilarse otros del aparte *a)*: en el siglo XVI aún se decía *cayo*, *caes*, *trayo*, *oyo*; y luego se genelarizó +*caigo*, *caes*...: +*traigo*, *traes*;

sino Risdeño el enano, que toma ayre a la puerta.

ESCALIÓN. ¡O pesar del terrible Nembroth[475]! ¿Que assí has de afrentar la persona, como si fuesse quien quiera, diziendo que huyesse? Va la persona a ponerse a la calleja por assegurar sus espaldas, pensando que tiene los enemigos a ojo[476], y ultrájasme dese modo.

VELMONTE. Perdóname, que pensé que por otra causa lo hiziesses.

ESCALIÓN. Bueno está el pensé, por vida de mi agüela la tuerta. Pues dime agora, ¿por un pensamiento que tenga has de lastimar la honra de un hombre como yo? Reniego de los huessos de Brumandilón, mi padre[477], si una cuchillada en la cara no sufriera mejor que tal ultraje. ¡Cómo! ¿Y hombre soy yo, que tengo de huyr?

VELMONTE. Acaba ya, que pues te pido perdón y conozco mi yerro, no soy a más obligado. Mira que ya vienen aquí los criados de Selvago, Rubino y Sagredo, que nos deven aver conoscido. No se les diga lo passado, que sé que me culparán, porque te conocen bien.

ESCALIÓN. Destos he yo menester, que de presto los torno bovos haziendo del cobarde esforçado.

RUBINO. ¡O señores, qué buena venida es ésta a tal hora!

+*oigo*, *oyes*, y junto a *rayo* se dice *raigo*. Aunque no son hoy usados, deben recordarse también otros presentes en *–ay* y los en *–uy*, que nuestros clásicos hacían alguna vez +*haiga*, +*vaiga*; +*huiga*, +*destruigo*, +*restituigo*; el vulgo sigue aún usando los tres primeros y añade otros" (Menéndez Pidal, pág.292).

[475] *Nembroth*: "Nemrod" (*Silva*, t.I, pág.378, n.4); "fundador fabuloso del imperio asirio, mencionado en Génesis, X, 9:... Es como modelo de gran cazador" (*La Celestina*, pág.223, n.64).

[476] *a ojo*: "à la vista, en presencia de alguno, y delante de él. Ahora se dice, à los ojos" (D. A.).

[477] *Brumandilón, mi padre*: Es un fanfarrón que aparece en *Lisandro y Roselia*. Por el parentesco que Escalión tiene con este personaje, se muestra que la *Comedia Selvagia* es su continuación y por lo tanto un eslabón más del ciclo celestinesco.

ESCALIÓN. El señor Velmonte nos [h]a menester a todos esta noche y a Carduel con su guitarra, que toda vía nos daremos una buena holgadura.

SAGREDO. Alto, boto a Mares, que yo llevaré también mi ruyseñor, que no sonará mal con la guitarra.

ESCALIÓN. Pues hazed llamar al paje.

SAGREDO. Veysle aquí do viene con Risdeño, que él nos entró a dezir cómo veníades.

RISDEÑO . ¡O mi amigo Escalión! No quiero perder un abraço.

ESCALIÓN. Esso como mandáredes, que yo soy el que gano[478].

RISDEÑO. Antes estáys en esso engañado, que porque abaxándoos me hiziéssedes acatamiento os abraçé.

ESCALIÓN. Aunque esso sea, soy a más obligado; mas dezidme, señor Risdeño, ¿queréys yr a dar una buelta por la ciudad en la compañía?

RISDEÑO. ¿Y si llama Selvago entre tanto?

CARDUEL. De esso bien seguro que antes del alva será la buelta.

RISDEÑO. Sea, pues, que, en fin, por llevar con vosotros a quien os defienda de quien os enojare me avéys sacado de mis casillas.

VELMONTE. Pues, señor Carduel, ¿está buena la guitarra?

[478] *yo soy el que gano*: En *La Celestina* (pág.573) Melibea dice a Calisto: "Señor, yo soy la que gozo, yo la que gano"; en la *Segunda Celestina* (pág.387) Elicia dice a Tristán: "Señor Tristán, yo soy la que he ganado en conoscerte"; en la *Thebaida* (pág.199) Claudia dice a Aminthas: "cesen vuestras tan injustas querellas, que yo soy la que he ganado".

CARDUEL. De verdad que oy la encordé, porque tenía pensado de yr a dar una gateada[479] al alva en cierto cabo[480]; empero, pues viene a cuenta, no sabrá[481] mal en el primer sueño.

RISDEÑO. ¿Cómo, Carduel? ¿Eres por ventura enamorado?

CARDUEL. Sí, por cierto, que no lo negaré, y aun en cabo que me siento por muy dichoso.

RISDEÑO. Ya, triste de vos, padre, ¿no consideráys el caso? A quien no pusimos vida va con chapines[482] a misa. Pues dime, ¿qué ves en el mundo, que cuentas por enamorado?

CARDUEL. ¿Qué tengo de ver? ¿Soy algún enano como vos para no sello?

RISDEÑO. Ya duelos le dé Dios al camarón de alverca. Dezínos, ¿parece que qual soy tengo mejor disposición para serlo que vos? Que aún no soys, como dizen, fuera del cascarón[483].

CARDUEL Sí, por cierto, y aún para chirriar de una jaula como tordo.

---

[479] *gateada*: es decir, *gatada*: "Translaticiamente significa el hurto que se hace con engaño, astucia y simulación" (D. A.).

[480] *cabo*: "Parte, lugar, sitio o lado" (D. L. E.).

[481] *sabrá*: *saber*: "Por translación se dice de las cosas que dan gusto y complacencia al alma" (D. A.).

[482] *chapines*: *chapín*: "Calçado de las mugeres, con tres o quatro corchos... En muchas partes no ponen chapines a una muger hasta el día que se casa, y todas las donzellas andan en çapatillas" (Covarrubias).

[483] *no soys... fuera del cascarón*: Se refiere al refrán *Aún no sois salido del cascarón, y ya tenéis presunción*: "contra los que luego quieren parecer Maestros en las cosas, sin haver tenido tiempo de aprenderlas; y se suele aplicar mas comunmente à los mozos, que quieren dar à entender son yá hombres hechos y capáces de dar dictámen, y resolver por sí solos" (D. A.); en la *Segunda Celestina* (pág.302) Celestina dice a Pandulfo: "Hijo, por el murmurar que anoche tuvistes de mí, tú y essotro tu compañero, que no ha aún salido del cascarón"; en la *Tercera Celestina* (pág.288) Sigeril amenaza a Canarín: "Calla, merdosillo, que no soys salido del cascarón, y ya sabéys venir con chismerías".

RISDEÑO. ¿Passáys por esto? ¿No veys qué dize? Al fin fin que tantas a Pedro como a su amo[484], cada ruyn, çapato a lazo[485]. Pues no medre yo si a mi señor no le[486] dixere cómo ya andáys emputecidillo.

CARDUEL. Señor Escalión, ruégale por tu salud que no se lo diga, que dirá al mayordomo que me açote.

ESCALIÓN. Señor Risdeño, por mi vida, que no lo as de dezir.

RISDEÑO. No me lo ruegues, señor, que aquel rapazillo no se ha de ygualar con un hombre barbado[487] como yo.

VELMONTE. Por mi fe, que la as de callar, porque te lo ruego yo.

RISDEÑO. Ora si él me pide perdón de rodillas y me besa la mano, soy contento; si no, bien será escusado.

ESCALIÓN. Hazlo, señor Carduel, que por vida de mi amiga, otro tanto me passó a mí este día con él por mandado de mi señor Flerinardo.

CARDUEL. Alto, que sí haré.

RISDEÑO. Pues con mucha contrición.

CARDUEL Señor Risdeño, yo os pido que me perdonéys si de mis palabras recebís enojo.

---

[484] *tantas a Pedro como a su amo*: Es posible que se origine del refrán *Tan bueno es Pedro como su amo*: "Generalmente, las personas se asocian con las que se les parecen" (D. R.). En *Lisandro y Roselia* (pág.32) Lisandro dice a Eubulo: "Descortés, ¿queréis vos contradecirme? tan bueno Pedro como su amo".

[485] *cada ruyn, çapato a lazo*: Correas trae una variante de este refrán en su refranero: "Cada ruin, zapato al lazo".

[486] *le*: en T *lo*.

[487] *barbado*: vale por *experimentado* puesto que "la barba se consideraba símbolo de experiencia y sabiduría" (*Segunda Celestina*, pág.190, n.3). En la *Comedia Eufemia* de Lope de Rueda (ed. José Moreno Villa, pág.26) Vallejo reprocha a Grimaldo: "¿Tal se ha de sufrir, que se ponga este desbarbadillo conmigo á tú por tú?".

RISDEÑO. Alto, que yo os perdono; levantaos, hijo[488].

ESCALIÓN. ¡Hi, hi, hi! Pese a la puta que me parió, señor Risdeño, ¡qué gracioso eres! ¡Sus! Alto, vamos de aquí, que las doze han dado.

VELMONTE. Ea tú, señor Carduel, toca la guitarra, veamos en qué mundo bivimos.

ESCALIÓN. Por el dorado vellocino de la reyna de Nápoles[489] que va divino, y aun el ruyseñor no suena mal. Por vida de tus amores, señor Carduel, que digas una coplita de las que sueles.

CARDUEL. De tal manera me conjurastes, que me conviene hazello.

ESCALIÓN. Sea, pues aquí no será en vano, que una mochacha me suele mirar quando de día passo por aquí, y no de mal ojo.

CARDUEL. Callad pues:

Ojos garços ha la niña,
¿quién se los enamoraría?[490]

[488] La discusión entre un criado adulto y un criado joven, esto es, entre Risdeño y Carduel, está en deuda con la *Segunda Celestina* (págs.144−146) y con la *Tercera Celestina* (págs.288−289).

[489] *el dorado vellocino de la reyna de Nápoles*: Parece que alude a la conquista del vellocino de oro por Jasón con la ayuda de Medea: Medea dio un ungüento mágico a Jasón para que éste pudiera protegerse de las quemaduras de los toros de Hefesto, y además, le ayudó con sus hechizos a adormecer al dragón que guardaba el vellocino de oro que el rey de Colco, llamado Eetes, había consagrado a Ares. Se puede decir que Jasón no es capaz de conseguir el vellocino de oro sin la ayuda de Medea. Véase D. M. G. R., págs.297 y 336.

[490] Este estribillo puede tener su origen en la poesía popular. Juan del Encina se ha valido de él para componer uno de sus villancicos: "Ojos garços ha la niña". Véase la introducción de R. O. Jones y Carolyn R. Lee (Juan del Encina, *Poesía lírica y cancionero musical*, ed. cit., págs.30 y 149). Dicho villancico de Juan del Encina también es recogido por Dámaso Alonso y José Manuel Blecua en la *Antología de la poesía española, lírica de tipo tradicional*, ed. cit., pág.145, poema 346. Véase, sobre todo, el *Corpus de la antigua lírica popular hispánica (siglos XV a XVII)* de Margit Frenk, ed. cit., págs.116−117.

Es tan linda y tan hermosa
la niña con su mirar,
que causa pena raviosa;
sólo por la contemplar,
a todos quiere matar
con sus ojos de alegría,
¿quién se los enamoraría?

ESCALIÓN. Por la temerosa figura de la serpiente Hidra, con mayor gracia y más al propósito no vi cosa dezir en toda mi vida. Dome a Dios, Carduel, si muger me hallara, si por ti yo no me perdiera oyendo las gargantas que tu tan deleytosa boz levanta, matizadas con la bien ordenada música cordial que tus dedos componen.

RISDEÑO. Agora digo que con razón eres enamorado, Carduel.

CARDUEL. ¿Qué os paresce, señor Risdeño? Pues sabed que ello y yo estamos prestos a lo que os cumpliere.

VELMONTE. Aquí es el lugar. Bien podéys, señor Carduel, cantar alguna cosita buena.

CARDUEL. Luego se hará, aviendo conocido bien la estancia. ¡Ay! Si nos oyen con paciencia, no nos enbíen por colación[491] algunas lágrimas de Moysén[492] y[493] sopas de arroyo[494].

---

[491] *colación*: "la confitura o bocado que se da para beber... Los antiguos también solían dar, después de la cena, antes de irse a acostar, una colación de confituras para beber" (Covarrubias).

[492] *lágrimas de Moysén*: "el vulgo ha puesto este nombre a los guijarros y piedras con que se pueden descalabrar; y no pienso tuvo otro origen más de que mandava Dios apedrear a los que cometían ciertos géneros de pecados, como era la blasfemia, el adulterio, etc.... Pues, como Moysén huviesse de pronunciar semejantes sentencias, antes de darlas, movido a compasión llorava; pero sin embargo desto, las lágrimas se convertían en piedras mandando executar la sentencia" (Covarrubias).

[493] *y*: en T *v*.

[494] *sopas de arroyo*: "En estilo festivo llaman à la piedra suelta, ò guijarro; porque en los arroyos suelen estar

VELMONTE. Señor Escalión, allegaos un poco más comigo, por merced.

ESCALIÓN. El señor Rubino yrá, que quiero gozar de la música.

VELMONTE. No haze al caso. Quédense los dos, que si algo fuere menester, cerca es; un silvo lo puede hazer todo.

ESCALIÓN. Sea como mandardes[495].

VELMONTE. De verdad, que bien digo yo que de cobarde tiene Escalión más que de esforçado, que ansí con la música se escusó de llegarse aquí comigo. Mas, ¿qué digo yo? ¿Es mi señora Alpina la de la fenestra? Ella es, cierto. ¡O mi muy amada señora! Mirad lo que ordenáys deste vuestro criado que por vuestro mandamiento aquí es venido.

ALPINA. ¡O mi señor Velmonte! Rato ha que os estoy esperando. Dezidme, señor, ¿traésme los botines que me mandastes?

VELMONTE. Mi vida, aquí vienen. Ved qué queréys que se haga.

ALPINA. Señor, que deys una buelta, porque ay ventanas, y de presto os entraréys, que yo tendré la puerta como conviene, que ya todos los de casa duermen.

VELMONTE. Como mandáys, señora, se hará. ¡O Velmonte! ¡Cómo este día con piedra blanca le has de señalar[496], pues tan presto

---

unas veces en seco, y otras mojadas, conforme crece, ò mengua el agua de ellos" (D. A.).

[495] *mandardes*: es decir, *mandáredes*, consecuencia de la síncopa de la *e* postónica; véase la nota de Antonio Castro (*Silva*, t.I, pág.578, n.10). En la *Segunda Celestina* (pág.516) también se halla esta forma.

[496] *este día con piedra blanca le has de senalar*: En la *Thebaida* (págs.217-218) Galterio utiliza una expresión parecida a la hora de hablar con Aminthas: "¿No sabes que dize el Persio en una sátira: 'O Macrino, este día

gozarás de tan buena y desenbuelta mochacha! La puerta me paresce que abre. A la Magdalena[497] me encomiendo.

ALPINA. ¡Passo, señor! Mirad no hagáys estruendo, que duermen aquí cerca los moços, no nos sientan.

VELMONTE. Mi vida, assí será como dezís.

ALPINA. Por mi vida, que vuestras obras no concuerdan con vuestras palabras; mas, dezidme, ¿aquéllos que allá fuera tañen vienen con vos?

VELMONTE. Mi señora, sí, que amigos son todos, y aun os digo que está allí un rapaz que canta maravillosamente.

ALPINA. Oýd, oýd, que por mi salud ya canta.

CARDUEL. ¡O, qué gozo tan gozoso!
¡Cómo goza mi sentido
gozando de ser querido!

VELMONTE. ¡Dome a Dios y quán a propósito ha cantado!

ALPINA. ¡O, qué gracioso rapaz! Por cierto que parece que los ángeles cantan con él[498].

cuéntalo con piedra blanca' ? Porque, como sabes, los gentiles el día que havían recebido buen día ponían en un saco que tenían una piedra blanca, y el día de fortuna contraria, en otro saco echavan una piedra negra, y por ahí tenían su cuenta". En la *Florinea* (pág.4) Fulminato y Felisino también hablan de esta costumbre.

[497] *la Magdalena*: "Desde antiguo se conocen encomiendas de 'la Magdalena' ofrecidas a clérigos de la orden de Alcántara... La iglesia de la Magdalena, dependiente, pues, de una encomienda de la orden de Alcántara, estaba situada en el palacio del mismo nombre, muy cerca de la puerta de Zamora" (*Lazarillo*, ed. F. Rico, pág.15, n.12). Hay alusiones similares en *La Celestina* (por ejemplo, pág.396), en la *Segunda Celestina* (pág.410) y en la *Tercera Celestina* (pág.125).

[498] *él*: en T no existe.

VELMONTE. Oyga qué dize la buelta.

CARDUEL. Ya mi gozo se ha gozado
con el gozo que buscava.
Gozoso y regozijado,
del summo gozo gozava.
Este gozo me causava
que se goze mi partido
gozando de ser querido.

Quien goza de gozo tal,
con gozo deve mostrarse,
que gozar de gozo ygual,
sin gozo puede gozarse.
Y pues gozo pudo darse
a mi gozoso partido,
gózese siendo querido[499].

RISDEÑO. Por mi vida, Carduel, que juegas lindamente de vocablo[500]; mas, por me hazer merced, que digas una copla a una moça que está en aquella ventana.

CARDUEL. Por serviros, señor Risdeño, más que esso me profiero[501] hazer.

RISDEÑO. La voluntad os tengo, señor, por servir; mas hazed lo

[499] Aquí está otro ejemplo de *adnominatio*. Véase *Comedia Selvagia*, Versos acrósticos, n.267 y I, 1, n.307.

[500] A primera vista Risdeño está elogiando a Carduel por manejar bien el juego de los vocablos; en el fondo es Alonso de Villegas quien está alabando a Feliciano de Silva, creador de tal arte lingüística. Véase Versos acrósticos, n.267.

[501] *me profiero*: *proferirse*: "Ofrecerse a hazer alguna cosa voluntariamente, como yo me profiero a proveer de trigo la ciudad" (Covarrubias).

que agora os ruego.

CARDUEL. ¡O, ventana muy dichosa!
¡Cómo fue tal tu ventura,
que gozes, sin sentir cosa,
d'una dama tan graciosa
y de tanta hermosura!

¡O, si yo tú me bolviera
y me quedara sentido,
cómo muy dichoso[502] fuera!
Porque assí gozar pudiera
de los gozos de Cupido.

ESCALIÓN. ¡O, Carduel, qué bien lo hazes! Juro al bendito rosario de Santa Marta, que de presente y tan al propósito no vi en mi vida mejor cosa. ¿Qué dizes en[503] esto, señor Risdeño?

RISDEÑO. Digo que tenés razón; mas oýdme un poco. Veréysme requebrar con la dama, que no será de poco passatiempo.

ESCALIÓN. Ve presto, por tu fe, Risdeño, que de cosa no holgaré más que de oýrte; mas mira que rages[504] largo.

RISDEÑO. A mi cargo. Después que mis ojos con temeraria osadía, norte de mi prozelosa vida, miraron tu divina y angélica figura, de tal manera quedaron captivos que más un punto de libertad no han tenido.

---

[502] *dichoso*: en T *dicho*.

[503] *en*: "Sobre" (D. A.).

[504] *rages*: *rajar*: "Por alusión llamamos rajar, quando alguno dize muchas mentiras en razón de valentía" (Covarrubias).

¡O, pues, mi verdadera señora! Pídote humildosamente que me digas, pues jamás pensé sino en te servir, por qué assí con tanta crueza[505] me quieres de contino tratar. ¿No sabes que en me dar la muerte pierdes un siervo muy leal a tu servicio y que más que quantos biven firmemente te aman? Mas, pues de tu acostumbrada crueza quieres usar, yo te ruego que del todo me des la muerte, porque con ella reciba el descanso que biviendo tan perdido tengo, de lo qual, si bien miras en ello, no te viene otro provecho sino adquirir en tu soberano valor un pernicioso renombre de violenta matadora del que con mayor lealtad jamás sirvió a Cupido.

MOÇA. ¿Quién es vuestra merced, señor, que en verdad a nadie veo, que no sé si habla alguna piedra?

RISDEÑO. Deso reniego yo, mi señora, que mi flaco merecimiento delante de vuestro soberano merecimiento sea nada y en tal por vos siempre tenido.

MOÇA. Por mi fe, señor, que estava yo bien agena que assí por mi causa alguno tan perdido estuviesse; mas mirad, señor, que por ventura estáys engañado y no soy quien vos pensáys[506].

RISDEÑO. ¡Ay mi señora! Por mi vida, no me deys tales disfavores, que no tendré poder para los sufrir, que aviéndoos tanto tiempo servido, a manera de desdén me digáys que no soys vos la que sin vida biviendo me haze andar. Que si mi intención ante[507] de agora no os he descubierto, no ha sido sino por temor de os enojar. Verdaderamente os digo, mi señora, que si las penas que por vos he padecido y de cada día padezco

[505] *crueza*: "Crueldád" (D. A.).

[506] *no soy quien vos pensáys*: Véase *Comedia Selvagia*, I, 1, n. 427.

[507] *ante*: latinismo, "antes" (Menéndez Pidal, pág.333).

del todo os fuessen demostradas, no dudo sino que concederíades en mi ruego, movida solamente de piedad[508] de mis ansiosas querellas y penosos trabajos.

MOÇA. Pues que assí es, señor, que tantas penas por mis amores avéys passado, hazed dos cosas que os diré y con ellas podréys salir de pena.

RISDEÑO. ¡O mi señora, y cómo me puedo llamar dichoso, pues algo me queréys mandar! Por tanto dezid, señora, que mil haré quanto más dos.

MOÇA. Lo uno es que me digáys quién soys y lo otro que os casés comigo, que de otra manera será escusado. Que de verdad os digo que estotro día me trayan al sacristán de mi lugar y aun por bien poco se dexó de efetuar, que no fue sino que él ni sus padres ni los míos quisieron. Por tanto, o me responded concediendo, o partíos de mi puerta, que no parece bien las moças como yo estar a tal hora hablando con quien no conocen.

ESCALIÓN. ¡O, pese a rus con la çuratica[509]! ¿No la oýs? De casamiento habla y que no se dará menos.

CARDUEL. Bien vendrá[510], mas oýd que responde Risdeño.

RISDEÑO. El mayor beneficio que mi ventura me pudié hazer es el presente. Por tanto, señora, en lo que dezís[511] del casamiento, yo me siento por rnuy dichoso; en lo dezir quién soy, para allá dentro lo guardo. Por tanto, mirad cómo queréys que se haga.

[508] *piedad*: Véase *Comedia Selvagia*, III, 3, n.919.

[509] *çuratica*: diminutivo de *çura*: "se aplica à la paloma brava, ò campesina" (D. A.).

[510] *vendrá*: en T *vendera*.

[511] *dezís*: en T *zis*.

MOÇA. Señor, primero me lo havéys de dezir y jurar que me tomaréys por esposa, que no querría que me engañásedes[512].

RISDEÑO. ¡O perla, cómo eres graciosa! Y no quiera Dios que a quien yo tanto quiero engañe; por tanto, méteme allá, que a bozes no lo he de dezir.

MOÇA. Señor, haré lo que dezís; pero la entrada no ay otra si no os atáys en una soga que yo os echaré, y con mi ayuda y vuestra ligereza subáys; mas hágoos cierto que no estáys acá muy seguro, porque si los dos hijos de mi señor nos oyen, no os podéys librar bien si no sentís en vos fuerça para contra ellos.

RISDEÑO. Desso, señora, no tengáys pena, que aunque los contrarios fuessen siete armados de coraças y capellinas[513], para el mundo que me tiene, moço tenés delante que a todos hiziesse cara y los quitasse los despojos; por tanto, no dubdéys de hechar la soga.

MOÇA. Señor, pues, una cosa os encomiendo, que de dos mancebos que son los hijos de mi amo, al menor en ninguna manera hagáys mal, porque me dio una sortija de plata y le quiero yo mucho.

---

[512] En aquella época es habitual jurar el casamiento. Éste es el caso de Quincia y Pandulfo en la *Segunda Celestina* (pág.212). No obstante, esto suele ser aprovechado por los hombres para engañar a las mujeres y viceversa. Alfonso Martínez de Toledo habla de ello en su *Arcipreste de Talavvera o Corbacho*, ed. J. González Muela (Madrid: Castalia, 1970): "E aun después dizen otro erro[r] peor que non el primero, e non lo encelan: que las juras que a sus coamantes por amores se fasen, que non son oblygados de las tener nin conplir... Pues, algunos fueron e son que juraron [a] algunas de las tomar por mugeres, e ellas a ellos por maridos, asý delante testigos como escondidamente, por los engañar o las engañar" (pág.89). De hecho, en la *Tercera Celestina* (pág.127) Pandulfo planea incumplir su promesa de casarse con Quincia: "Quanto más, que ni ella es mi esposa, ni lo quisiera por no estar asido, que si me dixere que la di la mano, todo lo haze negar fuertemente, que ni vuo abad ni testigos"; y, en *Lisandro y Roselia* (pág.127 y págs.241-242) Angelina y Sancias incluso son llevados ante un juez debido a dicho engaño.

[513] *capellinas*: *capellina*: "La armadura de acéro, que cubria antiguamente la parte superior de la cabéza, y lo mismo que Yelmo ò Capacéte" (D. A.).

RISDEÑO. Pues, entrañas mías, pídoos de merced que primero vays a fregar, porque si de fuerza lo havéys[514] de hazer, hecho estará antes de mi subida, y más porque no lo sientan los que hallí hazia nosotros vienen, que me parece mucha gente.

ESCALIÓN. Gente y mucha, pese a Mars; alto, pies hazia la posada, dad al diablo qüenta con serranos[515].

CARDUEL. Espera, espera, Escalión, que la ronda es.

ALGUAZIL. ¿Quién soys, gentiles hombres? ¿Qué armas traés?

RISDEÑO. ¡O señor Nava, vuestra merced es y assí desconoce a sus servidores!

ALGUAZIL. ¡O señor Risdeño, y a tal hora por aquí!

RISDEÑO. Señor, salimos a pasear un poco yo y mis compañeros por coger el ayre.

ALGUAZIL. Bien me paresce, mas ¿quién era el que huyó denantes?

RISDEÑO. Escalión, el criado de Flerinardo, que, como tiene tantos enemigos, no fiándose en[516] nosotros, quiso acogerse a sus pies.

ALGUAZIL. No me avién dicho esso a mí dél, pero cosas son que acontescen. Vos, señor Risdeño, ¿tenés necessidad de nosotros?

---

[514] *havéys*: en T *havey*.

[515] *dad al diablo qüenta con serranos*: Probablemente alude al refrán "El diablo y el serrano pagan en castañas" (Kleiser).

[516] *fiándose en*: A lo mejor, se trata de un cruce entre las locuciones *fiarse de* y *confiar en*. "La utilización cruzada o mezclada, con el mismo significado nocional, de las preposiciones *en* y *de* (como también de muchas otras preposiciones) es frecuente en la lengua del siglo XVI" (*Silva*, t.I, pág.249, n.16).

RISDEÑO. Yo tengo de servir, señor.

ALGUAZIL. Pues a Dios, cavalleros.

RISDEÑO. Con él vays, señores.

ESCALIÓN. ¡Ay, ay, desdichado, que cerca vienen, muerto soy! ¡Jesús, Jesús, confissión! ¡O, qué cortado voy! ¡Válame Dios de la muerte! De cierto en los pies no me puedo tener, la muerte tengo ya tragada. iO desdichado de ti, Escalión, a qué te a traýdo tu ventura! Quiérome arrojar en esta mazmorra que aquí está abierta, pues ya mis pies no tienen poder para más huyr. Mas aún no asoman los enemigos. Sin dubda a mis desventurados compañeros deven de estar destroçando. ¡O desventurados de vosotros, y quán afortunado fue vuestro nascimiento, pues tan mal avréys logrado vuestra alegre juventud! Agora el diablo creo me haze a mí blasonar de las armas, y siendo más cobarde que una gallina, lo qual por un cabo es bueno, porque siquiera me tengan en algo; mas doy a la mala ravia tenida que por ella avéys de andar siempre la barba sobre el hombro[517], y estar obligado a que ninguno en toda la ciudad haga desafío que por compañero o padrino no os combide, donde en diez años que en esto he andado[518], he sacado de barato[519] este relativo, o rascuñillo de veynte y cinco puntos que tengo de oreja a oreja, y tres vezes apaleado, y quiera Dios que esta noche no quede la vida por las costillas. Mas, ¿qué digo yo? Si tras mí vinieran, ya uvieran llegado. Sin dubda por la otra

[517] *andar... la barba sobre el hombro*: o *traer la barba sobre el hombro*: "Es vivir y andar con cuidado, para que no le coja de sobresalto qualquiera cosa que pueda sobrevenir" (D. A.), "vivir recatado, y con recelo, como hazen los que tienen enemigos, que van bolviendo el rostro a un lado y a otro; de donde nació el refrán" (Covarrubias). En *Lisandro y Roselia* (pág.146) Oligides dice a Lisandro: "... y tambien me dixo que te cumple á tí traer la barba sobre el hombro y andar en aviso".

[518] En la *Segunda Celestina* (pág.125) Pandulfo dice que ha estado diez años sirviendo a Felides como criado.

[519] *de barato*: "De balde, sin interés" (D. L. E.).

calleja se fueron, y si esto es ansí y mis compañeros quedaron libres, en el mundo no me conviene parar; mas empero, buena escusa será llamar a Velmonte diziéndole que riñen los compañeros. Buen consejo es. Allá buelvo. Mas no sea el diablo que me engañe; mas toda vía quiero yr, que allí pienso que está. ¡Hola, hola, señor Velmonte, que matan a nuestros compañeros! ¡Pese al mundo, que nosotros y vos enhoramala acá venistes[520] esta noche!

VELMONTE. ¡O mi señora Alpina! A Dios quedéys, que voy a ver qué sea esto[521].

ALPINA. ¡O señor, no salgáys, no os acaezca alguna desventura!

VELMONTE. Dexadme, señora, que mal haría que viniéndome acompañar se viessen en algún peligro y no los favoreciesse.

ALPINA. Pues a Dios vays, que en gran fatiga quedo. Tomá, que se queda la rodela.

VELMONTE. ¿Qué es esto, Escalión?

ESCALIÓN. Andad, que allá lo veréys; hechad mano, que assí conviene muramos como hombres; échense essas lanças en los pozos.

VELMONTE. ¿No diréys qué es?

ESCALIÓN. Treynta hombres, que bien lo dezía yo antes.

RISDEÑO. ¿Para quién, Velmonte, para quién?

---

[520] *nosotros y vos... venistes*: "La falta de concordancia entre verbo y sujeto formado por dos o más nombres o pronombres no es rara en el XVI. Keniston 36.441" (*Segunda Celestina*, pág.301, n.2). Éste no es el caso único en la *Comedia Selvagia*.

[521] En *La Celestina* (págs.573–574) Calisto deja a Melibea para poder ayudar a sus criados.

VELMONTE. ¿Que no estáys todos muertos? Que ansí me lo dixo Escalión.

RISDEÑO. Anda, calla, era nada. El alguazil y dos porquerones[522] que van rondando, fuéronse en conociéndome.

ESCALIÓN. ¡O pesar de la leche que mamé y tal me dezís! Dexadme, que yo haré a nada, que no me ponga otra vez a mí en alboroto.

VELMONTE. Dexalde al covarde, que no ayáys miedo que mate moro.

RISDEÑO. Pues que si le vieras yr bozeando, que parecía que ciento yvan tras él.

ESCALIÓN. Quiero bolverme y dezir que no los hallé; mas, ¿qué rodelas y espadas son éstas? Sin dubda algunos huyendo de la justicia, como acontece, las arrojaron en este portal para bolver por ellas. De molde[523] me vienen, que diré que dexo a sus dueños mal heridos. ¡O descreo de la hórrida barba de Carón[524], y cómo por tener pies los demás se escaparon, que ellos conoscieran quién es Escalión!

VELMONTE. ¿Qué es esto, Escalión? ¿Qué rodelas y espadas son éstas?

ESCALIÓN. ¿Qué a de ser? Pese al mundo, mis cosas que no pueden dexar de ser.

RISDEÑO. Qüéntanos, Escalión, por tu fe, lo que a passado.

[522] *porquerones*: *porquerón*: "El ministro de justicia que prende los delinquentes y los lleva agarrados a la cárcel" (Covarrubias).

[523] *De molde*: "à propósito, con toda propriedad" (D. A.).

[524] *Carón*: Véase *Comedia Selvagia*, III, 2, n.898.

ESCALIÓN. Avéys de saber que, como fuesse tras el alguazil como vistes allá abaxo, salieron dozena y media de hombres a mí, y como yo yva enojado, por la ganzúa y tinazetas del buen ladrón, no hize dellos más caso que si uno o dos fueran. Pues doy tras ellos tan denodadamente que al primero maté y el segundo no habló más; los otros, por presto que quise yr a ellos, con miedo de mis regurosos golpes tomaron las de Villadiego[525], que fue parte[526] para les dar la vida. Yo por guardar mi costumbre, que es gozar del despojo de los vencidos, les tomé las armas que veys.

RISDEÑO. ¿Es posible esso, Escalión[527]?

ESCALIÓN. Posible, por vida del turco[528], andad comigo. Vellos eys que no bullen pie ni mano con dos heridas terribles, que Hétor ni aun su hijo Astianax, el que Ulixes despeñó de una torre, no las hizieran.

RISDEÑO. Dalo al demonio. Vámonos a la posada. No nos hechen a todos la culpa.

ESCALIÓN. ¿Qué hechar culpa? ¿No estoy yo aquí? Que sabida la verdad, el mesmo corregidor dirá que vayan con los muchos, porque

[525] *tomaron las de Villadiego*: o *tomar las calças de Villadiego*: "vale huir más que de passo. Está autorizado este refrán por el autor de la Celestina, y no consta de su origen; mas de que Villadiego se devió de ver en algún aprieto y no le dieron lugar a que se calçasse, y con ellas en las manos se fué huyendo" (Covarrubias). En *La Celestina* (pág.460) Sempronio dice a Pármeno: "Apercíbete, a la primera voz que oyeres, tomar calças de Villadiego"; en la *Segunda Celestina* (pág.139) Canarín comenta así la cobardía de Pandulfo: "¡Maldito sea hombre tan fanfarrón! y si viene a mano el primero que tome calças de Villadiego será él"; en *Lisandro y Roselia* (pág.210) Brumandilón se jacta ante Lisandro y los criados de éste: "Oh venturosos hombres, si no tomaran calzas de Villadiego y pusieran piés en polvorosa, como me ofrecieron estos despojos, me ofrecieran tambien las vidas".

[526] *fue parte*: *ser parte*: "tener accion en alguna cosa, autoridad ò poder para executarla" (D. A.).

[527] Risdeño habla con ironía teniendo en cuenta que es poco probable que un hombre solo realice tal hazaña ni mucho menos un fanfarrón tan cobarde como éste.

[528] *turco*: Véase *Comedia Selvagia*, II, 4, n.810.

tomar de mí la enmienda sería echar a perder el reyno todo.

VELMONTE. Vámonos, por vuestra vida, Escalión que toda vía es bueno ponernos en salvo.

ESCALIÓN. Sea assí, pues lo querés.

RISDEÑO. Dezidme, Escalión, por vuestra fe, ¿cómo nos dexastes denantes quando el alguazil...?

ESCALIÓN. Ya no más. Sabed que yo, con la música, estava un poco dormido, y despertando a deshora, semejóseme que treynta hombres nos yvan a matar, y porque no me hallassen de sobresalto, desviéme para echar mano y ponerme como convenía, y assí ansí, acordándome de Velmonte, fuyle a llamar porque toda vía hiziera su parte.

RISDEÑO. Agora bien está. Aquí nos podemos despartir y cada uno a su posada se vaya a dormir[529] lo que de la noche queda. En lo de los muertos nadie hable palabra, que no sabiéndose el matador toda vía no ternemos[530] peligro, lo que si se sabe es al contrario.

VELMONTE. Sea, pues, señores, por este sucesso se pierde la colación, mas otro día se vendrá, señor Carduel, yo serviré las mercedes.

CARDUEL. Servicio y pequeño. Señor, Dios os guíe.

---

[529] *cada uno a su posada se vaya a dormir*: "el empleo del subjuntivo en aseveraciones está documentada por Keniston 29.361 y 29.365" (*Segunda Celestina*, pág.191, n.7).

[530] *ternemos*: es decir, *tendremos*: "En el tiempo del futuro, perdidas la *e* o *i* del infinitivo, *LC* muestra una marcada preferencia hacia las formas con metátesis *n – r* (*porná, verná, terná*) en lugar de las con epéntesis de una *d* (*pondrá*, etc.). Lo mismo ocurre en condicional" (*La Celestina*, pág.191, n.16); "En el siglo XVI, aún se vacila entre la forma con metátesis, *ternía*, y la forma con epéntesis, *tendría*" (*Lazarillo*, ed F. Rico, pág.62, n.74); no obstante, la forma con metátesis sólo aparece ocasionalmente en la *Comedia Selvagia* de Alonso de Villegas.

CENA TERCERA DEL PRIMER ACTO

En que Flerinardo se levanta y pide a su criado Velmonte de vestir, passando con él muchas razones sobre el amor. Viene Selvago a le visitar. Flerinardo cuenta un sueño que dize aver essa noche tenido, después de lo qual Velmonte dize lo que a todos essa noche con la música a contecido. Luego Selvago y Flerinardo se van cavalgando a ruar. Entre tanto Escalión va a pedir cuenta a una muger que tiene en el lugar público, sobre lo qual riñen y pone él manos en ella[531], siendo luego por un otro rufián, llamado Hetorino, apartados[532]. Introdúzense:

FLERINARDO. VELMONTE. SELVAGO. ESCALIÓN.

RISDEÑO. LESVIA. HETORINO.

FLERINARDO. ¡Moços, moços!

VELMONTE. ¿Señor?

FLERINARDO. ¿Es de día?

VELMONTE. Más acertado fuera preguntar si era hora de comer.

---

[531] *pone él manos en ella*: "Poner las manos en alguno, es ofenderle con las manos" (Covarrubias).

[532] *Escalión... apartados*: La pelea entre un rufián y su chica o prostituta y la reconciliación gracias a la intervención de otro personaje de la misma clase social ya aparece en el Aucto VII y el Aucto XLIV de la *Tercera Celestina* (págs.128–133 y págs.348–353, respectivamente), en la Cena III del Acto IV de *Lisandro y Roselia* (págs.226–232), y en el Acto XIV de la *Policiana* (págs.28–29). La verdad es que la pelea en cuestión, y no la reconciliación como consecuencia de la intervención de otro personaje, se puede remontar a la Cena V de la *Segunda Celestina* (págs.150–157). Al analizar las características comunes de las continuaciones de *La Celestina*, señala Consolación Baranda que "las peleas de rufianes y prostitutas que hay en todas ellas... interrumpen la acción principal a modo de entremeses o pasos jocosos" ("De 'Celestinas': problemas metodológicos", pág.18).

FLERINARDO. ¿Qué me dizes? Por ventura estás loco, que, según me parece, no [h]a dos horas que duermo[533].

VELMONTE. El dicho está gracioso. Como començases después de amanecer a dormir, poco más avrías dormido; mas por que me creas, mira por esta fenestra y verás a Febo, cómo, por estar en medio de nuestro orizonte, las terrestes sombras ha del todo disminuýdo[534].

FLERINARDO. Cierto, ansí es como dizes, en lo qual veo cómo se muestra en mí el nuevo ábito que he professado, que no solamente mis potencias interiores, mas aun las costumbres exteriores en otras muy diversas y diferentes ha transformado. Dame, dame presto de vestir, que no conforma el descuydo presente con el concepto que en mi ánimo se muestra.

VELMONTE. ¿Qué vestidos quieres, señor?

FLERINARDO. El jubón[535] y calças[536] leonadas[537] me conviene por la congoxa que me atormenta. El sayo será el morado[538] recamado de

---

[533] En *La Celestina* (pág.395) Calisto pierde la noción del tiempo y Pármeno intenta hacerle ver que ha pasado toda la noche y parte del día sin dormir.

[534] En *La Celestina* (pág.398) es Calisto el que emplea la metáfora mitológica para aludir al tiempo. El hecho de que un criado hable tan cultamente como un señor acentúa la capacidad cultural de la clase baja que ya se percibe en *La Celestina* (pág.252, n,199). Véase también *Comedia Selvagia*, III, 1, n.830.

[535] *jubón*: "es vestido justo y ceñido, que se pone sobre la camisa y se ataca con las calças" (Covarrubias).

[536] *calças*: "El abrigo de las piernas... porque las calças antiguas eran unas vendas que se rodeavan al tobillo y pantorrilla" (Covarrubias).

[537] *leonadas*: *leonado*: "De color rubio oscuro, semejante al del pelo del león" (D. L. E.); tal como explica el propio Flerinardo, él elige un traje de ese color para mostrar la melancolía. De acuerdo con Mac E. Barrik (*Tercera Celestina*, pág.441, n.260), el significado de los colores suele ser aprovechado por los escritores españoles antiguos. En la *Segunda Celestina* (pág.338) Felides también pide algo que muestra la tristeza para ponerse, pero en vez de un traje de color leonado escoge un vestido frisado; véase también la nota 22 de Consolación Baranda que está en la misma página.

[538] *morado*: "Litúrgicamente es el color de la Cuaresma y del Adviento, estaciones de preparación y penitencia de la Iglesia. Simboliza el morado la austeridad, la penitencia y el sufrimiento" (D. S. M.). Este color figura

oro, pues mi ventura lo ha querido. Assimesmo la gorra de la medalla de Cupido[539] me darás, pues ya por mi divisa le tengo.

VELMONTE. ¡O señor, y cómo perfectamente eres alindado y gentilhombre! De verdad que con más razón, viéndote en un espejo, de ti te devrías enamorar que aquel niño fermoso Narciso en la fuente, como los poetas cuentan, que por no poder gozar de lo que amava, fue en flor de su nombre convertido.

FLERINARDO. ¡Ay de mí! Que con todo esso[540], delante de mi querida señora me siento por más disforme que Tersites[541], por causa de ser ella la summa de hermosura y perfeción seráfica que hasta oy a sido en el mundo descubierta.

VELMONTE. Dime, señor, ¿sufres afán en ser enamorado?

FLERINARDO. Por mi fe, que estás donoso en el preguntar. Dime, ¿de tan torpe naturaleza estás formado que en mi aparencia no lo vees?

VELMONTE. No tomes passión, que no lo digo por tanto; mas dime, ¿tomarías de tu voluntad tu libertad primera si te fuesse dada?

FLERINARDO. No por cierto, aunque con ella me rogassen, porque el amor es de tal condición, que la pena que a sus súbditos da tiene dentro de sí una detectable gloria y muy apazible descanso[542].

también en la *Cárcel de amor* (pág.56).

[539] En la *Segunda Celestina* (pág.463) Felides se pone "la gorra de la medalla del fenis" para que la vea Polandria.

[540] *con todo esso*: "no obstante" (D. A.).

[541] *Tersites*: Uno de los griegos que tomó parte en la guerra de Troya; "Fué el hombre más feo que llegó a Troya, pues era bizco y cojo de un pie; sus hombros corcovados se contraían sobre el pecho, y tenía la cabeza puntiaguda y cubierta por rala cabellera" (Homero, *La Ilíada*, ed. cit., pág.2).

[542] Se trata del aspecto masoquista del amor cortés. Para Peter E. Russell, "Amar según sus doctrinas es una

VELMONTE. Pues ¿qué será la causa que siempre os mostráys ser congoxoso?

FLERINARDO. Esto causa que todos los que aman son avaros, y porque los ignorantes en el amor no le deseen, muestran tal aparencia[543], tiniendo otra cosa en lo secreto encerrada.

VELMONTE. De essa manera, aunque os veamos quexar no os daremos crédito, pues, como avemos dicho, es todo falso.

FLERINARDO. A pocas[544] me avrías cogido a pelo[545], mas porque siento en ti que no eres digno para que tales misterios manifestados te sean del todo, te lo quiero encubrir; sino ve que me aparejen de comer, que pues veo ser ora y yo lo tengo gana, no me será dañoso.

VELMONTE. Señor, hecho está. Quando fueres servido, te puedes sentar.

FLERINARDO. Sea luego, mas tú tendrás entre tanto cuydado de me hazer aparejar el cavallo blanco[546] con el jaez de carmesí[547], que tengo de salir luego fuera[548].

---

experiencia sumamente dolorosa, pero es un dolor que da placer porque, cuanto más sufre el amante, tanto más se asegura de la profundidad de su amor" (*La Celestina*, pág.58). En la *Comedia Calamita* (*Teatro Selecto de Torres Naharro*, ed. Humberto López Morales, pág.306) Floribundo dice a Calamita: "El mayor bien que posseo / ¿sabes quál? / Es una guerra mortal / en que lidio por tu amor, / y sería el bien mayor / quando más creciesse el mal". También se puede apreciar expresiones similares en la *Thebaida* (pág.XXXVI).

543 *aparencia*: "ant. **apariencia**" (D. L. E.).

544 *A pocas*: "por poco" (D. A.).

545 *a pelo*: "à tiempo, à proposito, ù à ocasion" (D. A.).

546 *blanco*: "Color; sinifica castidad, limpieza, alegría" (Covarrubias).

547 *carmesí*: es decir, *colorado*, color que simboliza el contentamiento, el descanso, el placer, la alegría y la holganza; véase también Ángel Valbuena Prat, *El teatro español en su Siglo de Oro*, ed. cit., pág.145 y *Cárcel de amor*, pág.80.

548 El contraste entre los colores alegres del caballo y del jaez y los colores tristes del traje de Flerinardo enfatizan el cambio brusco del estado de ánimo de su dueño, esto es, antes triste y ahora alegre, efecto

VELMONTE. Como lo mandas, señor, se hará. ¿Avéys visto cómo le así de las pigüelas[549] quando me negava que el amor no tiene especie de pena? Y a la verdad, si bien lo miramos, no dexavan de tener razón sus palabras, porque el amor la pena que a sus verdaderos servidores pone, siendo en sí rigurosa, dellos por gloria apazible es recebida, donde se sigue que fuerça el cuerpo a que muestre en exteriores señales su ser, que es penoso, puesto caso que[550] el sentido goze de la encubierta y engastada gloria. Por esta causa los de semejante tiro tocados, mostrando mucha tristeza, están llenos de apazible descanso. Mas, ¿qué digo yo? ¿Este que aquí viene no es Selvago? Él es cierto. Bien será yrlo a denunciar a mi señor, que no creo le pesará de su venida, y con razón, pues siempre el médico[551] fue apazible al enfermo[552]. ¡Señor, señor!

FLERINARDO. ¿Qué dizes, Velmonte?

VELMONTE. En el zaguán se apea el señor Selvago.

FLERINARDO. Tan saludable sea para mí su venida como la de Zinzinato[553] al afligido pueblo.

---

típico del amor. Este contraste tiene su origen en la obra de Feliciano de Silva, pues en la *Segunda Celestina* (pág.338) Felides dice a Pandulfo y a Sigeril: "a la tarde aderéçame el cavallo overo con un jaez blanco; y tú, Sigeril, aparéjame el vestido frisado acuchillado sobre tela de oro".

[549] *pigüelas*: "Las correas con que se guarnecen los gavilanes y halcones" (Covarrubias); aquí por traslación se refiere a los gavilanes y halcones cuyas propiedades son atribuidas a Flerinardo quien se pone ofensivo al hablar del amor. Según Pedro Mexía, "por el gavilán o halcón significavan la cosa que se haze a gran priessa, por ser grande la ligereza destas aves" (*Silva*, t.I, pág.190). En *Lisandro y Roselia* (pág.103) Celestina (Elicia) se elogia a sí misma comparándose con este tipo de aves: "qué gavilanes, qué águilas tan subidas en alto vuelo bastarán á abatir en tierra con sus uñas la páxara escondida en las nubes, como yo, sábia Celestina".

[550] *puesto caso que*: "Locución conjuntiva con valor concesivo, usual en el siglo XVI, si bien para entonces ya era aunque la conjunción más empleada para expresar la concesión" (*Silva*, t.I, pág.184, n.29).

[551] *médico*: en T *medio*.

[552] *siempre el médico... al enfermo*: En la *Segunda Celestina* (pág.272) Pandulfo dice a Celestina: "Madre, ya sabes a los dolientes cuán dulce les es la cara del médico".

[553] *Zinzinato*: *Lucio Quincio Cincinato*, en 460 fue designado dictador para guiar a los romanos a enfrentarse con las situaciones difíciles y la victoria que logró contra los equos le hizo digno de un recibimiento con los

VELMONTE. Vesle. Ya entra.

FLERINARDO. ¡O señor Selvago, escusado avés mi yda a vuestra posada.

SELVAGO. Por tanto vengo yo, por quitaros de trabajo; mas, ¿qué ha sido la causa que no avéys oy parecido por la yglesia[554]?

FLERINARDO. No otro sino que aviendo toda la noche gastado en diversos pensamientos, ya cerca del aurora me vino un profundo sueño, en el qual cosas maravillosas, aunque bien obscuras, me fueron representadas. En esto, pues, gasté hasta poco más ha de una hora, en que he dado la refectión[555] quotidiana al cuerpo.

SELVAGO. Pues, señor, ¿no nos dirés alguna cosa de lo que entre sueños os fue demostrado?

FLERINARDO. Fácilmente se concederá lo que dizes, pues el mesmo desseo tengo yo para ver si de vos es entendido lo que a mí tan ageno se me haze.

SELVAGO, Aunque por temeridad tengo pensar de entender lo que a vos se muestra obscuro, toda vía, para ver su dificultad, desseo que me lo explanéys por entero.

FLERINARDO. Avéys pues de saber, señor, que no sería yo bien en aquella ymagen, que apropiada es a la muerte, convertido, quando la señora que en captividad mi coraçón tiene puesto, se me demostró con

honores del triunfo (E. U. I.).

[554] Ya que se levanta tarde, Flerinardo no va ese día a la iglesia a oír misa como de costumbre. Para conocer más detalles sobre lo que ha de hacer de forma habitual un buen católico, véase *Lazarillo*, ed. A. Blecua, pág.130, n.181.

[555] *refectión*: o *refacción*: "Alimento moderado, que se toma para reparar las fuerzas" (D. A.).

tanta yra y enojo contra mí, quanta hermosura y beldad para con todos tiene. Yo, pues, con mayor temblor en mis miembros que la hoja seca en el alto roble combatida del indomable Bóreas[556], con mucha humildad esperava a qué muerte más severa me quieren condenar sus crueles razones[557]. Aviendo, pues, algún tanto mis muchos miedos considerado, con algo más apazible rostro, desta manera me habló: "¡O tú, que por tan mi verdadero captivo te has mostrado, forçando tu fuerça a la que de mi parte te ha venido, demostrando ansimesmo por palabra la gran pena que en obra por mí padeces, como a la verdad eres digno a que rigurosamente mi crueldad contra tu locura proceda, pues no solamente violaste mi limpieza con tu dañado pensamiento, mas, aun poniendo mi honra en condición, te jactas y vanaglorias en a todos manifestarle[558]. Cierto de gran pena te has hecho digno, y no tanto por lo ya declarado, quanto por tener voluntad de posponer mi amor por el de aquélla que otro que fraternal por ley humana y divina es vedado, pues mira quien tal crimen cometió con qué cara pedirá misericordia, pues cierto que con razón le será negada. "Yo, entonces, puesto en grave congoxa por oýr semejantes razones, bueltos mis ojos en dos fuentes, de ynojos delante aquel seráfico aspecto me pongo, pronunciando tales palabras, con abundancia de

[556] *Bóreas*: o *Bóreo*, viento del norte que sopla con fuerza devastadora en las montañas septentrionales de Grecia (E. U. I.).

[557] "La base del amor cortés era la inversión de las relaciones normales, tanto sociales como sexuales, entre el hombre y la mujer. Así, el amante había de comportarse ante la amada como si fuese humilde vasallo ante su señor, presentándose como siervo o cautivo de ella" (*La Celestina*, pág.56). En la *Segunda Celestina* (pág.452) Poncia no permite que Sigeril la ensucie ni con su pensamiento.

[558] "Otra característica del amor cortés era que había de ser una relación totalmente secreta, necesidad que se imponía porque, a lo menos en la Península Ibérica, la amada era casi siempre una doncella que vivía bajo el techo paterno. Por consiguiente, entraba en juego no sólo su propia honra, sino también la honra familiar" (*La Celestina*, pág.57). así Al editar el *Amadís* de Garci Rodríguez de Montalvo Juan Manuel Cacho Blecua señala que el callar el nombre de la dama es uno de "los principios de los códigos amatorios corteses" (pág.146) puesto que "comunicar el nombre de la enamorada es hacer partícipe al otro de su amor" (pág.307, n.16).

sospiros[559] esmaltadas: "¡O gloria por quien la mía en raviosa pena fue tornada, dulce y apazible recordación y memoria de mis trabajosos afanes! Ruégote, si rogarias[560] en tu alto merecimiento tienen lugar, que si mi persona por obra o pensamiento maliciosamente tu soberano valor a maculado, solamente porque yo ignoro la culpa, por ti me sea demostrada, para que, como fénix[561], yo mismo de tu ofensa en mí esecute la devida vengança." Entonces ella, con rostro amoroso y apazible, me responde en esta manera: "Por ver tu mucha contrición y que aún el pecado no se puso por obra, yo quiero por agora perdonarte, mas avísote que mires por ti, que en gran peligro estás puesto, y más te digo, que el mono[562] mofador muy presto mudará su ser y en manso unicornio[563] será convertido, perdiendo de tal manera su libertad, que sólo de coraje en el filo de la muerte será puesto[564], donde por el mesmo que su pena causará la vida le será restaurada con muy crecido plazer y soberano gozo, de que no

[559] En la *Segunda Celestina* (pág.439) Polandria se emociona por los suspiros de Felides.

[560] *rogarias*: *rogaria*: "ant. Ruego, súplica" (D. L. E.).

[561] *fénix*: En este pasaje Flerinardo se compara con el fénix teniendo en cuenta que éste es "Ave inmortal de la que se decía que se incendiaba a sí misma cuando se sentía vieja, y de sus propias cenizas surgía de nuevo renovada" (*Amores*, pág.268, n.40). Es decir, Flerinardo está dispuesto a morir si ve la llegada de la hora de su muerte, causada por la ofensa que hace a su dama. También aparece la alusión a la misma ave en la *Segunda Celestina* (pág.219) y en la *Tercera Celestina* (pág.123).

[562] *mono*: Aquí se refiere a Selvago quien se comporta como un mono maligno cuando discute con Flerinardo sobre el amor ya que se muestra hostil y burlón a Cupido.

[563] *unicornio*: "Es un animal feroz, de la forma y grandor de un cavallo, el qual tiene en medio de la frente un gran cuerno, de longitud de dos codos. Está recebido en el vulgo que los demás animales, en las partes desiertas de África, no osan bever en las fuentes, por temor de la ponçoña que causan en las aguas las serpientes y animales ponçoñosos, esperando hasta que venga el Unicornio y meta dentro dellas el cuerno, con que las purifica... El vulgo tiene también recebido dél, que si vee una donzella, se le domestica y se recuesta sobre sus faldas y, adormeciéndose en ellas, los caçadores llegan y le prenden, y por esto es sýmbolo de la castidad" (Covarrubias); alude a Selvago porque éste se humillará a Ysabela como un unicornio a una doncella. En *La Celestina* (pág.314) también se nota la presencia de este animal.

[564] *en el filo de la muerte será puesto*: En *Lisandro y Roselia* (pág.95) Celestina (Elicia) habla con Roselia de Lisandro: "lo que yo vi es esto, que queda en la cama con los más espantosos desmayos que nunca vi, puesto en el hilo de la muerte".

pequeña parte te vendrá." Pues dichas estas palabras, subitáneamente de mi vista se desapareció, yo de aquel profundo sueño fui libre.

SELVAGO. Maravillosas cosas me avéys dicho, señor Flerinardo, y a la verdad en gran turbación por ello soy puesto, dada que de lo que sea estoy bien ignorante, por lo qual será sano consejo privarlo de la memoria; que por la mayor parte los sueños siempre son vanos, y que el presente no lo sea y amenaze trabajo no por esso los devemos sentir dos vezes, agora con la recordación y después con la obra.

FLERINARDO. Ansí es, señor, como dezís; por tanto, si os parece, vamos fuera, que ya es tiempo del ruar.

SELVAGO. Sea quando fuéredes servido.

RISDEÑO. Señor Flerinardo, por cumplir lo que os prometí, sabed que mañana tengo de yr con recaudo de mi señora Rosiana para Ysabela, por tanto, ved qué me mandáys que por vos haga, que de grado lo tomaré a cargo.

FLERINARDO. ¡O mi verdadero amigo, y como nueva de tanto plazer no me la uvieras ya manifestado! Sabe que una letra tengo escripta[565]. Mira si ay en ti osadía para se la dar.

[565] *una letra tengo escripta*: Es una tradición de aquella época intercalar cartas en las obras literarias y muchos estudiosos se han dado cuenta de ello: "Fue Ovidio en sus *Ars amandi* quien estableció la importancia primordial de las cartas y de los conocimientos retóricos para la conquista amorosa. El papel de las cartas en la prosa del XV es decisivo. Tanto las novelas sentimentales como las de caballerías aprovechan sus posibilidades introspectivas en la descripción de las emociones del enamorado; también en los *Cancioneros* abundan los poemas escritos en forma de epístola" (*Segunda Celestina*, págs.66–67); "En la comedia humanística española y a veces en la erudita, como herencia de Ovidio, de la comedia elegíaca y de la novela sentimental o de caballerías, si no se emplea a la tercera o alcahueta (e incluso en este caso) o el vehículo de la serenata (e incluso en estos casos), es normal que el galán dé a conocer su amor a la dama por medio de una carta. Modelo de cartas amorosas en el siglo XVI fue el epistolario de la *Cárcel de amor* de D. de San Pedro, aunque otros desarrollaron el primer modelo, como bachiller Sebastián Fernández en la *Tragedia Policiana* (1547),

RISDEÑO. Señor, con que vuestro nombre vaya dentro, a mí me plaze, porque la daré debaxo de algún fingido color.

FLERINARDO. Assí será como dizes, y pues por aquí es el camino, quando ovieres de yr te podrás entrar por allá.

RISDEÑO. Bien me parece. Assí será, señor.

FLERINARDO. Escalión, tú, Velmonte, quedaos en la posada con los criados del señor Selvago; solamente Risdeño vaya en nuestro seguimiento.

ESCALIÓN. Albricias te diera porque antes hablaras alto. Como saeta de la ballesta sale a la gualtería[566] me llego, a ver el cayro[567] que mi puta Lesvia dende antes de ayer a cogido, que bien sé que ha tenido feria[568] con los gancheros de la maderada. Pues ñégeme[569] blanca[570], que hago boto solemne a las cenizas del Ylión[571] troyano si el diablo sea bastante de la sacar de mis rnanos biva. Hela, está a su puerta, con mal

en alguno de cuyos conceptos, motivos e incluso tenor literal parece inspirarse Sepúlveda" (*Comedia de Sepúlveda*, pág.145, n.151); y, "De acuerdo con las corrientes literarias de la época, Montalvo utilizará la carta abundantemente en el libro IV, y en esta última ocasión como medio más íntimo y dramatizado para expresar los sentimientos de una persona. No obstante, parece muy significativo que las principales cartas de este tipo hayan sido escritas por mujeres" (*Amadís*, pág.1748, n.33).

566 *gualtería*: "Mancebía" (Alonso).

567 *cayro*: o *caire*: "En un sentido amplio equivale a dinero, como corrobora el refrán: *quien no tiene caire, no tiene amigos ni donaire* (*Dic. de refranes*)" (*Segunda Celestina*, pág.156, n.20); en germanía es "Lo que gana la muger pública con su vil exercício" (D. A).

568 *feria*: en germanía, "Concierto. Con un sentido más particular se refiere al negocio de las prostitutas con sus clientes o con su rufián" (Alonso).

569 *ñégeme*: es decir, *niégueme*: la *ñ* es el resultado de la palatalización de *NY* en *ñ*. Véase *Manual de gramática histórica española* de Ramón Menéndez Pidal, pág.152.

570 *blanca*: "Moneda menuda" (Covarrubias); "En la Castilla de mediados del siglo XVI, una 'blanca' valía tres 'cornados'... o medio maravedí, y 64 blancas eran equivalentes a un real de plata" (*Lazarillo*, ed. F. Rico, pág.29, n.66).

571 *Ylión*: Troya.

ojo me mira, pues mándola yo que aunque le pese a de hazer virtud. Puta, enhorabuena estéys si quisiéredes. ¿Cómo os ha passado con la maderada? Diréys vos: "Cada día viniesse." Pues hágoos saber que a buen tiempo llegó, que, como al bivir, he menester dos escudos[572] en que tengo mi espada y broquel[573] empeñado, que juro al sancto devoramiento de Jonás[574], un niño me sacasse el alma si quisiese, pues mira si es razón que aviendo yo hecho los ecessos que tú bien sabes, que ande las manos en el seno[575]; por tanto, sin más me detener, me da lo que te pido, que mi señor Flerinardo me podrá hechar menos en la posada.

LESVIA. Por mi vida, Escalión, que tú vienes donoso cada día con tus pedidos y demandas; mas dime, ¿quál marimaderada o qué dizes? Que así biva yo que no te entiendo.

ESCALIÓN. Pues no os me hagáys de nuevas[576], que es Dios mi

---

[572] *escudos*: *escudo*: "es moneda de oro, y díxose assí por estar en él esculpido el escudo y armas del rey" (Covarrubias).

[573] *broquel*: "Arma defensiva, especie de rodéla, ò escúdo redondo, hecho de madéra, cubierto de ante encerádo, ò baldrés, con su guarnición de hierro al canto, y en medio una cazoléta de hierro; que esta hueca, para que la mano pueda empeñar el asa, ò manija, que tiene por la parte inferior. Su uso es para cubrir el cuerpo, è impedir que el enemígo con quien se combáte no pueda herirle" (D. A.).

[574] *sancto devoramiento de Jonás*: *Jonás*: profeta, que por haber desobedecido el mandato de Dios fue devorado por una ballena en cuyo vientre pasó tres días y tres noches; *sancto devoramiento de Jonás*: se refiere al devoramiento de Jonás por una ballena. En la obra de Feliciano de Silva también hay alusión a Jonás, pero su función es diferente: "se refiere al arrepentimiento de los habitantes de Nínive" (*Segunda Celestina*, pág.191, n.6).

[575] *ande las manos en el seno: andar las manos en el seno* significa lo mismo que *estarse con las manos en el seno*: "señal de ociosidad" (Covarrubias).

[576] *os... hagáys de nuevas*: *hacerse de nuevas*: "Dar a entender con afectación y disimulo que no ha llegado a su noticia aquello que le dice otro, siendo cierto que ya lo sabía" (D. L. E.). En *La Celestina* (pág.255) Celestina usa esta expresión al hablar con Pármeno, y en la *Segunda Celestina* (pág.153, pág.512 y pág.559) también se registra esta expresión. Se trata de una expresión muy habitual de aquella época, pues también se encuentra en otras obras como la *Tercera Celestina* (pág.299), la *Thebaida* (pág.44), la *Comedia Calamita* (*Teatro Selecto de Torres Naharro*, ed. Humberto López Morales, pág.258), y la *Casa con dos puertas, mala es de guardar* (*Obras completas de don pedro Calderón de la Barca*, t.I, ed. cit., pág.297).

señor y no creo en otro, si en el bofetón os dé, que el guante os dexe engastado en lo profundo de los sesos.

LESVIA. Quítate allá, Escalión; muestra tus fieros a quien no te conozca, que viejo es Pedro para cabrero[577], y muy bien he visto hasta dó llega tu lança. Una vez te uve menester y en todo el mundo pareciste, con[578] tener contigo un tributo, sintió fin que cada día se llega el tercio[579]. Requiérote, o que mudes la condición, o hagas cuenta que no me conociste, que por los huessos de mi madre que pudren, que si por ti no fuesse, rufo[580] ay en el pueblo que sin le dar blanca alçasse las manos a Dios por que yo le hablasse, y aun no me faltaría una faldilla[581] cada dos meses de su parte, lo que de ti, de quatro años acá que te conozco, ni aun una sed de agua[582] no he conocido, sino pelarme las cejas[583], y aun sobre esso, rnalas gracias.

---

[577] *viejo es Pedro para cabrero*: Se dice "del que tiene ya edad para vivir sossegado y quieto, sin andar en mocedades ni barraganerías" (Covarrubias). El mismo refrán aparece en boca de Palana y de Elicia en la *Segunda Celestina* (pág.343 y pág.485, respectivamente), y en boca de Salucio en la *Policiana* (pág.5). En el *Libro de refranes* de Pedro Vallès también se recoge dicho refrán.

[578] *con*: En la *Comedia Selvagia* la construcción *con* + infinitivo se repite con cierta frecuencia, pero no siempre tiene el mismo significado; aquí vale por *a pesar de*.

[579] *sintió fin... el tercio*: No se entiende esta frase.

[580] *rufo*: "El que hace tráfico de mujeres públicas" (D. L. E.); significa lo mismo que *rufián* (D. A.).

[581] *faldilla*: "Faldillas y faldetas y faldellín, la mantilla larga que las mugeres traen sobre la camisa, que sobrepone la una falda sobre la otra, siendo abiertas, a diferencia de las vasquiñas y sayas, que son cerradas y las entran por la cabeça" (Covarrubias).

[582] *ni aun una sed de agua*: Equivale a *No le dio una sed de agua*, modo de decir común "para significar lo poco ò nada dadivósos de algunos, que son notados de miserables, que de nadie se compadecen, y todo lo niegan" (D. A.). En la *Tercera Celestina* (pág.158) Pandulfo se queja de Celestina ante Rodancho: "y el que jamás vsó de dar vna sed de agua a su yça".

[583] *pelarme las cejas*: "Pelarse las cejas, es aver considerado y pensado mucho una cosa. Dizen los naturales, que los muy cogitabundos atraen a la frente y al sobrecejo, a causa de la vehemente imaginación, algunos espíritus o humor, que es parte para que los pelos de las cejas crezcan, y assí es necessario irlos pelando. Otros dizen quemarse las cejas, porque están tan embevidos en los libros, que vienen a quemarse el cabello y las cejas en la vela" (Covarrubias).

ESCALIÓN. ¿Qué es esto, puta? ¿De quándo acá os nacieron alas? ¿Por ventura ha andado Hetorino al oreja[584], que os ygualáys y tenéys tanto rollo[585]? Pues requiéroos que luego me deys lo sobredicho; si no, por los bipéreos cabellos de la gorgona Medusa[586], cient passadas en rededor desta casa haga temblar la tierra[587], en fin de lo qual tu persona con la de todas tus vezinas sin redenpción cruelmente se trague y consuma; por tanto, por que desto seas libre, dame, vida, lo que pido, que en tu servicio se ha de poner, y gastándolo yo, haz cuenta que tú lo gastas.

LESVIA. ¿Con qué? Mala ravia me diesse que me quitasse la vida si yo tal hiziere; y ¿por qué, malos años, por tus ojos los vellidos[588], has de tener en mí cambio para que tú gastes con vellacas donde se te antoja?

ESCALIÓN. ¡O pesar de la terrible chimera[589], y que tal tengo de oýr y que no tome vengança de quien me ha causado tal enojo! Mas, espera.

LESVIA. ¡Señores, señores, que me mata este rufianazo en mi casa!

ESCALIÓN. ¿Rufianazo? Vellaca, toma.

LESVIA. ¡Ay, ay, ay! Justicia de Dios sobre mí venga si no hiziera

---

[584] *ha andado... al oreja*: *estar a la oreja*: "Se dice del que está siempre con otro, sin apartarse dél, ni dar lugar a que se le hable reservadamente: y tambien del que está instando y porfiando sobre alguna pretensión" (D. A.).

[585] *rollo*: en T *rallo*.

[586] *bipéreos cabellos de la gorgona Medusa*: *bipéreo*: cultismo, vale lo mismo que *viperino* (Corominas): "Lo que pertenece à las víboras ò tiene sus propiedades" (D. A.); *bipéreos cabellos de la gorgona Medusa* quiere decir *cabellos formados por serpientes de Medusa*.

[587] *cient passadas... la tierra*: En la *Thebaida* (pág.45) Galterio amenaza a Franquila: "¡Y de Dios no me despido, y si me enojas si no hago que cient pasadas al derredor de tu casa tiemple la tierra!".

[588] *vellidos*: *vellido*: "Lo mismo que Velloso. Tiene menos uso" (D. A.).

[589] *chimera*: "Probably *chimera* was pronounced like modern *quimera*. The spelling *ch* for the *k* sound was frequent" (*Propalladia*, pág.663, n.451).

que te carguen de leña[590], don cobardazo, que para mí tienes tú manos[591].

HETORINO. ¿Qué es esto, señor Escalión, y qué bozes son éstas, Lesvia, que das qué dezir a todo el varrio?

ESCALIÓN. ¡O señor Hetorino, sabed que me ha tratado muy mal de palabras, que yo antes me quebrara el ojo que poner manos en ella!

LESVIA. Assí que esto a de passar con este desuellacaras[592].

HETORINO. Calla, calla, Lesvia, no des cuenta a muchos, que te están escuchando; vos, señor Escalión, ýos de aquí[593], no se recrezca más mal de lo passado si viniere algún alguazil al instante.

ESCALIÓN. Sea como mandáredes, que, en fin, no se gana honra con una muger.

LESVIA. Anda, anda, rufianazo; plega[594] a Dios que a la puerta halles quien te saque el alma.

---

[590] *te carguen de leña*: *cargar a uno de leña*: "darle muchos palos" (Covarrubias); en *Lisandro y Roselia* (pág.227) Celestina (Elicia) amenaza a Brumandilón: "yo traiga quien te hincha las medidas y te cargue de leña".

[591] *tienes tú manos*: *tener muchas manos*: "Tener gran valor o destreza" (D. L. E.); *tienes tú manos* quiere decir *tienes tú valor*. En *La Celestina* (pág.485) Elicia grita a Sempronio y a Pármeno cuando éstos se disponen a matar a Celestina: "¡Y para quién tovistes manos!". En la *Segunda Celestina* (pág.145) Canarín grita a Pandulfo: "Para mí tenés vos, don panfarrón, manos, y para los que ciñen espada pies".

[592] *desuellacaras*: "Persona desvergonzada, descarada, de mala vida y costumbres; bellaco y rufián" (Alonso). En *La Celestina* (pág.552) Areúsa dice a Elicia: "Paréscete, hermana, que me traes por buenas estaciones, y que es cosa justa venir de bísperas y entrarnos a ver un desuellacaras que ay está?"; en la *Segunda Celestina* (pág.196) Elicia dice a Celestina: "aquel desuellacaras de Centurio me la vio"; y, en la *Tercera Celestina* (pág.158) Panduldo habla así con Rodancho: "al más desuellacaras que a ella se allegue, haze de arte que le torna humilde y honesto".

[593] *aquí*: en T *qui*.

[594] *plega*: "'plazca'; es forma etimológica del presente de subjuntivo del verbo placer" (*Lazarillo*, ed. F. Rico, pág.54, n.40). En la *Segunda Celestina* (pág.246) Polandria dice a Poncia: "plega a Dios que no me hayan visto".

ESCALIÓN. ¡O pesar del mundo malo, y tal tengo de sufrir! Dexadme, señor Hetorino, que no creo sino en Dios si tajadas no la hago[595] a puntillazos[596].

HETORINO. No harás, por mi vida, sino que nos vamos, que viene gente.

ESCALIÓN. Agora sea como quisiéredes; mas sabed que me hazéys agravio, que estas tales, si no es con su daño, no se pueden tolerar.

CENA QUARTA DEL PRIMER ACTO

En que Ysabela, hermosa donzella, siendo estrañamente captiva del amor de Selvago, muy mucho entre sí se lamenta, hasta que por Cecilia, donzella y criada suya, la manifiesta que Risdeño la viene a visitar de parte de Rosiana, hermana del mesmo Selvago, el qual, siendo en su presencia, una carta de Flerinardo en nombre de Rosiana se[597] la da, y della se despide. Siendo, pues, por Ysabela enteramente entendida, con mayor pena buelve a su cuydado, hasta que siendo ansimesmo por Valera, ama de leche suya, visitada, y sabido enteramente el negocio, prometiéndole gran favor y provecho en el caso con un fingido conjuro que a de hazer, astutamente la saca muchas y muy ricas joyas, y con ellas a su casa torna muy gozosa. Introdúzense:

[595] *tajadas... la hago*: *hacer tajadas a uno*: "Acribillarle de heridas con arma blanca... frecuentemente como amenaza" (D. L. E.).

[596] *a puntillazos*: *puntillazo*: "el golpe que se da con la punta del pie" (Covarrubias); *a puntillazos* quiere decir *a puntapiés*.

[597] *se*: en T no existe.

YSABELA. CECILIA. RISDEÑO. VALERA.

[YSABEIA.] ¡O soberano Criador de todas las cosas, debaxo de cuyo poder y mando las virtudes de los cielos en su propio oficio permanecen, rodeando a su voluntad las operantes influencias, signos y planetas celestes con maravilloso artificio, sin en un punto de su devido límite y sendero deviar[598], no todas de una operación y medida por causa que chaos o confusión no uviesse en ellas, sino unas en su aparencia mayores que otras, para que por su exemplo los mortales, no con ygualdad de estados más diferentes, su siglo pasassen! Assimesmo criastes[599] con maravilloso saber los quatro elementos[600], de los quales el fuego, que es el más ligero, careciendo de cuerpo, el más alto y cercano lugar de los cielos ocupa, teniendo debaxo de sí el ayre, que es el segundo en ligereza y asiento, el qual predomina, señorea sobre las aguas señaladas por tercer elemento, estando éstas assimismo sobre el último y más pesado, que es la tierra. Todo lo qual, en la creación del soma o cuerpo humano pone tasada[601] parte, acudiendo tú con lo mejor y más noble, que es el ánima racional, que le aparte y divide de los brutos terrestes, siendo la más apta y aparejada obra para que, loándote, tus soberanas maravillas en alguna manera conozcamos. ¡O, pues, poderoso Dios, que de nada a tu ymagen y semejança me criaste, ansimesmo con tu sangre y muerte redemiste

[598] *deviar*: es decir, *desviar*; se trata del cultismo porque se deriva del latín *deviare*, "común a todos los romances de Occidente" (Corominas).

[599] *criastes*: Como en este pasaje el sujeto de *criastes* es tú, se trata de un fenómeno del vulgarismo, "por analogía con las segundas personas del singular de los demás tiempos del mismo verbo" (*Segunda Celestina*, pág.155, n.17).

[600] Para más información sobre los cuatro elementos (fuego, aire, agua y tierra), véase *Silva*, t.I, pág.175, n.32 y pág.330, n.6; y, t.II, págs.32–33. En el Prólogo de *La Celestina* (págs.196–197) Fernando de Rojas también habla de la lucha entre dichos elementos.

[601] *tasada*: *tasado*: "limitado" (Covarrubias).

para que de tu gloria a mi voluntad gozasse! ¿Qué será? ¡O Dios! ¿Qué novedad es ésta que ansina[602] tan repentinamente yo otra me hallo, de mí sin apartarme apartada, sin me trocar buelta, sin vida muriendo, con vida sin la tener? Lloro, espantome; gimo, maravíllome; río, tengo pena; hablo, deshágome; callo, consúmome; compañía me da pena, soledad me congoxa, plazer me destruye, pesar me acaba, descontento no quiero, contento me da muerte[603]. ¡O, pues, Dios bueno, qué contrariedades tan diversas en mí de tan poco espacio acá he sentido, que la vida me mata y la muerte me sería saludable medicina y provechoso remedio! ¡O desventurada donzella, en fuerte hora nacida, en contrario planeta engendrada[604]! ¿Qué es de tu presunción? ¿Qué es[605] de tu fantasía? ¿Qué es de tu gravedad? ¿Qué es de tu tan amada limpieza, tu grande recatamiento, tu amada libertad, tu claro linage, tu soberano valor, tu descanso, tu plazer, tu alegría, tu contento, y finalmente, tu fresca mocedad, deleytosa juventud y muy alabada hermosura? ¡Ay de mí, que todo lo veo trabucado, todo muerto, todo perdido, sin que esperança alguna de recuperarlo me quede! ¡O amor, amor, que he[606] entendido ser éstos tus juegos, tus tratos y tus perdidos devaneos! Tú a los grandes señores abates, a los medianos atormentas y a los pequeños lastimas. Al emperador, al rey, al magnífico[607], al noble, al caballero, al ciudadano con

[602] *ansina*: "Assi" (D. A.).

[603] *Lloro... me da muerte*: Son ejemplos de *expolitio*: "'cuando en realidad [el orador] queda en el mismo lugar, pero da la impresión de que está diciendo cada vez algo nuevo' (*Ad Herennium*, IV, xlii)" (*La Celestina*, pág. 465, n. 41).

[604] *en fuerte hora... engendrada*: Se trata de un ejemplo de *interpretatio*: "se usan palabras diferentes pero que expresan el mismo pensamiento o un pensamiento sinónimo" (*La Celestina*, pág.576, n.64); *fuerte hora*: "Fuerte hora, la desgraciada y aziaga" (Covarrubias). En el *Amadís* (pág.233) Perión dice a Dariolcta: "dígovos que en fuerte hora yo miré la gran hermosura de Helisena, vuestra señora, que atormentado de cuitas y congoxas soy hasta en punto de la muerte".

[605] *es*: en T *s*.

[606] *he*: en T no existe.

[607] *magnífico*: "Título desusado" (Covarrubias).

el rústico labrador señoreas; en todos mandas, a todos debaxo tu yugo pones, a todos con mil géneros de penas atormentas. A unos ensalças, a otros pierdes, a otros abates, a otros das dolor, a otros descanso, a otros sospechas, a otros enemistades, a otros confiança, a otros guerra, a otros paz y a otros, finalmente, das amargoso fin. Tú asuelas los reynos, pierdes las ciudades, tramas civílicas batallas en los ciudadanos, destruyes todo género de personas, y maldad no se comete en el mundo que por ti no sea tramada y por tu causa concluýda. Yo, donzella noble, de muy generosos padres y recreada, no sólo porque sienta tu violento poder me quisiste lastimar, mas aun con muy cruel muerte me fuerças a que mi vida, llena de angustias y dolores, en dolores angustiada perezca. ¡O Selvago, caballero yllustre, el más apuesto que mis ojos vieron, vida por quien la mía del todo no perece! Yo te pido que si aquella mesura[608] que para todos tienes comigo no te falta, que no desprecies mis piadosas lágrimas y humildosas plegarias, por que mi vida del todo no se consuma. Mas, ¿qué digo yo, mal afortunada donzella, y estas razones convienen a tal persona como yo soy, y no paso antes por mil géneros de muertes, que también tengo merecidas, queriendo assí destruyr mi honestidad y honrra? No, no, no será assí, que primero conviene que mi trabajosa vida perezca, que tal desonrra de mi famosa prosapia y linage; mas, ¡ay de mí!, que el amor que en mis entrañas encerrado tengo es tan grande, que no consiente que por distinto[609] razonal me rija, forçando mi fuerça a que del todo se fuerce en amar al que forçosamente deve ser amado.

CECILIA. ¡Señora, señora!

YSABELA. ¿Qué me quieres, Cecilia?

[608] *mesura*: "cortesía, urbanidad y reverencia" (D. A.).

[609] *distinto*: "Instinto" (D. A.).

CECILIA. Risdeño está aquí, que te quiere hablar de parte de su señora Rosiana.

YSABELA. Di que entre. ¡O Dios mío, y quán dichosa y bienaventurada sería yo si de parte de aquel cavallero su señor viniesse!

RISDEÑO. Fermosa señora, tu gran amiga Rosiana te manda comigo besar las manos y te embía este prendedero[610], de dos que su hermano le dio, que porque le parecieron buenos y galanes, dedicó el uno a tu servicio.

YSABELA. Risdeño hermano, cada día me quiere tu señora hazer mercedes sin querer recebir los pequeños servicios que de mi parte le son ofrecidos; mas hágote saber que el prendedero no querría que por dármele de tu parte dixesses venir de tu señora.

RISDEÑO. Puesto caso que ansí fuesse, mi señora, ¿perdía algo vuestro valor por ello? ¿No os parece que soy yo persona para dar empressa, y ser querido y amado de la más hermosa dama de todo el mundo?

YSABELA. Por cierto, Risdeño, assí lo digo, especialmente considerando bien tu buena dispusición y gentileza.

RISDEÑO. De verdad, señora, que precio más essa palabra que si me hizieran marqués del Perú[611], porque me podré alabar que me llamó gentilhombre la más apuesta y hermosa dama que jamás nació, que aunque yo veo no ser assí, toda vía, por venir de tal cabo, me gozo; mas,

[610] *prendedero*: "Pieza à modo de cinta, hecha de alguna tela, con que se aseguraba el pelo" (D. A.).

[611] *precio más... marqués del Perú*: quiere decir *precio más essa palabra que la riqueza del Perú*; en la época de Alonso de Villegas la palabra *Perú* formaba parte de las expresiones coloquiales; en la *Comedia de Sepúlveda* (pág.167) Parrado habla con Natera de Salazar: "no querría ver a Vm. por todo el Pirú".

dexado agora esto, tomad esta carta que me dio Rosiana para vos.

YSABELA. ¿No digo yo que todo viene lleno de sospechas tu mensaje? Mas dime, ¿qué novedad es ésta, que me escriva Rosiana no lo aviendo acostumbrado?

RISDEÑO. Cada día ay novedades en el mundo; por tanto, ved qué me mandáys.

YSABELA. Al presente no otra cosa sino que des mis besamanos a tu señora y que con mi Cecilia embiaré mi recaudo[612].

RISDEÑO. Yo vendré por él, si fuéredes servida.

YSABELA. No quiero que tomes tanto trabajo, pues será escusado.

RISDEÑO. Pues, señora, assí lo queréys, assí sea; el Señor, que tan hermosa os hizo, en vuestra compañía quede.

YSABEIA. El ángel bueno te acompañe, Risdeño, que siempre me das plazer con tus palabras.

RISDEÑO. Por obra quisiera yo que fuera esso, señora; mas, pues no puede ser, recebid la voluntad del pobre gentilhombre.

CECILIA. Señor Risdeño, aunque no os aya hecho algún servicio, recebiré merced de vos que deys mis encomiendas a Carduel, y llevarle eys este par de escofias[613] y paños de manos[614] que le mandé estotro día

[612] *recaudo*: "Se toma tambien por lo mismo que recádo, que es como ahora se dice" (D. A.).

[613] *escofias*: *escofia* vale lo mismo que *cofia*: "Cierto género de cobertúra para la cabéza hecha de red ù de lienzo, de que se sirven los hombres y mugéres para recoger el cabello" (D. A.).

[614] *paños de manos*: *paño de manos*: "La toalla ò lienzo con que se limpian quando se lavan, ò con que se cubre la mesa" (D. A.). En *La Celestina* (pág.416) Areúsa pone el siguiente ejemplo como una de las cosas que no permiten hacer las señoras a sus criadas: "¿Cómo faltó el paño de manos, ladrona? ¡A tu rufián le havrás

por señas, que son labrados por mi mano.

RISDEÑO. Señora Cecilia, por dichoso tengo a Carduel por ser de tal persona como vos favorecido; mas yo os prometo, a fe de gentilhombre, que otro galán ay en el pueblo de quien muy[615] mejor que dél fuérades servida.

CECILIA. Con él estoy muy contenta, señor Risdeño; mas pídoos que me digáys quién es esse galán que me dezís.

RISDEÑO. Yo; que os juro, por vida de mi amiga, que os sirviera mejor que Roldán[616], y en ello no perdiérades cosa[617].

CECILIA. ¿Sabéys qué pienso, señor Risdeño? Que estáys burlando de mí.

RISDEÑO. ¿Burlar? ¡O; que burlado me vea a las cañas[618], aunque fuesse almorzando con un par de perdizes, si tal hago!, sino que os aconsejo lo que os cumple[619], que dexéys a Carduel, que es rapaz y pelado[620], por mí, que aunque no soy muy grande de cuerpo, en fin, soy hombre bienquisto[621] donde quiera, y más, que tengo un pariente del padrastro de la suegra de mi agüela en Indias, que fue agora treynta años

dado!".

[615] *muy*: "Mucho" (D. A.). Hay más ejemplos de este uso en la *Comedia Selvagia*.

[616] *Roldán*: u *Orlando*, uno de los mejores paladines de Carlomagno y personaje célebre, sobre todo, en las novelas caballerescas (E. U. I.).

[617] *cosa*: "En oraciones negativas, **nada**". En la *Comedia Selvagia cosa* muchas veces es el sinónimo de *nada*.

[618] *a las cañas*: *a*: "sin" (D. A.); *caña*: "Vaso de forma cilíndrica o ligeramente cónica, alto y estrecho, que se usa para beber vino o cerveza. Por ext., vaso de otra forma para cerveza" (D. L. E.); y también "Líquido contenido en uno de estos vaso", es decir, *caña* equivale a *vino* o *cerveza*; *a las cañas* quiere decir *sin alcohol*, *sin vino* o *cerveza*.

[619] *cumple*: "Convenir" (D. A.).

[620] *pelado*: "Dícese de la persona pobre o sin dinero" (D. L. E.).

[621] *bienquisto*: "Querido, bien amado o considerado" (Alonso).

allá y nunca del han sabido, que no puede dexar de venir presto con mucho dinero para todos nosotros. Pues mira que mal librarás tú desto, señora Cecilia.

CECILIA. Agora quédese para otro día, señor, que aya más tiempo, porque me llama mi señora, y dime si quieres hazer esto que digo.

RISDEÑO. Por hazeros plazer, aunque sea contra mí mesmo, hasta la muerte lo cumpliré.

CECILIA. Pues Dios os pague, señor Risdeño.

RISDEÑO. Él quede con vos, mi señora.

YSABELA. ¡Cecilia, Cecilia!

CECILIA. ¿Señora?

YSABELA. Entorna tras ti essa puerta, y si mis padres aquí por ventura vinieren, házmelo saber; a los demás védales la entrada.

CECILIA. Assí será, señora.

YSABELA. Agora que estoy sola, quiero ver lo que en la carta viene, que no puedo creer que de Rosiana sea. Cierto que mi esperança salió verdadera, que esta letra de varón parece. ¡O, señor Dios, si fuesse de mi verdadero amigo, quán por dichosa me tendría! Mas, en fin, con leella quitaré todas estas dubdas.

CARTA

Assí como los pequeños hijos de la caudalosa real abe[622], puestos

[622] *caudalosa real abe*: se refiere a águila caudalosa, águila caudal o águila real (D. L. E.).

a los radiantes rayos[623] del lúzido Febo[624], para que verdaderamente sean tenidos[625] por legítimos y propios hijos de la tal madre, con grande admiración ocupan la vista en aquella prefulgente[626] luminaria, sin tener parte[627] para de allí ser apartados por el crecido amor mezclado de grande admiración que tan fixo en ella pusieron, de la mesma manera, excelente señora, mi flaco y débil entendimiento puesto delante tu claro y lúcido aspecto, para que su ser claramente demostrasse qué parte de humano en sí tenía, de temeroso y crecido temor ocupado, los líquidos y delicados ayres con profundos alaridos esmalta, sin que las continuas suasiones[628] de su madre, la razón, de tal espectáculo apartarlo puedan, no dexo de sentir, como humano, seráfica dea, la cruda y muy temerosa contienda que dentro de mí siento encrudelecerse, después que mis ojos fueron con tu divina vista clarificados; mas considerando la gloria y triumpho que se me puede seguir, siendo en ella vitorioso, con grande y humildosa paciencia hasta que tu soberano valor de ello sea contento, sustentarla pretendo; mas, ¡ay de mí!, que sin dubda no será tan diamantino coraçón que la fuerça de quien la mía se siente forçada, algún espacio de tiempo sustentar pueda. Si tienes, excelente señora, desseo de saber quién es el que[629] tan atrevido a tu valor, sin merecimiento, ser quiso, sabrás que Flerinardo se nombra, que otro valor no tiene sino el desseo que de ser tuyo en sí considera, y por que tal atrevimiento a más no pase, en esto sin

[623] *rayos*: en T *rayas*.

[624] *los radiantes rayos del lúzido Febo*: "La metáfora petrarquista del rostro de la amada como sol que despide rayos de clara luz es frecuente en la poesía y la prosa dedicadas a celebrar el amor cortés, antes y después de Petrarca" (*La Celestina*, pág.465, n.40).

[625] *tenidos*: en T *tenidas*.

[626] *prefulgente*: "Mui resplandeciente y lucido" (D. A.).

[627] *tener parte*: vale por *ser parte*; véase también *Comedia Selvagia*, I, 2, n.526.

[628] *suasiones*: *suasión*: "persuasión" (D. A.).

[629] *que*: en T no existe.

cessar cesso, pidiendo a tu mucha clemencia, no por mi valor, mas por el que de tu parte me viene, un don me sea concedido, el qual es que siendo recebido de tu soberano valor benignamente, del nombre de ser tuyo se me dé que goze, con que mis gozos de tal gozo gozando, su vida sin tan ravioso tormento se pueda gozar[630].

YSABELA. ¡O soberano Dios, y quán profundos son tus misterios![631] Verdaderamente agora todo el caso desta carta entiendo, que Flerinardo passando este otro día por la calle de la fenestra de mi retraymiento, quando Rosiana se vino a holgar en mi compañía, fue por él vista en la mesma fenestra, y según ella me dixo, muy captivo, por las señales que mostró, de su fermosura; de que se siguió que aviendo él sido sabidor que la tal fenestra era de mi aposento, pensando ser yo la que su libertad avía captivado, tal osadía a cometido. ¡Ay de mí! Que dello ningún bien se me sigue, porque siéndole a Selvago manifestado, lo que por su grande amistad es cierto, no espero que de mí se duela, de que por muy cierta tengo mi muerte, por causa que la vida con alguna esperança hasta aquí se sustentava.

CECILIA. ¡Señora Ysabela, señora Ysabela!

YSABELA. ¿Qué dizes, Cecilia?

[630] Tanto la carta de Flerinardo como la de Selvago están llenas de tópicos tales como "alusiones a la hermosura de la dama, petición de piedad, el peligro de muerte que corre el enamorado en caso de no ser correspondido "(*Segunda Celestina*, pág.70). Por supuesto, aquí también se nota la presencia de las figuras retóricas y el final de la carta de Flerinardo constituye un buen ejemplo de *adnominatio*: "del nombre de ser tuyo se me dé que goze, con que mis gozos de tal gozo gozando, su vida sin tan ravioso tormento se pueda gozar".

[631] *¡O soberano Dios... tus misterios!*: En *La Celestina* (pág.220) Sempronio dice: "¡O soberano Dios, quán altos son tus misterios!". En la *Florinea* (pág.8) Lydorio exclama: "O Alto y sapientissimo Dios, que profundos son tus secretos juyzios". "La fraseología... es probablemente una paráfrasis de Rom.11, 33 ss, sin duda muy imitada en la oratoria sagrada de la época" (*Sepúlveda*, pág.133, n.284).

CECILIA. Tu ama Valera te viene a visitar, que habló con tus padres y pregunta por ti.

YSABELA. Súbela aquí, que yo le perdonaré su visitación.

CECILIA. Vesla, viene, señora.

VALERA. Enhorabuena vea yo la cara de oro[632] y perlas preciosas, fresca como las flores de mayo[633]. Hija Ysabela, en Dios y en mi conciencia, que de cada día más te vas tornando una emperatriz en fermosura. Santa Pasqua fue en domingo[634] si no me pareces una verónica y retrato de San Miguel, el ángel que está en mi perrochia[635] en unas andas de oro.

YSABELA. Téngote en merced la visitación, que bien creo me quieres bien, pues la criança que en mí heziste con el tiempo aún no has olvidado; mas en lo que dizes que estoy hermosa, sabe que no es oro todo lo que reluze[636], que qualquiera passa trabajos[637].

VALERA. ¿Y qué trabajos passáys, hija mía? ¿Por ventura será

[632] *de oro*: quiere decir *como un oro*: "explica la hermosura, aséo y limpieza de alguna persona" (D. A.).

[633] *flores de mayo*: En la *Comedia de Sepúlveda* (pág.143) Ramón dice a López: "que yo vea esos vuestros ojos más reluçientes que un vidrio y esa cara que parece una flor de Mayo"; "Las flores de mayo alegran el ánimo" (Kleiser).

[634] *Santa Pasqua fue en domingo*: Correas trae en su refranero *Será Pascua en domingo fiesta doble*: "Aplícase a doblado buen suceso". En la *Policiana* (pág.55) Celestina lamenta: "Jesus, Jesus. Sancta Pascua fue en domingo".

[635] *perrochia*: *parroquia*: "tomado del lat. tardío *parochia*... Nebr.: '*parrochia*: paroecia' . *Perrochas o barrios* en Bernal Díaz del Castillo... En latín ya es corriente desde S. Jerónimo *parochia* en el sentido actual, mientras que la variante fiel al griego, *paroecia*, es rara;... esta *–rr–* puede deberse a varias causas, entre ellas el influjo del sinónimo * PARRA, que en parte parece ser de origen germánico" (Corominas).

[636] *no es oro todo lo que reluze*: tiene una variante *No es todo oro lo que reluce*: "Refr. que enseña, no se dexe uno engañar de la apariencia de las cosas, que muchas veces, aun quando parecen mas preciosas, no lo son" (D. A.). En *La Celestina* (pág.397) Sempronio dice a Calisto: "Señor, no es todo blanco aquello que de negro no tiene semejança, ni es todo oro quanto amarillo reluze".

[637] *trabajos*: "estrechéz, miseria, y pobreza, ò necessidad, con que se passa la vida" (D. A.).

el cuydado de la familia o de los muchos hijos? Cierto, como las malas venturas que yo padezco deven ser: sola, triste y en lazeria entre quatro paredes, sin aver quien a mi triste vejez me haga algún refrigerio o regalo[638]. ¡Ay hija mía! Éstos deves de llamar trabajos, que los que tú puedes passar tortas son y pan pintado[639].

YSABELA. No sé; cada qual siente sus duelos[640].

VALERA. En forma[641] me devría reýr si tuviesse gana de pensar qué son los que, hija, llamas duelos, que cierto desto no puede faltar; que pedistes la ropa de seda, no os puso el sastre la guarnición a vuestro contento, o que embiastes a comprar cintas de una color[642] y truxeron de otra, o que la criada no vino tan presto a vuestro llamado, y otras cosas a éstas semejantes. ¿Es esto, hija? Dilo, no ayas vergüença. Ya dolor, hija mía, si te vieses vieja, sola y amarga, llena de mil enfermedades y sin un cornado que gastar, ni menos qué poder vender; de día en el verano al resestero[643] y en el invierno al elada, querer comer y no tener qué, y ya que[644] se halle, no poder; después en la noche, para aliviar el afán de el día, echaros en unas atochuelas[645] sin otra cobertura: éste me podés vos

[638] Aquí empieza la imitación de *La Celestina* (pág.306 y ss.) donde Celestina se queja de la vejez pobre, de la vida cómoda de los ricos, etc.

[639] *tortas... y pan pintado*: "Expresión familiar con que se advierte à alguno, que se siente, ò quexa de pequeño trabajo, que habrá de sufrir, ò tener otros mayores" (D. A.).

[640] *cada qual siente sus duelos*: "Cada cual siente sus duelos, y pocos los ajenos" (Correas).

[641] *En forma*: "cierta y verdaderamente, sin ficción" (D. A.).

[642] *una color*: "El sustantivo *color* vaciló en su género durante la Edad Media (en que predominó el uso en femenino) y los siglos XVI y XVII (en que el empleo en masculino fue imponiéndose)" (*Silva*, t.II, pág.412, n.9).

[643] *al resestero*: *resestero*: "Se toma tambien por aquel calór que se recibe en alguna parte, causado de la reverberacion del Sol" (D. A.); *al resestero* quiere decir *al calor*.

[644] *ya que*: "Una vez que, aunque, o dado que" (D. A.).

[645] *atochuelas*: diminutivo y plural de *atocha*: "Es la mata de que se saca el esparto... sirve para henchir los gergones, como la paja de encañadura, y échase en el suelo en algunas partes el invierno para abrigar los pies" (Covarrubias).

con razón llamar afán, que lo demás no ay por qué se haga caso dello.

YSABELA. Madre señora, los tuyos no quiero que yguales con los míos, porque éssos el cuerpo lastiman, mas estos otros atormentan el ánima.

VALERA. Ya, ya, mal lograda muera yo, que bien salva estoy dello, si te entendía; agora digo que tienes razón. Algún gentilhombre a llamado a tu puerta. ¿Qué me dizes? ¿Es esto? Pues, hija, si así es, no me lo deves negar, que sábete que hasta la muerte me hallarás aparejada en tu servicio, con tal que ames a quien te convenga y debaxo de yugo matrimonial, que lo demás a Dios es enojoso y a las gentes aborrecible.

YSABELA. Madre señora, sabe que a esse blanco asiesto mis tiros, que no me tengas por tal que otra cosa en mí uviesse[646].

VALERA. Pues assí es y tus pensamientos son tan buenos, dime el negocio por entero, que mi madura edad te dará en ello el consejo más conveniente, y no quiero que tengas en poco[647] lo que te prometo, que de cierto es más que puedes pensar, por tanto no cumple que se me encubra.

YSABELA. Madre mía, digo que en afortunado tiempo mis ojos miraron a Selvago, hermano de mi gran amiga Rosiana.

VALERA. ¡O Dios, y qué agradables me han sido, hija, tus razones! Que, assí Dios me dé buena postrimería[648], muchas vezes he pensado

[646] Aquí Ysabela manifiesta claramente que quiere casarse con su amado en señal de buen amor, lo cual contrasta con las declaraciones antimatrimoniales de Melibea: "No quiero marido, no quiero ensuziar los ñudos del matrimonio" (*La Celestina*, pág.536). Desde luego, Melibea podría aceptar contraer matrimonio con Calisto si fuese éste el marido elegido por sus padres.

[647] *tengas en poco*: *tener en poco*: "Desestimar y hacer poco caso y aprecio de algúna cosa, despreciarla y abandonarla" (D. A.).

[648] *postrimería*: "Último período o últimos años de la vida" (D. L. E.). En *La Celestina* (pag.580) Pleberio dice

quién en esta ciudad te convenía más por esposo, y cierto otro no hallava sino el que me has dicho, y su compañero y grande amigo Flerinardo; mas resta que me digas si eres tú dél amada, porque siendo assí, con poco trabajo vendría todo a buen fin.

YSABELA. Sabe, madre, que si esto assí fuera, que por la más dichosa que todas las nacidas me pudiera contar; mas no sé yo si él ama en otro lugar, que esto me haze bivir en grave tormento.

VALERA. Hija hermosa, en esso no tengas cuydado, que yo te prometo de te dar cosa, con que desde la primera vez que te vea padezca por tu causa mayor pena que tú por él puedes agora tener[649].

YSABELA. ¡O mi buena señora y piadosa madre! Sabe que si lo que de palabra dizes por obra se cumple, que te seré en más cargo[650] que a la madre que me parió, porque ella me dio ser, o fue a lo menos[651] causa, y tú me redimes de cruda y trabajosa muerte.

VALERA. Hija y señora, lo que yo digo yo lo cumpliré. Resta que a mi casilla, a lo poner en obra, me llegue, donde antes de una hora me profiero dar la buelta.

YSABELA. Madre mía, ¿para esso será menester alguna cosa?

---

a Melibea: "No quieras embiarme con triste postrimería al sepulcro".

[649] Se trata de la *philocaptio*: "es decir, mediante la magia practicada contra ella por la hechicera, forzar a una víctima, a despecho suyo, a que sintiese pasión amorosa hacia un individuo" (*La Celestina*, pág.245, n.168); "enfermedad amorosa (locura de amor) tipificada en la mayoría de los manuales de magia coetáneos, y condenada, bien por creer en la efectividad del mago que la provoca o por considerarla acto supersticioso" (Ana Vian, pág.42). Véase también Patricia S. Finch, "Religion as magic in the *Tragedia Policiana*", pág.19, n.4.

[650] *te seré en más cargo*: *ser en cargo*: "Deber honra o hacienda, tanto o cuanto" (Correas); *te seré en más cargo* quiere decir *te deberé más* o *estaré más obligado a ti*.

[651] *a lo menos*: "Por lo menos" (D. A.).

VALERA. No puede ser menos.

YSABELA. Con me lo dezir será luego remediado.

VALERA. Según de una grande amiga mía[652] he sabido[653], que en otros tales casos se ha exercitado, será menester lo que agora diré. Primeramente, una saya blanca, con su cuerpo y mangas, de tu persona, para cierto conjuro necessaria.

YSABELA. Y que tal, madre, te la daré; mas agora me acuerdo que no sé si podrá servir, porque es de grana[654] y está guarnecida de brocado de raso.

VALERA. Antes es muy propia[655], que el amarillo del oro aprovechará más en el conjuro. Es ansimesmo menester un manto, que te le cobijasses la primera vez en disanto[656] o en domingo.

YSABELA. No le tengo sino de tafetán[657]. Mira si es bueno.

VALERA. Sea negro, que abasta. Un tocado tuyo es menester, el que tú más quieres, porque mientra más le uvieras amado, más te amará Selvago en viéndote.

YSABELA. Una crespina[658] morada con ricas piedras es la que yo más quiero, por ser galana de mucho precio.

---

[652] *una grande amiga mía*: Se refiere a Dolosina.

[653] *sabido*: en T *sabo*.

[654] *grana*: "Paño mui fino de colór purpúreo" (D. A.).

[655] *propia*: *propio*: "à propósito y conveniente para algun fin" (D. A.).

[656] *disanto*: "vale día santo, como los domingos y fiestas" (Covarrubias).

[657] *tafetán*: "Tela de seda delgada; y díxose assí del ruido que haze el que va vestido della, sonando el tif taf, por la figura onomatopeia" (Covarrubias).

[658] *crespina*: "Cofia o redecilla que usaban las mujeres para recoger el pelo y adornar la cabeza" (D. L. E.).

VALERA. Ésse me hará a mí más provecho.

YSABELA. ¿Qué dizes, madre?

VALERA. Digo que será muy propia, por ser morada es amores; mas te hago saber que todo, en acabando el conjuro, se a de quemar, porque ansí conviene.

YSABELA. Con que aproveche no me pena; mas di si es menester otra cosa.

VALERA. As de buscar en todo caso un joyel[659] en que esté pintado o de bulto hecho un coraçón con saetas.

YSABELA. No será menester buscalle, que vesle, aquí le traygo al cuello, y aun por mi vida, que vale más de cinqüenta escudos él y la cadena en que está.

VALERA. Propio viene, porque ansí encadenes tú a Selvago; ansimesmo son menester dos vasos de plata para poner ciertos liquores[660].

YSABELA. Dos jarros[661] tengo allí que no se acuerdan en casa dellos. Buenos pienso que serán.

VALERA. También has de proveer de algunas conservas[662], mas

[659] *joyel*: "Joya pequeña, que à veces no tiene piedras" (D. A.).

[660] *liquores*: *liquor*: "Mientras J. Corominas – J. A. Pascual... opinan que 'licuor' seguramente se pronunciaba 'licor'... J. Caso piensa en la posibilidad de que se hubiera conservado la pronunciación latina del vocablo... aún considerada como la propia por el *Dicc. de Autoridades"* (*Lazarillo*, ed. F. Rico, pág.32, n.85).

[661] *Dos jarros*: En la *Tercera Celestina* (pág.314) Felides regala dos jarros de plata a Celestina, entre otras cosas, por haber logrado convencer a Paltrana para que le conceda a él la mano de su hija Polandria.

[662] *conservas*: Según Ana Vian Herrero, "así algunas *conservas*... aumentan el esperma y son afrodisíacos" (Ana Vian, pág.54). De hecho, si Valera hubiera pedido esas conservas, podría parecerse aún más a una hechicera profesional. El hecho de que no haya precisado cuáles son las conservas que quiere concretamente hace ver lo siguiente: por un lado, ella no conoce bien los poderes mágicos de los objetos que sirven para un conjuro, y por

esso quede a tu albitrio, porque qualesquiera bastarán; y finalmente, essa colonia de carmesí[663] que tienes ceñida avrá de yr allá, en la qual se pondrá toda la fuerça del negocio, que de todo ello te será buelta; mas ten cuydado de te la poner al tiempo que por tu calle pase Selvago, y como lo veas venir, pondraste de manera en la fenestra que pueda él verte la colonia, mirarle has al rostro desde que asome, sin pestañear y partir los ojos dél, lançando algunos pequeños sospiros por espacio de algún tiempo, y con solo esto que hagas verás maravillas[664]; y aun te certifico que si en algo de lo dicho no hierras, que te ha de hablar, y aun de tal manera que tú conozcas la operación que avrá hecho en él el conjuro.

YSABELA. Plega a Dios, madre, que como dizes sea, que en lo que a mí toca yo lo cumpliré bien. Resta que me digas si falta otra cosa, por que se te dé con lo dicho, que mi Cecilia lo llevará a tu posada en vezes[665].

VALERA. Por mi vida, que a ti he menester que me quites la vergüença en tanto pedir, aunque no querría que fuesse tanto que nos hallássemos al cabo con nada[666], boquiabiertas, cantando: Tres ánades madre[667].

---

otro lado, no necesita saber mucho la magia para engañar a la Ysabela enamaorada que le tiene total confianza.

[663] *colonia de carmesí*: *colonia*: "Cierto género de cinta de seda de tres dedos ò mas de ancho. Suelense hacer lisas ò labradas, y de un solo colór, ù de vários. Pudo llamarse assi por haver venido las priméras cintas de esta calidad de la Ciudad de Colónia" (D. A.); aquí la *colonia de carmesí sirve para llamar la atención* gracias al vivo color y la suficiente anchura que tiene.

[664] En la Cena I del Acto II, Valera va a revelar lo que piensa realmente sobre los consejos que ha dado a Ysabela y lo que de verdad le parece útil para enamorar a Selvago. Véase *Comedia Selvagia*, II, 1, n.682.

[665] *en vezes*: "no de una vez, sino en varias" (*Lazarillo*, ed. F. Rico, pág.131, n.21).

[666] *no querría... al cabo con nada*: frase que recuerda el refrán *La codicia rompe el saco*: "díxose de los que quieren allegar tanto, que al fin la suelen perder todo. Está tomado este refrán de uno que hurtava de un arca dineros y echávalos en un saco, pero apretándolos mucho para que cupiessen más, rompió el saco por el assiento y vertiólos todos; en tanto fué sentido con el ruydo y apenas se pudo escapar sin llevar nada" (Covarrubias).

[667] *cantando: Tres ánades madre*: "Para dezir que uno va caminando alegremente, sin que sienta el trabajo, dezimos que va cantando Tres ánades madre; es una coplilla antigua y común, que dize: *Tres ánades madre,*

YSABELA. ¿Qué dizes, madre? Que no te entiendo.

VALERA. Señora, lo que digo es que si se pudiessen aver algunas blanquillas, que el conjuro yría más perfecto.

YSABELA. Dineros tengo, madre, no me tengas por pobre; mas dime qué tanto montarán las blanquillas que dizes.

VALERA. Yo te diré: el número de siete[668] es el más perfecto entre todos los números, y más dos sietes, y más tres, y por orden adelante en donde quiera que oviere cabal número de sietes; mas hágote saber que el más de todos es siete sietes; si no, infórmate de los arisméticos[669], verás cómo te digo la verdad.

YSABELA. Sin informarme te creo; por tanto acaba de concluyr.

VALERA. Digo ansí, señora, que setenta ducados[670] han de ser, o setenta reales, mas no será tan firme como lo primero.

---

passan por aquí, / Mal penan a mí" (Covarrubias).

[668] *siete*: "deste número septenario sacan grandes misterios, y ay libros particulares escritos de sólo este tema" (Covarrubias). Pedro Mexía habla de la magia de los números relacionados con el siete en su *Silva* (t.I, págs.530–532). "En la literatura europea de los últimos siglos medios fue frecuente otorgar valores simbólicos a los números, costumbre que perduró durante el siglo XVI" (*Silva*, t.I, pág.742, n.26). En *La Celestina* la alcahueta barbuda habla con Pármeno de su madre Claudina (pág.364): "siete dientes quitó a un ahorcado con unas tenazicas de pelacejas mientra yo le descalcé los çapatos"; Centurio dice a Areúsa (pág.556): "Allí te mostraré un reportorio en que ay sietecientas y setenta species de muertes". En la *Tercera Celestina* (pág.251) Celestina habla consigo misma: "Digo que daré siete ñudos a cada blanca de éstas". En la *Comedia Medora* de Lope de Rueda, ed. Fernando González Ollé (Madrid: Espasa-Calpe, 1973), Barbarina dice que Águeda le ha mandado, vestida de forma extraña, a buscar "agua de siete fuentes y tierra de siete finados" (pág.111) para la satisfacción de su deseo amoroso.

[669] *arisméticos*: *aritmético*: "El professor de la Arithmetica" (D. A.); *aritmética*: "que vulgarmente dezimos arismética, ciencia de números, arte de contar" (Covarrubias); *arisméticos* quiere decir *aritméticos*.

[670] *ducados*: *ducado*: "Moneda de oro en su principio, la qual fué permitido batiessen algunos grandes duques, y dellos tomó el nombre" (Covarrubias). Nótese la ignorancia y la credulidad de Ysabela que acepta que siete sietes son setenta.

YSABELA. Los setenta ducados te daré, y más si más pidieras, y aun en oro, que pocos se hallarán por la ciudad al presente.

VALERA. Alto, señora, que si las tres tocan, se avrá de quedar para mañana.

YSABELA. ¡Cecilia, Cecilia!

CECILIA. ¿Señora?

YSABELA. Trayme de mi recámara[671] la saya blanca de grana y el manto que me puse este domingo quando fuy a ver a mi prima al monesterio.

CECILIA. Veslo aquí, señora.

YSABELA. El tocado o crespina morada y los dos jarros de plata, que los hallarás al suelo del arca encorada[672], traerás también.

CECILIA. Señora, ¿quieres hazer almoneda[673], que aquí lo traygo? Por el tocado dan cinco blancas, y si vos avéys puesto de vendelle a quien más diere por él, seguro le tengo, porque el caudal de la madre vieja aún no llega a tanto.

YSABELA. Calla, ¡mala landre te mate[674]!, que no es tiempo agora

[671] *recámara*: "El aposento que está más adentro de la quadra donde duerme el señor, y dízese recámara o este aposento o otro donde el camarero le tiene sus vestidos y joyas" (Cov.arrubias).

[672] *arca encorada*: *encorar*: "Hazer cueros la herida. Encuéranse los cofres, y llamámoslos arcas encoradas y cofres encorados... porque están cubiertos" (Covarrubias).

[673] *almoneda*: "la venta de las cosas, pública, que se haze con intervención de la justicia y ante escribano y con ministro público, dicho pregonero, porque en alta voz propone la cosa que se vende y el precio que dan por ella" (Covarrubias).

[674] *mala landre te mate*: Era la maldición frecuente de tipo popular. En *La Celestina* (pág.255) Celestina maldice a Pármeno: "¡Mala landre te mate!". En la *Comedia Cornelia* (*Las tres comedias de Juan Timoneda*, ed. cit., pág.72) Longares murmura: "Landre que te mate raposo; mirad que çancadilla le puso para que cayesse

de reýr, sino cúbrete tu manto y debaxo lleva lo que pudieres desto adonde mi ama Valera dixere. Tendrás aviso si alguno te preguntare qué llevas y por fuerça lo oviere de saber, que digas que para que se adobe[675] lo llevas.

CECILIA. Señora, ansí lo haré.

VALERA. Señora hija, el dinero me puedes dar, las conservas no se te olviden[676].

YSABELA. Ves aquí, madre, el dinero; en otro camino llevará Cecilia las conservas, que las tendré aparejadas.

VALERA. Pues yo me voy, la Madre de Dios quede contigo.

YSABELA. Ella te guíe, madre mía.

CENA PRIMERA DEL SEGUNDO ACTO

En que Valera, muy gozosa con las joyas que lleva, a su casa llegada, manda a Cecilia que a la puerta la aguarde, donde fingidamente en una pieça alta haze grande estrépito y ruydo por que Cecilia piense que entiende en el conjuro, la qual, estando a la puerta, a su requebrado Carduel vido passar, con quien tiene graciosas pláticas. Siendo, pues, despedida y por Valera despachada, a su señora da el recaudo, y como a caso Selvago por allí en aquel instante passasse, de Ysabela, que a la fenestra estava, excessivamente fue enamorado, donde aviéndole

con el bote de las conseruas". Véase también *Comedia Selvagia*, I, 1, n.443.

[675] *se adobe*: *adobar*: "adaptar, reparar, concertar alguna cosa que está mal parada" (Covarrubias); *se adobe* quiere decir *se repare*.

[676] En la *Tercera Celestina* (pág.314) Celestina también se lleva personalmente lo que vale más y que pesa menos – la plata –, dejando el resto de sus ganancias en cargo de Felides para que algún criado suyo se lo lleve a casa.

manifestado su propósito, a su posada muy cuydadoso y pensatibo buelve. Introdúzense:

VALERA. CECILIA. CARDUEL, YSABELA. SELVAGO. RISDEÑO.

[VALERA.] Hija Cecilia, por tu vida, que con lo que allá queda seas de buelta presto, porque me hará gran falta si las tres primero ovieren dado.

CECILIA. No tengas pena, madre, que presto tornaré; por tanto yo voy. Dios quede contigo.

VALERA. Él sea en tu compañía. Por mi salud, que desta vez yo salga de lazeria, y a pesar de gallegos[677] deseche el pelo malo por entero[678]; no, sino fingid sanctidad[679] toda la vida, que yo os mando mucha mala ventura. Cierto fue grande mi sagacidad, y mayor la simpleza de

[677] *a pesar de gallegos*: Correas trae esta locución en su colección y además ofrece una variante suya *A pesar de ruines*: "Afirma que fué hecho o será" (Correas).

[678] *deseche el pelo malo por entero*: En *La Celestina* (pág.337) Pármeno dice a Sempronio: "Y esta puta vieja querría en un día, por tres pasos, desechar todo el pelo malo, quanto en cincuenta años no ha podido medrar"; y conforme a la nota correspondiente (n.12a) de Peter E. Russell, *desechar todo el pelo malo* significa *salir de miseria*. En la *Segunda Celestina* (pág.244) Celestina dice: "pienso que tengo un enfermo, con que le purgue de suerte que mudemos el pelo malo"; hay más ejemplos de esta expresión en otros pasajes de la misma obra (por ejemplo, pág.244 y pág.262). En *Lisandro y Roselia* (pág.162) Brumandilón dice a Oligides: "que saldrémos de mal año y mudarémos el pelo".

[679] *fingid sanctidad*: En la *Segunda Celestina* (pág.306) Celestina dice a Elicia: "si por camino de santidad no vamos, que somos ya tomados con el hurto"; y "Pandulfo asegura a Felides que, pese a su supuesta conversión, Celestina le ayudará a conseguir a Polandria con su fingida santidad mejor que con las antiguas hechicerías" (Consolación Baranda, "Algunas notas sobre la presencia de la 'Tragicomedia' de Rojas en la 'Segunda Celestina'", pág.212). En *Lisandro y Roselia* (pág.103) Celestina (Elicia) habla consigo misma: "¡Ay bonita, cómo te engañé! así engañan á los bobos con especie de sanctidad y servicio de Dios, con este color le dixe lo que quise, y bien me estuvo". En la *Policiana* (pág.28) Claudina razona consigo misma: "Conoscida soy, no se quexará nadie de rní que con fingida sanctidad le engañé".

Ysabela, aunque si bien se mira, el amor siempre desecha de su posada toda razón y consejo, que ciertamente no es tal Ysabela que le falte para ser bien entendida, aunque el buen crédito que de mí tiene fue gran parte a que el negocio viniesse a tales términos, que pensando ser para su provecho, a enriquecido mi casa, y aun pensará que me resta deviendo. Mas ¿qué digo yo? ¿Qué haré para que con lo que he prometido pueda salir a seguro puerto[680]? Que de verdad, si Selvago ama en otra parte, con trabajo le podremos ynduzir a que haga virtud; que si no ama, fácil cosa será, porque solamente viendo a Ysabela, la hermosa niña y de lucida prosapia, que le mira con amorosos ojos, acudiendo con algunos sospiros a sus tiempos, más que diamante[681] ha de ser su coraçón si no haze sentimiento[682]. Mas, aunque yo lo del conjuro burlando dezía, no dexa de ser menester si él, como digo, ama en otro cabo; y si assí es, como a botica[683] famosa me voy a casa de Dolosina, la sotil hechizera,

[680] *salir a seguro puerto*: Aquí significa *tener buen final o desenlace feliz*. En la *Comedia Calamita* (*Teatro Selecto de Torres Naharro*, ed. Humberto López Morales, pág.290) Jusquino dice a Libina: "Si salimos a buen puerto, / como creo, / yo cumpliré tu desseo". Véase también *Comedia Selvagia*, Versos acrósticos, n.265 y n.284.

[681] *diamante*: "Del diamante, en razón de su dureza, y por labrarse con la sangre del cabrón y no consumirle el fuego, sacan algunos símiles los hombres espirituales, y los profanos symbolos amorosos... Y assí es symbolo de la fortaleza, según lo sinifica su nombre. Algunas vezes de obstinación y ánimo endurecido, impío y sin misericordia" (Covarrubias); en este pasaje es símbolo de la dureza.

[682] *Ysabela... no haze sentimiento*: El consejo práctico que Valera ha dado a Ysabela en realidad ya se encuentra en el *Arte de amar* de Ovidio: "Las bellas no requieren la ayuda ni los consejos de mi arte" (pág.438); "La mujer que está de buen ver ofrézcase a las miradas de la gente; seguramente de entre la multitud habrá uno al que seducir; que en todas partes permanezca ella con el afán de gustar, sin preocuparse de otra cosa que de su belleza" (pág.446); "Conseguid (y ello es fácil) que nosotros creamos que nos amáis. A los enamorados les entra fácilmente la confianza que se aviene a sus deseos. Que la mujer mire al joven amablemente y suspire desde lo hondo de su pecho" (pág.457). En el Cuento V de la Jornada IX del *Decamerón* (pág.467) se lee lo siguiente: "Nicolasa, que había advertido sus miradas, trató de cazarle, lanzando alguno que otro suspiro, y esto bastó para que Calandrino se enamorara inmediatamente de ella". En la *Policiana* (pág.46) Theophilón critica la afición de su hija a asomarse por la ventana. En los "Castigos y dotrinas que vn sabio daua á sus hijas" que se localizan en las *Dos obras didácticas y dos leyendas sacadas de manuscritos de la Biblioteca del Escorial* (Madrid, 1878) se lee lo siguiente: "que no vos asentedes á las ventanas" (pág.282).

[683] *botica*: juego de palabras con el doble sentido de "Casa de putas por oposición a BURDEL, 'barrio de

que por ser alivio de cuydados, siendo tan amiga mía, ella nos sacará el pie del lodo[684]. ¡Ay Dios! ¿Quién llama a mi puerta, que cosa muy nueva es? ¡Jesú, Jesú, hija Cecilia! ¿Y tú eres? Por mi salud, que aún pensé que no fueras llegada a tu casa; bien paresce que tienes mejores piernas para caminar que no yo, pues tal priessa te has dado.

CECILIA. Madre señora, Ysabela me a sacado de harona[685], que a su desseo alas avía yo menester.

VALERA. Cállate, hija, que de essa condición son los enfermos .

CECILIA. Pues ¿qué enfermedad tiene mi señora?

VALERA. ¿Qué mayor la quieres que amar no siendo amada?

CECILIA. Agora creo, madre, lo que me dizes, que aun yo no estoy muy libre de esse mal, que buen testigo representaría en el caso.

VALERA. Pues, hija Cecilia, a nadie puedes dezir mejor tus secretos que a mí, que te los sabré encubrir y dar remedios en ello provechosos.

CECILIA. Por la bondad de Dios, agora ni vuestra ayuda ni la agena

---

putas'" (Alonso) y "Farmacia" (Alonso). En *Lisandro y Roselia* (pág.74) Celestina (Elicia) confiesa en su largo soliloquio: "no parece mi casa sino botica, ansí unos entran y otros salen cargados de medicinas, que no piden cosa que no esté en la camarilla que me dexó mi tia". Valera quiere recurrir a Dolosina, en este caso, más bien porque ésta practica el conjuro, teniendo en cuenta, sobre todo, la calificación que sigue el nombre de Dolosina, esto es, "la sotil hechizera". La fusión de la magia con la farmacia es un fenómeno real en aquella época, y no una simple ficción, creada por los escritores; véase Ana Vian, págs.47–49.

[684] *sacará el pie del lodo*: *sacar el pie del lodo*: "Ayudar a uno para que medre; buscar hombre que pueda sacar el pie del lodo" (Correas). En la *Tercera Celestina* (pág.277) Celestina habla con Areúsa a favor de Brauonel: "Y éste es hombre de hecho, que a vna vez que se assiente a jugar, te sacará el pie del lodo".

[685] *a sacado de harona*: *harón*: "Tardo, floxo, perezoso" (D. A.); *sacar de harona* equivale a *activar*, y véase un ejemplo presentado por el *Diccionario de Autoridades*: "Y en el Compend. trat. I. cap.55. Porque no podrá sacar de harónа su mala béstia, si vá sin espuélas". En la *Policiana* (pág.36) Claudina habla así consigo misma: "Bien pensará la golosita de Philomena gozar de la possession de mi anillo, pues dexeme Dios sacar de haron a Policiano, que yo saldre de quexa y ella de pecado".

me puede causar mal ni bien, que sé cierto que soy amada en ygual grado que amo.

VALERA. Aunque esso assí sea, no te haría daño quien te diesse cosa con que no tuviesses temor que te avía de olvidar para siempre, ni por otra, aunque fuesse más hermosa.

CECILIA. Si tú, madre, lo que dizes hiziesses, no sé con qué te lo podría satisfacer, porque de otra cosa al presente no tengo temor.

VALERA. A mí no quiero que paga alguna me des, sino que provéaslo en el caso necessario.

CECILIA. Si mi posibilidad en ello es bastante, yo estoy muy aparejada.

VALERA. Agora lo puedes ver. Lo primero son necessarias dos palomas[686] de color de ñeve[687] para sacarles la hiel[688], que es cosa en esto muy aprobada; ansimesmo un cabrito[689] tierno y de buen tamaño, dos gallinas[690] prietas[691] cresticoloradas, dos quesos de los de Mallorca o Pinto, dos dozenas de huevos de ánsar con algunas madrezillas[692], dos

[686] *palomas*: *paloma*: "es símbolo de los bien casados" (Covarrubias).

[687] *color de ñeve*: quiere decir *color blanco*; véase también *Comedia Selvagia*, I, 3, n.546.

[688] *son necessarias... la hiel*: "De la paloma tenemos introducido llamarla paloma sin hiel, y por alusión al que tiene buenas y sanas entrañas" (Covarrubias). En *La Celestina* (pág.321) Celestina, hablando de Calisto, dice así a Melibea: "En Dios y en mi alma, no tiene hiel".

[689] *cabrito*: "es symbolo del moçuelo, que apenas, como dizen, ha salido del cascarón, quando ya anda en zelos y presume de enamorado y valiente" (Covarrubias). Entre las sustancias relacionadas a la magia, Ana Vian Herrero cita "la *sangre de macho cabrío*", que es "el animal más lujurioso e incontinente según Plinio" (Ana Vian, pág.58). En la *Florinea* (pág.50) Marcelia dice: "quiero echar vnos poluillos del cabron en esta carta que ya los he hallado aprouados. Para que si Floriano ama a Belisea, y ella lee la carta: ella le ame a el: y si no, quedarse ha libre".

[690] *gallinas*: En la *Tercera Celestina* (pág.228) Celestina pide a Paltrana "enxundias de gallina" para su pierna.

[691] *prietas*: *prieto*: "Color que tira a negra... Es muy usado en el reyno de Toledo" (Covarrubias).

[692] *madrezillas*: se refiere a *ánsares*; en la *Tercera Celestina* (pág.228) la alcahueta barbuda también pide a la

cangiloncillos[693] de hasta quatro o seys açumbres[694] de lo de Sant Martín o Monviedre[695], y ansí, finalmente, dos monedillas de oro[696] bermejo[697]; que si tú desto me provees, verás maravillas.

CECILIA. Entiende agora en[698] lo necessario, que después daremos un corte en esto.

VALERA. Mira, hija, que aunque se te haga dificultoso, que el provecho que dello resulta lo ha de hazer fácil, que bien sabes que mucho no ha de costar poco[699], y que a buen bocado buen grito[700]; quanto más

madre de Polandria "ansarón" para la curación de su pierna herida.

[693] *cangiloncillos*: *cangiloncillo*: diminutivo de *cangilón*: "Vaso de barro cocido [...] en forma de cántaro" (D. A.).

[694] *açumbres*: *açumbre*: es decir, *azumbre*: "Cierta medída de las cosas líquidas, como agua, vino, vinagre, ò leche, que es la octava parte de una arróba: y promiscuamente se llama azumbre la medída, y lo que se contiene en ella: y assi se dice comunmente que Fuláno se bebió una azumbre de vino, esto es la cantidád de vino que se contiéne en la medída dicha azumbre. Es voz Arabe... Por antonomásia se entiende la del vino: y assi casi generalmente se halla usado y escrito, en especial en lo jocoso y familiar" (D. A.).

[695] *lo de Sant Martín o Monviedre*: "El vino de San Martín se pondera en muchos textos de la época" (*Segunda Celestina*, pág.490, n.23). En *La Celestina* (pág.421) Celestina dice a Sempronio: "Pues ¿vino? ¿No me sobrava? ¡De lo mejor que se bevía en la cibdad, venido de diversas partes! De Monviedro, de Luque, de Toro, de Madrigal, de Sant Martín...". En el *Refranero general* Kleiser trae el refrán: "Bueno Dios; bueno Santa María; mas vino de San Martín ventaja le llevas".

[696] *dos monedillas de oro*: *oro*: "entre los otros metales por ser subjeto al sol, tiene virtud de confortar y alegrar el coraçón, y ser resplandeciente" (*Silva*, t.I, pág.807).

[697] *bermejo*: vale por *colorado*; véase *Comedia Selvagia*, I, 3, n.547.

[698] *Entiende... en*: "estár empleado y ocupado en hacer alguna cosa, cuidar de ella y tenerla à su cargo" (D. A.). En la *Segunda Celestina* (pág,191) Celestina dice al pueblo: "que vengo de muy largo camino y quiero descansar con mis hijas y entender en mi casa, que la hallo mal reparada". En la *Policiana* (pág.23) Florinarda dice a Claudina: "perdona me por mi amor que no voy contigo, que tengo por acá en que entender".

[699] *mucho no ha de costar poco*: variante del refrán *Nunca mucho costó poco*: "Pondera la necesidad del esfuerzo y del trabajo para obtener frutos ventajosos" (D. R.). En *La Celestina* (pág.392) Pármeno dice a Sempronio: "Nunca mucho costó poco, sino a mí esta señora". En *Lisandro y Roselia* (pág.49) Lisandro dice a Celestina (Elicia): "Ha sido tan deseada tu venida, madre mia, que bien se puede decir nunca mucho costó poco".

[700] *a buen bocado buen grito*: "suelen algunos tocados de la gota no guardarse de lo que les ha de hazer daño, y después lo pagan cargándoles la enfermedad que les haze dar gritos de dolor" (Covarrubias); en este pasaje "dá à entender que las cosas de honór y conveniéncia suelen costar mucho afán y trabájo para su logro" (D. A.). En *Lisandro y Roselia* (pág.261) también se registra este refrán.

que lo dicho, en una buelta de ojo que des en la despensa de tu señor lo puedes a tu salvo cantusar[701] y embiármelo.

CECILIA. Assí es, madre; mas lo que as dicho más tira a bastecida cena que a remedio en casos de amores[702].

VALERA. Poco sabes de achaque de mastuerço[703]; pues yo te digo que quien esto te aconseja no te quiere ver muerta[704].

CECILIA. Madre, si puede ser, darme as traslado de lo sobredicho, y tendremos cuenta en la bolsa, que tal puede ser, que al fin sea todo ayre.

VALERA. Ya pensé que te tenía convertida[705], mas pues lo veo contrario. Espérate aquí baxo un poco, que allá arriba quiero concluyr con el negocio de Ysabela; avísote que por cosa que oygas no te alteres, porque nengún daño te puede vinir.

CECILIA. Assí será, madre, como dizes. ¿No avéys visto la dueña honrada cómo me quiere coger de las pigüelas? Pensávase, por su vida,

---

[701] *cantusar*: "Engaratusar, ò enganchar à alguno engañándole" (D. A.); en germanía "engañar, robar o estafar" (Alonso). En la *Segunda Celestina* (pág.231) Areúsa dice a Centurio: "Si viene a mano, de algún bodegón lo cantusarías tú".

[702] En la *Policiana* (pág.33) Siluanico habla consigo mismo: "Gallina me pidio, mas gallinaza comera, o mala vieja llena de falsedades y engaños".

[703] *Poco sabes de achaque de mastuerço*: *mastuerço*: es decir, *mastuerzo*: "Hierba, que produce un tallo alto, como de pie y medio, las hojas menudas y hendidas, la flor blanca, hollejos redondos" (D. A.) y es "Yerva conocida" (Covarrubias); *Poco sabes de achaque de mastuerço* quiere decir *Poco sabes* y tiene unas variantes: "Poco sabéis de achaque de Igreja, de Iglesia" (Correas); en *La Celestina* (pág.368) Celestina dice a Pármeno: "Poco sabes de achaque de yglesia, y [quanto] es mejor por mano de justicia que de otra manera"; y, en la *Segunda Celestina* (pág.121) Pandulfo dice a Felides: "Mal sabes, señor, de achaque de trama".

[704] *quien esto... ver muerta*: variante del refrán "Quien te da un hueso, no te quiere ver muerto" (D. A.). En *la Thebaida* (pág.160) Galterio dice a Sergia: "Y quien te da un hueso no te querría ver muerto, como suelen dezir".

[705] *convertida*: *convertir*: "Reducir, atraher y enderezar al que vá errado, ò sigue otra opinión" (D. A.); *convertida* vale por *convencida*.

que sus tres treynta años avían de bastar a burlarse de mis quinze[706], pues yo le juro que ha menester más letras de las que tiene para comigo, que aunque no me he visto en estudio, sé bien quántas son cinco[707] y no he miedo que alguno me eche dado falso[708]. ¡Válala el diablo, la consuegra de Barrabás, qué estruendo trae allá arriba! Por mi vida, que me tengo de salir a la puerta, que no soy bastante de oýllo sabiendo que lo causa gente de garabato[709]. En buena hora yo la dixe, que si bien veo, mi Carduel es el que viene por allí. Bien será este buen rato que se me apareja echalle en mi casa, pues el lugar y el tiempo lo consienten. ¡O mi señor Carduel, con esso haze tal día! ¿Cómo es posible que gozo de vuestra agradable vista? Sin dubda que este día puedo llamar bienaventurado, pues en él tanto gozo me a venido sin yo dél ser merecedora.

CARDUEL. No con menos turbación, mi verdadera señora, está ocupado mi sentido con la gloria tan inmensa que goza, que de dubda mi juyzio está lleno pensando si la bienaventurança que posee es sueño o

[706] No hay que tomar muy en serio la edad de Valera y la de Cecilia, pues se trata de unos números estereotípicos. Aquí hay dos refranes que lo confirman: "Vieja mirlada,y niña de tres treinta años" (Kleiser); "La mujer quinceta y el hombre de trenta" (Kleiser).

[707] *sé bien quáintas son cinco*: *no saber cuántas son cinco*: "Phrase que explica ser algúna persóna mui simple, pues ignora aun lo que es tan vulgár" (D. A.). En la *Segunda Celestina* se repite bastante esta expresión: por ejemplo, Palana dice a Pandulfo: "Déxate dessos fieros, que no son para mí, que ya sé cuántas son cinco" (pág.156). En la *Tercera Celestina* (pág.82) Sigeril dice a Felides: "¿A mí que soy cordoués me tornas a porfiar? Pues a fe que sé ya quántas son cinco". En la *Thebaida* (pág.118) Galterio dice a Aminthas: "Y espantado estás, Aminthas? Creo que pensavas que no sabía cuántas son cinco". En la *Comedia de Sepúlveda* (pág.158) Natera se jacta de su sabiduría ante Parrado: "Sabe que en mi vida estudié letra; pero sabe que tengo un juiçio más delicado y trasçendiente que diez escribanos públicos juntos".

[708] *que alguno me eche dado falso*: *echar dado falso*: "Por engañar; negando se usa más: no le echarán dado falso; no me echará dado falso; no me dará dado falso" (Correas). En la *Segunda Celestina* (pág.516) Celestina dice a Grajales y a Barrada: "¡Guayas de mi vejez, si me havían ellos a mí de echar el dado falso!". En la *Tercera Celestina* (pág.85) Sigeril dice a Pandulfo: "No es tan grande mi simpleza que yo te prometo que pocos me echen el dado falso". En *Lisandro y Roselia* (pág.165) Celestina (Elicia) dice a Brumandilón: "¿A mí, á quien la experiencia de las cosas ha hecho artera, piensas echar dado falso ó treta encubierta? mal pensado lo has". En la *Policiana* (pág.31) Dorotea habla consigo misma: "Con quién hablauan para arrojar dado falso?".

[709] *gente de garabato*: o *mozo de garabato*: "Vale lo mismo que Ladrón" (D. A.).

fición; no sé qué en ello piense, porque verdaderamente la figura que me captivó y de contino trae muerte es la que estoy contemplando; mas si considero quán contraria la fortuna siempre se me ha mostrado, no me hallo digno de tanto bien como al presente posseo. ¡Ay mi señora! Por amor de Dios que me desengañes del engaño, que sin engañar siempre me engaña, en que al presente estoy puesto, declarándome si soys vos aquella que tantas cuytas y mortales desseos me haze padecer, trayendo mi sentido sin que sienta, y sintiendo no tenga de sí parte.

CECILIA. Señor mío, sabed que yo soy aquella que no menos de obra por vos padece que de palabra vos por mí avéys mostrado, y la que mientras Febo, con su agradable rostro dando la buelta en nuestro emispherio, con la Europa su claridad participa, el pensamiento de vos no aparta, por çausa que el otro restante de tiempo, el tal, junto con el ánima, en vos tiene transformado, reservando para sí solo aquello de que, por no poder consigo más, en mí sin mí tiene su apossento; y, pues quedáys en vuestra pregunta satisfecho, de la mesma manera a la de mi parte ofrecida os pido que con la respuesta satisfagáys, esto es, que por vos me será declarado como os avéys sentido después que de mi presencia corporal avéys sido apartado.

CARDUEL. Ya podéys ver, mi señora, que tal se podía sentir el cuerpo siendo ausente de su ánima, que por tal a vos os confiessa y siempre ha tenido; por tanto con más razón devo yo a vos preguntar lo que de mí avéys querido saber, pues no en mí, sino en vos, bivo, y mi vida en vos tiene su asiento y morada cierta, por lo qual, si ver queréys cómo estoy, en vos mesma lo podés ver y muy fácil congeturar; mas dezidme, mi señora, ¿qué buena ventura para mí ha sido aquesta que de vuestra soberana vista, en tan no pensado lugar[710], al presente se me aya concedido que gaze, que de cierto bien descuydado estava yo que tanto descanso en esta jornada se me avía de seguir?

CECILIA. Señor, he venido con cierto recaudo de mi señora Ysabela a una su ama que aquí bive; mas dezidme adónde vos guiáys vuestro camino, que, según me parece, no es de mucho espacio.

CARDUEL. Assí es, señora, que vengo de la posada de Flerinardo a saber si quiere esta tarde ruar, y paréceme que se a sentido mal dispuesto, y con esto buelvo a mi señor, que me está esperando.

CECILIA. Pues ansí es, no cesse vuestro viage; sólo quiero de vos saber si os dio no sé qué[711] de mi parte Risdeño.

CARDUEL. Señora, sí, y por ella vuestras fermosas manos beso, que me parece que lo tal no es otra casa para mí sino poner cadenas fuertes al que con grillos en vuestra prisión tenéys captivo.

CECILIA. Más que no esso merece vuestra persona, señor Carduel; mas agora el Ángel de la Guarda os acompañe, que entro en esta casa.

CARDUEL. El mesmo y la Madalena quede en vuestra compañía, mi señora.

CECILIA. Doy al demonio la vieja y sus çarças[712], y ¿quándo a de

---

[710] *qué buena ventura para mí... en tan no pensado lugar*: este pasaje recuerda lo que dice Calisto a Melibea en *La Celestina* (pág.211): "En dar poder a natura que de tan perfeta hermosura te dotasse y fazer a mí, imérito, tanta merced que verte alcançasse, y en tan conveniente lugar".

[711] *no sé qué*: "Expresión que se usa como nombre sustantivo, y significa alguna gracia ò atractivo particular que se reconoce en las cosas, y no se sabe explicar" (D. A.); en el *Diálogo de la lengua* (págs.152−153) Valdés la comenta así a Marcio: "el *no sé qué* tiene gracia, y muchas vezes se dize a tiempo que sinifica mucho".

[712] *çarças*: *çarça*: "en Toledo, llaman cierta compañía que sacan los hermanos del trabajo o ganapanes, un día antes del auto de la Santa Inquisición, quando ha de aver execución de relaxados. Van todos a son de tambor y

acabar?, mas hela dó viene. ¡Válame el poderoso Dios, si no parece que sale de la herrería de Vulcano, según sale tiznada.

VALERA. Hija Cecilia, toma este ceñidor y dale a tu señora, y dile de mi parte que mucho me deve, que a gran peligro me he puesto por ella, que haga como le dixe.

CECILIA. ¿Quieres otra cosa, madre?

VALERA. No, hija, sino que la Trinidad vaya contigo.

CECILIA. Y con vos quede. Por mi vida, que tengo temor desto que la dueña honrada me dio, que sé cierto que ha estado en las manos de los enemigos malos. De verdad que con razón deven ser castigadas las personas a éstas semejantes, que con sus tratos perversos, no sólo ponen sus almas en los infiernos, mas a muchos cuytados en muy duros afanes y dolores, por sus falsos interesses, hazen bivir[713]. Poco sosiego muestra Ysabela, que de su fenestra me haze señas que vaya presto, haziéndosele pessado y floxo el passo que traygo con no me alcançar un huelgo[714] a otro.

---

con alabardas y armas enastadas, y llevan detrás un carro o más de leña, y atraviessan la ciudad hasta la vega donde está el brasero" (Covarrubias); aquí alude al estruendo que produce Valera.

[713] *con razón... hazen bivir*: Es decir, Cecilia considera a Valera como bruja, y no hechicera, merecedora de los castigos, de acuerdo con las leyes de aquella época. Respecto a la brujería, Dorothy Sherman Severin escribe así en su artículo "Celestina and the magical empowerment of women", publicado en la *Celestinesca*, vol.17, nº2 (noviembre, 1993): "According to Lerner, 'compact witchcraft' or a pact with Satan, blurs th e distinction between black (harming) and white (healing) witchcraft. Sorcery (incantation and the manipulation of objects) is frequently harmless, while its use for *malificium* is witchcraft. The latter was usually punishable by death in the Middle Ages" (pág.10). Para más información sobre este tema, véase también Ana Vian Herrero, págs.41-91 y Luis Mariano Esteban Martín, "Huellas de 'Celestina' en la 'Tragedia Policiana' de Sebastián Fernández", págs.38-39.

[714] *no me alcançar un huelgo a otro*: variante del refrán *No le alcança un huelgo a otro*: "estar demasiadamente cansado y fatigado" (Covarrubias). En la *Segunda Celestina* (pág.143) se registra una variante de dicho refrán, puesto en boca de Pandulfo: "quiérome un poco sossegar, que no me alcança huelgo a huelgo con la priessa que he tenido".

YSABELA. ¿Qué me dizes, Cecilia? ¿Traes recaudo, que tanto te has detenido?

CECILIA. Veslo aquí, señora, y díxome Valera que mucho le deves por lo hecho, y que hagas con el ceñidor según te dixo.

YSABELA. Dime, ¿viste por ventura lo que con él obró?

CECILIA. No tuve esse lugar[715], que se subió ella en una pieza alta, aviéndome dicho que en lo baxo esperasse, y comiénçase adonde estava un ruydo que gran miedo me puso. Semejávame que davan en unas calderas grandes golpes, mas otra cosa no pude ver.

YSABELA. Pues, hermana Cecilia, ten cuydado de te poner en essa fenestra, que a estas horas suele Selvago passar, y si a caso le vieres, sea yo dello sabidora.

CECILIA. Por mi vida, a buen tiempo hablaste, que vesle, allí viene.

YSABELA. ¿Qué me dizes?

CECILIA. Lo que oyes; si no, asómate y verle as.

YSABELA. Razón tienes. ¡O Cupido, dios de los enamorados! Yo, tu sierva, humilmente te pido que en esta hora muestres tus maravillas; que, pues mi libertad en la deste cavallero pusiste, no consientas[716] que tan libre triunphando tus soberanas leyes prophane, haziendo mi vida con tantas cuytas y mortales desseos con desseos desseosa deshazerse.

---

[715] *No tuve esse lugar*: *lugar*: "oportunidad ù ocasión" (D. A.); aquí reside una de las intrigas significativas de la *Comedia Selvagia*: Ysabela y Cecilia son engañadas por Valera porque ésta no deja ver la realización de su conjuro a Cecilia y por consiguiente la doncella no puede informar a su señora de lo que ha hecho realmente Valera.

[716] *consientas*: en T *consistas*.

SELVAGO. ¡O soberana deydad, debaxo cuyo poder y mando el universal orbe se rige y govierna! ¿Y qué será esto que mis ojos agora consideran y con tanta veneración adoran? ¿Por ventura es alguna visión angélica que de las celestiales moradas en las tierras es venida? Que cierto no es de creer en humano cuerpo tan suprema beldad y hermosura ser junta, donde las ebúrneas aljofaradas[717] de su divino rostro demuestran los bivos esmaltes del celeste rosicler sobrepujando[718] a los diáfanos rayos de la lucida Proserpina en claridad soberana. Pues si esto es assí, no será sino que la humildosa salutación, que a su divinal espectáculo conviene, por mí al presente le sea ofrecida en esta manera con gran turbación començada[719]. ¡O ymagen de aquélla cuyo natural retrato en lo íntimo de mi alma al presente se a esculpido, no con livianos y perecederos matizes, mas con nativos y premanecientes[720] colores maravillosamente debuxada, causando con la nueva causa de acaescimientos nuevos y no pensados efectos de desventuras, entretexidos en el precipitadero donde aposento [h]an tomado! ¡O ubérrimat[721] y abundosa fuente de toda fermosura, de donde con estraño y sotil artificio sus muy provechosos liquores maravillosamente hasta lo íntimo de mi coraçón [h]an manado, causado en él un metamorfoseos o conversión nunca semejante vista, por causa que en lugar de ser con ellos recreado, en furibundos y espantables fuegos le [h]an encendido, causando que su[722] principal ser de que se crió, en pura y delicada agua se convierta, demostrándose por los vidriosos ojos en gran abundancia al nuevo mundo, donde del todo [h]an de ser

[717] *ebúrneas aljofaradas*: *ebúrneo*: "Cosa perteneciente , ò hecha de marfil" (D. A.); *aljofaradas*: "Lo que está compuesto, ù adornado de aljófar" (D. A.); *ebúrneas aljofaradas* se refiere a los blancos dientes de Ysabela.

[718] *sobrepujando*: *sobrepujar*: "exceder a otro" (Covarrubias); *sobrepujando* quiere decir *excediendo a*.

[719] *començada*: en T *començado*.

[720] *premanecientes*: *premaneciente*: es decir, *permaneciente*: "Lo mismo que permanente" (D. A.).

[721] *ubérrirnat*: *ubérrimo*: "muy abundante" (Covarrubias).

[722] *que su*: en T *su que y*.

niquiladas y consumidas! ¡O más que seráfica y esclarecida visión, nobilíssimo y excelente espectáculo, donde mis ansiosas querellas de oy más[723] han de yr a juyzio, por causa de aver sido citadas por el portero de tus no perdonadores ojos, en donde, no por temer su buena justicia, mas por la rigurosidad del juez, rigurosamente a muerte y tenebrosas tinieblas serán juzgadas, padeciendo, no la pena que cometieron, pues fue ninguna, mas el desseo que de servir a ti, mi real princessa, han tenido! ¡O, pues, preclara y divina dea! Pido humilmente a tu grande potestad, no por los servicios que de mí has recebido, que son ningunos, mas por el desseo que de servirte, después que mis ojos tu fermosa figura contemplaron, he tenido, que convenevolencia de tu piadosa magestad salida, hablando metafóricamente, los sacrificios que dentro de mi atribulado coraçón a tu persona se ofrecen, demonstrándose el humo que del tal sacrificio es causado, por los incensarios de los lacrimosos ojos, de ti sean recebidos, y al presbítero de los tales, instituydor del nombre de ser tuyo, le sea dado que goze, porque de otra manera, siendo por ti vencido y con crueldad tratado, no solamente por tu causa sentirá una raviosa muerte, mas aun, como fénix, con espontánea voluntad por él mesmo será causada. De donde, no sólo tu real persona será maculada con nombre de desagradecida[724], mas tu ínclita fama, con manzilla a su ser no conveniente, alcançará renombre de cruel, homicida y violenta matadora.

CECILIA. ¡Señora, señora! ¡Ce, señora Ysabela!

YSABELA. ¿Qué dizes, Cecilia, que así me quieres apartar de mi desseada gloria?

[723] *de oy más*: "de hoy en adelante. Keniston 39.6" (*Segunda Celestina*, pág.199, n.32).

[724] *desagradecida*: en T *desagracida*.

CECILIA. Tu madre Senesta viene por el corredor hazia tu apossento.

YSABELA. ¡O desventurada yo, que assí mi descanso se me acaba! Contornea essa fenestra, por que del todo mi descanso quede en tinieblas[725].

CECILIA. Señora, ya es hecho.

SELVAGO. ¡Ay de mí, el más afortunado de los nacidos! ¡Triste yo, que mi gloria se a eclypsado, mi descanso es consumido, mi alegría es desterrada y mi libertad es del todo perdida! ¡Ay, ay, desventurado! ¿Qué nueva herida es ésta, que mis entrañas a traspassado? ¡Ay de mí, que agora la siento, agora la hallo, agora me duele, agora me lastima, y finalmente, agora por ella pienso perder la vida! ¡Moços, moços!

RISDEÑO. ¿Señor?

SELVAGO. Dime por tu fe, Risdeño, ¿adónde estoy?

RISDEÑO. Cierto, la pregunta es donosa, con que no ay día que por esta calle no passe dos o tres vezes.

SELVAGO. Mira, Risdeño, no me lastimes con tus palabras; que de mí te digo que otro soy del que solía[726], y de cosa de lo passado no tengo

[725] *Contornea essa fenestra... en tinieblas*: En *La Celestina* (pág.214) Calisto ordena a Sempronio: "Cierra la ventana y dexa la tiniebla acompañar al triste, y al desdichado la ceguedad". En *Lisandro y Roselia* (pág.26) Oligides dice a Eubulo: "Bien será que entremos, no se mate este loco, que sólo en la cuadra se encerró acompañado de tiniebla". En la *Florinea* (pág.32) Floriano ordena a sus criados: "Salíos fuera, y cerrad puertas y ventanas, y no me entre luz: hasta que la muerte acabe lo començado". "El galán está fuera de sí, tiene perdida la razón y se encuentra en un estado de postración e inactividad encerrado en su cámara, tal y como encontramos a los galanes de la ficción sentimental" (José Luis Canet Vallés, "*La Comedia Thebayda*, una *reprobatio amoris*", pág.3).

[726] *otro soy del que solía*: En la *Florinea* (pág.72), al quedarse enamorada, Belisea confiesa a Justina: "Por tu fe

memoria.

RISDEÑO. Dime, ¿por ventura hante rociado de alguna fenestra con agua del infernal río Flegetón[727]? Porque tiene tal propiedad como tus razones han demostrado.

SELVAGO. Sábete que así es como dizes, sino que otras vezes suele ser traýdo por los demonios, y agora fue por un ángel celestial a mí dado, y por tanto da razón a mi demanda, que no sin causa lo pregunto.

RISDEÑO. ¡Cómo, señor! ¿No tienes memoria que ésta es la posada de Polibio, y que con quien hablavas era su hija Ysabela?

SELVAGO. ¡O desventurado yo! ¿Y es verdad lo que me es dicho?

RISDEÑO. Sí, cierto.

SELVAGO. Pues mucho más es mi muerte; mas dime, ¿viene alguien con nosotros?

RISDEÑO. Señor, no; que tú los mandaste a todos los criados quedar en la posada.

SELVAGO. Pues assí es, pídote que sea secreto lo que as visto, y con esto nos bolvamos, que en mí no se halla poder para adelante passar.

RISDEÑO. Sea como, señor, tuvieres por bien.

que pues no soy ya la que solia".

[727] *Flegetón*: "río del infierno, que está hirviendo en pez y piedraçufre" (Covarrubias).

CENA SEGUNDA DEL SEGUNDO ACTO

En que Selvago, con grave enfermedad quedó en su lecho, de su madre y hermana es visitado; assimesmo por su leal amigo Flerinardo, con quien tiene muchas pláticas sobre su inopinada enfermedad. Introdúzense:

SELVAGO. RISDEÑO. FUNEBRA. ROSIANA. FLERINARDO.

[SELVAGO.] Aderéçame, Risdeño, esse lecho en que este mi fatigado cuerpo el último descanso reciba.

RISDEÑO. Señor, ya por obra he cumplido lo que de palabra mandaste; mas dime, yo te ruego, qué es lo que en ti sientes, pues en son[728] de doliente usas de sus previlegios.

SELVAGO. Siento tanto, que mi sentido en sentirlo sin sentir queda.

RISDEÑO. Di, ¿es enfermedad del cuerpo?

SELVAGO. No, mas poca sanidad del ánima.

RISDEÑO. Por aý anda Ysabela.

SELVAGO. Pues dime, adivino malicioso, ¿cómo sabes lo que has hablado[729]?

[728] *en son*: "de tal modo, ù à manera de" (D. A.).

[729] En *La Celestina* (pág.391), después de haber oído hablar de la satisfacción sexual a Pármeno, Sempronio afirma: "¡La vieja anda por aý!", y Pármeno, sorprendido, le pregunta: "¿En qué la vees?".

RISDEÑO. Donoso estás, por mi[730] fe, como si yo no estuviera presente quando con ella platicaste[731].

SELVAGO. Sin dubda, ya no me acordava; mas ruégote me digas, pues te picas[732] de sabido, ¿qué conjeturas de su meneo concebiste?

RISDEÑO. Buenas.

SELVAGO. ¿Cómo no me parecieron a mí tales?

RISDEÑO. Puede ser, porque los a ti semejantes los favores que les dan no creen, y por el contrario, el disfavor sin que se les dé le reciben[733]. Dígolo por causa que sentí de Ysabela, que no le pesava en que le declaravas tu pena, que es buena señal para tu parte.

SELVAGO. Dime, ¿no viste cómo contorneó la fenestra y se fue?

RISDEÑO. Allá voy. No me buelvas las palabras, que si bien lo miras, no se entró por tu causa, pues con buen semblante hasta el fin oyó tus razones.

SELVAGO. ¿Pues por qué crees que lo hiziesse?

RISDEÑO. Alguna cosa le constriñó en ello, lo que se vido claramente en que primero bolvió su cabeça que el cuerpo hiziesse muestra de se yr, y después de entrada no contorneó la fenestra sin

[730] *mi*: en T *m*.

[731] En la *Policiana* (pág.8) Policiano, enamorado, también ha olvidado que Salucio es testigo de su pasión ya que lo lleva siempre consigo cuando pasea por la calle donde vive su dama, y, Solino se lo recuerda en cuanto su amo le pregunta si Salucio siente su mal.

[732] *te picas*: *picarse*: "preciarse, jactarse ò moverse de alguna qualidad ò habilidad que se tiene" (D. A.).

[733] *los a ti semejantes... le reciben*: Se trata de una de las condiciones de los verdaderos enamorados. Véase Luis Mariano Esteban Martín, "Huellas de *Celestina* en la *Tragicomedia de Lisandro y Roselia*, de Sancho de Muñón", pág.21, y *Cárcel de amor*, pág.91.

que passasse algún tiempo primero, y por tanto no conviene, pues eres discreto, que tales estremos muestres sin causa, que no desde el lecho la as de servir, sino padeciendo en pie trabajos y fatigas por su causa. Y pues lo que te digo vees ser assí, esfuérçate, que, como dize el refrán, visto hemos acuchillados[734], que podrá ser que otro día ganes lo que oy piensas aver perdido[735].

SELVAGO. ¡O, cómo con razón dizen que el sano dize al doliente: Dios te dé salud[736]! Pues ágote saber que más mal ay que parece. Dime, ¿tú no sabes que mi gran amigo Flerinardo pena por ella y que me descubrió a mí su secreto, y que conforme a ley de amistad yo he caýdo en crimen de trayción?

RISDEÑO. No mires en esso, señor, que más obligado eres a ti que no a otro.

SELVAGO. Siendo yo de tu estado y condición no fuera mucho; mas en el yllustre y magnífico cavallero no se consiente, porque no sólo su vida ha de apartar de mácula, mas su fama de pensamiento della, que si bien miras, más se parece en el buen paño la raça que en el no tal, y que tanto en quanto yo y los de mi estrato[737] a los del vuestro sobrepujamos, tanto somos más obligados a librar de mácula nuestra fama y honrra, y de

[734] *acuchillados*: *acuchillado*: "experimentádo, práctico, y capáz de las cosas que ha visto y tratádo" (D. A.); en la *Segunda Celestina* (pág.271) Pandulfo dice a Felides: "y en caso de amores sabe que he sido bien acuchillado", y en otro pasaje (pág.313) Celestina dice así en presencia de Paltrana y Polandria: "la espiriencia me ha hecho maestra, porque ya sabéis que no hay tal çurugiano como el bien acuchillado".

[735] *podrá ser... aver perdido*: En la *Segunda Celestina* (pág.557) Celestina consuela a Pandulfo: "mas no es de maravillar, hijo, que anoche perdiste y otro día ganarás".

[736] *el sano... te dé salud*: es decir, *Dice el sano al doliente: Dios te dé salud*: "Zahiere a los que dan consejos u opiniones sobre cosas no experimentadas por ellos. También podrá decirse de los que se desentienden de los males ajenos" (D. R.). En *La Celestina* (pág.397) Calisto dice a Sempronio: "¡O loco, loco! Dize el sano al doliente: '¡Dios te dé salud!'". Hay otro refrán muy parecido, véase *Comedia Selvagia*, I, 1, n.373.

[737] *estrato*: en T *estasto*.

la misma manera alguna cosa en nosotros sería pecado, que en vosotros no tendría dél especie, por lo qual a mí conviene con alegre voluntad rescebir la temerosa muerte antes que mi famoso linage reciba algún peligro en su limpieza. Una cosa te ruego por la criança que en ti he fecho, que el caso a todos hasta después de mi muerte tengas celado, que sin dubda pienso que su venida no puede tardar, según lo que mi atribulado cuerpo siente y mi afligido spíritu padece.

RISDEÑO. Señor, Dios lo hará mejor que vuestro entendimiento en sí concibe; mas agora mirad lo que conviene, que a vuestra madre Funebra y hermana veo acá venir.

FUNEBRA. Hijo mío, descanso de mi atribulada vejez, ¿qué sentís? ¿Qué mal es el vuestro, que mi ánima, después de lo saber, ningún descanso a tenido? Por vuestra vida, mi amor, que me lo digáys, que si vos en el cuerpo lo sentís, yo en el ánima lo padezco, por causa de ser vos en quien mi vida, después de la muerte de vuestro padre, está pendiente.

SELVAGO. Señora mía, grave mal es el que siento, y mayor por ygnorar la causa. Pídoos, porque no me seáys causa de mayor pena, que vos no la toméys, que siendo Dios servido yo cobraré salud cumplida.

FUNEBRA. Assí plega a su infinita bondad, que con la muerte de vuestro padre[738] sea contento y no me dé otro semejante açote con la vuestra.

ROSIANA. Señor hermano, si por ser yo la persona que más en esta

[738] En el ciclo celestinesco Polandria (*Segunda Celestina* y *Tercera Celestina*) y Roselia (*Lisandro y Roselia*) también son huérfanas de padre, pero sólo ésta última tiene un hermano como Rosiana. Desde luego, el comportamiento de Beliseno, hermano de Roselia, es totalmente diferente del de Selvago respecto a la pasión amorosa de sus respectivas hermanas.

vida con razón os ama, la causa de vuestra poca salud me descubriéssedes, no sería pequeña la merced que de vos recebiría, porque no sólo tendríades en mí quien en ygual grado que vos vuestro mal sintiesse, mas en ello hasta la muerte trabajaría, buscando la medicina en vuestra pena más conviniente.

SELVAGO. Mi querida hermana, bien de poco entendimiento sería yo si a vuestras consolatorias razones negasse, pudiendo, su convenible respuesta; mas hágoos cierta que para lo que dezís en mí falta el poder de manifestarlo, por ser del todo en ello ignorante, aunque os hago saber que de tal manera lo podría rodear fortuna, que en vuestras manos mi vida o muerte estuviesse. Mas empero al presente, como he dicho, tan poca razón de mi dolencia os puedo[739] dar, como grande sinrazón sería, sabiéndola, querérosla encubrir.

ROSIANA. Pues tal es, señor, vuestro propósito, no os quiero en esto dar más enojo, sino rogar al Criador de todas las cosas que aquella sanidad os embíe que más os conviene, porque mi señora madre, de tal hijo, y yo de tan buen hermano, pudiéssemos enteramente gozar.

SELVAGO. Ansí, mi señora, os ruego yo, que gran pena me sería dexar en tal tiempo su postrimera edad en pena y vuestra agradable juventud en angustia.

RISDEÑO. Señor Selvago, tu gran amigo Flerinardo te viene a visitar, que sabiendo tu mala disposición, un punto no se detuvo.

SELVAGO. ¡O poderoso Dios, que mi fin llega! ¡Ay, ay!

ROSIANA. Señor mío, señor mío, ¡ay desventurada de mí, mi

[739] *puedo*: en T *puede*.

hermano y mi señor muerto!

FUNEBRA. ¡O la más triste y desdichada de las nacidas! ¡Y no rebienta madre que tal puede ver!

RISDEÑO. Mirad, señora Rosiana, que puede ser desmayo. Rocialde el rostro y tornará en sí[740].

ROSIANA. Muestra essa redoma. Triste fue mi nacimiento, que su rostro no da señal en tales experiencias.

RISDEÑO. ¿No veys, señora, cómo dixe verdad, que ya buelve en su sentido?

SELVAGO. ¡O querida hermana! ¿Por qué no dexastes a mi penosa vida que del todo se acabara, porque sus fatigas hizieran lo mesmo?

RISDEÑO. Señora Rosiana, usad del mesmo remedio con vuestra madre, que no menos es necessario para su vida[741].

FUNEBRA. ¡Ay, ay, desventurada muger, que de tal hijo a de ser privada!

ROSIANA. Mi señora, sabed que no es lo que pensáys, que ya está muy mejorado.

FLERINARDO. ¿Qué es esto, señor Selvago? ¿Es por ventura regalo? ¿Oy no estávades en toda buena disposición? ¡Válame el poderoso Dios, y qué trocado estáys en tan poco tiempo! Por mi verdad, que a

[740] En la *Florinea* (pág.32), ante la pérdida de conocimiento de Floriano, Lydorio manda a Polytes: "echale dessa agua de azar, que desmayo es". En el *Amadís* (pág.756) Mabilia hace lo mismo con Oriana; y, Esperanza, en la *Cárcel de amor* (pag.80), con Leriano.

[741] En *La Celestina* (pág.596) se desmaya Alisa al enterarse de la muerte de su hija; en la *Policiana* (pág.59) Florinarda también pierde conocimiento en cuanto sabe que su hija está muerta.

dubda lo tuviera si por esperiencia no lo oviera visto.

SELVAGO. En esso verés, señor Flerinardo, qué sentirá el spíritu de dentro, quando tales señales el cuerpo de fuera muestra.

FLERINARDO. ¡Cómo! ¿Y no sabremos vuestra enfermedad qué sea?

SELVAGO. No he sentido otra cosa sino que en este instante me sobrevino un tal desmayo en el coraçón, que a pocas[742] fuera de me quitar la vida.

FLERINARDO. ¿Pues agora qué tal os sentís?

SELVAGO. Mejor, gracias se den al omnipotente Dios, que todo lo ordena.

FLERINARDO. Mi señor, no temáys, que plazerá al que avéys dicho que del todo vuestra mejoría se cumpla.

SELVAGO. Ansí le plega a su divina clemencia.

FUNEBRA. Mi hijo, ¿querés alguna cosa a mí o a vuestra hermana, que nos vamos a nuestro aposento?

SELVAGO. Mi señora, no otra cosa sino que no tengáys pena, que Dios es piadoso y concederá en vuestras plegarias.

FUNEBRA. Él lo tenga por bien por quien él es.

ROSIANA. Señor hermano, Dios os cumpla la mejoría, como todos avemos menester.

---

[742] *a pocas*: "por poco" (D. A.).

SELVAGO. Mi querida hermana, en vuestras oraciones me encomiendo.

ROSIANA. Deso podés, mi señor, estar seguro, que aunque indigna, gran parte de la noche presente pienso de gastar en mi oratorio.

SELVAGO. Con essa confiança pienso del todo ser guarecido.

CENA TERCERA DEL SEGUNDO ACTO

En que estando solos Selvago y Flerinardo, por aver allí estado Rosiana se viene a descubrir el engaño que Flerinardo tenía en nombrarse por amador de Ysabela. De que, recibiendo gran mejoría Selvago en su enfermedad del cuerpo, buscando otra tal para las passiones del ánima, por causa de Flerinardo, a Escalión se da cargo que llame una famosa alcagüeta a quien se cometa[743] el negocio. Introdúcense:

FLERINARDO. SELVAGO. ESCALIÓN.

[FLERINARDO.] ¿Cómo, señor Selvago, que esta gentil dama que de aquí agora se partió es vuestra hermana?

SELVAGO. Es de cierto; mas ¿por qué lo dizes?

FLERINARDO. Porque me siento por el más bienaventurado de los nacidos.

SELVAGO. ¡O mi verdadero amigo! Pídoos por el firme vínculo de

[743] *se cometa*: *cometer*: "Dar uno sus veces à otro, poner à su cargo y cuidado la excecucion de algúna cosa" (D. A.).

amistad que entre nosotros está, que la causa de vuestras razones del todo me declarés.

FLERINARDO. Sabed, mi buen señor, que la señora por quien mi vida muriendo bive es ella, y gozéme porque siendo hermana vuestra, y vos tanto[744] mi señor, en yugo matrimonial no me será negada.

SELVAGO. ¡O poderoso Dios y Señor, cómo son grandes tus maravillas y no menos tus secretos infalibles[745]! Sabed, mi buen señor, que no sólo vuestras razones me han buelto la vida, mas mi espíritu de muy grande y raviosa pena han librado.

FLERINARDO. Pues, señor, pídoos que la causa del todo me denuciés, que de vuestro contento no poca parte me puede caber.

SELVAGO. Es, pues, desta forma: que como a caso este día viese en una fenestra de su aposento a Ysabela, hija de Polibio, abrasado mi coraçón de su fermosura[746], pensando que de vos fuese amada, los estremos que avés visto me forçó a que mostrase, donde si por vos no fuera, ciertamente mi vida trabajosa en trabajos al presente perdiera su ser, no por verme de amor desesperado, mas por lo que a vuestra verdadera amistad era deudor.

FLERINARDO. Maravillas, señor, me avéys dicho; mas en ninguna manera puedo pensar de dó procedió el engaño de me tener por captivo de Ysabela.

SELVAGO. Yo os diré, señor, lo que en esso entiendo: ya abréys

[744] *tanto*: "de la misma suerte, semejantemente, ò igualmente" (D. A.).

[745] *O... tus secretos infalibles*: Esta expresión recuerda otra que ya se ha visto anteriormente; véase *Comedia Selvagia*, I, 4, n.631.

[746] *fermosura*: "ant. **hermosura**" (D. A.).

sabido que mi hermana tiene con Ysabela grande conocimiento[747], pues a caso, como otras vezes suele, este otro día se fue a se holgar con ella, donde, estando en la fenestra de su aposento, de vos fue vista, y vos della enamorado, de do se sucedió ser cosa verisímil[748] pensar que por Ysabela era vuestra pena, por ser la tal fenestra de su aposento, y su persona tan digna de ser amada.

FLERINARDO. Verdaderamente, señor Selvago, creo lo que avés dicho, y no tengo por ello otro pesar sino la carta que Risdeño de mi parte le llevó, que me tendrá de oy más por burlador, y en vuestro partido no viene dello algún provecho.

SELVAGO. Aunque sea bien de estimar lo que dezís, no por esso quiero interrumpir la gloria que he recebido con algún pesar de su memoria, que, pues de la angustia passada así soy librado, en lo venidero no devo temer; que, como dizen, Dios no hizo a quien desampare[749].

FLERINARDO. Así es verdad; mas pídoos que dexado esto aparte me digáys si tenés memoria del sueño que este día os manifesté, que cierto al presente se a cumplido, que dizié, si bien me acuerdo, que el

[747] *conocimiento*: "amistád, trato y familiaridád" (D. A.).

[748] *ser cosa verisímil*: A Alonso de Villegas le preocupa mucho el tema de la verosimilitud, pues, más de una vez, hace alusión a ello, y sobre todo, al final de la obra, hace que sus personajes hablen de esto con mayor extensión y detenimiento. La preocupación por contar historias verosímiles es una constante literaria estimulada, sobre todo, por los humanistas. Pedro Mexía escribe sobre este tema en su *Silva* (t.I, pág.369): "Muchos sabios aconsejan que no cuente hombre las cosas de admiración, porque, por la mayor parte, se duda de la verdad de ellas; pero quando, de lo que se dize, [se] dan testigos de authoridad, sin peligro puede hombre dezir lo que ellos cuentan".

[749] *Dios no hizo a quien desampare*: variante del refrán *No hizo Dios a quien desamparase*: "Manifiesta que Dios no se olvida de nadie, y que no debe perderse la esperanza en ningún caso, por desesperado que parezca" (D. A.). En *La Celestina* (pág.349) Celestina consuela a Calisto: "Esfuérçate, señor; que no hizo Dios a quien desmamparasse. Da espacio a tu desseo". En el *Diálogo* (pág.115) Valdés dice a Marcio: "No haze Dios a quien desampara".

mono mofador, que soys vos, por lo que contra mí sustentastes del amor, perdería su ser y en manso unicornio sería convertido, esto es, ser preso del amor de Ysabela por la propiedad del unicornio; ansimesmo que por el caso sería puesto en peligro de ruuerte, como aquí se a visto, del qual sería librado por quien lo causara, que soy yo, pues de mí vuestra pena procedía, y por mis palabras fue del todo quitada.

SELVAGO. Cierto, así es, señor, como dezís, y muchas vezes acaesce por arte diabólica salir algunos sueños verdaderos, porque a los demás se dé crédito, lo que por la sacra religión es vedado.

FLERINARDO. Bien es verdad lo que, señor, dezís; mas ¿qué será que por la mayor parte en sueños se nos representa lo que el cuerpo de día intentó?

SELVAGO. Esso procede por parte de otros cinco sentidos, fuera de los exteriores, que el ánima posee, y como ella de su ser no esté subjecta a las passiones actuales, del mesmo privilegio todas sus potencias gozan; de do se sigue que durmiendo el cuerpo los sentidos del ánima velan, que causan los sueños[750], y lo mesmo a los irracionales es concedido, que el cavallo y el can y todos los semejantes, como qualquier hombre, sueñan, y de aquí vemos que los canes estando durmiendo ladran y se rebuelven entre sí.

FLERINARDO. Holgado he, señor, con lo que avés dicho, aunque en algo dello no estava ageno; mas trocando razones, dizidme, ¿qué sentís al presente del amor? ¿Por ventura avés ya mudado vuestro parecer

[750] En la *Silva* Pedro Mexía también habla de los sueños: sobre la templanza del sueño (t.II, págs.273–274) y sobre la imaginación que causa los sueños (t.I, págs.585–589), etc.

antiguo[751]?

SELVAGO. Señor, aún no, ni Dios lo quiera, que si contra vos este día argüí en su ofensa, no fue sino contra uno de tres que el sabio[752] señala, conviene a saber: uno divino, el qual es santo y bueno; otro común, como el que un amigo con otro tiene, y éste tiene el medio de todos; el último llaman velvino[753] o bestial, pues semejante es quien en él se pone, por ser malo y puesto en el carnal apetito, del qual dixo el anciano Séneca que si de los dioses tuviesse el perdón, y de las gentes ningún vituperio ni afrenta, sólo por la suciedad que consigo tiene, con todas sus fuerças le avía de evitar y huyr. Contra éste, pues, fue mi intento de incusar por mala, como de verdad lo es, de donde por lo dicho podemos sacar que si uno con nombre de amadores es baptizado, no por esso ha de ser reprehendido hasta que su intento demuestre, conforme al qual, o de dado a la virtud, o de vicioso, puede adquirir renombre; pues claramente emos visto que de tres partes en que se divide el amor, las dos son buenas y la una mala, aunque, si bien se mira, más son los que por la mala van, aunque sola, que por las dos buenas caminan, y por esto, tomado el amor absolutamente por el malo antes que por el bueno entendemos.

FLERINARDO. Aunque esso assí sea, no dexáys por lo passado de tener culpa, pues mi intención ygnorávades[754]; mas dexado esto, al presente procuremos en dar remedio a vuestra enfermedad.

---

[751] En la *Celestina* (pág.389) Sempronio exclama: "¡O Pármeno, agora podrás ver quán fácile cosa es reprehender vida agena y quán duro guardar cada qual la suya! No [digo] más, pues tú eres testigo".

[752] *sabio*: Podría ser Aristóteles o Cicerón.

[753] *velvino*: Término no documentado.

[754] Es ya tópica la disputa entre los defensores y los acusadores del amor. Valerio Máximo en sus *Hechos y dichos* (pág.191 y ss.) manifiesta su neutralidad en este tipo de discusiones. Parece que Alonso de Villegas comparte la opinión de Valerio Máximo y reprocha la parcialidad de ambas partes, en especial, la de los acusadores del amor, cuya máxima manifestación se refleja en Selvago.

SELVAGO. En la passión del ánima, señor, os le pido, que para la del cuerpo ya no es necessario, pues del todo le he ya conseguido.

FLERINARDO. Huelgo que por vuestra boca la nombréys passión, mas sabed que para todo ay su contrario, y ansí le avrá en vuestro mal.

SELVAGO. ¡O mi verdadero señor y leal amigo, y cómo pensáys hazer y tanto bien!

FLERINARDO. Agora lo sabréys; mas cumple que se le dé parte en ello a mi criado Escalión.

SELVAGO. Señor Flerinardo, no sé qué me diga, que mal concepto tengo dél, que cumple más de palabra que de hecho.

FLERINARDO. ¡O, cómo de cierto estáys engañado en pensar tal, por ser muy al contrario de su condición! Quanto más que en esto no ha de servir sino de ser intérprete entre vos y una dueña honrada deste pueblo, cuyas maravillosas azañas y tratos ingeniosos a quantos los han oýdo[755] tiene[756] hiantes[757] y fuera de juyzio, por ser en gran manera no creýbles.

SELVAGO. Pues, señor, hazelde llamar, si pensáys ser ésse buen camino.

FLERINARDO. ¡Escalión, Escalión!

ESCALIÓN. ¿Qué me mandas, señor? Que aparejado como siempre

[755] *oýdo*: en T *sido*.

[756] *cuyas maravillosas azañas... tiene*: El verbo no concierta con el sujeto. "Aunque lo habitual en el siglo XVI es que concierten sujeto y verbo en número, no son raros los casos en los que no sucede esto" (*Segunda Celestina*, pág.124, n.2).

[757] *hiantes*: *hiante*: "que está abierto, separado" (D. L. E.).

estoy en tu servicio.

FLERINARDO. Buen amigo, es menester que en presencia del señor Selvago cuentes lo que estotro día de aquella buena vieja me començaste a dezir, porque al caso nos sería al presente necessaria.

ESCALIÓN. ¡Cómo! ¿Y ansí pensáys que tan manualmente los hechos no pensados de aquella famosa hechizera se han de relatar? Pues yo juro por lo que a ley de quien soy devo, que si Livio otra vez al mundo bolviera, con su harpada lengua[758] y limada policía, mayor materia en la vida desta hallara para escrevir que quando los hechos de todo el pueblo romano por décadas relató; mas por ser a vuestro mandamiento obediente, bien en suma quién ella sea y sus manuales tratos demostraré. Avéys, pues, de notar que quando la famosa Claudina[759] bivió, tuvo una hija por nombre llamada Parmenia[760], que, después de la muerte de su madre, ni gualtería dexó por correr, ni mesón por arrastrar, ni aun muladar ni establo que no provase; passando, pues, su vellaca vida desta forma, una hija le

---

[758] *harpada lengua*: *harpado*: es decir, *arpado*: "poét. Dícese de los pájaros de canto grato y armonioso" (D. L. E.); *harpada lengua* quiere decir *lengua capaz de producir canto bonito o palabras agradables*. En *Don Quijote de la Mancha* Miguel de Cervantes describe así el amanecer cuando don Quijote está a punto de empezar por primera vez su búsqueda de aventuras: "Apenas había el rubicundo Apolo tenido por la faz de la ancha y espaciosa tierra las doradas hebras de sus hermosos cabellos, y apenas los pequeños y pintados pajarillos con sus harpadas lenguas habían saludado con dulce y meliflua armonía la venida de la rosada aurora" (ed. cit., pág.84). Ante los fingidos halagos de Celestina, Pármeno dice en el aparte: "¿Quién mostró a las picaças y papagayos imitar nuestra propia habla con sus harpadas lenguas, nuestro órgano y boz, sino ésta?" (*La Celestina*, págs.403−404). Después de oír cantar a Canarín, Poncia dice a Polandria: "Espantada me tiene la lengua tan harpada con que lo repica, y cabeça tan discreta que ansí a propósito lo compuso" (*Tercera Celestina*, pág.121). Muy contenta de la buena respuesta de Roselia, Celestina (Elicia) habla así consigo misma: "¿por qué todas en uno no os juntais á cantar la mi alegría que llevo en este mi corazon, y cantar con vuestras lenguas arpadas, á quien lo quisiese saber, mi maravillosa astucia...?" (*Lisandro y Roselia*, pág.104). En resumen, el uso de esta expresión en la *Comedia Selvagia* se aproxima al citado pasaje de la *Celestina* primitiva, y de allí se deduce que Alonso de Villegas está en deuda con Fernando de Rojas.

[759] *Claudina*: Maestra de Celestina; es uno de los personajes principales de la *Tragedia Policiana* y por consiguiente, una vez más, se le relaciona la *Comedia Selvagia* con el ciclo celestinesco.

[760] *Parmenia*: Es otro personaje importante de la *Tragedia Policiana*.

dio la ventura más abundosa de padres propios que moço de convento apelativos[761]. Ésta, pues, es la que entre manos tenemos, que, siendo nacida, su madre la baptizó con nombre de Dolosina, conveniéndola para la vejez tanto quanto sus obras dan por testimonio; dexo de contar que la madre, viéndose algún tanto en días[762], procuró de mudar el oficio y bolverse al que de generación y abolorio[763] le viene, en el qual se dio tan buena industria como en el passado avía tenido maña, aprovechándose de la inocente hija en lo que le salía a pelo, que, como asaz de fermosura tuviesse, no poco de necios era reqüestada, donde, con industria de su madre, ella hazía para sí mangas y para la vieja faldillas. Pues como ninguna cosa en su ser permanezca, no se haziendo ya tanta cuenta della, acordó la buena madre de sacar a la pequeña hija a bolar, trayéndola por diversas partes y regiones, hasta que teniendo su assiento en Milán[764], la buena vieja dio fin a sus días, quedando la hija huérfana y en estraña tierra, aunque no por esso perdió la realeza de su ánimo, que con lo que al presente de hazienda tenía, dio consigo en París, abriendo su tienda y mostrando sus mercaderías a la corte francesa. Tomando, pues, allí conocimiento con cierto nigromántico, su arte muy por entero la enseñó, saliendo en él tan famosa maestra, quanto el delicado entendimiento de una muger es bastante. No contenta mucho con tal nación, en España pretende tornar, y visitando las principales ciudades della, aquí en su

[761] *la ventura... apelativos*: Se alude al desenfreno pasional y la poca castidad de Parmenia.

[762] *en días*: *entrado en días*: "que se acerca a la vejez" (D. L. E.).

[763] *abolorio*: "**ABOLENGO** y abolorio. La ascendencia de agüelos y bisagüelos, etc., de abuelo, del latino *avus*" (Covarrubias).

[764] "Alonso de Villegas respeta la voluntad de Sebastián Fernández al señalar la muerte de Parmenia en Milán y no usarla como tercera en su obra, ya que el autor de la *Tragedia policiana* debido a que en ningún momento de la obra de Rojas se alude a que Claudina tuviese una hija – desconecta a Parmenia del ciclo señalado, en la última voluntad de la moribunda Claudina, que Parmenia no ha de quedar bajo la tutela de Celestina (distintamente a Pármeno) por cuanto 'queda en hedad para ganar de comer'" (Luis Mariano Esteban Martín, "Huellas de 'Celestina' en la 'Comedia Florinea' y en la 'Comedia Selvagia'", pág.36).

propia tierra fue tornada, donde aviendo salido muy niña y fermosa, vieja y disforme bolvió. Fue, pues, desde poco aquí casada con un panfarrón llamado Hetorino[765], mi amigo especial, con quien agora bien contenta y gozosa bive. Tienen allá cerca el río[766] una casa con dos puertas y dos moradas[767], donde él enseña a esgremir algunos gentiles hombres en la una, y ella a labrar moças en la otra, ordenándose entre las dos casas de discípulos, no pocos, antes muchos y muy grandes, malos recaudos entre día. Es ansimesmo la vieja la más subtil y taymada alcahueta hechizera que en nuestros tiempos, ni aun creo que en los passados, se hallara, porque no sólo con sus palabras y conjuros ablanda los muy duros coraçones, mas aun con su meneo y bisaje os haze venir las manos atadas a conceder su propósito y voluntad. Muchas vezes, como su marido, de quien yo he sabido, me ha dicho, que con el arte de nigromancia que aprendió[768], delante dellos se torna invisible, y, desde algún tiempo, da señas verdaderas de lo que passa en muy diversas tierras; tiene también poder de convertirse en animales y aves[769], con que no sólo haze sus hechos, mas aun se defiende de quien su mal procura, porque, como dizen, o demo a los suyos quiere[770]. Es fama que tiene muy gran tesoro, aunque el lugar está zelado, mas por ello la insaciable hambre de la cobdicia nunca olvida, antes siempre, confessándose por pobre, por una

[765] En *Lisandro y Roselia* Celestina (Elicia) también está unida sentimentalmente a un fanfarrón, llamado Brumandilón, aunque no está bajo el yugo matrimonial como Dolosina.

[766] *cerca el río*: Celestina también tiene una casa cerca de un río; véase *La Celestina*, pág.241.

[767] *una casa con dos puertas y dos moradas*: Esta expresión recuerda el título de una obra de enredo de Calderón de la Barca: *Casa con dos puertas, mala es de guardar*.

[768] Aparte de Dolosina, Celestina (Elicia) es la otra alcahueta en el ciclo celestinesco que sabe la nigromancia; véase *Lisandro y Roselia*, pág.77.

[769] *da señas verdaderas... convertirse en animales y aves*: "Uno de los poderes tradicionales atribuidos a las brujas es el de volar y el de convertirse en aves nocturnas" (*Amores*, pág.229, n.50).

[770] *o demo a los suyos quiere*: podría ser la fusión de dos refranes, o sea, "O demo a la seus quer" (Correas) y "El demo a los suyos quiere" (Correas).

moneda de plata hará, como dizen, ciribones[771]. Tiene a la continua en su casa dos moças de buen parecer para alivio de cuytados que sus aventuras buscan, que también amaestradas la dueña honrada las tiene, aunque de pocos días, que al triste que en sus manos cae, no sólo con sus fingidos halagos[772] lo que encima tiene les da, mas aun la palabra por prenda de más les dexa empeñada[773]. Ésta, pues, de quien, señores, avéys oýdo, es la dueña por quien me avéys preguntado, de quien con razón se podría dezir que lo que en la leche mamó, en la mortaja mostrará[774]; por tanto ved si en algún caso a su oficio tocante la avéys menester, que yo salgo fiador, si morralla bulle en ella, halléys muy cierto remedio y refugio apazible.

SELVAGO. Señor Flerinardo, en dubda estoy de poner este negocio en manos de muger tan nefanda, que cierto, por sola ella ser en él participante, qualquier infortunio que acaezca tenemos bien merecido[775].

FLERINARDO. No mirés, señor, esso, que también hemos visto por manos de personas indignas averse obras excelentes efectuado[776];

---

[771] *hará... ciribones*: *hacer ceribones*: "Es rendirse y renunciar lo que tiene afrentosamente" (Correas).

[772] *fingidos halagos*: En *La Celestina* (pág.403) Pármeno habla a escondidas con Sempronio sobre Celestina: "¡Qué palabras tiene la noble! Bien ves, hermano, estos halagos fengidos".

[773] *al triste... dexa empeñada*: Se trata de la ironía teatral, esto es, sin que Escalión se dé cuenta, lo que es meramente un decir se convertirá en realidad tal como se verá más adelante: por pasar una noche con la cortesana Libina, que lleva pocos días siendo discípula de Dolosina, Escalión no sólo le halagará fingidamente sino que también le dará cuatro reales que lleva encima y todavía le prometerá once varas de anascote para un manto. En la obra de Fernando de Rojas varios personajes predicen también su propio futuro sin saberlo, tales como Calisto, véase *La Celestina*, pág.346, n.51.

[774] *lo que en la leche... mostrará*: variante del refrán *Lo que en la leche se mama, en la mortaja se derrama* o *Lo que en la leche se mama, en la mortaja sale*: "Denota que todo cuanto se infunde e imprime en los primeros años, suele arraigar de manera que se retiene toda la vida" (D. A.).

[775] El intento de Selvago de rechazar la intervención de la alcahueta en su conquista amorosa no es nada eficaz ni tajante, sobre todo, si se lo compara con el de Alarcón en la *Comedia de Segúlveda* (pág.140), puesto que el autor de la *Comedia Selvagia* no elimina las actuaciones de Dolosina, exigidas por el carácter celestinesco de la obra, mientras que "Sepúlveda no admite en su *Comedia* al personaje de Celestina, pese a aparecer en VIL una alcahueta o tercera, aunque conoce *La Celestina*" (*Comedia de Sepúlveda*, pág.140, n.120).

[776] La ponderación que hace Flerinardo sobre el valor de Dolosina se contrasta irónicamente con la

por tanto, si a vos os parece, pues agora es ya noche, hazelda venir en la mañana ante nos, que si muy a vuestro propósito no se profiere concluyr este hecho, poco se avrá perdido.

SELVAGO. Pues, señor, así os parece, assí se haga; no resta sino quién será el mensajero.

ESCALIÓN. Señor Selvago, por vuestro amor, yo lo quiero ser; mas hágovos saber que si alguna cosa de paga no vee, no la sacarán de casa con garavatos[777], fundándose en que dizen que lodo seco mal se pega[778].

SELVAGO. Por esso no quede, que ves aquí diez escudos que le puedes dar de mi parte, prometiéndole grandes mercedes si en ella se halla remedio en mi fatiga.

ESCALIÓN. Desa manera yo digo que tenéys el pleyto de vuestra parte.

FLERINARDO. Pues, señor Selvago, porque se haze tarde, bien de mañana será mi buelta; pídoos que os esforcéys, que mal parece tanta flaqueza en edad tan floreciente, y a Dios, que me voy.

SELVAGO. Con él vays, mi señor, que yo haré por cumplir vuestro mandamiento.

insignificancia de la participación futura de la famosa hechicera y alcahueta en los amores de Selvago porque Ysabela ya está enamorada de él. De este modo, Alonso de Villegas quita la importancia del elemento hechiceril en la *Comedia Selvagia* lo cual posiblemente se ha inspirado en el *Arte de amar* (pág.394) de Ovidio donde se habla de la inutilidad de la hechicería; o tal vez esté en deuda con la *Segunda Celestina* puesto que la carta de Felides que lleva Pandulfo a Polandria es la que la enamora realmente y no la intervención de Celestina, − en opinión de Consolación Baranda − "con lo que pierde importancia el papel de Celestina" (*Segunda Celestina*, pág.68).

777 *no la sacarán de casa con garavatos*: *garavato*: "**palabrota**" (D. L. E.); *no la sacarán de casa con garavatos* quiere decir *no la sacarán de casa con insultos*.

778 *lodo seco mal se pega*: Refrán (Correas).

CENA QUARTA DEL SEGUNDO ACTO

En que Escalión va a casa de Dolosina a le llevar los diez escudos de parte de Selvago. Los quales la dexa aviendo con ella acabado que entenderá en aquellos negocios, quedándose assimesmo essa noche en casa de la vieja con una su criada llamada Livina. Introdúcense:

ESCALIÓN. DOLOSINA. CLAUDIA. LELIA. LIBINA.

[ESCALIÓN.] Agora que ya Flerinardo se ha entrado a su aposento, quiero yr a casa de Dolosina con el recaudo[779] de Selvago, ca[780] mejor se negociará agora que de mañana, y aun podría ser que del porte de los diez escudos tuviéssemos buena cama hasta el alva; buen acuerdo es éste. Alto, vía a caminar por esta calle, pues será a menos peligro. Bien está, que ya veo la puerta, y a Dios si están acostadas; mas poco se perderá en que llame, pues venimos con provecho. Ta, ta.

DOLOSINA. ¡Hija Lelia, hija Lelia! Corre presto, por tu vida, mira quién llama a tal hora a la puerta, y si es el mercader de quien te dixe oy.

LELIA. Madre señora, si es él, más vale que vaya a le abrir Claudia que yo.

DOLOSINA. Bien has dicho; ve pues, Claudia, mira quién es.

CLAUDIA. Ya voy, madre, mas por mi salud, que en el llamar más

[779] *recaudo*: juego de palabras con dos de los significados de *recaudo*: "menságe" (D. A.) y "regálo ò presente que se envia al que está ausente" (D. A.).

[780] *ca*: "Porque" (D. A.).

semeja al bachiller desta mañana que al que dezís.

DOLOSINA. Sea quien fuere, asómate a essa fenestra y vello has.

CLAUDIA. ¿Quién está allá baxo?

ESCALIÓN. Gente de paz es, señora Claudia; abrid a Escalión si soys servida.

CLAUDIA. ¡Válale el demonio al desuellacaras! ¿Y qué quiere a tal hora? Madre, Escalión es. ¿Mandas que abra?

DOLOSINA. Ve, hija, que no se pierde cosa; veamos qué demanda es la suya.

CLAUDIA. Entra, señor Escalión, y sube si fueres servido.

ESCALIÓN. ¡O perla, y cómo eres graciosa! Mas dime, ¿está Hetorino y la madre en casa?

CLAUDIA. Señor Escalión, él oy se partió fuera de la ciudad[781]; la madre está arriba, sube si eres servido.

ESCALIÓN. A ella he yo menester, señora; por tanto allá subo. Muy buenas noches, señora Dolosina, y a la compañía y todo.

DOLOSINA. Muy buenas te las dé Dios, hijo Escalión. ¿Qué es lo que mandas en mi pobre casa, que ya sabes que todo está a tu mandar?

[781] *él oy se partió fuera de la ciudad*: En relación con lo que dice inmediatamente Escalión ("A ella he yo menester"), Alonso de Villegas hace que se ausente Hetorino ya que es un personaje innecesario para el desarrollo del motivo principal de la *Comedia Selvagia*, y además, de esta manera, Dolosina podrá acercarse más al prototipo tradicional de Celestina teniendo en cuenta que las alcahuetas antecesoras del ciclo celestinesco no tienen ningún hombre que las "proteja" salvo la Celestina (Elicia) – unida al rufián Brumandilón – de Sancho de Muñón (véase *Comedia Selvagia*, II, 3, n.765) y la Claudina – viuda de un tal Alberto – de Sebastián Fernández.

ESCALIÓN. Madre señora, cierto negocio provechoso que se a recrecido; mas primero que dél te dé cuenta, quiero que me digas quién es esta hermosa donzella, que por la ley del quaderno[782], muy bien me ha parecido.

DOLOSINA. ¡Ay traydor, cómo se te van los ojos tras la carne nueva! Bien dizen que la tal aplaze; mas sábete que es donzella bien quitada de todo ruydo, que me a rogado que la tenga aquí en mi casa algún tiempo recogida, que por ser güérfana de padre y madre, sin algún arrimo de pariente, fuérale trabajoso pasar en su honra la vida, que, mal pecado, tenemos un mundo tal, que las semejantes, estando solas, poca seguridad tienen de las malas lenguas y perversas intenciones, de que se sigue que la mala llaga sana, y la mala fama mata[783]; que lo uno está en causa propia, y lo otro en agena lengua.

ESCALIÓN. ¿Cómo es su gracia?

DOLOSINA. Libina.

ESCALIÓN. Pues a fe de gentil hombre, que si la señora Libina por suyo me recibiesse, que no perdiesse en ello cosa, antes se podría alabar que tenía señorío sobre quien no consentiría que su chapín abajasse a menos.

DOLOSINA. Hijo Escalión, muy contrarias van tus palabras de lo que yo te he dicho; mas si te parece, dime a qué fue tu venida, porque es

[782] *ley del quaderno*: *leyes del quaderno*: "ciertas leyes del Reyno" (Covarrubias); en la *Policiana* Piçarro pide a Cornelia: "Descúbrete, dama, pese a la ley del quaderno, que para quien bien conosce la nariz le basta" (pág.13) y en otro pasaje de la misma obra Palermo dice a Piçarro: "no creo en la ley del quaderno, si no me determino de perder la vida que tengo por auer vna yça que me ayude a ganar el roço" (pág.44).

[783] *la mala llaga... mata*: refrán que "Denota cuán difícil es borrar la mala opinión una vez adquirida" (D. R.).

hora que des la buelta y acá nos recoxamos.

ESCALIÓN. Madre, a solas lo quiero aver contigo, por tanto mira dó quieres que sea.

DOLOSINA. Entraos, hijas, en essa pieça mientras hablamos dos palabras. Ya está hecho, bien puedes dezir tu recaudo.

ESCALIÓN. Madre señora, as de saber que de parte de Selvago, único amigo de mi señor Flerinardo, a ti soy venido, que te ruega excessivamente que luego de mañana a su posada te llegues, que será cosa bien de tu provecho, a lo que, de mi oýdo, por lo bien que te quiero, dixe que alguna cosa contigo adelantada te enbiasse, lo qual fue tan cumplidamente como su generosa persona demanda, por tanto ves aquí diez escudos de presente que te embía, y largos[784] ofrecimientos de futuro si remedio en su fatiga pusieres, que a lo que yo ymagino es de amor; por tanto, mira qué me respondes, que cierto tú lo deves hazer, pues provecho no pequeño dello se te seguirá.

DOLOSINA. Aunque, hijo Escalión, ya tenía por mí de no ponerme en semejantes tratos, por rogármelo tú al presente, yo mudaré mi propósito concediendo en tu ruego; y a lo que dizes que por mí heziste, yo lo tengo en soberana gracia, y quedaré obligada a ser presta en todo lo que te cumplirá.

ESCALIÓN. Pues, señora, entre otras mercedes que de ti espero, es una, que hables por mí a Libina, esta donzella que aquí tienes, que cierto della estoy muy pagado, y si no recibiesse algún fabor sería puesto en toda congoxa.

[784] *largos*: *largo*: "grande, copioso y crecido" (D. A.).

DOLOSINA. Por que veas, hijo, lo que te amo, yo haré por ti lo que por mi padre fuera escusado, por tanto reposa un poco, que yo te tornaré alegre, por que sientas qué es hazer plazer a la madre Dolosina, que lo sabe muy bien pagar con el doblo[785]. ¿Hija Libina?

LIBINA. ¿Qué es lo que mandas, señora?

DOLOSINA. Quiero de ti tanta gracia que hables a este señor y le quieras, que en ello no perderás cosa.

LIBINA. Por mi salud, madre señora, que en otra cosa puedes mandar, que esso es bien escusado.

ESCALIÓN. Haz, señora Libina, lo que la madre te ruega, que por los temidos barbotes de Plutón, de te servir bien y lealmente[786], fuera de lo que tu valor vale, porque he sabido que eres quitada de semejantes tratos.

LIBINA. Gentil hombre, poca necessidad tengo al presente de vuestros servicios, por tanto mudad vuestro propósito; y de vos, madre, estoy, y con razón, bien afrentada, que sabiendo mi condición me prováys con tales palabras.

DOLOSINA. Ea, hija, haz lo que te digo, que yo fiadora que dello no quedes pesante.

LIBINA. Por mi vida, madre, que es en vano. ¡Cómo! ¿Y assí avía de poner mácula en mi fama? Jesú, tal no me mandéys, que moriré de pesar.

ESCALIÓN. Madre, assí Dios te dé buena postrimería, que no

[785] *doblo*: "Otro tanto mas" (D. A.).

[786] *de te servir bien y lealmente*: "el verbo se suele elidir en los juramentos" (*Segunda Celestina*, pág.125, n.9).

cesen tus palabras en mi favor, y toma la capa mía, porque mientra más se escusa, más su amor me abrasa.

LIBINA. ¿Qué te dize esse señor de secreto? Que, por mi fe, su pensamiento es en vano.

DOLOSINA. Dízeme que se tiene por bienaventurado en tener tales pensamientos, que al fin piensa que tu crueldad será contra él amansada[787].

LIBINA. Sí, sí, sí; dichoso él, como cera de todos sanctos, no se vaya de por esse camino; espéreme en pie, que yo le asseguro que de tal pecado no lo acusen.

DOLOSINA. Bien veo yo, hija Libina, ser esto cosa fuera de tu condición; mas as de mirar que te lo ruego yo, que algún día me avrás menester, que aunque te sea cuesta arriba, bien avrás oýdo que mano besa hombre que la quirrié ver cortada[788], quanto más que yo conozco de ti que no querrías que lo fuesse la suya.

LIBINA. Por mi vida, madre, que no estás en lo cierto, que si no mirasse a no darte a ti enojo, ya de aquí me avría partido por no oýr tales razones.

DOLOSINA. Pues por mi salud, que aunque más sancta te muestres,

[787] Imitación de la obra de Fernando de Rojas: en *La Celestina* (págs.378–379) ante la esquivez de Areúsa Pármeno ofrece a Celestina el presunto tesoro de su padre para que ésta hable a su favor; cuando Areúsa pregunta a la alcahueta por lo que Pármeno le ha dicho en voz baja, Celestina lo despacha con una mentira.

[788] *mano besa hombre que la quirrié ver cortada*: variante del refrán "Manos besa hombre que querría verlas cortadas; o quemadas" (Correas); "Proverbio: 'Manos beso, que querría ver cortadas', dízese de los que hazen muchos cumplimientos con los que no les son muy gratos en lo interior" (Covarrubias); "MANOS BESA EL HOMBRE, QUE QUISIERA VER QUEMADAS. Refr. con que se dá a entender, que algunas veces es preciso cortejar y reverenciar à persóna, que por sus operaciones merecia lo contrário" (D. A.); otra variante de este refrán: "Mano besa hombre que la querría ver corta" (D. R.).

que has de recebir de nosotros fuerça; alto, hijo Escalión, ven comigo, que yo la dexaré donde aya menester las manos.

LIBINA. ¡Ay madre! ¿Por qué me hazes tanto mal?

DOLOSINA. Por tu bien es, hija.

LIBINA. ¿Qué mucho ganar es hazer plazer a este gentil hombre?

DOLOSINA. Agora quiero, hijo, que delante de mí la abraces para ver dónde llega tu diestra.

LIBINA. Ya en braços de un toro de Xarama[789] le vea yo, que corre siete leguas tras una moxca.

DOLOSINA. Haz, hijo, lo que te digo.

LIBINA. No será él tan desmesurado.

DOLOSINA. ¿En mesuras me miráys[790]? Alto, que en esta cárcel aprisionados quedaréys, sin esperança de que hasta el alva quedéys libertados, que yo me llevo la llave.

ESCALIÓN. Madre señora, ten cuydado de mi negocio.

DOLOSINA. Sí, tendré, hijo; huelga, que siendo tiempo yo te llamaré.

ClAUDIA. Señora madre, ¿qué se hizo de Libina y Escalión?

[789] *un toro de Xarama*: Parece que el toro de Xarama es famoso por su braveza. En la *Thebaida* (pág.232) Galterio dice a Berintho: "¿Trabajo, señor? ¡Essas son misas! Y desde luego haz cuenta que están encerrados los más bravos toros que están en toda la ribera de Xarama".

[790] Se trata de la imitación de la provocación de Areúsa en *La Celestina* (pág.379) y la de Elicia en la *Segunda Celestina* (pág.494 y ss.). Desde luego, la resistencia de Libina se asemeja más a la de Areúsa que la de Elicia.

DOLOSINA. Sabe, hija, que allá los dexo encerrados en la pieça de los huéspedes.

LELIA. ¿Diote alguna cosa?

DOLOSINA. ¿Y qué me avía de dar, Lelia? ¿No soy más obligada a la amistad que tiene con mi marido Hetorino, que a interés alguno?

LELIA. No lo digo por que recibas pena, madre, sino que pensamos Claudia y yo, quando llamó a la puerta, que fuesse alguno de nuestros huéspedes, y cayó la suerte a Libina, que dello estava bien descuydada.

DOLOSINA. Andá, locas, ýos acostar, que vuestro San Martín os vendrá otro día[791].

LELIA. Ya vamos, madre, quédate a buenas noches.

CLAUDIA. Por tu fe, Lelia, que nos lleguemos callando al aposento donde sus mercedes[792] están; veamos las razones que entre sí passan, pues él es tan taymado y ella no peca de necia.

LELIA. En Dios y en mi conciencia que me lo quitaste de la boca, que, como dizen, si bevo, en la taverna, si no, huélgome en ella[793]; ya que

[791] *vuestro San Martín os vendrá otro día*: Se alude al refrán *A cada puerco le viene su San Martín*: "Castiga los que piensan que no les ha de venir su día, y llegar al pagadero. Por San Martín se matan los puercos, y de esto se toma la semejanza y conforma con el otro que dice: 'No hay plazo que no llegue'" (Correas). Con este refrán Dolosina pretende consolar a Claudia y a Lelia a fin de que tengan paciencia en la espera de su día de suerte para la ganancia. En la *Segunda Celestina* (pág.328) Celestina dice a Poncia: "Calla, hija, que a ti te verná tu Sant Martín otro día". En la *Thebaida* (pág.231) Galterio dice a Menedemo: "Para cada puerco hay su Sant Martín".

[792] *mercedes*: *merced*: "es una cortesía usada particularmente en España, como en Italia la señoría, que es común a qualquier hombre honrado, y entonces se dize derechamente de la palabra *meritum*, que por ser persona que merece ser honrada la llamamos merced" (Covarrubias). En este pasaje es irónico dicho tratamiento de cortesía, puesto que ni Escalión ni Libina son personas honradas.

[793] *si bevo... huélgome en ella*: refrán (Correas); Covarrubias presenta una variante de este refrán *Si no bevo en*

esta noche estamos vacantes, tomaremos un rato de passatiempo oyendo las bravosidades que entre sí tendrán[794].

CLAUDIA. Pues sea con mucho tiento, no sientan la celada que les tenemos puesta.

LELIA. ¿No le oyes, Claudia? ¿No le oyes al necio cómo se lamenta?

CLAUDIA. óyete, no lo sientan, que al cabo estoy.

ESCALIÓN. Por Dios, señora Libina, que no creyera que tan cruda avías de ser para quien tanto como yo te quiere, especialmente en lugar tan aparejado a batalla de amores, en que solos estamos; no, señora, por tu vida, no seas de tal condición, sino concede en mi voluntad, que yo te aseguro que no te pese después de avello hecho.

LIBINA. Donoso está, por mi vida, yo dígole que se vaya y él descalçóse las bragas[795]; mas dezid, hombre de bien, por vuestra fe, ¿qué servicios o qué dones he de vos recebido para concederos vuestro ruego? ¿Qué conocimiento de mí tenéys, que assí pensáys? Oy venido y cras

---

la taberna, huélgome en ella: "deve ser entretenimiento ver en la taberna unas monas tristes y otras alegres, ver cantar a unos y llorar a otros y todos con muy poca firmeza en los pies y gran modorra en la cabeça". En la *Segunda Celestina* (pág.394) Poncia dice a Celestina: "Déxame, madre, que como sean cosas de veras no me sufre el coraçón a tanto sosiego, que con estas higueras quiero passar un poco tiempo requebrándome con los higos; que, en fin, si no bevo en la taberna, huélgome en ella, quiero dezir que porque tienen el nombre de hombres me parecen mejor, y me huelgo más de conversar con ellos que con las granadas".

[794] En la *Segunda Celestina* (pág.494 y ss., y pág.508 y ss., respectivamente) Areúsa y Grajales también escuchan a escondidas la conversación entre Elicia y Barrada; en la *Tercera Celestina* (pág.309) Recuaxo igualmente sorprende la conversación erótica entre Areúsa y Brauonel.

[795] *Yo dígole... las bragas*: variante del refrán *Yo dígole que se vaya, y abájase las bragas*: "Se aplica al que responde con despropósitos o hace lo contrario de lo que se le ordena" (D. R.). En *La Celestina* (págs.481-482) Sempronio dice a Celestina: "Yo dígole que se vaya y abáxase las bragas; no ando por lo que piensas".

garrido[796]. Pues prométoos que no se haze la boda de hongos, sino de buenos florines redondos[797], o servicios, que en tanto los estimo, y por tanto os podés tener por dicho que de mí al presente no avréys más de lo avido.

ESCALIÓN. Señora, si miras la buena voluntad que desde que te vi te he tenido, a más me eres obligada.

LIBINA. Deso comeremos, por vida de mi agüelo; pues hágoos saber, hermano, que en más estimo un real de plata que quantas voluntades ay en el mundo, que no sé qué color tienen.

ESCALIÓN. Pues te muestras contra mí tan çahareña[798] y no quieres hazer lo que te digo, una cosa de ti quiero que no me sea negada, la qual es que de tu voluntad, con que al presente seré contento, me des una dozena de besos.

LIBINA. Xo que te estriego[799]; por mi vida, que le soltéys el freno y escopirá, o le asgáys de la barba y deziros ha mil gracias: axó, niño, dalde un tres, que dos merece; ya los diablos le besen, que no tienen mocos.

---

[796] oy venido y cras garrido: es un refrán que está "contra los que al primer passo de su fortúna se engrien y ensoberbecen" (D. A.); en la *Segunda Celestina* (pág.348) Celestina pregunta a sus vecinas: "¿No tengo de sentir que una vellaca me levante que tengo rufianes en mi casa, biviendo como Santa Catalina, y lazerando, y pasando hambre y sed para sostener mi honra, y que hoy venida y cras garrida?".

[797] *no se haze... florines redondos*: refrán (Correas); que da a entender que "las cosas magníficas no se pueden hacer sin tener mucho que gastar" (D. A.).

[798] *çahareña*: *çahareño*: "El pájaro esquivo y dificultoso de amansar. Al hombre esquivo y recatado, que huye de la gente, y se anda esquivando de todos, llamamos çahareño, por alusión al pájaro cuya calidad tenemos dicha" (Covarrubias).

[799] *Xo que te estriego*: Se alude al refrán *Jo, que te estriego, burra de mi suegro*: "aplícase a los que haziéndoles bien y tratando de su negocio propio, son mal sufridos y se sienten y se enojan del mesmo bien que les hazen" (Covarrubias). En *La Celestina* (pág.251) Celestina menciona un refrán parecido en el aparte: "¡Xo, que te estriego, asna coxa!". En la *Segunda Celestina* (pág.299) Poncia dice a Polandria: "Oxte mi asno, xo que te estrego, asna coxa".

LELIA. ¿Pasas por tal cosa, Claudia?

CLAUDIA. En verdad no lo creyera si ciento de a cavallo me traxeran por testigos; en Dios y en mi conciencia, mayor asno enalvardado que éste no se halle en toda Arcadia, aunque el pastor Argos[800] con sus cient ojos le fuera a buscar.

LELIA. Por mi salud, que tienes razón, que de verdad yo acá fuera en oýrlo tengo el mayor empacho del mundo.

CLAUDIA. Pues yo no, sino que parece que lo sueño, ca se ha oýdo éste es en toda la ciudad por muy valiente y desembuelto tenido; y verdaderamente dizen que adonde se piensa que ay tocinos no ay estacas[801], pues tan cobarde y atado al presente se muestra.

LELIA. Así es, hermana Claudia, el vulgo inconstante, que lo bueno en malo y lo malo en bueno suele mudar, dando a unos fama de sanctos y graves varones, y no siendo vero lo que dize el pandero[802], tienen en su pecho una hedionda piscina encubierta; y por el contrario, otros, por ypócritas y malos tenidos, tienen su tribunal y asiento por electos en la

[800] *Argos*: Pastor de Arcadia, dotado de cien ojos, a quien, según el mito, Juno le confió la custodia de Ío, metamorfoseada en vaca, y a quien mató Mercurio por el mandato de Zeus para librar a Ío (E. U. I.).

[801] *adonde se piensa... estacas*: refrán (D. R.); variante del refrán *Adonde pensáis hallar tocinos, no hay estacas*: "Refr. que significa lo engañoso de los juicios de los hombres, y principalmente en punto de las riquezas y bienes de otros, à quienes consideran mui ricos y hacendados, que haciendo averiguacion de lo que en la realidad tienen, se halla que la fama no corresponde à lo que publicamente se assienta por cierto. Hace alusion à lo que sucede de ordinario en las Aldéas y Lugáres, que cuelgan los tocinos de unas estácas hincadas en las paredes" (D. A.). En la *Thebaida* (pág.235) Franquila dice a Berintho: "muchas vezes donde piensas que hay tozinos, no hay estacas". En la *Florinea* (pág.93) Justina dice: "que quiças quando buscare tocinos, no hallara estacas".

[802] *no siendo vero lo que dize el pandero*: variante del refrán *No todo es vero lo que suena el pandero*: "Refr. que enseña, que no se crea ligeramente lo que se oye, especialmente al vulgo, que por lo común habla sin reflexion ni repáro" (D. A.). En la *Tercera Celestina* (pág.105) Sigeril dice a Corniel: "Veamos qué colores sacó y de qué y para quántos, para ver si es todo vero lo que dize el pandero".

eterna beatitud.

CLAUDIA. Clara y manifiesta verdad es éssa; mas calla un poco, veremos en qué paran los trages, qué responde Escalión a lo dicho.

ESCALIÓN. ¡O pesar del horrendo dragón[803] domado por el fuerte Belerofonte[804]! ¿Y cómo ya de ser verdad que con tus cruezas y desvíos has de dar la muerte al más temido varón de toda Europa? No será, sino que yo llame a la madre, que me dexe salir a tomar bengança de quantos delante se me pusieren, pues de quien me causó el enojo no conviene.

LIBINA. Ce, señor, por tu fe, no hagas tal cosa, sino llégate acá, dime si [h]a mucho que me conoces.

ESCALIÓN. ¡O Dios sea loado, que me dizes que a ti me llegue!

LIBINA. Por mi vida, que ya dello me pesa. Ce, señor, por vuestra vida, que os tengáys en vos, que no soy de las que pensáys[805].

ESCALIÓN. ¡O, qué blanco pecho que tienes, señora Libina! Juro por las que en la cara tengo, que mejor no le vi en toda mi vida, aunque

[803] *horrendo dragón*: Como se ve en la nota siguiente, lo que mató Belerofonte era en realidad la Quimera, monstruo con miembros de león, de dragón y de cabra.

[804] *Belerofonte*: Hijo de Neptuno, calumniado por la esposa del rey Preto, fue exhibido a la muerte para cumplir ciertas misiones difíciles, tales como matar a la quimera, tarea realizada gracias al caballo alado Pegaso, domado por Belerofonte (F. II. I.). Sobre la quimera que mató Belerofonte, narra así Ovidio en su *Ilíada* (ed. cit., pág.66): "ser de naturaleza no humana, sino divina, con cabeza de león, cola de dragón y cuerpo de cabra, que respiraba encendidas y horribles llamas"; al presentar el origen de la creación de la quimera, Covarrubias escribe algo parecido en torno a este animal: "Nombre griego... monte de Lycia, que echa de sí a tiempos llamaradas de fuego, y en lo más alto dél se crían leones; en sus faldas, por los muchos y buenos pastos, se apacientan cabras y sus rayzes y valles ay muchas serpientes. Esto dió ocasión a la fábula que finge ser la quimera un monstruo, que echa llamas de fuego por la boca y tiene cabeça y cuello de león, el vientre de cabra y la cola de dragón" (Covarrubias). En la obra de Alonso de Villegas ese monstruo es llamado *chimera*; véase *Comedia Selvagia*, I, 3, n.589.

[805] *no soy de las que pensáys*: Flerinardo ha empleado una expresión similar al principio de la obra; véase *Comedia Selvagia*, I, 1, n.427.

por mis pecados he visto muchos, pues la delicadez dél es de olvidar, sino que me parece tomar en las manos mantequillas de Guadalajara.

LIBINA. De verdad que con razón dize el proverbio, mete el gallo en el muladar, y saldrá eredero[806], o lo que más le conviene, al judío, dalde un palmo y toma quatro[807]. ¿Cómo, y tal ha de passar, gentil hombre? Teneos allá, que por los huessos de mi madre, que pudren, de dar vozes como una loca[808].

ESCALIÓN. Señora mía, pídote de gracia que me digas, si fueres servida, cómo de tu gentileza podré gozar, y toma de mí quanto quisieres[809], que de verdad te digo que me tienen tus amores muerto.

LIBINA. Ya no os moristes vos, marido, por falta de caperuzas, que siete tiníades en vuestra arca.

ESCALIÓN. ¡O pesar del mundo malo! ¿Y que esté yo raviando por tu causa, y tú diziéndome gracias? Por tu fe, no seas, señora, de tal condición, que me harás hazer una locura que llegue a orejas del turco[810].

[806] *mete el gallo... saldrá eredero*: variante del refrán *Mete el gallo en tu muladar, y saldrá heredero*: "'Se dice del que voluntariamente recibe a uno en su casa, el cual luego, por fuerza o maña, se hace dueno de ella'. De modo más general, puede aplicarse a quienes se toman confianzas excesivas" (D. R.).

[807] *al judío... toma quatro*: variante del refrán *Al judío dadle un palmo y tomará cuatro*: "Contra los que en vez de agradecer el favor recibido, molestan al que se lo ha dispensado con nuevas importunaciones" (D. R.). En *La Celestina* (pág.478) Sempronio dice a Celestina: "No digan por mí que dándome un palmo pido quatro". En el *Diálogo* (pág.65) Valdés dice a sus discípulos: "Al ruín dadle un palmo, y tomaráse quatro". En la *Tercera Celestina* (pág.100) Poncia pregunta a Penuncio: "¿Nunca oýste dezir, al ruyn danle vn palmo y tómase quatro?".

[808] *de dar vozes como una loca*: Para el juramento sin verbo, véase *Comedia Selvagia*, II, 4, n.786.

[809] *toma de mí quanto quisieres*: La exageración sin fundamento de Escalión sobre lo que puede ofrecer a Libina se parece a la de Calisto a Celestina.

[810] turco: En aquella época los turcos tienen fama de ser hábiles en armas. En la *Comedia de Sepúlveda* (pág.132) Natera dice a Parrado: "Si fuera a tirar una lança o a armar un justador, yo te prometo que el Turco no me hiziera ventaja con quanto tiene".

LIBINA. Agora, si tú por mí hazer quieres una cosa, yo concederé[811] en tu ruego; mas en otra manera será escusado.

ESCALIÓN. No tardes, pues, en me lo dezir, que, por el gorjal de Sant George[812], antes será hecho que dicho[813], y si es cosa de arrnas y tengo de castigar algún atrevido, a mí por un cabo, y a que tangan[814] por él por otro, puedes embiar.

LIBINA. No es lo que piensas[815], sino que me hagas aver onze varas de anascote[816] para un manto, y seda con que guarnecello, y serás luego sano; y no pienses que con otro hiziera esto, que cierto no es ansí, que si no mirase tu gentileza y que me tienes buen amor, por mi salud, fuera bien escusado, por ser yo persona tan quitada de semejantes tratos.

ESCALIÓN. ¡Válale el demonio a la coxita remilgada, y qué palabras suelta! Juro por mi verdad, que por ella se devió dezir: ¡pico de onze varas, y con qué guarnecelle[817]!

---

[811] *concederé*: en T *conre*.

[812] *Sant George*: "*sant* (con apócope de la *-o* final) es arcaísmo normal en *A. George*, con conservación de la *G-* inicial y del hiato *eo* es latinismo evidente. San Jorge, martirizado en el siglo IV, y a veces erróneamente identificado con un príncipe de Capadocia del mismo nombre, era famoso desde el siglo XII por haber matado al dragón (cfr. *Legenda aurea*), lo que le valía ser considerado como patrono de la caballería medieval" (*La Celestina*, pág.321, n.111); en dicha nota de Peter E. Russell podría haber una errata, esto es, *S. George* en vez de *A. George*.

[813] *antes será hecho que dicho*: Su uso es muy frecuente en el ciclo celestinesco: en *La Celestina* (pág.553) Centurio dice a Areúsa: "estas tales cosas, antes serán hechas que encomendadas"; en la *Segunda Celestina* (págs.117-118) Pandulfo dice a Sigeril: "mándeme poner las manos del rey abaxo, que por la Verónica de Roma, que primero sea hecho que mandado"; en *Lisandro y Roselia* (pág.65) Brumandilón dice a Lisandro: "si es para desafío, ó afrenta, ó matar alguno, antes será hecho que mandado"; en la *Policiana*, (pág.25) Orosia dice a Piçarro: "Essas cosas, amigo, antes seran hechas que mandadas".

[814] *tangan*: *tangar*: "fam. Engañar, estafar" (D. L. E.).

[815] *No es lo que piensas*: En la obra de Alonso de Villegas se repiten bastante expresiones parecidas; para más información, véase *Comedia Selvagia*, I, 1, n.427 y II, 4, n.805.

[816] *anascote*: "Espécie de tela, ò texído que se fabríca de lana, de que se hacen mantos y otras cosas" (D. A.).

[817] *pico de onze varas, y con qué guarnecelle*: *pico de once varas*: "Para decir que una es parlera" (Correas); *pico de onze varas, y con qué guarnecelle*: juego de palabras lleno de ironía, teniendo en cuenta que Libina

LIBINA. ¿Qué dizes entre dientes, señor? ¿Parécete caro? Pues dilo presto, que podrá ser, si te detienes, aver buelto el propósito.

ESCALIÓN. Digo, señora, que pudiéndome mandar un caso de honra, me afrentas en pedirme una nonada.

LIBINA. Con esso seré yo contenta.

ESCALIÓN. Pues ¿cómo será, que no lo tengo aquí?

LIBINA. Más días ay que longanizas[818]; tráelo tú, que luego serás pagado.

ESCALIÓN. Señora Libina, ves aquí quatro reales[819] para en señal, y yo te prometo, a fe de quien soy, de te los embiar mañana.

LIBINA. No querría que me burlasses.

ESCALIÓN. Bien parece que no me has contratado mucho, pues dubdas en mi palabra.

LIBINA. Agora, señor, muestra, que yo te fío; mas, por mi vida, que

acaba de pedir a Escalión "onze varas de anascote para un manto, y seda con que guarnecello".

[818] *Más días ay que longanizas*: refrán que "dízese de los que se comen lo que tienen con mucha priessa, sin mirar que ay mañana" (Covarrubias); obviamente Libina usa este refrán en sentido obsceno. En la *Segunda Celestina* es frecuente el uso de este refrán, por ejemplo, Celestina utiliza el mismo refrán para calmar la impaciencia de Grajales: "No te mates, que hazerse ha la saya, que más días hay que longanizas, que no es razón que la vea Barrada desnuda la primera vez" (pág.493). En la *Tercera Celestina* (pág.169) Elicia dice a Areúsa: "Sea ansí, que más ay días que longanizas". En *Lisandro y Roselia* (pág.217) Melisa dice a Roselia: "Señora, ¡hate de amanecer ahí? despacio lo tomas, acaba ya, que más hay dias que longanizas". En la *Thebaida* (pág.231) Galterio dice a Menedemo: "Oigamos lo que dize, que para en essotro, más hay días que longanizas". Se localiza este refrán también en la *Florinea* (pág.49)... No obstante, pese a las abundantes apariciones de dicho refrán en las obras citadas anteriormente, sólo se puede encontrar el sentido obsceno en algún ejemplo que figura en la *Segunda Celestina*, lo cual indica que Alonso de Villegas sigue de cerca a Feliciano de Silva al escribir este pasaje.

[819] En *Lisandro y Roselia* (pág.170) Oligides también da cuatro reales a su puta Drionea con la promesa de ofrecerle más dinero en adelante.

te sosiegues un poco, que la noche es larga.

ESCALIÓN. Assí es menester, señora, para quien a de caminar largo y dormir en ella[820].

CLAUDIA. ¿No ves, Lelia, lo que passa, y cómo a sabido Libina traer el agua a su molino[821] haziéndole creer del cielo cebolla[822] y que era una religiosa?

LELIA. Cierto es entendida, y ya se tiene quatro reales para el pico de la cañada.

CLAUDIA. Ansí me parece; mas si tuvieres por bien entrémonos en nuestro albergue, que ya tienen sus mercedes pausa, y lo de aquí adelante es más para gustallo de presencia que para oýrlo de lejos.

LELIA. Es bien acordado, sea luego.

CENA PRIMERA DEL TERCERO ACTO

En que estando Selvago en su aposento entendiendo con[823] la música, viene Escalión con la vieja a le hablar, a quien aviendo su mal declarado, y siendo por ella buen fin prometido, en señal de cumplida paga Selvago

[820] *Assí es menester... dormir en ella*: Alude al refrán "El día para el trabajo; la noche para el descanso" (Kleiser). En la *Tercera Celestina* (pág.81) Sigeril dice a Felides: "y es que ya todos sabemos que el que camina de día, le es conuenible dormir la noche; y por el consiguiente, el que de noche lo vsa, de día a de descansar".

[821] *traer el agua a su molino*: equivale a *llevar el agua a su molino*: "Se dice metaphoricamente del que solo trata de su interés y conveniéncias, y que no atiende mas que à su provecho" (D. A.).

[822] *haziéndole creer del cielo cebolla*: variante de "*Hazer del zielo zebolla*: 'kerer hazer kreer a otro inposibles, i ke son de otra manera las kosas' (Correas) "(*Segunda Celestina,* pág.377, n.5); aparte de la obra de Feliciano de Silva, se hallan también ejemplos semejantes en *Lisandro y Roselia* (pág.200) y en la *Thebaida* (pág.228).

[823] *entendiendo con*: *entenderse con alguno o con alguna cosa*: "Significa avenirse con ella, saberla manejar ù disponer para algun fin, ò para conseguir lo que se deséa" (D. A.).

le da cincuenta doblas[824] con que a su casa a lo poner por obra buelva. Introdúzense:

SELVAGO. RISDEÑO. ESCALIÓN. DOLOSINA.

[SELVAGO.] ¡Válame el poderoso Dios! ¿Qué será esto? ¿Por ventura no estava yo agora en el reyno de mi señora, lleno de su gracia y gozando de su soberana gloria? ¿Pues cómo me hallo en mi lecho? Sin duda que con algún fingido ensueño he sido engañado[825]; bien será me certifique de segunda persona. ¡Moços, moços!

RISDEÑO. ¿Qué mandas, señor?

SELVAGO. Dime, Risdeño, por tu fe, ¿dónde he yo estado esta noche?

RISDEÑO. El cuerpo, señor, a do se halla al presente, mas del alma no sé cosa.

SELVAGO. Pues dime, necio, biviendo yo, ¿pueden hazer divorcio entre sí?

RISDEÑO. No sé; pregúntaselo a Sant Augustín, que dize que el amador tiene su ánima en donde ama[826].

---

[824] *doblas*: *dobla*: "Monéda de oro antigua de España con diferentes precios y hechúras, cuyo principio, y el de por qué se llamaron assi, es dificil apurar, y puede ser se dixessen assi del *Duplo* Latino, ò porque al fabricarlas se les pudo dár doblado el valór de algunas otras que yá havía,

y de aqui derivarse el nombre" (D. A.).

[825] En el ciclo celestinesco hay otros dos ejemplos de este tipo de sueños, es decir, sueños que adelantan explícitamente, y no enigmáticamente como el sueño de Flerinardo, los acontecimientos futuros: por un lado, en *La Celestina* (pág.348) Calisto dice a Celestina que ha visto a Melibea en sus sueños; y, por otro lado, en *Lisandro y Roselia* (págs.205–207) Lisandro sueña su encuentro con Roselia.

[826] *el amador tiene su ánima en donde ama*: "Sant Agustin dice lo mesmo, que el alma más está donde ama que

SELVAGO. Agora verdaderamente creo que de cierto yo no soy Selvago, que en Ysabela está convertido y en ella bive[827]; mas yo soy su efigie y cuerpo, y assí no fue vano lo que poco ha entre sueños ymaginava; mas dime, ¿qué hora piensas que sea?

RISDEÑO. Después de la salida de la luminaria en quantidad mayor del firmamento, puede dos vezes el cinocéfalo[828] aver urinado.

SELVAGO. ¿Qué as dicho? Que no te he bien entendido.

RISDEÑO. ¡Cómo, señor ! ¿No sabes la propiedad del cinocéfalo, que tiene aparencia de mona?

SELVAGO. No, mas di quál es.

RISDEÑO. De urinar de ora en ora tan por nivel, que sobrepuja al más concertado relox que ser pueda, por obrar en él naturaleza, y por esto aviendo urinado, como dixe, dos vezes después de la venida del sol, que es la mayor lumbre del cielo, por causa que es ciento[829] y veynte y cinco vezes mayor que la tierra, serán las seys del día.

SELVAGO. Gracioso estás con tus poesías a mí[830], que estoy la soga

donde da vida" (*Lisandro y Roselia*, pág.279).

[827] *yo no soy Selvago, que en Ysabela está convertido y en ella bive*: estas declaraciones de Selvago recuerdan las de Calisto: "Yo melibeo soy y a Melibea adoro y en Melibea creo y a Melibea amo" (*La Celestina*, pág.220).

[828] *cinocéfalo*: "Mamífero cuadrumano que se cría en África, de unos siete decímetros de largo, con cabeza redonda, hocico semejante al del perro dogo, cara rodeada de vello blanquecino, manos negras, lomo pardo verdoso, y gris el resto del cuerpo, cola larga y callosidades isquiáticas" (D. L. E.).

[829] *ciento*: en T *cierto*.

[830] *Gracioso estás con tus poesías a mí*: Se trata de un tópico renacentista. Por ejemplo, en *La Celestina* (pág.398) Sempronio comenta así el tópico del anochecer mitológico empleado por Calisto: "Dexa, señor, essos rodeos; dexa essas poesías, que no es fabla conveniente la que a todos no es común, la que todos no participan, la que pocos entienden"; y, según Consolación Baranda, en la *Segunda Celestina* "se multiplican las reconvenciones de este tipo y las críticas de los criados tienen su contrapartida en la conciencia de superioridad

a la garganta[831]; dame aquel laúd y salte a la puerta de la sala, y si vieres a Flerinardo, o a otro de su parte, entrarás a me lo dezir luego.

RISDEÑO. Señor, assí lo haré. ¡O santo Dios, y qué soberana gracia tiene este hombre en quanto mano pone, y cómo constriñe el instrumento que en sus manos tiene a que de su pena y dolor sea participante! De cierto que si el famoso Orfeo[832] y el dulce Arión[833] con el estimado Anfión al presente fueran bivos, con ser los más excelentes músicos que la antigüedad tiene en memoria[834], en ninguna manera con esto se podían ygualar, que de verdad mi sentido tiene elevado en oýr los altos y baxos, cercas y lexos de las sonoras cuerdas, ordenando a sus tiempos con suave melodía unos pequeños descuydos[835] que, con mayor cuydado, los ánimos de los circunstantes en ella eleva. Ya me parece que su boz haze muestras de querer, con su alta armonía, las fantasías y diferencias del instrumento matizar; que, según otras vezes he visto, no menos las apazibles gargantas, los delicados sonidos de la boz mostraran bien gustosas, que los ligeros dedos, los confusos redobles con suave dulçura han ordenado; mas ¿quién es esta fantasma o estantigua que con Escalión viene? ¿Por ventura el fuerte Eneas[836] en él convertido, con la anciana Sibila, quieren en los

de los señores" (*Segunda Celestina*, pág.69). Véase también *Lisandro y Roselia*, págs.206–207, *Policiana*, pág.19 y, en especial, *Thebaida*, pág.LVI, págs.28–29, pág.47 y pág.218. Normalmente es el criado el que emplea esta expresión, pero en la *Comedia Selvagia* dicha expresión es puesta en boca de un señor.

[831] *la soga a la garganta*: una expresión similar ya ha sido puesta en boca de Flerinardo anteriormente; véase *Comedia Selvagia*, I, 1, n.440.

[832] *Orfeo*: "es tópico hiperbolizar las cualidades de un músico relacionándolo con Orfeo" (*Segunda Celestina*, pág.226, n.16).

[833] *Arión*: en T *Orion*.

[834] El hecho de mencionar a Orfeo, Arión y Anfión como los mejores músicos de la historia en lugar de Adriano, Anfión y Orfeo indica que en este pasaje Alonso de Villegas no quiere imitar a Fernando de Rojas (*La Celestina*, págs.322–323) sino a Ovidio (*Arte de amar*, pág.441).

[835] *descuydos*: Véase *Comedia Selvagia*, IV, 4, n.1063.

[836] *Eneas*: Héroe troyano que se destacaba sobre todo por sus viajes con destino a Roma tras la destrucción de Troya; en Cumas, acompañado por la vieja sacerdotisa de Apolo Sibila, descendió al infierno, según la leyenda

infiernos, donde Selvago pena, entrar la segunda vez? Pues ténganse por dicho que no han de passar tan livianamente como piensan en mi barca, pues el ramo de oro no les fue concedido[837].

ESCALIÓN. Amigo Risdeño, estés en buena hora. ¿Qué haze tu señor Selvago?

RISDEÑO. Señor Escalión, vos seáys bien venido, y si en lo que mi señor entiende queréys saber, allegaos a la puerta de aquella sala y seréys en vuestra pregunta satisfecho.

ESCALIÓN. Dime, por tu fe, ¿es él el que tañe?

RISDEÑO. No otro.

ESCALIÓN. Por tu vejez, madre, que gozemos un poco de la música, que tiempo nos queda, pues no es ella de perder.

DOLOSINA. Sea, hijo, como quieres, que, por mi verdad, el sentido me tiene allá robado, que, mal pecado, como la armonía y dulçura de la música representa y sabe a la celestial gloria, y yo, en lo último de mi vida esté, no puedo hazer menos de poner mi juyzio por algún tanto en lo que tan presto para siempre tiene de gozar.

ESCALIÓN. Assí quiera Dios, madre, y que allá todos nos veamos.

DOLOSINA. Harto, hijo, es de pusilánimo[838] y miserable el que piensa de no verse allá y tiene en ello muerta su esperança; mas callemos

más difundida, es decir, el poema de Virgilio (E. U. I.). Por la similitud de la situación, Risdeño compara a Eneas con Escalión y a la vieja Sibila de Cumas con Dolosina.

[837] Risdeño se está comparando con Carón, el barquero del infierno. Véase *Comedia Selvagia*, III, 2, n.898.

[838] *pusilánimo*: "cobarde" (Covarrubias).

algún tanto, y del todo de la música podremos gozar, que comiença nueva y alta materia[839].

SELVAGO. A los montes de Parnaso[840],
a caça va mi Cuydado,
vestido de ropas verdes[841]
que la esperança le ha dado;
de canes, que son Servicios,
viene todo rodeado,
los monteros Pensamientos
vienen cerca de su lado.
En una cueva metida,
lugar solo y apartado,
descubierto han una cierva[842],
tras ella todos han dado;
las cornetas de gemidos
fuertemente han resonado,
el Cuydado y un montero[843]
los primeros han llegado;
la cierva, sin tener miedo,
muy constante se ha mostrado,

[839] En la *Thebaida* (págs.53–65) Franquila tampoco quiere entrar en el cuarto de Berintho y prefiere quedarse fuera con los criados de éste porque no desea interrumpir la recitación del romance glosado del galán.

[840] *Parnaso*: "Monte celebrado de Apolo y las musas y por la fuente Helicona; cosa muy sabida y tratada de los poetas" (Covarrubias).

[841] *ropas verdes*: El color verde simboliza la esperanza, como se ve en el verso siguiente. En la *Cárcel de amor* (pág.80) el autor va a ver a Leriano con la carta de Laureola, acompañado de Esperanza, y dice que su seña es verde. Véase también *Tercera Celestina*, pág.109 y pág.113, y Ángel Valbuena Prat, *El teatro español en su Siglo de Oro*, ed. cit., pág.145.

[842] *cierva*: Uno de los animales consagrados a Apolo, dios de la luz, de la pureza y de la hermosura; la aparición de este animal en los montes del Parnaso evidencia la relación entre Apolo y su atributo (E. U. I.).

[843] *montero*: se refiere al *Pensamiento*.

los perros se parten della,
que tocalla no han osado,
porque, con sola su vista,
los [h]a muy mal espantado[844].
Ellos estando en aquesto,
un cavallero[845] a llegado,
armado de ricas armas,
con señales de morado[846];
en su mano trae blandiendo
un dardo bien afilado,
que, como al cuydado vido,
con sobervia le a hablado:
"Por tu muy gran osadía
de mí serás maltratado";
diziendo aquestas palabras
el venablo le a tirado,
por medio del coraçón
de parte a parte a passado;
no contento con aquesto,
a la cueva le a llevado,
échale fuertes prisiones,
do le dexa encarcelado[847].

[844] "El ciervo que en alguna distancia está parado y mirando los perros que le siguen, que parece esperarlos, sinifica (según Pierio) el que en medio de sus trabajos toma aliento para poder passar adelante, haziendo tiempo al tiempo" (Covarrubias).

[845] *cavallero*: Por las armas que lleva y por tener el corazón como blanco de su flechazo, se puede deducir que este caballero simboliza a Cupido, dios de amor.

[846] *morado*: Sobre lo que simboliza este color, véase *Comedia Selvagua*, I, 3, n.538.

[847] Este romance, de manera alegórica, presenta lo que ha sucedido desde el principio de la obra hasta ahora: Selvago, sin saber que se va a enamorar de Ysabela, se burla de Flerinardo poniéndose en contra de su amor,

DOLOSINA. Por mi salud, hijo mío, que me semeja que en la gloria de la melodía del ángel Sant Miguel he gozado, el tiempo que aquí con vosotros oyendo a Selvago he tenido.

ESCALIÓN. Por la cruel remembrança de Megera[848], madre, que tienes la mayor razón del mundo, mas, pues lo ha ya dexado, entremos si fueres servida.

RISDEÑO. Escalión, mira, una palabra al oýdo.

ESCALIÓN. Di lo que quisieres.

RISDEÑO. Quiero que me digas de qué cimenterio o soterraño[849] as sacado esta semejança de la suegra de Barrabás, que contigo viene.

ESCALIÓN. Calla en mal hora, no digas tal, que si lo sabe será gran daño, que ésta sola basta a dar la medicina más conveniente a la peligrosa enfermedad de tu señor.

RISDEÑO. Pues dime, ¿es, por ventura, el spíritu de Galeno, que fuyste por él al otro mundo para este negocio?

ESCALIÓN. Otra vez a doze[850], anda con nosotros, que presto

---

que en realidad es puro y benigno, y luego es herido y encarcelado por Cupido, quien lo castiga así debido a su atrevimiento. El motivo de que un caballero caza una cierva en un bosque precioso ya ha aparecido en el *Decamerón* de Boccaccio, y uno de sus cuentos puede haber contribuido a la composición de este romance. Pues en el Cuento VI de la Jornada IV (pág.239) Gabriotto cuenta su sueño a Andreuola: "Soñé que me hallaba en una selva deliciosa, por donde iba cazando, y había cogido una cierva tan espléndida como jamás vi, más blanca que la nieve". En fin, "The *prisión de amor* theme was a common one in medieval and Renaissance literature" (*Tercera Celestina*, pág.120, n.336).

[848] *Megera*: Una de las tres Furias; véase *Comedia Selvagia*, Ⅲ, 2, n.899.

[849] *soterraño*: "subterráneo" (D. A.).

[850] *a doze*: *echarlo a doce*: "desbarrar, enfadarse y meter à bulla alguna cosa, para confundirla y que no se hable mas de ella" (D. A.), "es una frase tomada del mundo comercial 'vender todo a doce', indicando un precio inferior al real (J. L. Alonso Hernández, o. c.) y alborotar para que los posibles compradores se enteren de

sabrás de su venida y quién sea[851], y no burles de quien te puede dañar, que muy fácil, por su arte, puede saber lo que della dixiste.

RISDEÑO. Ya, ya, a fe de gentil hombre, que sé ya todo el caso, que tú deves aver sacado del cimenterio del Carmen el cuerpo de Celestina[852], que este día falleció, y como allí tan presto se consume y come la carne, no hallaste sino[853] los huessos que traes contigo; digo esto, si fue verdad que murió de la caýda del andamio de su casa[854], y no se estuvo, como la otra vez, escondida tras el artesa[855].

ESCALIÓN. Bien dizen que quien mucho habla pocas vezes acierta[856]; mas no sé qué de ti me piense, que assí quieres con tus pesadas

---

la gran oportunidad de compra" (*Comedia de Sepúlveda*, pág.184, n.265). En *Lisandro y Roselia* (pág.114) Celestina (Elicia) dice a Oligides: "Otra vez á doce".

[851] *anda con nosotros... quién sea*: En *La Celestina* (pág.330) Celestina dice a Sempronio: "Sempronio amigo, ni yo me podría parar, ni el lugar es aparejado. [Vente] comigo. Delante de Calisto oyrás maravillas; que será desflorar mi embaxada comunicándola con muchos. De mi boca quiero que sepas lo que se ha hecho". En la *Tercera Celestina* (pág.311) Sigeril va a casa de Celestina para preguntarle lo que ha negociado con Paltrana, pero la alcahueta no se lo piensa decir porque quiere obtener más ganancias. En *Lisandro y Roselia* (pág.113) Celestina (Elicia) tampoco quiere decirle nada de lo negociado a Oligides.

[852] *tú deves... el cuerpo de Celestina*: Según Sancho de Muñón, la alcahueta rojana tiene su sepultura en San Laurencio (*Lisandro y Roselia*, pág.35). Para desautorizar al autor de la *Tragicomedia de Lisandro y Roselia*, Alonso de Villegas corrige tal información, ofrecida por Sancho de Muñón, proponiendo el Cementerio del Carmen como la ubicación de la sepultura de Celestina. Este pasaje demuestra que Alonso de Villegas tiene la intención de resucitar espiritualmente a la Celestina rojana.

[853] *sino*: en T *si*.

[854] *murió de la caýda del andamio de su casa*: En la *Tercera Celestina* la alcahueta pierde la vida debido a la caída de los corredores; véase *Comedia Selvagia*, Introducción, n.57.

[855] Ningún continuador de *La Celestina*, anterior a Alonso de Villegas, ha mencionado la ocultación de Celestina detrás de una artesa para evitar la muerte. Obviamente es una invención más del autor de la *Comedia Selvagia*. En otras palabras, lo que hace Alonso de Villegas es crear un pasaje nuevo, pero verosímil, en el ciclo celestinesco. Según indica Luis Mariano Esteban Martín, Sancho de Muñón ha hecho algo similar en su *Tragicomedia de Lisandro y Roselia*, esto es, Celestina (Elicia) cuenta a Drionea cómo fue sorprendida por Sempronio cuando estaba con el confesor de su tía, lo cual es un episodio inventado por el propio Sancho de Muñón (véase "Huellas de *Celestina* en la *Tragicomedia de Lisandro y Roselia*, de Sancho de Muñón", pág.24). Véase también *Comedia Selvagia*, Introducción, n.58.

[856] *quien mucho habla pocas vezes acierta*: variante del refrán *Quien mucho habla mucho yerra*: "las pocas palabras aprovechan mucho al hombre: pues tiene menos ocasiones de errar y ser conocido" (D. A.).

palabras en son de gran poder a tu señor quitarle el remedio que le viene. Por tanto, yo te ruego que tus palabras cesen y vayas a dezir a Selvago cómo estamos aquí.

RISDEÑO. Agora, que yo yré, no tomes passión con lo que burlando se dize. ¡Señor, señor! Escalión, el criado de Flerinardo, y una dueña, están allí fuera, que te quieren hablar, si les das licencia.

SELVAGO. Di que entren, mal mirado, que yo dello primero te avisé.

DOLOSINA. ¡O mi hijo y buen señor! Vos estéys muy en buen hora, en buena fe; mas dezidme, yo os ruego, ¿qué enfermedad es la vuestra, que a tal hora tenéys el aposento de los tales por morada?

SELVAGO. Madre mía, tu venida sea para mí tan buena como la de Judic[857] con la cabeça de Olofernes a los afligidos ciudadanos; pídote que me perdones si no te fago el acatamiento a tu persona devido, pues mi poca salud es en ello la causa[858].

[857] *Judic*: "Latin *Jûdîth*. But *Judic* was current before and in the author's time... This sporadic change of *t* into *c* might be compared with *acrás* for *atrás*... and *concrastando* for *contrastando*" (*Propalladia*, pág.606, n.197); según la *Biblia*, la joven viuda Judit se valió de su ingenio para librar su ciudad Betulia del sitio de Holofernes con cuya cabeza regresó triunfalmente a casa (E. U. I.).

[858] *pídote que... la causa*: El acatamiento referido por Selvago es besar las manos de Dolosina. Como Selvago sabe perfectamente quién es Dolosina, no cree oportuno hacerle dicho acatamiento a pesar de estar dispuesto a someterse a su dominio para poder conseguir el amor de Ysabela, y se disculpa por la indisposición del cuerpo, que es más una buena escusa que una pura verdad. En la obra de Fernando de Rojas Calisto tiene un comportamiento parecido (véase *La Celestina*, pág.251, n.193). En la *Segunda Celestina* (pág.332) Felides se da cuenta de que Celestina está disgustada porque él no le besa las manos y lo hace en contra de su voluntad. En la *Tercera Celestina* (pág.109) Sigeril dice a Felides: "O mi señor, yo te beso las manos por la merced tan crescida". En la *Policiana* (pág.32) Siluanico muestra la misma cortesía a Claudina: "Beso te las manos, madre señora". En sus *Epístolas familiares* (ed. cit., II, 3, págs.51−52) Antonio de Guevara critica esta fórmula salutatoria. Para más información sobre este fenómeno social, véase también *Tercera Celestina*, pág.109, n.258, y *Silva*, t.I, pág.337, n.15.

DOLOSINA. ¿Y qué dolencia es la vuestra, hijo? Que, por mi salud, según de vuestro rostro concibo, no puede faltar sino que de regalo sea.

SELVAGO. Mi señora, sabe que para en esso fuyste llamada; por tanto, siéntate, reposa un poco, que toda mi fatiga te será descubierta, donde, si en ti en alguna manera remedio se hallase, no sólo a un enfermo darás la vida, que es asaz buena obra, mas aun mi persona y bienes en tu poder serán puestos, quedándote aun con esto en muy grande deuda.

DOLOSINA. Pues, señor, no ceses en me lo dezir, que si hiziere al caso, aunque mi poder sea poco, sólo por lo que tu persona merece, junto con la vida en tu servicio sacrificaré.

SELVAGO. ¡O madre mía, y como me eres agradable! Cierto si por obra cumples lo que de palabra has professado, con mi vida no te podré gratificar; por tanto, has de saber que mi vida sin ella se vee por ser del todo muerta y de si apartada y en ageno poderío crudamente captiva, lo que en la vista de Ysabela, hija de Polibio, en un instante de tiempo se ordenó.

DOLOSINA. Al cabo estoy, señor; a buen entendedor pocas palabras[859].

SELVAGO. Pues, madre, ¿qué coniecturas tienes en esto? ¿Parécete grande la dolencia, o carece de remedio?

---

[859] *a buen entendedor pocas palabras*: "Refr. que explíca que el que es capáz y avisado facilmente entiende lo que se le quiere decir" (D. A.). En la *Segunda Celestina* el empleo de este refrán es frecuentísimo, por ejemplo, Celestina dice a Zenara: "Tú me tienes entendida, y a buen entendedor pocas palabras" (pág.167); y en la misma obra Pandulfo dice a Felides: "Y a buen entendedor, pocas palabras; y no me tengas, señor, por bovo, que yo te entiendo y tú me entiendes" (pág.338). En la *Florinea* (pág.52) Marcelia emplea una variante de dicho refrán: "A buen entendedor poca platica". Se registra también la presencia del citado refrán en la *Tercera Celestina*, pág.81 y pág.284, en *Lisandro y Roselia*, pág.126, en la *Thebaida*, pág.18 y pág.242, y en la *Comedia de Sepúlveda*, pág.143.

DOLOSINA. De ser grande no pongo duda, mas sábete que para todo ay remedio, sino para la muerte[860].

SELVAGO. Pues ¿cómo piensas hazer esta caridad?

DOLOSINA. Yo te diré: tú tienes pujamiento de sangre, por tanto paréceme que alguna sangría[861] será necessaria.

SELVAGO. ¿Quieres dezir, madre, que dineros lo pueden hazer todo?

DOLOSINA. Parece que me viste el juego.

SELVAGO. ¿Pues será menester otra cosa?

DOLOSINA. Sí, tres en número.

SELVAGO. ¿Quáles son?

DOLOSINA. Las que el Gran Capitán[862] al arçobispo moçárabe[863] señaló, quando la guerra de Orán ordenava.

SELVAGO. Di, pues, ¿qué fue lo primero?

DOLOSINA. Dineros.

---

[860] *para todo... para la muerte*: refrán (Correas); variante del refrán *A todo hay remedio, sino a la muerte*: "Se dice como consuelo al que ha sufrido algún contratiempo o desgracia" (D. R.). Se puede encontrar dicho refrán también en la *Tercera Celestina*, pág.86, en *Lisandro y Roselia*, pág.6, y en la *Comedia Cornelia* (*Las tres comedias de Juan Timoneda*), ed. cit., pág.70.

[861] *sangría*: Aquí se juega el doble sentido de *sangría*: "Incisión de la vena, para que se evaque la sangre" (D. A.) y "En la Germanía significa la rasgadúra, que hace el ladrón para sacar el dinero" (D. A.). En la *Segunda Celestina* (pág.538) aparece también la palabra *sangría* en boca de Montón D'Oro, pero tiene otro significado, esto es, tal como señala Consolación Baranda en la nota 10 que viene en la misma página, allí *sangría* quiere decir *vino*.

[862] *Gran Capitán*: Pedro Navarro; junto con el arzobispo de Toledo Francisco Jiménez de Cisneros, participó en la guerra de Orán que tuvo lugar en la primavera de 1509 (E. U. I.).

[863] *arçobispo moçárabe*: podría ser Francisco Jiménez de Cisneros; véase la nota anterior.

SELVAGO. ¿Lo segundo?

DOLOSINA. Dineros.

SELVAGO. Bien te entiendo; di qué fue otra cosa.

DOLOSINA. Dineros.

SELVAGO. Pues quanto en esso no se perderá cosa, que hartos dineros ay.

DOLOSINA. Pues tuya es Ysabela.

SELVAGO. Mira lo que dizes.

DOLOSINA. No creas que la vejez caduca el sentido me aya robado, como las otras exteriores potencias, que de cierto no es assí, pues ella y la necessidad en gran manera le han limado y polido[864], a que fácilmente, por coniecturas en el principio, los fines ciertos y verdaderos inquira; por tanto callen barbas y hablen cartas[865], que es lo que más haze al caso, y verás quién es la vieja Dolosina, y cómo sus promesas no son falsas.

SELVAGO. Risdeño, toma esta llave y sácame un portacartas que verás en aquel cofre.

RISDEÑO. Señor, vesle aquí.

SELVAGO. Madre mía, toma estas cinquenta doblas[866] en señal de

---

[864] *la necesidad... limado y polido*: Expresión que recuerda el refrán "La necesidad hace maestros" (Correas).

[865] *callen barbas y hablen cartas*: refrán (D. R.); variante del refrán *Hablen cartas y callen barbas*: "enséña ser ocioso gastar palabras quando por instrumentos fidedignos consta la que se dice: porque mas crédito se debe dár à lo escrito, que à lo hablado" (D. A.).

[866] *doblas*: *dobla*: "Monéda de oro antigua de España con diferentes precios y hechúras, cuyo principio, y el de

que lo restante es tuyo, si verdaderas fueren en todo tus palabras.

DOLOSINA. Téngotelo en merced, señor, éstas, con las diez que ayer con Escalión me embiaste, que en el hazer de las mercedes has mirado el mucho valor de quien las da, y no el poco merecimiento de a quien se conceden.

SELVAGO. Madre señora, mucho vales, y a más te soy obligado por tus agradables promesas.

DOLOSINA. Agora, mi buen señor, yo me quiero partir para con más brevedad concluyr el negocio.

SELVAGO. Madre mía, merced recebiré, que si en su presencia te vieres y te hiziere al caso, esta letra le des de mi parte.

DOLOSINA. Mi buen señor, yo lo cumpliré bien, aunque poco haze al caso; mira si me mandas otra cosa.

SELVAGO. Qu'el ángel bueno te guíe en esta jornada; mira si tienes necessidad de alguno de mis criados que te acompañen hasta la posada.

DOLOSINA. No ay necessidad, señor, que quien me truxo tomará esse trabajo.

SELVAGO. Escalión, hermano, ruégote, si allá no fueres necessario, que des luego la buelta, que tengo de aver cierto negocio contigo.

ESCALIÓN. Yo cumpliré vuestro mandado, señor Selvago.

SELVAGO. Madre señora, al Criador de todas las cosas te

por qué se llamaron assi, es dificil apurar, y puede ser se dixessen assi del *Duplo* Latino, ò porque al fabricarlas se les pudo dár doblado el valór de algunas otras que yá había, y de aqui derivarse el nombre" (D. A.).

encomiendo.

DOLOSINA. Él quede, señor, en tu compañía; no tomes pena demasiada, ten buena esperança en el sucesso, que en manos está el pandero que le sabrá tañer[867].

SELVAGO. Con essa esperança sustentaré la vida.

CENA SEGUNDA DEL TERCERO ACTO

En que Escalión, por la promesa que a Libina hizo, no osa entrar en casa de la vieja y despídese. La vieja pide cuenta a su criada Lelia de los negociantes que han venido. Después desto, haze un conjuro sobre la carta de Selvago, y con ella para casa de Polibio se parte. Introdúzense:

ESCALIÓN. DOLOSINA. LELIA.

[ESCALIÓN.] Señora Dolosina, ¿sabe que me parece que por ti a cantado el cuclillo[868], que vas cargada de oro como abeja a la colmena?

[867] en manos está... sabrá tañer: refrán (D. R.); variante del refrán *En manos está el pandero que le sabrá bien tocar*: "se puede fiar algun negocio ù otra cosa de alguna persóna, por la seguridad que se tiene de su habilidad y capacidad, y que se conseguirá con todo acierto" (D. A.). En *La Celestina* (pág.445) dice Sempronio a Calisto: "pues está en manos el pandero, que lo sabrá bien tañer"; en la *Segunda Celestina* (pág.403) Celestina dice a Polandria: "Pues asegúrate, asegura, que en manos está el pandero que la sabrá bien tañer"; hay más ejemplos en la *Tercera Celestina*, pág.157 y pág.264, y en *Lisandro y Roselia*, pág.47.

[868] *por ti a cantado el cuclillo*: variante del refrán *Por vos cantó el cuclillo*: "esto se dize quando de la diferencia de dos resulta provecho a algún tercero. Y dizen aver traído origen de que dos amigos, aviendo salido al campo, oyeron cantar un cuclillo, ave de mal agüero para los casados zelosos y necios; persuadidos a que por alguno de los dos avía cantado, vinieron al lugar y pusieron por juez otro amigo de ambos, y sobornáronle cada uno por su parte de secreto, y tomando tiempo para sentenciar la causa. Otro día, estando juntos les hizo una plática muy discreta, afeándoles la causa y su liviandad en creer en agüeros vanos, y llegando al fallo, dixo que el cuclillo no avía cantado por ninguno de los dos sino por él, y en provecho suyo, porque le avían regalado muy bien, y assí la tomava a su cuenta y tenía el canto del cuclillo por mejor que el del cisne quando quiere morir, con que se passó en chacota" (Covarrubias).

DOLOSINA. ¿No sabes, hijo, que del río a vezes cargado a vezes vazío? Mas hágote saber que con todo esso no alcanço para un orinal de plata.

ESCALIÓN. Agora, madre señora, esto aparte, sábete que no puedo entrar en tu casa; por tanto, como[869] llegue a la puerta, me darás licencia.

DOLOSINA. ¿Tienes algún arduo negocio, o qué es la causa?

ESCALIÓN. No, pese al mundo, sino que mandé anoche a Libina onze varas de anascote, y dile en señal quatro reales y quedó mi palabra obligada a que se las llevaría oy, y reniego de los tártaros si tengo más blanca que un podenco, ni rastro de donde al presente me venga.

DOLOSINA. Hijo Escalión, recio caso es no cumplir la palabra que se pone, especialmente un hombre como tú, de los quales es dicho, de la palabra, como el toro por el cuerno, se han de preciar[870]; y tú herraste en el prometer, pues posibilidad te faltava, mas aunque esto ansí sea, yo rogaré a Libina que te espere más tiempo, y ella lo hará por mi ruego y porque dizen que el deudor no se muera, que la deuda sana queda[871]; mas mira que te aviso que no me hagas caer en vergüença con ella, si esperándote por mí después la burlares, que yo, como dizen, seré tenida a lo pagar, y no es razón, pues de mí recibes la buena obra.

---

[869] *como*: "con valor temporal. Keniston 28.56" (*Segunda Celestina*, pág.195, n.20). Hay más casos así a lo largo de la obra de Alonso de Villegas.

[870] *un hombre como tú... se han de preciar*: En la *Tercera Celestina* (pág.141) Poncia dice a Polandria: "Dite mi palabra de callar, y por esso si la vida me fuera en ello, no la auía de quebrantar, que el vulgo dize: El buey por el cuerno, y el hombre por la palabra"; y, en otro pasaje (pág.246), Albacín dice a Elicia: "Esso será entre los ceuiles, que aueriguado es morir el hombre por la palabra y el buey por el cuerno".

[871] *el deudor... sana queda*: variante del refrán *El deudor no muera, que la deuda en pie se queda*: "mientras vive el deudór tiene el acreedór esperanza de cobrar" (D. A.). En la *Policiana* (pág.51) Libertina dice a Claudina: "Sí, madre, que por esso dizen que el deudor no se muera".

ESCALIÓN. ¡Valga el demonio la vieja enredadera! ¿Y fuera mucho que me escusara con la otra, pues oy tal lanze a mi causa a echado? Sino que piensa que diziendo que me espere aun me pone en gran cargo; pues no las ayude Dios más, que ellas de mí lo lleven si del Perú no me viene, que, por el sacrílego robo de Elena, treynta saltos dé sin que se me cayga blanca[872], y de pelado regateasse la soga, como dizen.

DOLOSINA. ¿Qué dizes, Escalión? ¿Viénesme por ventura royendo las faldas[873]? No lo deves hazer, que de cierto no es pequeña la buena voluntad que yo te tengo, y si tienes alguna necessidad, dilo luego, no ayas vergüença, que quien no habla no le oye Dios[874].

ESCALIÓN. No digo, madre, sino que reniego de los trasuntos de Belzebú, porque a tal tiempo me vino esta necessidad con que mi palabra ha de venir a menos.

DOLOSINA. Agora, hijo, confía en Dios que todo se hará bien; mas ves aquí mi possada, mira si quieres entrar.

ESCALIÓN. Tornarme quiero, pesar de quien me parió, que ya no osaré parecer donde gentes uviere; quédate a Dios, madre, que yo pienso de hazer algún hecho que sea sonado[875], que de dos males el mayor se ha

[872] *treynta saltos dé... cayga blanca*: En *La Celestina* (pág.553) Centurio dice a Areúsa: "que tres saltos daré sin que me cayga blanca"; en la *Segunda Celestina* (pág.377) Elicia habla de Albacín con Areúsa: "aunque dé tres saltos no se le caerá una blanca" Es decir, lo que hace Alonso de Villegas es hiperbolizar la pobreza de Escalión aumentando la cifra utilizada por sus modelos.

[873] *royendo las faldas*: Significa a la vez *ir detrás* y *murmurar*. En *La Celestina* (pág.332) Celestina pregunta a Sempronio: "¿Con quién hablas? ¿Viénesme royendo las haldas?".

[874] *quien no habla no le oye Dios*: "Reprende la cortedad de aquellos que, por no atreverse a explicar sus solicitudes, las malogran" (D. R.).

[875] *hazer algún hecho que sea sonado*: quiere decir *hacer una que sea sonada*: "Promover un escándalo, dar que hablar" (D. L. E.). En la *Segunda Celestina* (pág.518) Centurio dice: "Yo renegaré déstas, si no hago un hecho que sea sonado y castigo para ellos". En la *Tercera Celestina* (pág.131) Pandulfo dice a Quincia: "si por loco no tuuieran, ya vuiera hecho oy a la señora vn juego que fuera sonado". En *Lisandro y Roselia* Brumandilón

de evitar, que es que no se quiebre mi palabra.

DOLOSINA. El Ángel bueno te acompañe, hijo. Ta, ta, ta.

LELIA. ¿Quién llama allá fuera?

DOLOSINA. Abre, Lelia, que yo soy.

LELIA. Madre, enhorabuena vengas.

DOLOSINA. Dime, Lelia, ¿qué hazen esas mochachas?

LELIA. Sube y vellas has echadas, que aun agora duermen el sueño de la salud.

DOLOSINA. Bien me parece que otro a de ganar lo que ellas han de comer, mas passe, que agora tienen tiempo; dime, ¿a venido alguien a buscarme?

LELIA. De parte del tiniente, a quien llevaste la moça antes de ayer, te embiaron dos pares de perdizes con muchos perdones a bueltas.

DOLOSINA. Dios le dé de sus bienes, que sabrosas serán por ser de las rentas de Dios escotadas.

LELIA. El mercader de Claudia vino luego como que tú te fuyste, y a estado con ella y se ha ydo.

DOLOSINA. ¿Qué truxo?

LELIA. Una saya naranjada, que cantusó[876] a su esposa, para

---

utiliza esta expresión en dos ocasiones: "Por agora, por mejor tuve retraerme que no hacer un hecho sonado, por donde la ciudad se alterase y viniese á oidos del Rey" (pág.63) y "¿Qué es de la vieja ruin, que no creo en tal, si no hago con ella un hecho hazañoso que sonado sea?" (pág.81).

[876] *cantusó*: *cantusar*: "ant. **engatusar**" (D. L. E.).

Claudia, y un manto razonable guarnecido, para ti.

DOLOSINA. Andar, agua vertida, no toda cogida[877]; de quien no nos deve nada buenos son cinco dineros; dime si a venido otrie[878].

LELIA. La desposada que tiene el joyel empeñado en los dos ducados vino muy axustada, por causa de estar oy combidada en casa de su esposo, y por no estar tú aquí uve yo de ser el çurujano; y aun, por mi conciencia, que passó un mal rato por no ser yo buena maestra, en pago de lo qual me dexó esta sortija de oro[879].

DOLOSINA. Bien hazes, hija, de ensayarte temprano, que, por mi salud, quando grande te la halles y dello no seas pesante; mas la sortija me viene a mí de derecho, por ser tú aprendiz en mi casa.

LELIA. Madre, yo te la daré; mas déxamela traer algún día primero.

DOLOSINA. Muestra, boba, que no es anillo en el dedo sino honra sin provecho, y tener siempre cuydado no se pierda sin lo sentir, lo qual, si acaesce, da doblado pesar que recreación con él han tenido, y por tanto será bien que me le des, que quien quita la causa, quita el pecado[880].

---

[877] *agua vertida, no toda cogida*: "'Enseña que ordinariamente no puede remediarse todo el daño que se causa por alguna indiscreción.' En especial se refiere a las consecuencias que produce la maledicencia en la valoración de una persona" (D.R.). En el *Diálogo* (pág.131) Valdés utiliza este refrán como ejemplo para explicar a sus discípulos cierto fenómeno gramatical de la lengua española.

[878] *otrie*: variante de *otro*; en la *Comedia Selvagia* es frecuente la forma de *otrie*; esta forma también aparece en *La Celestina* (pág.415) y en la *Segunda Celestina* (pág.254).

[879] Esta escena es una imitación de la obra de Sancho de Muñón. Pues en *Lisandro y Roselia* (pag.112) Drionea informa a Celestina (Elicia) que ella ha remediado el virgo de una desposada durante su ausencia. La verdad es que en *La Celestina* (págs.381-382) ya ha aparecido una desposada con el mismo problema en casa de Celestina, pero Elicia no se pone a solucionar dicho problema sino que se limita a darle la información a Celestina.

[880] *quien quita... el pecado*: variante del refrán *Quien quita la ocasión, quita el pecado*: "aconseja se huya de los tropiezos, para evitar los daños" (D. A.). En la *Segunda Celestina* (pág.317) Celestina dice a Paltrana: "sabida la causa luego será remediada, que, como dizen, quita la causa y quito el pecado". En la *Tercera Celestina*

LELIA. Toma, madre, que más quiero ser yo pesante que tenerte a ti descontenta; los dos ducados están entre las almohadas de tu lecho.

DOLOSINA. Bien está todo esso; dime, hija mía, si me ha venido otrie a buscar.

LELIA. No, madre, no a venido otra persona alguna.

DOLOSINA. Pues, hija Lelia, tráeme aquí lo necessario para un conjuro[881]; esso mesmo, los vestidos rotos de muger mendicante y pobre, que con ellos tengo de yr a cierto negocio.

LELIA. Madre señora, ves aquí he traýdo los vestidos que me pides y esso mesmo lo necessario para el conjuro, que es: el olio[882] infernal, las candelas del cerco[883] de la otra noche, el ýdolo de alambre juntamente

(pág.237) Celestina dice a Polandria: "si me viessen agora aquí, sospecharían alguna malicia; y quitar la causa es quitar el pecado". En *Lisandro y Roselia* (pág.45) Eubulo exclama: "¡Oh putas, putas! el que no os conoce os compre, por eso me voy, que quien quita la causa quita el pecado".

[881] La preparación y la realización del conjuro recuerdan las de la alcahueta barbuda en *La Celestina* (págs.290–295), las de Celestina (Elicia) en *Lisandro y Roselia* (pág.79), y las de Claudina en la *Policiana* (pág.19).

[882] *olio*: "azeite" (Covarrubias).

[883] *cerco*: "figura supersticiosa que trazan en el suelo los hechiceros y nigrománticos para invocar dentro de ella a los demonios y hacer sus conjuros" (D. L. E.); según Ana Vian Herrero, "un círculo hecho con carbón, con cabellos o con la mano" (Ana Vian, pág.56) constituye "forma de invocación más frecuente entre hechiceras castellanas que en otras áreas peninsulares" (Ana Vian, pág.56); aunque Dolosina es una hechicera castellana, su cerco no está hecho de ninguno de dichos elementos sino de candelas, lo cual podría tener un carácter local y ser el reflejo de la práctica hechiceril del Toledo de aquella época. En *La Celestina* (pág.364) Celestina dice a Pármeno que su madre maneja un cerco mejor que ella. En *Lisandro y Roselia* (pág.75) Celestina (Elicia) dice que sabe la oración del cerco que no tenía su tía; y, en otro lugar (pág. 113) ella dice a Drionea que ha funcionado el cerco suyo porque todo va bien.

con la bujeta del ungüento serpentino[884], la lengua del ahorcado[885], los ojos del lobo[886] cerbal, la espina del pez rémora[887], los testículos del animal castor[888], el pedaço de carne momia, y las taleguillas de las yervas del monte Olimpo[889] que truxiste el día de mayo[890]. Mira si es menester otra cosa.

[884] *ungüento serpentino*: "confección hechiceril hecha de víboras cocidas vivas en una mezcla de aceite y vino para aprovecharse de su veneno (Laza Palacios, p.103); debido a la tradición de que el diablo aparecía con frecuencia disfrazado de serpiente, el aceite serpentino figuraba constantemente en los laboratorios de brujas y hechiceras" (*La Celestina,* pág.290, n.55). En el laboratorio de la alcahueta de la *Tercera Celestina* (pág.228) hay también el "unto de culebra y de víbora". En la *Policiana* (pág.55) Claudina deja a Celestina, entre otras cosas, "quatro botes grandes de olio serpentino". En la *Tercera Celestina* (pág.228) Celestina habla de unos "vntos" con Paltrana, entre los cuales se encuentra "vnto de tasugo, y de cauallo, y de culebra, y de bíuora". Para más información sobre esto, véase Ana Vian, pág.56, n.29.

[885] *lengua del ahorcado*: Según Peter E. Russell, la soga de ahorcado es "otro artículo muy buscado por las hechiceras para los casos de *philocaptio*. Se creía que el vigor y fuerza de aquel que había sido ahorcado en la plenitud de la vida se comunicaban a la soga, aumentando de manera sobrenatural su función normal de arrastrar o atraer a sí cosas y personas" (*La Celestina*, pág.246, n.172). Ana Vian Herrero tiene una opinión similar al respecto (véase Ana Vian, págs.57–58). Si la soga del ahorcado ya tiene tanta fuerza hechiceril por haber estado en contacto con el hombre ahorcado, es lógico que cuente con mucho mayor poder la lengua del ahorcado. No hay que olvidar que en la botica de Claudina no sólo hay soga del ahorcado sino también dientes de éste (*Policiana*, pág.19 y ss.).

[886] *ojos del lobo*: "La cabeza del lobo mostrava el tiempo passado, porque este animal es muy olvidadizo" (*Silva*, t.I, pág.191, n.26), y los ojos del lobo también tienen la cualidad de hacer olvidar cosas y personas ya que forman parte de la cabeza. En otro pasaje de la *Silva* (t.I, pág.803) se habla de la virtud de los ojos del lobo, pero no viene al caso. A lo mejor, los ojos del lobo también podría servir para que la víctima del conjuro se fijase en una persona determinada, pues tal como señala Ana Vian Herrero al hablar de los "ojos de loba", "los lobos tienen fama de tener buena vista" (Ana Vian, pág.58).

[887] *espina del pez rémora*: *rémora*: "Es un pez pequeño, está cubierto de espinas y de conchas;... si se opone al curso de la galera o de otro vagel le detiene, sin que sean bastantes remos ni vientos a moverle" (Covarrubias). Se puede deducir que las hechiceras empleaban la espina de rémora para dominar la voluntad de la víctima del conjuro.

[888] *testículos del animal castor*: *castor*: "Animal de agua y de tierra... Quando se vee perseguido de los caçadores, alcançando por natural distinto le persiguen por los testículos, que son a propósito para ciertos remedios en medicina, se los corta, y con esto escapa la vida" (Covarrubias). Sin duda, se trata de la combinación de la función hechiceril y la función medicinal en un mismo objeto.

[889] *yervas del monte Olimpo*: Los vegetales eran imprescindibles para el laboratorio de cualquier hechicera, tales como "flor de yedra" y "granos de helecho" en el de la alcahueta barbuda (*La Celestina*, pág.246), "hierba del pito" en el de Celestina (Elicia) (*Lisandro y Roselia,* pág.75) e hierbas que Celestina coge "cada mañana de Sanct Juan" (*Tercera Celestina*, pág.229); *Olimpo*: "Monte altíssimo en Tessalia" (Covarrubias), y según la tradición, era la morada de los dioses, y, por consiguiente, las hierbas de Olimpo habían de ser más eficaces en el conjuro que las hierbas corrientes.

[890] *que truxiste el día de mayo*: Dolosina ha estado en una tierra remota, por medio de su arte de nigromancia,

DOLOSINA. La redoma azul pequeña, con el agua del río Leteo[891], me trae también.

LELIA. Vesla aquí, madre, ¿quieres más?

DOLOSINA. No, sino que cierres bien la puerta y arriba te subas.

LELIA. Hecho está, madre.

DOLOSINA. Yo la maga y gran sabidora Dolosina, enseñada en las artes del mago Simón[892], sin falacia ni engaño, a ti, Pluto[893], rey y señor predominante en las tremendas y espantables tinieblas del Érebo[894] y reyno infernal, donde el río Cozito[895], con sus negras y obscuras aguas, por las breñas[896] y rocas, donde las sombras hazen su abitación,

---

en busca de unas hierbas para su laboratorio. En la Cena III del Acto II de la *Comedia Selvagia* Escalión ya ha mencionado este poder mágico de dicha hechicera: "muchas vezes, como su marido, de quien yo he sabido, me ha dicho, que con el arte de nigromancia que aprendió, delante dellos se torna invisible, y desde algún tiempo da señas verdaderas de lo que passa en muy diversas tierras". De esta manera, Dolosina supera a la Celestina de Fernando de Rojas, que no sabe nada de nigromancia (véase *La Celestina*, pág.290, n.57), y se convierte en la mejor hechicera del ciclo celestinesco.

891 *agua del río Leteo*: El uso de esta agua tenía una finalidad evidente para las hechiceras: hacer olvidar a ciertas personas o cosas, lo cual se puede comprobar inmediatamente en el conjuro. Véase también *Comedia Selvagia*, I, 1, n.321.

892 *mago Simón*: Mago samaritano que gozaba de gran fama como tal y que vivía en la época de los Apóstoles (E. U. I.).

893 *Pluto*: es decir, *Plutón*; rey del infierno y dios de los muertos; se quedó con el imperio de la tierra mientras Zeus, con el del cielo, y Neptuno, con el del mar (E. U. I.); véase también *La Celestina*, pág.292, n.69. Este conjuro, con evocación a Plutón, es una imitación del conjuro de Celestina, efectuado antes de la primera visita de la vieja a Melibea; pero, en lugar de encerrar al Diablo en un hilado como Celestina, Dolosina lo deja encerrado dentro de una carta. Sobre el conjuro de la alcahueta barbuda Peter E. Russell escribe así: "Básicamente el conjuro sigue el modelo multisecular de tales conjuros según los describían (y describen hoy) los manuales de hechicería: Rojas da por supuesto que sus lectores estarán familiarizados con lo que pasa en tales ocasiones; no hay referencia directa en el texto" (*La Celestina*, pág.292, n.68).

894 *Érebo*: Se refiere a la región subterránea, en su totalidad, donde habitaban los muertos (E. U. I.).

895 *Cozito*: Río de los Lamentos y uno de los cuatro ríos del infierno, cuyas aguas, muy frías, eran las lágrimas de los condenados y estaban en medio del camino que conducía al reino de Plutón (E. U. I.).

896 *breñas*: "por manera que breñas serán los matorrales de tierra inculta, desigual y lo que comúnmente llama la gente del campo maleza, y el nombre se lo dize con la aspereza de sus sílavas. Algunas vezes sinifica tierra de peñascos, y éstos llaman breñas; ignoro su etimología" (Covarrubias).

se despeña; juez soberano entre los rectíssimos pretores, Minos, Caco y Radamante[897], veedores esecutarios en las causas de los afligidos pasajeros de Carón[898]; domador, esso mesmo, de las terribles y no domables fuerças de las tres tartáreas furias, Alecto, Megera y Tesiphón[899], con las virtudes ocultas de los presentes materiales te conjuro: a que dexado tu cetro y silla real, vengas con aquella obediencia a que me estás obligado tú, en pago del dedo cordial[900] que te tengo ofrecido, a me servir, y sin engaño ni aparencia fingida, cumplas en todo y por todo, mi querer y voluntad; y si tu imperial persona, en otros importantes negocios ocupada, tuviere por enojosa esta venida, por el tanto, con tus vezes y grande poder a mi fiel familiar Escarcafierro[901] me embía, el qual en esta carta que presente tengo se encierre, y siendo en manos de Ysabela puesta, de la manera que esta ymagen de arambre es abrasada con estas virgíneas candelas, assí su coraçón con fuegos ecessivos en el amor de Selvago se encienda, matando con la presente agua del olvido, traýda del infernal río Leteo, todos y qualesquier amores que en otras personas aya puesto; donde lo contrario haziendo, no sólo de tu poder y persona blasfemaré, mas con todas mis fuerças te seré capital enemiga y cruel competidora, donde, con buen seguro, que en mi poder te llevo, con estas armas de fingidos vestidos, a començar la dubdosa batalla me parto.

[897] *Minos, Caco y Radamante*: *Minos*: Rey de Creta y esposo de Pasífae, que vivía tres generaciones antes de la guerra de Troya (véase también *Comedia Selvagia*, I, 1, n.356); *Caco*: Hijo de Vulcano y tal vez un dios de fuego, que, según el mito, robó unos bueyes de Hércules que regresó de su expedición al occidente y que fue castigado a pesar de tener tres cabezas que despedían fuego por su boca; *Radamante*: o *Radamantis*, héroe cretense, hijo de Zeus y Europa, famoso por su prudencia y justicia (E. U. I.).

[898] *Carón*: o *Caronte*; una de las divinidades del infierno, cuya obligación consistía en conducir en su barca las almas de los muertos que le pagaban al otro lado de la laguna Estigia y del río Aqueronte (E. U. I.).

[899] *Alecto, Megera y Tesiphón*: Las tres terribles Furias.

[900] *dedo cordial*: Aquí se juega el doble sentido de *cordial*: *dedo de en medio* o *del corazón*, y la *cordialidad*, o mejor dicho, la *amistad*.

[901] *Escarcafierro*: es un demonio; en *Lisandro y Roselia* (pág.79) Celestina (Elicia) enumera a una serie de familiares o demonios que están a su servicio, pero Escarcafierro no se encuentra entre ellos.

CENA TERCERA DEL TERCERO ACTO

En que Dolosina, de muchos temores acompañada[902], en ábitos de pobre mendicante va a casa de Polibio, y fingiendo pedir limosna, en el aposento de Ysabela, guiada por Cecilia, entra, donde con muchos rodeos alguna parte de su mensaje le declara; lo que por Ysabela entendido, ignorando de qué parte viniesse, ella y Cecilia con las almohadillas de lalorar le dan muchos golpes, hasta que fingiéndose por muerta[903], estando ellas un poco descuydadas, se les va huyendo, dexando allí la carta de Selvago. Introdúcense:

DOLOSINA. CECILIA. YSABELA.

[DOLOSINA.] ¿Aun qué sería si uviesse la vieja Dolosina de pagar hecho y por hazer, en este camino? Que por mi salud, mirando bien en ello, en gran peligro voy, especialmente con el ábito que llevo, que sólo en ser conocida cae mi vida en gran riesgo, pues los agüeros[904] que he visto

[902] *Dolosina, de muchos temores acompañada*: Estos temores de Dolosina recuerdan los de la Celestina de Fernando de Rojas (*La Celestina*, págs.297-300) y los de Claudina de Sebastián Fernández (*Policiana*, págs.21-22). Ambas alcahuetas son atormentadas por el miedo al ponerse en camino rumbo a casa de las damas. Para más información al respecto, véase también Luis Mariano Esteban Martín, "Huellas de 'Celestina' en la 'Comedia Florinea' y en la 'Comedia Selvagia'", pág.36.

[903] *fingiéndose por muerta*: Tal como hemos visto anteriormente (*Comedia Selvagia*, III, 1, n.852), Alonso de Villegas intenta resucitar espiritualmente a Celestina mientras Feliciano de Silva la resucita físicamente. En esta cena Dolosina se hará pasar por muerta para librarse de la muerte; en la *Segunda Celestina* (págs.167-168) Celestina confiesa a Zenara que se finge muerta a fin de tomar venganza de Sempronio y Pármeno.

[904] *agüeros*: Antes de llegar a casa de Melibea, Celestina habla consigo misma de los agüeros: "Todos los agüeros se adereçan favorables o yo no sé nada desta arte" (*La Celestina*, pág.300); en la *Policiana* (pág.22) Claudina se anima a sí misma: "A Dorotea veo a la ventana, buen aguero hallo para mi venida. Esfuerça, esfuerça, Claudina, que en otros peligros te has visto". "Y la primera de las quatro que assigna despues de la sabiduria que es cosa nuestra y quasi natural: es la autoridad de los maestros de los agueros: porque tenian entonces tanta opinion y fe en el cantar volar topar y mouimiento de las aues que sin algo primero en ellas veer: no emprendian quasi hecho ninguno porque pensauan que dios las mouia para les hazer saber su voluntad"

lo adoban. Dos falcones maltratando una graja[905] se me representaron en saliendo de mi casa; poco más acá vi en el suelo una lechuza muerta[906]; el primer hombre que al encuentro me vino, sobre ser cornudo, le dieron este día de palos[907]: bueno va todo[908], quiera Dios no sean badanas, que en este oficio, y en un caso semejante al en que agora voy, dexó mi abuela Claudina[909] la vida por las costillas en manos de los criados de Theofilón, pues mi madre Parmenia[910] indicio ay de que por otro tanto en Milán la mataron a talegazos. Aora bien, sea lo que fuere, venga lo que viniere, que pies malos, camino andan[911]. Dolosina es astuta y lleva buena compañía, quanto más que si con la empresa salimos, más me valdrá de zien síes renovados y, por tanto, haldas en cinta, priessa a caminar, rico o pinjado[912], muerto o con gran ditado[913], de una vez que, a todo riesgo, un jubón sin mangas, o un almilla de pluma, podremos medrar. Mas agora esfuerça, esfuerça, Dolosina, ten buen coraçón, que el tal quebranta mala ventura; pues que la puerta de Polibio se muestra de enfrente, nadie parece, de

(*Hechos y dichos*, pág.1). En la *Cárcel de amor* (págs.135–136) la madre de Leriano también tiene fe en los agüeros.

[905] Dos falcones maltratando una graja: De hecho, después de haber dado el mensaje a Ysabela, Dolosina será agredida por ésta y su criada Cecilia.

[906] *vi en el suelo una lechuza muerta*: En efecto, para salvarse, Dolosina se verá obligada a fingirse muerta.

[907] *el primer hombre... le dieron este día de palos*: En relación con la nota 905 del presente libro, Dolosina recibirá muchos almohadazos en el aposento de Ysabela.

[908] *bueno va todo*: *bueno*: "Esta palabra buen hombre, algunas vezes vale tanto como cornudo, y buena muger, puta; sólo consiste en dezirse con el sonsonete, en ocasión y a persona que le quadre" (Covarrubias); *bueno va todo*: Aquí significa todo lo contrario, y es un rasgo irónico popular que perdura hasta nuestros días.

[909] *mi abuela Claudina*: Este personaje ya ha sido presentado por Escalión (véase *Comedia Selvagia*, II, 3, n.759). En la *Tragedia Policiana* Claudina se muere de los palos que le dan los criados de Theofilón.

[910] *mi madre Parmenia*: Éste es otro personaje presentado anteriormente por Escalión; véase *Comedia Selvagia*, II, 3, n.760.

[911] *pies malos, camino andan*: Refrán (Correas).

[912] *rico o pinjado*: "pondéra la firme resolución con que uno se mete en algun negócio dificultoso y arriesgado, deseando salir de él con lucimiento è interés, exponiendose à arruinarse y perderse enteramente" (D. A.).

[913] *ditado*: "Título de dignidád, honór ò señorío que tienen las personas segun sus empléos ú domínios: como Duque, Conde, Marqués, Consejéro, etc." (D. A.).

rondón me entro[914], que el ábito lo demanda, y a Dios. ¿Quién será esta donzella que a mí se viene? Cierto no sería poco tenella de nuestra parte; quiérola hablar blandamente, que buenas palabras valen mucho. Hija hermosa, dicha buena ayáys en todo lo que mano pusiéredes; ¿recibiría de vos tanta gracia que delante de la señora Senesta me pusiéssedes? Que, mal pecado, vengo con una necessidad muy grande, y como aya sabido ser ella persona en quien las tales como yo hallan siempre gran auxilio y socorro, desseo con ella provar mi ventura por ver si es verdad lo que se dize.

CECILIA. Dueña honrada, mucho quisiera cumpliros vuestro desseo, mas sabed que al presente será escusado, porque está en su aposento, con mi señor Polibio, durmiendo la siesta; aunque si es cosa en que en alguna limosna o obra pía toque, mi señora Ysabela lo remediará.

DOLOSINA. ¡O, cómo he hallado buen puerto[915]! De verdad que con tal comienço no puede ser el fin adverso.

CECILIA. ¿Qué dizes, madre? Si te parece, bien; si no, darás la buelta.

DOLOSINA. Digo, hija, que aunque a la señora Senesta quisiera, que bien suplirá en mi necessidad la señora que me avés dicho.

CECILIA. Pues detente un poco, vieja honrada, yré a se lo dezir.

DOLOSINA. Pues sea presto, por vuestra vida, que mi pena no quiere dilación. ¡O, cómo si al dicho del esforçado Héctor doy crédito,

[914] *de rondón me entro*: *entrarse de rondón*: "quando no se apercibe, admitiendo primero o llamando a la puerta" (Covarrubias); *rondón*: en T *redon*.

[915] *buen puerto*: expresión ya anotada anteriormente; véase *Comedia Selvagia*, Versos acrósticos, n.265 y n.284; y, en especial, *Comedia Selvagia,* II, 1, n.680.

que dize que comienços prósperos traen tales fines[916], yo pienso de salir en este caso con paz[917] y del todo vencedora, pues tan oportuno lugar para mi propósito demostrar se me ha seguido! Ea, ea, esfuerça, Dolosina, que ya se llega tu hora, en la qual no harás pequeña ganancia, si desplegas tu lengua[918] y abres tu entendimiento, en manifestar tu propósito.

CECILIA. Madre, entra comigo, que Ysabela te aguarda.

DOLOSINA. ¡Ay hija, plega al misericordioso Dios que tal acogimiento en su presencia halles, como al presente de ti he tenido!

CECILIA. A él le plega por su infinita bondad; mas ves allí a mi señora, llégate allá y manifiesta tu necessidad, que con ayuda de Dios ella será remediada.

DOLOSINA. Assí lo creo yo, hija, que do tanta hermosura se muestra, no puede faltar piedad[919] grande para los que della son

[916] *comienços prósperos traen tales fines*: Esta sentencia no se halla en la *Ilíada* de Homero; es decir, no es de Héctor. En *La Celestina* (pág.270, pág.288 y pág.328) se leen respectivamente las sigientes frases: "el comienço llevó bueno, el fin será muy mejor"; "quando el principio se yerra, no puede seguirse buen fin"; "la meytad está hecha quando tienen buen principio las cosas". En la *Segunda Celestina* (pág.332) Felides, contento con el buen comienzo de su conquista amorosa, dice a Celestina: "con tal entrada no pueda haver mala salida". En la *Tercera Celestina* (pág.154) Felides dice a Sigeril: "pues los principios no fueron fingidos, el fin será cierto". En *Lisandro y Roselia* (pág.47) Celestina (Elicia) dice a Oligides: "como dixo Séneca, la llaga á la cual muchas medicinas tocan, con dificultad llega á cicatrizar; y si el principio se yerra, no puede seguirse buen fin". Véase también *Comedia Selvagia*, V, 4, n.1219.

[917] *con paz*: en T *compos*.

[918] *desplegas tu lengua*: "No desplegar su boca, estar callando" (Covarrubias); *desplegas tu lengua* quiere decir *desplegas tu boca, no estás callando*.

[919] *piedad*: Éste es el tema principal del largo sermón de Dolosina, quien pretende ablandar a Ysabela mediante un recurso tópico del amor cortés: reclamar la piedad y la misericordia de la dama para con el galán enamorado. En la *Cárcel de amor* (págs.63−65) el autor dice a Laureola: "No les está menos bien el perdón a los poderosos cuando son deservidos que a los pequeños la vengança cuando son injuriados; porque los unos se encienden por onra y otros perdonan por la virtud; lo cual si a los grandes ombres es devido, más y muy más a las generosas mugeres que tienen el coraçón real de su nacimiento y la piedad natural de su condición"; "Si la pena que le causas con el merecer le remedias con la piedad, serás entre las mugeres nacidas la más alabada de cuantas nacieron. Contempla y mira cuánto es mejor que te alaben porque redemiste que no que te culpen

menesterosos. Donzella ylustre, y la más hermosa de quantas en el mundo biven, el Señor que tal os formó, en estado y honra os prospere, porque los afligidos y necessitados en vos hallen cumplimiento de sus desseos.

YSABELA. Dueña honrada, tú seas bien venida. Por aver sabido de esta mi donzella que con cierta necessidad a mi señora Senesta venías, y ella esté al presente ocupada, yo, su hija, por lo que a ser charitativa devo, siendo de tu cuyta certificada, si mis fuerças fueren en ello bastantes, te la remediaré; por tanto no cesses en me lo dezir, que aliende[920] de ser limosna, por ser muger como yo, con más entera voluntad cumpliré tu desseo.

DOLOSINA. ¡Ay perla de oro[921], y cómo te lo dizes! Cierto que de tal figura no se esperava menos. Has, pues, de saber, señora, que mi venida en esta casa ha sido por ver si una grande necessidad que tengo en alguna manera remedio alcançasse; que como nosotros los necessitados y afligidos no tengamos otrie a quien ocurrir con nuestras miserias sino a los ricos y poderosos, los quales de justo derecho son tenidos en nos remediar, y como en este caso esta familia a todas las de la ciudad

---

porque mataste". A lo largo de la *Comedia Selvagia*, este tema se repite mucho en las escenas del cortejo tanto de los señores como de los criados. En *La Celestina* (págs.313–314) el tema de la piedad aparece en boca de Celestina. En la *Segunda Celestina* (pág.325) Celestina dice a Polandria: "La razón, señora, es que eres muger, y no de hierro ni de piedra, sino de la natural condición de las mugeres, piadosa quiero dezir". Entre las páginas198 y 202, especialmente, en la página199 del *Jardín de nobles donzellas*, ed. Harriet Goldberg (North Carolina: University North Carolina, 1974) fray Martín de Córdoba habla de la piedad como una de las condiciones de las nobles doncellas. Entre las virtudes de las mujeres que cita Juan Manuel Cacho Blecua también se encuentra la de la piedad (*Amadís*, págs.606–607, n.9).

920 *aliende*: "ant. **allende,** además" (D. L. E.).

921 *perla de oro*: Expresión frecuente para denominar la belleza. Por ejemplo, en *La Celestina* (pág.403) Celestina recibe así la visita de Sempronio y Pármeno: "¡O mis enamorados, mis perlas de oro! ¿Tal me venga el año, qual me parece vuestra venida!"; en la *Segunda Celestina* (pág.131) Pandulfo dice a Quincia: "¡Oh perla de oro, qué sabia eres! No querría sino deshazerte a besos essa boquita"; en la *Tercera Celestina* (pág.128) Pandulfo dice a Quincia: "Ni aurá, perla de oro"; en la *Policiana* (pág.9) Salucio dice a Parmenia: "O perla de oro, cómo eres graciosa".

sobrepuje, aquí determiné de me llegar, concibiendo en mi pecho que si aquí me falta remedio mi cuyta sin él perecerá, de donde grande detrimento y pérdida a mi vida se sigue.

YSABELA. Madre mía, por tu fe, que no llores ni te acuytes, que si, como he dicho, no me falta el poder, tú partirás de mi presencia contenta.

DOLOSINA. Assí lo creo yo cierto, mi señora, que no sin causa puso Dios tanta beldad y gracia en un cuerpo humano, sino para que más en tener misericordia entre todos se señalasse.

YSABELA. Dexa esso, madre, y dime tu cuyta, que tengo desseo de sabella para del todo la remediar.

DOLOSINA. De cierto, hija mía, que a lo que al presente de ti he concebido que deves ser muy misericordiosa y llena de piedad, lo que en una donzella ylustre y fermosa como tú estrañamente resplandece; porque dado caso que, como dize el Evangelio, aquellos son bienaventurados que se preciaren de misericordiosos[922], siendo, como es, gran virtud en qualquier estado, en los de ylustre prosapia es muy mayor en estremo, lo que manifiesto se vee quando un gran señor o rey perdona a sus súbditos o a otros los crímenes que contra él cometieron, que nace de por ser misericordiosos querer más dexar sus ofensas sin castigo, que ver en su próximo tormento. Exemplo tenemos en nuestro gran césar[923] Carolo Quinto[924], luz que a todos los magnánimos y fuertes antiguos en tinieblas

[922] *aquellos son... misericordiosos*: Aquí Alonso de Villegas hace una paráfrasis de una de las bienaventuranzas de Jesús en el sermón de la montaña, concretamente de la siguiente: "Bienaventurados los misericordiosos, porque alcanzarán misericordia". En la *Segunda Celestina* primero Celestina (pág.284 y pág.328) y luego Polandria (pág.374) recurren a este pasaje del sermón de Jesús.

[923] *césar*: "**emperador**" (D. L. E.). Para más información sobre el título de *césar*, véase *Prosa histórica*, págs.62-63.

[924] *Carolo Quinto*: Carlos I de España y V de Alemania; venció y encarceló al rey de Francia Francisco I en

dexa, con quanta misericordia y piedad aya tratado a sus muy crueles enemigos, aviéndolos tenido en su poder, como fue los días passados al rey de la Galia, que contra él tan contrario se mostró, donde teniéndole en su poder; y por muy justa batalla vencido, no sólo le perdonó, mas aun muy llegado a él en afinidad y parentesco, a su tierra le embió. Esso mismo con el fuerte duque de Saxonia[925], y sus parientes y allegados, que con tan justa causa merecían otro acogimiento que el que en él hallaron; mas su imperial persona, no mirando los deservicios que dellos avía recebido, con misericordiosa y pía venivolencia, los braços abiertos, el perdón con su amistad les ofrece. Pues si dello deve ser loado, no quiero que mi baxo juyzio y débil entendimiento lo determine, pues por serlo tanto indeterminado se queda. Todo esto, hermosa donzella, os he querido dezir porque veáys en quánto soys de estimar, por la gran misericordia que en vos, a lo que he visto, se encierra, por donde a los que contra vuestra persona herraren soys tenida a perdonar, y ansimesmo los que de vuestro acorro[926] tuvieren necessidad, como yo agora, con alegre cara y larga voluntad se la ofrecer.

YSABELA. Dueña honrada, para comigo, que bien se me entiende todo lo que has dicho, no son menester rodeos ni circunferencias, sino manifiéstame tu fatiga, que yo procuraré de la remediar.

DOLOSINA. ¡O mi emperadora, y cómo si assí fuesse yo me podría contar por bienaventurada, y mi vida saldría de lazeria y afán muy crecido! Mas primero que de mí lo sepas, te quiero dezir de dónde nace

---

1526, y luego le devolvió la libertad; tras haber ganado por segunda vez la guerra provocada por el rey francés, casó a su enemigo con su hermana mayor Leonor de Austria (E. U. I.).

[925] *duque de Saxonia*: Alude al *duque de Cléveris* (¿Juan de Sachsen?); después de haber perdido la guerra contra el emperador Carlos V, éste le hizo contraer matrimonio con su sobrina Ana (E. U. I.).

[926] *acorro*: "Socorro, auxilio, amparo" (D. A.).

la charidad que unas personas tienen en buscar a otras, en sus fatigas, remedio.

CECILIA. A la larga, toma el galgo la liebre[927]; valga el demonio a la vieja importuna, si ya no me tiene quebrada la cabeça con sus palabras, y aun quiere començar materia nueva; por mi vida, que no la sufra yo más, sino que allá fuera me salga, acabe quando quisiere.

DOLOSINA. Digo, pues, señora piadosa, que principalmente se sigue da la buena voluntad y amor, lo que se vee muy a la clara en nuestro redemptor y maestro Jesuchristo, que por el amor que al humanal linage tuvo, con charidad y querer excessivo, por redimirle se ofreció a muerte de cruz en aquel siglo bien vituperable. Pues de la mesma nosotros, discípulos de tal maestro enseñados en charidad, nos dolemos de las adversidades y desventuras de nuestros próximos, y les buscamos con todas nuestras fuerças remedio, siendo guiados por un amor secreto que en ello nos fuerça, donde quien lo contrario hiziere con razón deve de ser reprehendido, pues no cumple lo que en la ley de fe tanto es encomendado. Pues si esto es assí, ¿con quánto querer devemos, con charidad amorosa, socorrer a nuestros próximos en sus necessidades? Pues sabemos del sabio que dize que quien faboresce al mortal haze obra de Dios inmortal, especialmente los ricos y poderosos a los necessitados y afligidos; y no digo tanto en los ricos como en otros mil estados, que unos a otros nos podemos aprovechar y faborecer, ansí como en las gracias que avemos aprendido por arte, como con las que la naturaleza en nos puso, participándolas con aquellos que dellas tienen necessidad y serán

[927] *A la larga, toma el galgo la liebre*: variante del refrán *A la luenga, toma el galgo a la liebre* o *A la larga, el galgo a la liebre mata*: "'Enseña que con la constancia se vencen las dificultades.' También puede significar que el más fuerte suele salir vencedor" (D. R.).

ansimesmo por ellas en sus cuytas remediados.

YSABELA. Dueña honrada, bien basta lo que me has dicho; por tanto luego me di tu fatiga quál sea, que tengo otra cosa en que entender.

DOLOSINA. Piadosa donzella, assí lo haré; por tanto óyeme con atención mis palabras, y cumplirás tu desseo si de sabello alguno tienes.

YSABELA. Mejor me ayude Dios, que tú vienes con necessidad, sino con alguna buena trama, y si assí es, mándote yo que no te alabarás dello.

DOLOSINA. ¿Qué dizes, señora?

YSABELA. Digo que de presto concluyas o me dexes ya.

DOLOSINA. ¡O mi señora, y cómo lo quieres ya saber! Pues yo te prometo que es con razón, porque tú eres la que en ello ganas.

YSABELA. Pues ¿en qué gano yo, buena vieja? Por mi vida, que tengo mil recelos de ti, y que no sé si lo que yo agora digo será falso.

DOLOSINA. Señora, no perturbes mis razones con tus inopinados aceleramientos, que si digo que tú ganas, es porque quien haze limosna adquire[928] provecho para el ánima, y quien la rescibe, para el cuerpo; pues si esto es assí, mira si ganas tú en remediar mi cuyta que yo, mas por que no recibas mayor pena de la recebida con mis largas y toscas razones, has de saber que yo fuy casada en mi mocedad con un fidalgo, y por mi mala ventura, al segundo año embiudé, quedándome de mi marido un

[928] *adquire*: *adquirir*: "Llegar, ganar y juntar alguna cosa, principalmente hacienda con proprio trabájo, è industria. Este verbo tiene la anomalía de admitir en los tiempos presentes una *e* añadida: como Yo adquiero, Yo adquiera" (D. A.); *adquire* quiere decir *adquiere*.

hijo pequeño. Pues no contenta la fortuna con aquesto, en una noche toda mi hazienda y bienes por un fuego perdí, porque, como dizen, la miseria sigue a los afligidos y persigue a los escogidos; donde sola, que parientes ningunos conocía, y pobre desde entonces, he passado mi trabajosa vida peregrinando por diversas naciones, siempre en compañía de mi pequeño hijo, el qual en poco tiempo creció, parándose tan fermoso y agraciado, quanto otro dubdo que en su tiempo fuesse; yo, con amor de madre, mendigando, o como pude, le hize enseñar las gracias que a un gentil mancebo convienen, entre las quales la música en gran manera en él floreció, ayudando su melodiosa boz, en tal manera que espanto a quien lo oye ponía; pues, estando yo algo con él consolada, y ya a su causa con algún remedio, uvo en una ciudad donde estávamos con otro mancebo una questión[929], en la qual su contrario perdió la vida, y por miedo de la justicia aquí nos venimos, do passamos grande lazeria por causa que a mi hijo una grave dolencia le ha sobrevenido, de que mi afortunada vida en tal manera se vee congojosa y fatigada, que la muerte excesivamente dessea por ser su postrimero remedio.

YSABELA. Pues, dueña honrada, ¿qué me pides agora a mí para en esso?

DOLOSINA. ¡O mi buena señora! ¿Quieres que te lo diga? Sabe que lo que yo de ti para su mal quiero, es tu soberana gracia.

YSABELA. Buena vieja, en gran confusión me ponen tus palabras; mas di, ¿qué entiendes por mi gracia?

DOLOSINA. Que des tú, pues eres poderosa, aquel[930] enfermo la

[929] *questión*: "riña, pendencia, chiméra ò alboróto" (D. A.).

[930] *aquel*: es decir, *a aquel*; "Era frecuente la omisión de la preposición *a* cuando le precedía o seguía otra a

vida, que por tu causa muere.

YSABELA. ¿No digo yo que aun en mal punto acá avriés venido, doña falsa, con tus alcahueterías[931]?

DOLOSINA. ¡Jesú, Jesú, señora! ¡Desdichada de mí! No des bozes, que no soy de las que piensas[932], ni mi venida es a ningún mal.

YSABELA. Pues dime, mala, en tales días envegecida, ¿cómo dizes que esse tu hijo por mi causa muere?

DOLOSINA. Señora, no pienses que en ello hablo de gracia, que de cierto es assí, porque el pobre que con necessidad muere, el rico que dello fue sabidor le mata, y si piensas que en ello te engaño, pregúntaselo a todos los doctores sanctos, y verás si es assí; más desdichado fue mi nacimiento, que bien sé yo que dizir la verdad amarga, y por esto me has afrontado mis canas, pero sea, que más passó Dios, y sus siervos más han de passar, aunque ni por esto de tal cargo seré acusada, que por no me avergonçar a los que tienen mi hijo con suma necessidad pereciesse.

YSABELA. Yo te cogeré a las palabras, doña raposa, y aun, por mi fe, que pienses llevar lana y buelvas sin cuero[933].

---

final o inicial de palabra" (*Lazarillo*, ed. F. Rico, pág.28, n.62).

[931] Igual que Melibea (*La Celestina*, págs.313–315), Ysabela, que ya ha intuido algo, anima a la vieja alcahueta a declarar el verdadero motivo de su visita para después echarle en cara su hipocresía y falsedad.

[932] *no soy de las que piensas*: esta expresión se repite mucho a lo largo de la obra de Alonso de Villegas; véase *Comedia Selvagia*, I, 1, n.427.

[933] *que pienses... sin cuero*: variante del refrán *Ir por lana y volver trasquilado*: "se dice del que emprende algun trato, comercio, negocio ò acción, de que discurre salir mui gananciosо y con ventájas, y vuelve descabrado y perdido" (D. A.). En *La Celestina* (pág.289) Sempronio dice a Celestina: "No vayas por lana y vengas sin pluma"; en la misma obra (pág.574) Sosia grita a sus enemigos: "Esperadme; quiçá venís por lana"; en la *Segunda Celestina* (pág.523) Centurio dice a Tripa en Braço: "Que no, que mejor es entrar por lana y venir tresquilados"; en *Lisandro y Roselia* (pág.252) Dromo dice a Rebollo: "Estoy temblando aquí donde me ves, que temo no vamos por lana y vengamos tresquilados"; en la *Policiana* (pág.5) Solino dice a Salucio: "no

DOLOSINA. ¿Qué dizes, señora? ¿Pésate ya por lo que dixiste? Si assí es, yo te perdono, pues por ignorancia pecaste.

YSABELA. Anda ya, anda, buena vieja[934]; a otro perro con esse huesso[935], que muy bien te he entendido, y sé dónde asiestas tus tiros. No te me hagas tan santa con tus palabras[936], pues en ellas está el engaño; mas dime de parte de quién vienes, que podría ser tu mensaje no fuesse en vano; mas si de otro cabo de quien yo pienso viene[937], amonéstote que otra vez acá no me buelvas, porque librarás mal , y ésta se te perdonará atento a los sermones de piedad que tú me has predicado.

DOLOSINA. ¡Ay, señora! ¿Y quién dizes? Que cierto mi venida no es más de lo que has sabido.

YSABELA. Dueña noble[938], ya te he dicho que te he bien entendido; a perro viejo, no tus tus[939], que ya sabes bien que de cosario a cosario no

---

piense el pobre Solino yr por lana y boluer tresquilado, o apaleado".

[934] *buena vieja*: Aquí Ysabela habla con ironía puesto que ya sabe que Dolosina es una alcahueta llena de hipocresía y no una vieja mendicante como rnuestra su hábito, y este tratamiento irónico forma parte del engaño que prepara Ysabela para castigar mejor a Dolosina.

[935] *a otro perro con esse huesso*: Apunta el refrán "A otro perro con ese hueso, que éste ya está roído" (Correas); "se dá à entender à alguno, no se quieren dexar engañar de él, despidiendole del intento" (D. A.). En *La Celestina* (págs.554−555) Areúsa dice a Centurio: "A otro perro con esse huesso. No es para mí essa dilación"; en la *Segunda Celestina* (pág.337) Pandulfo dice a Felides: "Digo, señor, que a otro perro con esse huesso"; en *Lisandro y Roselia* (pág.171) Oligides dice a Drionea: "A otro perro con ese hueso, y no á mí, que las entiendo"; dicho refrán también se registra en la *Thebaida* (pág.48), en la *Florinea* (pág.56), en la *Propalladia* (pág.574) y en el *Libro de refranes* de Pedro Vallès.

[936] Ya que hemos visto la intención de Alonso de Villegas de imitar a Feliciano de Silva (véase *Comedia Selvagia*, III, 1, n.852), no hay que extrañar que en este pasaje Ysabela reproche a Dolosina por su falsa santidad cuya fuente de inspiración reside en la Celestina, falsamente resucitada y arrepentida, del autor de la *Segunda Celestina*.

[937] Ysabela quiere aludir a Flerinardo.

[938] *Dueña noble*: Tratamiento irónico; véase *Comedia Selvagia*, III, 3, n.934.

[939] *a perro viejo, no tus tus*: Refrán (Correas); variante del refrán *A perro viejo, no cuz cuz*: "Enseña que es muy difícil engañar al hombre experimentado y cuerdo" (D. R.). En *La Celestina* (pág. 482) Sempronio dice a Celestina: "Déxate comigo de razones. A perro viejo, no cuz, cuz"; en la *Segunda Celestina* (pág.302) Pandulfo

se pierde sino los barriles[940]; por tanto dime lo que te pregunto, que en tal hora puedes ser venida, que de mí lleves buen galardón por tu mensaje.

DOLOSINA. ¡O mi buena hija! Sabe que tu pensamiento es verdadero, y de parte de quién yo vengo por esta carta lo verás[941].

YSABELA. ¡A[h] doña falsa, que cogido os he la verdad sin que lo podáys encubrir! Mi fe, aunque vieja y yo mochacha[942], engañado os he. ¡O mala vieja, quién no estuviera avisada de las tales como tú, que con sus açucaradas y sanctas palabras vienen a robar la castidad de las nobles donzellas! Pues yo os aseguro que el pago que de aquí llevares será, conforme a la misericordia que a mi honestidad devo, bien ygual a tus sermones. Agora ¿qué dizes en esto? ¿Por ventura buscas algunas escusas? Pues yo te digo que te serán escusadas; mas bien será que anden las manos y cesen las palabras, que, pues a mí injuriaste, de mí llevarás el castigo. Oyes, ¡Cecilia, Cecilia!

CECILIA. Señora.

---

dice a Celestina: "A perro viejo, no tuz tuz, vieja"; en la *Tercera Celestina* (pág.178) Areúsa dice a Sigeril: "Nunca te acontezca a perro viejo cuz cuz, que pensarás que quiere el pan y te morderá la mano"; en *Lisandro y Roselia* (pág.43) Celestina (Elicia) dice a Drionea: "A perro viejo nunca cuz cuz"; en la *Policiana* (pág.50) Claudina dice a Cornelia: "Digo algo? Qué dizes, bouita? a perro viejo no cuz cuz"; y, hay más ejemplos de este tipo en la *Thebaida* (pág.48) y en el *Diálogo* (pág.76).

940 *de cosario... los barriles*: Refrán (D. R.); variante del refrán *De cosario a cosario no se llevan más que los barriles*: "porque como los tales salgan por la mar a sólo robar, no llevan embaraços de mercaderías, sino tan sólo lo que han menester para su sustento y defensa; aplícase a los que son cosarios en un género de trato y negocios que no se pueden engañar el uno al otro en cosa de mucho momento y precio" (Covarrubias). En *La Celestina* (pág.380) Celestina dice a Areúsa: "Por hazerte a ti honesta, me hazes a mí nescia y vergonçosa, y de poco secreto y sin esperiencia, y me amenguas en mi oficio por alçar a ti en el tuyo. Pues de cossario a cossario no se pierden sino los barriles".

941 El hecho de que Dolosina se niegue a decir el nombre del enamorado y que Ysabela, por su parte, no quiera leer la carta constituye un pequeño enredo que será resuelto en la cena siguiente del mismo acto.

942 *aunque vieja y yo mochacha*: es decir, *aunque soys vieja y yo mochacha*.

YSABELA. Ven aquí, toma tu almohadilla, daremos un refregón[943] a esta falsa alcagüeta, que ansí mi honra y limpieza quería robar.

CECILIA. ¿Qué, déssas es la señora[944]? Alto, que aparejada estoy.

DOLOSINA. Aun en mal hora acá avríemos venido, si esto assí se prosigue adelante.

YSABELA. ¿Qué murmuras, malvada? ¿Tienes alguna escusa?

DOLOSINA. Digo, señora, que este papel es una purga que asentó oy el doctor, y avía de costar mucho precio, lo qual a ti venié a pedir; y por que me creyeses te la mostrava, y si piensas aún que en ello te engaño, tómala y verlo as.

YSABELA. Essas escusaciones a[945] quien no te entendiesse, matrera, tus falsas rebueltas, pues hágote saber que mal se cubre cabra con la cola[946]; por tanto, si recepta es, recibe en ella nuestros golpes, pues escudo y capacete[947] te falta. Alto, hermana Cecilia, a las manos, mas cierra primero la puerta, no se nos vaya el gallo.

DOLOSINA. En mal punto acá vine, que esto a dos palabras tres pedradas[948]; me parece que vale más al fin callar como negra en vaño[949],

[943] *refregón*: *refregar*: "Dar en cara a uno con una cosa que le ofende, insistiendo en ella" (D. L. E.); *refregón*: "acción de refregar" (D. L. E.).

[944] *señora*: Tratamiento irónico; véase *Comedia Selvagia*, III, 3, n.934.

[945] *a*: en T no existe.

[946] *mal se cubre cabra con la cola*: Correas ofrece la variante de este refrán: "Mal se cubre la cabra con el rabo". En la *Comedia Calamita* (*Teatro Selecto de Torres Naharro*, ed. Humberto López Morales, pág.260) Jusquino dice a Libina: "Por cierto, mucho quisiera / concluyr, / porque, si quieres oyr, / ni con las colas las cabras, / ni mugeres con palabras / nos podéys jamás cobrir".

[947] *capacete*: "Casco de hierro hecho à la medida de la cabéza, para cubrirla y defenderla de los golpes y cuchilladas" (D. A.).

[948] *a dos palabras tres pedradas*: "Reprende a los habladores necios o ignorantes" (D. R.).

[949] *callar como negra en vaño*: "en el baño entran todos sin luz, y assí no se pueden distinguir quales son negros

que cada gallo canta en su muladar[950].

CECILIA. Ea, señora, no canses, que tiene mucho pelo; y aun no siente los golpes, toma exemplo en mí, y que tajos arrojo.

DOLOSINA. ¡Ay, ay, desventurada yo, que me fino!

YSABELA. Redobla tus golpes, Cecilia, en esta cuña, que ya rechina la piedra y presto caerá.

CECILIA. Por mi fe, vesla en el suelo.

DOLOSINA. ¡Ay, señores, que me muero, confissión[951]!

CECILIA. Ya te absuelven, hermana[952], y aun de tal manera que puedes a tus descendientes dar parte.

YSABELA. Déxala ya, Cecilia, que bien basta lo hecho.

CECILIA. ¿No ves, señora, que destas tales se dize que tienen siete

---

o blancos, si ellos no se descubren hablando" (Covarrubias).

[950] *cada gallo canta en su muladar*: "el que anda fuera de su tierra y de su casa no tiene los bríos que quando se halla en ella, favorecido de sus deudos y amigos" (Covarrubias); también se localiza este refrán en la *Thebaida* (pág.121) y en el *Diálogo* (pág.90).

[951] Esta escena está inspirada en un pasaje de *La Celestina* (pág.485) en el que Sempronio y Pármeno matan a Celestina y un pasaje de la *Segunda Celestina* (pág.347) en el que Elicia golpea a Palana. No obstante, es burlesca la intención de Alonso de Villegas, a diferencia de la de los autores respectivos de las citadas obras.

[952] *hermana*: Tratamiento irónico; véase *Comedia Selvagia*, III, 3, n.934.

almas como gato[953], y aun[954] no será la primera del todo salida? Mas agora bien está, pues mi almohadilla demuestra las entrañas de trabajada; mas ¿qué piensas hazer désta, que, a lo que creo, está muerta?

YSABELA. Por mi fe que dello me pessase, porque solamente quisiera escarmentalla; mas si es hecho, y no se puede escusar, con hazerlo saber a mi señor Polibio todo el caso por entero y no avrá más; que quien burla al burlador[955], ya abrás oýdo.

CECILIA. Pues, señora, yo quiero yr a llamalle.

YSABELA. Bien será; torna, torna, Cecilia.

CECILIA. ¿Qué dizes, señora?

YSABELA. ¿No ves qué rezia va por el escalera abaxo? Cierto que con engaño lo fingié, que en viéndote salir, y la puerta abierta, luego se levantó más rezia que un quadrillo[956].

---

[953] *tienen siete almas como gato*: Correas trae en su refranero la variante de este refrán: *Tiene siete vidas, como gato*: "El vulgo dice por experiencias que los gatos tienen siete vidas, o siete almas, porque después de tenidos por muertos y echados al muladar, suelen volver vivos a casa". En la *Policiana* (pág.53) Pamphilo estimula a Siluerio para que dé más golpes a Claudina: "Dala dala, que avn todauia rebulle. Siete almas tiene como gato". Quizá Cecilia aluda a las alcahuetas como Celestina, quien, según Feliciano de Silva, se escapa del asesinato, que tiene lugar en *La Celestina*, y en la *Tercera Celestina* siempre sobrevive de los golpes de los rufianes, pese a que pierde la vida al final de la obra de Gaspar Gómez de Toledo. Su muerte no tienen nada que ver con las venganzas de los criados o rufianes, porque es causada por la caída del corredor de su propia casa, debido a la prisa que lleva para cobrar las albricias.

[954] *aun*: en T *un*.

[955] *quien burla al burlador*: El refrán completo es *Quien burla al burlador cien días gana de perdón*: "Disculpa al que comete una mala acción contra un malvado" (D. R.). Este refrán cuenta con varias versiones. Por ejemplo, en *La Celestina* (pág.564) Tristán dice a Sosia: "que quien engaña al engañador..."; en la *Tercera Celestina* (pág.159) Rodancho dice a Pandulfo: "y veo que como dizen, quien roba al robador cient días gana de perdón, por el consiguiente los ganará quien mata al matador, que ésta ya sabes que demás de robar las haziendas mata las vidas"; en la *Thebaida* (pág.118) Galterio dice a Aminthas: "Y no os dirán a dos por tres sino 'Quien engaña al ladrón, cient días gana de perdón'".

[956] *se levantó más rezia que un quadrillo*: *recio*: "Con rapidez, ímpetu o precipitación" (D. L. E.); *quadrillo*: "Arma arrojadíza, de que usaron los Moros contra los sitiadores de Sevilla, que era una especie de saéta

CECILIA. Assí me parece, mas no la arriendo la ganancia[957] desta tarde; y si bien le supo, tórnese al regosto.

CENA QUARTA DEL TERCERO ACTO

En que Ysabela, leýda la carta que la vieja dexó, y entendiendo enteramente el caso, mucho su celeridad y poco miramiento yncusa; Cecilia le da muchos consuelos; en fin de pláticas va a llamar a Valera para que entienda en las amistades de Dolosina con ellas. Introdúcense:

YSABELA. CECILIA.

[YSABELA.] Agora ¿consideras, Cecilia, quántos engaños y trayciones ay por el mundo? ¿Quién pensara tal, que esta mala vieja, con sus fingidas sanctidades y palabras dulces, vinía a contaminar el omenaje de mi limpieza?

CECILIA. Cierto, señora, que no devía ser experta en las armas; pues viniendo a dar combate a fortaleza, venía sin amparo de capacete para las piedras y petrechos[958] que los cercados avían de soltar en su defensa.

YSABELA. ¿No viste cómo se hizo muerta como raposa apaleada?

CECILIA. Sí vi, mas poco le prestó, que si mi espada no hiziera

de madéra tostada, y quadrada" (D. A.); *se levantó más rezia que un quadrillo* quiere decir *se levantó más rápidamente que un rayo* o *se levantó muy rápidamente*.

[957] *no la arriendo la ganancia*: es decir, *No le arriendo la ganancia*: "Phrase que se suele usar para significar que alguno está en peligro, ò expuesto à algun trabájo ò castígo por algun hecho, ù dicho" (D. A.). En *La Celestina* (pág.331) Sempronio murmura: "¡Pues mala medra tiene! ¡No le arriendo la ganancia!".

[958] *petrechos*: *petrecho*: Palabra no documentada.

muestras de se quebrar, no cesara aún por su industria la batalla.

YSABELA. Agora bien, vaya a la mala ventura, que por el necio atrevido de quien la embió no faltaré el amor que a Selvago tengo; pues por sus razones este día passado claramente conocí no bivir engañada.

CECILIA. ¡Ce, señora, qué digo yo! ¿No ves la carta que traýa la falsaria a par[959] de la puerta?

YSABELA. Por tu fe, Cecilia, que la hagas pedaços, que me parece ofender a Selvago lo contrario haziendo.

CECILIA. Por mi salud, señora, que tal no sea, sino que emos de saber en qué mundo bivimos, y reýr un poco con sus necedades, pues se puede hazer tan a nuestro salvo[960].

YSABELA. Haz tú lo que por bien tuvieres, mas yo lavo en ello mis manos[961], mas mira a todo esto no sea recepta de purga, como dixo la vieja, y te quedes soplando las manos[962], tu gozo en el pozo[963], con la miel en los labrios.

---

[959] *a par*: "cerca ò immediatamente à alguna cosa, ò junto à ella" (D. A.).

[960] En la *Segunda Celestina* (pág.250), cuando Polandria pide a Poncia que rompa la carta de Felides, su criada le aconseja: "Por Dios, señora, que havemos de ver las boverías primero, que no hay cosa en este mundo con que más huelgue que de ver cartas de amores, y más deste cavallero, que la tienen por muy sabio".

[961] *yo lavo... mis manos*: "vale tanto como yo no entro ni salgo en esse negocio" (Covarrubias).

[962] *te quedes soplando las manos*: *quedarse soplando las manos*: "quedarse en vacío" (Covarrubias); *soplarse las manos*: "quedar burlado en la pretension, ù logro de alguna cosa el que la juzgaba conseguir ciertamente" (D. A.).

[963] *tu gozo en el pozo*: Alude a la frase hecha *nuestro gozo en el pozo*: "dixose quando tomando alegría de alguna cosa que esperamos o pensamos tener, sale falsa" (Covarrubias). En *La Celestina* (pág.594) Pleberio dice a su mujer Alisa: "¡Ay, ay, noble muger! ¡Nuestro gozo en el pozo!"; en *Lisandro y Roselia* (pág.175) Celestina (Elicia) habla consigo misma: "¿Si fué sentida? No sé; si así es, nuestro gozo en el pozo"; y, en la *Policiana* (pág.43) Dorotea dice a Philomena: "Plego a Dios que los perros no uenteen y acometan a hazer que su officio, porque si tal cosa fuesse, todo tu gozo en el pozo".

CECILIA. Anda, señora, que no es noramala, que toda la sangre, de alteración, se me avía ydo a la servilla[964]; mas oye si te parece, pues a ti viene dirigida, y si algún passo lamentable en ella vieres, mira que con lágrimas y sospiros le solenizes, porque assí conviene, y es precepto en la ley de bien amar[965].

YSABELA. Anda en mal ora, o la rompe, o acaba ya.

CECILIA. Agora oye:

CARTA

Si fuerça en la mía uviesse para la que de tu parte me viene, seráfica dea, en alguna manera relatar, no sólo mi raviosa fatiga en ello recibiría contento, mas a tu grande piedad y benivolencia, acerca de ella, mostrarié en alguna manera su ser; mas ¡ay de mí! que ni la pena que por ti padezco consiente, por ser tal, en papel ser esculpida, ni ya que lo fuesse de ti, ni de ninguno de los mortales por lo mesmo le serié dado crédito, porque todas quantas vezes el radiante Febo, su lucida coma[966] del Oriente en nuestra Europa nos demuestra, en fénix[967] convertido, en fuegos por mí mesmo fabricados, soy deshecho, tornando en el instante a renacer; porque la pena siendo perdurable, infinito sea su tormento.

---

[964] *servilla*: "Es un calçado de unas çapatillas, de una suela muy a propósito para las moças de servicio" (Covarrubias).

[965] *si algún passo... la ley de bien amar*: Pasaje inspirado en la *Segunda Celestina* (pág.252) donde se lee el siguiente diálogo:

> PONCIA. Pues ya, señora, que la lees, léela con toda la solenidad que se requiere.
>
> POLANDRIA. ¿Qué solenidad?
>
> PONCIA. Con sospiros y passión.

[966] *coma*: "es nombre latino, y sinifica el cabello" (Covarrubias).

[967] *fénix*: Es una ave fabulosa que, al sentir la llegada próxima de su muerte, construye un nido con ramas del árbol de la canela y del incienso, en el cual se enciende a sí misma y se muere. Más tarde, nace de sus cenizas una especie de gusano que se convertirá en fénix. Véase también *Comedia Selvagia*, I, 1, n.327 y I, 3, n.561.

No dexo de recebir, mi dea, algún pequeño consuelo por tan a la clara averte mi propósito declarado, aunque por otra parte considerando la cruda respuesta, por ser ninguna, que por ti me fue dada, en más y mayor descontento es convertido; de donde una tal desesperación a mis sentidos se demuestra, que la vida tienen por pena, y la muerte les sería muy agradable vida, la que, último y poster medio de descanso en mi trabajosa cuita desseo que fuesse, y sin dubda será, si tú, mi preclara dea, no truxeres el saludable letuario de tu soberana gracia al en ti convertido Selvago, y por ti crudamente de la vida excluido.

YSABELA. ¡Ay de mí, la más sin ventura donzella de las nacidas!, y ¿qué oygo? ¿Y es verdad que de parte de mi Selvago me viene este mensaje? Muestra, muestra, Cecilia, esse bienaventurado papel, aunque en muy fortunado tiempo llegado, seré en ello bien certificada para que la pena que también he merecido en dar tal pago a quien tanto bien me traýa, en mí execute.

CECILIA. Mira, señora, que no me parezen bien los estremos que muestras, pues más con razón avías de tomar gozo con tal acaescimiento, que por él demostrar tanta tristeza.

YSABELA. ¡Ay desventurada yo, que aun esto es poco, pues tan desaconsejada he sido con quien toda mi gloria en su poder tiene! Dime tú, ¿no vees quánta razón tengo para salir de sentido, pues por mi poco saber no menos que de mi muerte he sido causa, si Selvago de lo que con su mensajera[968] pasé es sabidor? Pues es cierto que de oy más de mí no tendrá cura, aviendo una vez a él y otra a su carta con tanta esquiveza tratado.

[968] *mensajera*: en T *mensajero*.

CECILIA. Señora Ysabela, antes en esso bives engañada, porque la condición de los hombres es tal, que aquello que les es negado con mayor eficacia procuran, y lo que fácilmente les conceden, muy presto dellos es olvidado; quanto más que siendo, como es, Selvago bien entendido, sabiendo el caso por entero, antes por él te dará gracias, que, como dizes, se apartará de su propósito, porque si tú apaziblemente a la vieja y su mensaje recibieras ignorando la parte, no sólo de liviana fueras ultrajada, mas aun de inconstante amadora adquirieras renombre, pues la fe a su verdadero amor devida, recibiendo mensaje ignorando ser suyo, del todo era falsada.

YSABELA. Por verdad, hermana Cecilia, gran consolación y deleyte de tus palabras me viene, que sin ellas fuera impossible remediar mi vida; mas pídote por el amor y fidelidad que me eres deudora, pues en lo uno también has razonado, que en lo que de aquí resulta me aconsejes, para que si algo por mi ignorancia se ha perdido con tu mucha discreción se recupere, y yo, del crudo tormento que padezco, algún remedio reciba.

CECILIA. No dexo de conocer, mi señora, ser gran presunción la mía en ponerse a dar parecer a quien a mí y a muchos otros le puede dar, mas, por que no parezca que tu mandamiento recuso, cumpliré lo que por ti me es mandado. Digo, pues, que, sin más detenimiento, a tu ama Valera mandes llamar, la qual venida, ella dará algún medio cómo te reconcilies con aquesta vieja que con el mensaje aquí vino, que yo sé que las dos tienen en sí gran amistad, porque, si no me engaño, aunque con ábito de mendicante venía disfraçada, es Dolosina, la famosa alcagüeta[969], que

[969] *si no me engaño... la famosa alcagüeta*: Este pasaje demuestra que Cecilia, desde el primer momento, ya ha reconocido a Dolosina. Sin embargo, en vez de echarla de casa, la ha introducido en el aposento de Ysabela. Tal descuido posiblemente se deba al efecto del conjuro de Dolosina. Sucede algo parecido con la madre de Melibea, la cual, sabiendo perfectamente quién es Celestina, se va tranquilamente dejando sola a su hija en

tales ensayos[970] haze para más a su salvo ordenar sus tratos.

YSABELA. Bien me parece, Cecilia, lo que has dicho; por tanto, por mi amor, que tú recibas el trabajo en llegarte a su posada a la llamar.

CECILIA. Señora, en todo cumpliré tu mandamiento; por tanto, a Dios quedes, que yo voy.

YSABELA. Por tu fe, Cecilia, que no tardes, y ve en buen hora.

CENA PRIMERA DEL QUARTO ACTO

En que Dolosina, medrosa por lo pasado, encuentra con Valera. Cuéntanse las dos sus negocios, muy alegres por lo que la una de la otra colige. Dolosina la encarga que recaude una carta de Ysabela para Selvago, y con este acuerdo se despiden. Introdúzense:

DOLOSINA. VALERA.

[DOLOSINA.] Alivia tus pies, Dolosina, que aun toda vía estás en la tierra de tus enemigos, no tengan alguna celada encubierta o vengan en el alcance cavalleros corredores que nos quiten el despojo y quede la vida de las pihuelas[971]. Quiero echar por esta calleja hazia Sant Román, que me parece encubierta, en que me podré librar, si tras de mí vinieren. Ya no ay peligro, que lexos estoy. Quiero reyterar lo que por mí ha passado, pues,

compañía de la alcahueta. Véase *La Celestina*, págs.304-306.

[970] *ensayos*: *ensayo*: "La dicha prueva de bondad y fineza, y algunas vezes sinifica el embuste de alguna persona que, con falsedad y mentira, nos quiere engañar y hazer prueva de nosotros" (Covarrubias).

[971] *pihuelas*: "Se llaman por semejanza los grillos con que se aprisionan los reos" (D. A.).

como dizen, en salvo está el que repica[972]; por mi vida, que puedo hazer cuenta que oy nací, pues de tan eminente peligro fuy librada[973], con razón se podría por mí dezir, atrevióse Morilla y comiéronla lobos[974]. ¡Válame Dios, y qué fortaleza y sagacidad de donzella! Sin duda que passé por ello y no lo puedo creer viendo una mochacha aún, como dizen, con la leche en los labrios[975], y que tan fácilmente a la vieja y astuta Dolosina engañase, haziéndole sacar el hijo del cuerpo y dezir duro y maduro[976], y después, sin podello negar, en porte del mensage, darme tal trato ella y la otra rapaza de su criada, aunque, por mi vejez, si no fuera por el lugar ser peligroso, que todos nos entendiéramos a coplas[977]; mas passe, que yo fiadora de tomar la vengança a mi propósito, muger es y fermosa, mal

[972] *en salvo está el que repica*: "en las costas de la mar descubren desde las torres quando ay enemigos, y al punto el que está allí tañe a rebato, y éste no tiene peligro, porque está encastillado en la torre" (Covarrubias); "Refr. con que se nota la facilidad del que reprehende à otro el modo de portarse en las acciones peligrosas, estando él en seguro ò fuera del lance" (D. A.). Este refrán se registra también en *La Celestina* (pág.452), en la *Segunda Celestina* (pág.541), en la *Policiana* (pág.13), en la *Florinea* (pág.7) y en el *Diálogo* (pág.79).

[973] *puedo hazer cuenta... fuy librada*: En *La Celestina* (pág.459) Pármeno dice a Sempronio: "Quiero hazer cuenta que oy me nascí, pues de tal peligro me escapé". En *Lisandro y Roselia* (pág.150) Casajes dice a sus compañeros: "Hagámonos cuenta que hoy nos nacimos, que de dos buenas hemos escapado"; y, en otro pasaje (pág.209), Brumandilón habla consigo mismo: "Doite gracias, Señor, que me heciste ligero y desenvuelto á tales tiempos, hágome cuenta que hoy me nací". En la *Florinea* (pág.4) Fulminato dice a Felisino: "Oy Felisino contemos este dia con piedra blanca: y digamos que oy nascimos". Véase también *Propalladia*, pág.812, n.354.

[974] *atrevióse... los lobos*: variante del refrán *Arremetióse Morilla y comiéronla los lobos*: "con el ardór de la ira y de la cólera se suele entrar en el peligro, de que no se puede salir sin llevar escarmiento" (D. A.). En *Lisandro y Roselia* (pág.255) Brumandilón dice a Oligides: "Arremangóse Morilla y comiéronla lobos".

[975] *con la leche en los labrios*: *Tener* o *estar con la leche en los labrios*: "Phrase con que se significa la falta de experiencia de alguna persóna, aludiendo à los niños que maman, los quales por su edad no saben cosa alguna de las del mundo" (D. A.). En la *Comedia Eufemia* de Lope de Rueda (ed. José Moreno Villa, pág.34) Vallejo dice a Grimaldo: "que aunque está con la leche en los labios, no me lo rindas".

[976] *dezir duro y maduro*: Alude al refrán *Yo duro y vos duro, quién llevará lo maduro*: "dexa dudoso el acierto de qualquiera dependéncia ò negócio, el concurrir al ajuste ò convénio dos poderosos ò temósos, ò recios de condición" (D. A.).

[977] *nos entendiéramos a coplas*: *entenderse a coplas*: "Especie de amenáza con que se dá à entender, que si algúno le dixere ò hiciere à otro algúna cosa que le ofenda ù desagrade, no quedará corto en responderle y satisfacerle" (D. A.). En la *Segunda Celestina* (págs.303–304) Celestina dice a Pandulfo: "no me haga que suelte yo esta maldita, si no, por mi vida, que podemos entendernos a coplas".

me andarán las manos, pues allá dexé la carta, si no la hago caer en el garlito[978], aunque más haga de la grave y generosa. Mas ¿qué digo yo? ¿Y cómo podrá ser esto quando mis sagaces razones para con ella tan poco aprovecharon? Cierto que será trabajoso caso de vencer su fortaleza[979], que es a la verdad muy entendida, y al parecer muy casta por estremo; por mi salud, que si de su manera fuessen todas las mugeres de nuestro tiempo, que mala ganancia harían las de mi oficio, mas loores a Dios que no son todas así[980]. Mas ¿qué digo yo? ¿Es Valera la que allí viene? Cierto, ella es, quiérome atapar[981] y passarme de largo[982], no me conozca[983] con el hábito que llevo; mas escusado es, que ya me ha conocido.

VALERA. ¿Qué es esto, señora Dolosina? ¿Qué hábito es éste? Por ventura es negocio de importancia, pues assí las armas avéys cambiado.

DOLOSINA. Assí es, hermana, como dezís; mas ¿dónde guiáys vuestro camino tan de prisa, que me parece que vays a ganar beneficio[984]?

---

[978] *caer en el garlito*: "coger alguno con el cevo de la codicia o interés o passión amorosa" (Covarrubias); en *Lisandro y Roselia* (pag.96) Celestina (Elicia) habla consigo misma de Roselia: "Bien está, ella irá poco á poco á entrar en el garlito".

[979] *vencer su fortaleza*: "Comparar la amada con una ciudad o fortaleza que se tenía que asediar era *topos* literario establecido" (*La Celestina*, pág.350, n.69); "El concepto de guerra de amor procede de los *Remedia amoris*, de Ovidio (Lib.I, IX, vs.1–3). Se difunde en la Edad Media con el *Roman de la Rose* y, tras la lírica petrarquista, se convertirá en lugar común en los siglos XVI y XVII" (*Segunda Celestina*, pág.257, n.6).

[980] *si de su rnanera... no son todas así*: Alonso de Villegas, no sin ironía, pone en boca de Dolosina la crítica de la liviandad de algunas mujeres de su época.

[981] *atapar*: "desus. y hoy vulg. **tapar**" (D. L. E.); "*atapar* y *tapar* eran formas concurrentes aún en el siglo XVI y primera mitad del XVII" (*Lazarillo*, ed. F. Rico, pág.31, n.77).

[982] *passarme de largo*: *pasarse de largo*: "Por no hablar ni detenerse" (Correas).

[983] *conozca*: *conocer*: "reparar, distinguir y percebir con los ojos, ù reconocer" (D. A.); *conozca* quiere decir *reconozca*.

[984] *¿dónde guiáys... ganar beneficio?*: En *La Celestina* (pág.329) Sempronio pregunta a Celestina: "¿Quién te vido hablar entre dientes por las calles y venir aguijando como quien va a ganar beneficio?"; en la *Segunda Celestina* (pág.218) Sigeril dice a Pandulfo: "Passo, passo Pandulfo, que paresce que vas a ganar beneficio según la priessa que llevas".

VALERA. Antes ando en os hurtar el oficio.

DOLOSINA. ¿Cómo assí?

VALERA. Como que tengo para vista del processo cincuenta pieças de oro en mi casa.

DOLOSINA. ¿Quién es la parte?

VALERA. Es secreto.

DOLOSINA. Por mí no lo dexará de ser.

VALERA. Mi hija de leche, Ysabela.

DOLOSINA. ¡Santo Dios, y qué oygo! Pues dezidme, hermana Valera, assí ayáys buena postrimería, ¿quién es el galán?

VALERA. Selvago, si le conoces, se nombra.

DOLOSINA. ¿Es sueño lo que oygo[985]? Agora, pues, las partes me avéys dicho, dezidme lo que passa, que de vuestro provecho no me puede a mí pesar.

VALERA. Essa confiança tengo yo de vos, y por tanto os lo quiero dezir. Avéys de saber que Ysabela muere por este cavallero, y descubriéndome a mí su secreto, le prometí que con un conjuro que en un su ceñidor pondría la primera vez que mirasse a Selvago le haría venir en su propósito, en fin de razones, ella me cargó de cosas de precio que dixe ser apropiadas al conjuro, el qual le embié con una su criada, y yo voy

[985] *¿Es sueño lo que oygo?*: En *La Celestina* (pág.448), cuando Celestina comunica el amor de Melibea a Calisto, éste está fuera de sí y exclama: "Moços, ¿estó yo aquí? Moços, ¿oygo yo esto? Moços, mirá si estoy despierto. ¿Es de día o de noche? ¡O señor Dios, padre celestial, ruégote que esto no sea sueño! ¡Despierto, pues, estoy!".

agora, con la prisa que veys, a ver lo que a passado.

DOLOSINA. Maravillas me avéys dicho; mas hág'os saber que yo ando en un negocio del mesmo Selvago con el hábito que veys.

VALERA. ¡Ay desventurada yo, y qué oygo!

DOLOSINA. Antes bienaventurada, y comigo juntamente; que sabed que muere por Ysabela.

VALERA. ¡O mi buena hermana! ¿Y es verdad lo que dezís?

DOLOSINA. Sí, por cierto.

VALERA. Agora os quiero abraçar[986], que sin dubda me avéys dado la vida, y si os parece, pues bien a nuestro salvo lo podemos hazer, vos a Selvago por una parte, y yo por otra a Ysabela, hagámosles que compren caro el plazer que esperan gozar.

DOLOSINA. En mi coraçón estáys, así sea; mas hágoos saber que he oy con Ysabela estado, que yva por le dar una carta, y siendo en su presencia, poco me valieron mis astucias a que no barruntasse a lo que yva, y ella y una su criada me dieron un trato de cuerda[987] con sus almohadillas en que labran, que pensé perder la vida; mas libréme dellas huyendo dexándoles en un rincón la carta.

[986] *Agora os quiero abraçar*: En otras obras del ciclo celestinesco también se ve la presencia de esta expresión: por ejemplo, en la *Segunda Celestina* (pág.332), al enterarse de que ya ha ganado algo del amor de Polandria, Felides dice a Celestina: "Ven acá, que te quiero abraçar mil vezes"; y, en la *Policiana* (pág.36) Policiano dice a Claudina: "O rostro de paz bienauenturada. O aspecto de alegre misericordia. O venerable forma de fortaleza. Abraça me, vieja tan desseada".

[987] *trato de cuerda*: "Castigo que se suele dar, atando a uno las manos por detrás, levantándole en el ayre, y dexándole después caer sin que llegue a tierra, con que casi se le descoyuntan los huessos de los ombros" (Covarrubias).

VALERA. ¿Dixístesle de parte de quién ývades?

DOLOSINA. No uvo lugar.

VALERA. Pues en esso estuvo el herror; mas, pues ya pasó y no puede dexar de ser, ýos a vuestra casa, que yo quiero llegarme allá, y con lo que negociare a vos acudiré.

DOLOSINA. Bien me parece esso; mas deves de procurar que ella le escriva una carta, en que lo mande que esta noche a la hablar por alguna secreta parte se llegue, que si ella le ama, como dezís, fácil será de alcançar, y si assí fuesse a mí darés provecho y a vos no vendrá daño.

VALERA. Bien estoy en esso, mas toda vía fuera mejor alargarles la cura[988] para que alargaran la paga a nosotras.

DOLOSINA. No se pierde cosa en que se haga lo que tengo dicho[989], por tanto concluye de presto, y con la carta, si ser puede, yrés luego a mi posada.

VALERA. Alto, pues ansí os paresce, ansí sea; no me quiero detener, yd con Dios.

DOLOSINA. Él os guíe, hermana Valera. ¿Qué te parece, Dolosina, de los tratos y mudanças de este mundo? ¡Quán presto perdido y quán presto ganado! ¡Quán poco [h]a estava la más afligida del mundo, apaleada, aviendo tan mal negociado, y agora alegre y regozijada! y con

[988] *alargarles la cura*: *alargar la cura*: "Prolongar sin necesidad un negocio, cuando al que lo alarga se le sigue de esto alguna utilidad" (D. L. E.).

[989] Este pasaje puede haberse inspirado en uno de los diálogos entre Celestina y Sempronio. En *La Celestina* (págs.332–333) Sempronio sugiere a Celestina que alargue la pena de Calisto a fin de alargar el provecho de los dos y Celestina se lo rechaza presentando argumentos convicentes: el amante liberal "Más dará en un día de buenas nuevas, que en ciento que ande penando".

razón, pues las albricias que dello espero, no las trocaría por cien piezas de oro[990]. Quiera Dios que no se abuchorne[991] la venida de Valera, que assí no es, por ciertas las tengo. Agora bien, ya veo mi puerta, quiero entrar y reposar un poco, que el tiempo dirá lo que ha de ser.

CENA SEGUNDA DEL QUARTO ACTO

En que Cecilia encuentra en el camino con Valera, y dándole el recaudo de su señora va con ella a la ver, donde acaba que una carta para Selvago escriva en que le manda que essa noche por la fenestra de su aposento venga a la hablar. Hecho esto, Ysabela da largas mercedes a Valera, ansimesmo una rica sortija para Dolosina, en seña que las amistades sean firmes; después de lo qual, Valera va con este recaudo a Dolosina. Introdúzense:

VALERA. CECILIA. YSABELA. DOLOSINA. LELIA.

[VALERA.] ¿Es la que allí viene Cecilia? Ella es sin dubda; ¿y adónde endereza tan de priessa su camino? Quiérola llamar, que, según va de cuydadosa, no me a visto. ¡Cecilia, Cecilia!

CECILIA. ¡O madre! Por mi vida, que te yva a buscar, que mi señora Ysabela te ha necessidad.

VALERA. Alto, pues, hija, vamos quando quisieres, aunque se

[990] *cien piezas de oro*: Recuerda las cien monedas de oro que Calisto da a Celestina, las cuales son capaces de despertar la codicia de cualquiera. Aquí Dolosina espera de Selvago beneficios mayores que las cien monedas de oro, lo cual demuestra que la alcahueta de Alonso de Villegas es más codiciosa que la de Fernando de Rojas. Véase también *Comedia Selvagia*, IV, 2, n.1006.

[991] *abuchorne*: Palabra no documentada.

pierda otro negocio bien importante que agora tenía.

CECILIA. Assí cumple, madre, porque mucho eres menester.

VALERA. ¿Tienes otra nueva enfermedad, o siéntese fatigada con la llaga antigua?

CECILIA. Algo deso no puede faltar; mas agora vamos a la posada, que della serás satisfecha en tu pregunta. Ya parece la puerta, entra presto, madre, que ya mi señora nos ha visto y nos llama.

VALERA. ¡O mi perla de oro y mi señora! ¿No me dezís si os halláys más sossegada con la operación del conjuro?, que, por mi salud, bien segura estoy que os fue provechoso, por lo mucho que a mí de mi parte me costó.

YSABELA. Madre señora, si lo que por mí has hecho te oviesse de pagar por entero y como tú mereces, muy más grande avía de ser mi valor y posibilidad, porque te certifico que fue grande la operación de tu obra, que, como tú antes me denunciaste, assí como me vido fue preso de mi amor, y por palabra me lo demostró, de que yo soberanamente me gozava si la fortuna, enemiga de todo placer ageno, no lo oviera oy trabucado; ca sabe que una dueña en hábitos de mendicante me vino con una carta suya, mas yo, ygnorante que dél fuesse, no sólo de palabra, mas de obra, yo y juntamente comigo Cecilia, mi donzella, la tratamos muy mal, hasta tanto que de las manos se nos fue dexándose la carta en el suelo, por la qual he sabido todo el caso, de que estoy la más afligida y atribulada muger del mundo, con temor que si de Selvago es sabido, viendo mi esquiveza, no haga mudamiento, que causaría que mi vida otro tanto hiziesse.

VALERA. Mi buena hija, sabe que ya lo tengo todo esso remediado.

YSABELA. ¡O mi buena madre! ¿Y cómo has hecho tanto bien?

VALERA. Yo os diré: poco antes que con Cecilia, que por vuestro mandado a me buscar yva, encontrase, estuve con essa vieja que dezís, que muy íntima amiga mía se muestra, que siéndole por mí preguntado la celeridad y estrañeza de su vestido, como entre nosotras ninguna cosa aya secreta, por entero me lo declaró, y yo como vuestro coraçón tanto entendiese, viendo el mal que se puede seguir, por que lo que con vos passó no manifestase a Selvago[992], le prometí de vuestra parte la respuesta de la carta, y ansí mesmo que esta noche con vuestra licencia os podría hablar por algún lugar secreto, lo que ella os vinié a dezir junto con os traer la carta; y si yo lo prometí, no se os deve hazer grave, pues mayor mal fuera si a Selvago le fuera descubierta la manera que en recebir su mensaje se tuvo.

YSABELA. ¡Ay amiga! ¡Cómo por un cabo me as de cruda muerte hecho libre, y por otro me das a passar gran afrenta!, que puesto caso que de coraçón a Selvago ame, no tan poco quisiera darle ansí tan abiertamente mi libertad en conceder lo que por mí prometiste.

VALERA. Señora hija, si bien miras en ello, no es tan grande el favor, si se le concede, como vos le pintáys, que de hablallo de una fenestra a vuestra honra ningún peligro se sigue.

YSABELA. Bien está, madre, lo que dizes, mas debaxo essa hoja ay otra[993], que quien para en esso le concede lugar es causa a que en lo demás

[992] *por que lo que... a Selvago*: En *La Celestina* (pág.324) Melibea pide a Celestina: "Pues, madre, no le des parte de lo que passó a esse cavallero"; en la *Segunda Celestina* (pág.327) Polandria pide lo mismo a Celestina: "Tía, vamos; mas mira, por tu fe, que no digas nada a aquel cavallero desto que ha passado".

[993] *debaxo essa hoja ay otra*: Alude al refrán "Vuelve la hoja y hallarás otra" (Correas); "es decir, el aserto o la conclusión que se halla en una página puede ser controvertida en la página siguiente" (*La Celestina*, pág.459,

le dé possessión; que será tan escusado como lo que más lo puede ser, si vínculo de matrimonio no se pone de por medio[994].

VALERA. Mi señora, allí se lo podés declarar, y qual el tiempo tal el tiento[995]; que si conforme a vuestro propósito respondiere, haréys lo que por mejor y más honesto tuviéredes, y si no, podréysle vos de su propósito desengañar, aunque para mí tengo que no será él tan desmesurado, viendo que antes gana que pierde en el negocio.

YSABELA. Hermana Cecilia, ¿qué dizes tú en esto?

CECILIA. Digo, señora, que lo que se ha de hazer tarde, que se haga temprano[996], no es mucho.

YSABELA. Pues dame papel y tinta, que más quiero por el consejo de vosotras herrar, que por el mío acertar en el caso[997].

CECILIA. Ves aquí, señora.

YSABELA. Por tu fe, Cecilia, que mientras yo escribo saques

n.18).

[994] *que será tan escusado... de por medio*: Estas palabras de Ysabela muestran que su amor no es lascivo sino casto. Así que tanto Selvago como Ysabela, desde el principio, ya tienen la idea muy clara: hay que defender el amor puro y bueno cuya manifestación es el vínculo matrimonial. Sin embargo, la idea del matrimonio no es compatible con el principio primordial del amor cortés ya quc, según Peter E. Russell, "era principio de derecho que la mujer casada pasaba a estar bajo el dominio legal del marido, resultaba imposible mantener, después del matrimonio, la doctrina del vasallaje del hombre con la mujer que era la base del amor cortés" (*La Celestina*, pág.57). En la *Comedia Calamita* (*Teatro Selecto de Torres Naharro,* ed. Humberto López Morales, pág.305) Calamita dice a Libina: "Que me tome por muger; / si no, que vaya en buen hora".

[995] *qual el tiempo tal el tiento*: "Refr. que aconseja la prudencia en acomodarse à las circunstancias, y al tiempo, midiendo con ellas las operaciones, ò intentos" (D. A.).

[996] *lo que... se haga temprano*: variante del refrán "Lo que se ha de hacer tarde, hágase temprano" (Correas). En la *Tercera Celestina* (pág.132) Rodancho aconseja a Quincia: "Pues lo que as de hazer tarde, hazlo temprano, y tendráslo como a hermano".

[997] *más quiero... en el caso*: En la *Policiana* (pág.4) Policiano dice a Solino: "Dame consejo, pues vale mas errar por el tuyo libre, que acertar por mi parescer apassionado".

algunas conservas aquí a mi madre, en que entienda.

CECILIA. Ve, señora, que sí haré. Ce, madre, ¿ay possibilidad en ti para poner en cobro[998] estas rajas de poncil[999] con estas pastillas[1000]? Por señas que a mi señor le fueron embiadas desde Valencia[1001].

VALERA. Hija Cecilia, aunque las muelas se me cayeron, enzías me quedaron[1002] que tienen sus vezes[1003].

CECILIA. Pues toma, madre, y si quieres que las parta o enternezca con los dientes, por que no tomes trabajo, yo lo haré por amor de ti.

VALERA. Calla en mal hora, no te hagas tú Marta, la que de piadosa maxcava el açúcar a los dolientes[1004]; pues hágote saber que hablando en veras, que fíase más en mis encías que tú en tus dientes, porque ellos te pueden faltar, y a mí no tengo temor sino que de cada día más me sean mejores[1005].

---

[998] *poner en cobro*: *poner alguna cosa en cobro*: "assegurarla" (D. A.). En la *Tercera Celestina* (pág.197) Castaño dice a Martínez: "Y avn hasta aueriguar si causa daño o prouecho su camino, la tengo de poner en cobro, que de personas sospechosas, más que esto se a de temer".

[999] *rajas de poncil*: *raja*: "Pedazo que se corta a lo largo o a lo ancho de un fruto o de algunos otros comestibles; como melón, sandía, queso, etc." (D. L. E.); *poncil*: "Es especie de limón, y por tener forma de una teta recogida, quales las suelen tener las donzellas, se dixo poncil" (Covarrubias); *rajas de poncil* quiere decir *rodajas de limón.*

[1000] *pastillas*: se refiere a las *pastillas de boca*: "alcorças pequeñas de la forma de pastillas... porque se trae en la boca para dissimular el mal olor della" (Covarrubias).

[1001] "Los dulces y conservas de Valencia... fueron especialmente conocidos" (*Lazarillo*, ed. F. Rico, pág.48, n.18).

[1002] *aunque las muelas... me quedaron*: En *La Celestina* (pág.381) Celestina dice a Areúsa: "Que aún el sabor en las encías me quedó; no le perdí con las muelas".

[1003] En este diálogo con Cecilia, Valera está dispuesta a negar su vejez como lo hará Dolosina (véase *Comedia Selvagia*, V, 1, n.1150 y n.1152).

[1004] *no te hagas tú Marta... los dolientes*: Apunta el refrán *Marta la piadosa, que mascaba la miel a los enfermos*: "Se aplica a quienes, con el pretexto de hacer un favor a otro, buscan su propio beneficio" (D. R.).

[1005] *a mí no tengo temor... me sean mejores*: es decir, *no tengo temor sino que de cada día más a mí me sean mejores*; se trata de un caso de anacoluto.

YSABELA. Madre Valera, ves aquí la carta, y a essa buena vieja dirás que si viese el pesar que tengo de lo passado, que fácilmente me perdonaría, y darle as esta sortija de mi parte, por que algo de lo passado se enmiende; y dirá de mi parte a Selvago que a las doze, en la fenestra de mi aposento, le espero. Tú, por lo que por mí as hecho, aunque sea bien poco, tomarás essas cien pieças de oro[1006] que para buxerías[1007] me dio mi madre Senesta este día.

VALERA. Bésote, señora, las manos por mercedes tan cumplidas, que bien en sí demuestran la parte de donde proceden.

YSABEIA. Madre, déxate agora desso, y ve con el recaudo, que de mucho más eres merecedora.

VALERA. Pues, hija señora, yo voy, plega a Dios que él cumpla vuestros desseos con mucha honra vuestra y de todos los que bien os quieren, por que a mí me quepa parte.

YSABELA. El ángel bueno te acompañe, madre.

VALERA. Y con vos quede, hija mía.

CECILIA. Madre, bien puedes salir, que no parece persona por el patio. Dios vaya contigo, y dirás a Dolosina que no tenga de mí querella,

---

[1006] *cien pieças de oro*: En *La Celestina* (pág.265) Sempronio dice a Pármeno que Calisto ha dado "Cient monedas de oro" a Celestina. En la *Segunda Celestina* (pág.195) la misma alcahueta recuerda a Elicia "aquellas cien monedas", junto con la cadena, que "el malogrado de Calisto" le ha dado. Ni en la obra de Fernando de Rojas ni en la de Feliciano de Silva se precisa el nombre de dicha moneda. Alonso de Villegas sigue esta tradición; aunque en algunas ocasiones como aquí sustituye el término *moneda* por *pieza*, no lo hace en otras como un poco más adelante cuando Valera haga mención del dinero en cuestión, pues ella utilizará el término completamente rojano *moneda* (véase *Comedia Selvagia*, IV, 2, n.1012).

[1007] *buxerías*: "Cosas, ù dixes de poco précio, aunque de buen gusto por estar hechos con delicadéza y primór, con las quales se suele regalar à las Damas y à los niños" (D. A.).

pues era mandada.

VALERA. Sí haré, hija, queda con Dios. ¿Qué te parece, Valera, y que rechaça ésta para perder el juego? ¿Cómo tan de presto has sido rica y fuera de lazeria? No sino estáte en tu casilla fingiendo santidad, que allí te yrá la comida por vida del turco. Fuera, fuera la burlería, sino que cada uno trabaje, y de lo que trabajare coma y negocie por el mundo, poniéndose en peligros y afrentas, que, como dizen, quien no se aventura no [h]a ventura[1008], y quien no sufre trabajo no goze enteramente del descanso; yo cierto poco trabajé, mas púseme en grave peligro de honra y vida, mas como la fortuna a los osados favorezca[1009], assí truxo en tan buen orden mi desseo; mas agora cese esto, que, si bien veo, la puerta de Dolosina es aquélla. Verdad es que en su fenestra está puesta por atalaya esperando mi venida.

DOLOSINA. ¡Hija Lelia, hija Lelia! Ve presto. Abre essas puertas.

LELIA. ¿Viene tu marido Hetorino, madre?

DOLOSINA. ¡Anda, que no! Haz lo que te digo.

[1008] *quien no se aventura no [h]a ventura*: Refrán (Covarrubias); variante del refrán *Quien no se aventura no pasa la mar*: "Refr. que enséña y advierte que las dichas y felicidades dificilmente las consigue el que es de ánimo apocado, y de corto espiritu: pues el que no se expone à los riesgos de la contingéncia y aventúra nunca conseguirá las ventajas de la buena fortúna" (D. A.). En *Lisandro y Roselia* (pág.162) Brumandilón dice a Oligides: "Yo te digo que si topamos con el cofre do tiene muchas piezas y joyas de oro que ha ganado por este su oficio, que saldrémos de mal año y mudarémos el pelo, que quien no se aventura no há ventura". En la *Florinea* (pág.6) Polytes utiliza una variante del mismo refrán: "Y quien no se auentura, no nauega". En el *Diálogo* (pág.76) Valdés ofrece otra variante del mencionado refrán: "Quien no aventura no gana". En la *Comedia Calamita* (*Teatro Selecto de Torres Naharro*, ed. Humberto López Morales, pág.252) Jusquino presenta una variante más del refrán en cuestión: "Conjugando mi miseria, / poco a poco hallo yo / que quien no se aventuró / nunca salió de lazeria".

[1009] *la fortuna a los osados favorezca*: variante del refrán "A los osados ayuda la fortuna" (Pedro Vallès, *Libro de refranes*). En *La Celestina* (pág.259) Celestina dice a Pármeno: "Mas di, como [*Marón*], que la fortuna ayuda a los osados".

LELIA. ¡O señora Valera! ¿Y tú eras? Sube, que allá está la madre.

VALERA. Assí lo quiero hazer, hija Lelia.

DOLOSINA. ¿Qué tenemos, comadre, hijo o hija[1010]?

VALERA. Hijo, y aun bien a nuestro provecho.

DOLOSINA. Donde vos estávades no podía ser otra cosa; mas merced recebiré en que me declares por estenso lo que allá a passado.

VALERA. Es assí que yo las hallé en gran alboroto, y penadas sobre lo que en vos avían hecho después que supieron por la carta la parte, y cierto que les pesa verdaderamente por ello.

DOLOSINA. No quiere Dios más del pecador, y esso les bastará para comigo, aunque gravemente me avían injuriado.

VALERA. Yo les quité parte de su pena diziendo averte aplacado con que embiase respuesta, y a dar licencia que essa noche se viessen, sobre lo qual passamos muchas cosas más; en fin de razones quedó convenzida, y así escrivió esta carta, encargándome que te la diesse, pidiéndote de su parte perdón; ansimesmo que digas a Selvago cómo a las doze le aguarda en la fenestra de su aposento; mira si he bien negociado, que en señal de lo dicho ser verdad te embía esta sortija, y porque del todo tu rencor olvides.

[1010] *¿Qué tenemos, comadre, hijo o hija?*: Apunta la frase *¿Tenemos hijo o hija?*: "con que se pregunta los negocios dudosos, por el buen ò mal estado de ellos" (D. A.). En *La Celestina* (pág.330) Sempronio dice a Celestina: "Pero esto dexado, dime, por Dios, con que vienes. Dime si tenemos hijo o hija"; en la *Segunda Celestina* (pág.184) Felides dice a Pandulfo: "Mas escucha, no nos oya, que le oyo hablar; él es. ¿Qué, tenemos hijo, Pandulfo?"; y, en la *Tercera Celestina* (pág.149) Felides dice a Sigeril: "O Sigeril, quánto descanso con tu venida rescibo. Dime qué tenemos, hijo o hija". Obviamente, aquí Alonso de Villegas sigue más a Gaspar Gómez de Toledo que a otros autores del ciclo celestinesco.

DOLOSINA. Assí me parece, por cierto, que pintado no podía ser mejor a nuestro propósito; mas espantada estoy cómo no os dio a vos parte, pues tanto por ella avéys hecho.

VALERA. Anda que sí dio, y aun razonable.

DOLOSINA. ¿Qué, por mi vida?

VALERA. No cosa.

DOLOSINA. Eh[1011], dilo ya.

VALERA. Cien monedas de oro[1012].

DOLOSINA. Desas estocadas que te tiren muchas, no será mucho que quedes mal herida.

VALERA. Assí me parece; mas por mi fe que te las trocasse por las albricias que de Selvago has de aver.

DOLOSINA. Sabes que veo que más vale páxaro en mano[1013], que tú las tienes seguras, y yo no sé lo que succederá; mas mira si me mandas alguna cosa, que quiero luego allá llegarme.

VALERA. No más sino que vayas en buena hora, que en la mesma, a pesar de gallegos[1014], tornaré yo adonde salí; mañana voy allá a saber lo

[1011] *Eh*: en T *He*.

[1012] *Cien monedas de oro*: En la obra de Fernando de Rojas también aparece la alusión a cien monedas de oro; véase *Comedia Selvagia*, IV, 2, n.1006.

[1013] *más vale páxaro en mano*: Alude al refrán *más vale pájaro en mano que buitre volando*: "lo que hombre tiene cierto y seguro en su poder, vale más que la esperança de lo mucho y grandioso incierto, que por mil accidentes puede faltar" (Covarrubias). En la *Comedia Cornelia (Las tres comedias de Juan Timoneda*, ed. cit., pág.73) Longares dice a Pasquin: "Mas quiero paxaro en mano que buytre bolando". Véase también *Propalladia*, pág.805, n.673.

[1014] *a pesar de gallegos*: expresión ya citada anteriormente; véase *Comedia Selvagia*, II, 1, n.677.

que ha passado, y luego aquí a holgarme contigo un poco.

DOLOSINA. Pues vendrás antes de comer, por que comas juntamente con nosotros, que aunque no sea la comida como tú mereces, recebirás la voluntad.

VALERA. Para comigo no tienes necessidad de ofertas ni semejantes combites; mas por que no me tengas por mal criada, yo acepto la merced, y Dios quede contigo, que me parto.

DOLOSINA. Él te guíe, hermana Valera, que por esta otra calle es mi camino.

CENA TERCERA DEL QUARTO ACTO

En que Funebra viene a ver a su hijo Selvago, el qual con ella trata sobre el casamiento de Flerinardo con Rosiana; queda en que se sepa la voluntad de las partes. Desde[1015] a poco viene Flerinardo, con quien Selvago tiene razones sobre lo concertado; ansimismo viene la vieja con Escalión, y dando la carta, con las alegres nuevas de sus albricias, lleva dos ricas joyas con que a su casa torna muy plazentera; entre tanto Selvago y Flerinardo se aparejan para el concierto. Introdúzense:

FUNEBRA. RISDEÑO. SELVAGO. FLERINARDO, ESCALIÓN. DOLOSINA.

[FUNEBRA.] Dime, Risdeño, ¿cómo ha estado tu señor esta noche? ¿[H]ale venido algún desmayo después que yo y su hermana le dexamos?

[1015] *Desde*: "Despues de" (D. A.).

RISDEÑO. Señora, con ayuda de Dios, mejor se ha sentido.

FUNEBRA. Dios sea bendito por siempre jamás, amén, que cierto de cuydado en toda la noche no he dormido sueño; entra, por tu fe, hijo Risdeño, y mira si duerme o qué haze, que le quiero ver.

RISDEÑO. Señora, ya voy; hablando está entre sí, ¡ay[1016] Dios! y ¿qué dize?

SELVAGO. Pues mi fuerça se vee fuerte,
forçando siendo forçada,
con fuerças fuerçe la muerte
y será beatificada.

RISDEÑO. ¡O gran Dios, y qué sentenciosa canción temporalmente fabricada! De cierto que las muy famosas del poeta castellano de nuestros tiempos[1017] no la yguala, ni aun llegan a ella con cient açotes, quiero callar, que parece que prosigue en su propósito.

SELVAGO Levántate, coraçón,
por essos ayres y buela;
y descubre tu passión
a tu muy dulce Ysabela.

RISDEÑO. En esso avías de parar, qu'es lo que más te duele; agora bien, quiero dezirle a lo que vengo, no le tome la venida de su madre inopinadamente. ¡Señor, señor! Dexa por agora tus elevamientos, mira que tu rnadre Funebra te viene a visitar.

1016 *ay*: en T *ya*.

1017 *poeta castellano de nuestros tiempos*: Se refiere a Garcilaso de la Vega, poeta toledano que escribió 5 canciones, 3 églogas, 2 elegías, 1 espístola, 38 sonetos, etc. (E. U. I.).

SELVAGO. Dame, pues, de vestir, Risdeño, no me halle a tal hora en la cama y barrunte algo de mi dolencia.

RISDEÑO. Donoso estás, por mi fee, con averte ya llorado por muerto.

SELVAGO. ¿Qué me dizes? ¡Cómo! ¿Y mi mal le fue manifiesto?

RISDEÑO. Bien parece que todos tus sentidos tienes ocupados en la contemplación de Ysabela, pues ¿no te acuerdas de anoche quando con la venida de Flerinardo estuviste sin sentido?

SELVAGO. Ya caygo en lo que dizes; ve, pues, mira si saldré yo allá fuera.

RISDEÑO. No será menester, señor, que ya viene.

SELVAGO. Pues yraste de aquí tú, que quiero comunicar con ella algunos secretos.

FUNEBRA. Mi hijo, en buena hora estéys, plázeme que os veo levantado y fuera del peligro de anoche.

SELVAGO. Mi señora, por ello doy muchas gracias a Dios, que de vuestras lágrimas se dolió, no mirando mi grave malicia, de mayor castigo merecedora; mas si, señora, tuviéredes por bien, os querría dar parte de un pensamiento que tengo, que no poco me tiene cuydoso por lo mucho que a vos y a mí toca.

FUNEBRA. Pues, hijo, luego me le declarad; que siendo como dezís, razón es que en él sea yo certificada, porque si fuere cosa en que consejo quadre, especialmente el mío, en ello está bien aparejado.

SELVAGO. Madre señora, dexados los preámbulos y largos razonamientos que en tales casos suelen ser traýdos, pues al presente para con vos no son necessarios, considerando en el trance que ayer mi vida se vido puesta, y que sería gran dolor para mí, si la muerte me llamasse, dexar vuestra persona junto con la de Rosiana desmamparadas[1018], yo determino, si dello fuéredes contenta, a vos un buen hijo, y a ella un honrado y noble marido dexar, con quien no sólo nuestro claro linage será ennoblecido, mas en muy sublime gloria ensalçado, aviendo al presente en ello oportunidad bastante, lo que si de las manos se dexa agora, dubdo que tan presto otro semejante caso se nos ofrezca.

FUNEBRA. Mi hijo y mi buen señor, bien sabes que después de la muerte de vuestro buen padre, en vos ella y yo toda nuestra esperança emos tenido, pues esto claramente se nos muestra; en lo que a mí toca, yo lo dexo en vuestras manos, porque sé que seréys tan celoso en mirar lo que a vuestra hermana conviene como el cercano parentesco lo demanda; solamente quiero de vos saber quién la parte sea, porque más, aviéndose ordenado por vos, sabiéndolo, me goze.

SELVAGO. Sabed, señora, que con quien yo tengo pensado que este negocio se execute es con el generoso y muy noble cavallero Flerinardo, íntimo de mis amigos, cuyas virtudes y magnificencias si oviesse por entero de mostrar antes tiempo que materia me faltaría; solamente quiero que sepáys que él solo es el que a mi hermana meresce, y si él no, pienso que otro que más que él sea aún no ha nascido, y pues esto tan a la clara se demuestra, lo que falta es que della su intención y postrera voluntad

[1018] *desmamparadas*: *desmamparado*: "Desmamparados, unos pobres que hallan muertos, sin saber quién los aya muerto o los que no tienen amparo" (Covarrubias).

sepáys, por que más en contento de las partes se ponga por obra[1019], quedándome a mi cargo de lo mesmo de Flerinardo saber, para que más presto se confirme.

FUNEBRA. Hijo rnío, en estremo soy gozosa de vuestras palabras, por tanto yo quiero luego poner por obra lo que por vos me es encargado, y con lo que oviere tornaré a vos.

SELVAGO. Mi señora, assí os lo encomiendo, rogándoos que con gran vigilancia colijáys si Rosiana dello es contenta, por que, sin su voluntad, no quiera Dios que yo haga cosa contra ella.

FUNEBRA. Assí lo haré[1020], hijo mío, y agora esforçaos y comed, pues se haze tiempo, que yo voy a lo poner por obra.

RISDEÑO. ¡Señor, señor! Flerinardo viene.

SELVAGO. A mejor tiempo no podía ser su venida.

RISDEÑO. Vesle, ya entra.

FLERINARDO. ¡O mi señor Selvago! Esso sí que me contenta, y no mostrar la flaqueza de ayer.

SELVAGO. Mi señor Flerinardo, a yra de Dios, como dizen, no

[1019] *lo que falta... por obra*: El comportamiento de Selvago, quien asume el poder paterno tras el fallecimiento de su padre, se asemeja al de Pleberio (véase *La Celestina,* págs.538−539), lo cual es totalmente normal en aquella época, pues "aunque es necesario el consentimiento de los padres para casarse sus hijos, también es el caso que 'la libertad solamente para se casar la tienen los hijos, aunque estén so el poderío paternal'" (*La Celestina*, pág.539, n.40). En la *Tercera Celestina* (pág.327) Felides dice a Dardano: "ansí que concederé lo que me dizes con tal que tu sobrina Polandria otorgue en lo que hizieres; porque muchas vezes los padres conciertan vno, y los hijos disponen otro". "Bien es que el padre aconseje a su hijo que se case con quien él quiere; mas guárdese no le haga fuerza, si él no quiere" (Antonio de Guevara, *Epístolas familiares*, ed. cit., pág.368).

[1020] *haré*: en T *haze*.

ay casa fuerte[1021]; mas pues de mí, poco más o menos, podréys conocer cómo en mi pena me ha passado, resta que cómo en vuestra fatiga os ha contescido me declarés.

FLERINARDO. Por lo que vos sentís, mi señor, quiero que esso connozcáys; pues la dolencia es tal, que más por experiencia se puede devisar que por palabras agenas entender.

SELVAGO. Pues sabed, señor, que no puse en olvido lo que me dixistes; ca sabed que lo comuniqué con mi señora Funebra, y viene bien en ello.

FLERINARDO. ¡O mi señor Selvago! ¿Y es verdad lo que dezís, o hazéyslo por me conortar[1022]?

SELVAGO. Cierto, señor, assí passa; por tanto sed alegre, que si tan seguro estuviesse yo en mi pena como vos en vuestro desseo, no me sería trabajosa, porque desde aquí os doy por vuestra a mi hermana, y yo por tal os recibo.

FLERINARDO. Mi señor Selvago, si las mercedes que de vos contino he recebido por entero oviesse de gratificar o servir, muy más grande avía de ser mi valor; solamente con esto os pienso de pagar, que es ponerme en vuestro poder para que de mí y de lo que posseo podáys enteramente a vuestra voluntad disponer; pues no sólo oy con vuestro prometimiento me avés dado la vida, mas de muy cruda muerte redemido.

SELVAGO. Señor Flerinardo, más que esso merece vuestra generosa

1021 *a yra de Dios... casa fuerte*: "Refr. con que se dá à entender, que quando la justa indignación de Dios quiere castigar, no hai podér, arbitrio, ni repáro alguno contra el instrumento de su enójo" (D. A.).

1022 *conortar*: "Animar a uno amonestándole y dándole consejos sanos y buenos" (Covarrubias).

persona, mas dezidme, ¿avéys visto a vuestro criado Escalión?

FLERINARDO. Agora en el camino me vido, y pienso que se vino tras de mí.

SELVAGO. Risdeño, mira si está Escalión en la posada.

RISDEÑO. Con el señor Flerinardo vino, y díxome que le diesse de comer, que estava ayuno por andar en vuestro servicio.

SELVAGO. Él tiene mucha razón; ve tú, mira si se le dio, y en aviendo comido, dile que se allegue aquí.

RISDEÑO. Luego se hará.

FLERINARDO. Dezidme, señor Selvago, ¿y qué concertastes con aquella buena vieja?

SELVAGO. No más de que tomó, al parecer, muy a pechos el negocio, y a esso quiero embiar a Escalión para que sepa si se ha negociado algo.

FLERINARDO. Bien me parece; sea pues luego, que véysle viene.

ESCALIÓN. Señor Selvago, ¿qué me queréys mandar, que presto soy?

SELVAGO. Que reciba de ti tanta gracia que te llegues en casa de Dolosina a ver lo que a negociado.

ESCALIÓN. ¡O señor, y cómo soy afligido en no poder cumplir vuestro mandamiento!

SELVAGO. ¿Cómo así?

ESCALIÓN. Mandé ayer onze varas de anascote a una su criada con protestación[1023] de se las llevar oy, y no sólo no las tengo, mas ni aun de qué comprallas, que por la santa letanía más pobre estoy que puta en quaresma[1024]; no sé si la moneda a tomado miedo de mí, como los hombres, que assí huye de verse en mis manos.

SELVAGO. Pues por esso no quede, que si de anascote se las mandaste, a fin que vaya adelante tu palabra, yo te las daré de carisea[1025] para que se las des.

ESCALIÓN. Señor, bésote las manos por la merced, que por venir a tal tiempo la estimo en más.

SELVAGO. Pues anda, Risdeño, a mi recámara y dáselas, y otras tantas para él, con que se vista, que más le devo yo por andar tan de buena gana en mi servicio.

ESCALIÓN. ¡O señor Selvago! Agora digo que me has puesto en tanta obligación que, por las encendidas brasas de San Lorence[1026], si Dolosina no trae buen recaudo, de yr yo con mano armada a casa de Polibio, y a pesar de quien me lo quisiere estorvar, sacar a su hija Ysabela, y la poner en tu poderío[1027], mamparándote de todo el mundo que sobre el

[1023] *protestación*: "Declaración del ánimo firme que uno tiene en orden à executar alguna cosa" (D. A.).

[1024] *más pobre... que puta en quaresma*: Refrán (Correas).

[1025] *carisea*: "Un paño delgado, a manera de estamenete; lábrase en Inglaterra, y truxo de allá el nombre garisea, y acá le mudamos en carisea" (Covarrubias); "eran famosas entonces las sedas inglesas con mezcla de colores; véase la expresión 'remediar paño de Londres con sayal' (*La pícara Justina*, I, c.3, n.º3)" (*Comedia de Sepúlveda*, pág.130, n.87).

[1026] *San Lorence*: Arcediano de la iglesia de Roma y administrador de los bienes de dicha iglesia; por negar al emperador Valeriano la entrega del tesoro de la iglesia, fue quemado vivo sobre unas parrillas (E. U. I.).

[1027] *Agora digo... en tu poderío*: En la *Segunda Celestina* (pág.185) Pandulfo dice a Felides: "por la Verónica de Roma, que antes que de las manos me salga, la dexe tan de mi mano que tengas tú a Polandria por cierta en las tuyas". En *Lisandro y Roselia* (pág.67) Brumandilón promete a Lisandro: "de lo que entendia facer si me mandáras que sacára á Roselia por fuerza de armas, y la entregára en tu poder". En la *Florinea* (pág.3)

caso te quiera dañar; pues sólo con saber que soy yo de tu parte, no avrá alguno tan fuera de sentido que contra ti quiera ser, por no desmamparar su cabeça.

SELVAGO. Bien se cree de ti, Escalión, que harías como dizes; mas agora, como te ayan proveýdo, yrás donde te tengo dicho.

ESCALIÓN. Señor, pues assí lo quieres, assí sea; mas mejor fuera de una vez echar a un cabo estos negocios. Alto, señor Risdeño, agora se verá vuestra amistad, que, pues está en vuestro poder, no sea la carisea de lo peor, no se diga por vos, buenos lo dan[1028]; ¿entendéysme?

RISDEÑO. Por mi fe, Escalión, que es de lo mejor que alça cola en esta tierra; veys aquí veynte y dos varas en dos partes.

ESCALIÓN. Bien es como dezís; mas lo uno se me quede aquí hasta la buelta, y quedaos a Dios, que voy de priessa. Mi fe, Escalión, a muchas destas pedradas podría ser que te echassen los sesos de fuera, mas por mi fe, bien mirando en ello, qu'es gran liberalidad para mí ésta, que dé carisea por anascote, y tanto en quantidad a la coxita de Libina; cierto que será mejor tramontallo sin dalle cosa, que seguro estoy que no me pida delante el alcalde la palabra[1029]. Mas ¡qué digo yo! ¿No es aquélla Dolosina? Ella es, ¡qué haldear trae[1030]! ¡O señora Dolosina! Vengas

Fulminato dice a Floriano: "Auisen me quien ella es, y guien me a su casa: que aun que pese a todo el mundo, te la traygo a la cama".

[1028] *buenos lo dan*: Alude al refrán "Buenos lo dan, y ruines lo adquieren" (Correas).

[1029] *no me pida delante el alcalde la palabra*: *pedir la palabra*: "Demandar o exigir que se cumpla lo prometido" (D. L. E.); *no me pida delante el alcalde la palabra* quiere decir *no me pida oficialmente la palabra*.

[1030] *¡qué haldear trae!*: En *La Celestina* (pág.301) Lucrecia se pregunta a sí misma: "¿Quién es esta vieja que viene haldeando?". En la *Tercera Celestina* (pág.159) Pandulfo dice a Rodancho: "Por vida de los ángeles, que yo estoy ciego, o es Celestina aquélla que viene haldeando por allí abaxo". En la *Policiana* (pág.34) Cornelia avisa a Orosia: "Ce, ce, prima, assomate y verás a la Claudina qué haldear trae por esta calle adelante"; y, en

en buen ora, que bien has sido desseada, y a buscarte yva a tu casa, y a cumplir mi palabra con Libina y darla por anascote carisea, por que sienta a quién hizo plazer.

DOLOSINA. Hijo Escalión, plazer he que cumplas lo que con ella pusiste, por ser de hombres de bien; mas si te parece, por que no trabajes tanto, déxalo en aquella casa a guardar hasta la buelta.

ESCALIÓN. Bien será, assí lo quiero hazer.

DOLOSINA. Y aun destos bovos son los que yo he menester, que por hazerse liberales[1031] y ser tenidos por generosos, hinchen mi casa, y dexan la suya vazía[1032].

ESCALIÓN. Madre, ya lo dexé, vamos presto a la posada, que si as negociado bien, yo te mando por tus albricias dozientos pesantes de oro[1033].

DOLOSINA. Lo que fuere, sonará[1034]; y allá lo sabrás.

RISDEÑO. Señor Selvago, ya viene Escalión y la vieja.

SELVAGO. ¿Qué me dizes, Risdeño? ¿Es posible?

---

otro pasaje (pág.53), Pamphilo dice a Siluerio: "Por las reliquias de Roa que o yo me engaño o es ésta que por aqui abaxo desciende haldeando".

[1031] *liberales*: *liberal*: "el que graciosamente, sin tener respeto a recompensa alguna, haze bien y merced a los menesterosos, guardando el modo devido para no dar en el estremo de pródigo" (Covarrubias). Véase también *Silva*, t.I, pág.538, n.6.

[1032] En la *Policiana* (pág.10) Claudina dice a Solino: "Porque estas damas çahareñas y estos galanes porfiados hazen a las de mi arte casas nueuas con sobrados". De nuevo, a través de Dolosina, el autor de la *Comedia Selvagia* lanza sus ataques a cierta gente de su tiempo, pero esta vez dirige su crítica a los lujuriosos.

[1033] *pesantes de oro*: *pesante de oro*: "Moneda de oro de la Edad Media" (D. L. E.).

[1034] *lo que fuere, sonará*: "Da a entender que a su tiempo se hará patente una cosa, o se conocerán sus consecuencias. También denota que se arrostran las consecuencias de una decisión por peligrosas que sean" (D. R.).

RISDEÑO. Sí, por cierto, que ya llegan cerca.

SELVAGO. ¿Miraste qué rostro trayen[1035], alegre o triste[1036]?

RISDEÑO. Bien plazentero a lo que parece.

FLERINARDO. Señor Selvago, salgamos a la recebir, que estos que poco pueden tienen en mucho quando alguno de nosotros les haze alguna venia, que para ellos sea grande.

SELVAGO. Bien dezís, señor, assí se haga.

ESCALIÓN. ¿No ves, madre, a Selvago y a mi señor cómo nos salen a recebir?

DOLOSINA. Assí me parece.

SELVAGO. ¿Qué me dizes, madre? ¿No me pides albricias? Mira que lo tendré por mala señal.

DOLOSINA. Aun tiempo ay para todo, entremos allá dentro, que si no las he pedido, no es porque no ay de qué, sino porque estoy segura que otro venga a me las ganar.

SELVAGO. ¿Qué me dizes, madre? Mira que saldré de sentido. Por Dios que me digas en una palabra si me traes buen recaudo, o por el contrario, por que de una gran congoxa en que estoy pueda ser libre.

DOLOSINA. ¿Y qué tendriés, señor, por buena nueva?

[1035] *trayen*: es decir, *traen*; es forma antigua. En la obra de Feliciano de Silva hay casos similares; véase *Segunda Celestina*, pág.400, n.12.

[1036] *¿Miraste qué rostro... triste?*: En la *Comedia de Sepúlveda* (pág.123) Alarcón pregunta a Salazar sobre el estado de ánimo de Parrado, portador de su mensaje amoroso: "¿Estava descontento o alegre?".

SELVAGO. Que oviesse mi señora con algún engaño recebido mi carta.

DOLOSINA. ¿Y si la oviesse recebido sabiendo ser tuya?

SELVAGO. No lo creo.

DOLOSINA. Luego menos tendrás por verdad lo restante, quando en esso pones duda; mas si te diesse yo un testimonio firmado de su mano, ¿dariésle crédito?

SELVAGO. Entonces sí; mas porque esso es imposible, por tal esto otro tengo.

DOLOSINA. Si yo te lo diesse aquí, luego ¿qué mercedes me dariés?

SELVAGO. Nengunas serién bastantes.

DOLOSINA. ¿A lo menos?

SELVAGO. Lo que mi posibilidad pudiesse.

DOLOSINA. Pues agora quiero ver en tus mercedes quánto la nueva estimas, y cómo galardonas a quien en el filo de la muerte se ha visto oy por tu causa; mas dexadas razones por escusadas, sábete que Ysabela te ama cordialmente.

SELVAGO. ¡O sancto Dios, y qué oygo! ¿Y es esto possible? Por tu fe, madre y señora, dime la verdad, y no quieras, por darme alguna pequeña esperança al presente, hazer que en lo venidero reciba muerte cruda y dolorosa.

DOLOSINA. Pues más te hago saber, que esta noche has de yr por su mandado a la hablar por la fenestra de su aposento, al punto de la media noche.

SELVAGO. Ya, ya, ya, agora digo que es fición todo lo que me has dicho, pues esso es tan impossible como sería possible baxar los planetas y signos celestes a tomar asiento acá en la tierra.

FLERINARDO. Señor Selvago, no tengáys tan poca confiança en esta noble dueña, que en sus palabras pongáys dubda, quanto más que cosa es virisímil[1037], si Ysabela os ama, daros este fabor, mereciéndole vos tan bien.

SELVAGO. ¡O mi señor Flerinardo, no me digáys tal, que no puede ser que mi señora tantas mercedes, siendo tan pequeño mi valor, me quiera conceder.

DOLOSINA. Pues sabe, señor, que assí es verdad, como tengo dicho, y por esta carta escrita por su mano lo podrás fácilmente conocer.

SELVAGO. ¡O mi buena señora! Agora os creo, agora siento que dezís verdad, agora bien conozco mi mucha infidelidad y engaño manifiesto.

DOLOSINA. Toma, señor, léela, y siendo certificado de mis palabras, veré en quánto la nueva, para ti tan dichosa, estimas.

SELVAGO. ¡O papel bienaventurado, pues fuyste merecedor de tocar aquellas diáfanas y ebúrneas manos de mi seráfica dea! Dime, yo te ruego, en un punto, por aquella gran gloria que en aquel tiempo recebiste,

[1037] *es virisímil*: La verosimilitud es un tema ya explicado anteriormente; véase *Comedia Selvagia*, II, 3, n.748.

el secreto que en ti viene esculpido, por que más presto mi fin o mi vida gloriosa se cumpla[1038].

FLERINARDO. Señor, mirad lo que dentro viene y dexaos de palabras, que traen poco fruto.

SELVAGO. ¡O mi señor! Dexadme gozar por entero de tan gran bienaventurança como tengo presente, pues con ello solo mi vida bienaventurada consiste.

FLERINARDO. Lugar avrá para todo, hazed agora esto.

SELVAGO. Quiero, pues, hazer vuestro mandado.

CARTA

Si los muy famosos romanos concedían gloria de triumpho a sus fuertes caudillos que tales contra alguna gente, aunque rústica y bárbara, se mostraron, de quánta mayor gloria tu presumtuoso coraçón es digno en no sólo aver tenido atrevimiento de gozar de pensamientos nocibles[1039] a mi soberano valor, mas aun por tu boca en mi presencia manifestallos; bienaventurado tú, pues que ya, sin te poder ser quitado, de la gloria de tal atrevimiento gozaste, forzando a que mi fuerza su rigor contra ti aplacase, y no sólo constreñirme a que por entero tus lamentables querellas oyesse, mas aun acerca dellas mi piadosa clemencia su ser en alguna manera

[1038] Aquí Selvago habla con la carta de Ysabela lo cual es un ejemplo de la figura retórica llamada *prosopopeia*. En la obra de Fernando de Rojas se registra otro ejemplo: Calisto habla con el cordón de Melibea. Sobre esta figura retórica, Peter E. Russell explica así: "toma la forma de dirigirse a una persona ausente como si fuese presente, o hablar, como aquí, a una cosa muda e incapaz de hablar como si fuese hombre o mujer" (*La Celestina*, pág.349, n.65). En la *Policiana* (pág. 36) Claudina también habla con una carta: "O carta carta que en ti está oculta la voluntad de aquella princesa, la vida o muerte de Policiano, y el salario de la vieja Claudina y el descanso de Solino e Salucio".

[1039] *nocibles*: *nocible*: "Nocivo" (D. A.).

demostrasse. Con razón te puedes contar entre los del todo beatificados, pues lo que a todo el mundo fuera vedado, en ti solo uvo suficiencia para que se concediesse, que es gozar de tales pensamientos como gozas, hallándose en ti valor bastante para lo tal. No deves tomar presumpción ni sobervia con esto, pues que quien tuvo atrevimiento para en lo que tuviste, de lo tal bien es merecedor. A lo que el mensajero te dixere darás crédito[1040], y si vieres que te cumple, pondrás por obra.

SELVAGO. ¿Qué os parece desto, señor Flerinardo? ¿Y con qué podré yo pagar a quien dello a sido la causa?

FLERINARDO. Cierto, señor, que vos os podéys tener por bienaventurado, y de las mercedes que a esta noble dueña hizierdes es bien merecedora, pues en tan poco espacio de tiempo, lo que fuera mucho concluyrse en diez años[1041], acabó.

SELVAGO. Madre mía, estas dos fuentes[1042] de mi aparador recibe agora de mi parte, y ruega a Dios que esto tenga buen sucesso, que no perderás los passos que por mí has dado.

DOLOSINA. ¡O mi señor, y cómo verdaderamente por sola vuestra magnificencia y liberal condición, de grande realeza acompañada, merecéys que todo el mundo os sea subjeto, quanto más esta pobre vieja

[1040] *A lo que... darás crédito*: En *La Celestina* (pág.464) Melibea dice a Calisto: "toma la firma y sello de las razones que te embié escritas en la lengua de aquella solícita mensajera. Todo lo que te dixo, confirmo".

[1041] *lo que fuera... en diez años*: Esta expresión tiene diversas formas. Por ejemplo, en *La Celestina* (pág.396) Sempronio dice a Calisto: "Si tú pides que se concluya en un día lo que en un año sería harto, no es mucha tu vida". No obstante, "The usual form of the proverb is 'Lo que no acaece en un año acaece en un rato'" (*Tercera Celestina*, pág.104, n.225).

[1042] *fuentes*: "Llamamos fuentes los platos grandes de plata, porque antiguamente davan agua manos a los reyes y a los príncipes con dos dellas, y la una trahía el agua, y por unos cañoncitos o fistulillas la echavan encima de la otra, donde se lavavan, y hasta oy día ay en el guardajoyas de muchos señores estas fuentes, y algunas en las yglesias catredales con que davan agua manos al perlado" (Covarrubias).

con la obligación que por lo passado de serviros tiene! Mas por que no penséys que os quiero ser desagradecida, os quiero dar una joya que la estimarés en más que las que vos a mí me avéys dado, que es esta sortija, que de parte de vuestra señora me fue dada por cierta afrenta que con ella me passó, antes que supiesse que de vuestra parte era embiada.

SELVAGO. Verdaderamente, madre señora, que la tengo en más de lo que dizes, y la quiero pagar bien a vuestro contento, y será de embiaros a vuestra posada una pieça de contray[1043] para que os vistáys y vuestra gente.

ESCALIÓN. ¿No vees, Risdeño, qué lance ha la vieja echado?

RISDEÑO. Sí, que fuera de las dos fuentes, que por mi fe, con la hechura, valen más de quatrocientos ducados[1044], quiso echar aguja para sacar reja[1045], aunque de verdad que de todo es merecedora, que mucho en tan poco tiempo a negociado.

ESCALIÓN. Assí me parece.

DOLOSINA. Señor Selvago, bien parece que a nadie quieres dever, bien en ello se parece tu generoso ánimo y noble condición, que no se contenta con no dever a alguno, más, quiere que todos le sean obligados.

[1043] *contray*: "Espécie de paño mui fino, que se usaba en lo antiguo. Diósele sin duda el nombre, por ser fabricado en Contray en Flandes" (D. A.).

[1044] *más de quatrocientos ducados*: *ducado*: "Moneda de oro que se usó en España hasta fines del siglo XVI, de valor variable" (D. L. E.); *más de quatrocientos ducados* hace sospechar que las cien monedas de oro que Valera ha conseguido de Ysabela pueden ser cien ducados de oro.

[1045] *quiso echar aguja para sacar reja*: variante del refrán "Dar aguja, para sacar reja" (Correas); o del refrán *Dar aguja y sacar reja*: "quando con pequeño don se alcança cosa de mucho interesse" (Covarrubias). En *La Celestina* (pág.301) Lucrecia dice a Celestina: "nunca metes aguja sin sacar reja". En la *Segunda Celestina* (pág.258) Pandulfo dice a Felides: "esta santa madre nunca metió aguja sin sacar reja". En *Lisandro y Roselia* (pág.116) Oligides habla de Celestina (Elicia) con Eubulo: "Su costumbre es jamas meter aguja sin sacar reja".

Mas, pues aquí no ay qué hazer, yo me quiero tornar a mi casa; tú, señor, tendrás cuydado de ser al punto de las doze a la fenestra de su aposento, que assí me fue mandado que te lo dixesse.

SELVAGO. Bien lo tengo en cargo, madre mía, mira quién quieres que te acompañe.

DOLOSINA. Escalión me hará la merced como suele. ¡Sus! ¡O!, pues el Criador de todas las cosas quede en vuestra compañía, mis señores.

SELVAGO. Él vaya contigo, madre.

FLERINARDO. Escalión, dexando a la madre te bolverás, porque te avremos menester esta noche.

ESCALIÓN. Bien, señor, no tomes menos de cinta de plata[1046].

FLERINARDO. Señor Selvago, si soys servido, esta noche os quiero acompañar.

SELVAGO. Mi buen hermano y señor, no es justo que toméys tanto trabajo, que asaz tengo de gente que me acompañe.

FLERINARDO. Toda vía quiero yr con vos, que no sabemos lo que puede suceder.

SELVAGO. Pues assí lo queréys, sea, señor, como fuéredes servido; mas mientras se haze hora, podemos un rato reposar y tomar la refeción quotidiana; tú, Risdeño, tendrás cuydado de nos aparejar las armas que

[1046] *no tomes menos de cinta de plata*: variante del refrán *No toméis menos de cinta de plata*: "Contra los mal contentadizos" (Correas).

vieres ser necessarias, y en siendo tiempo avisarnos.

RISDEÑO. Señor, sed seguro que yo lo haré todo.

CENA QUARTA DEL QUARTO ACTO

En que Selvago y Flerinardo van al concierto embiando delante a Carduel, el qual con Cecilia tiene sus requiebros[1047]. Llega Selvago, habla con Ysabela, conciertan que otra noche[1048] venga por un su jardín, y por palabras de presente[1049] la reciba por esposa, con que muy gozosos tornan a sus posadas. Introdúzense:

SELVAGO, FLERINARDO, RISDEÑO. CARDUEL. CECILIA. YSABELA.

[SELVAGO.] ¡Risdeño, Risdeño!

RISDEÑO. Señor.

SELVAGO. Mira si está todo a punto, que me parece ser ya ora.

RISDEÑO. Rato ha que lo tengo aparejado.

SELVAGO. Pues llama essos moços, y darnos as a nosotros dos cotas[1050] y rodelas.

RISDEÑO. Veslas aquí, señor, juntamente con otros dos

[1047] *requiebros*: *requiebro*: "el dicho amoroso y regalado" (Covarrubias).

[1048] *otra noche*: Según Francisco Rico, *otro día* significa "al día siguiente" (*Lazarillo*, ed. F. Rico, pág.32, n.83), y por lo tanto, *otra noche* quiere decir *a la noche siguiente*.

[1049] *palabras de presente*: "Las que recíprocamente se dan los esposos en el acto de casarse" (D. L. E.).

[1050] *cotas*: *cota*: "Una cierta armadura del cuerpo, que resiste a los golpes y punta de espada" (Covarrubias).

montantes[1051].

SELVAGO. Vistámoslas, que si aún fuere temprano daremos una buelta a la cibdad.

FLERINARDO. Alto, pues; mas dime, Risdeño, ¿a buelto Escalión de casa de Dolosina?

RISDEÑO. Señor, no; que devió de quedarse para escalentarla[1052] los pies.

FLERINARDO. ¡O hi de puta[1053], mal mirado! Pues que, ¿no se lo dixe yo que bolviesse luego y me dixo que assí lo haría? Por mi vida, no ay más ley en éstos que en los tártaros. ¡Qué donoso chiste! que los ha el hombre de tener en las palmas de contino para aprovecharse dellos en una necessidad, y siendo venida hanse de salir afuera; pues yo juro, a fe de cavallero, que no lo pierda Escalión de mí.

SELVAGO. Señor Flerinardo, no es justo que por un enojo pequeño que dél os venga, que a caso no avrá sido más en su mano, olvides los servicios que hasta oy os tiene hechos, quanto más que al presente no es necessario, pues bien tenemos quien nos acompañe.

FLERINARDO. Pues, señor, si os parece vamos luego, no sea causa nuestra tardança que lo ganado se pierda, que mejor y más justo es que nosotros esperemos, que no que Ysabela nos aguarde.

[1051] *montantes*: *montante*: "Espada de dos manos, arma de ventaja y conocida" (Covarrubias).

[1052] *escalentarla*: *escalentar*: "Calentar" (D. A.). En *La Celestina* (pág.387) Sempronio acusa a Pármeno de su tardanza y dice: "No sé qué crea de tu tardança sino que te quedaste a escallentar la vieja esta noche, o a rascarle los pies, como quando chiquillo".

[1053] *hi de puta*: "Algunas veces se dice esta expression sin que denóte injuria ù denuesto; sino se usa de ella como admirandose, y entonces es interjección que alaba alguna cosa" (D. A.). Véase también *Tercera Celestina*, pág.167, n.582, y *Lazarillo*, ed. F. Rico, pág.17, n.26.

SELVAGO. Bien me parece, señor, assí sea; tú, Risdeño, llama a Carduel, mi page.

RISDEÑO. Señor, vesle aquí, mira qué le mandas.

SELVAGO. Dime, Carduel, ¿sabes dónde es nuestro camino?

CARDUEL. Muy bien, señor[1054].

SELVAGO. Pues vete un poco adelante y avisarnos has de lo que passare, si ay ruydo de gente, o si está todo sossegado.

CARDUEL. Assí lo haré, señor.

SELVAGO. ¿Vienen essos moços, Risdeño?

RISDEÑO. A la puerta están bien a punto, que Sagredo va hecho un relox[1055], y sus compañeros de la misma manera.

SELVAGO. Pues quédate tú si quieres a reposar, no recibas algún afrenta si se nos recreciere algún peligro.

RISDEÑO. Señor, por no obedeceros en esso os pido que me

[1054] *Muy bien, señor*: Hay que entender esta respuesta de Carduel en doble sentido, es decir, el chico conoce muy bien dónde está la casa de Polibio por dos razones: por un lado, porque la familia de Polibio, una de las principales de la ciudad, debe de ser muy conocida por cualquier estamento social, y por otro lado, porque Carduel ha ido muchas veces a casa de Polibio a ver a su amada Cecilia, doncella de Ysabela. En la *Policiana* (pág.8) Policiano pregunta a Siluanico si conoce la casa de Philomena y el chico le contesta: "Mucho bien, señor". Claro que la pregunta de Policiano no es tan sincera como la de Selvago aunque la respuesta de Siluanico tiene doble sentido igual que la de Carduel, porque Policiano, al contrario que Selvago, enterado ya de la relación amorosa entre su criado y la criada de Philomena, sabe perfectamente lo que le va a contestar.

[1055] *va hecho un relox*: Alude a la expresión *Hecho un reloj*: "Por muy armado" (Correas); o *Estar como un reloj*: "estár bien dispuesto, con humóres proporcionados" (D. A.). En *La Celestina* (pág.342) Pármeno habla con Sempronio de Calisto: "¡Nunca da menos de doze; siempre está hecho relox de mediodía". En *Lisandro y Roselia* (pág.207) Brumandilón se queja de las armas que Lisandro le ha mandado llevar: "Quítame allá ese embarazo de rodela, que yo con espada y capa haré más que cuatro hechos reloxes".

perdonéys; ca sabed que con vos tengo de yr, y lo que de vos fuere será de mí, ni quiero que penséys, que aunque el cuerpo no es muy aventajado, que me faltará coraçón para qualquier caso de afrenta, especialmente en vuestro servicio.

SELVAGO. Téngotelo en merced, Risdeño, que si yo de tal manera te hablé, no fue porque de tu lealtad dudasse, mas porque me pesaría en estremo si a mi causa se te recreciesse algún daño.

RISDEÑO. Siendo yo con vos no temeré cosa que venirme pueda, por tanto, comencemos nuestro camino, y cessen las palabras que traen poco fructo.

FLERINARDO. Por mi fe, Risdeño, si fueras del tamaño de San Christóval[1056], y tuvieras esfuerço conforme al que con esse pequeño cuerpo demuestras, que tú solo tuvieras más aventajada fortaleza que todo el mundo junto.

RISDEÑO. ¿Cómo, señor, y tan a pocas hablas en mi valentía? Pues yo os asseguro que sin que San Christóval me prestasse su cuerpo, ossase entrar en campo sobre un caso de honra con quatro tales como vuestro criado Escalión, y aun pensaría de les llevar los despojos[1057].

SELVAGO. Desa manera a más te pones que el pastor de la Sagrada Escriptura[1058], pues él, siendo de tu estatura, lo uvo con uno solo, y tú lo

[1056] *San Christóval*: *San Cristóbal de Licia*, de origen cananeo, que se convirtió en cristiano en la época del emperador Filipo y que fue decapitado en Licia tras haber recibido muchos tormentos; en general, se le representaba en las imágenes como hombre de gran corpulencia (E. U. I.).

[1057] Lo que dice Risdeño es irónico, pues los cuatro hombres que alude no son gente cualquiera sino fanfarrones como Escalión.

[1058] *el pastor de la Sagrada Escriptura*: "el pastorcico David, aviendo de salir al desafío con Goliath, desecha las armas de Saúl, y va a pelear con sola su honda y cinco guijarros pelados que escogió de un arroyo, y con el primero le derribó" (Covarrubias).

quieres aver con quatro.

RISDEÑO. Pues más digo que no los vencería yo con honda[1059] como esse que avés dicho.

SELVAGO. ¿Pues cómo?

RISDEÑO. A puros torniscones[1060] y puntillaços.

FLERINARDO. Por mi vida, Risdeño, que si fueras en tiempo de los epimeos[1061], a quien tú pareces, que dellos fueras en rey elegido, porque los defendieras de las grullas, que con ellos tienen batalla.

SELVAGO. Agora cesse esto para otro día, gozemos de Carduel un poco, que me parece que va cantando adelante.

FLERINARDO. Por mi fe, que no suena mal la boz del rapaz con el sosiego de la noche.

CARDUEL. Servid, servid, amadores,
con lealtad a Cupido;
que vuestros tristes clamores
tendrán gozo muy cumplido.

El que firme se tuviere
en su fatiga cuydosa,
quando menos se temiere,
le vendrá nueva gozosa;
y ansí su pena raviosa

[1059] *honda*: "arma peculiar de los pastores" (Covarrubias).

[1060] *torniscones*: *torniscón*: "Golpe, que se dá en la cara con el revés de la mano" (D. A.).

[1061] *epimeos*: término ya explicado; véase *Comedia Selvagia*, Versos Acrósticos, n.274.

y su dolor no fingido
tendrán gozo muy cumplido.

Las fatigas y passiones
que dan dolor al penado,
se tornan consolaciones,
viéndose ser remediado,
asina[1062] vuestro cuydado,
y dolor que da Cupido,
tendrá gozo muy cumplido.

SELVAGO. Por mi fe, que más conforme a lo que en mi coraçón tengo no podía ser canción en la vida.

FLERINARDO. Cierto que en sí es bien sentenciosa; mas en estremo suena bien con las gargantas y melodiosos descuydos[1063] con que el rapaz la a matizado.

SELVAGO. En estremo parece bien; mas ya a lo que veo llegamos cerca, bien será detenernos aquí un poco mientras el relox da la determinada hora.

FLERINARDO. Sea pues; mas si, señor, os parece, nosotros dos podemos llegarnos más a ver si ay muestra de algún sentimiento.

SELVAGO. Sea assí; mas dezidme, señor Flerinardo, ¿no gustáys

[1062] *asina*: "así" (D. L. E.); variante de *ansina* (véase *Comedia Selvagia,* I, 4, n.602.

[1063] *descuydos*: Según la nota que pone José Luis Canet Vallés al editar los *Pasos* (Madrid: Castalia, 1992) de Lope de Rueda, en este pasaje "*descuidos* está evidentemente por *pasos*... de garganta" (pág.170, n.159); *paso de garganta*: "Inflexión de la voz, o gorjeo, en el canto. Consiste en una contracción de los músculos, a fin de dar a las cuerdas vocales mayor excitabilidad. Es atributo del teatro lírico, y se generalizó en el siglo XIX" (D. L. E.).

del requiebro de mi paje, que, por mi fe, con raçón se puede aquí dezir para essas cruzes, que este son no es de perder, porque según me parece ya a descubierto campo el rapaz, y enemigos con quien escaramuze[1064] y se dé de las astas.

FLERINARDO. Ora oygamos un poco, sabremos algo de su secreto[1065].

CECILIA. Por cierto, señor, no con menos presteza salí forçada a gozar más por entero de vos, oyendo la sabrosa melodía de vuestro suave canto, que los agrestes latinos, al sonido de la temerosa furia, quando la vengança del herido ciervo de Silvia se tomava[1066].

CARDUEL. Con razón, mi señora, avés apropiado mi ronca boz de zisne[1067] al terrible baladro de la infernal Alecto[1068], pues tan semejantes son en especie, mas pídoos, mi señora, que no por esso la batalla que vuestra soberana hermosura de contino me haze en alguna manera se encruelezca, por que los soldados de mis congoxosos pensamientos del todo no sean rendidos y, por vuestra mucha crueldad, miserablemente muertos.

[1064] *escaramuze*: *escaramuzar*: "Pelear los ginétes, à veces acometiendo, y à veces retirandose con ligereza y destreza: y desta suerte se suelen ò solían empezar las batallas, y poco à poco se iban cebando y enseñando las tropas y esquadrónes, hasta tener batalla campál" (D. A.).

[1065] En la *Policiana* (pág.49) Solino y Salucio escuchan a escondidas el requiebro de Siluanico a Dorotea y muestran su admiración por la capacidad expresiva de ambos.

[1066] *la vengança del herido ciervo de Silvia se tomava*: Alusión no identificada.

[1067] *ronca boz de zisne*: En *La Celestina* (pág.569) Melibea pregunta a Calisto: "¿Por qué me dexavas echar palabras sin seso al ayre, con mi ronca boz de cisne?"; tal comparación funciona como premonición, es decir, presagia la próxima muerte de Melibea, ya que "el canto del cisne se consideraba desde la antigüedad como presagio de la muerte del ave" (*La Celestina*, pág.569, n.37). Sin embargo, en la *Comedia Selvagia* es paródica la alusión al canto de cisne.

[1068] *Alecto*: La Furia más cruel de las tres y la diosa encargada de la venganza, de la guerra y de la peste. Véase también *Comedia Selvagia*, III, 1, n.848 y III, 2, n.899.

FLERINARDO. Por mi fe, que no es punta[1069] necio el rapaz. ¿No avéys visto, señor Selvago, cómo cimentó tan maravillosamente su propósito de la comparación de la dama?

SELVAGO. Assí me parece, mas oygamos la respuesta della.

CECILIA. Con más razón, mi señor, tengo yo de tener duelo de los soldados que de mi parte en la batalla, que avéys dicho, pelean, porque mirando ser vos caudillo de la parte contraria, y estando fortificado de persona de tanto valor, con armas defensivas de tantas gracias y gentilezas, ansimesmo las ofensivas de tan subidas razones y sentenciosas palabras como de contino les tiráys, no pongo dubda sino que todos ellos, siendo vencidos, vuestra vitoriosa mano sobre ellos y mí quede triumphante y vencedora.

SELVAGO. Por mi fe, que se han ygualmente juntado sus mercedes, que por bachillerejo que él sea, ella merece bien el grado de licenciada[1070], pues tan sabiamente sabe difinir las proposiciones y argumentos por él puestos; mas ya me parece que dan las doze y nuestra hora se llega, bien será ponernos en el puesto.

FLERINARDO. Hora oýd, señor, que ella se despide, veamos qué sea la causa.

CECILIA. Mi señor, grande afán llevo comigo por dexar tan presto, siéndome forçado, vuestra graciosa plática y dulce conversación, mas para otro día se quede; mi señora Ysabela me encomendó que a esta hora

[1069] *no... punta*: *punta*: "Tratándose de cualidades morales o intelectuales, algo, un poco" (D. L. E.); *no... punta*: Equivale a *nada*.

[1070] *se han... grado de licenciada*: En la *Tercera Celestina* (pág.264) Polandria habla con Felides de Poncia y de Sigeril: "y en fin, cada vno busca a su semejante, que ella bachillera y él licenciado bien se juntan".

la llamasse para lo que vos bien sabéys, por tanto me dad licencia.

CARDUEL. Mi señora, si no tuviesse esperança en lo que dezís, aquí fuera mi muerte, mas por esta causa me avré de sufrir, y en lo que dezís que sé bien, digo que assí es; porque sabed que mi señor es venido o llega cerca, y yo a lo hazer saber me adelanté, por tanto ved qué se hará sobre ello.

CECILIA. Que, señor, le digáys que se llegue luego hazia aquella otra fenestra que allí parece, que assí me lo encomendó mi señora.

CARDUEL. Pues, mi buena señora, yo voy, los ángeles queden en tu compañía.

CECILIA. Y contigo vayan, señor.

SELVAGO. Ta, ta[1071], por Dios, Carduel está gracioso, que con la criada de mi señora lo avía.

FLERINARDO. Agora no me maravillo de lo que a los dos he oýdo hablar, que como dizen, en casa del alboguera todos son albogueros[1072]; pues él en vos, y ella en su señora, tenían tales maestros.

SELVAGO. Ora oygámonos, no sienta lo que sentido avemos.

CARDUEL. Mi señor Selvago, una criada de Ysabela me dixo que

[1071] *Ta, ta*: "Exclamación, con que denotamos venir repentinamente en conocimiento de alguna cosa" (D. A.). En la *Segunda Celestina* (pág.359) Centurio dice a Areúsa: "Ta, ta, señora, que tengo celos desto, ¿y cómo, yo no te paresco mejor?".

[1072] *en casa del... son albogueros*: "qual es la vida del señor, tal es la de los criados, y si él es jugador, o tiene otro vicio, también lo son ellos y le imitan en todo; y antes en el vicio que en la virtud" (Covarrubias). En la *Segunda Celestina* (pág.314) Celestina dice a Poncia: "Aquí parésceme que pueden dezir que en casa del alboguero todos lo son"; más adelante (pág.441), Polandria y Poncia también opinan que Sigeril ha aprendido la erudición de su señor Felides.

debaxo de aquella fenestra tu ventura esperasses.

SELVAGO. Pues, señor Flerinardo, aquí podés hazerme la merced. Tú, Carduel, di a Risdeño, que allí baxo verás, que se venga contigo adonde el señor Flerinardo está, y que haga al un criado dessos que se quede donde los dexamos, y al otro que se passe a la otra calleja, y que si a su salvo lo pudieren hazer, que defiendan la calle a los que vinieren, y si no, que hagan alguna seña.

CARDUEL. Señor, assí será.

SELVAGO. Mi señor Flerinardo, alguna buena rogativa os encomiendo, pues será necessario en este trance.

FLERINARDO. Andad, señor, que el ánimo me da que avéys de venir con más alegría que lleváys cuydado; tened buen coraçón, que todo lo demás es vano.

SELVAGO. En cargo lo tengo; a Dios, hasta la buelta.

YSABELA. Dime, Cecilia, ¿sabes si ha venido aquel cavallero?

CECILIA. Señora, aý está donde tú le mandaste.

YSABELA. Pues abre passo essa fenestra, y certifícate bien si es él[1073].

CECILIA. ¿Quién es el que está abaxo?

SELVAGO. El que sentencia de su vida o muerte, afligido está

[1073] *certificate bien si es él*: En *La Celestina* (pág.461) Melibea, que está esperando a Calisto, dice a Lucrecia: "Mira bien si es él". En la *Policiana* (pág.40) Philomena ordena a Dorotea: "Muy passo por entre las puertas, mira si es mi señor Policiano, e no hables si no te certificas de su venida".

esperando[1074].

CECILIA. Llega, señora, no temas, que él es.

YSABELA. Vete, pues, tú un poco a dormir, no te enojes con mis prolixidades.

CECILIA. Ya voy, señora. Bueno va esto; a solas lo quiere aver. Dentro está el tordo de la gorrionera[1075]; mas ¿a mí qué me pena? Donosa estava yo si avía de ser la judía de Çaragoça, que llorando duelos agenos cegó[1076], quanto más que por mí y ella se podría dezir: cállate y callemos, que sendas nos tenemos[1077].

YSABELA. Dime, señor, ¿por mandado de quién eres aý venido[1078]?

SELVAGO. Mi señora, soylo por el de aquella que no sólo mi vida rige y govierna, mas mi ánima tiene debaxo su dominio y mando sometida.

[1074] *esperando*: en T *espantado*.

[1075] *Dentro está... la gorrionera*: En la *Segunda Celestina* (pág.165) Pandulfo habla consigo mismo tras despedirse de Zambrán: "Dentro le dexo en la gorrionera". En *Lisandro y Roselia* (pág.176) Celestina (Elicia) habla consigo misma mientras camina hacia la casa de Roselia: "no sea ésta echadiza y se arme algun ruido hechizo para me tomar en la gorrionera".

[1076] *la judía de Çaragoça... cegó*: recuerda el refrán *La judía de Zaragoza, que cegó llorando duelos ajenos*: "se entiende assí que ésta tenía por oficio alquilarse para llorar los muertos de su nación, y tanto lloró que vino a cegar" (Covarrubias).

[1077] *cállate y callemos, que sendas nos tenemos*: "Denota que al que tiene defectos propios no le conviene dar en cara a otro con los suyos" (D. R.), "Calle y callemos, que acá millas sendas nos tenemos" (Correas); "CALLAD Y CALLEMOS, QUE CADA SENDA TENEMOS" (D. A.). En la *Segunda Celestina* (pág.303) Celestina dice a Pandulfo: "Pues cállese y callemos, que cada sendas nos tenemos"; en la *Tercera Celestina* (pág.270) Polandria dice a Poncia: "Anda ya, que por dezirme andas. Calla y callemos que sendas nos tenemos y acertarías"; en la *Thebaida* (pág.240) Menedemo dice a Berintho: "Cállome, cállome, que tendré muchos émulos".

[1078] Es tópico. En *La Celestina* (pág.461) Melibea también hace la misma pregunta a Calisto: "¡Ce, señor! ¿Cómo es tu nombre? ¿Quién es el que te mandó aý venir?"; véase también la nota 26 de Peter E. Russell que está en la misma página.

YSABELA. Pues, y tú, ¿qué sientes en esso?

SELVAGO. Siento tanto, que mi sentido por sentillo mucho sin sentido queda.

YSABELA. Cierto que jamás vi tantas contrariedades en un ente o cuerpo como tú agora has demostrado, si no fuesse en aquella ficíón que el humano entendimiento inventó, llamada chimera, cuya compostura de cuerpo es semejante a la que en tus palabras has demostrado.

SELVAGO. Assí es, mi buena señora, como dezís; que sabed que mi juyzio, después que de vuestra soberana vista fue tocado, en semejante ficíón, que avés dicho, fue convertido; porque si essa chimera tiene su cabeça de dragón, cuya propiedad es cubrir sus oýdos a las palabras del encantador porque dél no le venga daño, assí mi sentido desecha toda audiencia al que de su intento apartarle procura, por el mal que se le siguiría en dexar de padecer por tal causa; y si otra parte en este animal fingido de donzella se muestra, que es el cuerpo, ansí mi entendimiento es de muger[1079], pues en ella, si tal se consiente dezir, es convertido. Tiene ansimismo esta ficíón los braços de osso, cuya propiedad en ser desacordado se señala[1080], assí mi juyzio por tenella en vos, de sí ninguna memoria tiene. Dássele también a este simulacro impossible lo alto de sus piernas, que tienen nombre de corvas o muslos de león, que sus

[1079] *el cuerpo... de muger*: Como ya se ha visto anteriormente (*Comedia selvagia*, II, 4, n.804), la quimera no tiene el cuerpo de una mujer. Posiblemente aquí se percibe la contaminación de otro animal fabuloso: la *esfinge*, "es un híbrido femenino con cabeza y busto de mujer, cuerpo, patas y cola de leona y alas de pájaro" (Ruiz de Elvira).

[1080] *los braços de osso... se señala*: Aún no se ha encontrado ningún testimonio que confirma dicha virtud de los brazos del oso. En la *Tercera Celestina* (pág.249) Albacín dice a Elicia: "que ni la serpiente en la cola, ni el osso en los / braços tiene tanta fuerça como vuestra lengua quando se desmanda". Es obvio que esta alusión no viene al caso.

pequeños hijuelos, naciendo muertos en vida trae[1081]; assí mi sentido la muerte, que sin gozar de la vida que tengo, antes posseýe, con fuertes clamores hizo de sí apartar, y con nueva vida ennoblecer. Finalmente, las piernas y regimientos de este monstruo son de cabra, que por los riscos y peñas fragosas es hallada, sin temor de la muerte que de allí se le puede recrecer, pues ansimesmo mi entendimiento subido con sus pensamientos en la cumbre de tu soberano valor, con grave pena teme no ser precipitado y caýdo en triste muerte de desesperación, la qual me está muy cierta si tu soberana piedad, ocurriendo al eminente peligro que se le ofreze, en alguna manera no diere de mano para que libremente dél libertarle pueda; y pues tan por particular, excelente señora, en lo que por tu causa soy convertido y por ti padezco, te a sido declarado, pido a tu grande clemencia que con la brevedad necessaria en el presente lugar, donde por tu mandamiento soy venido, alguna forma de vida, que tal con razón pueda ser llamada, por ti se me declare, o pronunciando la sentencia contra este afligido amador a muerte precisa sea sentenciado, para que con ella gane lo que biviendo por tan perdido tiene[1082].

YSABELA. Holgado he, noble cavallero, con las razones últimas que por ti han sido pronunciadas, por causa que con ellas pides lo que

[1081] *león, que sus... en vida trae*: "La leyenda refiere que los cachorros de león nacen muertos. Por ello, sin duda, en la antigua Roma, el león simboliza la muerte, y, en el cristianismo primitivo, la muerte y el infierno. Pero esa vieja leyenda afirma también que a los tres días de haber nacido muertos vuelven a la vida, cuando el león padre les insufla su aliento" (D. S. M.). Véase también *Segunda Celestina*, pág.348, n.22.

[1082] El animal fabuloso que describe Selvago no corresponde exactamente a la quimera, pues le va a dotar de cualidades que no son habituales para ella (véase *Comedia Selvagia*, II, 4, n.804). Sin embargo, esto se puede explicar perfectamente mediante las palabras de Floribundo, el galán de la *Comedia Calamita*: "Un caos soy ya tornado, / ciega espera, / una confusa chimera, / una materia sin forma / y un acidente sin norma / y una substancia no vera" (Torres Naharro, *Comedia Soldadesca, Comedia Ymenea, Comedia Jacinta, Comedia Calamita, Comedia Aquilana*, ed. cit., pág.265). En otros términos, si la quimera es una materia sin forma, se le puede añadir cualquier rasgo según convenga. Aquí Selvago intenta enriquecer sus sentimientos dotando la quimera de un cuerpo mucho más variado. Véase también *Propalladia*, pág.663, n.452.

yo desseo que entre nosotros se aya efetuado, que es con brevedad responder al intento que por tus razones me a sido declarado; y por tanto oye atentamente lo que dezir quiero, porque tú de la vanidad que contigo tienes, y yo de fatiga que con tus mensajes y palabras recibo, seremos libres. Bien he conocido de ti desde el primer día que tuviste atrevimiento de me declarar tu propósito, que me amas, aunque con qué amor yo lo ygnoro, porque si es bueno y a buen propósito enderezado, a mi padre, y no a mí, avéys de yr con semejantes mensajes, y si por el contrario es malo, mira si es justo que una donzella noble y generosa como yo, en su fama y honra tal mácula pusiesse; y por tanto, pues, por estas breves razones que de mí has oýdo puedes colegir lo mucho que sobre el caso te pudiera demostrar, ruégote, por aquella nobleza que tu claro linaje en sí tiene, que no quieras más con tus muchas importunaciones el honor de una tal donzella como yo empezer, mas apartando de ti tan nefanda voluntad, ciegues[1083] el camino al mal apetito y le abras a la razón, que claramente te demostrará quán provechosas y buenas sean mis palabras, y por el contrario, quán dañosos y malos tus desseos ylícitos.

SELVAGO. Si pensara, cruel señora, que para del todo matarme el presente fabor de ti me venía, antes la sentencia rigurosa en mí executara, que aviendo gozado de tan vana esperança, al presente con más crecido tormento y passión en mí sentilla; mas ¡ay de mí! que ni ay causa para que tal ay de mí se manifieste, pues la bienaventurança que en este ay se me sigue, en ay de soberano gozo se convierte, que por bienaventurado me podría intitular si la vida que agora o después a de pagar la deuda que deve, con pagarla a lo que a tu soberano valor y fiel servicio es obligada, de tales dos deudas se viese libre para más la poner en la fama

[1083] *ciegues*: en T *cieges*.

en morir por tal causa; mas si esto con brevedad ser pudiese, no por pequeña bienaventurança lo tendría, mas ¡ay de mí! que por ser muy al contrario mi vida biviendo en muerte morirá, y mi fin desventurado sin serlo, con estarme de contino presente olvidado de su oficio y nombre, de mí teniendo fastidio, será para siempre apartado y dividido. ¡O mi muy verdadera señora, excesivamente pido a tu soberano valor, pues el modo de muerte y el quándo, que es luego, por ti se me a manifestado, el lugar a tal sacrificio perteneciente por ti se me declare, por que cumpliendo en todo tu mandamiento y querer, no sólo tú seas en ello satisfecha, mas aun mi muerte será gloriosa y su fin bienaventurado siendo en todo a tu querer obedeciente!

YSABELA. Cesen, cesen, ¡o señor mío! tus injustas querellas[1084], que si mis razones fueron bastantes a causallas, mi sentido no lo es en oýllas, por el ravioso tormento que muestras a mi causa padecer, no solamente mi fuerça a que sus fuerças sienta constriñe, mas aun recibiéndole por suyo enteramente con otro nuevo que en mí concibe, su ser me fuerça a sentir, y mi fuerça sin ella forçosamente en manifiesto peligro se vee puesta; por tanto, escusados qualesquier preámbulos y circunferencias, sabe, señor mío, si no lo sabes, que tuya soy y por tal me tengo y confiesso; y si dizes que por mí sufres grave pena, yo por ti ravioso tormento; y si por mi causa pierdes la vida, yo por la tuya passo dos mil muertes; y pues, señor, tan abiertamente mi voluntad has sabido, haz, ordena, manda a tu voluntad, que de mí, pues mi libertad señoreas, por entero serás obedecido; y si atento al entrañable amor que en ti tengo,

[1084] *Cesen, cesen... tus injustas querellas*: En *La Celestina* (págs.463–464) Melibea dice a Calisto: "Cessen, señor mío, tus verdaderas querellas; que ni mi coraçón basta para lo sofrir, ni mis ojos para lo dissimular". En la *Thebaida* (pág.199) Claudia también pide lo mismo a Aminthas: "Cesen, señor, vuestras quexas, cesen vuestras tan demasiadas lamentaciones, cesen vuestras tan injustas querellas".

con vínculo de matrimonio tuvieres por bien de recebir la tal posessión, aunque clandestinamente y sin licencia de mis padres, se haga, teniendo bien por entendido que, con limpio amor y en ygual grado soy de ti amada, posponiendo tu persona a todo peligro y afrenta que en este caso se pueda suceder, gloriosamente me gozare, y lo contrario haziendo, no sólo no me pagarás al verdadero amor que me eres obligado, mas de mi muerte y fin miserable serás causa.

SELVAGO. Ni mi persona por obra, ni mi sentido de palabra, ni aun mi entendimiento en ymaginación excelente, señora, será bastante a te dar las gracias por las soberanas mercedes que de ti al presente me vienen. ¡O bienaventurado yo, que aviendo mi vida visto el espantable barquero del obscuro río Flegetón, siendo en el punto de la muerte, tan maravillosamente por quien era la causa soy en ella restaurado y buelto! ¡O, si fuesse possible, mi señora, que lo mucho que mi ánimo siente, el cuerpo con alguna demostración te lo pudiesse representar! Como creo que de lo hecho, no sólo tendrías pena, mas en ser tanto de mí estimada soberanamente te gozarías, y por que con palabras vanas exteriores lo verdadero que en el interior siento no dañe con el velo del callar, quiero en todo satisfazer; solamente digo que con el amor y voluntad que las mercedes me prometéys, con essa las recibo, contándome por ygual de los que de la eterna beatitud gozan en que me hagáys digno de vuestro soberano matrimonio; por tanto, ved, señora, cómo quieres que se ordene, que aparejado estoy, como siempre, para en todo cumplir vuestro mandamiento.

YSABEIA. ¡O mi señor, bien tenía por mí que donde tanta virtud mora otra respuesta no se esperava! por lo qual, si os parece, la noche siguiente en esta mesma hora, trayendo vos aparejo, por las paredes del jardín que desta otra parte parece podréys entrar, donde algún buen orden en nuestros negocios se determine, por que más, sin ofensa de Dios, nuestros desseos se cumplan.

SELVAGO. Mi señora, en soberana merced la que por vos me es prometida recibo, y como dezís se cumplirá.

YSABELA. Mi señor, aunque bien contra mi voluntad, os pido licencia, porque allende de ser hora, para quitar la sospecha que se puede recrecer si alguno[1085] nos viesse, es bien acordado.

SELVAGO. Mi señora, si la pena que dello recibo no se templasse en alguna manera con la gloria que tan presto conseguir espero, en manifiesto peligro sería mi vida puesta; mas considerando lo dicho al presente me avré de sufrir, y por tanto, vos, mi señora, la tenéys y para mí esso mesmo la dar.

YSABELA. Pues, señor mío, el Criador de todas las cosas os acompañe.

SELVAGO. El mesmo quede con vos, mi señora. ¿Qué os parece, señor Flerinardo? ¿Avéys oýdo algo de lo passado? ¿Puédome tener enteramente por dichoso?

FLERINARDO. Mi señor, muy bien lo he oýdo, y de cierto que entre los tales podéys ser contado, pues de tal persona en tan excesivo grado soys querido.

SELVAGO. Assí es como dezís; mas, pues en esto no ay más que hazer, si os parece bolvamos a la possada y reposaremos lo que de la

[1085] *alguno*: en T *alguo*.

noche queda; y siendo el día venido, yo hablaré con mi señora Funebra sobre vuestro negocio, por que enteramente seáys alegre, quedando los desposorios públicos para quando los míos se celebren.

FLERINARDO. Señor, téngoos en merced que, con vuestra mucha alegría, de mí no avéys perdido memoria.

SELVAGO. Essa causa la pone más en mí, que, pues vos en mi pena avéys sido participante, justo es que en la gloria y descanso seamos ansimesmo conformes, y pues ya dentro en la posada estamos, bien será entrar a nuestro alvergue; vosotros, criados, ýos a dormir, que no pondré en olvido el buen servicio que esta noche de vosotros he recebido; ruego vos que en ello tengáys el secreto que conviene y la calidad del caso demanda.

CENA PRIMERA DEL QUINTO ACTO[1086]

En que Escalión concierta con Sagredo y Rubino, los criados de Selvago, un combite en casa de Dolosina. Venida la hora, y sentándose a comer, llega Risdeño a la puerta con un don para la vieja. Entrado, comen todos juntos, passando entre ellos graciosas cosas. Acabada la comida, dales nuevas del desposorio de Flerinardo ser ya concertado, con que muy gozosos él a su posada se buelve, quedando los otros en casa de la vieja con sus criadas. Introdúzense:

[1086] Se trata de la imitación de una parte del Auto VIII y casi todo el Auto IX de *La Celestina* (págs.393−394 y págs.401−422, respectivamente), la Cena XXIX y la Cena XXXIV de la *Segunda Celestina* (págs.416−433 y págs.478−502, respectivamente), y el Aucto XXXIII de la *Tercera Celestina* (págs.290−298).

ESCALIÓN. SAGREDO. RUBINO. DOLOSINA. VALERA. CLAUDIA. LELIA. LIBINA. RISDEÑO.

[ESCALIÓN.] Aun ¿qué sería si esta noche oviessen despachado a mis amos, embiándolos, como dize el refrán, con cartas al purgatorio[1087]? que por mi fe a mala señal tengo Aver tan presto Ysabela vencídose, y concedido en el negocio[1088], no fuesse antes alguna guadramaña[1089] para cogellos a todos juntos como en gorrionera, donde paguen hecho y por hazer[1090]. Agora sea, que yo no lo estimo en dos quartos[1091], pues en salvo está el que repica[1092]; y si nos faltare señor, pan comen en las Italias. Por mi vida, pues, que estava donoso Flerinardo en avisarme que diesse presto la buelta. ¿Pensávase el necio que estoy harto de vida? Pues engáñase cierto, que más agora que nunca quiero gozar de mi mundico, pues es mi tiempo, y no que fuera donde, por ventura, en llegando nos dieran caperuça[1093], o nos embiaran cargados de leña; una fuy al baño, y essa con daño[1094]. Este otro día salieron todos los compañeros, y aun tuve la muerte

[1087] *embiándolos... al purgatorio*: En *La Celestina* (pág.485) Sempronio amenaza a Celestina: "¡Espera, doña hechizera, que yo te haré yr al infierno con cartas!"; véase también la nota 124 que pone Peter E. Russell en la misma página.

[1088] En *La Celestina* (pág.450) Pármeno dice a Calisto: "Mucha sospecha me pone el presto conceder de aquella señora y venir tan aýna en todo su querer de Celestina".

[1089] *guadramaña*: "Embuste, cautéla, engaño ù ficción" (D. A.).

[1090] En *La Celestina* (págs.458-459) Pármeno dice a Sempronio: "¿Qué sé yo si Melibea anda por que le pague nuestro amo su atrevimiento desta manera?".

[1091] *quartos*: *quarto*: "Moneda de bellón que vale quatro maravedís" (Covarrubias).

[1092] *en salvo está el que repica*: refrán ya explicado anteriormente; véase *Comedia Selvagia*, IV, 1, n.972.

[1093] *dieran caperuça*: *caperuça*: "Cobertúra de la cabéza, ò bonéte, que remata en punta inclinada hácia atrás" (D. A.); *dar en caperuza*: "darle à alguno un golpe en la cabéza haciéndole mal: y translaticiamente darle alguna pesadumbre ò hacerle alguna moléstia, por vengarse ò satisfacerse de él" (D. A.).

[1094] *una fuy al baño, y essa con daño*: variante del refrán "Una en el año, y esa con daño" (Correas); o del refrán *Una en el año, y esa, en tu daño*: "Se dice de quien al cabo de mucho tiempo se determina a hacer alguna cosa y esa le sale mal" (D. R.). En *Lisandro y Roselia* (pág.255) Brumandilón dice a Oligides: "una hice en el año, y ésa con daño".

a los ojos, que a pocas me pudieran engastonar[1095] en lienço, y embiarme a poblar el pradillo de Sant Augustín, y ¿avía de tornar al juego?, pues a fe mía que se engañan en más de la mitad del justo precio, que desde entonces firmé en mí de nunca más perro al molino[1096], porque cantarillo que muchas vezes va a la fuente, o dexa el asa o la frente[1097]. Mas ¿qué digo? ¿No son éstos Rubino y Sagredo, los criados de Selvago? Ellos son, cierto; quiéroles hablar sobre qué mundo corre, y si han ellos sido en la escaramuça y andan descarriados por aquí. .¡O señores! Y ¿dónde por estos barrios?

SAGREDO. Señor Escalión, están Selvago y Flerinardo en consulta sobre ciertos negocios, y nosotros venímonos a dar una gateada por aquí a buscar quien bien nos haga.

ESCALIÓN. ¡O, pese al mundo, y cómo he sido engañado, que tan a su salvo salieron del juego! Pues, señores, ¿sabéys si Flerinardo a preguntado por mí?

RUBINO. Creemos que no, porque los dos no han salido de un aposento.

ESCALIÓN. ¿Pues no me dezís cómo os fue esta noche? que yo he estado el más afligido hombre del mundo, que me quisiera hallar en ello, sino que Dolosina jamás me dio esse lugar, que, como su marido Hetorino

---

[1095] *engastonar*: "Lo mismo que Engastar. Es voz antiquada" (D. A.).

[1096] *nunca más perro al molino*: "Dicen esto las gentes escarmentadas de lo que mal les sucedió; semejanza de un perro que fué a lamer al molino y le apalearon" (Correas). Este refrán también aparece en *La Celestina* (pág.278), en la *Tercera Celestina* (pág.246), en *Lisandro y Roselia* (pág.117) y en la *Thebaida* (pág.168).

[1097] *cantarillo que... la frente*: "Refrán que enséña lo arriesgadas que son las ocasiones, en que son freqüentes los riesgos y peligros, porque al cabo se viene à perecer en ellos" (D. A.). En la *Tercera Celestina* (pág.177) Celestina cita una variante de este refrán cuando habla con Sigeril: "que ya sabes que el cantarillo que muchas veces va a la fuente, en alguna se quiebra". Véase también *Propalladia*, pág.719, n.202.

está fuera del pueblo, ella no quiere dexar su casa a humo de pajas[1098], por temor no la roben; y aun también os digo que me tiene oy allá combidado.

SAGREDO. En lo que desta noche preguntáys, sabed que nos fue muy bien; mas dezidnos, señor Escalión, ¿qué gente tiene en su casa Dolosina? porque os hago saber que Rubino y yo desseamos ser sus parrochianos, con apercebimiento que acudiremos bien con las obladas[1099].

ESCALIÓN. Sabed, señores, que tiene tres moças de gentil parecer, de las quales una, llamada Libina, tengo yo; mas si vosotros queréys, yo seré parte a que con las otras privássedes vosotros, mas hag'os saber que a de bullir pecunia.

RUBINO. Antes nos haréys la mayor merced del mundo, que en esso no faltará.

ESCALIÓN. Pues sea de esta manera: esperadme aquí mientras voy a la hablar en ello, y si puedo, negociaré con ella en que oy comamos todos juntos[1100].

RUBINO. A tiempo vendría, que a fe mía dos pavos y quatro

[1098] *a.humo de pajas*: "Modo adverbiál que vale ligeramente, de corrida, sin reflexion ni consideración. Usase regularmente anteponiendo la particula No, para dar mas fuerza à la locución" (D. A.).

[1099] *obladas*: *oblada*: "La ofrenda que se lleva sobre la sepultura del difunto" (Covarrubias).

[1100] *que oy comamos todos juntos*: "La comida de mediodía se hacía en el siglo XVI hacia las doce horas" (*Comedia de Sepúlveda*, pág.133, n.104). Por eso, en la *Segunda Celestina* (pág.336) Sigeril dice a Felides que ya es tarde para comer porque "la una es dada". En la *Tercera Celestina* (pág.239) Sigeril recuerda a Felides: "si te paresce, vamos a la posada, que ya es la vna y vergüença es de dezir a quien te topare que a tal hora no as comido"; y, en otro pasaje (pág.290), Elicia se queja de tener hambre ante Celestina: "Tía, razón sería ya que truxesses o me mandasses traer alguna lazeria que comamos, que la vna es dada, y mal me haga Dios si no me desmayo de hambre". En la *Florinea* (pág.10) Floriano pregunta a Lydorio si es hora de comer y éste le contesta: "Dadas eran las doze quando yo entre, mira señor lo que haure estado contigo: y veras que hora sera". En la *Comedia Cornelia (Las tres comedias de Juan Timoneda*, ed. cit., pág.82) Lupercio dice a Polianteo: "De trabajo me has quitado señor Polianteo, que a tu casa yua viendo que dara la vna y no venias".

gallinas he cantusado de la despensa[1101], de antes de ayer acá, con intento que el domingo nos diéramos una holgadura en la huerta del Rey; por tanto yd, que aquí os esperamos.

ESCALIÓN. Pues adiós hasta la buelta. A fe, como guante al pie me viene esto, porque cuydoso andava por llevar algo de mi parte a la mesa de Dolosina, que parece mal, quando el combidador es de menos quantía que el combidado, entrarse las manos en el seno a sentarse a la mesa. A la puerta veo a Dolosina, quiero dalle el mensaje. Madre señora, ¿qué hazes pensativa aquí?

DOLOSINA. Mi fe, hijo, pienso cómo salir de vergüença contigo y con un ama de Ysabela que tengo combidada, aunque por ti no me daría tanto, pues como en tu casa estás; pero dáseme de la otra, que yo no tengo tanta posibilidad como su persona mereze.

ESCALIÓN. Pues, madre, un buen remedio te daré si recebirle quieres, el qual es que los dos criados de Selvago, Sagredo y Rubino, por oýdas, de Claudia y Lelia, tus donzellas, perdóneme Dios si peco, andan en alguna manera enamorados, y si tú les das licencia que vengan oy a comer contigo, ellos proveerán tu mesa de manera que muy a tu honra cumplas con quien has dicho; y no te pese dello, que moços son que lo que por ellos hizieres te sabrán agradecer y gratificar.

DOLOSINA. Hijo Escalión, ellos y los buenos años vengan en buen hora a mi casa a recebir servicio.

[1101] En *La Celestina* (págs.392–394) Pármeno invita a Sempronio a comer a casa de Celestina y busca la que hace falta para tal caso en la despensa de Calisto. En la *Tercera Celestina* (págs.293–294) Sigeril, aprovechándose de la generosidad de Felides, saquea la despensa de éste y lleva todo la que puede a casa de Celestina. En la *Policiana* (págs.8–9) Salucio sugiere a Solino robar la despensa de su señor Policiano.

ESCALIÓN. Madre, pues yo voy a que embíen el recaudo.

DOLOSINA. Hijo, con la bendición de Dios.

ESCALIÓN. Bien se a negociado esto; pues la vieja vino tan de coraçón en ello.

SAGREDO. ¿Qué nos dizes, Escalión?

ESCALIÓN. Que hagáys lo que dixistes, que de buena voluntad seréys recebidos.

RUBINO. ¡O, Dios te dé salud, hermano Escalión, que de verdad no tenía mayor desseo que tener alguna persona con quien passe tiempo, y le dé parte de mis plazeres!

ESCALIÓN. Pues dezidme, ¿qué pensáys embiar?

RUBINO. Yo de mi parte dos pavos y quatro gallinas, assimismo el pan que fuere menester y un buen xamón de tocino.

SAGREDO. Pues yo daré principio y postre conforme al tiempo, que será fruta verde y olivas de Córdova[1102] y queso de Pinto.

ESCALIÓN. Mirad que no contáys lo más necesario.

SAGREDO. ¿El vino, creo, dezís? Pues no tengáys pena, que no

[1102] *olivas de Córdova*: En el Passo Séptimo de los *Pasos* (Madrid: Castalia, 1992) de Lope de Rueda se lee el siguiente diálogo entre Águeda y su marido Toruvio alrededor de las famosas olivas cordobesas:

> ÁGUEDA. Callad, marido, qu'es el veduño de la casta de los de Córdova.
> TORUVIO. Pues aunque sea de la casta de los de Córdova, basta pedir lo que tengo dicho.
> (ed. José Luis Canet Vallés, pág.164)

faltarán seys u ocho azumbres de lo de Monviedro[1103].

ESCALIÓN. Contigo me entierren, que cuentas al uso del flamenco, que dezía: entre dos compañeros veynte y cinco de vino y uno de pan, y sobra pan y falta vino[1104]; mas tened cuenta de lo proveer con tiempo, que lo dicho basta quanto la mar.

RUBINO. Desso perded cuydado, que luego se hará.

ESCALIÓN. Pues alto, yldo a proveer y dad la buelta, que aquí os espero.

RUBINO. Sea, quedad con Dios.

ESCALIÓN. Por mi fe, Escalión, que a muchas déstas se te a de caer la colilla; ayer paño para un entero vestido que el príncipe se lo puede cubrir, esta noche passada con Libina, que haze comigo más caricias que la reyna Yseo[1105] con Tristán, agora comer de aután[1106] a costillas de otro; assí, assí, pesse al mundo, anden todas, y más la caxcada, que buen rey moço nos tenemos[1107], aya buena olla, que mal testamento no ha de

[1103] *lo de Monviedro*: Sobre el vino de ese lugar, véase *Comedia Selvagia*, II, 1, n.695.

[1104] *entre dos compañeros... falta vino*: En la *Segunda Celestina* (pág.281) Celestina también antepone la importancia del vino frente al pan: "con mis trabajos nunca falta un pedaço de pan y dos vezes de vino que bever".

[1105] *Yseo*: Personaje legendario bretón que, junto con Tristán, protagoniza una historia de amor que resuena de manera espectacular en el mundo caballeresco. Según la leyenda, el filtro preparado por la madre de Iseo provocó una pasión inextinguible entre Iseo y Tristán, el compromiso matrimonial de la princesa con el rey Marés, tío de Tristán, hizo imposible la unión legal de los dos amantes, y finalmente, los mataron los celos de la esposa de Tristán (E. U. I.).

[1106] *comer de aután*: *aután*: "al tanto, igualmente" (Covarrubias); *comer de aután*: El sentido de esta expresión se parece al de *beber de aután*: "assí dezimos bever de aután, bever tantas vezes quantas nos brindaren, y bever igual cantidad" (Covarrubias).

[1107] *buen rey moço nos tenemos*: Apunta el refrán *Echa la capa y bailemos, que buen rey tenemos*: "'Reprende a los imprevisores.' También alude a los que viven despreocupadamente confiando en que otros les resuelvan sus problemas" (D. R.).

faltar. Pues a Dios digo mis culpas, si se haze lo que he medio oýdo del desposorio de Flerinardo con Rosiana, allí serán las descabelladas, pues librea[1108] buena y otros percancillos[1109] no pueden faltar. Pues, por mi fe, aunque dexe una razón por otra, que no trocase mi estado por del mejor cavallero del reyno, porque si bien se mira bivo más descansado y más a mi provecho que todos ellos; que sus estados y señoríos no sólo no les traen descanso, mas aun les causan vida muy desventurada, porque por mucho que tengan para cumplir con la honra siempre andan alcançados, tristes, cuydadosos, pensativos, llenos de cuydados y congoxas; no tienen un plazer que no reciban inumerables pesares y çoçobras. Siempre la barba sobre el hombro, quando por su causa, quando por la de sus vezinos y parientes; el pecado venial que cometen se les haze mortal; la injuria que reciben, por pequeña que sea, es muy acumulada de todos; andan en mayor peligro si los reyes se muestran furiosos; siempre, aunque estén sanos, con muletas, que son los criados, los quales, si les faltan, a te levavile que[1110] en casa han de estar encerrados; pues si las rentas no les acuden a tiempo, no cumpliendo con quien deven, son en público baldonados y en secreto maldezidos; assimismo son a más obligados con los pobres, y que poco pueden, lo que si por no poder más no se haze, luego el vulgo tiene materia de que roer[1111]; esto, en suma de mil cuentos de razones que pudié traer al propósito; por el contrario, yo contino

[1108] *librea*: "Antiguamente solos los reyes davan vestido señalado a sus criados; y oy día en cierta manera se haze assí, para ser distinguidos y diferenciados de todos los demás, y porque éstos tienen muchos privilegios y libertades, se llamó aquel vestido librea" (Covarrubias). "Vestuario uniforme que los reyes, grandes y caballeros dan respectivamente a sus guardias pages y a los criados, el qual debe ser de los colores de las armas de quien le da" (D. A.).

[1109] *percancillos*: diminutivo plural de *percance*: "El provecho ò utilidad que los criados ù oficiales adquieren, ò perciben, además de sus gages y salários. Usase regularmente en plural" (D. A.).

[1110] *a te levavile que*: No se entiende el sentido, y puede ser una errata.

[1111] *roer*: "murmurar, ù decir mal de alguno" (D. A.).

alegre, contino lleno de plazer sin aver a quien, si a Dios no, de mí bueno ni de mí malo sea tenido a dar cuenta, con mi día y vito[1112] donde quiera valgo, donde quiera me honrran, donde quiera soy tenido, si aquí me va bien, si acullá no he temor que por robarme me quiten la vida; si recibo alguna afrenta, en dos días no ay memoria; si me quiero yr a passear sin que aguarde a los criados, lo puedo hazer; y finalmente, yo en descanso y dos mil passatiempos paso mi vida, que dellos son desseados y nunca avidos, por lo qual muy claro se muestra qu'en más aventajada y de dessear sea mi vida que la de los que he dicho[1113]. Ya me parece que veo a mis compañeros, bien será, pues se haze ora, no detengamos la yda.

RUBINO. ¿Es ora, señor Escalión?

ESCALIÓN. Esso dezía comigo, que podemos yr, porque huésped con sol [h]a honor[1114], quanto más que si fuere temprano podremos passar

[1112] *día y vito*: "sinifica passar los días con el sustento parco y moderado, que les responde en latín *in diem vivere*, quando uno gana su jornal y esse se come sin poderle sobrar nada para mañana. Está corrompido este término de *diei victus*" (Covarrubias).

[1113] Éste es uno de los pasajes en que Alonso de Villegas manifiesta su acuerdo con la estructura social de su época. Francisco Rico señala que "En el siglo XVI, aún seguía vigente la doctrina de que la sociedad es un trasunto del orden cósmico, y las clases, tan inmutables como las órbitas de los planetas o la graduación de los coros angélicos, de suerte que la pretensión de ascender en la escala jerárquica equivalía a rebelarse contra la ley natural y la providencia divina" (*Lazarillo*, ed. F. Rico, pág.24, n.49). A juicio de Consolación Baranda, Feliciano de Silva también ha mostrado su conformidad con la estructura social en la *Segunda Celestina*, pues "difícilmente se puede hablar de crítica social cuando se nos presenta un mundo ordenado, una sociedad fuertemente compartimentada pero sin conflictos entre los distintos estamentos sociales" (*Segunda Celestina*, pág.71). Desde luego, en el siglo XVI, en el que todo se discutía, había otras opiniones sobre el mismo tema, tal como indica Francisco Rico en la anotación arriba mencionada: "Pero una importante facción del humanismo fue abriéndose a nuevos planteamientos; y, así, muchos afirmaron rotundamente que la herencia y la fortuna nada podían contra la virtud y el esfuerzo propios y que, por el contrario, quien no se condujera con rectitud, por muy ilustre sangre que llevaba, nada merecía ni valía". Éste es el caso de Pedro Mexía. Véase también la *Silva*, t.I, pág.770, n.1.

[1114] *huésped con sol [h]a honor*: "a qualquiera parte que el huésped llega muy noche halla mal recaudo, porque si es en mesón o en venta, los que vinieron delante ocuparon la posada y tomaron el bastimento, y si es en casa de amigo, como no esté prevenido hállale mal apercebido y necessítale a inquietar la vezindad, buscando qué darle... Y claro se entiende averle venido a deshora; pues el amigo vezino se le escusa, con que su puerta está

un rato de tiempo con aquella gentalla[1115].

SAGREDO. Sea pues, que ya a razón a de estar aparejado después que se embió.

ESCALIÓN. Yça, yça, ojo a la ventana.

RUBINO. ¿Quién es aquélla, Escalión?

ESCALIÓN. Libina es, que nos llama.

SAGREDO. Buena moça es, por mi vida, si la pieça es tal como la muestra del paño.

ESCALIÓN. Presto seréys fuera dessa duda; mas ahora entremos.

DOLOSINA. ¡O mis hijos! ¡O mis emperadores! Tal se me torne el bien qual vosotros me parecéys.

SAGREDO. ¡Qué enjaezada[1116] parola tiene la noble!, mas qual yo y ella somos, tal salud la dé Dios.

DOLOSINA. Entrad, mis señores, que todo es vuestro, y como tal lo podéys tener, juntamente con su dueño.

SAGREDO. Madre señora, en buen hora estés tú y la compañía, y el ofrecimiento te tenemos en soberana gracia, que de la mesma manera de nosotros te puedes servir y en ello estamos muy aparejados.

ESCALIÓN. Dime, madre, ¿quién es aquella dueña que allí está?

---

ya cerrada y él y sus criados desnudos en la cama" (Covarrubias).

[1115] *gentalla*: vale por *gentualla*: "La Gente mas despreciable de la Plebe" (D. A.).

[1116] *enjaezada*: *enjaezado*: "adornado" (Covarrubias).

DOLOSINA. La que, hijo, te dixe oy que era ama de Ysabela y gran amiga mía, que por me hazer a mí merzed, oy se vino a estar con nosotros.

ESCALIÓN. Pues, señora, hazme merzed que mandes baxar aquí a Lelia y a Claudia, que estos mis señores compañeros en tal las[1117] recibirán.

DOLOSINA. ¡Ay hijo! ¿No ves que están las cuytadillas, mal pecado, desnudas, entendiendo en el comer?[1118] Mas ten paciencia, que tiempo avrá para todo; mas esto aparte, por tu fe, Escalión, que me digas, ¿estos gentiles hombres son de la ciudad o forasteros?

SAGREDO. Madre mía, de aquí somos naturales.

DOLOSINA. Pues dezidme, señores, quién fueron vuestros padres, porque si lo que dezís assí es, no puede ser sino que de mí seáys conozidos.

SAGREDO. Sabe, señora, que yo soy hijo de Sempronio, criado de Calisto, y de Elicia, y este mi compañero es de Pármeno y Areúsa[1119], donde por la familiaridad que nuestros padres tuvieron, ansimesmo por el parentesco que entre nuestras madres [h]ovo, entre nosotros tenemos muy

[1117] *las*: en T *la*.

[1118] *¿No ves... en el comer?*: La excusa, basada en la desnudez de las rameras, que la alcahueta utiliza para demorar el encuentro de los rufianes o criados con sus putas ya se halla en la *Segunda Celestina* (pág.493): cuando Grajales pide a Celestina que mande bajar a Elicia, la alcahueta le contesta: "No te mates, que hazerse ha la saya, que más días hay /n7r/ que longanizas, que no es razón que la vea Barrada desnuda la primera vez"; y, en otro pasaje (pág.492), Celestina dice al mismo y a Barrada: "y porque ella está desnuda, mal pecado, que a la verdad, hijos, para con vosotros, ésta es la negra cama que está haziendo, vergüença, digo, de parescer assí".

[1119] A través de la autopresentación de Sagredo, se relaciona una vez más la *Comedia Selvagia* con *La Celestina*, pues Sagredo y Rubino son hijos de cuatro personajes de la obra de Fernando de Rojas: Sempronio – Elicia y Pármeno – Areúsa, respectivamente.

firme amistad y bien querencia[1120].

DOLOSINA. ¡O mis buenos hijos! Por mi salud, que os he de abrazar, ca sabed que no pequeño conocimiento[1121] tuve yo con vuestras madres[1122], antes que desta tierra Parmenia, mi madre, me llevasse, y aun, por mi salud, que quando bolví y supe el desdichado caso que a las dos acaesció, que no fue mi dolor pequeño[1123].

ESCALIÓN. Pues dime, madre, ¿qué les aconteció?

DOLOSINA. No fue nada, hijo.

ESCALIÓN. Dilo ya, madre.

DOLOSINA. Diéronlas de puñaladas, que no fue nada.

ESCALIÓN. Echa allá, ¿y es pulla éssa? Mas dinos, madre, ¿y quién hizo tanto mal? que, por las ebúrneas puertas tartáreas, sólo por lo que a la amistad de sus hijos devo, en todo el mundo sabiendo quién es le

[1120] En efecto, los padres de Sagredo y Rubino se conocían muy bien porque eran criados de Calisto, y entre las madres de ambos existía el parentesco puesto que Elicia y Areúsa eran primas.

[1121] *conocimiento*: quiere decir *amistad*; véase *Comedia Selvagia*, II, 3, n.747.

[1122] *no pequeño... con vuestras madres*: "El conocimiento de familiares y antepasados sirve a Celestina para ganar la confianza de sus interlocutores" (*Segunda Celestina*, pág.278, n.23). Evidentemente aquí Dolosina utiliza el mismo método con la misma finalidad que Celestina. Sucede algo parecido con la alcahueta de Sebastián Fernández: en la *Policiana* (pág.9) Claudina se jacta de haber visto nacer a Solino y conocer muy bien a su amo Policiano; y, en otro pasaje (pág.17), Claudina recuerda a Policiano la amistad que existía entre ella y su familia.

[1123] Se trata de una muestra del vínculo que tiene la *Comedia Selvagia* a la *Tercera Celestina*, donde Areúsa fue asesinada; a *Lisandro y Roselia*, donde Elicia perdió su vida; y a la *Policiana*, donde apareció Parmenia como hija de Claudina, maestra de Celestina, tal como hemos visto. Alonso de Villegas, consciente de que Dolosina es un personaje nunca mencionado en las *Celestinas* anteriores, y por lo tanto, totalmente nuevo en el ciclo celestinesco, intenta justificar su anonimato absoluto mediante la larga ausencia de dicho personaje en su tierra.

busque, y más tajadas le haga que letras tiene Baldo[1124] y Bártulo[1125] con la corónica[1126] española.

SAGREDO. Por mi vida, madre, que hasta agora bien ayunos desso emos estado; ca los dos de pequeños nos salimos desta tierra y por gran aventura en Ytalia nos conocimos, donde con desseo de nuestra patria aquí tornamos, y queriendo saber qué se hizo de nuestros padres nos fue dicho que de sus muertes naturales murieron, por lo qual estamos muy espantados de lo que dizes.

DOLOSINA. Pues y'os diré[1127], hijos: sabed de cierto que Pármeno y Sempronio por homicidas de una buena vieja murieron degollados en el mercado[1128], y Areúsa, poco después, en casa de la famosa Celestina, a manos de dos rufianazos, que, si bien me acuerdo, se nombravan Grajales y Barrada[1129]. Esso mesmo Elicia, mucho tiempo después, por

[1124] *Baldo*: *Luis Baldo*, escritor español de época desconocida, a quien se le atribuye la autoría de la *Descripción de los condados de Rosellón y Cerdeña, Aclaración pía y justa al rey don Juan III*, etc (E. U. I.).

[1125] *Bártulo*: "O Bártolo (1314-1357), jurisconsulto italiano, fundador de la escuela de los comentaristas o glosadores. Profesó en varias universidades italianas y sus profundos conocimientos le granjearon una extraordinaria autoridad... Sus obras jurídicas, en las que manifiesta novedosas concepciones del Derecho, ejercieron una importante influencia en el avance de este tipo de estudios" (*Silva*, t.II, pág.331, n.20).

[1126] *corónica*: es decir, *crónica*; "Por otra parte estuvo muy extendida la variante *corónica*..., favorecida por la etimología popular, pues las crónicas solían tratar de los hechos de personajes coronados, pero su punto de arranque pudo ser fonético, en castellano mismo, y más probablemente en el dialecto mozárabe, donde la anaptixis en esta posición era de ley" (Corominas).

[1127] *Pues y'os diré*: Lo que Dolosina va a contar a Sagredo y a Rubino sobre la muerte de sus padres son recuerdos de *La Celestina*, de la *Tercera Celestina* y de *Lisandro y Roselia.* Luis Mariano Esteban Martín comenta este fragmento en uno de sus artículos sobre las continuaciones de *La Celestina* ("Huellas de 'Celestina' en la 'Comedia Florinea' y en la 'Comedia Selvagia'", págs.36-37). En *Lisandro y Roselia* (págs.32-39) la larga presentación sobre Celestina (Elicia), hecha por Oligides también se inicia por la misma expresión "Yo te lo diré".

[1128] *Pármeno y Sempronio... en el mercado*: En *La Celestina* (págs.490-493) Sempronio y Pármeno son ejecutados por la justicia en el mercado por haber matado a Celestina.

[1129] *Areúsa, poco después... Barrada*: *poco después*: En efecto, cronológicamente no transcurre mucho tiempo desde las conquistas amorosas de Calisto, narradas en *La Celestina*, hasta las de Felides, relatadas en la *Segunda Celestina* y en la *Tercera Celestina* (véase Consolación Baranda, "De 'Celestinas': problemas

un panfarronazo llamado Brumandilón; aunque no se fue sin castigo éste, porque degollado murió[1130], y no pensés lo dicho aver muchos días que passó, que de cierto la sangre tienen reziente[1131]; mas de una cosa, hijos, os podés alabar, que tenéys madres medio mártyres, que, por mi salud, casi sin culpa las mataron[1132].

ESCALIÓN. Harre nora mala, y a todos a metido la vieja en la daça[1133], que, por mi vida, este Brumandilón que a dicho fue mi padre[1134]; ya dolor, y si se descubriesse a mis compañeros, cómo tomarían de mí raviosa vengança; mas esto aparte, a fe que está donosa Dolosina, que piensa que se deleytan estos otros mucho con sus palabras, y no sabe que, como dizen, no ay peor burla que la verdadera[1135], y ella dalle que dalle[1136],

---

metodológicos", pág.11); *Areúsa... Barrada*: La muerte de Areúsa sí tiene lugar en la *Tercera Celestina* (págs.328–331), pero no a manos de Grajales y Barrada, sino a manos de Grajales y Recuajo, se trata del fallo de memoria, una de las características de las alcahuetas del ciclo celestinesco (véase *Segunda Celestina*, pág.343 y pág.416, *Lisandro y Roselia*, pág.225, y *Policiana*, pág.19).

[1130] *Esso mesmo Elicia... degollado murió*: *mucho tiempo después*: Pasaron efectivamente muchos años desde el asesinato de Areúsa, ocurrido en la *Tercera Celestina* (véase la nota anterior), hasta la muerte de Elicia y la ejecución de Brumandilón, sucedidas en *Lisandro y Roselia* (pág.262 y pág.281), a pesar del marco temporal incoherente, presentado por Sancho de Muñón (véase Concolación Baranda, "De 'Celestinas': problemas metodológicos", págs.14–15); *Esso mesmo Elicia... degollado murió*: En *Lisandro y Roselia* (páginas citadas en la presente nota), Celestina (Elicia), quien ejercía el mismo oficio que su tía Celestina, fue asesinada por Brumandilón, que, a su vez, perdió su propia vida debido al crimen que había cometido.

[1131] *no pensés... la sangre tienen reziente*: Este pasaje demuestra que las actuaciones de Dolosina en la *Comedia Selvagia* tienen lugar inmediatamente después de las de Celestina (Elicia) en *Lisandro y Roselia*, porque están todavía muy frescos los recuerdos de la muerte de ésta y la de su rufián Brumandilón.

[1132] *tenéys madres... las mataron*: Es bastante irónico eso de "medio mártyres" y "casi sin culpa", pues ya se sabe que Areúsa murió por infidelidad a su amante y que Elicia, por codicia, igual que la Celestina de Fernando de Rojas.

[1133] *a metido... en la daça*: *daça*: "Cierta caña delgada de simiente, que se siega para dar verde temprano a las bestias, en el reyno de Valencia" (Covarrubias); *meter en la daza*: "Incluír alguna persona en algun negociado, ù otra cosa" (D. A.).

[1134] *este Brumandilón... mi padre*: Escalión ya ha mencionado a su padre casi al comienzo de la obra de Alonso de Villegas; véase *Comedia Selvagia*, I, 2, n.477.

[1135] *no ay peor burla que la verdadera*: "Refr. con que se advierte que se hace mui sensible el intentar con palabras ò con obras, que parécen festividades ò chanzas, algun daño, ò algun disgusto verdadéro" (D. A.).

[1136] *dalle que dalle*: variante del refrán *Dalle que le da*: "Cuando uno importuna y repite cosas" (Correas).

y entre col y col lechuga[1137], bien te quiero, mas bao[1138]; y después que los a descalabrado, úntales el caxco[1139] diziendo que sus madres fueron medio mártyres.

DOLOSINA. ¿Qué dizes entre dientes, hijo Escalión?

ESCALIÓN. Digo, madre, que pues esso es ya passado, no lo traygas de presente a la memoria, pues no estamos en tiempo de llorar los muertos, sino de tomar plazer entre los bivos.

DOLOSINA. Mi hijo, no pienses que lo que he dicho a sido sin causa, que quiero que sepas que no tanto he querido dezir esto por dar a estos señores passión en ello, mas por que nos acordemos de la muerte, que a nadie perdona, y que oy somos y mañana no[1140]; porque, como

[1137] *entre col y col lechuga*: "acostumbran los ortelanos a hazer las eras de su ortaliza tan ordenadas y compuestas, que dan contento a la vista; y, para variar, entre una col ponen una lechuga, de do se tomó el refrán, para advertirnos que todas las cosas piden alguna variación y diversidad para no cansar el entendimiento ni los sentidos" (Covarrubias). En la *Segunda Celestina* (pág.231) Celestina dice: "Y hijos, entre col y col, lechuga, no sea todo retoçar, que la mesa más se puso para comer y bever". En *La Celestina* (pág.336) Pármeno también emplea este refrán en el aparte: "Tú dirás lo tuyo: entre col y col, lechuga"; para más información sobre el citado refrán, véase también la nota 5 de Peter E. Russell que viene al pie de la página.

[1138] *bien te quiero, mas bao*: Es refrán (Correas).

[1139] *después que... úntales el caxco*: variante del refrán *quebrar la cabeza y después untar el casco*: "dízese de los que aviendo hecho algún daño, acuden después a quererlo remediar floxa y tibiamente" (Covarrubias); o del refrán "Quebrásteme la cabeza, y ahora me untas el casco" (D. R.). En *La Celestina* (pág.600) Pleberio lamenta en su planto: "Quiébrasnos el ojo y úntasnos con consuelos el casco". En la *Segunda Celestina* (pág.492) Grajales murmura en voz baja: "Ya le quiere untar la cabeça, después de havelle quebrado el casco". En la *Tercera Celestina* (pág.219) Celestina dice a Areúsa: "O qué buen dissimular, quebrarle los ojos y vntarle el caxco".

[1140] *por que nos acordemos... mañana no*: La idea de la muerte inevitable y su constante amenaza ya se encuentra en Solón y Chilón, dos de los siete sabios de Grecia. Según Pedro Mexía, Solón, indiferente ante el poderío del rey Creso, le recordó el día de su muerte con una sentencia sabia: "El fin de la vida deven todos esperar" (*Silva*, t.II, pág.394); y, Chilón, a su vez, es autor de otras dos sentencias similares: "Acuérdate y conócete, hombre; que eres ceniza y en ceniza has de ser tornado" (*Silva*, t.II, pág.398) y "Acuérdate siempre de tu muerte y ternás cuydado de tu salud" (*Silva*, t.II, pág.397). También recurren a este tópico Pleberio (*La Celestina*, págs.531–533) y Eubulo (*Lisandro y Roselia*, págs.124–125). Véase también *Amadís*, pág.1754, n.48.

dize el sabio, su memoria es parte a nos apartar de ofender a Dios, especialmente en los plazeres y regozijos, de que tenemos exemplo en la hystoria de San Juan que se intitula el limosnero, el qual, siendo gran señor y obispo, industriosamente hazía labrar su sepulcro bien despacio siendo muy sumptuoso en obra, por que, como todos le dixessen que quándo se avía de acabar, le recordassen que se avía de morir; ansimesmo tenía un hombre que industriosamente, quando estava en algún regozijo o banquete, le venía a dezir que hiziesse acabar su sepulcro, pues no sabía quándo le avrié menester, por que acordándose de su muerte no se destemplase en la tal fiesta a cometer algún vicio y pecado; esso mesmo un señor eclesiástico, noble y generoso cavallero en nuestros tiempos, sobre un mármol que tiene labrado para en siendo muerto poner su sepulcro, recibe la refeción quotidiana, y todos o los más días quiere comer, en el qual mármol están cortados unos hermosos versos que, demostrando la hystoria del caso, nos avisan que nos abstengamos, con la memoria de la temerosa muerte, de pecar, especialmente en los tales actos y combites, cosa por cierto en que cada qual avía de tomar exemplo por el grande fruto que dello se nos puede conseguir. Esto al presente baste, que pues Libina viene a nosotros, ya la comida deve estar a punto.

LIBINA. Madre señora, todo está aparejado. Ven quando fueres servida.

DOLOSINA. Sea luego, hija, que nunca yo hallo mejor tiempo para comer que quando lo tengo gana, ni me sabe mejor acordándome que Darío, rey de Persia[1141], huyendo de Alexandre, su enemigo, aviendo perdido todo su exército, en un cenegal hediondo y lleno de cuerpos

[1141] *Darío, rey de Persia*: *Darío III*, rey del imperio persa y pariente próximo de Artajerjes II; a pesar de su gran valor, perdió la guerra que sostuvo contra Alejandro, caudillo de Macedonia (E. U. I.).

muertos se abajó a bever, diziendo que cosa no le avía sabido mejor en su vida que aquello, porque con más sed lo avía bevido; por tanto, hijos, si os parece, vámonos a sentar.

ESCALIÓN. ¡Ay madre! ¿Y quién a de yr acordándose lo que de la muerte has dicho? que, por mi vida, las cabras nos has metido en el corral[1142] con tus palabras.

DOLOSINA. ¿Por esso avías de dexar de comer? Anda en mal hora, ven, sentémonos.

ESCALIÓN. Ojo, compañeros, veréslas, que vuestras requebradas han de ser.

RUBINO. Di sus nombres, y señala quál es Lelia, que por el nombre le soy aficionado.

ESCALIÓN. La que trae las servilletas a la mesa se llama Claudia, la otra que anda allá dentro es Lelia, por quien preguntáys; Claudia es fresca como veys y hermosa, mas Lelia es más mochacha. Si os parece, lleguémonos hazia allá, y hablarlas emos.

DOLOSINA. ¿Dónde vays, locos? Veníos a sentar.

ESCALIÓN. Acá es, madre, sobre un ciento de bodoques; siéntate tú, que vamos a ver si las cozineras usan bien su oficio.

DOLOSINA. Pues assí passa; ven, siéntate, señora Valera, y remojaremos la palabra mientras aquellos locos vienen.

[1142] *las cabras nos has metido en el corral*: "Meter las cabras en el corral a alguno, es ponerle miedo y espantarle, como haze al pastor la guarda de los panes, que si las ha hallado en ellos las mete en el corral y le pone miedo, hasta que se componen en rehazer el daño" (Covarrubias).

VALERA. Cierto, no es malo el xarope[1143]; ¿y de dónde lo oviste? que por mi salud jamás lo hallo sino vinagre, donde quiera que voy por ello[1144].

DOLOSINA. Selvago me lo embió, dos oras [h]a[1145]; con juramento, que después he besado veynte vezes el cangilonzillo en que está, que dado caso que no beviesse, me deleyto de llegallo a la boca.

VALERA. Y aun con esso tienes en el rostro tales colores, que por mi salud en tu mocedad no las podías tener tales[1146].

DOLOSINA. Malo va esto, vieja me ha llamado, mas no se me yrá con ella.

VALERA. ¿Qué dizes, comadre?

DOLOSINA. Digo que como ya tú, de vieja, estás en los huessos, que no as podido tomar color como yo.

VALERA. Esso me parece al judío que dio la passa al carnero, y le atentava luego la cola por ver si avía engordado[1147]; tú no ves que hasta que el vino que agora beví haga operación aún avrá tiempo[1148].

[1143] *xarope*: "comúnmente llamamos xarave la bebida dulce que se trae de la botica para el enfermo, y el dar estos xaraves se llama xaropar" (Covarrubias); aquí evidentemente alude al vino.

[1144] *jamás lo hallo sino vinagre... por ello*: Este pasaje recuerda el refrán "pregonar vino y vender vinagre" (Covarrubias). Lo que quiere decir Valera es que va en busca de buen vino y sólo encuentra mal vino.

[1145] *Selvago me lo embió, dos oras [h]a*: El vino que Dolosina tiene en su mesa es el regalo que Sagredo y Rubino, criados de Selvago, le acaban de hacer; y como dicho vino ha sido robado por éstos de la casa de su amo, se puede entender jocosamente que Selvago se la ha enviado.

[1146] Las palabras de Valera son irónicas, ya que por lo colorado de la cara de Dolosina, como consecuencia de los efectos del vino, se puede deducir perfectamente que Dolosina ha mentido al decir que no ha probado antes de este momento gota alguna del vino de Selvago.

[1147] *al judío... si avía engordado*: Es el segundo cuento intercalado de la obra de Alonso de Villegas; véase *Comedia Selvagia*, I, 1, n.411.

[1148] Una vez más, Valera insinúa irónicamente que Dolosina ha tomado vino antes de hacerlo delante de ella,

DOLOSINA. Pues por la misma causa verás que mis colores son de mío, y no causadas por la bevida; que sabe, si no lo sabes[1149], comadre, que toda mi vida he sido fermosa y fresca muger, y como agora en lo mejor della esté, mira qué maravilla si tengo colores.

VALERA. ¿Qué años avrás, comadre?

DOLOSINA. Este otro día hize essa cuenta, y hallé en el libro de la perrochia que tengo hasta quarenta años[1150].

VALERA. De la mitad arriba, y aun Dios y ayuda.

DOLOSINA. ¿Qué dizes, comadre?

VALERA. Que de más hedad te juzgara.

DOLOSINA. Y aún más te hago saber, que por de menos hedad me tengo, de lo qual es buen testigo mi marido Hetorino, que se espanta de ver el cuerpo que tengo de noche; por lo qual pienso que el libro de la perrochia se engañó, que, mal pecado, quando se haze el baptismo, como el sacristán está embaraçado[1151], da el libro a que lo escrivan muchachos,

---

lo cual hace que Dolosina, aparte de desear negar la vejez, sienta la necesidad de justificar la veracidad de sus palabras acerca del vino.

[1149] *que sabe, si no lo sabes*: En *La Celestina* (pág.252) Celestina dice a Pármeno: "Y sabe, si no sabes, que dos conclusiones son verdaderas".

[1150] *tengo hasta quarenta años*: En la *Comedia Selvagia* hay muchas alusiones a la edad, o mejor dicho, a la vejez de Dolosina. Por ejemplo, por orden de Flerinardo Escalión lleva a Dolosina a presencia de Selvago y la presenta como una vieja disforme; y, Risdeño se espanta al ver a la anciana que acompaña a Escalión y le compara con la viejísima Sibila de Cumas. Gracias a todos estos indicios, es fácil darse cuenta de que Dolosina ha mentido sobre su edad. En cuanto a la verdadera edad de Dolosina, resulta más fiable el aparte de Valera que sigue inmediatamente, o sea, Dolosina tendrá, por lo menos, ochenta años, más o menos la misma edad que la Celestina de Feliciano de Silva (véase *Segunda Celestina*, pág.206, y pág.207, n.4).

[1151] *embaraçado*: "impedido" (Covarrubias); en la *Segunda Celestina* (pág.512) rechaza Celestina a Centurio con la siguiente excusa: "Dilo desde ahí, que estoy acá embaraçada en cierta hazienda".

y ellos ponen lo que se les antoja[1152].

VALERA. Ora, comadre, dexa esso, demos otro deo gracias, pues tan ocupados con vuestras dueñas están essos gentiles hombres.

DOLOSINA. Otra hallarés más perezosa en esso.

VALERA. Ora tañeldes la campanilla, que mucho tardan en su plática.

DOLOSINA. Locos, locos, ¿por qué no os venís a sentar?

ESCALIÓN. Madre, si tú no vienes a echar el bastón entrellos será escusado, porque la batalla está muy rigurosa, especialmente que las damas aun de hablarlos se desdeñan.

DOLOSINA. Aora espera, que yo os concertaré. ¿Qué es esto, Claudia? ¿Y tú, Lelia? ¿Por qué no habláys estos señores, y os venís con ellos a comer?

CLAUDIA. ¡Ay madre, déxate desso! Comed vosotras allá, que yo y Lelia después comeremos.

[1152] Pasaje irónico en que Dolosina niega su vejez. Ésta tiene razón al opinar que el libro de la parroquia se ha equivocado respecto a su edad debido a los caprichos de unos muchachos, confiados por el sacristán para el trabajo de anotar la fecha de nacimiento y de bautizo de ella. Sin embargo, el error en cuestión no consiste en haberle añadido más años, tal como declara Dolosina, sino en haberle quitado muchos años, pues es imposible que esta alcahueta tenga sólo cuarenta años (véase *Comedia Selvagia*, V, 1, n.1150). El no reconocer la vejez por parte de las alcahuetas constituye un rasgo distintivo en el ciclo celestinesco. De hecho, las alcahuetas celestinescas se resisten a admitir que ya son viejas a no ser que la necesiten para acentuar su santidad fingida, y aumentar la autoridad de su persona y de sus palabras. Véase unos ejemplos: en *La Celestina* (pág.310) la alcahueta barbuda replica así a Melibea: "Pero también yo encanecí temprano y parezco de doblada edad. Que así goze desta alma pecadora y tú desse cuerpo gracioso, que de quatro hijas que parió mi madre, yo fuy la menor. Mira cómo no só [tan] vieja como me juzgan"; en la *Tercera Celestina* (pág.219) Celestina reacciona de un modo similar ante la alusión a su vejez por parte de Perucho; en la *Policiana* (pág.32, por ejemplo) son aún más frecuentes las descripciones de dicha actitud de Claudina.

DOLOSINA. Anda, mal ora, déxate desso. Tómala tú, señor. ¿Cómo es tu gracia?

SAGREDO. Sagredo.

DOLOSINA. ¿Y el compañero?

SAGREDO. Rubino.

DOLOSINA. Pues, señor Rubino, toma por la mano a Lelia, y tú, hijo Sagredo, a Claudia; Escalión él se tendrá el cargo a su Libina; y vámonos a sentar.

LELIA. ¡Ay, señor, déxame!, que no soy déssas, ni tengo de yr allá[1153].

DOLOSINA. ¿Qué es esto, Lelia? ¿Mándolo yo y dizes tú otra cosa? Por mi salud, si no mirara al honor de los combidados, que yo hiziera cosa que no plugiera a todas; mas yrse han los huéspedes y comeremos el gallo, que asaz avrá tiempo.

ESCALIÓN. Ea, señora, no tomes pena, que a ella le pesa por te aver enojado.

DOLOSINA. Anda, hijo, déxame, que aquélla avía de cumplir de ojos lo que yo mandava por la boca.

ESCALIÓN. Ora no aya más. Tú, señor Rubino, con la señora Lelia en este cabo os asentad, y junto, en esotro cabo, estará Sagredo y Claudia; yo y Libina nos sentaremos acá en lo baxo; las dos madres, pues se hallan

[1153] *no soy déssas*: expresión muy usada en la obra de Alonso de Villegas; véase *Comedia Selvagia*, I, 1, n.427

solas, hagan entre sí compañía en la cabezera de la mesa[1154].

CLAUDIA. Madre, a la puerta llaman.

DOLOSINA. Ve, pues, hija, mira quién es.

CLAUDIA. ¡Dios sea comigo! y a Risdeño, el enano de Selvago, tenemos a la puerta con un mozo que trae una pieza de paño[1155].

DOLOSINA. Él y los buenos años; ve, hija, por tu fe, abre.

CLAUDIA. Ya voy, señora.

RISDEÑO. Esté enorabuena la fresca.

CLAUDIA. En tal venga el gentil hombre. Sube, señor, si eres servido, que allá está mi señora.

RISDEÑO. Quiero, pues, madre, estés en buen hora tú y la compañía. ¿Qué es esto que veo? ¿Y aquí estáys vosotros, y no uviera memoria del pobre de Risdeño?

DOLOSINA. Hijo, señor, vengas en buen hora. Daca[1156], Claudia, aquí una silla, ponla entre mí y la señora Valera. Siéntate, señor, por tu vida, y comerás.

[1154] En *La Celestina* (pág.404) Celestina dice a Sempronio y a Pármeno: "Poneos en orden, cada uno cabo la suya; yo, que estoy sola, porné cabo mí este jarro y taça"; en la *Segunda Celestina* (pág.497) Celestina ordena: "Ea, sus, asentar, sus, asentar y comamos; siéntate tú, señor Barrada, aquí cabe mí, y Elicia se sentará cabe ti; y esotros, ellos se sabrán asentar si quisieren".

[1155] En *La Celestina* (pág.414) también aparece inesperadamente alguien durante la comida en casa de la alcahueta: Lucrecia, criada de Melibea. En la *Segunda Celestina* (pág.235 y pág.427, respectivamente) hay dos personajes que juegan el mismo papel: Pandulfo, por un lado, y Sigeril, por otro lado.

[1156] *daca*: "v. defect. que solo tiene esta segunda persóna de imperativo de activa. Lo mismo que Dá acá, ò Dame acá" (D. A.). En *La Celestina* (pág.396) Calisto ordena a Sempronio: "Daca mis ropas; yré a la Madalena".

RISDEÑO. Quiérolo hazer, pues que tanto me lo ruegan. Tú, mochacho, dexa sobre essa arca el paño y vete.

DOLOSINA. No le embíes, señor, comerá primero.

RISDEÑO. Déxale, madre, que será menester en la posada, que si algo avié de comer yo supliré por él y por mí.

DOLOSINA. Pues, ¿y dónde lo aviés de echar, señor, que tu cuerpo con poca cosa se podría henchir?

RISDEÑO. Donoso está el dicho. ¿Cómo, madre, y agora sabes que tengo dos estómagos? Pues quiero que sepas que la que en cuerpo falto eché en estómagos, que otra cosa no tengo de dentro; si no, exempli gracia, comenzad a partir essas aves y verés maravillas.

CLAUDIA. Por mi salud que dize verdad. ¿No veys qué haze de engullir?

SAGREDO. Déxale, señora, que mucha priessa trae mucho vagar, y quien con ligereza el camino anda, de descansar tiene.

ESCALIÓN. Ce, señora Dolosina, mira que no guardas la ley de palacio, que has bevido tres vezes con el primer manjar[1157].

[1157] *no guardas... el primer manjar*: Sobre la templanza de tomar el vino, Pedro Mexía señala lo siguiente: "Y no solamente aquellos buenos antiguos aguaron assí el vino, pero, assí templado, bevían poco dello. Eubolo, poeta griego, lo testifica donde introduze a Dionisio, diziendo: 'A los cuerdos no daré yo más de tres vezes de vino: la primera, para salud; la segunda, para passatiempo y sabor; la tercera, para dormir; lo demás es desorden y embriaguez'. Apuleo <y> Paneasis, que escrivieron de los manjares, significan lo mismo; donde offrescen la primera vez que se beve, a las Gracias; la segunda, a Venus; a la affrenta y al daño, la tercera" (*Silva*, t.II, pág.107). En *La Celestina* (pág.406) Celestina y Pármeno hablan de la cantidad apropiada del vino que se toma en cada comida:

> CEL.–... Una sola dozena de vezes a cada comida: no me harán passar de allí, salvo si soy combidada como agora.

DOLOSINA. Hijo, por esso estamos agora en la sala donde ay otra ley, que bien sabes que dixo el sabio: "Quando estuvieres en Roma bive como en Roma"[1158]; por esto quiero yo guardar la ley de sala, pues en ella estoy[1159].

ESCALIÓN. Madre, ¿quántas vezes, tú que sabrás todas las opiniones, es lícito bever en una comida?

DOLOSINA. Por cierto, hijo, abusión[1160] es què nunca la cato, ni la puedo hallar lo firme: unos, por ser malaventurados, dizen tres[1161], otros, casi semejantes, dizen cinco, otros nueve, otros treze, y otros, de la qual opinión soy yo, dizen treynta y seys vezes; mas empero yo, por cumplir con todos, bevo tres, y después seys, y assí adelante hasta el último término, por topar y cumplir lo más cierto.

RISDEÑO. Esso me parece, madre, como el teniente que echava las

---

PAR.– Madre, pues tres vezes dizen que es lo bueno y honesto todos los que escrivieron.
CEL.– Hijo, estará corrupta la letra: por treze, tres.

En la *Segunda Celestina* (pág.342) Elicia advierte a Celestina: "Madre, como dizen, beve a cortesía, que no has comido bocado y has bevido tres vezes". Véase también Luis Mariano Esteban Martín, "Huellas de *Celestina* en la *Tercera Celestina* de Gaspar Gómez de Toledo", págs.5–6, y "Huellas de 'Celestina' en la 'Comedia Florinea' y en la 'Comedia Selvagia'", pág.33, y, sobre todo, Mac E. Barrick, "El 446º refrán de *Celestina*", *Celestinesca*, vol.7, nº2 (otoño, 1983), págs.13–15.

[1158] *Quando estuvieres... en Roma*: En la *Segunda Celestina* (pág.332) Celestina dice a Felides: "has de saber que me fize física y me aproveché de mi saber, porque como sabes, cuando fueres en Roma bive como romano".

[1159] Con respecto a la afición de las alcahuetas al vino, Peter E. Russell opina lo siguiente: "La larga adición, inyectada en la *TC* está motivada por un evidente deseo de amplificar el retrato de Doña Claudina. Se lo hace insistiendo principalmente en la dedicación al vino de la vieja bruja, característica de las *lenas* de la comedia latina (Lida de Malkiel, 1962, pp.536–7) y que se trasladó a las comedias humanísticas italianas" (*La Celestina*, pág.285, n.28).

[1160] *abusión*: "Uso malo y con impropriedád de las cosas, y comunmente tomado por lo mismo que abúso" (D. A.).

[1161] *unos, por ser malaventurados, dizen tres*: en un pasaje anterior se ha hablado de este tema; véase *Comedia Selvagia*, V, 1, n.1157.

fiestas, y dezía: "Esta semana, señores, no sé en qué día cae una fiesta[1162] de guardar, holgad toda la semana, y assí toparés con ella"[1163].

DOLOSINA. Assí es, hijo, como dezís, por lo qual con justa causa se me consiente, como vees; quanto más que de tal culpa me desculpa el refrán antiguo que dize que el horno y el viejo por la boca se calientan[1164], que puesto que yo agora no sea vieja, por estar en bíspera de ello, puedo usar de sus previlegios; mas en esso no miréys vosotros, que vays, mientras yo hablo, como por la posta, por essos pavos, y a pocas me avríedes dexado los huessos en los platos.

ESCALIÓN. No hables, madre, que bien sabes que oveja que bala bocado pierde[1165], hasta que te enfade el manjar, como haze Risdeño, y no tendrás de nosotros queja.

RISDEÑO. ¿Sabéys por qué lo hago yo? y'os diré. Contáronme un cuentezillo sobre otro tanto como esto, con el qual quedé avisado, y fue que dos hombres, en un camino que yvan, llegaron a una posada, donde siéndoles puesta para comer una liebre, el uno dellos preguntó al otro al principio si tenía memoria de qué avía muerto su padre, él respondió que le dieron unas calenturas, y mandándole el médico sangrar vino a descubrirse ser resfriado, donde haziéndole medicinas y dándole purgas, obrando con algunas dellas tanto que si biviera quedara purgado para toda su vida, al fin de qüestiones levantándosele el pecho tomó y murióse; pues

[1162] *fiesta*: en T *fista*.

[1163] *como el teniente... con ella"*: Se trata del tercer cuento intercalado. Véase *Comedia Selvagia*, I, 1, n.411.

[1164] *el horno... se calientan*: Alude al refrán "El viejo y el horno, por la boca se escalientan: el uno con vino y el otro con leña" (Kleiser).

[1165] *oveja que bala bocado pierde*: "de los que son tentados de hablar, que comiendo con los compañeros en un plato se divierten hablando y en tanto los demás lo dexan vazío" (Covarrubias). En la *Segunda Celestina* (pág.420) Grajales emplea una variante de dicho refrán: "oveja que mucho vala, poco mama".

mientras aquél contava esto el compañero avía ya dado al traste con la liebre, de lo qual el que contava se sintió mucho, aunque no lo demostró. Otro día, poniéndoles, en otro lugar, una gallina para comer, tornó a preguntar el de primero al otro que de qué avía muerto su padre, el qual, dando muchos y grandes bocados, respondió en una palabra diziendo: "De una landre"[1166].

ESCALIÓN. ¡Hi, hi, hi! Por mi vida que estuvo donoso, aunque para nosotros también fue bueno el cuento; pues no te hará daño lo que entre tanto comiste.

RISDEÑO. Por esso remedié yo con tiempo, que fue tener pausa hasta que los estómagos dixeron: "No más pavos por agora".

ESCALIÓN. Madre, por tu fe, que nos eches acá el un jarrillo dessos, que allá el uno bastará.

DOLOSINA. ¡Ay hijo, no digas tal! Por tu vida, que me dará desmayo si ansí lo hiziesse. ¿Tú no vees que yo al uno y mi comadre al otro avemos tomado por compañeros? Mas porque con los amigos más se ha de hazer, toma allá.

RISDEÑO. A longe, dixo Lucía al odre[1167]; porque bien me basta a matar la sed lo que escancian las dos que tengo al lado, pues por su abundancia, traspassando su fuerça el intervalo de en medio, llega a poner operación en mis estómagos.

DOLOSINA. En Dios y en mi conciencia, comadre, que nos a

[1166] *dos hombres... de una landre*: Es el cuarto cuento y el más extenso que se registra en la obra de Alonso de Villegas. Véase *Comedia Selvagia*, I, 1, n.411.

[1167] *A longe, dixo Lucía al odre*: variante del refrán "A lonje le pone, dijo Lucía al odre" (Correas).

llamado borrachas en buen romance.

VALERA. Comadre, nunca peor os digan, ca sabed que un tiempo, según he oýdo, se tuvo por virtud, que fue quando el gran Catón[1168] lo exercitó; y por que en persona tan veneranda no uviesse vicio, esse que en él se halló, por ser dél usado, le baptizaron por virtud.

DOLOSINA. ¡O, quién fuera en esse dorado siglo!

RISDEÑO. Burlada te hallaras, porque a las mugeres les era vedado[1169].

DOLOSINA. ¿Qué dezís? No lo creo.

RISDEÑO. Pues sabe que era ansí, que tenían por averiguado ninguna muger que beviesse vino ser casta, y después acá por el apóstol[1170] fue dicho que en el vino estava la luxuria.

DOLOSINA. Cierto, gran crueldad hazían éstos con sus mugeres, pues que tanto bien les vedavan.

RISDEÑO. Antes les hazían honra, y si ellos lo bevían, más era por

---

[1168] *Catón*: *Marco Porcio Catón*; le dieron una serie de sobrenombres para distinguirlo de Catón de Utica tales como *el Antiguo*, *el Mayor*, *el Sabio*, *el Censor*, *el Orador*, *el Superior*, etc. Según Plutarco, en los últimos años de su vida cayó en los mismos vicios que tanto había combatido entre los cuales figuraba la pasión por el vino (E. U. I.).

[1169] *a las mugeres les era vedado*: En la *Silva* (t.II, pág.105) de Pedro Mexía se lee lo siguiente: "Los antiguos romanos quitaron totalmente el bever vino a los niños y a las mugeres". En sus *Hechos y dichos* (pág.49) Valerio Máximo ofrece el mismo testimonio: "por esto entendieron los antiguos que la abstinencia era muy necessaria en las mugeres specialmente de vino... los de Roma tenian gran cuydado de aquesto... el vino fue vedado a las mugeres: porque no cayessen en deshonrra".

[1170] *el apóstol... en el vino estava la luxuria*: Se refiere al apóstol San Pablo, el cual en la *Epístola a los Efesios* (V, 18) dice: "No os embriaguéis; el vino es fuente de libertinaje". Pedro Mexía también cita esta sentencia en su *Silva* (t.II, págs.115-116): "El apóstol sant Pablo escrive a los ephesios que eviten el vino, porque en él está la luxuria". De la semejanza entre la cita de Pedro Mexía y la del personaje Risdeño se puede deducir fácilmente cuál ha sido la fuente directa de Alonso de Villegas.

ser fuertes en las batallas que tenían que por el apetito del cuerpo; más digo, que algunos mataron sus mugeres porque lo bevieron, y ninguna pena por ello les fue dada, lo que agora, no solamente a las mugeres se consiente, mas a los infantes[1171] pequeños muy contra toda razón se les da, porque dado caso que los ponen en mala costumbre, acórtanles la vida, porque siendo el niño en sí muy cálido por razón de la sangre que tiene nueva, y el vino ansimismo siendo caliente, dos estremos juntos consumen la vida al que ansí le fue dado[1172]; mas esto aparte, señores compañeros, mirad que es mucho retozar ésse, especial estando quien lo vea a diente[1173].

SAGREDO. Señor Risdeño, no tenés en esso más razón que un bonete redondo, que si vos soys corto, echaos a vos la culpa, que buenas mochachas[1174] tenés al lado.

RISDEÑO. Esso será para pedilles consejo en algún arduo caso.

SAGREDO. Anda, señor, que el pajar viejo, desque[1175] encendido, malo es de apagar[1176].

[1171] *infantes*: *infante*: "El niño pequeño que aun no tiene edad para hablar" (Covarrubias).

[1172] Sobre los efectos negativos del vino, Pedro Mexía aporta datos más detallados en su *Silva* (t.II, págs.113-116), ante todo, al principio del capítulo. A través de Risdeño, el autor de la *Comedia Selvagia* critica a la gente de su época por su afición al vino sin diferencia de edad y sin la de sexo.

[1173] *a diente*: *estar a diente*: "Vale lo mismo que no haver comido, teniendo buena gana. Y por translación se aplica al que en generál tiene gana de alguna cosa y no la puede conseguir" (D. A.).

[1174] *buenas mochachas*: Alude a Dolosina y a Valera, que están comiendo al lado de Risdeño. Esta alusión de Sagredo es jocosa, pero en el fondo irónica, porque tanto la una como la otra han dejado de ser "buenas mochachas" hace mucho tiempo.

[1175] *desque*: "ant. Desde que, luego que, así que. Ú. aún en poesía y también vulgarmente" (D. L. E.); "'cuando'; aunque Valdés considera que el uso de *desque* es 'mal hablar', perdura su empleo a lo largo del XVI" (*Segunda Celestina*, pág.184, n.3). Este término también aparece en *La Celestina* (pág.228) y en la *Tercera Celestina* (pág.129).

[1176] *el pajar viejo... de apagar*: variante del refrán *El pajar viejo, cuando se enciende, malo es de apagar*: "Advierte que cuando una pasión se llega a apoderar de un viejo con dificultad la vence" (D. R.). En la *Segunda Celestina* (pág.332) Celestina dice a Felides: "ya sabes cuán peligroso es el pajar viejo cuando se

RISDEÑO. Bien es verdad, mas hasta en esso es el trabaxo, y también aquí no ay lugar de lo que dezís, porque si yo mostrasse más fabores con alguna destas señoras, la otra con razón de mí se podía quejar.

CLAUDIA. Donoso está, por mi vida.

RISDEÑO. Más si alguno de vosotros, señores, quiere comigo trocar asiento, no rescibiría pequeño servicio en ello.

ESCALIÓN. ¡Qué ! ¿Aun servicio a de ser?

RISDEÑO. Ya veys, señor, si tal persona como yo se sufre hablar con otros términos.

DOLOSINA. Bolvedme, hijos, el jarrillo si avés hecho con él.

ESCALIÓN. ¿Ya se acabó esse otro?

DOLOSINA. Sí, hijo, que, como Risdeño echava en sus dos estómagos, con lo que nosotras bevimos concluyóse presto.

ESCALIÓN. Toma, madre.

DOLOSINA. ¡Ay hijos, y cómo os avéys avido tan cruelmente con él, que casi tripas no le avéys dexado!

RISDEÑO. Por mi vida, que son buenas las olivas, y que siempre las acostumbro por me hazer buen estómago y me quitan la sed de la tarde.

DOLOSINA. Assí es que en esso son apropiadas.

ESCALIÓN. Pues, madre, perdónanos nuestro atrevimiento; tú,

enciende".

Risdeño, negocia con la madre, que nosotros nos entramos en la otra pieza.

RISDEÑO. Antes os quiero dezir a todos unas buenas nuevas.

ESCALIÓN. ¿Qué son?

RISDEÑO. Que están concertados los desposorios de Flerinardo y Rosiana; por tanto, concluyd presto, que seréys en la posada necessarios.

ESCALIÓN. ¡O, Dios te dé buenas nuevas, que assí será como dezís! Ea, compañeros, cada uno a su alvergue con su huéspeda, que quien tiempo tiene y tiempo atiende, tiempo viene que se arrepiente[1177].

RISDEÑO. Señora Dolosina, mi señor te embía muchas saludes de su parte, y esta pieza de raja que te mandó ayer en pago de la sortija.

DOLOSINA. Mi hijo, a tu señor dirás de mi parte que le beso las manos mil vezes por las mercedes que cada día me haze, y si tú de mí has menester alguna cosa, aparejada estoy.

RISDEÑO. De la misma manera me puedes mandar, madre; mas agora me da licencia, que me he detenido.

[1177] *quien tiempo... se arrepiente*: "Aconseja no perder la ocasión que se ofrece, por la esperanza de que vendrá otra mejor" (D. R.). Es un refrán muy usado en la España de aquella época: en *La Celestina* (pág.413) Celestina utiliza una variante de este refrán: "quien tiempo tiene y mejor le espera, tiempo viene que se arrepiente"; en la *Florinea* (pág.52) Marcelia dice a Justina: "Porque siempre fue y sera: que quien tiempo tiene, y tiempo atiende, tiempo viene que se arrepiente"; en el *Amadís* (pág.574) Gandalín insinúa a Amadís: "Señor, quien buen tiempo tiene y lo pierde tarde lo cobra"; en el *Diálogo* (pág.120) Valdés explica a sus discípulos: "*Atender* por *esperar* ya no se dize; dezíase bien en tiempo passado, como parece por este refrán: Quien tiempo tiene y tiempo atiende, tiempo viene que se arrepiente"; en *Los melindres de Belisa* de Lope de Vega (*Obras escogidas*, t.I, ed. cit., pág.1310) Tiberio advierte a Belisa: "Mas, ¿qué te desmayas? / Pues, sobrina, si ninguno / te agrada, y la edad se pasa / como la flor, tiempo viene, / a quien le tiene y le aguarda, / en que después se arrepiente", etc. Véase también *Propalladia*, pág.576, n.17.

DOLOSINA. Tú, hijo, la tienes.

RISDEÑO. Pues quédate con Dios, señora.

DOLOSINA. Él vaya en tu compañía.

VALERA. Comadre, muchos años nos holguemos juntas, y mirad si me mandáys algo, porque voy a la posada de Ysabela.

DOLOSINA. No más sino que le deys mis besamanos, y que le tengo en merced la sortija.

VALERA. Assí lo haré, comadre, queda en buena hora.

DOLOSINA. La madre de Dios te guíe, comadre Valera.

CENA SEGUNDA DEL QUINTO ACTO[1178]

En que Polibio habla con su muger Senesta, en que será bien dar compañía a su única hija Ysabela. Senesta, después de razones, viene en ello. Conciértanse que le vendrá bien Selvago. Queda en que por un primo del mesmo Polibio se le hable. Introdúzense:

POLIBIO. SENESTA.

[POLIBIO.] Mi señora y mi amada compañera Senesta, pues que Dios por su infinita misericordia tuvo por bien de juntarnos a los dos en matrimonio, y ansimesmo darnos de sus bienes tan largamente con mucha

[1178] Esta cena es la imitación de dos pasajes del Auto XVI de *La Celestina* (págs.531–534 y págs.538–539), en que Pleberio y Alisa, padres de Melibea, planean casar a su hija. Pero lo que hacen los padres de Ysabela va más allá de un simple planteamiento, porque no solamente hablan de buscar marido para su hija, tal como hacen los padres de Melibea, sino que también lo tienen elegido e incluso piensan mandar a un primo de Polibio hablar de ello con Selvago, precisamente de quien está enamorada su hija Ysabela.

honra de linaje, y lo que más se ha de estimar, un don tan excelente, que fue el fructo de bendición con que gran consuelo y descanso siempre emos tenido en nuestra hija Ysabela, tan cumplida de gracias interiores como de exteriores adornada, yo tengo en mí determinado, si en ello juntamente vuestra voluntad viene, por que la fortuna con algún mal revés no tenga lugar, soltándose del palo de Bocacio, contra nosotros, de que se le dé una compañía tal qual su noble linaje demanda y su agraciada persona merece, porque dado caso que hasta oy no se a visto en ella causa de algún mal indicio, sólo porque, como dizen, quien quita la causa quita el pecado[1179], me parece ser éste buen acuerdo para que nuestra fama y honra se adelante de contino; y si miramos a los antiguos, que tinién por costumbre no poner esta carga en sus hijos hasta que ya en perfecta edad los veÿan llegados, sufriesse por la simplicidad y buenas maneras de aquel dorado siglo lo que agora no [h]a lugar por la mucha malicia del nuestro[1180]; tenemos exemplo y cada día lo vemos por experiencia que muchas nobles y generosas personas por la confiança que de sus hijos tenían los vinieron a perder, hallándolos clandestinamente, no a su honrra, desposados, de que los míseros padres, viendo su fama perdida, no sólo de la hazienda en casos que se recrecen, mas de la vida son privados y miserablemente destruydos[1181]; por lo qual claramente se demuestra que no pequeño cuydado han de tener los padres en poner estado con tiempo a sus hijos, y más si fueren hijas, y muy mayor si las tales de hermosura son

---

[1179] *quien quita la causa quita el pecado*: refrán ya citado anteriormente; véase *Comedia Selvagia*, III, 2, n.880.

[1180] *y si miramos... malicia del nuestro*: En medio de la comparación, de carácter crítico, se puede percibir un sentimiento nostálgico que siente Polibio, o mejor dicho, Alonso de Villegas, por aquellos años, buenos, pero ya pasados.

[1181] *tenemos exemplo... destruydos*: Aquí, por medio de Polibio, Alonso de Villegas muestra su desaprobación respecto al matrimonio secreto, vigente en su época. Antonio de Guevara también lo condena en sus *Epístolas familiares* (ed. cit., pág.369), donde se lee estas palabras: "No es tampoco mi atencion que nadie se case de súbito y secreto, como mozo vano y liviano".

adornadas, porque dificultosamente se puede guardar lo que por muchos es cobdiciado, y pues para que no las pierdan, deven temprano ponellas en cuydado de contentar marido y regir familia, lo que se aprueva con aquel verdadero y vulgar proverbio que dize que aquélla fue mejor donzella que más temprano fue casada[1182], porque con la carga al matrimonio acesoria, no sólo pierden todas y qualesquier liviandades que la juventud en sí tiene, mas con grande castidad y virtud procuran governar sabiamente aquello en que de tan niñas fueron impuestas.

SENESTA. Mi señor Polibio, la sentencia de vuestras sabias y discretas razones en su principio demuestra lo que qualquier agradecido christiano con su Dios ha de tener, que es darle soberanas gracias por los bienes que dél tiene recebidos, en lo qual digo que, en lo que a mí toca, yo cumplo, aunque no por entero, mas con todo aquello a que mis fuerças son bastantes. Dezís más, mi señor, que por quitar toda ocasión a nuestra hija Ysabela en alguna liviandad que perjudique a nuestra honra, determináys de ponella en estado perfecto de bivir. Cierto si no conosciesse bien a quien he criado, no avrié dubda, sino que en esso avié de tener grande recatamiento; mas dígoos de cierto, mi señor, que podéys bien dormir a sueño suelto en esse caso y con mucha seguridad, porque, si me dezís de muchas nobles donzellas que han degenerado a su linaje, cometiendo algún mal excesso en su fama, a lo menos no quiero que mi Ysabela ser de las tales se presuma, porque, si consideramos su mucha virtud, su grande castidad, su continuo recogimiento, su estraña gravedad, su cumplido saber, su gravedosa presunción, no sólo semejantes escrúpulos os quitará, mas qualquier cuydado en su guarda nos hará perder; por tanto, mi señor,

[1182] *aquélla fue mejor... fue casada*: Se refiere al refrán "No vi doncella mejor que la que temprano casó" (Kleiser).

considerando lo dicho, no cures tan presto ponella en tantos cuydados y trabajosos desabrimientos como la carga del matrimonio en sí tiene, sino dexalda, señor, goze enteramente parte de su juventud en sossiego y descanso, que, teniendo con más perfecta edad mayor experiencia en los tratos de tal estado, cumpliéndose lo que dezís ella en ello, más sabiamente se regirá, y nosotros, entre tanto, de su presencia agradable y linda conversación gozar podremos.

POLIBIO. No quiero, señora, que penséys que todas las cosas tienen dentro de sí la aparencia que de fuera muestran, pues se vee ser muy al contrario, especialmente en este animal tan no conocido que racional tiene por miembro diviso, cuya condición atestiguan todos los sabios que por entero impossiblemente se puede conocer, lo que se vee manifiesto en lo que nosotros cada día más nuevamente en nosotros descubrimos; por lo qual no es razón que tanta confiança en vuestra hija acumuléys, pues de cierto entonces la conoceréys menos quando más penséys que la tenéys conocida, y si de sus virtudes y linaje dezís, digo que no es justo que dello tanto caudal se haga, pues vemos muchas vezes en el buen paño caer raza[1183]; y pues esto y lo dicho tan claro se muestra, rueg'os, mi señora, que en mi voluntad vengáys, porque en ello sólo se haze lo que al provecho de todos conviene.

SENESTA. Pues, señor mío, éssa es vuestra voluntad, aunque verme quitada de tal hija lo sienta en el alma, yo lo tendré por muy bueno, y si con mis palabras avéys recebido enojo, pídoos que me perdonéys, porque dello no fue causa querer seros inobediente, sino la fuerça que al

[1183] *en el buen paño caer raza*: Apunta el refrán *En buen paño cae la raza*: "Por muy buena que sea una persona es casi imposible que no tenga algún defecto" (D. R.); *raza*: "lista en el paño u otra tela, en que el tejido está más claro que en el resto" (D. R.). En *Lisandro y Roselia* (pág.250) Casajes dice a Beliseno: "pues otras peores se hallan en illustres casas de reyes y grandes, cuanto más que en el buen paño cae la raza".

amor filial me forçava mi fuerça a ser contra la vuestra forçó; mas con la instancia que puedo os demando, mi señor, que me digáys qué causa más agora que nunca para tratar en esto se os a ofrecido.

POLIBIO. Mi señora, yo os tengo en señalada gracia en que vuestra voluntad en este caso a la mía subjetés, y en lo que dezís que por qual razón más agora que otra vez en esto os hable, os quiero demostrar. Avéys de saber que pensando en mi pensamiento muchas vezes quién más de los desta ciudad a ser nuestro yerno sea perteneciente, entre otros he hallado dos que ygualmente a nosotros son convenientes, de los quales, el uno se llama Flerinardo y el otro Selvago; pues teniendo yo de contino ojo alerto en estos que tengo dicho, [h]ame sido oy manifestado que Flerinardo está ya prometido en casamiento y hechos sus conciertos con Rosiana, hija de vuestra gran amiga Funebra, y ansimesmo hermana de Selvago, el otro que yo digo; por lo qual, atento a que otro tanto no haga el mesmo ya nombrado Selvago, lo que si assí fuesse faltaría en toda la ciudad quien a nosotros convenga, yo determino este día en todo caso embiarle al comendador, mi primo, a que sobre el negocio le hable y su voluntad enteramente descubra[1184].

SENESTA. ¡O señor, y quán por dichosa me podría tener si lo que dezís se efetuasse, porque a la verdad, de la mesma manera que avéys dicho passa, en efecto, que essa donzella que avéys dicho tiene con nuestra hija muy firme amistad, y luego que allá se ordenó, le embió su mensaje a se lo fazer saber, y de cierto que en lo de Selvago dezís, sería caso bien acertado, porque no sólo por el conocimiento tan antiguo

[1184] *yo determino... enteramente descubra*: En la *Tercera Celestina* (págs.320–323) Paltrana también decide mandar a un pariente suyo, en este caso, su hermano Dardano, hablar con Felides de su matrimonio con Polandria.

que con su madre tengo lo desseo, mas, entendiendo bien sus virtudes y buenas maneras, en estremo lo querría ya ver concluydo.

POLIBIO. Pues, señora, en esto por el presente no aya más, que yo tendré cargo en que oy se ponga por obra; y si por ventura se confirma, todos en ello recebiremos entero contentamiento, y si a caso por la parte dél faltare no devemos recebir pena por ello, que, como dizen, quando una puerta se cierra, otra se abre[1185]; solamente vos, señora, lo encomendad al eterno Dios, que, si para su servicio a de ser, él lo ordene, y si al contrario, él prestamente lo confunda y deshaga[1186].

CENA TERCERA DEL QUINTO ACTO

En que Selvago con su cuñado Flerinardo va al concierto. Llegados al jardín, Selvago canta un soneto. Después de lo qual, entrado, su señora lo está esperando, donde aviéndola recebido por esposa goza de los últimos gozos del amor, de que muy gozoso del jardín sale, y por intercessión de Flerinardo conozen la gran cobardía de Escalión, de lo qual con mucho plazer se tornan a dormir. Introdúzense:

SELVAGO. RISDEÑO. CARDUEL. FLERINARDO. ESCALIÓN. YSABELA. CECILIA.

[SELVAGO.] ¿Duermes, Risdeño?

[1185] *quando una puerta se cierra, otra se abre*: Es refrán (Kleiser). En *La Celestina* (pág.526) Areúsa consuela a Elicia: "quando una puerta se cierra, otra suele abrir la Fortuna". En la *Thebaida* (pág.164 y pág.168) aparecen sucesivamente dos variantes del presente refrán: "A esotra puerta, qu'estotra no se abre" y "donde una puerta se cierra, otra se abre".

[1186] *lo encomendad... deshaga*: Aquí Alonso de Villegas atribuye las vicisitudes de la vida a la voluntad de Dios; también lo hace al final de la obra (véase *Comedia Selvagia*, V, 4, n.1221). No obstante, en otro pasaje las atribuye a la rueda de la fortuna (véase *Comedia Selvagia*, I, 1, n.299).

RISDEÑO. Señor, no; ¿qué mandas?

SELVAGO. Que me des mis armas y hagas adereçar essos moços.

RISDEÑO. Señor, veslos aquí; los compañeros se quedan aparejando.

SELVAGO. Pues tenme de aý, que, si no me engaño, las onze tocó agora el relox, armaréme.

CARDUEL. ¡Señor, señor!

SELVAGO. ¿Qué dizes, Carduel?

CARDUEL. Flerinardo con sus dos criados, Escalión y Velmonte, están a la puerta.

SELVAGO. ¡O, cómo la verdadera amistad siempre en las necessidades se conoce! Sin duda que le soy en mucho cargo.

RISDEÑO. Señor, en más te es él a ti, pues oy le has remediado todas sus fatigas en prometerle tu hermana por esposa.

SELVAGO. Aunque lo que dizes assí sea, no dexo por esso de sentir lo que por mí haze; mas acaba presto, Risdeño, darás essa escala de cuerda a Carduel que lleve, y tú ansimesmo aquel laúd.

RISDEÑO. ¡Cómo, señor! ¿Y has de ser como el moxquito que va cantando a robar los que duermen?

SELVAGO. El símile como de quien sale; siendo tú chiquillo y ruynejo, assí hablas en tu comparación del moxquito tu pariente.

RISDEÑO. Aunque chiquillo y ruynejo, como vos, señor, dezís, no me trocaría por uno que más alto que vos fuesse.

SELVAGO. ¿Cómo assí?

RISDEÑO. Por las muchas virtudes y gracias que los de tal marca tenemos.

SELVAGO. Di, pues, algunas, en tanto que me acabo de adereçar.

RISDEÑO. En metro os las podría dezir, porque assí me las enseñaron a mí[1187]; mas, por abreviar, en dos palabras concluyré. Primeramente por la mayor parte los de esta estatura son todos muy bivos, ingeniosos y ardidos, que, por verse los tales ser en poco tenidos, siempre inquiren nuevas y esquisitas invenciones para ser de todos estimados; también si un pequeño se desafía con un grande, si el tal pequeño vence es más estimada su vitoria por ser más contra natura. Tienen otro provecho, que el pequeño que fuere a la guerra armado, siendo las armas conformes al cuerpo, no le darán con el peso mucha pena, y si el tal fuere a cavallo, le dará menos fatiga, y con otro tendrá ventaja en las armas defensivas, pues detrás de un escudo se puede defender, y ofender al contrario; y si fuere huyendo y los enemigos llegaren cerca, fácilmente donde quiera se puede esconder y encubrir su persona. Esso mesmo si en frontera o campo se hallare, do a de jugar el artillería, más seguro estará de las pelotas que el grande; y si a caso le hurtaren sus armas o vestidos, allende de medrar poco el ladrón con ellos por ser chicos, donde quiera los podrá conocer;

[1187] *En metro... assí me las enseñaron a mí*: "Este elogio de los enanos... que al parecer se funda en otro más antiguo compuesto en verso ("En metro os las podria decir, porque así me las ensenaron a mí"), recuerda enteramente el gracejo de las *Epístolas familiares* del obispo Guevara" (*Orígenes de la novela*, pág.153, n.2). Según José Moreno Villa, en los siglos XVI y XVII era costumbre enseñar a leer y a escribir a los enanos (véase *Locos, enanos, ciegos y niños palaciegos*, ed. cit., págs.30–31). En la *Tercera Celestina* (págs.167–168) Elicia exhibe las ventajas de lo pequeño, y por supuesto, señala también las de la pequeñez corporal de los enanos.

también es gracia que si entrare por puertas o ventanas pequeñas, no tendrá necessidad de se abajar ni se hará mal en la cabeça. Es excelencia de los tales que con poco dinero se pulen y atavían, y si hecho lo mercaren, aunque sea mayor, fácilmente lo pueden tornar a su medida; esles también provecho que, si fueren a dormir en cama angosta, el pequeño dormirá más a su talante que el que no lo fuere. Son ansimesmo los de tal estatura pulidos, que por estirarse y ser mayores andan muy del tempe, y tienen bien otra gracia, que sin pena se visten y calçan por tener los braços más llegados a los pies, donde si algo se les cayere de las manos, sin que se sienta, lo tornan a recojer, y por lo dicho éstos son muy buenos danzantes. Sobre las dichas gracias, si el de tal estatura fuere mercadante[1188] de cosa que se a de medir a braças, ganarán más, porque le dan a él grande braçada, y él dala pequeña. Tienen también sobre lo dicho otra excelencia, que si dieren alguna caýda de lugar alto, el de menos estatura dará menos golpe; y si a casa fuere camino en la fiesta, siendo avisado, a la sombra del compañero se defenderá del sol; y, finalmente, todas las vezes que con otro habla, le hazen acatamiento, porque para bien entendelle, se acorvan estando él muy entonado. Esto es, señor, lo que yo hallo más en el de mi estatura que en el de la vuestra, sin otras muchas cosas que sobre el caso pudiera dezir y por prolixidad dexo.

SELVAGO. Cierto que he tomado gran deletación con tus palabras, que las deves tener de coro para semejantes tiempos. Mas, pues ya estoy del todo a punto, vamos fuera; tú, Carduel, vete adelante, como ayer heziste, camino del huerto.

CARDUEL. Ya voy, señor.

[1188] *mercadante*: "Mercante y mercadante, es poco usado en España, por el mercader; y también merchán, que es nombre francés" (Covarrubias).

SELVAGO. ¿Tomaste el laúd, Risdeño?

RISDEÑO. Bueno está esso, señor, ¿y no le vees, que haze más bulto que yo?

SELVAGO. Pues si no le quieres[1189] llevar, dáselo a Sagredo que le lleve.

RISDEÑO. Agora, señor, que yo le llevaré; porque si a caso uviere alguna refriega me pueda tan en tanto esconder en él.

SELVAGO. Pues ¡cómo! ¿Assí nos aviés de ayudar? ¿No te mostravas anoche más fuerte desso?

RISDEÑO. No, señor, que ayer no yva allá Escalión, y yo tenía sus vezes, y siendo él presente, no podría hazer más de como quien soy, aunque toda vía pondría el laúd en medio de la batalla para que allí se descarguen los golpes y quebrante la furia de las partes.

SELVAGO. Agora bien, vamos fuera; ¿es mi señor hermano Flerinardo?

FLERINARDO. Él, que aunque indigno dese nombre, mucho os dessea servir.

SELVAGO. ¡O, señor, y no reposárades esta noche! que para en esto de oy mi gente bastará.

FLERINARDO. Ora, señor, dexad essas razones por escusadas, y vamos nuestro camino, que yo recibo la merced en que de mí aceptéys algún servicio.

[1189] *quieres*: en T *quies*.

RISDEÑO. Señor Flerinardo, ¿no venía en vuestra compañía Escalión? ¿Dónde está?

FLERINARDO. No sé, cierto, más de quanto agora estava comigo, y tras de nosotros deve venir, si no a tomado las de Villadiego y dádonos cantonada[1190].

RISDEÑO. Vesle allí dó viene; anda, Escalión, no te quedes tanto atrás.

ESCALIÓN . ¡O pesar de quien me parió, Risdeño! ¿Y para qué me das bozes? que venía aý echando mano pensando que los enemigos parecían, y dado caso que assí fuera nos quedáramos burlados, por que oyendo tal nombre, si ellos eran naturales de Europa, no pongas dubda que me pararan delante.

RISDEÑO. Pues ¡cómo es verdad lo que dizes!, pues que cada día nos cuentas nuevas qüestiones que has tenido.

ESCALIÓN. Esso es verdad, que no me conociendo toman essa presunción; mas si después, por aventura, de mis manos salen sin herida mortal, quando el caso cuentan a quien me conoce, les dize que esse día nacieron.

SELVAGO. Señor Flerinardo, una palabra al oýdo.

FLERINARDO. ¿Qué dezís, señor?

SELVAGO. Que desseo conocer en estremo dó llega su lança de Escalión, porque verdaderamente creo ser todas sus blasonerías fingidas,

[1190] *dádonos cantonada*: *dar a uno cantonada*: "es hurtarle el cuerpo, torciendo el camino y dexando la vía recta" (Covarrubias).

y si os parece lo podremos provar esta noche[1191].

FLERINARDO. Señor, hazed como vos quisiéredes; mas no sea de manera que nos cueste caro la burla si él haze algún desvarío.

SELVAGO. No, que en esso primero se proveerá; mas agora, pues al güerto emos llegado, entendamos en lo que conviene, que después avrá tiempo para todo.

FLERINARDO. Hazed como os pareciere.

SELVAGO. Muestra, Risdeño, esse laúd mientras viene la hora, descubrirá este gozoso coraçón alguna parte del gran contentamiento que en sí tiene.

RISDEÑO. Vesle aquí, señor.

SELVAGO. Pues di a Velmonte y a Escalión que se detengan en la boca de aquella calle, Sagredo y Rubino se pondrán en aquella encrucijada que allí baxo parece, y que a todo el mundo defiendan el pasaje.

RISDEÑO. Señor, ya se a hecho, y Escalión dize que si alguien por su pertenencia quisiere passar, que le [h]a primero de engastonar su espada en el cuerpo y fazelle bolver sin cabeça ni piernas, por que no tenga necessidad de caperuça ni çapatos.

SELVAGO. Anda, déxale, que del dicho al fato ay gran rato[1192]; y

[1191] *lo podremos provar esta noche*: En la *Segunda Celestina* (pág.122) Felides y Sigeril también dudan de la valentía de Pandulfo y desean comprobarlo. Sin embargo, al contrario de lo que sucederá en la *Comedia Selvagia*, esto no será llevado a cabo.

[1192] *del dicho al fato ay gran rato*: Es refrán (Covarrubias); variante del refrán *Del dicho al hecho hay gran trecho*: "Enseña la distancia que hay entre la que se dice y lo que se ejecuta, y que no se debe confiar enteramente en las promesas, pues suele ser mucho menos lo que se cumple que lo que se ofrece" (D. R.). En la *Segunda Celestina* (pág.124) Pandulfo menciona dicho refrán cuando murmura: "Agora quiero ver

oye, que quiero comenzar un nuevo soneto, nuevamente en mi pecho concebido y por mi soberano gozo fabricado.

SONETO

Resuene mi boz alta y amorosa,
sus gozos con gran gozo demostrando,
los altos con los baxos matizando,
su gloria nos descubra gloriosa.

¡O cielos luminosos, tierra umbrosa!
¡O fuegos incorpóreos, mar terrible!
¡O tierra, muestra gozo no falible,
pues gozas tú con ellos de mi diosa!

En ti su cuerpo tienes pinzelado,
su diáfano rostro no terreno,
ten gozo por aver ansí sacado

sus lustres y matizes de tu seno,
de quien yo solo bivo en su memoria,
por ser mi suma pena y suma gloria.

YSABELA. Dime, Cecilia, ¿no estás fuera de sentido en oýr música tan atractiva y melodiosa?

CECILIA. Por cierto, señora, que no menos en oýlla estoy espantada[1193] que pesante porque tan presto hizo fin.

qué manera terné en lo que mi amo me ha encomendado, porque del dicho al fato hay muy gran rato". En la *Tercera Celestina* (pág.272) Brauonel también lo cita, aunque de forma incompleta, al hablar consigo mismo: "Quiero callar, pues estoy cerca, y la puerta veo cerrada, que podrá ser que estar dentro Grajales, y avnque digo de pico que haré y acontesceré de manos, rezio caso sería, que del dicho al fato, etc.".

[1193] *espantada*: *espantado*: "atonito, medroso, maravillado" (Covarrubias).

YSABELA. ¿Qué sientes de la sentencia del soneto?

CECILIA. Que por más que diga, eres de más merecedora.

YSABELA. Anda, necia, que no te digo sino quán maravillosamente a declarado su propósito.

CECILIA. Esso merezco yo, que me llames necia, porque mentí diziendo que merecías más.

YSABELA. ¿Qué dizes, Cecilia, parécete que tengo razón en hazer lo que por él hago?

CECILIA. Cierto, señora, que sí, y bien a vuestro seguro, pues vuestro padre corresponde tan bien al negocio.

YSABELA. En pensar esso estoy de gozo casi fuera de sentido; mas llégate, por tu fe, mira si sube, pues ya la música cessó.

CECILIA. Esso será escusado, que veslo por entre aquellos jardines do viene.

YSABELA. Pues, Cecilia, mira que te ruego, y, como señora, te mando que de mi presencia no te apartes[1194], porque puesto caso que hago lo que ves por este cavallero, en ninguna manera querría que en mí tomasse entera possessión, hasta que aviendo recebido las bendiciones de la Yglesia, por Dios y por las gentes nos sea concedido lugar[1195].

[1194] En la *Policiana* (pág.40) Philomena ordena a Dorotea: "Llégate aquí comigo, no me dexes hasta que dél sea despedida".

[1195] *en ninguna manera... concedido lugar*: En *Tirant lo Blanc* (ed. cit., págs.467–469) la princesa Carmesina tampoco piensa perder su virginidad antes de recibir las bendiciones de la Iglesia. La diferencia entre Carmesina e Ysabela consiste en que la princesa consigue su propósito, mientras que Ysabela fracasa debido a la excesiva pasión de Selvago. En la *Segunda Celestina* (págs.581–583) Poncia manifiesta un parecer similar al de Carmesina y al de Ysabela.

CECILIA. Assí lo haré, señora. ¿Avéys oýdo lo que dixo? Pues mejor me salve Dios que va de todo coraçón, sino con la boca chiquita[1196]; mas passe, que assí cumple con su honra.

SELVAGO. ¡O gloria de mi penosa fatiga, y pena de mi desseada gloria! A tu seráfica hermosura pido humilmente, en señal del don que por ti se me ha otorgado, de tus ebúrneas manos se me dé que goze, para que con las gozosas muestras del coraçón embiadas y por los ojos salidas, el gran huego que de tu parte me consume, en alguna manera con su contrariedad algún tanto se mitigue.

CECILIA. Mi señora, mira que no se consiente lo que con esse cavallero hazes, en tenelle de ynojos en tu presencia tanto tiempo.

YSABELA. Mi verdadero señor, si en lo que mi donzella dize alguna parte de razón tiene, pídoos que me perdonés; mas si el soberano gozo que en vuestra vista he recebido consideráys, no tendrés en mucho que llegado hasta el coraçón imprimiendo en él su poderío, acudiendo allí todos los sentidos para más sentille, lo exterior sin sentir dexasse; mas ya que la razón de la causa los ha tornado en sus asientos, pídoos quanto puedo que os levantés, si no deseáys que yo haga lo mismo.

SELVAGO. En esso como en lo demás, prometo, mi señora, de no salir de vuestro querer y voluntad.

CECILIA. Esso ha que me contenta. ¿No veys qué abrazada la tiene? Mi fe, aunque yo presente estoy, poco valgo para encoger su buena

[1196] *con la boca chiquita*: Según la nota de Consolación Baranda, esta expresión quiere decir "ofrecer algo por mero cumplimiento" (*Segunda Celestina*, pág.403, n.24).

desemboltura; mal año[1197] para gato romano[1198] que tal presa haga con asadura, o neblí[1199] con la garza, que viene más a cuenta como él con ella.

YSABELA. Mi señor, no me parece bien lo que hazes.

SELVAGO. Descanso mío, si te di paz en pago de la guerra que contino me hazes, fue por cumplir con lo que a generoso ánimo se deve, en dar bien por mal.

CECILIA. Bien alega de su derecho el magnífico, y aun, por mi vida, que según de las vísperas entiendo, que en el disanto, él de queja y mi señora de donzella an de ser libres; por lo qual será bien del mal no tanto[1200], y hazerme entre ellos teniente y darles las manos, porque, según se presume de los gentiles hombres de este tiempo, no será mucho que diga, andando días, si te vi, no me acuerdo[1201]. Ora, mis señores, bien será que lo que se a de hazer tarde se haga temprano[1202], y seáys por mí desposados mientras más a vuestra honra se ordena.

[1197] *mal año*: "Dícese negando, y a veces a todos propósitos, y buen año se le contrapone, y con ironía por lo menos" (Correas).

[1198] *gato romano*: "El que tiene la piel manchada a listas transversales de color pardo y negro" (D. L. E.).

[1199] *neblí*: "Ave de rapiña... Por su valor y rápido vuelo era muy estimado para la caza de cetrería" (D. L. E.). En *La Celestina* (pág.274) Pármeno dice a Calisto: "Señor, porque perderse el otro día el neblí fue causa de tu entrada en la huerta de Melibea a le buscar; la entrada, causa de la ver y hablar; la habla engendró amor".

[1200] *será bien del mal no tanto*: En la *Policiana* (pág.43) Dorotea aconseja a Philomena: "pero ya que este mal ha de venir en effecto, bien será que miremos cómo se haga menos mal, e que de dos daños el menos rescibimos por bien".

[1201] *según se presume... no me acuerdo*: *si te vi, no me acuerdo*: "Manifiesta el despego con que los ingratos suelen pagar los favores que recibieron" (D. R.); en la *Thebaida* (pág.143) Franquila dice a Menedemo: "Así que, a osadas sobre mi cabeça que hay hartos amigos de taça de vino, y otros que si te ven en su tierra te dirán a la clara: 'Si te vi, no me acuerdo"; *según se presume... no me acuerdo*: Aquí Cecilia alude al libertinaje y la falta de responsabilidad de los hombres de su época; y, además, muestra poca fe en el matrimonio secreto, pero lo considera un mal menor ante la próxima entrega de Ysabela a Selvago.

[1202] *que lo que se a de hazer tarde se haga temprano*: refrán citado anteriormente; véase *Comedia Selvagia*, IV, 2, n.996.

SELVAGO. Mi señora, ¿tenéys por bien lo que vuestra donzella a dicho?

YSABELA. Señor mío, por esso fue mi venida en el presente lugar.

SELVAGO. Pues, en nombre de Dios, que yo recibo, aunque indigno, las raercedes.

CECILIA. Alto, pues, dadme las manos; vos, señora Ysabela, ¿queréys por marido y por esposo a Selvago, que presente está?, y no aguardéys a tercera vez, no se canse el zorriote, pues será escusado por faltar madrina que del trenzado estire.

YSABELA. Digo que sí.

CECILIA. Y vos, señor Selvago, ¿queréys por tal a Ysabela?

SELVAGO. Sí, con entera voluntad.

CECILIA. Dios os haga largos tiempos buenos casados. Agora no resta sino que se provea la colación, y mirad que no os suelto mis derechos, aunque otrie haga las velaciones, que se lleve las arras.

SELVAGO. Buena donzella, por el presente, en pago de lo que dezís, recebid esta medalla que en vuestro cuello os pongáys, no perdiendo la esperança en lo porvenir.

CECILIA. Mi señor, aunque por el tanto no se dixesse, no quiero dexar de recebir mercedes que con tanta voluntad son ofrecidas; y, por mi vida, que si de tal manera me pagassen todos, que no dexasse de tomar las manos cada día a diez o veynte dozenas de personas, y aun les soltaría lo de futuro; mas ¿qué digo yo?, ¿y essa palabra es la primera que os habláys? Ta, ta, ta, no paro más aquí[1203].

YSABELA. ¡O mi señor, por Dios os ruego que no hagáys tal, porque me perderéys para siempre.

SELVAGO. Mi señora, antes os tendré más ganada; y por tanto perdonad mis atrevidas manos[1204], que jamás pensaron os deservir.

YSABELA. ¡Cómo! ¿Y tanta desvergüença a de passar y aun delante testigos?

SELVAGO. Assí, siendo por ellos certificado, después tendré por verdadera la gloria que al presente consigo[1205].

CECILIA. Esso me parece bien, que anden barvas y callen cartas[1206].

YSABELA. ¡Ay desventurada[1207] yo! Mi honra perdida, mi vida acabada. ¡Ay, ay!

SELVAGO. ¡Señora mía, señora mía! ¡Ay traydor de mí, que tanto mal he cometido contra quien de muerte a vida me avía redemido! No será sino que con esta espada de mí tome raviosa vengança[1208].

[1203] En la *Segunda Celestina* (págs.446–450) Poncia desposa a su señora Polandria con Felides y después se va.

[1204] *perdonad mis atrevidas manos*: En *La Celestina* (pág.501) Calisto pide a Melibea: "Perdona, señora, a mis desvergonçadas manos, que jamás pensaron de tocar tu ropa con su indignidad y poco merecer". En *Lisandro y Roselia* (pág.215) Lisandro dice a Roselia: "y así te suplico perdones mis descorteses palabras y mis desvergonzadas y atrevidas manos".

[1205] Cuando Melibea ordena a Lucrecia que la deje sola con su amante, Calisto dice: "Bien me huelgo que estén semejantes testigos de mi gloria" (*La Celestina*, pág.501).

[1206] *anden barvas y callen cartas*: Hace referencia al refrán *Hablen cartas y callen barbas* (véase *Comedia Selvagia*, III, 1, n.865); el cambio efectuado en torno a *barvas* y *cartas* es intencionado e irónico, pues lo que hace Selvago con Ysabela es justamente todo lo contrario de lo que enseña el refrán.

[1207] *desventurada*: en T *desventura*.

[1208] *No será sino que... raviosa vengança*: En la *Segunda Celestina* (pág.572), ante las quejas de Polandria por la pérdida de la virginidad, Felides dice a su dama: "Señora mía, no te vea yo enojada, si no, con esta espada te daré la vengança de mí". En la *Florinea* (pág.114) Floriano pide perdón a Belisea, quien está enfadada por sus

CECILIA. ¡O gran Dios! ¿Y qué es esto? Detente, detente, señor, no hagas tanto mal, mira que perderás a ti y a tu señora.

SELVAGO. ¡O traydor de mí, que ya la tengo perdida!, por lo qual me conviene un punto más no bivir.

CECILIA. Señor, sólo te pido mientras rocío su rostro con agua de aquel estanque[1209], tengas paciencia, que tú verás cómo siendo en sí tornada, hago con ella que te perdone.

SELVAGO. Pues, buena donzella, sea con brevedad, por que mayor no la tenga mi vida.

YSABELA. ¡Ay, ay!

CECILIA. Señora, señora mía, buelve en ti; acorre al tu Selvago si le quieres ver bivo, que por tu causa se quiere él mesmo en tu nombre sacrificar.

YSABELA. ¡Qué oygo, triste yo!

CECILIA. Desplega tus ojos y verás que sólo aguarda una palabra de ti contra él para pagarte la ofensa que contra ti cometió, y si desseas que biva, ve, desvíale de su propósito.

YSABELA. ¡O señor! y ¿qué desvarío tan grande es el vuestro?

SELVAGO. Mi señora, no otro sino que si vuestra misericordia me falta, faltarme ha la vida.

---

proposiciones de la entrega de la dama: "Porque a certificar me vos que os he enojado: y dando me licencia vos para ello, como señora de mi vida: yo con este puñal por mi mano me castigare luego en vuestra presencia".

[1209] *rocío su rostro con agua de aquel estanque*: Ante el desmayo de Selvago, Risdeño también sugiere a Rosiana que rocíe el rostro de su hermano; véase *Comedia Selvagia*, II, 2, n.740.

YSABELA. Soltad, por Dios, el espada, que me days mayor pena en esto que en la trayción que contra mí cometistes.

SELVAGO. Sabed, señora, que será escusado si de vos el perdón no me es concedido.

YSABELA. Ora, pues yo tuve la culpa en me fiar en vos, justo es que la pena padezco; por tanto yo os perdono.

SELVAGO. Señora mía, ¿por qué avés hecho tan gran sentimiento en que yo tomasse la possessión en lo que de derecho era mío?

YSABELA. Aunque esso assí sea, no era razón que tal passara hasta que las bendiciones de la Yglesia se ayan recebido, y si no mirasse que éstas nos serán dadas presto, yo me diera, en pago de mi pena, la muerte.

SELVAGO. Ora, señora, ¿no me dezís cómo sabés que nuestros desposorios se celebrarán públicamente presto?

YSABELA. ¿Cómo dezís esso, y no os habló oy el comendador, mi tío, de parte de mi señor Polibio, en que si queríades hazer comigo matrimonio? Ca sabed que Cecilia estuvo esta siesta a la puerta de su aposento[1210], y, según me dijo, aviendo entre sí hablado sobre el desposorio de vuestra hermana con Flerinardo, trataron en que me desposassen con vos, sobre lo qual os hablaría el comendador.

SELVAGO. ¡Santo Dios, qué oygo! Sabed, señora, que assí passa como avéys dicho, que oy me habló, y yo, ignorando la parte de quien

[1210] *Cecilia estuvo... de su aposento*: En la *Tercera Celestina* Poncia escucha a escondidas la conversación entre Celestina y Paltrana, y después se lo cuenta a Polandria. Aquí hay dos pruebas de ello: Poncia habla consigo misma: "Ansí me ayude Dios, que tengo de escuchar aquí a la vieja lo que dize" (pág.229); y, "Yo entro luego a dar las nueuas a mi señora Polandria de todo lo que he escuchado" (pág.232).

venía, porque no me fue por él dicho, por no despedille luego, que fuera mal mirado, dixe que hablaría a mi señora Funebra y le daría respuesta, y pues ya soy avisado, daldo por concluydo.

YSABELA. Assí me parece, señor, que lo devés hazer; mas, por mi vida, que no tornés a vuestras pessadas burlas, que me days grande enojo en ello.

SELVAGO. Bien mío, al que en mí manda, que es el amor, hechad la culpa, pues en mí, por ser dél forçado, ninguna veo.

CECILIA. ¡Qué justicia de Dios!, que estén sus mercedes en tales comedias haziendo pausa tras cada acto, y la pobre de Cecilia que la papen duelos estando acá a diente, teniendo a su Carduel tan cerca, no será sino la primera vez que acá buelva a[1211] hazer de modo que entrando no tenga yo embidia de sus abraços ni besos; y agora me sufro, porque a más andar se viene a nosotros el aurora, por lo qual será bien los despartir, no los tome allí el día. Mis señores, aunque os sea trabajoso, por el presente os conviene apartar por ser ya cerca la mañana.

SELVAGO. Mi señora, no menor pena siento con las palabras desta donzella que con vuestra presencia alegría, mas, pues de fuerça se ha de cumplir, dexando con vos el ánima, el cuerpo a muy tenebrosa cárcel va sentenciado[1212].

YSABELA. Mi verdadero amigo, no con menos pena que llevéys quedo; mas con la esperança de tan presto enteramente gozar de vos quiero en alguna manera me conortar.

[1211] *a*: en T no existe.

[1212] *dexando con vos... va sentenciado*: En el *Amadís* (pág.241) Perión consuela a Helisena: “No tengáis temor deso, que ahunque este mi cuerpo de vuestra presencia sea partido, el mi coraçón junto con el vuestro quedará”.

SELVAGO. Éssa sola será bastante a me sustentar la vida; y pues assí conviene, el ángel bueno quede, mi señora, en vuestra compañía.

YSABELA. Él guíe, mi señor, tus pisadas. Cecilia, anda passo, entrémonos en nuestro aposento, no seamos sentidas[1213].

CECILIA. Ya estamos acá, señora.

YSABELA. Pues tornea essa puerta y vete a acostar, dormiremos lo que de la noche queda.

SELVAGO. Echa, Carduel, essa escala.

CARDUEL. Puesta está, señor, mira cómo bajas[1214], que haze obscuro.

SELVAGO. ¡O mi señor Flerinardo, y qué de cosas os tengo que contar en siendo en la posada, con que de cierto seréys muy alegre! Por tanto, vamos allá si os parece.

FLERINARDO. Primero desseo que hiziéssemos lo que en la venida ordenamos de Escalión, porque he visto en él, después que aquí venimos, cosa con que tengo dubda en su esfuerço, y querría ser en ello certificado[1215].

SELVAGO. Pues, Risdeño, ve donde están Rubino y Sagredo, y dezirles has de mi parte que vayan secretamente por aquella otra calle a dar do está Escalión, y que sin llegarse cerca hagan muestra de acometer,

---

1213 *sentidas*: *sentido*: percibido, oído (véase *La Celestina*, pág.297, n.1).

1214 *señor, mira cómo bajas*: En *La Celestina* (pág.574) Tristán advierte a Calisto tener cuidado al bajar del muro: "Tente, tente, señor, con las manos al escala".

1215 Aquí tiene lugar la prueba de la que Selvago y Flerinardo han hablado al inicio de esta cena; véase *Comedia Selvagia*, V, 3, n.1191.

desnudas sus espadas, y que hecho, sin se detener, se tornen a sus estancias sin dezir lo que hizieron disimuladamente[1216].

RISDEÑO. Señor, ya van determinados a cumplir tu mandado.

ESCALIÓN. ¡O pésete y no a tal, y aquéllos a matarnos vienen! Alivia, Escalión, tus pies y al soto[1217], que no mientes en ello. ¡Ay, ay, desventurado yo, que me matan!

VELMONTE. ¡Cómo, Escalión! ¿Assí me dexas?

ESCALIÓN. ¡Santo Dios, que me matan! ¡Confessión!

SELVAGO. ¿No veys, señor Flerinardo, qué verdadero salió mi pensamiento? ¡Y qué gritar trae el cobarde!

FLERINARDO. ¿Qué es esto, Escalión, qué as, que assí vienes dando bozes?

ESCALIÓN. ¡Ay señor! Cient hombres de punta en blanco armados nos salieron a matar, y de los primeros golpes derribaron a Velmonte, mas entre tanto revané dos o tres dozenas dellos, en que quebré el espada; por lo qual, viendo los contrarios ser tantos, arrojándoles lo que del espada me quedava, acogíme a los pies, y lo mesmo os aconsejo que hagáys, que más vale dezir aquí huyeron, que aquí fueron muertos[1218].

FLERINARDO. No ayas miedo, buelve con nosotros.

ESCALIÓN. No, señor, dexáme, que basta el estrago que dexo

[1216] En *La Celestina* (págs.558-559) Centurio planea asustar a Calisto y a sus criados, pero su intención es diferente de la de Selvago, pues lo hace por cumplir con el encargo vengativo de Areúsa, mientras que Selvago, por comprobar la cobardía de Escalión. Véase también *Comedia Selvagia*, V, 3, n.1191.

[1217] *soto*: "El lugar baxo en el monte" (Covarrubias).

[1218] *más vale... aquí fueron muertos*: En la *Segunda Celestina* (pág.130) Pandulfo habla consigo mismo: "Que más vale que digan aquí huyó Pandulfo, que no que digan aquí murió el malogrado de Pandulfo".

hecho; que pienso que voy mal herido, yréme a curar.

FLERINARDO. Detente, muéstranos la herida.

SELVAGO. ¡O, qué donoso caso! ¿No veys qué huyr lleva?

FLERINARDO. De cierto que lo veo y lo pongo en dubda, según la confiança que dél tenía.

SELVAGO. Sabed, señor, que siempre le he yo tenido por lo que aquí ha mostrado, que todas sus hazañas más consisten en blasonar desaforadamente que en algo que de hecho fuesse; y pues esto ya se ha concluydo, bien será que demos la buelta a la posada.

FLERINARDO. Sea, señor, como por bien tuviéredes.

CENA QUARTA DEL QUINTO ACTO

En que Risdeño, muy gozoso por aver ya su señor Selvago, con voluntad de sus padres, alcançado por esposa a Ysabela, celebrándose juntamente allí el desposorio de Flerinardo en casa de Polibio, vee venir un estrangero, el qual, por su intercessión, le lleva delante de Polibio, donde declara ser Flerinardo hijo del mesmo Polibio; por las quales nuevas, todos muy gozosos, entran a cenar, y se da fin a la comedia, quedando dos hermanos con otros dos juntos en yugo matrimonial. Introdúzense:

RISDEÑO. CRATINO. POLIBIO. FLERINARDO. SELVAGO. SENESTA.

[RISDEÑO.] ¡O, cómo por este caso de Selvago ha parecido

verdadero aquel dicho del sabio que dize que los principios, a buen propósito enderezados, no pueden aver desastrados fines[1219]! Avés considerado el fin de los amores tan excesivos, aunque castos, de Selvago, mi señor[1220], cómo sin ser el caso descubierto, tan a su honra a conseguido el fin de sus desseos, aviendo sido desposado, con voluntad de sus padres, con su señora Ysabela, celebrándose juntamente las de su gran amigo Flerinardo con su henuana; de cierto que él deve más que otro alguno dar muchas y muy cumplidas gracias al Señor, que de todo a sido causa[1221], pues tan conforme a su apetito y voluntad todos sus negocios le an sucedido. Mas ¿qué digo yo?, y ¿quién es este medio doctor que a mí se viene? Estranjero parece en su ábito, quiérole hablar y sabré de dónde trae camino. Hombre honrado, si no lo avéys por pesadumbre, reciba yo de vos tanta gracia que vuestra venida en esta tierra me declarés; pues, no sólo vuestro ábito pone admiración a quien le mira, mas vuestra reverenda persona causa desseo de saber dónde se endereze.

CRATINO. Buen amigo, sabed que yo soy de aquí natural, aunque

[1219] *los principios... desastrados fines*: Se trata de una sentencia sacada de *Los proverbios de Séneca* (véase *La Celestina*, pág.298, n.2a). En *La Celestina* (págs.297−298) Celestina habla consigo misma: "aquellas cosas que bien no son pensadas, aunque algunas vezes ayan buen fin, comúnmente crían desvariados efetos". En *Lisandro y Roselia* (pág.76) Celestina (Elicia) murmura: "como dixo mi tia, aquellas cosas que bien no son pensadas, aunque algunas veces hayan buen fin, comunmente crian desvariados efectos". Según Consolación Baranda, "Se ha dado la vuelta a los planteamientos de Rojas en este final, que es una contrarréplica del argumento general de la *Tragicomedia* ("De 'Celestinas': problemas metodológicos", pág.27).

[1220] *los amores tan excesivos... mi señor*: El autor de la *Comedia Selvagia* manifiesta su desacuerdo con el exceso del amor, pese a su castidad, de Selvago porque tal exceso ha hecho que éste cometa la imprudencia de poseer a su dama Ysabela antes de la celebración de la boda pública. "En la mayoría de las imitaciones no se censuran en absoluto los encuentros sexuales... y Villegas Selvago tiene una boda oficial" (Keith Whinnom, art. cit., págs.129−130).

[1221] *él deve más que... a sido causa*: A juicio de Pedro Mexía, como los antiguos no conocieron el cristianismo, cometieron el error de atribuir a la Fortuna el vaivén de la vida humana, inexplicable para ellos; "Y, al fin, todo va a parar a la primera causa, que es Dios, causa, hazedor y governador de todas las cosas... Assí que el christiano ha de saber y creer que todo viene de Dios" (*Silva*, t.I, pág.797). En la *Florinea* (pág.16) Lydorio recuerda a Floriano: "Mira señor que hablas fuera del lenguaje de la fe: que affirma (como es ansi) ser Dios principio y causa y gouierno de todo lo causado: inferior y superior".

[h]a grandes tiempos que por estrañas naciones he caminado[1222], por lo qual os pido de gracia que me digáys si tenéys algún conocimiento con los que en esta casa, donde vos poco [h]a salistes, abitan.

RISDEÑO. Señor, sí; ved qué en ello me mandáys.

CRATINO. Que me dixéssedes si un cavallero, que Polibio se llama, bive en ella.

RISDEÑO. Sabed, señor, que ansí es como dezís, y aun en ella oy se celebra gran fiesta, por causa de dos solemnes desposorios que en ella han sido hechos.

CRATINO. Pues, señor, en lo uno me avéys hecho la merced, en lo otro no me falte vuestra cortesía en me dezir quién son los que tal acto constituyen.

RISDEÑO. Un cavallero llamado Selvago con una hija de Polibio, assimesmo otro cavallero dicho Flerinardo, no desta tierra, con una hermana del mesmo Selvago, que, por la fiesta ser más solemne, házese todo aquí junto.

CRATINO. ¡O gran Dios, y qué oygo! ¿Y es possible que aquí esté Flerinardo?

RISDEÑO. Dezidme, señor, ¿conozéys vos a Flerinardo?

CRATINO. E aun traygo las mejores nuevas para él que jamás pensó oýr; por tanto guiadme donde está, que en su presencia sabréys el

[1222] *yo soy de aquí natural... he caminado*: En las comedias eruditas italianas suele aparecer al final de la obra algún personaje, natural de la ciudad donde tienen lugar los acontecimientos principales que se representan, pero que lleva mucho tiempo en otra tierra, quien desempeña un papel clave en descubrir la verdadera identidad del galán o de la dama.

caso a vuestra voluntad.

RISDEÑO. Pues, entrad comigo, que yo haré lo que dezís; agora ¿veys aquel viejo anciano que allí parece?, pues aquél es Polibio, y el que está a su mano diestra es Flerinardo, por quien preguntáys.

CRATINO. A Dios gracias, que bien los conozco; por tanto yo les quiero hazer más alegres que al presente están, hablando primero a Flerinardo, veamos si con el tiempo me a ya desconocido. Noble cavallero, ¿conócesme, que muchas vezes me avrás visto?

FLERINARDO. Por mi fe, buen señor, que dezís gran verdad, mas el dónde yo lo ignoro.

CRATINO. Y tú, señor Polibio, mira que por ventura de mí has recebido algún servicio.

POLIBIO. Cierto, o la caduca edad me engaña, o vos tenéys por nombre Cratino, debaxo cuya disciplina encargué yo un solo hijo que yo tuve.

CRATINO. Pues sabe, señor, que ansí es como dizes.

POLIBIO. ¡O mi buen amigo Cratino! ¿Pues no me dezís qué buenas nuevas me traéys de vuestro discípulo y mi buen hermano Sergio?

CRATINO. Mi señor, de vuestro muy noble hijo y mi discípulo, mejor las sabréys vos que yo, pues con él tanto tiempo avéys contratado, ca sabed que Flerinardo, que presente está, es[1223].

[1223] La anagnórisis es uno de los recursos caracterizadores de las comedias eruditas italianas y de los libros de caballerías. En cuanto al origen de dicho recurso, hay diversas opiniones: Marcelino Menéndez Pelayo señala que "procede del teatro de Plauto" (*Orígenes de la novela*, pág.151); para Humberto López Morales, se remonta a Terencio (*Teatro Selecto de Torres Naharro*, ed. cit., pág.42); y, en opinión de Juan Manuel Cacho

POLIBIO. ¡Sancta María! ¿Y qué me dezís?, que yo no lo creo.

CRATINO. Pues yo, señor, sí; por tanto, con atención oýd mis palabras y seréys en vuestra dubda satisfecho. Es, pues, de saber que al tiempo que Sergio, vuestro hermano, fue señalado por governador en una provincia de la Nueva España, a su petición, por no tener hijo alguno, le distes uno que vos teníades, llamado Beliselio, el qual prohijó, y con él fue, avrá hasta diez y ocho años, a governar su tierra; en la qual siendo llegado, tomó gran conocimiento y amistad con un rico varón que allí tiene su asiento; mas no avía medio año allí bivido, quando por una grave enfermedad fue de la vida privado, dexando en guarda de vuestro hijo aquél con quien tanta amistad avía tomado, juntamente con toda su hazienda y aver; mas el noble rico, tomando muy grande amor con el infante, y careciendo él de hijos, ansimesmo expontáneamente le prohijó, donde por su mandado, quitándole su propio nombre, que era Beliselio, que tenía, con nombre de Flerinardo le hizo de allí adelante llamar. Pues en este tiempo yo le enseñé todo aquello que a semejante persona que la suya era convenía; después de todo la qual, con desseo de ver aquella fértil y abundosa tierra, determiné con voluntad gastar algún tiempo en verla, lo que no se pudo hazer tan ligeramente, que quando di la buelta para vuestro hijo, supe que por aver sido muerto aquel noble hombre que le avía prohijado, quedando él por eredero de tesoro inumerable, sabiendo ser natural desta tierra, en ella determinó passar; lo que por mí sabido, en su seguimiento me puse para del todo manifestalle quién su linaje fuesse, pues con él, no sólo será plaziente, mas en todos, a quien cabe parte, causará gozo soberano y muy jocundo.

Blecua, tiene su raíz en Aristóteles y en el folklore (*Amadís*, pág.143).

POLIBIO. ¡O gran Dios, y cómo son grandes tus maravillas![1224] que aviendo tan cerca de mí tenido un hijo, cuya memoria grande pena me causava, averle assí desconocido, y pudiendo ansimesmo con su presencia recebir alegría, pensando ser en ausencia, con su desseo padecer grande y penoso tormento! ¡O mi buen hijo, que entre mis braços te tengo y lo pongo en dubda, según se me haze arduo de creer que tanto bien en la postrimera edad me estava aparejado.

FLERINARDO. ¡O mi padre y mi buen señor! ¿Cómo de oy más soy enteramente bienaventurado!, pues aviendo sido por dos vezes huérfano[1225], con grave tormento mío, para que agora en mayor estima al verdadero y entre todos tan aventajado tuviesse.

SENESTA. Mi señor Polibio, pídoos que me dexés gozar de la bienaventuranza de tal hijo, pues si en el parto graves dolores por su causa padezí, no menores fatigas por su ausencia he tenido.

POLIBIO. Vos tenéys mucha razón, mi señora, por tanto hágasse como pedís.

SENESTA[1226]. ¡O luz y clara luminaria, en que yo me contemplo, y ¿es possible que del bien de tenerte en mis braços me sea dado que goze?

FLERINARDO. Mi señora madre, el bien yo le recibo en podelle tan enteramente gozar, por averme Dios hecho tan dichoso que de tales padres fuesse produzido y engendrado.

1224 *¡O gran Dios... tus maravillas!*: Ya se ha elogiado a Dios y sus obras en otra ocasión; véase *Comedia Selvagia*, I, 4, n.631.

1225 *dos vezes huérfano*: De hecho, a Flerinardo se le murieron dos padres adoptivos: su tío Sergio y aquel hombre rico de la Nueva España.

1226 *Senesta*: en T *Fu.*, es decir, *Funebra*.

SELVAGO. Mi buena señora, dénos parte dese cavallero, pues mi señora esposa y hermana suya, no la menor de pena, entre todos, con su ausencia ha recebido; por lo qual no es justo que de la gloria del conocimiento sea no participante.

FLERINARDO. Mi buen señor, a vos y ella, junto con mi señora esposa, yguálmente quiero abraçar, pues con ygual grado de amor a todos tres os amo y estimo; y de verdad, dexada aparte la gloria que de cobrar tales padres recibo, que soberanamente me gozo en hallarme allegado pariente con las tres personas que más en este mundo quiero, fuera también de la honra que en serlo de tales excelencias estrañamente me glorifico.

SELVAGO. Respondiendo por las partes, digo, señor, que nosotros de tal conocimiento devemos con razón ser enteramente contentos, por lo mucho que todos ganamos en tal persona como vos tener por afineo[1227] y pariente en tan cercano grado.

POLIBIO. Ora, mi buen amigo Cratino, yo querría saber de vos una cosa, de que tengo alguna dubda de tanto bien como gozo; lo qual es que me digáys cómo jamás se a sabido por acá esso todo que me avés dicho que allá a passado, pues no es verisímil que una muerte de una persona tan noble y principal, como era mi hermano el governador, tanto tiempo estuviesse callada y secreta[1228].

FLERINARDO. Mi señor, yo os daré en esso más razón que Cratino, mi maestro, podía dar, por causa que en ello fuy más certificado.

[1227] *afineo*: debe de significar *afinidad*.

[1228] *no es verisímil... callada y secreta*: La verosimilitud es un tema que preocupa mucho al autor de la *Comedia Selvagia*, a lo cual se debe tanta insistencia en ello a lo largo de la obra, sobre todo, en este pasaje donde se desarrolla dicho tema con más detenimiento o extensión. Véase también *Comedia Selvagia*, II, 3, n.748.

Es de saber que assí como Sergio, el que yo tenía por padre, murió, a consentimiento de los principales de la provincia eligeron[1229] por governador un cavallero natural de aquella tierra; esto fue en una ciudad, la más noble de la ysla, echando fama ser aquél el que de acá se avía elegido, y ellos lo hizieron pensando tener con él más libertad, pues era entre ellos nacido; el qual, con temor que no le fuesse el mando quitado, puso mucha vigilancia en que la muerte del propio governador no se manifestasse; assimesmo aquel rico, en cuyo poder yo quedé, amándome mucho, por miedo no me apartasse dél si mis deudos el caso entendiessen, ayudó a que fuesse guardada el astucia; que siendo fallecido, y quedando yo por su legítimo eredero, sabiendo ser deste reyno de Castilla natural[1230], en él vine con todo mi eredamiento, que en rentas y juros, siendo aquí venido, gasté, con intención de hazer aquí perpetua morada.

POLIBIO. Aora sí que Dios nos ha concedido más mercedes que nosotros merecemos, en que a tan próspero sucesso todo aya venido.

RISDEÑO. Señor Polibio y señores desposados, sabed que yo guié aquí este noble varón, y pues fuy causa que tanto regozijo ayáys tenido, muestre cada uno aquí su liberalidad y quién sea, esto es, que me dedes algo con que tenga casa y pucheros, porque determino de me casar y no hallo quien me quiera, que viéndome tan ruynejo y sin blanca, a nadie llego que no diga Dios te ayude por toda esta hazera, embiándome para

[1229] *eligeron*: Esta forma verbal no sólo es habitual en la *Comedia Selvagia* sino también en otras obras de la misma época y muchos estudiosos se han fijado en este fenómeno lingüístico. Por ejemplo, "La absorción de la *i* tras *g* es frecuente en el texto: *fingendo*, etc." (*Segunda Celestina*, pág.253, n.17); "Nada hay de anormal en la absorción de la *i* por la *g*, todavía palatal" (*Lazarillo*, ed. F. Rico, pág.31, n.78); "Es forma verbal alternativa, sin diptongación, que aparece con cierta frecuencia en la *Silva*" (*Silva*, t.I, pág.249, n.17).

[1230] Alonso de Villegas sitúa intencionadamente la acción en Castilla, igual que Fernando de Rojas, aunque éste lo diga explícitamente, pues "Rojas, al contrario del primer autor, emplea por descuido un término monetario que deja ver que la acción pasa en Castilla" (*La Celestina*, pág.284, n.24).

galeote[1231]; que toda vía, si tuviesse algún dinero, no faltaría quien, por no llorar los duelos de sus vezinos, se aburriesse a se casar comigo, que como, gracias a Dios, a avido ogaño[1232] tan buena cosecha de mugeres, teniendo yo alguna pecunia[1233] no me podrá faltar una. En mi señor Selvago bien seguro lo tengo, mas en vosotros, señores, querría que uviesse alguna virtud para los zagales perrigalgos que en vosotros se encomiendan.

FLERINARDO. Ven acá, Risdeño, ¿y casarte quieres? ¿No vees que la carga del matrimonio es pessada, y tú, siendo chiquillo, no la podrás llevar?

RISDEÑO. Por esso me encomiendo yo a los buenos, para que lo que en mí faltare por ellos sea cumplido; quanto más que, aunque chiquillo, toda vía tendría fuerças, con un cayado que me ayudasse, a llevar la carga, y aun para dar a mi muger con él, si necessario fuesse.

FLERINARDO. Calla en mal hora, no digas esso, que no hallarás quien contigo se quiera casar.

RISDEÑO. Pues aun esto no es mucho, que yo os prometo que primero que dé la mano tengo de dar en un papel ciertos capítulos a mi esposa, que ha de ser para que diga si los entiende guardar, y si no, que busque amo

FLERINARDO. ¿Tienes algunos de coro[1234]?

RISDEÑO. Sí, tengo.

[1231] *galeote*: en T *gaillote*.

[1232] *ogaño*: "este año presente" (Covarrubias).

[1233] *pecunia*: en T *peronia*.

[1234] *de coro*: "De memoria" (D. L. E.).

FLERINARDO. Pues dilos, por tu vida, veamos si hazen al caso a nuestras señoras esposas.

RISDEÑO. El primero, que en ninguna manera me lleve a bivir a Cornualla[1235], porque es muy dañoso lugar. Lo segundo, que en todo y por todo me a de ser obediente, y si yo le mandare que ruede, que ella se arroje de cabeça. Lo tercero, que govierne bien su familia. Lo quarto, que no destruya ella en banquetes y almuerzos de comadres lo que Risdeño[1236] çanqueando[1237] a casa truxere. Lo quinto, que no me tome conversación ni amistad con mugeres ni otras personas de mala fama. Lo sexto, que en su casa esté recogida y honesta, y por la calle sea muy recatada y amadora de honra. Lo séptimo, que no me sea demandona ni pedidora de buxerías, ni venga a dezir fulana tiene esto y yo no, porque me daría a mí no buena comida, y quizá sería causa a que Risdeño, enojado, la hiziesse saltar el oropel[1238] de las servillas y recibiesse de botiboleo[1239] media dozena de ya me entendéys. Éstos son los siete pecados más graves acerca de las

[1235] *Cornualla*: o *Cornwall*, condado de Inglaterra regido por príncipes británicos, entre los cuales el famoso Arturo (E. U. I.); aquí se evidencia un juego de palabras: por un lado, el mundo del legendario rey bretón recuerda las novelas caballerescas, y tal vez Alonso de Villegas intente demostrar que el personaje de Risdeño tiene su origen en ellas; y, por otro lado, *Cornualla* y *cornudo* comparten la misma raíz, y por lo tanto, *Cornualla* puede ser una alusión indirecta a los cuernos que las mujeres ponen a sus maridos. Es significativo que el rey Arturo sea hijo del rey Uther Pendragón y de Ygerna, esposa del duque de Cornualles. No hay que olvidar que Tristán de Leonís justamente se enamoró de Iseo de la Brunda, futura esposa de su tío, el rey Mares de Cornualla. En la *Comedia Cornelia* (*Las tres comedias de Juan Timoneda*, ed. cit., pág.67) Cornalla de Pliego, cuya mujer es la amante de Fuluio, explica a Polianteo y a Carmelia el origen de sus apellidos, y del de su primer apellido cuenta lo siguiente: "de parte de mi aguelo viene el cornalla, que por ciertas diferencias que tuuo con su muger lo passeo la justicia por las calles acostumbradas muy acompanado con vnos cuernos muy lindos y dorados".

[1236] *Risdeño*: En este parlamento Risdeño menciona dos veces su propio nombre la cual, aparte del sentido jocoso, dota dicho discurso de un carácter general.

[1237] *çanqueando*: *çanquear*: "andar mucho à pié, y con priessa de una parte à otra" (D. A.).

[1238] *oropel*: "una hojuela mui delgada de latón" (Covarrubias).

[1239] *botiboleo*: "quando inmediatamente que llega la pelota al suelo, sin dexarla hazer bote formado, la levantamos en el aire, bolviéndola al contrario" (Covarrubias).

mugeres en el matrimonio[1240]; otras circunferencias y avisos le daría de mí a ella.

FLERINARDO. Por verdad que estás gracioso; mas yo te seguro que con las condiciones dichas no te cases tan presto.

RISDEÑO. Esse cuydado dexalde a mí, dadme vos lo que yo pido, que podría ser que estuviesse ya ojeada.

SELVAGO. Dime, Risdeño, ¿es hermosa?

RISDEÑO. Si es o no, a Dios ha de dar la cuenta; quanto más, que yo fiador, que algún ciego la querría ver.

POLIBIO. Ora que Risdeño tiene mucha razón en lo que ha dicho y pide; por tanto, yo de mi parte le mando para su casamiento una pieza ataviada con una cama de ropa.

RISDEÑO. Pues, señor, me hazéys la merced, señalad que la pieza y cama ha de ser conforme al cuerpo de mi esposa, porque si para mí fuesse, con una de vuestros galgos cumpliríades la manda.

POLIBIO. Agora que ansí lo digo.

FLERINARDO. Yo te mando seys pares de capas y sayos para tu

[1240] *los siete pecados... en el matrimonio*: En la *Tercera Celestina* (págs.98–99) Penuncio intenta demostrar a Poncia que la mayoría de las mujeres comete, por lo menos, uno de estos pecados mortales: soberbia, avaricia, lujuria, ira, gula, envidia y pereza. En *Lisandro y Roselia* (págs.271–272) Eubulo acusa al amor de ser amigo de todos los vicios, y entre ellos menciona casi todos los pecados capitales, es decir, excepto la avaricia, lo cual hace pensar en la posibilidad de un descuido por parte del autor. En la *Comedia Selvagia*, en vez de los siete pecados ya conocidos, Risdeño habla de siete pecados matrimoniales, que están inspirados en los diversos consejos que un padre del siglo XV daba a sus hijas (véase "Castigos y dotrinas que vn sabio daua á sus hijas", *Dos obras didácticas y dos leyendas sacadas de manuscritos de la Biblioteca del Escorial*, ed. cit., págs.255–293). Algo parecido se encuentra también en las *Epístolas familiares* (ed. cit., I, 55, pág.364) de Antonio de Guevara y en los *Hechos y dichos* (pág.52) de Valerio Máximo.

cuerpo, y en nombre de mi señora esposa, todos los vestidos de mantos y sayas que se devieren dar a la novia, conforme a su estado.

RISDEÑO. Señor Flerinardo, téngoos en merced que me hazéys tanta fiesta como haze el calendario a Sant Juan, que le da seys capas, y vos dáysmelas con sayos y todo, aunque la manda no es para en tiempo que haga ayre, porque yendo con sayos y capas, no teniendo calzas, no sería mucho que fuesse hechando plazos por toda la ciudad; a vuestra señora esposa tengo en merced su manda, y ruego a la Madre de Dios que assí la cobije con su manto, como con el suyo a de cubrir a mi esposa.

SELVAGO. Yo, en pago de lo bien que me as servido, te mando dozientos escudos, y en nombre de mi señora esposa el oro que a la tuya perteneciere.

RISDEÑO. Señor Selvago, en mucho cargo os soy, pues con vuestra manda no temeré las lanzas y saetas de la mala ventura, aviéndome armado con dozientos escudos[1241] para mi defensa; mas encomiéndoos que no se tornen broqueles, porque no servirán tanto, que son chiquillos. A la señora, vuestra esposa, devo mucho, pues así con el oro amarillo de desesperación que me manda, me reserva de la que pudié tener en comprallo de los plateros, que me llevaran los ojos; y pues al presente, señores, aquí no ay más que negociar, y tan prósperos sucessos todos estos acaecimientos han tenido, muy alegres y regozijados vosotros[1242], por lo ya dicho, y yo, por de muy pobre verme rico y prosperado, será

[1241] *escudos*: juego de palabras basado en el valor polisémico de *escudo*: "arma defensiva" (D. A.) y "cierta especie de monéda" (D. A.); inmediatamente se halla otro juego de palabras: como arma, el escudo es mejor que el broquel porque éste tiene un tamaño menor que aquél; en cuanto al valor monetario, el escudo también lleva ventaja al broquel puesto que el primero es una moneda de oro mientras que el segundo no es más que un arma hecha de un material menos valioso en comparación con el oro.

[1242] *vosotros*: en T *vosoros*.

bien acordado entrarnos a cenar, porque, como dizen, los plazeres y los duelos con pan son buenos[1243]; con lo qual yo, Risdeño, hombre de bien aunque chiquillo de cuerpo, amigo de todos aquellos que mi bien dessean y mi provecho procuran, pidiendo por las faltas cometidas el devido perdón, acabo de representar la comedia llamada *Selvagia*[1244].

FIN

Fue impressa la presente obra
en la Imperial Ciudad de Toledo: en casa de Joan
Ferrer. Acabóse a diez y seys días del
mes de Mayo. Año de
mill y D. L. iiij.

[1243] *los plazeres... son buenos*: Alude al refrán "Todos los juegos con pan son buenos" (Kleiser). En la *Segunda Celestina* (pág.552) Celestina dice a Elicia: "todos los duelos con pan son buenos". Los cambios que se han hecho son intencionados ya que Celestina lo dice después de ser reprochada por su primo Barbanteso y Risdeño lo pronuncia tras la celebración de la doble boda de los señores. Este refrán también aparece en muchas obras; véase *Tercera Celestina*, pág.172, *Thebaida*, pág.84, *Diálogo*, pág.122, y *Los engañados*, ed. Fernando González Ollé (Madrid: Espasa-Calpe), pág.39.

[1244] Es muy corriente en el teatro de los siglos XVI y XVII el hecho de que un personaje anuncie el fin de la obra y pida perdón al público al final de la misma. Por ejemplo, en la *Comedia Aquilana (Teatro Selecto de Torres Naharro*, ed. Humberto López Morales, pág.431) Faceto se dirige de este modo al público: "Buena gente, / diz que allá secretamente / serán las bodas mañana. / Valete por el presente, / que no ay más del Aquilana"; en *La discreta enamorada* (Madrid: Espasa-Calpe, 1967) Lucindo recita: "Si es para muchos la farsa, / mi amor lo diga, y dé fin / *La discreta enamorada*" (pág.153); en *El Anzuelo de Fenisa* (*Obras escogidas*, t.I, ed. cit., pág.924) Camilo anuncia: "Aquí se acaba, senado, / *El anzuelo de Fenisa"*; en *No hay cosa como callar* (*Comedia de capa y espada*, ed. Ángel Valbuena Briones (Madrid: Espasa-Calpe, 1973) Barzoque se despide del público: "Y pues que yo soy criado / de paz, solamente os ruego / que consideréis, señores, / que de los yerros ajenos / *No hay cosa como callar*; / perdonadnos, pues, los nuestros" (pág.223); en *Casa con dos puertas, mala es de guardar* (*Obras completas de don Pedro Calderón de la Barca*, ed. cit., pág.309) don Félix es el que pone fin a la comedia en que participa: "Pues para que veáis si es cierto, / aquésta es mi mano, Laura. / Y, pues el haber tenido / dos puertas esta tu casa, / causa fué de los engaños / que a mí y Lisardo nos pasan, / de la '*Casa con dos puertas'*, / aquí la comedia acaba".

BIBLIOGRAFÍA SELECTA

Alfonso el Sabio, *Prosa histórica*, ed. Benito Brancaforte (Madrid: Cátedra, 1984).

Alonso, Dámaso, y Blecua, José Manuel, *Antología de la poesía española, lírica de tipo tradicional* (Madrid: Gredos, 1982).

Alonso Hernández, José Luis, *Léxico del Marginalismo del Siglo de Oro* (Salamanca: Universidad, 1977).

Anónimo, *Comedia Thebaida*, ed. Trotter y Whinnom (London: Tamesis, 1969).

Anónimo, *Lazarillo de Tormes*, ed. Alberto Blecua (Madrid: Castalia, 1972).

________, *Lazarillo de Tormes*, ed. Francisco Rico (Madrid: Cátedra, 1990).

Arata, Stefano, "Una nueva tragicomedia celestinesca del siglo XVI", *Celestinesca*, vol.12, nº 1 (mayo, 1988), págs.45–50.

Arróniz, Othón, *La influencia italiana en el nacimiento de la comedia española* (Madrid: Gredos, 1969).

Avilés, Miguel, *Sueños ficticios y lucha ideológica en el Siglo de Oro* (Madrid: Editora Nacional, 1981).

Baranda, Consolación, "Algunas notas sobre la presencia de la 'Tragicomedia' de Rojas en la 'Segunda Celestina'", *Dicenda* (Madrid:

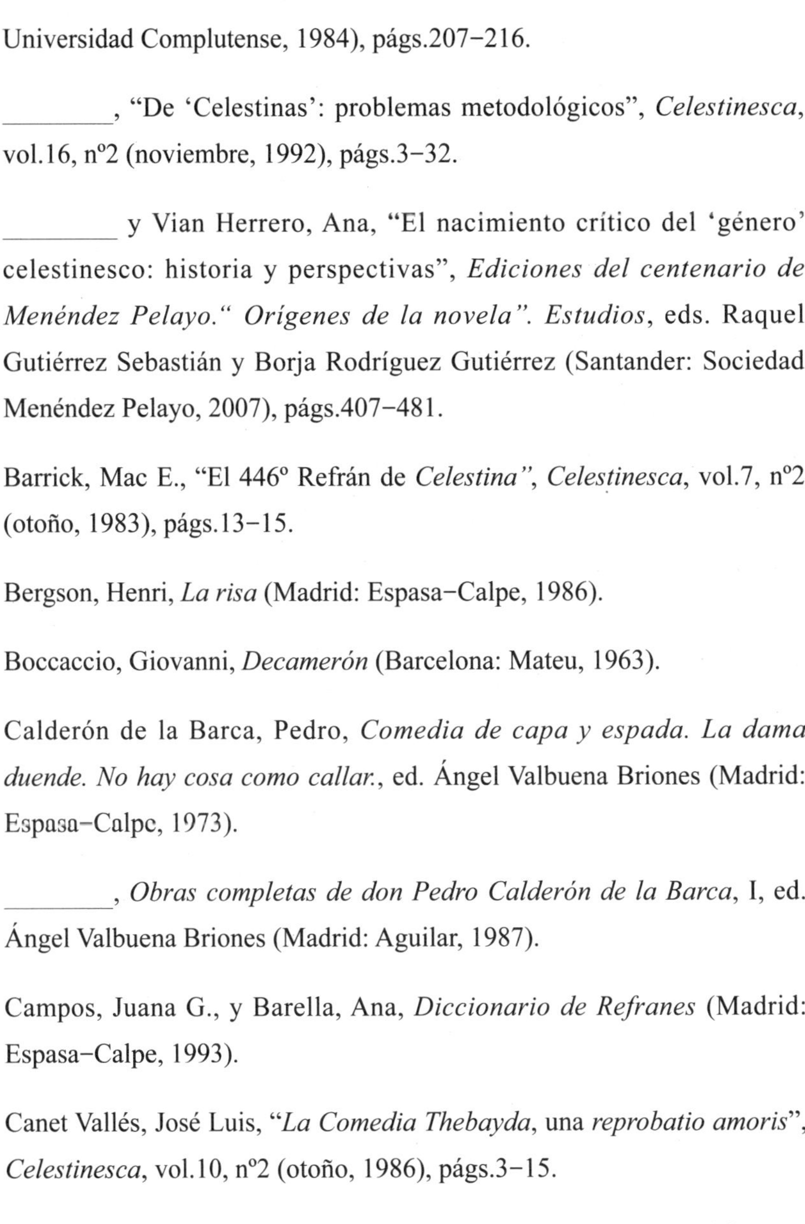

Universidad Complutense, 1984), págs.207–216.

________, "De 'Celestinas': problemas metodológicos", *Celestinesca*, vol.16, nº2 (noviembre, 1992), págs.3–32.

________ y Vian Herrero, Ana, "El nacimiento crítico del 'género' celestinesco: historia y perspectivas", *Ediciones del centenario de Menéndez Pelayo." Orígenes de la novela". Estudios*, eds. Raquel Gutiérrez Sebastián y Borja Rodríguez Gutiérrez (Santander: Sociedad Menéndez Pelayo, 2007), págs.407–481.

Barrick, Mac E., "El 446º Refrán de *Celestina*", *Celestinesca*, vol.7, nº2 (otoño, 1983), págs.13–15.

Bergson, Henri, *La risa* (Madrid: Espasa-Calpe, 1986).

Boccaccio, Giovanni, *Decamerón* (Barcelona: Mateu, 1963).

Calderón de la Barca, Pedro, *Comedia de capa y espada. La dama duende. No hay cosa como callar.*, ed. Ángel Valbuena Briones (Madrid: Espasa-Calpe, 1973).

________, *Obras completas de don Pedro Calderón de la Barca*, I, ed. Ángel Valbuena Briones (Madrid: Aguilar, 1987).

Campos, Juana G., y Barella, Ana, *Diccionario de Refranes* (Madrid: Espasa-Calpe, 1993).

Canet Vallés, José Luis, "*La Comedia Thebayda*, una *reprobatio amoris*", *Celestinesca*, vol.10, nº2 (otoño, 1986), págs.3–15.

"Castigos y dotrinas que vn sabio daua á sus hijas", *Dos obras didácticas y dos leyendas sacadas de manuscritos de la Biblioteca del Escorial*

(Madrid, 1878), págs.255–293.

Cejador y Frauca, Julio, *Historia de la lengua y literatura castellana,* II y III (Madrid: Gredos, 1972).

Cervantes Saavedra, *Don Quijote de La Mancha*, ed. John Jay Allen (Madrid: Cátedra, 1991).

Comedias y comediantes (Valencia: Universidad, 1991).

Córdoba, Martín de, *Jardín de nobles donzellas*, ed. Harriet Goldberg y Chapel Hill (North Carolina: University, 1974).

Corominas, J., y Pascual, J. A., *Diccionario Crítico Etimológico Castellano e Hispánico* (Madrid: Gredos, 1985).

Correas, Gonzalo, *Vocabulario de Refranes y Frases Proverbiales* (Madrid: Visor Libros, 1992).

Covarrubias, Sebastián de, *Tesoro de la Lengua Castellana o Española* (Madrid: Turner, 1977).

Diccionario de Autoridades (Madrid: Gredos, 1979).

Diccionario de Historia Eclesiástica de España (Madrid: C. S. I. C., 1972–1975).

Diccionario de la Lengua Española (Madrid: Real Academia Española, 1996).

Díez Borque, José María, *Los géneros dramáticos en el siglo XVI (El teatro hasta Lope de Vega* (Madrid: Taurus, 1987).

________, *Sociedad y teatro en la España de Lope de Vega* (Barcelona:

Bosch, 1978).

Enciclopedia Universal Ilustrada Europeo-Americana (Madrid: Espasa-Calpe, 1985)

Encina, Juan del, *Poesía lírica y cancionero musical*, ed. R. O. Jones y Carolyn R. Lee (Madrid: Castalia, 1975).

Esteban Martín, Luis Mariano, "Huellas de 'Celestina' en la 'Comedia Florinea' y en la 'Comedia Selvagia'", *Celestinesca*, vol.13, nº2 (noviembre, 1989), págs.29–38.

________, "Huellas de *Celestina* en la *Tercera Celestina* de Gaspar Gómez de Toledo", *Celestinesca*, vol.11, nº2 (otoño, 1987), págs.3–19.

________, "Huellas de 'Celestina' en la 'Tragedia Policiana' de Sebastián Fernández", *Celestinesca*, vol.13, nº1 (mayo, 1989), págs.31–41.

________, "Huellas de *Celestina* en la *Tragicomedia de Lisandro y Roselia*, de Sancho de Muñón", *Celestinesca*, vol.12, nº2 (otoño,1988), págs.17–32.

Fernández, Sebastián, *Tragedia Policiana*, extraída de *Orígenes de la novela*, III (Madrid: N. B. A. E., 1910).

Fernández–Sevilla, Julio, "Presentadores de refranes en el texto de *La Celestina", Serta Philologica F. Lázaro Carreter*, I (Madrid: 1983), págs.209–218.

Finch, Patricia S., "Religion as magic in the *Tragedia Policiana*", *Celestinesca*, vol.3, nº2 (noviembre, 1979), págs.19–24.

Frenk, Margit, *Corpus de la antigua lírica popular hispánica (Siglos XV a*

XVII) (Madrid: Castalia, 1987).

Froldi, Rinaldo, *Lope de Vega y la formación de la comedia* (Madrid: Anaya, 1973).

García Gual, Carlos, *Primeras novelas europeas* (Madrid: Istmo, 1990).

Genette, Gérard, *Palimpsestos. La literatura en segundo grado* (Madrid: Taurus, 1989).

Gómez de Toledo, Gaspar, *Tercera Parte de la Tragicomedía de Celestina*, ed. Mac E. Barrick (Philadelphia: University of Pennsylvania Press, 1973).

Grimal, Pierre, *Diccionario de Mitología Griega y Romana* (Barcelona: Paidós, 1991).

Guevara, Antonio de, *Epístolas familiares*, I y II, ed. José María de Cossío (Madrid: Aldus, 1950 y 1952).

Herrán, Laurentino María, "Santa María en los *Flos sanctorum (II parte)"*, *Scripta de María*, Anuario, V (1982), págs.349–381.

Homero, *La Ilíada*, ed. Luis Segalá y Estalellá (Madrid: Espasa–Calpe, 1986).

Iconografía hispana. Catálogo de los retratos de personajes españoles de la B. N., bajo la dirección de Elena Páez Ríos (Madrid, 1966).

Jarey, J. E., *Cosmovisión y escenografía: El teatro español en el Siglo de Oro* (Madrid: Castalia, 1987).

Lapesa, Rafael, *Historia de la lengua española* (Madrid: Escelicer, 1955).

Lapesa, Rafael, *Historia de la lengua española* (Madrid: Gredos, 1995).

Lázaro Mora, F. A., "rl > ll en la lengua literaria", *Revista de Filología Española*, LX, págs.267–283.

Lida de Malkiel, María Rosa, *La originalidad artística de La Celestina* (Buenos Aires: Eudeba, 1970).

Madrazo, Pedro de, *Catálogo descriptivo e histórico del Museo del Prado de Madrid* (Madrid, 1872).

Marín, Juan María, *La revolución teatral del Barroco* (Madrid: Anaya, 1990).

Márquez Villanueva, Francisco, "Literatura bufonesca o del 'loco'", *N. R. F. H.*, XXXIV, nº2 (1985–1986), págs.501–528.

Martínez Arancón, Ana, *Santoral extravegante. Una lectura del Flos Sanctorum de Alonso de Villegas* (Madrid: Editora Nacional, 1978).

Martínez de Toledo, Alfonso, *Arcipreste de Talavvera o Corbacho*, ed. J. González Muela (Madrid: Castalia, 1970).

Martínez Kleiser, Luis, *Refranero general ideológico español* (Madrid: Hernando, 1978).

Martorell, Joanot, y Galba, Martí Joan de, *Tirant lo Blanc* (Madrid: Alianza,1969).

Máximo, Valerio, *Hechos y dichos...* (Alcalá de Henares: Universidad, 1529).

Mena, Juan de, *Laberinto de fortuna*, ed. John G. Cummins (Madrid:

Cátedra,1979).

Menéndez Pelayo, Marcelino, *Orígenes de la novela*, IV (Santander: Aldus, 1943).

Menéndez Pidal, Ramón, *De primitiva lírica española y antigua épica* (Madrid: Espasa-Calpe, 1977).

________, *Manual de gramática histórica española* (Madrid: Espasa-Caple, 1994).

Mexía, Pedro, *Silva de varia lección*, I, ed. Antonio Castro (Madrid: Cátedra, 1989).

Mexía, Pedro, *Silva de varia lección*, II, ed. Antonio Castro (Madrid: Cátedra, 1990).

Monstruos, enanos y bufones en la Corte de los Austrias (Madrid: Museo del Prado, 1986).

Moreno Villa, José, *Locos, enanos, ciegos y niños palaciegos* (México: Editorial Presencia, 1939).

Muñon, Sancho de, *Tragicomedia de Lisandro y Roselia, llamada Elicia, y por otro nombre cuarta obra y tercera Celestina* (Madrid: Rivadeneyra, 1872).

Ovidio Nasón, Publio, *Amores. Arte de amar. Sobre la cosmética del rostro femenino. Remedios contra el amor.*, ed. Vicente Cristóbal López (Madrid: Gredos,1989).

Palau y Dulcet, Antonio, *Manual del librero hispanoamericano*, XXVII (Barcelona, 1976).

Pérez Pastor, Cristóbal, *Bibliografía madrileña* (Madrid, 1891).

Pérez Priego, Miguel Ángel, *Teatro Renacentista* (Barcelona: Clásicos Plaza & Janés, 1987).

Pérez–Rioja, José Antonio, *Diccionario de Símbolos y Mitos* (Madrid: Tecnos, 1980).

Primera parte de las sentencias que hasta nuestros tiempos, para edificacion de buenas costumbres, estan por diuersos Autores escriptas, eneste tratado summariamente referidas, en su propio estilo... (Sevilla,1554).

Quevedo y Villegas, Francisco de, *Sueños y discursos*, ed. Felipe C. R. Maldonado (Madrid: Castalia,1972).

Risa y sociedad en el teatro español del Siglo de Oro (París: C. N. R. S., 1980).

Rodríguez del Padrón, Juan, *Siervo libre de amor*, ed. Antonio Prieto (Madrid: Castalia, 1986).

Rodríguez de Montalvo, Garci, *Amadís de Gaula*, ed. Juan Manuel Cacho Blecua (Madrid: Cátedra, 1987).

Rodríguez Florián, Juan, *Comedia Florinea* (Medina del Campo, 1554).

Rojas, Fernando de, *La Celestina*, ed. Peter E. Russell (Madrid: Castalia, 1991).

Román, Benito, *Duendes, entes y mojigangas*, prólogo de Camilo José Cela (Madrid: Ediservice, 1985).

Rose, H. J., *Mitología Griega* (Barcelona: Labor, 1970).

Rueda, Lope de, *Comedia Eufemia. Comedia Armelina. El deleitoso (siete pasos)*, ed. José Moreno Villa (Madrid: Espasa–Calpe, 1983).

________, *Eufemia y Armelina*, ed. Fernando González Ollé (Madrid: Anaya, 1967).

________, *Los engañados. Medora*, ed. Fernando González Ollé (Madrid: Espasa–Calpe, 1973).

________, *Pasos*, ed. José Luis Canet Vallés (Madrid: Castalia, 1992).

Ruiz de Elvira, Antonio, *Mitología Clásica* (Madrid: Gredos,1984).

Ruiz Ramón, Francisco, *Historia del Teatro Español (Desde sus orígenes hasta 1900)* (Madrid: Cátedra, 1988).

Salvá y Mallen, Pedro, *Catálogo de la Biblioteca de Salvá*, I (Valencia,1872).

San Pedro, Diego de, *Cárcel de amor*, ed. Enrique Moreno Baéz (Madrid: Cátedra, 1989).

Sánchez Reyes, Enrique, *Estudios y discursos de crítica histórica y literaria*, II (Santander: Aldus, 1941).

Sánchez Romeralo, Jaime, "Alonso de Villegas: semblanza del autor de la *Selvagia*", *Actas del Quinto Congreso Internacional de Hispanistas*, II (Bordeaux, 1977), págs.783–793.

¿Sepúlveda, Lorenzo de?, *La comedia erudita de Sepúlveda*, ed. Julio Alonso Asenjo (London: Tamesis, 1990).

Sherman Severin, Dorothy, "Celestina and the magical empowerment of women", *Celestinesca*, vol.17, nº2 (noviembre, 1993), págs.9–28.

Silva, Feliciano de, *Segunda Celestina*, ed. Consolación Baranda (Madrid: Cátedra, 1988).

Simón Díaz, José, *Cuadernos bibliográficos*, XIX (Madrid: C. S. I. C., 1966).

Solana Segura, Carmen, "Hacia una datación de la *Tragicomedia de Polidoro y Casandrina*: datos históricos e influencias literarias", *Celestinesca*, vol.33 (2009), pág.217–231.

________, *Mujer, amor y matrimonio en las continuaciones celestinescas. Edición y estudio de la Tragicomedia de Polidoro y Casandrina* (tesis doctoral inédita) (Huelva: Universidad, 2009).

Spung, Kurt, *Fundamentos de retórica. Literaria y publicitaria.* (Pamplona: EUNSA, 1991).

Timoneda, Juan de, *Las tres comedias de Juan Timoneda* (Madrid: Academia Española, 1936).

Torres Naharro, Bartolomé, *Propalladia and other works of Bartolomé de Torres Naharro*, III, ed. Joseph E. Gillet (Pennsylvania, 1951).

________, *Teatro Selecto de Torres Naharro. Comedia Soldadesca. Comedia Ymenea. Comedia Jacinta. Comedia Calamita. Comedia Aquilana*, ed. Humberto López Morales (Madrid: Escelicer, 1970).

Valbuena Prat, Ángel, *El teatro español en su Siglo de Oro* (Barcelona: Planeta, 1969).

Valdés, Juan de, *Diálogo de la lengua*, ed. Juan M. Lope Blanch (Madrid:

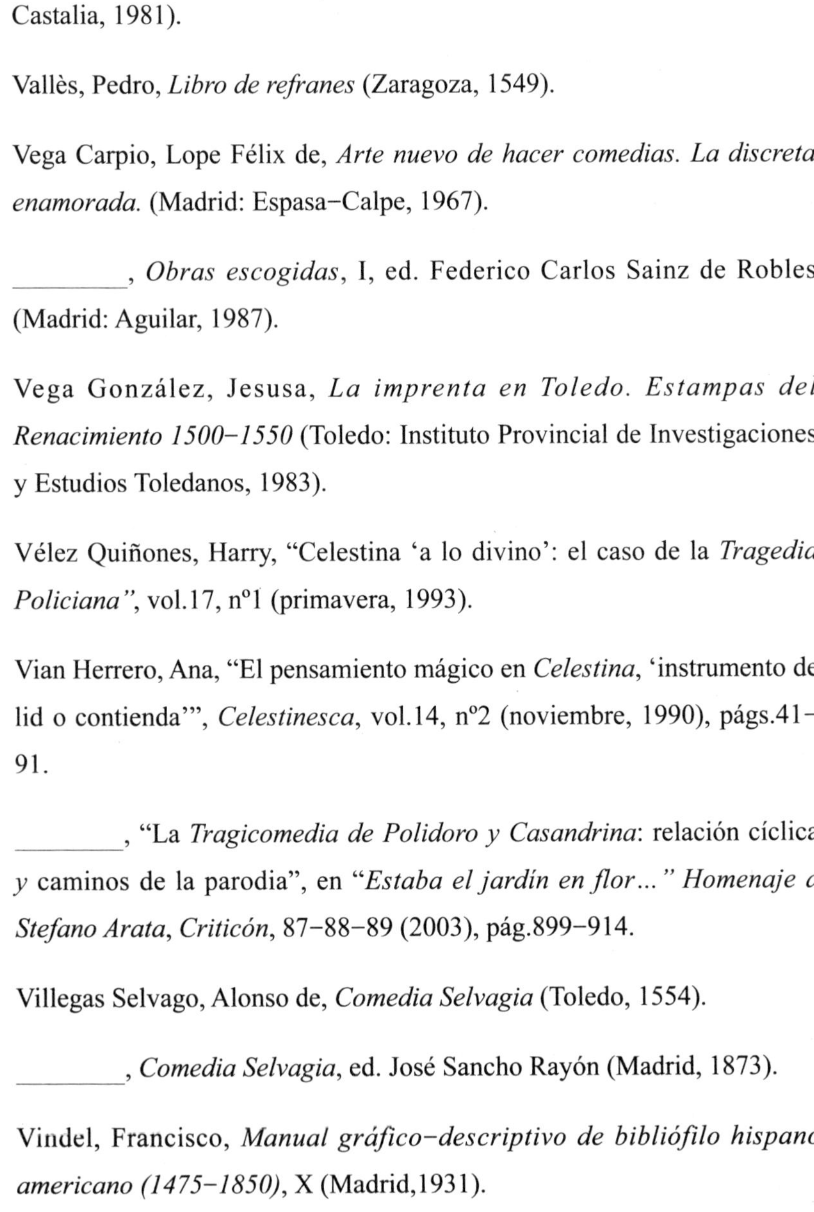

Castalia, 1981).

Vallès, Pedro, *Libro de refranes* (Zaragoza, 1549).

Vega Carpio, Lope Félix de, *Arte nuevo de hacer comedias. La discreta enamorada.* (Madrid: Espasa-Calpe, 1967).

________, *Obras escogidas*, I, ed. Federico Carlos Sainz de Robles (Madrid: Aguilar, 1987).

Vega González, Jesusa, *La imprenta en Toledo. Estampas del Renacimiento 1500–1550* (Toledo: Instituto Provincial de Investigaciones y Estudios Toledanos, 1983).

Vélez Quiñones, Harry, "Celestina 'a lo divino': el caso de la *Tragedia Policiana"*, vol.17, nº1 (primavera, 1993).

Vian Herrero, Ana, "El pensamiento mágico en *Celestina*, 'instrumento de lid o contienda'", *Celestinesca*, vol.14, nº2 (noviembre, 1990), págs.41–91.

________, "La *Tragicomedia de Polidoro y Casandrina*: relación cíclica *y* caminos de la parodia", en "*Estaba el jardín en flor...*" *Homenaje a Stefano Arata*, *Criticón*, 87–88–89 (2003), pág.899–914.

Villegas Selvago, Alonso de, *Comedia Selvagia* (Toledo, 1554).

________, *Comedia Selvagia*, ed. José Sancho Rayón (Madrid, 1873).

Vindel, Francisco, *Manual gráfico–descriptivo de bibliófilo hispano americano (1475–1850)*, X (Madrid,1931).

Whinnom, Keith, "El género celestinesco: origen y desarrollo", *Academia*

Literaria Renacentista. Literatura en la época del emperador (Salamanca: Universidad, 1988), págs.119–130.

Wilson, E. M., y Moir, D., *Historia de la literatura española*, III (Barcelona: Ariel, 1974).

Zúñiga, Francés de, *Crónica burlesca del emperador Carlos V*, ed. José Antonio Sánchez Paso (Salamanca: Universidad, 1989).